1914. Naissance de
à Tcheng Tu, tout
1925. Mis en Fran
les enfants des deux cents familles.
Est retiré des Roches pour poursuivre ses études au lycée Pasteur de Neuilly. Baccalauréat.
1930. Divorce des parents. Se destine à la carrière diplomatique, comme son père, consul de France.
1938. Mariage avec Marguerite Perrato.
1939. Mobilisé à la 1 467ᵉ compagnie du Train des Equipages de la 4ᵉ D.L.M. Démobilisé à Riom.
1940. Retour à Paris où il continue à l'école des Sciences politiques de préparer le concours des Affaires étrangères. Décide de rejoindre les Alliés. Evasion par l'Espagne. Séjour au camp de Miranda. Mobilisé en Algérie, il est envoyé en Angleterre où il fait partie de la mission militaire de liaison administrative. Débarquement en France. Est envoyé à l'Agence France-Presse où Lucien Bodard prend goût au métier et décide de rester dans le journalisme.
Premiers grands reportages en Afrique du Nord, dans la Grèce déchirée par la guerre civile, en Bulgarie et en Indochine.
Accords avec France-Soir *qui le nomme envoyé spécial permanent pour suivre la guerre des Français en Extrême-Orient.*
1955. L'aventure indochinoise se termine à Dien Bien Phu et Lucien Bodard est expulsé du Viêt-nam.
1955-1960. Hong Kong, l'Asie et la Chine.
1960. Malade, revient en France. Six mois consacrés à rétablir sa santé.
Entre-temps a publié de nombreux ouvrages sur la Chine, l'Indochine, l'Amazonie.
1961. S'est remarié, a eu un fils, a divorcé de nouveau et continue de poursuivre de front le journalisme et la littérature.

C'est une Chine hallucinante que Lucien Bodard fait revivre dans ce roman. Une Chine de misère et de famine, de fastes, de mendicité, qui sent le cadavre et l'excrément, la Chine des mouches, des espions, des lépreux et des têtes coupées, un pays grouillant, un chaos livré aux ambitions rivales des étrangers et dévasté par les « Seigneurs de la guerre » qui pillent, qui brûlent, qui rançonnent. On se croirait au fond des âges. Pourtant, c'est dans cette Chine médiévale que l'auteur est né il y a cinquante ans, et Albert Bonnard, consul de France à Tcheng Tu, capitale du Sseu Tchouan, ressemble fort à son propre père. Seul avec sa famille dans cette province du bout du monde où il règne sur une armée de serviteurs inquiétants, « le consul » poursuit son grand dessein : la construction d'une ligne de chemin de fer qui doit relier Tcheng Tu à Hanoi. Mais il faut manœuvrer parmi des embûches innombrables et toujours inattendues, ménager les potentats locaux qui exigent des armes et les trafiquants qui recherchent le pavot, louvoyer entre les périls quotidiens pour défendre les intérêts français contre l'âpreté britannique — sa bête noire — et l'appétit vorace des requins venus de Shanghai.

(suite au verso)

Cela ne va pas sans découragements — que l'opium atténue de rêves délirants — tandis qu'Anne Marie, sa femme, et Lulu, son fils, vivent à ses côtés une existence parallèle où splendeurs et menaces se confondent dans les mirages coloniaux.
La peur et le luxe, les massacres, les banquets, les incendies, tout semble démesuré dans cet univers à l'écart, et Lulu l'explore sans crainte avec la cruauté candide d'un « petit Chinois blanc » que n'étonnent ni les supplices ni les batailles ni les bordels, dans le prodigieux décor de crasse et de merveilles millénaires qui s'offre à ses souvenirs.

DU MÊME AUTEUR

Dans Le Livre de Poche :

MONSIEUR LE CONSUL.
LA VALLÉE DES ROSES.

LUCIEN BODARD

Monsieur le Consul

avec mes amitiés
[illegible]
Kuala Lumpur Juin 1984

BERNARD GRASSET

A MARIE

PREMIERE PARTIE

La jeune femme, ses grands cheveux noirs sur son front ovale, un sourire énigmatique sur le visage, regarde l'entrée des gorges : une sorte de trou. Son mari se tient à côté d'elle, circonspect, digne, net, briqué, la moustache bien brossée et la raie bien faite, disant les mots qu'il faut : « N'ayez pas peur, Mimi. » La jonque craque. Le timonier chinois est accroché à sa barre comme un supplicié. Tout autour les eaux tourbillonnent.

Il y a un an, Anne Marie s'est mariée dans sa bourgade angevine. Et maintenant, depuis plus de vingt jours, elle remonte le Yang Tse Kiang. Shanghai, la métropolis de l'homme blanc, de l'homme d'argent, du gentleman des tropiques, n'est déjà plus qu'une bulle envolée dans le temps. Ensuite il y a eu un vapeur rouillé avec un capitaine anglais alcoolique, les yeux injectés de sang. Il se foutait de tout, surtout de l'accumulation des Chinois, ces grumeaux humains entassés sur le pont parmi leurs colis. Après cela des ports, des docks, des chargements, des déchargements, des réceptions dans les clubs des Concessions étrangères, des banquets, des discours : les rites exigeants du colonialisme triomphant, un mélange protocolaire de bavardages à la française et de jokes à la britannique. Whisky. Trognes rouges dans les smokings. Des serviteurs chinois dressés à ne rien entendre. Les conversations portent éternellement sur le business et les sales coups de ces salopards de jaunes. Tout un protocole qu'Anne Marie apprend à pratiquer avec retenue sous l'œil approbateur de son conjoint qui l'encourage : « C'est bien, c'est très bien. Vous vous êtes bien tirée d'affaire. » Le sourire satisfait du monsieur, elle, son indifférence.

Encore un bateau à vapeur plus vieux, plus vermoulu, plus surchargé avec, pour « skipper », un gras bonhomme livide d'une race indéterminée, ce qu'on appelle un « old China hand ». Il ne parle que par insultes à ses matelots chinois, lesquels grimacent des côtes, des omoplates et des joues pour exprimer leur obéissance. A bord tout est pourri. Un brouillard jaunâtre pèse sur un univers aquatique, une nappe limoneuse et sans limites, sans rives, qui clapote. Rouille des eaux dévorées par la Chine, par toutes sortes de grouillements, par une humanité invisible accumulée sur des planches, des radeaux, des sampans. Un peuple flottant. Parfois Anne Marie aperçoit un bout de voile, un bout de mât. Ces visions glissent sur le côté et disparaissent. Un soir il y a un choc, une embarcation éventrée, des corps qui s'engloutissent. Le bâtiment d'Anne Marie ne s'arrête pas. Le capitaine est en train de boire au goulot d'une bouteille. Les visages des passagers célestes sont un mur de passivité : des yeux, des rides qui ne remuent pas. Anne Marie a sursauté, son époux la tire par la manche : « Taisez-vous, ce n'est pas convenable. » Il lui apprend la Chine.

Enfin le paysage n'est plus un néant. Ce qui surgit aux yeux d'Anne Marie c'est la magnificence barbare, les formes étranges de la Chine ancienne. Temples pleins de monstres, toits se terminant en queue de dragon, statues aux traits révulsés, murailles crénelées, tours annelées comme des chenilles dressées, vibrantes de cloches. Dans une crique, sur des carcasses de bois, des yeux regardent. Ce sont les yeux des jonques qui affrontent les pièges des génies des eaux dans les gorges du Yang Tse Kiang. Les vapeurs ne vont pas plus loin. Pour aller au-delà il faut louer un de ces bateaux de bois.

C'est un dimanche à midi qu'Anne Marie, dans sa jonque, entre dans le cauchemar. Un de ces rêves affreux où l'on est dans une prison profonde et resserrée à la fois : un trou à mystères. Plus de véritable jour. Une lumière grisâtre descend le long des murs nus, lisses, d'une hauteur de deux ou trois mille mètres. Murs parallèles, murs oppressants. Au fond, l'eau dans la pénombre. Ce corridor géant, celui du fleuve sciant les montagnes, se tortille comme un boyau, comme de la tripe. Les parois à pic sont écorchées vives, la roche rougeâtre est semblable à de la chair de bœuf à l'étal. Parfois le défilé s'assombrit encore, prenant le plombé des teintes funéraires.

Peur. Le mari d'Anne Marie lui serre la main. Lui, ces gorges, il les a remontées jadis, en pleine saison de la mousson, quand les eaux emprisonnées s'élèvent de quarante ou cinquante mètres, n'étant plus qu'une coulée, qu'un éclair. Alors, les courants sont des lames d'épées, des lueurs métalliques, ils s'entrechoquent dans des tourbillons, des entonnoirs, où les bâtiments virevoltent comme des toupies, jusqu'à ce qu'ils se défassent. Aux hautes eaux des quantités de jonques, celles qui descendent surtout, sont fracassées contre les flancs rongés du massif, lancées contre eux par la violence des rapides, particulièrement là où l'étau du fleuve se courbe en virages aigus. Lieux sinistres et renommés où tout ce qui se brise, navires et hommes, disparaît dans les profondeurs et est charrié plus bas, à l'endroit où le Yang Tse Kiang s'étale dans les plaines.

L'époux d'Anne Marie joue à l'homme fort. Il lui dit que c'est l'époque des basses eaux, que c'est moins dangereux. En fait ce qu'elle voit c'est un cimetière de jonques. Chaque petite anse est pleine d'épaves. Le Yang Tse Kiang dans son étiage n'est plus une ruée mais un raclage, un bouillonnement. Partout des taches blanches, des fleurs d'écume, autour de rocs effilés que personne n'a jamais pensé à faire sauter et sur lesquels s'empalent les embarcations.

Anne Marie reste des heures, des jours dans ce cataclysme géographique, ce déchaînement, ces gorges aux zigzags fous. Tonnerre permanent des flots. Monotonie. La nature est si effrayante qu'elle semble effacer la présence humaine. Rien que des silhouettes crispées et intenses sur d'autres jonques emportées. La sienne avance mètre par mètre le long d'une encoche faite dans les roches abruptes, une encoche qui est un sentier. Ce qui la traîne, ce qui la tire, ce sont des cordées d'hommes nus, frappés au fouet par des contremaîtres. Ces coolies de halage, la lie de la misère, meurent presque tous à vingt ans, sous les coups ou par épuisement. Anne Marie entend leur ahanement.

Anne Marie et son conjoint, habillés de vêtements blancs, regardent par moments vers les crêtes des massifs surplombants, se demandant si des brigands ne vont pas en dévaler. Brigands, le monsieur le sait par expérience, avec lesquels il faudrait discuter, parlementer, négocier. Comédies féroces pouvant facilement tourner au meurtre, au sang, à l'exécution. L'inquiétude de son mari gagne Anne Marie. Un peu plus de lumière arrive jusqu'à elle, comme si la gorge s'élargissait. En effet, elle aperçoit sur la pente moins rude une blessure de la terre, une excavation, une grotte où est niché un temple dominé par deux statues patinées de Bouddha.

Une cloche sonne. Prière ou signal ? Sur le sentier des coolies se tient un bon Chinois en robe, le sourire plissé, huilé, malin, bonhomme, facétieux, sur un fond de visage jaune. Derrière ce sourire quelle menace se cache donc ? Quelle flatterie, quelle séduction, quelle concussion ? La jonque s'arrête, les coolies s'accroupissent avec bonheur et le personnage grimpe à bord. Il est bien ce que redoute le Français à petite moustache : un émissaire des bandits qui ont fait de la pagode leur P.C. Anne

Marie se tient immobile, droite, comme insensible, tout en écoutant les sons rauques provenant du dialogue en chinois entre l'individu et son mari. L'entretien commence par des politesses, des courbettes. Puis le visage du visiteur se fige, ses paroles expriment un raisonnement buté, ponctué d'éclats de colère, aboutissant à ce qui est en fait un ultimatum. Anne Marie comprend que c'est le jeu car tout est jeu en Chine, avec comme enjeu sa tête, la tête des autres, toutes les têtes.

L'époux tout pâle murmure en français à Anne Marie : « Les pirates exigent deux mille taëls, une somme énorme. Et si je la leur donne ils en voudront certainement davantage... » De la pagode elle voit dégringoler des hommes enturbannés ceinturés de cartouchières. « Ne soyez pas avare », dit-elle à son mari qui a recommencé à ergoter en chinois.

Une flèche d'argent brille sur le Yang Tse Kiang. Des roulements de sifflets, des hélices qui barattent formidablement le courant, le clairon, le pavillon tricolore au bout d'un mât puis des obus labourant la montagne. C'est la canonnière française. L'émissaire a disparu, les brigands aussi. Le navire manœuvre difficilement pour accoster la jonque. Anne Marie, toujours au-dessus des contingences, grimpe l'échelle de coupée. Son époux la suit. Etiquette de l'accueil par les officiers de marine. C'est dans ce navire que le couple arrive à Tchoung King.

Tchoung King où je suis né peu après. Car Anne Marie me portait en elle pendant la remontée du Yang Tse Kiang. Peut-être ai-je été le premier enfant européen à venir au monde dans cette cité si lointaine. Comme accoucheur on a trouvé un médecin de marine, une brute militaire peu habituée à ce genre d'opération. Sur mes yeux de bébé il a versé des gouttes qui en ont fait des boules blanchâtres, comme des œufs pochés. Durant des semaines j'ai été aveugle. Anne Marie me veillait calmement, mon père s'agitait. C'est dans cet état que j'ai été baptisé par Mgr de Guébriant, le plus illustre missionnaire de la Chine du Sud, un saint à la gueule de loup aux longs poils. Et puis, après le sacrement, j'ai commencé à voir.

Les années passant, j'ai vu Tchoung King. Une ville sur un roc émergeant d'un carrefour d'eaux formidables, celles du Yang Tse Kiang et celles de son affluent le Kialing. La cité est une croûte, une gale escaladant la montagne. Palais en haut, en dessous les masures accrochées au précipice. Sur le versant abrupt, des escaliers gigantesques, degrés de pierre usés par le déferlement des hommes, par la mouvance incessante des êtres à la recherche d'une bouchée ou d'un plaisir.

Ville-échelle. Mes premiers pas je les ai faits sur ces marches géantes, sous la protection d'Anne

Marie. C'est alors que j'ai incrusté en moi les premières images de la Chine : la merde et le cadavre.

Sur les gradins les plus bas se tient quotidiennement le plus grand marché du monde d'engrais humain. J'erre parmi les baquets fétides, les bocaux des matières que l'on vend, que l'on achète, que l'on trie, pour arriver aux consistances voulues, aux qualités parfaites. Il y a des marques, des secrets de fabrication. C'est le commerce le plus vénérable avec cependant ses fraudes et ses faux. Mon père se bouche le nez mais Anne Marie a appris à ne pas remarquer l'odeur, comme si rien ne pouvait l'atteindre. Moi, dès mes premières années, je ne sens absolument rien.

Puis j'ai descendu l'escalier jusqu'à la laisse de boue et de fétidité abandonnée par le Yang Tse Kiang quand il se retire aux basses eaux. Là, sur des perches de bambou, poussent des paillotes comme autant de pustules. La promiscuité chinoise. Quand les flots reviennent à la mousson, ils attaquent en vagues d'assaut chargées des détritus arrachés en amont aux montagnes magiques du Tibet et de l'Himalaya. Des charognes s'emmêlent aux pilotis des quartiers flottants qui eux-mêmes se défont. C'est à la quantité des cadavres échoués que les magistrats de Tchoung King prévoient l'importance des crues. Un jour, j'ai vu le ventre nu, gonflé comme une outre, d'une fillette étalée sur la berge.

Du haut de Tchoung King on aperçoit, de l'autre côté du Yang Tse Kiang, les « canonnières de la civilisation » à l'ancre. Vue rassurante. Mais quand j'ai trois ans mes parents vont s'installer plus loin, dans la cité de Tcheng Tu, à l'intérieur de la province du Sseu Tchouan. La province la plus merveilleuse, la plus arriérée aussi de la Chine, séparée du monde par un anneau de montagnes gigantesques. A l'intérieur, comme dans une cage naturelle, soixante millions d'hommes et de femmes vivant au temps de Confucius. Seules traces de modernisme : quelques ustensiles et des fusils. C'est la Chine interdite aux étrangers. Plus de Concessions, plus d'extra-territorialité, plus de banques, plus de buildings. La beauté et l'aventure.

Souvenirs vagues de la longue randonnée. Il faut s'écarter du Yang Tse Kiang et s'enfoncer indéfiniment dans l'intérieur des terres. Pas de routes, juste les diguettes des rizières et les pistes à travers les massifs. La puissance de la nature, le flamboiement des fleurs, les champs en terrasses, les monts jouant à saute-mouton et les villages paisibles. Faces jaunes gouailleuses. Mon père a constitué une caravane où chevaux et coolies portent les denrées nécessaires pour vivre à l'européenne. Une épicerie complète avance ainsi sur les bâts et les épaules. Mon père est à cheval, ma mère et moi dans une litière. Pas de mauvaises rencontres. Le soir on couche dans des auberges qui sont des caravansérails.

Tcheng Tu, au centre du jardin du Royaume Fleuri, dans des vallonnements rouges, ville perdue au fond des siècles qui ont successivement déposé la cité tartare, la cité impériale et la cité chinoise. La féodalité. Là vivaient une vingtaine d'Européens tout juste tolérés par les Chinois.

Autour de la ville, de gros remparts crénelés, avec quatre portes monumentales qui se fermaient pour la nuit. Là, attachées à des chaînes ou supportées par des pieux, la moisson des têtes coupées de la journée, avec les balafres de sang, les tignasses coagulées par les sueurs et les liquides de la mort, les peaux souillées, étrangement brunies par leur entrée dans le Domaine des Ombres Éternelles, les yeux révulsés, le blanc dehors, ou complètement vides, des trous, s'ils avaient été crevés. Têtes de bandits, de mauvais payeurs, de rouspéteurs, de gens qui n'avaient pas plu au Seigneur de la guerre. Un ordre sur les lèvres de ce personnage, son doigt qui pointe entre ses plumets et son gros sabre recourbé suspendu à la ceinture, et les soldats s'emparent des condamnés pour les décapiter ou les empaler. Dans ce dernier cas les hommes se tortillent comme des vers sur une broche.

Moi, j'étais heureux. Je commençais ma vie citadine sur le dos des hommes, dans une chaise à porteurs : huit coolies, en tenue, constituant deux équipes de quatre qui se relayaient en poussant les grands « han, han » de l'effort, rauques et essoufflés, comme si je constituais une charge écrasante. C'était seulement pour me faire honneur, pour me faire croire que j'étais une lourde majesté. Du haut de mon perchoir, du haut de ma petite taille, j'apprenais l'indifférence. Je dominais le monde, le dédale des ruelles suintantes d'urine, de crachats, d'excréments, de choses immondes, si ignobles que les hommes-déchets arrivaient à peine à manger ces déchets. Puanteur, labyrinthe où un clair-obscur cachait l'innommable. Foule, êtres en haillons et haillons enfilés sur des bambous pour sécher. Mes porteurs repoussaient les mendiants, les lépreux, les chairs qui n'étaient que plaies, croûtes et mouches. Cheveux fous sur des visages qui n'avaient plus de sexe, qui n'étaient que l'agonie. Mais ces larves humaines, ces êtres dévorés vifs à l'intérieur par la faim, à l'extérieur par la maladie, ont en Chine une singulière vigueur. Ce qui n'est pas mort a une férocité pour survivre, une technique redoutable pour arracher encore des instants de vie. Leur tactique consiste à s'attrouper pour l'assaut, à encercler, à revenir à la charge, avec des cris à fendre l'âme, des litanies à inspirer la pitié, et aussi de sombres menaces marmonnées, des ricanements soulignés de moignons. Ils vont par bandes hallucinantes — hallucinations calculées, préparées selon une minutieuse démence. A Tcheng Tu ils ont leur roi, avec sa cour des miracles. Ces loques d'hommes se jettent donc sur les riches qui passent, non pour émouvoir leur cœur trop dur mais pour que ces gros délicats leur jettent quelques sous afin d'éloigner leur pestilence. A moins que les gueux aient mal calculé, que le personnage assailli soit vraiment puissant, qu'il ait ses sbires qui dégainent et cognent pour faire place nette. Mes coolies, eux, cognent.

Il m'arrive souvent, dans ma chaise, de franchir des corps morts ou en train de mourir. Mendiants crevés, concubines qui se sont suicidées, chairs putréfiées de filles nouveau-nées abandonnées dans les bourbiers, chairs dégradées des coolies ayant succombé sous la tâche, chairs misérables de paysans égarés dans la ville à la suite de quelque famine. Tant qu'il croit pouvoir vivre le Chinois se débat et combat férocement ; mais vient ensuite le moment de la résignation où l'on ne gémit plus, où l'on accepte simplement. Quand ils sont devant un destin trop lourd, trop écrasant, devant l'inévitable, ils ont le dernier sourire, l'orgueil de braver la défaite. Sur la terre des Fils du Ciel le destin est implacable pour les perdants. Du moins le mourant meurt-il en paix, seul. Isolement total où sa dernière « face » est d'accepter la mort. La foule, le grouillement, la promiscuité s'écartent enfin de lui. C'est un danger et un sacrilège que d'intervenir pendant une agonie. Quand un homme rend son âme, un geste de pitié vers lui est un défi à la nature, aux dieux et aux hommes, qui coûte cher. Car il peut irriter les génies qui rôdent autour de l'agonisant pour s'emparer de leur proie : le dernier souffle. Tout cadavre est une chose dangereuse, entourée d'émanations, d'esprits, d'un halo des enfers. On n'enterre même pas les corps des miséreux, on les jette dans des recoins ignobles, au bas des remparts croulants, dans les fleuves. Il est fréquent de voir des chiens galeux en train de dévorer des tibias ou des mains humaines.

L'inégalité domine la mort plus que la vie. Les pauvres on ne les enterre pas. Pour les riches le trépas est une fête. Souvent, dans mes promenades, je rencontre de merveilleux cortèges de gens vêtus de blanc, hommes et femmes comme des suaires ambulants. Le blanc est la couleur funèbre. La rue se remplit de chars, de palanquins, de hallebardes, de bâtons d'encens, d'un monde cérémoniel. Explosion des pétards, crécelles, gongs, transes des pleureuses professionnelles, mélopées graves des bonzes, un plain-chant où domine le son bouddhique « om » signifiant l'universalité du monde. Tintamarre pour chasser les démons. Joie des bûchers. Flammes consumant des objets de papier : représentations des biens du défunt qui l'accompagneront ainsi dans le Domaine des Fontaines Jaunes, pour son confort. Car, de l'autre côté, si les rites ont été bien accomplis sur cette terre qu'il quitte, il aura la même existence opulente. Ce qui compte c'est la piété, les devoirs, les tablettes des ancêtres, la splendeur des cérémonies pour la « face » du décédé et celle de ses descendants. Les fils sont là, graves, hiératiques, derrière le cercueil somptueux qui a été gardé depuis des années, comme un objet de joie et de consolation, dans la chambre de l'homme qui vient de mourir. Décence. Pas de chagrin. Comme s'ils étaient incapables d'avoir des sentiments. D'ailleurs les hommes ne comptent pas par eux-mêmes. N'existent que la succession infinie des générations, que le flot du temps où les riches s'assurent l'avantage dans ce monde et dans l'autre, de père en fils.

Parfois on me conduit aux portes de la ville, sur les tumulus gazonnés jonchant la plaine à l'infini. Tertres. Pas de signes, pas de marques. Le peuple des défunts respectable est là, dans ces milliers de bossellements. Ce n'est pas un cimetière. La nature a récupéré les dépouilles humaines. Mais ces morts munificents mangent les vivants miséreux en occupant le sol qui pourrait produire des moissons.

J'aime ces bosses paisibles. Je marche dans le vent et la poussière, croisant les caravanes humaines, longues lignes de coolies qui tressautent tous d'un tressautement destiné à diminuer la peine sous les sacs de riz ou les blocs de sel gemme de cinquante et cent kilos.

Quelle joie quand, ayant atteint l'âge de six ans,

les maquignons sont venus dans la demeure de mes parents pour leur vendre un cheval à mon usage. Quel infini marchandage céleste alors que je bous d'impatience ! Je me souviens d'un animal à robe de feu, mais c'est un poulain bai qu'on me choisit. Il est fier quand même, il ressemble aux coursiers des fresques célestes. Dans la quotidienneté fabuleuse et misérable du pays, les chevaux, dès mon enfance, ont représenté pour moi la beauté. Là où l'homme est une bête de somme, le cheval, lui, même sous son bât, même étique, même efflanqué, même saignant de coups, est la bête de l'intelligence. Le cheval chinois, tout petit, avec un mufle élancé, des naseaux frémissants et un ventre rond faisant équilibre, va toujours, le pied plus sûr que celui de l'homme, plus increvable que l'homme, sentant mieux le danger que l'homme, escaladant et dévalant mieux que l'homme les ressacs de la nature chaotique, les sentiers de dix mille marches de la Chine des montagnes où coule la migration des corps et des choses. Aussi fier, aussi acharné que l'homme, ne mourant que quand tout est consommé. C'est en vain alors que le caravanier touille, d'un bâton pointu, la plaie qu'il lui a faite derrière l'oreille pour l'obliger à avancer. L'animal se couche, ferme ses paupières, désormais tas de viande à déchiqueter.

Mon cheval est mon titre de noblesse. Je suis un seigneur dorénavant. On m'a choisi soigneusement un mafou. Il me rebute d'abord par son aspect taciturne, ses traits lourds et ses yeux fermés. Mais, dans sa tenue bleue des palefreniers, il est capable de courir derrière ma monture pendant des heures. Il sera mon premier compagnon.

Je vogue sur mon cheval et peu à peu je découvre les dons spécifiques de la Chine : l'horreur et la préciosité infinies. Elles sont complémentaires, nécessaires l'une à l'autre. Et c'est ainsi que Tcheng Tu, cet égout, ce bagne — du reste comme toutes les cités chinoises d'alors — est aussi un joyau, une joie permanente.

Extrêmes de l'ordure et du luxe. La cité n'est qu'un vaste lieu de mangeaille et de prostitution. En contrepoint des agonies se trouvent les plaisirs cérébraux de l'aileron de requin, de la petite fleur et de la sing-song girl. Etrange voix âpre et prenante des filles criant les numéros gagnants du jeu des bêtes. Dominant les criailleries des mégères, le martèlement des pions de mah-jong, ivoires claqués, fond sonore montrant que la vie est un jeu. Mélopées des chanteuses, fard des travestis, achat des virginités, vente des esclaves, coffres rouges des cortèges de mariage, les encens et les images de Bouddha, les prières des bonzes, la beauté des tours de porcelaine à dix-huit étages, les toits recourbés des pagodes. Il y a les rues vulgaires, les quartiers entiers des maisons de joie, les fumeries, les théâtres. Il y a les corporations d'artisans travaillant sous l'œil des passants. Les quartiers des marchands. Leurs oriflammes, leurs bouliers, la forêts des caractères. On passe brusquement de ce déchaînement de la rue dans la boutique nue où tout est cloîtré. La préciosité du silence, l'objet unique qu'on vous montre, le regard unique que le client jette sur la merveille offerte. Cette douceur est, en réalité, une violence calculée pour faire craquer les nerfs, pour faire céder à la tentation.

Souvent je vais dans le bois de la grande pagode. Je galope au milieu de vénérables troncs de mûriers, au pied de la grande muraille d'enceinte, un paysage d'estampe. Je suis dans un rêve de lacs, de collines, de bambous et de rhododendrons, dans l'univers de la grande paix, au milieu d'une lumière moussue. Parfois, à travers les ombrages, j'aperçois les lignes courbes d'une demeure seigneuriale où les toits vernis flamboient comme un arc-en-ciel de verts et d'ocres. Tranquillité souveraine. Les factionnaires qui gardent le yamen n'ont même pas cette crispation lisse qui est le masque du sbire. Paix. Mystère aussi. Car la vie est cachée derrière les hauts murs percés, en guise de porte, d'un grand trou rond, un cercle parfait signifiant le bonheur. Par là j'entrevois un va-et-vient de concubines et de domestiques, au milieu de rocailles en miniatures et de pagodons précieux. Alentour des oiseaux chantent. Bruit rare, bruit de luxe, car à Tcheng Tu les oiseaux ne quittent pas les bois des seigneurs, ils fuient les agitations de la plèbe. Autre bruit : des tintements de cloches. Un gros bonze en robe safran, son crâne nu luisant au soleil, passe, en faisant les gestes automatiques de la mendicité.

Mais c'est toujours très vite la retombée dans les taudis et la masse. Alors mon mafoue crie : « Place au seigneur étranger ! » Je galope. Mon cheval bat la chaussée de ses sabots et hennit. Je le frappe avec mon stick pour qu'il aille plus vite. J'ai la sensation de pénétrer dans cette foule en l'écrasant. Devant moi c'est le sauve-qui-peut. Il y a des gens qui tombent avec ce qu'ils portent. Je me souviens d'une fille marchant à grands pas avec sa balancelle équilibrée à chaque bout par un baquet de matières fétides. Elle va au marché vendre de l'engrais humain mais elle s'écroule au milieu de la chose répandue, catastrophée parce qu'elle a perdu le produit des entrailles de sa famille, c'est-à-dire le bol de riz de demain. Je comprends alors la grande division entre ceux qui portent et ceux qui sont portés. Le portage permet aux nantis de traverser sans inconvénient le cloaque où chacun vit et meurt comme il le peut. Mon cheval, c'est mon dragon. Je continue mon périple jusqu'au coucher du soleil, quand la cité referme les portes bardées de chaînes de ses remparts et que les veilleurs de nuit se mettent à circuler en battant le sol de leurs longs bâtons et en criant au peuple de dormir. En Chine pourtant on ne dort jamais. Dans l'ombre c'est toujours le même grouillement.

En rentrant de mes pérégrinations je longeais une venelle à l'ombre d'une muraille croulante, un vieux mur du quartier mandchou où des pierres détachées avaient laissé des trous. J'entendais derrière moi le souffle de mon mafou enfin épuisé. Je tirais sur les rênes de mon cheval qui piaffait en sentant l'écurie. Ses fers claquaient sur les pavés inégaux. Soudain j'étais sous la protection de deux énormes dieux tutélaires barbouillés de rouge, hiératiques, aux barbes lourdes taillées comme des blocs. Ces génies flanquaient le portail d'entrée de ma maison — sentinelles contre le mal. Dans la première cour, aux grandes dalles sombres, régulières, je me trouvais sous les plis du drapeau tricolore qui flottait au bout de son mât blanc. Car, là où je pénétrais, c'était le consulat de France. Mon père était le consul de France.

Pendant que ma monture grattait nerveusement les dalles et montrait ses grandes dents dans une grimace, je sautais à terre. Le mafou s'était tassé sur lui-même, à la chinoise, balançant son postérieur au-dessus de ses jambes pliées, ce qui est la façon chinoise classique de se reposer. Une science goulue et intense du repos. Je rentrais parfois à l'heure où l'on amenait les couleurs. Mon père, au garde-à-vous, entouré de son état-major : deux Blancs et des Jaunes, me criait : « Ne bouge pas. » Ma mère de loin, de l'embrasure d'une porte, me faisait signe de la rejoindre silencieusement, sans irriter le consul de France. Quand j'étais auprès d'elle elle m'embrassait mais ne m'interrogeait pas. Elle voulait faire de moi un gentleman.

Le consulat est un grand yamen. Des enfilades de cours, des jardins, des étangs, des ponts en dos d'âne, des lotus, des buissons de jasmin, des grenadiers qui portent, au milieu de leurs fruits rougeâtres, les taches blanches des aigrettes toujours pelotonnées sur elles-mêmes. Un peuple de serviteurs en turban. Dans ce labyrinthe enchanté quelques pavillons chinois aux grosses poutres laquées, aux piliers noirs, aux boiseries ajourées. Sur les toits les tuiles font un ondoiement pétrifié, une rangée creuse comme une vallée succédant à une rangée bombée comme une montagne. Sur le faîte des animaux bénéfiques en porcelaine. Les fenêtres sont de papier huilé collé sur des châssis sombres qui, se rejoignant en d'étranges angles, constituent autant de caractères célestes. Dans l'obscurité des pièces se balancent des lampes de carton, comme de grosses outres dépliées. Il y a un tréfonds de lumière sombre où l'on entrevoit parfois un Bouddha car mes parents sont grands amateurs de « curios ».

Dans mon monde il y a un endroit dont je ne dois pourtant pas approcher, en principe : le bureau de mon père. Endroit solennel et immense où il apparaît chaque matin à onze heures. Une table-ministre couverte de liasses de documents, sous le buste de Marianne et sous un petit faisceau de drapeaux français. Au mur une grande photo de lui-même et une autre, de même taille, celle du Seigneur de la guerre du moment, avec la dédicace du personnage en sentences fleuries. Salutations du vice-consul et du chancelier, deux petits messieurs blancs terrorisés, pleins de zèle. Mais, selon mon père, l'un est un « étourdi », l'autre un « raseur ». Cérémonial. Front lourd du consul de France seul face à ce Tcheng Tu bouillonnant de complots, d'exécutions, de guerres vraies ou fausses, de la gamme infinie des marchandages. Rien ne se voit. Il faut deviner, il faut comprendre. Besogne quotidienne à laquelle s'attelle mon père avec la conviction que lui seul en est capable tellement il est sinisé.

Cela ne se voit pas. C'est un monsieur mince, à la petite figure brune où d'épais sourcils et un nez proéminent font contrastes aux petites moustaches précieuses et aux jolis traits fins. Il est très français 1900 de carte postale, solennellement. Charme. Non seulement il est « le consul » mais jamais personne n'a été plus consul que lui. Les femmes, à commencer par ma mère, doivent passer après lui dans les réceptions officielles. Il met le plus souvent possible son uniforme brodé et son épée. Sa fierté ce sont les décorations. Tous les éléphants blancs du monde, les Niftam Ichtikar, des dizaines de médailles de pays exotiques dont les souverains, sur le conseil des conseillers de France, font des distributions à tous les bons serviteurs de la France. Comme il est beau, mon père, quand il s'habille et que toute la boyerie, y compris ma mère fort réticente, est mobilisée pour le vêtir !

Pour commencer sa journée mon père n'est qu'en col dur avec un nœud papillon. Vers midi, tirant sur sa moustache, poussant des soupirs, il prend sa plume d'oie et se met à rédiger un rapport pour le ministère des Affaires étrangères. Il fait du beau style, il est maniaque pour une virgule, il n'est pas à prendre avec des pincettes. Quand il croit entrevoir une lueur dans le magma des confusions chinoises où tout a un sens mais truqué et inaccessible, il appelle ma mère pour lui lire sa prose. Elle, son grand front pur et ses yeux pervenche tournés vers la porte, trouve la lecture ennuyeuse et s'en va après avoir murmuré : « Mon pauvre ami, vous vous compliquez trop la vie, cela vous jouera des tours. » Alors mon père se met à geindre lamentablement. Sa figure est celle de la peine intense. Il murmure parfois à ma mère avant qu'elle ait décampé : « Vous ne vous intéressez pas à moi, à ce que je fais pour la France et pour vous aussi. Croyez-vous que vous seriez une grande dame sans moi ? Tout ce mal que je me suis donné dans la vie ! Je me suis esquinté la santé. » Et les jours où ma mère se montre particulièrement réticente à apprécier les travaux paternels, mon père se décompose, son teint verdit. D'abord niant le mal avec courage puis, subitement, laissant sortir de ses lèvres : « Mes amibes. » Mot suprême, mot terrible, la terreur pour les Européens, le poison universel. Tous les intestins blancs en sont dévorés. Tous les messieurs et toutes les dames occidentaux passent leur vie entre des lourdeurs de plomb et des écoulements affreux, se tordant de douleur au cours des cérémonies et des repas officiels. Mon père est bien trop consciencieux pour ne pas se repaître de boyaux de poissons, au risque de détruire sa propre triperie, quand il gueuletonne avec un Seigneur de la guerre.

Quand il se sent bien, content de vivre, mon père peut parler de ses amibes pendant des heures. Rien ne le gêne dans la description des détails cliniques. Son gros côlon, c'est sa blessure au service de la France. Ma mère approuve peu ce genre de gaillardises, et murmure même : « S'il veut être un héros, pourquoi ne va-t-il pas se battre à Verdun ? » Mais ma mère aime encore moins le mot « amibes » quand mon père le prononce dans les affres de l'agonie, les râles, les lamentations. Cela la dégoûte. Ces affaires d'excréments sont trop « chinoises » pour elle qui, du reste, par une merveilleuse exception, n'est jamais atteinte.

D'autres fois, quand mon père est vraiment satisfait de sa prose, il cherche à tout prix des approbations. Dédaignant le vice-consul, un blondasse gélatineux, il recourt à ses interprètes chinois — il parle bien la langue de la province mais sa dignité lui impose d'avoir des traducteurs. Ce sont les bons pères qui les lui ont fournis, en les choisissant parmi leurs meilleurs catéchumènes. Chaque fois c'est la séance des « lays » et des « oui, monsieur le consul » dûment pénétrés d'admiration. Longues faces de gouttières jaunes, toutes dans la même inclinaison du respect suprême, celui d'anciens enfants de chœur devant l'ostensoir. Longs étuis de leurs robes serrant des corps étriqués. Sourires douceâtres. L'un d'eux a son nez chevauché de lunettes, instrument de commandement reconnu en Chine. C'est le favori de mon père qui a toujours besoin d'un préféré, d'un personnage de dilection dont il a su reconnaître les vertus et sur lequel il aime s'épancher. Celui-là lui sert de petit espion. Ma mère qui le déteste le surnomme « arête de poisson » car il est tout en colonne vertébrale et en yeux gelés sous ses verres à monture de fer. Un jour elle arrive au bureau amenant le cuisinier principal qui gratte sa face ronde et chauve, de sa main sale. Tous les potins de la maison et de la ville aboutissent à ses fourneaux. Cet homme dévoué a un jour confié à Anne Marie : « Le secrétaire de monsieur le consul est riche. Il vend les secrets du consulat à qui veut les acheter. » Le maître queux, face à mon père qui a mis son pince-nez pour être plus sévère, confirme ses dires. Il détaille même les tuyaux livrés par l'individu, les tractations de mon père qui, au nom de la France, achète de l'opium pour la régie d'Indochine et vend des armes aux Seigneurs de la guerre. Toute la ville est au courant, paraît-il. Mon père est très vexé. Il chassera son chouchou malgré une intervention pressante des bons pères.

Ceux-là, ils sont toujours au consulat. Ils sont pleins d'informations. Pour la conversation mon père se rabat souvent sur eux. De rudes patriotes, des braves à tout crin — on peut le dire étant donné le système pileux qui leur sert d'uniforme. Mais certains jours mon père explose contre ses ensoutanés. Il hurle : « Ils sont insatiables. Toujours à demander, toujours à exiger. Ce qu'ils me font comme histoires avec les Chinois ! Que veulent-ils de plus puisqu'ils sont dans tous les trafics, qu'ils dominent à Tcheng Tu le commerce de la merde et qu'ils commanditent même des maisons de joie — il ne s'agit pas, bien entendu, de leurs églises. » Rires fins, le bon mot terminant la colère paternelle.

Le personnage qui m'impressionne le plus dans le bureau de mon père est un vieux lettré rabougri et parcheminé à souhait. Il a des ongles comme des pinces, dix à quinze centimètres de corne tordue, protégés par des étuis d'argent ciselé : tout ce qui lui reste de ses richesses, du temps où il était mandarin, sous-préfet impérial avec des boutons de jade. C'est lui qui déplie des rouleaux ornés de rubans et de sceaux magnifiques, apportés par les émissaires d'un Seigneur de la guerre ou d'un gros commerçant. Car aucune transaction ne peut se faire sans d'innombrables messages qui ont la forme de tubes fleuris, contenant un torrent de poésie, débouchant finalement, avec modestie, presque secrètement, sur l'affaire débattue, par exemple la livraison de fusils de la Manufacture de Saint-Etienne. Quand mon père, après s'être intensément concentré, le visage figé, a enfin concocté sa réponse, il sourit gaillardement. Et aussitôt, le scribe, de sa main griffue où le pinceau est une griffe plus grande, se met à dessiner les caractères majestueux où mon père se consume en un torrent d'humilité tout en maintenant ses prix. Magie de la main jaunie, maigrie, presque atrophiée, monstrueuse, traçant les idéogrammes. Enfin, le rite de la cire à cacheter que l'on fait fondre, un grésillement, une brûlure, le stigmate heureux, la marque de la France éternelle sur le papier de riz.

J'attrape une gifle quand je pénètre indûment dans le bureau paternel. Mais il arrive que mon père me fasse venir pour me câliner. Alors que la tendresse de ma mère est toujours lointaine, un mirage, celle de mon père est chaude, poisseuse, sentimentale. Parfois il me fait des recommandations avec l'air d'un magister. Parfois il larmoie pour me dire : « Tu es mon petit garçon. Si tu es bien sage, tu deviendras un jour un grand consul de France. Encore plus grand que moi. »

Ma mère dit souvent à mon père : « Vous avez perdu tout sens du ridicule, mon ami. — Oui, mais j'ai acquis celui de la « face ». Et c'est ce qui compte ici. Tenez, j'ai une idée... »

Je me souviens qu'une de ses idées avait mis longtemps à mûrir. Des jours durant mon père était resté en méditation dans son bureau, d'une humeur de chien. Le moindre son qui serait parvenu à ses oreilles aurait été une catastrophe. Au yamen c'était le branle-bas du silence. Tout le monde marchait sur la pointe des pieds. Les collaborateurs directs tremblaient. Le peuple des serviteurs s'entassait dans les recoins lointains en essayant de réprimer ses activités bruyantes. Il est difficile à des Chinois, que ce soit au travail ou dans le plaisir, de ne pas s'agiter avec la série de leurs petits bruissements professionnels ou personnels, leurs crachotements, leurs postillonnements, leurs ricanements, leurs expectorations remontant, en une longue trajectoire, du bas du ventre pour se terminer en un mollard lancé comme un obus. Seule la peur peut faire taire les Célestes. Dans ce cas ils font des efforts de mutisme. Ma mère parcourait donc le yamen pour veiller à son insonorisation. Les scènes de mon père l'assommaient et elle voulait les éviter. Elle allait dans les cours, un peu moqueuse, faisant signe à tous de fermer les lèvres.

Le seul homme qu'elle eut du mal à convaincre, ce fut le blanchisseur. Un gnome un peu bossu, un peu goitreux, l'échantillon même du Chinois buté, borné. L'obstination absolue. C'était un artisan consciencieux dont la bouche était un maelström sonore ; il recrachait chaque goulée d'eau absorbée en une bruine qui humectait le linge. Ses chicots de dents, pour diriger les jets. Glougloutement de la langue servant de pompe aspirante et refoulante. Une technique centenaire. Stupeur de l'honorable serviteur quand ma mère lui dit de s'arrêter.

Le consulat est donc le palais du calme souverain. Mais l'écho d'une discussion lointaine entre une vieille amah grincheuse et une jeune amah insuffisamment respectueuse parvient aux oreilles de mon père. Cela lui déchire le tympan. Convocation du chef boy qui arrive avec son visage de glace, lisse, convenable pour affronter les tempêtes. Ce roi des domestiques exprime des millions de regrets pour son indignité. Mais comment réduire au mutisme des créatures aussi bêtes que des femmes ?

Traits contractés de mon père qui ne peut contredire cet argument. Il se souvient qu'il a trouvé un cheveu dans sa soupe la veille au soir. Et il déteste, d'une haine farouche, tout élément pileux dans son potage. Pour les Chinois, un poil dans le bouillon n'a aucune importance. Mais mon père, en dépit de son enchinoisement, a quand même des manies de Blanc. Le chef boy a été dressé à supporter les bizarreries des étrangers. C'est son métier. Pourtant ce jour-là mon père agonit le responsable de la corporation domestique au-delà de la mesure convenable. Celui-ci subit les outrages sans rien montrer, mais un certain rose, un rose couleur de thé, se mêle au jaune de ses joues. Signe que son « Ch'i » peut se dégorger. Le « Ch'i » c'est l'esprit de violence enfermé à l'intérieur de chaque homme. Et mon père sait trop bien qu'un Chinois atteint du « Ch'i », Seigneur de la guerre ou boy, est comme une bête fauve. Il s'arrête donc dans ses apostrophes.

J'arrive sur ces entrefaites et j'attrape une claque. Mon père se met à boiter, clamant que je lui ai marché sur les pieds. C'est un fait connu qu'il a les extrémités d'une extraordinaire sensibilité. Cette fois-là j'ai le sentiment d'être injustement accusé. Je pleure. Ma mère arrive, hausse les épaules et me prend par la main pour m'entraîner dehors.

Mon père a du remords. Il tourne en rond dans son bureau. Ma mère ne lui parle pas. Elle me couche. Le lendemain, à mon réveil, mon père est à mon chevet.

« Dans quelques semaines tu seras fier de moi. Je t'emmènerai dans une belle procession. C'est une idée à moi. »

Le silence est terminé. Renaissance à la vie dans le consulat. La méditation de mon père a porté ses fruits. Rayonnant il explique sa trouvaille à Anne Marie : comme Tcheng Tu vient de tomber aux mains d'un nouveau Seigneur de la guerre, il s'agit de se le concilier par un cadeau mirifique. Et pourquoi pas une baignoire en émail blanc, la première qui pénétrerait au Sseu Tchouan et qu'il faudrait remettre avec faste ?

Anne Marie se méfie des fastes conçus par son époux :

« La baignoire, donnez-la-moi au lieu d'en faire hommage à ce ruffian. D'ailleurs vous risquez de vous couvrir de honte. »

Le consul n'en démord pas. C'est ainsi que la valise diplomatique, partie de Shanghai, contient cette fois une caisse particulièrement énorme. On la trimbale sur les vapeurs, sur les jonques, on la porte à dos d'homme. Personne ne s'étonne. C'est que mon père est connu par l'importance de la valise qu'il se fait expédier chaque mois. Toujours des tonnes de ballots sur les enveloppes desquels est imprimé au fer « Secret ». Comme s'il s'agissait de documents d'Etat. En fait cela contient surtout les denrées nécessaires pour faire marcher la diplomatie conçue à la façon de mon père : les vins et alcools sont ses premiers arguments pour négocier avec les Seigneurs de la guerre. Il y a quelques mois des coolies écrasés par leur fardeau ont glissé dans la cuve puante et précieuse où est conservée la merde au recoin des rizières. C'est ainsi qu'à travers les matières fécales sont montées des bulles de champagne destinées aux verres de l'amitié franco-chinoise.

Enfin la baignoire est à Tcheng Tu. En dehors de mes parents personne ne sait ce qu'est ce gros objet. Aucune importance. Mon père recrute des centaines de gueux, leur fait endosser la livrée des serviteurs du consulat. Il organise un imposant cortège avec tam-tam, danse du dragon, oriflamme, pétards, encensoirs, brûle-parfum, litanie des bonzes qui ont fait leur prix auparavant. Au milieu de la colonne mon père en grande tenue brodée, avec bicorne et épée, à cheval, devant la baignoire portée précautionneusement par quatre gaillards parmi les plus costauds. Je me tiens à ses côtés. Nous déambulons parmi les banderoles. Leurs caractères géants proclament que mon père apporte très humblement un cadeau au grand général, en signe d'éternelle alliance. D'ailleurs le général, sous la forme d'une photo géante, plane déjà au-dessus de l'objet qui va lui être remis.

Défilé à travers les ruelles médiévales de la cité devant la foule des curieux. La badauderie à Tcheng Tu, c'est tout de suite un océan humain qui submerge tout. Plaisanteries. Car, pour les Chinois du commun, tout spectacle inhabituel qui ne retombe pas sur eux sous forme de catastrophe est considéré comme une farce. Or, ce jour-là, la catastrophe se réduit à quelques coups de bâton que des soldats, surgis à la hâte, distribuent pour ouvrir la voie. Effet miraculeux, la masse s'ouvre. Les Chinois tout contents jugent en rigolant de l'affaire comme d'une bonne trouvaille pleine de « face ». Mon père se rengorge.

Le cortège traverse les portes, les ponts, les sentinelles qui gardent le palais du général. Arrivée dans la cour d'honneur devant le Seigneur de la guerre lui-même en chair et en os, à la fois surpris et empanaché. Remise de l'objet, discours, déchaînement des gongs. Et même revue des troupes devant la baignoire, dont le général ne sait pas que c'est une baignoire. Impossibilité de lui révéler son usage sous peine de lui faire perdre la « face ». Longue cérémonie, les assistants engoncés de sérieux, les visages solennels et souriants, de ce sourire céleste qui est une gravité de plus. Tout se passe très bien. Le grand Seigneur de la guerre fait emporter le cadeau par sa garde d'honneur jusqu'à son gynécée : les concubines sont curieuses de voir la chose mystérieuse. Mon père s'en va avec son cortège. Les jours suivants il apprend qu'aucun dignitaire n'a encore osé révéler au Seigneur de la guerre que l'instrument sert à se laver. Lui, a décidé que c'était une marmite de grande capacité. C'est ainsi que la baignoire a péri dans le feu...

En tout cas, grâce à la baignoire, le Seigneur de la guerre se trouve être le débiteur de mon père. Il ne peut lui refuser sa prochaine demande. Et c'est ainsi que, quelques jours plus tard, parce qu'en ma petite personne le prestige national a été offensé, j'ai été la cause du supplice de deux hommes.

Un soir je rentre de ma promenade équestre le bonnet éraflé par une balle, sans doute une balle perdue. Aussitôt monsieur le consul de France, qui a un grand sens de la dignité de son pays, endosse son fameux uniforme et réclame justice et réparation auprès du général. Lequel fait entendre sa propre indignation et promet une satisfaction éclatante. Il n'en dit pas plus. Rendez-vous est pris pour le lendemain à dix heures sur le terrain vague qui sert aux manœuvres militaires, en dehors de la porte nord de la ville. Mon père n'est pas matinal. Il arrive avec moi en retard au lieu désigné : une enceinte entourée de barbelés, sans foule. Au milieu, deux poteaux. Des bourreaux s'affairent très professionnellement autour de deux individus nus qui y sont attachés. On est en train de les démembrer vivants. Quand nous approchons ils n'ont déjà presque plus de bras, d'omoplates et de côtes. Tas de viande et de cris qu'on nous fait voir en surveillant notre contentement pendant que les clairons sonnent. Mon père déclare que l'honneur de la France est amplement satisfait. Il se garde de dire qu'il n'en demandait pas tant, loin de là, car ce serait offenser gravement le Seigneur de la guerre qui, par l'importance des tortures, montre l'importance qu'il attache à monsieur le consul de France et à son honorable rejeton. Nous partons, mais l'exécution continue.

Mon père, un peu penaud, un peu horrifié, ne peut s'empêcher de dire à ma mère, très doctoralement, quand nous rentrons :

« C'est bien. Mais puisque le général voulait nous témoigner sa magnanimité, pourquoi n'a-t-il pas fait procéder au supplice en pleine ville, devant la population ? Cela aurait été une réparation plus considérable qui aurait eu un sens politique. Sans doute était-ce trop pour le général car, de cette façon, il se serait reconnu lui-même un peu responsable de l'attentat et cela aurait diminué sa « face ». Ce sont là, chère Anne Marie, les subtilités chinoises qui sont l'âme de l'Asie. »

Anne Marie détourne la tête :

« Au fond, vous êtes fier de votre exploit, n'est-ce pas ? »

En tout cas, personnellement, je me sentais héroïque car les amahs me félicitaient, les domestiques s'attroupaient autour de moi. C'était mon initiation à la cruauté.

Aurais-je eu des remords si on m'avait alors appris que ces pauvres démantelés n'avaient rien fait ? Qu'évidemment ce n'étaient pas eux qui avaient tiré vers moi. Ils n'étaient que des coolies ramassés dans la rue, plus probablement des prisonniers pris dans une geôle, car le Seigneur de la guerre n'allait pas se donner la peine de rechercher les vrais coupables. Lesquels d'ailleurs auraient risqué de se trouver parmi ses propres soldats.

Je vivais dans le bonheur. Mon père aussi, ma mère également. Tous les trois nous participions à la félicité chinoise. Dans mon jeune âge j'avais compris qu'en Chine tout était joie, que la vie était plus puissante que la mort.

Déjà, vaguement, j'avais le sentiment que mon père, dans son art d'être chinois, était un peu lourd. En fait, il était un bûcheur avec des vanités et des caprices de despote et aussi une certaine vulgarité de « petit blanc » mêlant la sentimentalité fleur bleue et le cynisme colonial. C'était ma mère que j'admirais. Elle était très aimée des serviteurs du consulat. Il y en avait cinquante, cent, tous en tenue blanche et en turban bleu : boys, blanchisseurs, cuisiniers, messagers, gardiens, porteurs de chaises à porteurs, mafous. Ils étaient très prospères. Il fallait les voir accroupis par dizaines autour des tas de riz fumant, silencieux dans l'activité et la jouissance d'avaler, poussant de leurs baguettes, à un rythme précis, inouï, la nourriture dans leur bouche. Ces serviteurs étaient de grands seigneurs, ils avaient leurs propres serviteurs qui leur préparaient de gigantesques repas dans des chaudrons et avaient le droit ensuite de manger les restes. Tous s'élevaient et s'inclinaient quand ma mère arrivait auprès d'eux.

Anne Marie savait d'instinct qu'il ne faut pas morigérer les Chinois, les chapitrer, crier après eux, leur donner des ordres, leur faire des scènes quand ils ne comprennent pas, quand ils ne veulent pas comprendre, quand, après avoir dit « oui », ils font ce qu'il y a de plus absurde aux yeux des dames européennes ordinaires qui crient.

Anne Marie ne se laisse jamais exaspérer. D'abord elle a conscience d'être une femme, c'est-à-dire d'être un être inférieur même pour les domestiques mâles. Aussi n'est-elle jamais courroucée, elle ne fait jamais la grosse voix. Tout au plus dit-elle aux serviteurs, en chinois, car elle a aussi appris la langue du Sseu Tchouan : « Votre façon de faire est la bonne, mais essayez la mienne qui n'est peut-être pas mauvaise non plus. » Elle obtient des résultats prodigieux de cette façon. Par exemple que le cuisinier ne se mouche pas dans ses doigts, que le jardinier n'utilise pas l'engrais humain de nos cabinets pour améliorer la croissance des légumes de notre potager.

Il est vrai que le bonhomme est arrivé à renoncer à la notion sacrée et séculaire de l'autofumure en découvrant son intérêt bien compris qui est de vendre pour lui, au-dehors, les produits des tripes du yamen.

Ma mère est toujours à son aise. Elle devine. Elle devine que le jardinier partage les bénéfices de son commerce avec les autres domestiques importants proportionnellement à une hiérarchie interne très stricte. Pas la hiérarchie officielle mais une hiérarchie secrète purement chinoise. Ma mère gouverne par le juste milieu. Elle ne demande jamais sa quote-part dans les petits gains de la maison, ce que ne manquerait jamais de faire une dame chinoise numéro un. Mais contrairement aux Européennes qui passent leur temps à vérifier des comptes invérifiables, ma mère ne chicane pas. En Chine rien n'est clair, les chiffres n'ont pas de sens, il faut savoir faire confiance.

Je n'ai jamais vu ma mère reprendre un serviteur en lui disant : « Cette fois tu exagères, tu chapardes trop. » Mon père lui a expliqué qu'il ne faut pas prendre un Chinois la main dans le sac si on n'est pas capable de la lui faire couper. Il lui a expliqué qu'accuser un homme c'est l'humilier, c'est l'obliger, pour défendre son honneur, à édifier un tel échafaudage de mensonges, de dénégations, de truquages, que l'accusateur en reste pantois, en plein labyrinthe, écrasé, comme s'il avait commis une injustice. Mais mon père, malgré les leçons qu'il donne, se laisse parfois emporter à proférer des invectives et il voit sa victime se dresser contre lui, à la manière chinoise, les yeux ronds de l'innocence, les traits meurtris par l'erreur judiciaire, les gestes de la protestation indignée.

Ce genre d'erreurs, Anne Marie ne les commet pas. Elle sait très bien se faire voler, ni trop peu, ce qui ne serait pas digne de sa grandeur, ni trop car elle serait considérée comme une idiote. En cas d'abus elle ne dit rien, elle a juste une expression particulière. En fait, le corps entier des serviteurs a établi spontanément le taux équitable des vols et s'y conforme, contrairement aux mauvaises maisons où il faut inventer des astuces pour arriver à ce qui est considéré comme le dû honnête. Tout le monde a sa fierté au yamen. Tout marche très bien pour la domesticité qui vit tranquille et pour ma mère qui n'a pas trop de peine à se donner. Simplement une vigilance amusée. C'est que la Chine, si effrayante pour beaucoup, est pour elle un divertissement constant. Les curieux replis du cerveau jaune produisent toujours des effets qui l'enchantent. Ainsi, quand elle rencontre le jardinier enrichi par son négoce, vieil homme aux rides de terre cuite, elle lui demande : « Très honorable ancêtre, grand-père, est-ce qu'au marché le prix de la matière est bon ? » Ce qui est considéré comme une allusion fine, pas blessante, faisant valoir à la fois la perspicacité de ma mère et son sens des convenances.

A ma mère Tcheng Tu entier paraît normal. Même de trouver un cobra dans sa chambre, même de voir un panier de têtes égaré près du porche du consulat, même d'avoir une mitrailleuse braquée contre sa fenêtre. Elle est à l'aise, généralement la seule dame présente, en guimpe de dentelle et en jupe à volants, dans les gueuletons de cérémonie avec le Seigneur de la guerre. C'est avec une bienveillance à la Joconde, avec un retroussis des lèvres, qu'elle écoute les vantardises des missionnaires et les jérémiades des bonnes sœurs. Rien ne la surprend, pas même d'être dans une jonque entraînée dans le courant fou des inondations, pas même d'être au milieu des morts vivants d'une famine. Chaque matin ma mère refait la torsade de ses cheveux puis entreprend la tournée du yamen en s'informant des drames et des misères de la journée, toujours avec cette simplicité dégagée qui lui donne la « face » sans la chercher. Même les Seigneurs de la guerre qui se succèdent ont pour elle un respect qui dépasse la simple politesse. Ils lui montrent une considération particulière. Ils ne lui font pas de ces cadeaux pompeux destinés aux femelles des barbares mais lui envoient des parures délicates qui sont un langage symbolique, celui des hommages venus du cœur. C'est qu'ils ont le sens de la dignité et ils honorent la dignité de madame ma mère.

Mais ce qui comptait, à Tcheng Tu, ce n'était pas l'opinion des Seigneurs de la guerre, c'était celle des domestiques. Car ils avaient fait à Anne Marie, au sein de la population, une propagande qui était sa sauvegarde. J'aimais aller avec elle dans les ruelles de la ville. Souvent nous nous enfoncions dans la cité, moi à cheval, suivant sa chaise à porteurs. Alors que les dames chinoises à pieds cassés étaient enfermées dans des palanquins hermétiques, rideaux tirés, pour ne pas être souillées par les regards de la plèbe, ma mère était portée en plein jour, en pleine lumière. Elle n'avait jamais d'ennuis — pas de bousculade calculée pour la faire dégringoler de ses hauteurs, pas d'obscénités proférées contre elle, de ces obscénités célestes qui sont les plus terribles de l'univers, pas d'attroupement de soldats ou de mendiants sur son passage. Et pourtant, se montrer ainsi aux yeux de tous, pour les Chinois, c'était inconvenant.

Elle s'en allait donc au-dessus des grouillements chinois. Elle savait ne pas voir les filles de joie, les lépreux, tout ce qui était trop macabre, mais sans détourner la tête, juste dans une négation décente. Et nous aboutissions à la beauté. Généralement nous allions chez les riches marchands de la rue de la soie, de la rue du bronze, de la rue de la laque. Le quartier des objets précieux faits pour la volupté des riches.

La chaise s'abaissait. Mouvement rythmique des coolies pour descendre ma mère Anne Marie aux pieds intacts qui marchait en me tenant par la main. Nous allions vers une boutique qui était un antre. Elle était protégée par des palissades, des rangées de pieux, toujours prête à se fermer grâce à d'énormes cadenas rustiques. Après des murs et des couloirs nus j'entrais à sa suite dans une grande pièce vide. Demi-nuit percée des pointes rouges des baguettes d'encens allumées où saluait la voix d'une femme qu'on voyait mal car elle était vêtue d'une robe de soie gris argent, de la même couleur que la pénombre. Dans un coin, au-dessus d'un rayonnement rouge qui était un fauteuil de laque, se redressait peu à peu ce qui ressemblait à une tête de tortue. C'était la tête d'un vieillard tellement vieux qu'il lui fallait presque une minute avant de hisser son chef puis son corps. Lent dépliement. L'homme vénérable était revêtu d'une tenue antique : une robe brodée d'animaux bénéfiques. Tout était lointain, feutré, d'un autre monde. Celui des trésors. Pour ma mère on ouvrait de grands coffres cachés, on apportait pièce après pièce, des statues anciennes, des porcelaines de jadis, des ivoires ajourés, des draperies où s'affrontaient des guerriers aux masques rouges. Il y avait des jades de tous les verts, des tentures tibétaines remplies de démons noirs, des Bouddhas à nombril fleuri, des statuettes indiennes où les dieux s'enlaçaient. La lenteur de la vieillesse convenait au vieillard accomplissant son office, celui d'enlever de sa chape d'ébène ou de santal chaque merveille, de l'offrir aux plaisirs de la vue, de l'admiration et de la concupiscence. Je devinai déjà que le commerce était en Chine un supplice délicieux : il existe une technique millénaire pour créer le désir chez l'acheteur et pour le jauger. C'est la quantité de désirs qui fait le prix. La gesticulation, la mimique dans le marchandage ne sont que pures convenances, c'est bon pour le bas peuple. Ce qui compte c'est la neutralité de la voix et des mots, un concours de désintéressement au milieu de l'âpreté des passions cachées. Ma mère parlait chinois avec l'accent angevin. Sa tranquillité la servait. Elle revenait à la maison avec les pièces les plus rares, les montrait à mon père, dépité de ne pas les avoir trouvées lui-même, qui déclarait que c'étaient sans doute des faux. La fausse antiquité en Chine date parfois de quatre mille ans.

De temps en temps des gaillards solides entraient au consulat avec d'énormes baluchons sur le dos. Ils en sortaient des dieux, des vases, des brûle-parfum qu'ils vendaient à bas prix.

Cela se produisait après une grande catastrophe, une inondation ou une sécheresse dont les derniers survivants allaient échanger ces objets contre du riz. Le plus souvent c'étaient les armées du Seigneur de la guerre qui s'étaient emparées de quelque bourgade. Cela, je l'apprenais par mon mafou, un ancien soldat. Il me racontait ce qu'avait été son métier :

« C'est très difficile de piller avantageusement. Car dès qu'un détachement est signalé la population enfouit sous terre tout ce qu'elle possède. Les paysans ont des caches ancestrales pour leur riz, leur sel, leurs trognons de choux. Dans les cités les notables ont depuis longtemps préparé des pièces clandestines pour y mettre leurs lingots d'or et d'argent. Ils s'y enferment eux-mêmes avec leurs fils et leurs concubines favorites. Il faut travailler comme des taupes, déceler le moindre jour, le moindre interstice menant à un couloir, à un trou. Les gens intéressants, il faut souvent leur griller les pieds ou leur ouvrir le ventre avant qu'ils ne parlent. On promet la vie sauve à un domestique ou à un enfant esclave pour qu'il trahisse son maître. Il faut de cette manière inspecter chaque pouce carré de village ou de ville avant d'y mettre le feu. La meilleure aubaine ce sont des pagodes bouffies et grasses où les bonzes vous maudissent, mais on s'en fout.

« C'est un dur travail. Car ce qu'on a pris, d'autres vous le prennent. On vous tue comme un chien. Les officiers exigent leur part. Moi, je ne me suis pas enrichi. J'ai marché, j'ai porté de lourdes charges, j'ai toujours été volé. Mais ce qu'on me reprenait aboutissait toujours à Tcheng Tu, chez les richards. Ceux-là ils s'enrichissent des restes des richards dépouillés dans un coin de province. »

Mon mafou me raconte ses malheurs avec hilarité. Ce rire restera pour moi une des leçons de Tcheng Tu. Enseignement que je retrouvais partout : sur le visage du vieux lettré du consulat, sur ceux des domestiques. Pour un Chinois l'infortune, la sienne, celle des autres, c'est toujours un amusement jovial, positif, cynique, sans pitié. C'est l'orgueil. Montrer qu'on n'est pas touché, qu'on n'est pas sensible, qu'on est supérieur au destin. Surtout ne pas se reconnaître soi-même comme victime et se moquer des victimes. Moi aussi j'apprenais à ne rien ressentir, à seulement rigoler quand mon père m'engueulait.

Mon mafou a d'habitude une trogne taillée dans la pierre. Epaisse, carrée, sans relief surtout. Des paupières à peine ouvertes sur des fentes ternes où l'on sent la ruse et la brutalité et où de vagues lueurs prouvent qu'il a des sentiments. Il est comme une bête musclée courant derrière moi. Bête que je sens dangereuse. Mais bête qui m'est devenue d'un total dévouement. Bête s'étant mise à me parler. Sa vie ce sont les guerres, les massacres et pendant ses récits sa face est illuminée de joie. Il veille sur moi comme sur la prunelle de ses yeux, me guidant dans les venelles dangereuses de Tcheng Tu. Sa main est toujours refermée sur un grand gourdin. C'est mon ami.

Au yamen mes amahs, mes nourrices, mes bonnes me dorlotent. Elles m'aiment avant tout comme le petit mâle. Elles contemplent ma virilité, elles la vantent, elles s'en réjouissent. C'est leur plaisir. Elles rient de constater que les Blancs ne sont pas proportionnés comme les Chinois mais normaux quand même. Car, dans le bas peuple, on raconte qu'ils sont pourvus de choses monstrueuses, diaboliques, hérissées de pointes, ramifiées en lanières, des instruments de torture qui déchirent et font mourir les femmes. Grâce à moi mes amahs savent que ce n'est pas vrai.

Ma principale amah, celle qui est ma seconde mère, s'appelle Li. Une grande face camuse toujours penchée sur moi, une figure comme un bol, comme une lampe. C'est une jeune paysanne qui a gardé ses grands pieds. Elle me berce dans un hamac tendu entre des troncs de grenadiers et, pour m'endormir, discrètement, selon la recette du pays, elle me fait des caresses surprenantes. Heureusement Anne Marie ne s'en doute pas. Ce que ma mère défend, c'est qu'on m'emmène aux cérémonies magiques destinées à chasser les mauvais génies et les esprits malfaisants. Elle sait que, de temps en temps, la nuit, les serviteurs se réunissent au fond du jardin autour d'un sorcier en robe souillée, boiteux, le front mangé d'une verrue, un dégoûtant troisième œil. Moi, dans ma chambre, les sens exaspérés, il me semble que les sons, les lueurs, les parfums de la cérémonie parviennent jusqu'à moi. Je sais que Li est au premier rang, palpitante. Je sais que l'officiant une fois payé se transperce avec une épée et s'incruste dans la chair de gros clous tordus. Puis je m'endors.

Grâce à mes amahs je parle d'abord la langue céleste. Je suis un petit Chinois blanc nourri de légendes. Li me fait souvent des récits terrifiants pleins de monstres, de serpents ailés, de souverains des enfers, de dragons dévorants. Mais elle me dit que je triompherai de ces horreurs, de ces terreurs, de ces émanations, vapeurs, rêves et cauchemars qui sont cependant comme des bêtes réelles et menaçantes. Je porte sur moi, dit-elle, les signes de la prospérité et plus tard je serai un roi du ciel. En attendant, dans la journée, je suis le cul nu à la façon du pays. Car à Tcheng Tu les gosses de richards, tout emmitouflés de grosse soie, les joues fardées, ont une sorte de rabat taillé dans leur pantalon. Ce pan d'étoffe, on l'abaisse pour découvrir les fesses qui restent ainsi à l'air afin que ces précieux enfants puissent faire tout à l'aise leurs délicates petites commodités qu'on ramasse soigneusement. Mais les miennes, à la contrition de Li, ne servent pas à faire pousser les asperges et les artichauts qui sont la fierté du jardin potager de ma mère, la première créature à avoir introduit les légumes de l'Occident au Sseu Tchouan. Ma mère passe son temps à tout faire désinfecter, mais moi, avec mes amahs, je me gave de soupes chinoises, d'œufs pourris, de fèves au vinaigre, de vers de palmiers. Cependant je suis quand même humilié d'avoir le derrière à l'air et je fais ma première révolte antichinoise à ce propos. Révolte victorieuse : on m'habille en petit marin. Je vis délicieusement. Je suis l'ami des garçons des coolies du consulat, gosses nus au gros ventre et au petit sexe brinquebalant. Toujours derrière chacun d'eux un chien spécialement dressé qui les torche de sa longue langue quand il en est besoin.

A la mousson, quand les nuages sont au-dessus de la terre comme des géants poisseux et dégoulinants, quand les rivières débordent, quand arrive le dragon de l'eau, les amahs me font cadeau d'une jeune panthère. Une pelote de chair avec laquelle je joue tout le jour. Le soir on l'enferme dans une petite tour où de grosses barres scellent une fenêtre. Mais une nuit d'orage, une nuit où le ciel est comme le feu exhalé par les narines des démons, la panthère affolée défonce les grillages et saute au-dehors. La corde à laquelle elle est attachée la suspend en l'air et l'étrangle. Mon premier chagrin. Si vif que mes amahs revêtent leur tenue mortuaire pour procéder à de vraies funérailles. La troupe des domestiques suit le cortège. Moi aussi je suis habillé d'une robe blanche. Ma mère a permis qu'on fasse venir un bonze très pieux. Gongs et litanies, tertre dans le jardin où repose ma panthère.

Ensuite mes amahs m'offrent de longs oiseaux des marécages. Des flamants, des grues, des hérons qui restent interminablement immobiles comme des souches sur leur patte, dans une petite mare au fond du jardin. On a cousu les paupières de ces bêtes. C'est le seul moyen pour qu'elles ne s'envolent pas. Ma mère en l'apprenant les fait découdre et les volatiles ne manquent pas de s'enfuir à tire d'aile vers les marais lointains. Je suis furieux contre elle.

Je grandis en sagesse et en expérience. Bien plus que mes parents je suis dans la vraie Chine avec mes amahs, mes mafous, les domestiques qui me tendent des baguettes pour manger avec eux, comme eux, avec leurs enfants qui courent comme des rats. Dans la rue je suis intime avec des marchands de soupe, de gâteaux, avec de vieux lettrés qui traînent, qui ont des échoppes d'écrivains publics. Mon mafou me fait connaître des charretiers, des muletiers, des porteurs d'eau, des soldats même. Mais surtout mes amahs prennent l'habitude de m'emmener avec elles en ville. On dit à ma mère qu'on va chez les bonnes sœurs. Mais on s'attarde toujours dans les bonzeries, chez les devins qui consultent des herbes étranges et des bouts de chair. Les auspices sont bons. Cela je ne le raconte pas à Anne Marie.

Li, quand je m'en vais avec elle, me prend dans sa chaise à porteurs. Une chaise de location pouilleuse, portée par deux coolies seulement. Là-dedans elle me tient sur ses genoux, elle frotte son nez contre le mien. Sa longue natte de cheveux noirs oscille derrière moi, je tire dessus et Li sursaute. Elle rit. Un jour elle me dit qu'elle va me faire connaître des princesses. On s'arrête devant une sorte de temple crasseux. C'est un théâtre où se jouent les grands opéras millénaires des « Trois Royaumes combattants ». Multitude, cris, expectorations, crachats. Tous les détritus y compris la morve expulsée par les enrhumés qui d'un doigt bouchent une narine pour actionner l'autre. Les pétards éclatent, les gros flocons rouges des douilles déchirées jonchent le sol comme des pétales. Des mendiants écroulés mangent à même la terre les pépins et les bouts d'os tombant des bouches des spectateurs qui mastiquent sans arrêt. Des serveuses en robe bleue versent du thé aux spectateurs qui brandissent des sapèques. Le jet brûlant tombe avec précision dans les gobelets. Tout est confus, on se bat, on hurle dans la salle. Des grognements de contentement sortent de la masse chinoise qui aime les drames.

C'est le drame sur les planches. Un empereur de la dynastie des Han porte un masque rouge et effrayant, celui de la majesté terrifiante. Le souverain roule des yeux énormes à travers les fentes des paupières. Ses sourcils sont des barres de charbon, sa barbe est un fleuve noir. Sur la tête un tricorne avec des plumes qui se recourbent. Dans son dos sont accrochés des étendards en faisceau. Sa robe est habitée de dragons. Sa voix roule comme un tonnerre. Tonnerre hurlant, tonnerre chantant. Tonnerre qui se coince en des silences où se déchaînent tam-tams, gongs, tambourins et flûtes. Coups, ruissellements sonores, trilles qui font des acrobaties. Musique comme un envoûtement sauvage et sirupeux, frénétique et lent. Tout mène au paroxysme. L'empereur est au bout de sa tirade, de ses raisonnements, de ses déductions, il en est à la sentence. Rugissements éraillés. L'empereur donne l'ordre à ses satellites qui bondissent comme des puces de mettre à mort sa fille : elle a manqué au respect filial. Quand se sont éteints les grondements de la voix paternelle la condamnée apparaît pour jouer la scène classique de la supplication vaine. Pleurs de femme donnant à l'empereur l'occasion de montrer encore plus sa rigueur, le plaisir du devoir cruel, la grande vertu chinoise.

La princesse, ses cheveux scintillant des mille feux de ses pierreries, avance sur ses moignons de pieds, balançant ses bras pour garder l'équilibre. Elle gémit. Cris de tourterelle, yeux qui se révulsent, hanches qui ondulent légèrement. Les mains implorent dans les manches de soie. Les doigts tiennent une gaze pour voiler ses traits, cacher le frémissement et l'émotion à l'énoncé du verdict fatal. Les Chinois de la salle pleurent, alors qu'ils ne pleurent pas dans la vie. Les bourreaux s'emparent de la princesse qui disparaît emmenée vers la mort. Le bruit des instruments coupe comme une lamelle sonore, comme une onde déchirante. La princesse est suppliciée. Mais je sais qu'elle vit et qu'elle me touche.

Je veux parler à mes parents de mes expériences théâtrales. Je m'attendris en parlant de la princesse à mon père. Lui, se tortillant les moustaches, se met à rigoler :

« Ta princesse c'est un homme. Toutes les princesses de théâtre sont des hommes. »

Et mon père se tournant vers ma mère, mi-pédant, mi-égrillard, mi-offusqué, mi-ravi, lui glisse à l'oreille, à voix basse, des mots que je ne suis pas censé entendre :

« Ces actrices sont des gitons professionnels au sexe indéterminé. Les richards de la ville les apprécient beaucoup. Et même le général est amateur. »

Ma mère est choquée. Pas par ce que dit mon père mais par la manière qu'il a de le dire. Toute cette mimique, ce mélange de cuistrerie et de gaillardise. Un tic d'agacement sur le visage d'Anne Marie.

Moi, sans bien comprendre pourquoi, je ne veux plus aller au théâtre. Mais ma chère Li, dans nos expéditions en chaise à porteurs, me fait connaître d'autres plaisirs. Ceux que l'on doit au nouveau Seigneur de la guerre, soucieux de contenter ses sujets tout en les moralisant et en les instruisant.

Le nouveau Seigneur de la guerre de Tcheng Tu est « moderne ». Il se donne le titre de maréchal. Ce n'est pas un ancien gueux, un ancien moine arrivé à la plus haute destinée par la roublardise, la truculence, la rigolade sanglante, le génie de voler, d'empaler, de rassembler les brigands en armée. Le maréchal de Tcheng Tu est un personnage qui a été formé dans une académie militaire, il a même étudié les sciences nouvelles. Pour plaire à la population de Tcheng Tu, il ajoute aux raffinements anciens ceux du progrès. C'est ainsi qu'il a un orchestre à brandebourgs avec des cuivres et des trompettes : la fanfare de son armée qui a appris le do ré mi fa sol. Il a fait venir de Shanghai un kiosque à musique. On l'a inauguré en grande pompe sur la place principale de la ville qui est aussi celle des exécutions. Parfois on combine les deux ordres d'activité. Lors des fêtes la clique joue du Beethoven ou du simili-Beethoven. L'élite de la ville se rassemble pour le spectacle. Les messieurs célestes en robe, les dames célestes aux pieds bandés, trognons à la fois ratatinés et en forme d'excroissance, sont là avec leur famille et leurs enfants. On écoute les symphonies de l'Occident mêlées de tam-tams, et de pétards. Et on écoute aussi des cris. Car, sur l'estrade, un homme nu est attaché à un poteau. Son corps rapetisse sans cesse. Entre chaque morceau de musique, le bourreau, avec ses coutelas, prélève un morceau de chair sur l'individu, progressivement. Ces détritus il les jette sur la foule qui, joyeusement, se bouscule pour ne pas être atteinte ou souillée par eux. Cependant la chose humaine vit encore, devient manchot, cul-de-jatte, homme tronc, paquet saignant, paquet hurlant. Douce gaieté. Li apprécie, elle rit, plus jeune, plus charmante que jamais. Elle me prend dans ses bras, elle m'élève au-dessus de sa tête pour que je voie bien. La société est ravie, la grande satisfaction. Autour de nous les gens disent que le maréchal est bien bon. C'est un grand maréchal qui a amené la paix — assez de paix pour qu'on puisse maintenir l'ordre simplement par quelques supplices.

Cette manifestation me paraît si patriotique et vertueuse que j'en dis quelques mots à mes parents. Mon père comme toujours fait des observations didactiques et savantes.

« Mon petit, ce que tu as vu, c'est une boucherie ignoble. C'est le signe de la décadence des temps.

L'homme on l'a dépecé, on l'a saigné comme un cochon. Il a crevé en quelques minutes. Moi autrefois, j'ai assisté au vrai supplice de la mort lente. La dissection anatomique. On ne prélevait, l'un après l'autre, que les muscles, ceux de la poitrine, ceux des bras, ceux des jambes. Rien de vital n'était touché, l'agonie durait des jours et des jours. On déshabillait le squelette de sa chair. Et quand il n'y avait plus que les os on les désarticulait et on les cassait. Enfin on tranchait la tête. »

Ma mère a encore une ombre nerveuse sur ses joues, elle dit à mon père : « Taisez-vous. » Elle m'envoie dormir et se met à réprimander sévèrement Li qui est très étonnée, qui ne comprend pas sa faute : car n'est-ce pas bien qu'un enfant voie le châtiment du crime ?

Tcheng Tu, vers 1918, est plein des bienfaits du nouveau Seigneur de la guerre. Il veut y faire fleurir les arts et les sciences de l'Occident.

Du coup mon père se sent encore plus mobilisé au service de la patrie.

« Tous les marchés que cela représente ! Il faut que je les obtienne pour nos firmes françaises de Shanghai. Si les Anglais croient que je vais les laisser tout bouffer... »

La population se réjouit moins. Elle sait qu'elle va payer. Mines inquiètes des gens quand le maréchal annonce que lui-même va se montrer à sa population dans une machine qui avance toute seule : une automobile. Proclamation pour ordonner au peuple de se rassembler et de se réjouir.

Pour l'exhibition du maréchal il faut d'urgence une belle et digne artère triomphale. Car le magma des ruelles-soupentes, des ruelles-dépotoirs, de tous les boyaux en torticolis, ne saurait convenir à la majesté du maréchal motorisé. Ordre est donné aux riches commerçants de la rue de la soie, de raser, en moins de vingt-quatre heures, leurs boutiques sur une profondeur de quatre mètres. Mon mafou m'y emmène. Tout est calme. Un vieil écrivain public explique :

« Ces messieurs les négociants sont en train de se concerter. Ils ont rassemblé une grosse somme d'argent pour l'offrir au Seigneur de la guerre. Le maréchal a daigné écouter leur supplique. »

C'est une autre rue, un peu moins riche, qui est menacée. Mais là aussi les habitants ont su adoucir les humeurs du maréchal. La même scène s'est reproduite les jours suivants pour toutes les artères pertuis de la cité. Enfin des soldats ont surgi avec des mitrailleuses, des haches et des torches. Ils ont abattu les taudis d'un cloaque où personne n'a les moyens de se concilier le Seigneur de la guerre. Les gens se sont débattus, on a mis le feu. Tout le monde a été chassé, des récalcitrants ont été tués. Ainsi a été dégagée une superficie de terre suffisamment grande pour l'apparition sur roues du Toun Kiong, c'est-à-dire du Seigneur de la guerre.

Le grand jour. Une plèbe est entassée à l'entour de la place. Ce sont les soldats qui l'ont rassemblée avec des moyens énergiques. Les Chinois amenés là ont, sur leur face terne, un rictus qui leur sert à exprimer la joie obligatoire. Des trompettes, des fanfares, un bataillon entourant un capot. Les toussotements d'un teuf-teuf, et, sous la protection de son armée, le Seigneur de la guerre debout dans la première automobile qui roule dans Tcheng Tu.

Mon père, au consulat, a la mine de la défaite. Il dit à ma mère :

« Et ce n'est même pas une marque française. »

Unique sortie de la bagnole. Par la suite elle a dû rouiller dans un coin du palais du Toun Kiong. Car lorsque je rencontre le Seigneur de la guerre dans la cité c'est dans son appareil ordinaire qu'il se déplace. L'habituel mélange de la Chine d'autrefois et de la Chine récente, c'est-à-dire la Chine des fusils. Des gongs, des salves, des bannières et des drapeaux, des dignitaires en robe et des gens en uniforme militaire. Toujours des baïonnettes, mais aussi les fouets et les chaînes traditionnelles des bourreaux qui suivent le maréchal. Celui-ci est à cheval sous un large parasol. Et chaque fois, mystérieusement, avant qu'il ne surgisse, les rues se vident : pas un visage. Silence de la peur. Car si quelqu'un se montrait, l'œil du Seigneur de la guerre pourrait se porter sur lui et cela pourrait lui faire venir une idée.

Je ne crains pas le Seigneur de la guerre. Il vient souvent au consulat pour festoyer. Des jours à l'avance je suis averti par Li de ses visites. Li que je trouve souvent se tenant par le petit doigt avec le chef cuisinier chauve. C'est un signe d'amour. Je suis jaloux mais c'est grâce à lui que Li est si bien renseignée.

Au consulat la domesticité se pénètre de gravité. Visages de zèle, visages pleins de la « face », que la venue du maréchal va faire rejaillir sur le yamen tout entier. Un sérieux à couper au couteau. Ma mère, seule, ne montre pas d'émotion. Elle donne des explications aux maîtres queux qui lui disent avec dédain « Nous savons » surtout s'ils ne savent pas. Ce qu'elle leur fait préparer ce sont les recettes de sa vallée de la Loire, le poisson mandarin servant de brochet pour le beurre blanc. Les cuisiniers sont fiers de pénétrer les secrets de l'Occident. Mais, ceux-ci connus, ils veulent orgueilleusement les améliorer à la sauce chinoise. Que de mal ma mère prend-elle pour les empêcher de tout couper en morceaux car c'est la coutume céleste !

Mon père est un monument de réflexion. Surtout quand il va dans la pièce aux trésors. Long déverrouillage des serrures. C'est là qu'on a enfermé les merveilles venues de Shanghai, depuis les paquets de coton hydrophile, les pelotes de ficelle jusqu'aux truffes et au cassoulet. Comme dit mon père « les notes sont salées mais il y va de l'avenir de la France dans le Haut Yang Tse Kiang ». Tous les deux ou trois mois, quand arrive la cargaison, quelle joie j'ai à voir sauter les couvercles des caisses bardées de fer et remplies de conserves. Pour moi les conserves c'est plus que les jades et les Bouddhas, c'est le rayonnement d'un monde inconnu. Et je reste là des heures pendant que mon père compte les boîtes et dit au chef boy : « Il y a tant de ceci et tant de cela. » Le chef boy opine avec impassibilité. Il sait pourtant qu'on l'avertit de ne pas faire main basse.

Volupté quand mon père retourne dans cet antre où il fait son plan de bataille pour le grand dîner.

« Tant de bouteilles de champagne. Tant de bouteilles de bordeaux. Tant de bouteilles de muscadet — le muscadet c'est en votre honneur Anne Marie. Tant de bouteilles de...

— Mais c'est trop. Vous allez vous enivrer, le maréchal aussi. Cela va être dégoûtant.

— Ce n'est pas un plaisir pour moi, vous le savez bien Anne Marie. Il faut que je me sacrifie... Que pensez-vous de quelques boîtes de foie gras ?

— Pour que les invités les rendent en même temps que la boisson ? Et puis vous risquez que le maréchal se croie empoisonné. Il ne sait même pas ce que c'est.

— Il fera semblant de le savoir. Ce sera une manière de m'honorer. »

Mon père en habit. Ma mère en robe du soir. La nuit arrive. Mes parents sont sous les armes. Mon père fait des embarras. Sa chemise l'étrangle. Mais surtout ses chaussures appuient sur ses cors aux pieds. Mon père claudique ostensiblement, il maudit les boys, surtout son valet de chambre qui est un maladroit. Ma mère surgit : une tulipe de dentelles. Un pendentif de jade descend sur sa gorge. Sa vue rassérène le consul. Galantin, tendre et hiérarchique, à la fois époux et chef de service, il dit à Anne Marie :

« Votre robe a coûté bien cher mais elle vous va

bien. Je compte sur vous. Ne parlez pas trop ce soir. Les femmes doivent être muettes. »

Il essaie de l'embrasser mais elle se dérobe.

Bruits dans la cour d'honneur. Des hennissements, des piaffements de chevaux, des brouhahas de coolies, des rumeurs de caravansérail. Des personnages empanachés sautent de selle, jetant leurs rênes aux palefreniers. De gros Chinois capitonnés de lard et de soie. Des marchands se déploient huileusement pour sortir de leurs palanquins. Dans les recoins de la cour des lueurs éclairent les faces des coolies, des gardes du corps, toute une foule, faces dérobées aux ténèbres, faces emmanchées sur des corps accroupis, faces barbouillées de riz. Un grand fracas martial. C'est le Seigneur de la guerre qui arrive avec sa garde d'honneur sur le qui-vive, prête à tuer en cas de surprise toujours possible. Reflets de l'acier. Fusils braqués pendant que le maréchal avance vers mon père cassé en deux par un salut et vers ma mère qui a le privilège exorbitant de rester verticale, esquissant tout juste une légère révérence, une ondulation du cou.

A l'intérieur c'était l'entente, l'énorme rigolade, le repas de cent couverts dans le pullulement des cristaux, de l'argenterie, du linge. Moi, tapi à l'office grâce à la complicité ancillaire, je regardais dans la salle du banquet par le trou qui servait à passer les plats. Le Seigneur de la guerre était juché sur un trône couvert de peaux de tigres. Un aide de camp goûtait de tous les vins et de tous les mets avant lui. La garde d'honneur était toujours dans la cour doigt sur la gâchette.

Je voyais les rites de l'amitié, un crescendo. Au début rien que des têtes pétries de politesse. Mais mon père était un acharné. Il était à la hauteur dans ces solennités qui s'animaient en discours, en compliments, en plaisanteries. C'était beau, ça rutilait. J'entendais les phrases, j'entendais les rires. Allocutions pleines de fleurs, facéties soulevant les applaudissements. Ma mère n'était pas gênée par ces gueules de ruffians, en train d'essayer de manger à l'européenne. Bataille ridicule des invités avec les cuillères et les fourchettes. Les convives s'aidaient de leurs mains et de leurs rots. Ils recrachaient les bouts d'arêtes. Les serviteurs du consulat apportaient les gigots. C'était un carnage.

Le consul de France n'y allait pas avec le dos de la cuillère. Il nageait dans le pompeux. La France plein la bouche, la Chine plein la bouche, se déchaînant en accès d'hilarité dûment repris par toute l'assemblée. Il était encore plus pontifiant — un pontifiant hilare — que les Célestes. Il déversait des *jokes* — on se servait de ce terme anglais — répertoriés, classifiés et connus. L'almanach Vermot dans la diplomatie de la Chine des Seigneurs de la guerre. Rigolades. Automatisme de la rigolade. Car mon père savait que la vérité est sacrilège en Chine, que la moindre allusion à la réalité est inconvenante. Je découvrais la soirée idéale : le fictif total.

Le fictif comportant le déchaînement. Car mon père se met à porter son premier kampé. Il est debout, il fait cul sec une fois, dix fois, cinquante fois. A chaque fois il tend son verre en hommage et en défi, vers l'invité qu'il veut honorer. Enfin le kampé avec le Seigneur de la guerre qui se lève. Le Chinois et le Français dressés, avalant d'un seul coup, avec des gestes consacrés. Le consul et le potentat face à face dans le duel de la fraternité avec des coupes. Il y a une nervosité, une électricité, une agressivité dans l'air. Petits cris, petits rires de toutes parts. Ce sont les convives qui, à leur tour, provoquent mon père au kampé. Mon père titubant fait le kampé général. Mots qui claquent, cliquetis des verres, glapissements des toasts. Premier vomissement. Ma mère est toujours à sa place, à côté du maréchal.

Dehors, deux ou trois coups de feu tirés par mégarde par des soldats. Personne ne s'émeut. Dans la cour les coolies dorment. Dedans, sur la table souillée, commence la partie de poker. Mon père est frêle, presque incertain, parmi les Chinois qui ont retrouvé une placidité de rocs. Leurs mots précis pour faire monter les enchères. Leurs faces, leurs expressions glacées. Le tas de billets, les cartes abattues par les doigts jaunes. L'impassibilité des Chinois dans une passion vraie. Une cruauté ambiante. Le consul qui perd. Et puis encore des rires, des kampés, des éructations, des corps qui s'écroulent sous la table, sur le plancher dégoûtant. Faces jaunes verdies, décomposées. Le talent chinois de faire des bruits avec les intestins, les muqueuses, les bouches. Mon père est satisfait, c'est de cette façon que doit se terminer une fête. Il est acharné à tenir, à se tenir sur ses pieds pour la grandeur de la France. Il surveille le Seigneur de la guerre, regardant de quelle façon il sourit, interprétant ses yeux bridés. Le Seigneur de la guerre est toujours intact. Geste suprême : il fait apporter deux énormes vases remplis de cognac, il provoque mon père au grand kampé. Match nul. Il faut recommencer. Le maréchal boit, mon père boit et le maréchal tombe de son trône. Victoire de mon père. Victoire embarrassante car il se demande ensuite s'il n'aurait pas dû être le premier à s'écrouler. Problèmes insolubles de la « face »...

Ensuite, c'est le ramassage. Des soldats emportent le maréchal. Des coolies, des gardes du corps tirent les autres personnages de dessous la table. Chaque domestique emmène son maître. C'est alors que dans la salle vide mon père vomit. Mon père qui a été héroïque, mon père qui a fait splendidement son devoir. On l'emporte à son tour.

Moi, quand tout le monde avait décampé, j'entrais dans la salle souillée. Tout ce qu'il restait de vin dans les verres, je le rassemblais dans une coupe. Je me portais un grand kampé. Ma mère surgissait et me disait : « Toi aussi tu te prends pour un consul ? »

Le lendemain consigne du silence absolu dans le consulat jusqu'à six heures du soir. C'est alors que le consul réapparaît en pyjama, une serviette mouillée sur le front, l'air moribond. Il dit à Anne Marie : « Vous avez été un peu froide hier soir.

— Je suis restée jusqu'à la fin auprès de votre ami le maréchal. C'est une chance qu'il ne m'ait pas entraînée dans sa chute. Mais la robe, dont le prix vous avait tant fait rouspéter, a été gâchée.

— N'oubliez pas que vous êtes la femme du consul.

— Je le sais, vous ne cessez de me le répéter.

— Vous avez été très bien. La soirée a été excellente. J'ai calculé que le maréchal a souri vingt fois, ri douze fois et qu'il a porté quatorze kampés. Quand mon collègue anglais va apprendre tout cela, il va râler ! Grâce à moi, je peux le dire, l'influence française est prédominante au Sseu Tchouan. Cela va beaucoup m'aider dans mes grands projets. »

Il toussote pour achever de s'éclaircir le teint.

« Je vais immédiatement annoncer au Quai d'Orsay que mes relations avec le maréchal n'ont jamais été aussi bonnes. »

Le consul, après être allé s'habiller correctement, convoque son personnel supérieur. C'est-à-dire le vice-consul, le chancelier, le vieux lettré, les interprètes et Anne Marie. Sous les mines savamment enjouées de l'entourage, mon père se met à rédiger son rapport : « Hier soir, le maréchal a tenu à démontrer son amour de la France en venant dîner en grande pompe au consulat... » « Que pensez-vous de ce début, Anne Marie ?

— Il est très bon. Mais n'oubliez pas qu'il est l'heure de dîner.

— Ne m'agacez pas. »

Mon père travaille, il est tout réjoui en noircissant les feuillets. Pas question d'aller manger. Ma mère attend mais ses yeux s'éclairent quand elle voit apparaître un messager du maréchal apportant pour elle un écrin de bois noir. Anne Marie brise les cachets, fait coulisser le couvercle et découvre deux anneaux de nuit scintillants, deux bracelets de jade d'un vert profond.

Pourtant quinze jours plus tard le consulat est scellé d'un anneau d'hommes et d'acier. Forêt de baïonnettes, des soldats tendus dans cette indifférence nerveuse et impassible pourtant, qui est celle des bêtes à l'affût. Des officiers crient des ordres. Des paquets d'êtres en uniforme ajustent une mitrailleuse contre le bureau de mon père, une autre contre le grand salon où l'on avait reçu si somptueusement le maréchal.

Un personnage furieux, un petit singe à grandes aigrettes, s'avance vers l'entrée du pavillon en hurlant comme une crécelle. Il annonce qu'il va détruire le consulat, ce repaire de bandits ennemis de la Chine, cet antre de voleurs.

Il est dix heures du matin. Mon père est seul dans son bureau avec ma mère et moi. Le personnel chinois s'est tapi dans la cour arrière, regardant le spectacle avec une curiosité avide, sans rien faire. Mon père se tapote le front :

« Ce n'est qu'un chantage, mais pourquoi ? »

Ironie de ma mère :

« C'est sans doute une bonté du maréchal ?

— Laissez-moi réfléchir. C'est peut-être l'affaire des canons commandés par mon intermédiaire à Shanghai pour le maréchal. Il paraît qu'au passage, à Haï Tchang, un autre Seigneur de la guerre se les est appropriés. »

Toujours les glapissements de l'individu à aigrettes. Or gueuler, en Chine, comporte toujours une signification sérieuse. Cela veut dire qu'on se dévoile, qu'on sort de la politesse obligatoire pour passer à l'exécution, à l'acte. Et quel acte ? Le personnage brandit son sabre mais les troupes ne bougent pas. Immobilité des soldats. Rien ne se passe.

« De quels canons s'agit-il ? demande ma mère à mon père.

— De vieux 75. Le vendeur que j'ai recommandé, M. Dumont, n'est pas vraiment un margoulin. Il agit pour une des firmes les plus respectables de Shanghai, une maison renommée.

— Vous vous mettez toujours à plat ventre devant les hommes d'affaires, les banquiers de Shanghai qui vous ont déjà attiré tant d'ennuis par leur malhonnêteté.

— Cette fois il s'agit de spécialistes de la vente des armes aux Seigneurs de la guerre. Ils connaissent le jeu. Non, je crois que c'est une chinoiserie entre Chinois qui me tombe sur le dos. »

En somme le consul se trouve encore une fois entraîné dans un de ces imbroglios célestes faits de férocité et d'inertie, dont il a l'expérience. C'est l'enlisement où l'on se débat vainement des jours et des jours, où les paroles ne portent pas, n'ont pas de sens, où l'on est devant la muraille chinoise des arguties, sans rapport avec le sujet. On ne sait même plus ce dont on discute. Puissance du malentendu chinois. Dans ce cas, malentendu savant, voulu, mis en scène, avec, comme acteurs, quelques centaines de soldats et leur équipement. En fait il s'agit de la garde même du maréchal.

Le consul a son visage des grandes cogitations :

« N'ayez pas peur, Anne Marie. Ce n'est pas grave. Les domestiques n'ont pas déguerpi. Et puis le maréchal n'a pas ameuté la plèbe contre nous. Cet envoi de soldats, c'est simplement une façon de commencer des négociations. Il suffit d'attendre un messager du maréchal. »

Longue attente. Vaine attente. Mon père décide d'aller dans la cour d'honneur. Des baïonnettes l'encerclent. Discussion interminable avec un officier qui lui explique qu'on va le tuer. Une heure où, tour à tour, l'officier se surexcite et s'apaise. Puis, comme s'il n'y avait rien eu, mon père rentre dans son bureau. Ma mère l'embrasse sur la joue.

Enfin un bruit de galop. Enfin un émissaire du maréchal portant un rouleau. Le vieux lettré qui resurgit juste à temps lit à mon père ce document, où le maréchal déclare au consul de France : « C'est pour vous protéger que j'ai envoyé un de mes misérables régiments autour de votre yamen. Car la cité est menacée par des hordes de pirates. »

Pendant deux jours des messagers vont et viennent au grand galop, apportant et remportant des rouleaux scellés à la cire — sceaux du Seigneur de la guerre et sceaux de la République française. Echange de compliments. Mon père se dit confus de tant de sollicitude, il ressent un honneur particulier à être l'objet des soins de cette merveilleuse unité militaire. Il remercie dix mille fois le maréchal de sa bienveillance. Cependant, grâce au Seigneur de la guerre qui fait régner la paix dans toute la cité par sa générosité, son génie et son amour du peuple, il n'a pas besoin de cette sauvegarde. Mais la modestie du maréchal n'est pas entamée par ces arguments. Il répond au consul de France que l'esprit du mal est partout et que ses indignes talents personnels n'ont pas été capables d'éloigner les dangers qui pèsent sur Tcheng Tu et sur le consulat de France. Il est tenu, par estime pour mon père et sa famille, d'assurer leur sécurité. C'est pour lui un devoir sacré. Il se trancherait le cou plutôt que de laisser le consulat de France en péril.

Les jours suivants la soldatesque est toujours là mais avachie, tripaillante, vautrée sur les dalles, avec des femmes. Ces guerriers ont des têtes ballottantes, l'air égaré et ahuri à la fois, comme écrasés par l'accablement ou la fatigue. Certains sont des enfants de douze à treize ans à la tête rasée. Ils ont jeté leurs cartouchières sur le sol et les bandes des mitrailleuses pendent lamentablement. Les officiers ont disparu. C'est dans ces états de veulerie que les soldats sont dangereux, encore plus que lorsqu'ils sont hystériques. Car, alors, ils se mettent à travailler pour eux-mêmes. Le maréchal ne donnant jamais un sou à ses hommes mon père décide de les payer lui-même. Il fait distribuer par nos domestiques des sapèques et de la nourriture. Bâfrerie.

Mon père fait les cent pas. Quand et comment le maréchal va-t-il dévoiler son jeu ? Cela peut prendre tellement de formes. C'est alors qu'arrive, dans une chaise à porteurs, un négociant de la vieille école, un poussah, les mains cachées dans les manches, les yeux cachés dans la chair, la pensée cachée dans le crâne. Une boule qui roule jusqu'au bureau de monsieur le consul à travers la troupe qui s'écarte avec respect.

C'est un petit milliardaire jaune. Si petit qu'il se proclame indigne de parler à mon père. Mais M. Lu, lui, le chef de la guilde de la soie, pourrait peut-être lui donner quelques conseils inutiles. Malheureusement, à cause de son grand âge, M. Lu ne peut venir au consulat. Est-ce que monsieur le consul voudrait le suivre, lui, le serviteur de M. Lu, chez M. Lu ?

Départ de mon père vers ces antres sombres, lointains, cachés derrière des murs puants, des verrous énormes, des œils-de-bœuf, des regards invisibles, des mots de passe, où les milliardaires jaunes sont couchés sur leurs bat-flanc. Départ chez le très puissant M. Lu.

Attente au consulat. La domesticité est très intéressée. Le cuisinier est quand même stupéfait que M. Lu, que personne ne voit jamais, veuille se montrer à mon père. Il opine enfin : « Je crois que ce sera faste pour monsieur le consul. »

Mon père revient au bout de deux heures, très content. Il raconte à table qu'on l'a mené dans une sorte de cité déserte, délabrée. Pas un être visible, pas même l'ombre furtive de serviteurs ou de gardiens. Au bout de cette solitude une pièce pleine de nuit où une lampe à opium fait reluire des hanches de déesses et des ventres de Bouddhas de pierre. La lueur qui est presque au niveau du sol, qui monte de planches d'acajou, se brise aussi sur une arête de visage et sur le fil d'un corps étendu. Un squelette diaphane. Tout ce qui reste de M. Lu qui n'a plus de chair, de muscles, à peine un peu de sang, à peine des os rétrécis. Il est pourtant un des maîtres de Tcheng Tu.

M. Lu a suivi la vieille sagesse chinoise. Il a sans doute été un de ces jouisseurs le nombril à l'air, rotant, bouffant, entouré de femmes pour toutes les exigences. Mais, avec les années, quand les plaisirs charnels se sont épuisés, il ne lui est plus resté que le songe de l'opium, que le grésillement des boulettes, que la vie grabataire où la cervelle est reine. Car si l'opium paralyse le corps, s'il supprime les désirs vulgaires, il donne à la pensée l'acuité suprême. La pensée comme un jeu, comme une guerre, comme une férocité froide, comme la dernière luxure, comme le siège de la puissance. Il n'y a plus de sentiments, plus de bien ni de mal. Rien que l'intelligence, rien que la capacité des raisonnements qui procurent encore plus le pouvoir et l'argent.

Mon père fait des effets :

« Que me veut M. Lu ? Ses yeux asséchés, d'une intensité pétrifiée, me contemplent. Il branle une tête noble où les rides sont comme des piliers, des charpentes froides et brûlantes qui soutiennent une peau morte. C'est un fantôme d'une brutalité terrifiante, celle de l'au-delà. Que sais-je de lui ? Que s'il se soulève de sa couche, lui qui n'est qu'un souffle, qu'une aspiration de fumée, s'il murmure n'importe quel ordre, il sera obéi. On ne désobéit pas à M. Lu, qui, avec son boulier pour faire ses calculs, est plus riche qu'une banque de Shanghai au front de marbre.

« Qui est Lu ? Il est la cupidité, l'amalgame des commerces du Moyen Age et des trafics du XXe siècle. La Chine des étrangers fous de gains, de machines, de dollars et d'usines, il en connaît tous les secrets. Même dans son Tcheng Tu, dans son antre, il sait ce qu'est le business. Il est au mieux avec les « merchants » et les « compradores » de Han Kéou et de Shanghai. En même temps il reste dans la tradition chinoise, celle du squeeze où l'on s'arrange pour toucher sur n'importe quoi : une guerre civile, une famine, un massacre. Il sait tout. Que ne finance-t-il pas ? Des révolutions, des kidnappings, des pillages. Il est abouché avec le Seigneur de la guerre, les gros bourgeois mais aussi avec les gangsters, les affiliés aux sociétés secrètes, les pirates, toutes sortes de mondes souterrains. En Chine tout se confond, vous savez, tout est brouillard jaune. Mais des hommes comme Lu s'y retrouvent !

— Avez-vous fumé l'opium avec monsieur Lu ? demande ma mère.

— Après m'avoir bien regardé, d'un geste de ses doigts décharnés sortant d'une grande manche, M. Lu m'a fait signe de m'allonger auprès de lui. M'ayant tendu une pipe à embouchure de jade il m'a préparé lui-même une boulette, la triturant, la rôtissant, la plaçant sur le fourneau en forme de main. Nous avons fumé presque rituellement, en silence. Sans doute pour que je devienne aussi un être désincarné, comme lui. Pas une femme, pas une concubine autour de nous. Juste un homme sans âge pour nous aider. »

J'étais à côté de ma mère. Le consul, en face de nous, mastiquait entre ses paroles. Scène familiale. Chaleur de la mousson. Les mouches surexcitées, mon père, avec sa serviette, les chassait de son front. Les boys apportaient des plats. La nuit glissait sur nous, sur les couverts, sur les instruments à manger des « barbares ». Anne Marie me dit : « Ne te sers pas de tes doigts comme les indigènes. » Et puis, revenant à mon père, elle coupe son discours.

« Combien avez-vous fumé de pipes ? Avez-vous mal à la tête ?

— Vous ne m'écoutez pas, Anne Marie. Cependant ce que Lu m'a déclaré est capital pour moi et pour la France.

— Quoi donc ?

— Eh bien voilà. Au bout d'une demi-heure Lu, sortant de son nirvâna, m'a murmuré : « Je vous ai connu dans des temps très intéressants, cela se passait à Canton, il y a longtemps. Le docteur Sun Yat Sen préparait la chute de l'Empire avec des bombes. J'étais son secrétaire. Un jour on m'a dit d'aller chercher, dans la Concession internationale de Shameen, un monsieur français, un émissaire clandestin que lui envoyaient les autorités d'Indochine. C'était vous. Vous étiez habillé en Chinois. Je vous ai conduit auprès du docteur Sun Yat Sen. De la part de vos chefs, vous lui avez offert l'aide de votre pays. C'est ainsi que le docteur Sun Yat Sen a pu aller à Saigon pour fomenter des insurrections dans les villes du Yunnan et du Kuang Tung et pour préparer la révolution qui allait éclater en 1911 comme vous le savez. Vous autres Français n'avez pas eu de difficultés pour construire votre chemin de fer de Hanoi à Yunnan Fu, entre-temps. C'est à cause de ces souvenirs que je vous fais venir, pour vous demander encore l'aide de la France. Notre maréchal de Tcheng Tu est un disciple de Sun Yat Sen. Quand notre république, tout juste créée, a été menacée ce sont les armées du Yunnan, cette province voisine de votre belle Indochine française, qui l'ont sauvée. Le maréchal est l'un des héros yunnanais qui, par-delà les montagnes et les plateaux, sont venus à Tcheng Tu défendre la révolution. Mais maintenant les Sseutchouanais ingrats, gagnés par l'argent des féodaux du Nord et des marchands britanniques de Shanghai, veulent le chasser lui et ses soldats. Il y a des individus, des Sseutchouanais, des prétendus généraux, qui lèvent des troupes et font venir des quantités d'armement par le Yang Tse Kiang. Et le modeste matériel que notre maréchal achète à Shanghai ne lui parvient jamais. Quand les canons de 75 français qu'il avait payés ont disparu, le maréchal a cru que vous aussi faisiez partie de ses ennemis... »

« Inutile de vous dire, ma chère Anne Marie, que j'ai sursauté devant cette accusation, en me disant in petto : « Ce salaud de Dumond... Il m'a joué un tour à sa façon, sans se soucier des conséquences pour moi... » Mais ce qui m'étonne encore plus c'est l'attitude et le langage de Lu. Rien de la conversation à la chinoise où je dois faire face à une physionomie polie, rébarbative et niant tout. Lui, Lu, abat ses cartes tout de suite :

« Monsieur le consul, mes humbles prières ont été écoutées du maréchal. Dans sa sagesse il a vu que ce sont les Anglais qui veulent l'abattre. Ils ont mis un siècle pour faire du Yang Tse Kiang leur artère. Maintenant ils veulent que leur domination remontant vers les sources du fleuve s'étende jusqu'au Sseu Tchouan et, de là, jusqu'au Tibet. Le Toit du Monde, vous le savez monsieur le consul, les troupes anglaises venues des Indes l'ont occupé déjà dans le passé. Ils y ont des agents partout, ils s'y conduisent en maîtres. Le grand plan du Colonial Office, du War Office, et des gentlemen merchants, c'est la domination d'une voie de Shanghai à Calcutta par l'Himalaya. Les Anglais n'aiment que les chiens couchants. C'est pour cela qu'ils détestent le maréchal de Tcheng Tu, ce grand patriote, ce révolutionnaire, qui est le suprême obstacle pour leurs ambitions pernicieuses. »

Nous en étions au dessert, je regardais mon père s'obstinant à imiter M. Lu, avec des mimiques, des airs de mandarin :

« Mais, monsieur le consul, le maréchal sait que la France est généreuse. La France qui a apporté la paix en Indochine. La France qui, du Tonkin, a construit ce chemin de fer grimpant jusqu'au Yunnan pauvre et sauvage. Le Yunnan, la province où est né le maréchal. Le Yunnan qui, avec ses massifs, sert de protection et de couverture, au magnifique Sseu Tchouan. Le Yunnan qui est la marche amicale des Français amis de la révolution vers la Chine. Depuis Hanoi des armes françaises peuvent arriver à Tcheng Tu en quelques semaines. Par le train jusqu'à Yunnan Fu. Par des caravanes ensuite. Mais est-ce que cela ne serait pas utile à la France et à la Chine que, vous Français, vous prolongiez votre ligne jusqu'à Sseu Tchouan ? »

« Là-dessus Lu est retombé dans l'opium, il a fermé les yeux, on l'aurait cru mort et embaumé mais il s'est redressé et sans un mot m'a salué en agitant ses manches. Moi, je suis parti. »

Tout ce long récit, mon père l'a fait avec une telle gourmandise oratoire, qu'il n'a presque pas touché à son repas. Le consul s'écoute toujours parler. Il choisit ses mots, ses effets, l'air pénétré et en même temps bon compagnon, se mettant à la portée de l'auditoire. Mais l'auditoire c'est souvent ma mère qui est sceptique ou blasée.

« En somme ce vieux malin, dit-elle, a mis le feu à votre imagination.

— N'exagérons pas, Anne Marie. Ce chemin de fer du Sseu Tchouan, c'est un projet de longue date. Je m'en suis beaucoup occupé autrefois. A Hanoi mes premiers patrons, de petits monsieurs barbichus à casques coloniaux énormes qui leur mangeaient la figure, ne pensaient qu'à cela bien avant la première guerre mondiale. Mais les Chinois ne voulaient rien savoir.

— Tout ce que veut le maréchal ce sont des mitrailleuses données par l'Indochine. Le reste c'est l'appât que vous êtes en train d'avaler.

— Peut-être bien. Mais quand même, si c'était moi qui arrivais à décrocher ce chemin de fer ?... Je serais nommé consul général. Ce serait fantastique. La France portée au cœur de la Chine et même de l'Asie. Toutes les ressources du Haut Yang Tse Kiang et même du Tibet ayant pour débouché Hanoi ou Haiphong au lieu de Shanghai.

— Vous divaguez.

— Pas du tout. Il n'y aurait pas que les Anglais de mécontents. Les gros messieurs français de la Concession française de Shanghai seraient furieux aussi. Parmi eux il y a des banquiers, des hommes d'affaires qui ont la main bougrement longue à Paris. Il faut réfléchir.

— Mais allez-vous prendre à Tcheng Tu le parti des Yunnanais ?

— Pour qui me prenez-vous, Anne Marie ? Je ne tiens pas à ce que nous nous fassions massacrer, vous, moi, et notre fils, dans la guerre civile qui se prépare. Non, il faut que je joue au plus fin. »

Sourire satisfait du consul qui est tout à fait rassuré sur ses capacités de duplicité. Ma mère l'est moins. Le repas est fini.

En tout cas les soldats du maréchal ont déguerpi du consulat. Les faces des domestiques sont souriantes, exactement comme s'il ne s'était rien passé. Le chef boy signale seulement le vol d'un spectre de mandarin en jade, un des orgueils de mon père qui, parfois, pour s'amuser, après avoir revêtu une robe à dragons, le brandit comme s'il était lui-même un dignitaire du Céleste Empire. Il s'est même fait photographier dans cet appareil. Evidemment mon père en apprenant cette disparition pense que les soldats ont bon dos et que le boy a profité de l'occasion. Mais il est impossible de mettre en doute la bonne foi du serviteur sans manquer aux convenances.

Li réapparaît toujours aussi bonne. Le mafou aussi qui m'annonce avec un grand rictus de joie :

« Il y a une armée en dehors de la ville. »

Est-ce une armée alliée ou ennemie du Seigneur de la guerre ? Le mafou sourit du sourire de l'ignorance. Dans les ruelles, la foule vaque comme à l'accoutumée. Les portes de la ville ne sont pas fermées. Quelques soldats les gardent impavides, mangeant, s'éventant.

Je franchis la grande porte du sud. Après quelques centaines de mètres je me trouve dans une région de tumuli funéraires où sont vautrés des êtres crasseux, en hardes, qui sont encore des soldats. Des marmites, des musiques, la foule la plus misérable, des filles et des marchands ambulants, des individus qui n'ont rien à perdre. Mais beaucoup de baïonnettes et même quelques canons braqués vers Tcheng Tu. Une sonnerie de clairon, les soldats se redressent plus ou moins. Il paraît qu'un général va inspecter ces troupes.

Le mafou rigole : « Ce sont des Sseutchouanais. Ils vont chasser les Yunnanais. »

Les soldats, aussi déguenillés qu'ils soient, font comme s'ils allaient se battre. Ils sont en train de fabriquer les différentes potions magiques qui donnent du courage. Une file d'hommes s'allonge derrière une grande bête pelée attachée par une corde à un pieu : une tigresse. Ce sont des clients qui attendent qu'elle se soulage pour recueillir son urine, l'acheter et la boire. Mon mafou me dit, en vieux militaire expérimenté :

« C'est la meilleure façon d'être fort comme un tigre, quand on n'a pas les moyens de manger le foie d'un homme. »

Les jours suivants Tcheng Tu est calme. Il n'y a pas eu de bataille comme le bon peuple, mystérieusement averti, l'avait prévu. Au consulat, les domestiques racontent que le maréchal yunnanais a traité avec les Sseutchouanais : eux aussi participeront de concert à la paix et à l'harmonie de Tcheng Tu. Les Sseutchouanais occuperont la partie sud de la cité.

Cependant, le maréchal, pour sauver sa face, organise une grande fête, tout comme s'il avait été victorieux. Pour cela il a produit cinquante prisonniers — quelle espèce de prisonniers, personne ne le sait puisque les Sseutchouanais sont désormais des amis. Ce sont, comme d'habitude, des gueux pris n'importe où. Foule et musique. On amène les hommes dans des cages de bambous, mains liées dans le dos et enchaînés. Déjà squelettes avec un reste de chair et de vie, déjà loques sanglantes, déjà animaux des longues tortures. Ils sont jetés hors de leurs nasses, si faibles qu'ils s'écroulent dans la boue. Les bourreaux les redressent, les mettent à genoux, les maintiennent dans cette position avec toute leur vigueur car les condamnés ne cessent de s'effondrer. Des aides arrivent avec des coutelas, de grossiers longs couteaux d'un poids formidable que l'on tient à deux mains derrière le cou des suppliciés. Un mouvement de bascule pour projeter la victime dans la meilleure position. Il suffit d'appuyer la lame brutalement pour tout trancher. Quelques minutes et c'est fait. On emporte le tas de têtes dans un tombereau. Le lendemain mon père va féliciter le Seigneur de la guerre. Situation délicate car il ne sait comment le saluer. Comme triomphateur guerrier ou comme sauveur de la paix ?

Je grandissais en sagesse et en expérience. J'étais désormais un petit homme. Je connaissais tous les recoins de l'immense Tcheng Tu, peuplé d'un ou deux millions d'âmes. Quand la populace, les coolies, le peuple des mendiants, les honorables commerçants me voyaient passer sur mon coursier bai, suivi de mon mafou, il y avait une lueur amusée dans les regards, il y avait ces mots dans les bouches : « Voilà l'enfant blanc. » J'étais désormais un personnage de la cité.

Maintenant le Seigneur de la guerre lui-même me marque son estime. Un jour il m'envoie au consulat, comme présent, un cheval de feu et de flamme, les naseaux fumants, les sabots comme des éclairs dans ses ruades, le reste du temps piaffant et mordant. Un grand rouleau, aux caractères rouges peints sur papier de riz, adressé par le maréchal à moi-même, me souhaite « les deux mille félicités sur cet immonde animal ». Anne Marie est opposée à ce que j'enfourche la bête que tiennent par le licol les deux soldats qui l'ont amenée. Mon père estime que ce serait insulter le Seigneur de la guerre que je ne la monte pas. Le mafou, avec son air niais, s'approche du cheval, l'apprivoise, me pousse sur la selle. Et, avec ma merveilleuse monture, je caracole fièrement à travers la cité.

Je fais une chute brutale mais je n'ai pas mal. Puis j'écrase un homme. Mon mafou me crie de m'enfuir. Mais, le soir, se coagulent autour de la porte du consulat les créatures hurlantes en haillons et en chancres qui maudissent les diables étrangers. Un nain, d'une voix caverneuse, dirige le chœur des imprécations. Mon père, sortant de son bureau, vient s'enquérir dans la cour. Le chef boy répond : « Ces gens-là se disent les parents de l'individu renversé par monsieur votre fils. Ils racontent qu'il a expiré. Ils veulent une réparation. »

Un coup monté sans doute. Mais l'attroupement grandit. Mon père estime plus prudent de payer le prix de la mort : quelques ligatures. Les faces hideuses disparaissent. Tout s'est passé selon la coutume. Tout le monde est content.

Mes amahs ont engraissé. Elles mangent encore plus. Ce qu'elles préfèrent, la délicatesse qui donne le goût suprême au riz, ce sont les vessies de poisson. Quand celles-ci sont encore crues, on dirait un amoncellement aérien et sanguinolent de bulles de savon. C'est mou, liquide, léger. Un jour, en dehors des remparts, sur la route du nord pavée de belles dalles, j'aperçois un monticule gluant, informe, avec des transparences. Cela me rappelle les vessies si délicieuses. Cela n'en est pas. C'est autre chose. C'est d'origine humaine. Pas un amas d'yeux, pas un paquet d'oreilles. Yeux et oreilles qu'en temps de troubles il est courant de prélever, de ramasser, de rassembler. C'est, je ne le comprendrai que plus tard, un tas de sexes d'hommes. Je vois un emmêlement dégoulinant. Mon mafou me dit que la veille il y a eu là une petite bataille. Les vainqueurs ont châtré les vaincus. Les cadavres sont plus loin, dans une fosse, devenus du magma. Mais, comme arc de triomphe, restent sur la chaussée, ces phallus pourris, simple bidoche avariée qui ne dérange personne. Car, sur la route où j'avance, la vie, l'éternelle, la trépidante, l'incessante, la formidable vie de la Chine a repris. La vie qui fait bouger les paysans, les charrettes, les seaux à merde, les fardeaux et que seule l'énormité des catastrophes peut un moment ralentir ou arrêter.

Pourtant à Tcheng Tu les présages sont mauvais. La cité bourdonne de rumeurs néfastes. Au consulat, une fois de plus, les domestiques sont des ombres. Li, ma souriante Li, me montre un visage inconnu comme si un voile avait annihilé ses traits, ne laissant qu'une forme amorphe et insensible. Le flou de la peur.

Ce qu'elle me dit enfin, avec horreur, c'est que la Tablette de la mort suprême est réapparue. C'est donc en vain que jadis le peuple avait scellé la pierre maudite au fond d'un temple. En vain qu'on avait accumulé sur elle des matériaux défiant le temps. En vain qu'on avait effacé des mémoires tout souvenir de la cachette. En vain qu'on avait cru ainsi détourner le destin. Car quiconque contemple la stèle est contraint de tuer les autres hommes. Or, il y a quelques jours, elle est venue à la lumière quand la muraille où on l'avait dissimulée s'est écroulée. Elle a jailli avec son inscription :
Le Ciel a créé dix mille choses pour aider l'homme. Mais l'homme n'a pas fait une seule chose pour aider le Ciel.

Pour le peuple de Tcheng Tu c'est le présage du sang. Le sang : la passion mystique de l'être terrible qui avait fait ériger la tablette de la mort suprême, celui qui s'était fait roi au Sseu Tchouan, le roi du Grand Orient. Il avait pris ce trône après la chute tragique et interminable de la dynastie des Ming au XVIIe siècle. Au milieu des décombres il avait voulu venger les empereurs légitimes et avait brandi un sceptre infernal. Son rêve c'était la fin du monde. Aussi tuait-il chaque jour. Il n'était pas satisfait dans son cœur sans un amoncellement quotidien de cadavres. Il massacrait par haine de la vie dans une folie orgueilleuse et maudite. Pour lui l'humanité avait trahi le ciel. Tous les hommes avaient trahi. Il leur ôtait l'existence. Il avait exterminé trente millions de personnes dans ce Sseu Tchouan qui, après lui, ne fut plus qu'un désert dépeuplé, qu'un cimetière surpeuplé. Il suppliciait, avec un raffinement exquis, les sages, dans sa dérision de la sagesse. Il était entouré d'une armée qui ne croyait qu'à la mort. Pour éprouver la fidélité de ses officiers il fit couper les pieds de leurs femmes, rassemblant ces débris en un tas qui lui réjouissait la vue. Sa concubine favorite, par amour pour lui, se trancha elle-même son propre pied droit et le jeta au-dessus de la pyramide des débris. Le roi de l'Ouest se réjouit puis se tua lui-même. Ensuite il fallut plus d'un siècle pour repeupler le Sseu Tchouan avec des émigrants venus des provinces voisines.

Est-ce que le masque de la grande mort va recouvrir à nouveau Tcheng Tu ? Les jours suivants Li est de plus en plus épouvantée. Dans un rêve elle a vu une jonque emportée par un vent noir et coulée dans un fleuve de sang. Il paraît que tous les devins de la cité ont aperçu des signes de feu dans le ciel : les traces du dragon de la guerre.

Mon père, dans son bureau, très docte, mi-figue mi-raisin, étend sa bonhomie rassurante sur son état-major au garde-à-vous. Anne Marie se tient près de la porte, prête à s'éclipser, mais le regard impératif de son mari la retient.

« La Tablette de la mort suprême ? Je comprends que les braves Sseutchouanais soient épouvantés. Ils savent très bien que leur Chine est parfois saisie de convulsions nerveuses qui peuvent durer un siècle ou deux. Un vertige d'anéantissement. La Chine, celle des empereurs comme celle des prophètes et des gueux révoltés, y a sombré... Cela s'est passé il n'y a pas tellement longtemps. Tenez, quand je suis arrivé tout jeune dans ce pays, les Blancs les plus anciens parlaient encore des Taipings. Ils avaient eu une de ces frousses. Eux-mêmes ont été épargnés, mais quarante à cinquante millions de cadavres chinois jonchaient la vallée du Yang Tse Kiang. Et surtout, il y a eu ensuite beaucoup de difficultés pour rétablir le commerce européen et lui trouver des clients bien vivants. »

Les Taipings, le rêve de la justice, la croyance au bonheur possible sur cette terre. Les pauvres se soulevant à l'appel de Hong, le Saint. Hordes de gueux, turbans rouges sur la tête. Hordes longues de centaines de kilomètres, exterminant les oppresseurs. Exterminant tout. Car la vertu conduit toujours à la mort. Les misérables passant les garnisons impériales au fil de l'épée. Cinquante mille décapités jetés dans le fleuve Bleu lors de la prise de Nankin. Ordre aux habitants survivants de livrer leurs trésors : l'or, l'argent, les bijoux. Ordre d'adorer Hong qui s'était proclamé empereur.

A Nankin le carnaval dura dix ans. Hong proclama rois ses principaux compagnons. Hong, assis sur un trône, sous une forêt de drapeaux et de banderoles. A midi les dignitaires tombaient à genoux devant lui et entonnaient d'extraordinaires louanges, utilisant les mêmes formules qu'à la cour de Pékin : « Dix mille années, dix fois mille années pour Hong. »

Chaque roi, chaque chef avait sa cour, son harem, ses favoris. Chaque roitelet se livrait aux débauches derrière des autels croulants de brûle-parfum et de fleurs. Sur des tables étaient posées des boîtes contenant les tablettes. Le dignitaire, vêtu d'une robe jaune, ses longs cheveux contenus dans un filet, se tenait assis. On lui amenait les gens à juger. Il tirait au hasard une des tablettes sur lesquelles étaient inscrites des sentences. C'était toujours la mort, seule la mise à mort pouvait varier. Des truands à bandeaux rouges s'emparaient des condamnés. Les fidèles à genoux priaient, dans l'odeur de l'ail et une malpropreté incroyable.

« L'impératrice Tseu Hi, j'ai vu son enterrement à Pékin — dit mon père. C'était en 1908. Dire que cette vieille bonne femme avait, cinquante ans auparavant, sauvé l'Empire contre les Taipings. Un génie cette Tseu Hi. Elle servait la vertu du Ciel et de la Terre par le massacre. Car, pour la sagesse céleste, le massacre est une bonne chose en soi, en particulier la solution contre le mal représenté par le soulèvement des cent noms, c'est-à-dire du peuple. »

Le protocole du respect continue à entourer mon père. Mais le vice-consul a le malheur d'éternuer. Le consul le foudroie du regard et reprend ses considérations.

« Cette pauvre Tseu Hi a, je dois le dire, commis une erreur à la fin de sa vie. Elle s'était mis en tête, la malheureuse, de massacrer à leur tour les Européens. Pour cela elle s'était associée aux sociétés secrètes, aux magiciens et aux primitifs qu'elle avait si brillamment supprimés quand ils s'appelaient Taipings. En 1900 elle s'était associée aux Boxers, des gens de même acabit. Mal lui en prit car non seulement elle avait manqué au Temple du Ciel mais le monde civilisé en a profité pour lui donner une bonne leçon. Depuis lors je crois que les Chinois ont compris qu'il ne fallait pas toucher aux Européens.

— Vous êtes parfois intéressant, dit Anne Marie qui est restée tout ce temps appuyée contre la porte.

— Vous êtes trop bonne.

— Je vous écoute. Mais maintenant, ici, que va-t-il se passer ?

— Les choses ont changé. L'ordre cosmique du Ciel n'existe plus. Quant aux passions mystiques et souterraines, embrasant parfois les masses, elles se sont pourries. Les chefs des sociétés secrètes se sont transformés, dans les grandes cités comme Shanghai, en gangsters organisés qui assurent la loi et l'ordre avec l'accord des polices des Concessions étrangères. Ailleurs, dans la Chine médiévale, comme à Tcheng Tu, ces messieurs sont devenus les Seigneurs de la guerre. Un peu partout des compradores et des marchands. Au-dessus d'eux les Blancs. Tous ne pensant qu'au fric. Le sens du dollar que nous avons donné à ces gens-là et qu'ils n'avaient pas. C'est notre victoire, la victoire du modernisme, la victoire de la révolution chinoise en 1911.

— Et vous, vous ne pensez qu'à l'argent ?

— Non, je pense à la France. Je suis à un avant-poste, mais tout se tient. Les famines, les Warlords, les belles Concessions des étrangers sur la côte et sur le bas du Yang Tse Kiang, les Sikhs et les marsouins, les fameux clubs de Shanghai avec l'inscription « Interdit aux Chinois et aux chiens », les milliardaires jaunes, les banques et aussi les consuls, les pasteurs, les missions catholiques, les catéchumènes et les curés. C'est une immense communauté d'intérêts où, sur le cadavre de l'Empire Céleste, à côté des hauts-de-forme des gentlemen, prolifèrent la soutane et la cornette. La soutane et la cornette c'est même actuellement, la principale part de la France au Sseu Tchouan. Ça pullule. Mais la situation changera pour la France si j'obtiens mon chemin de fer.

— Vous y croyez vraiment, à votre teuf-teuf ?

— Oui, mais il faut attendre que Lu me relance. Car le Seigneur de la guerre va avoir besoin d'armes. Ça se dégrade de plus en plus à Tcheng Tu pour les Yunnanais.

— Il va y avoir des troubles à Tcheng Tu ?

— Certainement. Pas des massacres comme du temps de Tseu Hi. Il n'y a plus assez de vertu. Rien que de l'intérêt. Tous ces généraux sortis de rien et malades d'avidité. Ce qui va arriver c'est, entre eux, la comédie à la chinoise, une comédie évidemment pleine de haines, d'horreurs, de sombres perfidies, d'atrocités inouïes, d'arrangements tarabiscotés. Des soldats partout. Le peuple qui ne compte pas va trinquer. Il est bien probable que la province va tomber dans le chaos.

« Mais vous savez bien, Anne Marie, que le désordre est profitable aux Blancs. Et puis, à Tcheng Tu, nous autres les consuls, moi et mes collègues japonais et anglais, nous sommes dans le jeu. Nous sommes nécessaires à tous ces ruffians en uniforme et en robe. Pour leurs trafics. Pour servir d'arbitres, d'intermédiaires entre eux, quand ça leur convient. Pour éventuellement donner asile au vaincu. Ces gens-là se servent de nous, nous les consuls nous nous servons d'eux. Chaque consul, malgré les shake-hands et les bridges, étant l'ennemi des autres. C'est à qui sera le plus malin, vous le savez bien. Mais ces Chinois-là, tous les maîtres de Tcheng Tu, nous prendraient volontiers pour des guignols. Par calcul ou par sentiment ils peuvent quand même nous faire de drôles de coups.

« Du sang il va y en avoir à Tcheng Tu. Il s'agira de tueries par petits paquets, la mort étant un élément dans les marchandages. Dans ces péripéties-là je crois que nous, les consuls, nous sommes intouchables en principe. On a besoin de nous.

« Le danger c'est que la foule s'ameute. Il y a une tradition, parmi la population, qui consiste à se monter la tête, à se créer des émotions et à arriver au paroxysme de l'indignation ou de la colère, à cause d'une rumeur, d'un bruit, de la plus absurde affabulation. Des milliers de mains et de couteaux peuvent se mettre à déchirer la chair des Blancs. C'est un vieil instinct endormi mais qui peut se réveiller. Tuer, torturer les « chiens à grand nez », c'est encore le rêve quotidien caché sous l'amphigourie des politesses. Heureusement, je vous l'assure, les Seigneurs de la guerre, sont des « civilisés » avec qui nous sommes en affaires et qui savent calmer une populace. »

Anne Marie a blémi un peu.

« Ne vous inquiétez pas — lui dit son mari avec

une joyeuse intonation —, vous pouvez être tuée mais votre honneur ne risque pas grand-chose. Ce que les foules arrivent difficilement à faire, même les mendiants, même les soldats capables de tout, c'est de violer les dames européennes. Les déchiqueter, leur ouvrir le ventre, jongler avec leurs intestins comme si c'était une pelote de ficelle, très volontiers. Mais pour le reste le dégoût est trop fort. Ou bien cela deviendrait une entreprise patriotique et les Chinois ne poussent pas encore le patriotisme jusque-là. »

Anne Marie est calme. Car pour rien au monde elle n'admettrait de se laisser impressionner par son consul d'époux.

« Mais, ma chère Anne Marie, cela n'arrivera pas. Et puis, de toute façon, je serai tué avant vous. Vous aurez quelques secondes pour me regretter. »

D'aussi loin qu'il m'en souvienne le jour de gloire de mon père c'est le 14 juillet. Kermesse emphatique. Depuis la porte béante du consulat un chemin d'honneur a été aménagé à travers les cours dallées. Cette voie royale, constituée de tapis chinois précieux, est balisée de pots de plantes vertes. Elle passe sous un arc de triomphe en forme de pagodon où deux immenses étendards, celui de la France et celui de la Chine, s'enlacent au-dessus d'un panneau de laque rouge où sont incrustés, en noir, les caractères de l'Amitié éternelle. Alentour des brûle-parfum, des potiches, des lampes suspendues et surtout les banderoles, les guirlandes de drapeaux de toutes espèces et tailles. C'est l'armorial des nations alliées à la Chine, pullulement, foisonnement, avec la prédominance évidemment, de Marianne. De ces pavois il y en a de plantés dans des vases comme des bouquets, il y en a qui grimpent sur les murs comme des lianes, il y en a qui s'entrecroisent au plafond comme des palmes. Il faut monter trois marches pour parvenir au grand salon tout entier revêtu de draperies où des guerriers aux masques rouges symbolisent la puissance de la France. A midi monsieur le consul se place derrière une sorte de reposoir — mi-autel de la patrie, mi-autel des ancêtres — pour faire son discours. Un morceau d'éloquence qu'il a poli et repoli des jours et des jours dans son bureau, ayant pour sujet une France vibrante et délicate consacrée aux nobles causes et aux idées généreuses. Enthousiasme de l'auditoire.

Chaque fois le Tout Tcheng Tu est là. Une cinquantaine de personnes jaunes et blanches. Le Seigneur de la guerre et ses principaux généraux revêtent des tenues chaque année plus sévères : casquettes plates à visière qui écrasent la face, bottes molles qui avalent les jambes, vestes raides fermées au cou, surchargées de ceinturons, d'épées, de baudriers, de plaques et aussi de fourragères, le dernier progrès militaire au Sseu Tchouan. Plus de hochets. Sur la toile kaki, juste les symboles de la valeur et de la vertu. Le maréchal, même dans son Sseu Tchouan, a compris le caractère menaçant et puissant de la sobriété guerrière, celle qui est adoptée par toutes les grandes armées mondiales depuis les batailles de la Marne et de Verdun. Le maréchal, ses assistants, ses aides de camp sont constitués en un bloc d'immobilisme courtois et redoutable, comme si c'était l'état-major de Foch ou de Hindenburg. Attitude trop nouvelle : tous les détails clochent, tous sont engoncés dans leurs livrées comme dans des sacs de pommes de terre. Une culotte bouffe, une bouche bâille, une moustache se fripe, un œil est chassieux, une main chasse une mouche, le salut militaire qu'ils font est une molle bouffonnerie. Malgré tout ils se donnent du mal, ils ne crachent pas. Le maréchal et ses gens restent dignement figés pendant toute l'allocution de mon père. Quand c'est terminé le maréchal entrouvre sa bouche et répond au consul de France qu'il aime la France.

A l'écart de la caste guerrière, les « gros Jaunes » de la cité : en majorité des fonctionnaires, des magistrats, des préfets, car il y a, dans le Tcheng Tu des temps nouveaux, une administration à l'européenne. Les titulaires ont comme unique préoccupation de ne pas se faire couper la tête par le Seigneur de la guerre et de survivre matériellement en écorchant les populations, en grattant sur elles le peu laissé par les soldats et les bandits, presque rien. Tâche difficile, ingrate, dangereuse même, mais inéluctable car ces messieurs ne sont jamais payés. Ces figurants ont des mines compassées, un mélange d'air mandarinal et d'air pédant d'importation venu de Shanghai. Ils sont en robe tout comme les milliardaires, les chefs des guildes et des corporations. Une vingtaine en tout. Ceux-là beaucoup moins pétrifiés sont de gros chats, les griffes rentrées, leurs faces luisantes d'aménité sournoise ou rigolote. Eux, de l'argent ils en ont, du pouvoir aussi. Mais lesquels sont les complices du Seigneur de la guerre ? Lesquels ses futures victimes ? Lesquels ses ennemis ?

Les Blancs ce sont les autres consuls et leur nationaux. Deux consuls : le Japonais et l'Anglais. Il n'y a plus d'Allemand et pas encore d'Américain.

Le consul nippon est un petit singe vêtu comme une autruche de gala, d'un guindé de croquemort, se cassant en deux pour la moindre phrase, son épée cliquetant sur le sol, se redressant d'un coup formidable de reins, avec le sourire. Mais ce n'est pas le sourire chinois, c'est assimilé à un sourire blanc. En fait, le diplomate japonais est considéré comme un Blanc de première qualité et de la plus grande importance. Sans se l'avouer les Blancs de blanc, ceux à la peau blanche, comptent sur lui si cela allait vraiment mal à Tcheng Tu. Car les Nippons, c'est connu, savent y faire avec les « indigènes ». Ils ne se laissent jamais démonter. Ils savent cogner et gueuler à bon escient. Et puis ils ont les moyens.

N'est-ce pas des officiers de l'Empire du Soleil levant qui dirigent à Tcheng Tu l'école militaire, celle qui a achevé de donner si bonne prestance au maréchal et à ses troupes ?

Le consul d'Angleterre, mon père ne l'aime pas, malgré l'Entente cordiale en cours. Car lui aussi veut mettre le Sseu Tchouan dans sa poche. Curieusement c'est un monsieur aussi 1900 que mon père, mais en Anglo-Saxon. Comme lui pas petit mais faisant petit. Comme lui très bourgeois des ambassades, également bien pris et bien tourné, comme lui un mélange de vanité bienveillante envers la société et de minutie acharnée dans son métier. L'Anglais est presque un bébé avec son visage poupin, ses yeux bleus, sa petite moustache blonde. Mais un baby à la façon d'Albion, c'est-à-dire coriace. Mon père est jaloux parce que ce « petit personnage » dispose d'un plus beau yamen, d'un personnel plus nombreux, de beaucoup plus d'argent que lui. Et puis derrière lui mon père sent tout le poids de John Bull, des fameux services grignotant l'Asie depuis des siècles, et aussi des grandes firmes britanniques de Shanghai, les rois du veau d'or. Tant de gentlemen redoutables et lointains derrière ce consul de Tcheng Tu ! Tandis qu'au Quai d'Orsay ce sont des poètes, tandis que les Français sont des gagne-petit...

Pour mon père, son collègue anglais c'est le concurrent aux sombres desseins. Lequel a d'ailleurs les mêmes sentiments vis-à-vis de mon père. Surveillance permanente, obsession en toute réciprocité. Les deux consuls soudoient leurs interprètes chinois, leurs boys et leurs cuisiniers pour obtenir des ragots. Ils se dénoncent courtoisement aux Seigneurs de la guerre et aux notables. Cela ne les empêche pas de se traiter avec effusion quand ils se rencontrent. A la fin de chaque 14 juillet l'Anglais dit au Français après l'ultime shake-hand : « Cela a été un bien beau jour. » Mon père le congratule aussi chaleureusement à chaque anniversaire du roi d'Angleterre quand une cérémonie du même acabit s'est déroulée dans le yamen du British. Et puis, faute de compagnie, les deux familles dînent souvent ensemble. En plus, presque chaque jour, Anne Marie fait une petite visite banale, la visite coloniale de fin d'après-midi, au yamen du diplomate britannique. Sa femme est charmante, genre bonbon anglais cristallin et délicieusement sucé. Je joue avec les enfants du ménage qui, eux, ont une nurse venue de Grande-Bretagne. Pas question que ces gosses se mêlent aux « natives ».

Mais plus que le consul de Sa Majesté, mon père hait le pasteur britannique au complet-veston de tissu noir et au col à manger de la tarte. Il est une éminence grise de Tcheng Tu. Un bon vivant avec une gueule de pudding éruptif. Le 14 juillet il arrive avec son silence d'ivrogne congestionné et de tout petits yeux pétillants. Puis, soudain, tapotant sans façons mon père dans le dos, le personnage se met à lui demander : « Est-ce que le champagne sera aussi bon que l'année dernière ? Vive la France ! » Sa femme, une bonne éléphante à chair de porridge rosé, lui crie : « Tenez-vous correctement. » Mon père est persuadé que ce monsieur bourgeonnant, rougeaud, bedonnant, est en fait le grand agent de l'Intelligence Service au Sseu Tchouan, le maître espion, l'homme aussi qui travaille pour les trusts anglais. Ma mère aime le couple.

« Heureusement — s'écrie parfois mon père après la fête — il n'y a plus de consul d'Allemagne depuis que la Chine a déclaré la guerre à ce pays. Cette farce a du bon, elle m'a débarrassé d'un monsieur très désagréable, le vrai Prussien. Quand j'étais venu pour la première fois à Tcheng Tu, tout jeune, chaque fois qu'il m'apercevait il éprouvait le besoin de me parler de Sedan ! »

Depuis la victoire de 1918 le prestige de la France est très haut au Sseu Tchouan. Chaque 14 juillet est le sommet de la saison internationale de Tcheng Tu. Tout se passe bien. Après le rituel des speeches, des congratulations, c'est la mer des petits fours et des sandwiches, l'océan des coupes, les détonations des bouteilles de champagne. Le maréchal, après avoir bu à la santé de la France, s'en va. Les autres Célestes s'en vont. Le consul du Japon part aussi. C'est alors l'heure de la « colonie française ». C'est-à-dire des curés, des bonnes sœurs et des trois médecins. La famille, en somme.

Après le discours vibrant du consul, ce que les bons pères peuvent s'enfourner comme champagne par le trou camouflé de barbe qu'est leur bouche ! C'est le cercle complet des vieux visages bien gais, gaillardement émaciés sous leur crinière poivre et sel. Ce qu'ils bavardent ! Chaque père missionnaire catholique est d'abord un fleuve de poils, un fleuve qui coule jusqu'au sol, un fleuve tellement plus puissant que les quelques filaments maigrelets des grands lettrés païens. Cela balaie la terre de Chine. Cette terre où les plus vieux vivent depuis quarante ou cinquante ans sans avoir quitté leur coin de chrétienté. Ces religieux sont les oreilles et les yeux de mon père, ses meilleurs informateurs... mais ce n'est pas gratuit !

Quant aux bonnes sœurs, leurs cornettes déployées, elles se tiennent dans un coin en un troupeau timide et silencieux. Evidemment à peine trempent-elles leurs lèvres dans une coupe. Mais ce qu'elles mangent ! Sérieusement, sans bruit, sans arrêt. C'est que, contrairement aux bons pères qui vivent bien, elles font carême tous les jours, elles crèvent de faim. Alors que les religieux tonitruent, elles s'en vont le ventre rempli et sur la pointe des pieds après avoir humblement dit merci à ma mère.

Quant aux docteurs, ce sont de bons lurons. Ils dirigent un institut français qui fabrique des sérums, au-delà des remparts. Que vient faire, dans ce Sseu Tchouan si éloigné de tout, cet établissement tellement caractéristique de la bonne France coloniale de la IIIe République ? Sans doute a-t-on pensé que là, à Tcheng Tu, dans la Chine la plus profonde, la

Chine la plus chargée d'hommes, il devait y avoir beaucoup d'épidémies. C'était l'occasion de faire le bien en attendant de faire le chemin de fer. On a donc envoyé de « bons savants » qui sont en fait des toubibs de l'armée ou de la marine. Logique française. Et quand éclate le choléra ou la variole, quand les cadavres abandonnés deviennent une gêne, mon père va chaque fois offrir au Seigneur de la guerre les services de l'Institut ! Chaque fois le maréchal refuse d'un hochement de tête : « Il faut que les gens meurent, il y en a trop. » Logique chinoise. Et d'ailleurs mon père l'approuve :

« Ce serait l'effroi et la révolte si on obligeait les Chinois à se faire piquer par des diables d'étrangers. Ils croiraient à une mauvaise sorcellerie. Ils pourraient même tuer nos toubibs. Et comme ça nous n'aurions plus de partenaires au bridge. »

Les docteurs ne sont pas accablés de travail. De famille non plus car ils sont tous obligatoirement célibataires. Alors, ils sont les ornements de la vie mondaine de Tcheng Tu. Si les missionnaires étaient pour moi synonymes de poils, eux l'étaient de bottes. Toujours bottés d'un cuir qui s'évase, qui s'étend à toute leur personne, qui est comme une seconde peau. Tous ils ont le genre de petits moustachus pète-sec, sautillants, galants, empressés, d'une sociabilité de garnison. Le Sseu Tchouan ne les épate pas. Tous plus ou moins de la coloniale, ils en ont vu d'autres. Ils vivent dans leur Institut comme dans un Romorantin, à quelques détails près. Pas par bêtise mais en vieux blasés. Manquant de clubs ils vont dans les consulats. Des convives permanents, serviables, rigolards, poussant la chansonnette, tapant le carton, engouffrant le bordeaux chez mon père et le whisky chez les Britanniques. Les histoires chinoises de mon père les rasent. Ils aiment beaucoup ma mère. Mais ils préfèrent, comme maison, le consulat d'Angleterre. De la trahison selon le consul de France qui leur bat froid de temps en temps. Ils s'en moquent. Et puis on se réconcilie.

La conversation se sont les tuyaux venus de Shanghai et de Han Kéou, les bals, les courses, les adultères, les nominations, les coups de bourse de la vie civilisée. Finalement à table, l'immense Chine est un petit trou où tout se sait sauf ce qui se passe chez les Chinois. Braves toubibs ! Ils ont pourtant comme amis quelques milliardaires jaunes chez lesquels ils font de petites fêtes mais ils n'en parlent jamais devant Anne Marie. Ils boivent le vin de messe des curés et se soûlent chez le pasteur protestant. Mon père trouve qu'ils manquent de patriotisme mais en tout cas ils sont là au 14 juillet et au 20 janvier.

Le 20 janvier c'est l'anniversaire de mon père. Fête qui est peut-être aussi grandiose que le 14 juillet dans la vie politique et mondaine du Sseu Tchouan. Comme si ce qui concernait le représentant de la France importait autant que la France. Ou plutôt comme si mon père était la France incarnée, le corps vivant de la France, tout de noir habillé, des chaussures aux cheveux, en passant par la redingote, les sourcils et les yeux charbonneux.

Le Tout Tcheng Tu se retrouve là en entier. Le grand salon est transformé en une salle du trône bénéfique. Bannières, drapeaux encore, les mêmes que pour le 14 juillet mais les tentures sont différentes — au lieu de guerriers rouges de la force, les reptations des dragons de la prospérité, leurs anneaux chargés de fleurs et d'épis. Au milieu de ces présages heureux, comme frontispice, une banderole d'une dizaine de mètres portant en lettres d'or : « Joyeux anniversaire de monsieur Albert Bonnard. » Albert Bonnard c'est le nom de mon père qui brille comme une inscription sacrée. Mais ce jour-là le maréchal, les généraux, les consuls, au lieu de revêtir les uniformes et de faire traînailler leurs sabres, sont en petite tenue, — la tenue de soirée en plein jour c'est le minimum de formalisme au Sseu Tchouan. Car c'est la fête de la pure amitié. Une fois le maréchal est même apparu en robe bleue — raffinement prouvant ainsi la délicatesse de ses sentiments : il est venu par inclination et non par obligation. Ce qui, finalement, comme mon père le fera constater ensuite à ma mère, n'a que plus de signification politique.

Les vœux. Les plissements de peau du maréchal, ce déclenchement de bonne grimace sur sa figure, pour promettre longévité au consul. Le maître mot de longévité revenant dans la bouche de chaque Céleste congratulant Albert Bonnard. La certitude de longévité. Pas le simple souhait considéré comme insuffisant, dangereux et grossier. Pas question, pour ces Jaunes, de dire à mon père « bonne santé », car ce serait admettre qu'il puisse tomber malade. C'est le consul d'Angleterre qui lui susurre malicieusement « good health ». En entendant cela les toubibs français rient finement car Albert Bonnard, c'est leur meilleur client. C'est lui qui va se faire radiographier régulièrement à leur Institut car il fait surveiller de près les fluidités diverses qui s'écoulent à travers ses intérieurs. Et puis Albert Bonnard s'est fait dresser par ses toubibs d'interminables certificats médicaux sur ses infirmités diverses — de la sensibilité intestinale à la fatigue du myocarde — qu'il adresse au Quai d'Orsay pour faire valoir son mérite. Cette ironie franco-anglaise, mon père la sent vaguement. Ma mère sourit avec complicité. Heureusement qu'arrivent, en fin de défilé, les religieux et les religieuses qui eux sont gens sérieux. Ils gavent mon père des faveurs du Bon Dieu, avec d'autant plus d'abondance qu'ils le soupçonnent d'être franc-maçon.

Mais, le 20 janvier, mon père est toujours solide, la bonhomie voltigeant sur la gravité des traits. Il remercie tous ses hôtes un à un, la louange lourde, l'hyperbole de taille et l'allusion de poids. Tout est idylle autour de lui. Que pourrait-il souhaiter de plus au maréchal qui a fait du Sseu Tchouan la terre de la félicité ? Le maréchal, tout en étant fidèle à la grande sagesse de sa race, n'est-il pas en train de faire progresser la province en sachant choisir dans l'Occident ses meilleurs bienfaits ? L'électricité, le télégraphe et le téléphone vont faire de Tcheng Tu une cité modèle. Que le maréchal sache que la France, elle, est particulièrement désintéressée dans l'aide qu'elle est prête à apporter.

Après cette pointe contre son collègue anglais, mon père se met à faire chaleureusement l'apologie du British. Il lui dit : « Vous êtes un jolly good fellow. Et je me réjouis que l'entente cordiale entre nos gouvernements porte pleinement ses fruits ici même. » Quant au Japonais mon père, toute prudence, se borne à le saluer et à le resaluer, lui et son Mikado, en phrases brodées. Là-dessus il expédie rapidement la « colonie française », les toubibs risquant leur vie en luttant contre les épidémies avec un courage héroïque et les religieux qui ont apporté leur foi et leur charité à cette Chine si accueillante à toutes les vérités.

Enfin on ne peut célébrer l'amitié sans photographies innombrables. Il s'agit de grouper protocolairement les personnages en faisant coïncider le protocole oriental et le protocole occidental. C'est tout un problème que de rassembler en un seul groupe le Tout-Tcheng Tu sans que personne perde la face. C'est un art où mon père est maître. Mon père à côté du Seigneur de la guerre. Les autres consuls tout autour puis une rangée de généraux, une rangée de gros marchands, la rangée des toubibs et de l'évêque, les autres curés et bonnes sœurs faisant masse derrière. Comme le 20 janvier n'est pas une manifestation trop officielle, ma mère est admise dans le noble groupe. Moi aussi, avec mon chapeau de paille et mon costume marin. Enfin tout ce monde, hauts-de-forme, jaquettes, robes célestes, cols durs, se tient au garde-à-vous du sourire jusqu'au déclic. Déclic à nouveau. Dix, vingt déclics, tout l'aréopage debout dans la dignité et l'air avenant, face au gros appareil à trépied avec son drap noir, sa lentille, sa poire, son museau en accordéon, derrière lequel est tapi l'opérateur — un personnage sans nationalité, sans protection, un petit verdâtre venu de Shanghai. Il se dit cantonnais. Mais il est tellement nécessaire aux manifestations de la vie publique à Tcheng Tu qu'il n'a rien à craindre, lui et son attirail.

Quand tout le monde est parti, tout seul, mon père va se placer sous la banderole « Joyeux anniversaire de monsieur Albert Bonnard » et pose pendant quelques minutes, pour que le minable photographe puisse opérer avec un zèle humble.

Deux ou trois jours après le consul fait procéder, par des messagers spéciaux, à la distribution des photos. Ce sont presque des tableaux, collés sur carton épais, encadrés, sous-titrés de caractères et d'écritures en ronde rappelant le grand événement, avec l'indication précise du jour et de l'année. Chaque ami reçoit son lot d'images avec, en plus, la photo de mon père tout seul et sa carte de visite. Le bristol et la photo, ce sont les deux grandes nouveautés du Sseu Tchouan. Mon père en fait une consommation prodigieuse.

Charme de la civilisation nouvelle qui pénètre à Tcheng Tu. Déjà loin est le temps où le consul de France offrait une baignoire au Seigneur de la guerre. C'est maintenant un gros groupe électrogène qu'il lui remet au nom du président de la République française. Des mécaniciens, des Chinois élevés dans une école des bons pères, sont venus de Shanghai pour défaire les caisses amenées à dos de coolie, pour en sortir les pièces, les monter. Le consul, très ignorant en matière de science, surveille d'un œil circonspect l'emboîtement des engrenages, les tuyauteries, les vis. Enfin c'est l'inauguration. Le maréchal est là, une main appuie sur une manette et la lumière naît. Moment merveilleux quand l'électricité jaillit au Sseu Tchouan sous les auspices du consul de France.

Comme résultat quelques lampes nues et crasseuses qui s'éteignent toujours dans les yamens du maréchal, des consuls et de quelques dignitaires. Dans la rue le peuple voit surgir des troncs d'arbres dépouillés, supportant des fils qui pendent, et contre lesquels, négligemment, s'appuient des mendiants et des soldats.

1922. Le consul va avoir un an de plus. Car demain ce sera de nouveau un 20 janvier. Au consulat les préparatifs habituels, ma mère inaugurant une nouvelle spécialité : le sandwich pour gentlemen, selon une recette donnée par la grosse pastoresse protestante. Anne Marie, à la tête de ses cuisiniers et de ses boys tous silencieux, tous appliqués. Elle, son chignon tordu comme un sceptre, est en train d'accumuler des montagnes de tranches et de rondelles de mangeailles géométriques, avec des sauces épicées au goût de l'Empire des Indes : chutney et condiments, comme dans les clubs de Shanghai. Avec beaucoup de couches de tomates, le triomphe de ma mère, car il n'y a que le jardin du consulat de France qui produise de ces légumes. Son plaisir est d'en envoyer chaque semaine des paniers à la consulesse d'Angleterre et à la pastoresse.

Ce jour-là mon père est enfermé dans son bureau avec la mine des situations graves. Il ne vient même pas jeter un coup d'œil sur ces apprêts et arrangements. Monsieur le consul est sur pied de guerre, le visage harnaché de réflexion. C'est que Tcheng Tu est menacé encore une fois de destruction.

Toute la matinée des visiteurs ont défilé. En premier, comme chaque fois qu'une calamité plane — c'est même le signe que le fléau est imminent —

surgit l'évêque de Tcheng Tu. C'est un colosse osseux taillé à coups de serpe ; les yeux méfiants, les pommettes saillantes, les mains desséchées. Son corps est engoncé dans une soutane tellement usée, rapiécée, que la teinte violette, celle de sa dignité, a tourné au pissat, au brun terre, au jaune poussière, comme chez les bonzes mendiants. Mais la croix pectorale brille. Chaque fois qu'il m'aperçoit il me donne son anneau à baiser en crachotant une bénédiction à travers ses dents jaunies par les chiques et le jus de tabac.

Mais cette fois, le saint homme en arrivant au consulat, comme en en partant, ne m'aperçoit même pas. Il est resté plus d'une heure avec mon père qu'il laisse très soucieux. Il sort du bureau, tel un ouragan, pour grimper sur son vieux cheval aux dents aussi proéminentes que les siennes. Et il s'en va en galopant sur sa bête, la mine renfrognée, miraculeusement en équilibre sur sa mauvaise selle chinoise en bois.

Après lui se sont présentés auprès du consul de gros marchands jaunes huileux, d'une suavité que rien n'entame. Ce sont les notables de la chambre de commerce chinoise de Tcheng Tu, des milliardaires toujours présents aux grandes cérémonies du consulat, mais qui ne viennent jamais au bureau de mon père. Cette fois trois ou quatre chaises à porteurs ont déposé ces personnages qui ont subitement éprouvé le besoin « d'importuner monsieur le consul de France ».

Vers une heure apparaît un monsieur jaune beaucoup plus jeune qui, lui, vient souvent mais très discrètement. Il arrive à pied en se faufilant, ce qui est vraiment incongru. C'est pourtant aussi un riche négociant. Une figure biseautée, aiguë, qui se perd, vers le haut et vers le bas, en deux pointes, le milieu constituant un renflement maigre. Sa personne offre une curieuse juxtaposition de l'Orient et de l'Occident : le corps est habillé de façon traditionnelle, une veste de soie noire recouvrant une longue jupe blanche ; mais le crâne en œuf est enfoncé dans un chapeau de feutre mou, un ruban à la base de la calotte cabossée comme il se doit. Sur le visage de petites moustaches fines à l'européenne et, évidemment, des lunettes presque invisibles, les verres soutenus par une mince monture d'or. En somme le comble de l'élégance moderne sagement atténuée par la robe classique.

Ce monsieur-commerçant est un peu un mystère pour moi. Il parle très bien le français avec un vocabulaire sortant du dictionnaire et un petit couinement nasal. Il sait dire admirablement « Monsieur le consul » et surtout, au lieu de me regarder noblement en silence, comme le font les autres gros Chinois, quitte à féliciter mon père d'une sentence sur sa progéniture, lui, me dit des petits mots familiers, gentils, comme : « Alors, tu t'amuses bien, petit garçon ? Veux-tu que je fasse venir pour toi, de Shanghai, une automobile à pédales ? » Alors il rit joyeusement. Quand ce monsieur s'adresse au consul, au lieu de rester dans l'impassibilité convenable, il s'anime, il s'étrangle de petits cris nerveux, son mince visage est parcouru de tics rapides, comme si c'était la gesticulation de sa pensée.

La voiture à pédales je l'ai eue, je l'ai même usée. Devant mes parents j'ai remercié le monsieur qui m'a dit : « Alors, ça t'a fait plaisir ? » Mais ce Chinois je ne l'aime pas. D'abord parce qu'il m'est incompréhensible, trop différent du maréchal, des milliardaires respectables, de Li, de mon mafou, des domestiques, du mandarin calligraphe. Et puis les bons pères m'ont dit de me méfier de lui. C'est un chrétien mais de la mauvaise espèce, celle fabriquée par les jésuites de Shanghai dans leur université. Ces jésuites que les religieux du Sseu Tchouan redoutent beaucoup. Ces jésuites prêts à tout et qui, il y a longtemps, plusieurs siècles, avaient adoré l'Empereur en tant que Fils du Ciel comme s'il était le Seigneur, le Dieu, le Christ lui-même. Alors ils s'étaient habillés en lettrés, ils étaient devenus les « lettrés de l'Occident », enseignant les mathématiques, fabriquant des objets curieux comme des montres, des boussoles, des canons aussi. Mais ces aventuriers de la foi pratiquaient le culte des ancêtres, le culte des souverains défunts comme s'ils étaient des saints. Pour convertir les Chinois ils avaient transformé la sainte religion catholique et romaine en une morale servant le Ciel et la Terre, tout comme le confucianisme. Abominable erreur qui avait été condamnée par le pape.

Cela, les missionnaires de Sseu Tchouan me l'ont dit et répété. Eux, ils sont pour le Sacré-Cœur et l'Immaculée Conception. Mais ils se méfient toujours des jésuites qui, maintenant à Shanghai, se sont mis à fabriquer des chrétiens intelligents, savants, connaissant Voltaire et Galilée, entraînés même à discuter des dogmes. Cela ne produit que des mauvais sujets, des intrigants, des pervertis, des traîtres. Ils sont pires que les vrais païens. On les retrouve toujours dans les tractations douteuses où ils servent d'entremetteurs, d'intermédiaires, de compradores, ne pensant qu'à leurs intérêts, pas à ceux de Dieu. Quelle différence avec ces bons chrétiens du Sseu Tchouan bien simples, bien pieux, ne connaissant que la communion et l'obéissance aux pères !

Le monsieur chinois de Tcheng Tu n'est pas un comprador. Tcheng Tu est interdit non seulement aux firmes européennes mais à leurs représentants blancs ou jaunes, sous peine de punitions terribles. C'est seulement un grand marchand de thé et peut-être d'opium. Mais, en fait, secrètement, il sert les intérêts d'une puissante firme française de Shanghai, celle qui est spécialisée dans les armes, celle qui a si curieusement vendu les fameux canons au maréchal. C'est pour cela qu'il surgit de temps en temps au consulat, en prenant des précautions. Ce qu'il raconte contrarie souvent les missionnaires, ces saints qui ne sont pas toujours de petits saints.

Deux heures de l'après-midi. Mon père surgit enfin pour le déjeuner. Et comme toujours il éprouve le besoin de tout raconter à ma mère qui, du reste, cette fois, l'écoute attentivement. Il commence par éclater :

« L'évêque, il en a de bonnes ! Il m'apprend que le maréchal après avoir levé cinq ou six fois les impôts cette année a imposé la ville d'une contribution énorme d'un million de taëls. Eh bien, le saint homme demande que ses chrétiens ne paient pas. Ce n'est pas tout. Il paraît que le Seigneur de la guerre a laissé entendre aux richards de la ville que si l'argent n'était pas versé dans trois jours un sort néfaste pourrait faire qu'un incendie détruise un quartier de la cité, de préférence le quartier des grands marchands. Or le prélat ne veut absolument pas que le feu prenne près de l'église Notre-Dame qui est à proximité et qui flamberait comme une boîte d'allumettes. Il exige que je me rende auprès du Seigneur de la guerre, que je proteste, que je me démène pour qu'il fasse griller un autre coin, sans chapelle et sans catéchumènes. Pour l'évêque tout se passe comme si les malheurs sont sans importance s'ils accablent les païens. Mais si une de ses ouailles est lésée, c'est autre chose.

— Qu'avez-vous répondu à Monseigneur ?

— Que je me garderai bien de déranger le maréchal, surtout pour le traiter d'incendiaire. Car le Seigneur de la guerre, tout en faisant planer la menace du sinistre sur les gros bourgeois, s'arrangera pour conserver les apparences de l'innocence. Ce ne sont pas ses soldats qui feront le coup mais des brigands qu'il aura recrutés. Il y en a plusieurs centaines en tenues de coolies, en haillons, près du principal campement des Yunnanais. Toute la population tremble déjà de les savoir là.

« L'évêque est parti furieux, me laissant entendre

qu'il se plaindrait à ses supérieurs et au gouvernement de Paris. L'homme de Dieu m'a laissé avec un de ces mal à la tête ! Mais moi je vais le saler dans mon rapport au Quai d'Orsay. Je ne vais pas compromettre pour lui toute ma politique, et aussi ce chemin de fer qui est peut-être au bout de tout cela.

— Comment ?

— Laissez-moi procéder par ordre. J'ai eu ensuite les gros marchands. Un tas de sourires, de courbettes, des gémissements sur leur impossibilité de rassembler la somme énorme demandée par le maréchal — mais pas un mot sur l'incendie pour les faire cracher. Que me voulaient-ils ? Longtemps, avec toute la gamme des politesses dilatoires, ils ont tourné autour du pot. Enfin le plus gros, un de ces vieux de l'ancien temps qui n'ont pas appris à être un peu moins sales en face d'un Blanc, un magot tout confit en salutations et en crachats, s'est mit à éructer et à glapir pendant au moins dix bonnes minutes. Chaque fois qu'il a débité une phrase criarde le bonhomme s'interrompt quelques secondes pour cogiter la suivante, salivant, comme soudain endormi, pendant que ses compères hochent la tête d'un air entendu pour marquer leur approbation à ce qu'il a dit. Là-dessus il se réveille pour ouvrir la bouche et déglutiner encore quelques mots. En somme un discours cérémonieux à la chinoise, très Chine d'autrefois.

« L'honorable orateur commence par exprimer son bonheur, celui de tous les négociants de Tcheng Tu à contribuer avec leur argent au renforcement des belles armées yunnanaise et sseutchouanaise unies pour la protection de Tcheng Tu en ces temps incertains. Ils sont prêts à se sacrifier eux-mêmes, leurs familles, leurs épouses, leurs enfants, leurs ancêtres même, dans ce noble but. Mais malheureusement ils sont déjà si pauvres... Les affaires sont si mauvaises... Ils ne sont que d'humbles hommes écrasés par la grandeur de la tâche patriotique. Mais est-ce que les amis étrangers, les amis français surtout, protecteurs de la belle Indochine, ne pourraient pas participer à l'essor des forces militaires de Tcheng Tu en leur donnant du matériel ? Ils seraient mille fois bénis pour cela.

« Raclements de gorge, toussotements. Tous ces messieurs qui regardent leurs pieds, engoncés dans des chaussons, pour ne pas avoir l'air d'attendre la réponse. Ce qui signifie qu'ils l'attendent impatiemment. Moi, éberlué. J'ai compris que ces gens veulent que je fasse venir des armes d'Indochine pour les Yunnanais. Comme M. Lu. Mais M. Lu est l'éminence grise de ces Yunnanais. Tandis que ces notables ce sont les bourgeois de Tcheng Tu, des Sseutchouanais traditionnels qui au fond haïssent le maréchal et ces soldats « étrangers », des mercenaires impitoyables prêts à tout, sur le point de les faire rôtir, eux et leurs boutiques. Certainement ils sont de cœur avec les armées sseutchouanaises qui se gonflent de partout, qui deviennent énormes. Pourquoi ces sages négociants me demandent-ils donc de venir au secours de leurs ennemis, ces Yunnanais aux abois ? Quels pièges, quelles trappes, quels gouffres cache cette étrange proposition ? Je prends mon meilleur sourire pour dire à ces gros Chinois qu'ils ont raison de compter sur l'amour de la France pour la Chine — amour dont la France a donné des preuves nombreuses et qu'elle est prête à manifester davantage. Mais, en raison de cette amitié même, la France se doit d'agir respectueusement, en connaissant l'immense sagesse des Chinois si parfaitement capables de régler des difficultés passagères au-delà desquelles régnera la grande félicité.

« Une fois ces chats fourrés partis j'ai poussé un ouf de soulagement. Ces Chinois sont toujours incompréhensibles. Que me veulent-ils donc ? Je me suis mis à penser. »

Et quand le consul pensait ! Aujourd'hui j'imagine le vieil agent en Chine du Sud, qui tourne dans son bureau, n'y comprenant rien, réduit à soupirer douloureusement. Lui, Albert Bonnard, consul de France en Chine, un très bon consul, consul dans chaque kilo de son corps et à chaque heure de sa vie, sa fonction chevillée à l'âme, connaissant merveilleusement son monde céleste, est parfois pris de lassitude et de dégoût. Sa figure s'affaisse, sa figure de consul qui craint un traquenard.

Durant ces jours de dépression mon père est hanté par les visages jaunes, les faces bienveillantes des interlocuteurs se répercutant dans sa cervelle comme dans une galerie de glaces. Faces inertes cachant des desseins tordus, tarabiscotés, fous, mis à exécution. Chine de la cruauté. Quels enchevêtrements avant que les hommes intelligents — il y a comme une loi de l'intelligence et de la ruse — écrasent les vaincus comme des fourmis ! Pas de pitié, pas de sentiments. L'implacabilité des raisonnements, la nuit des intrigues, l'énergie exaspérée, la duperie, les grands gueuletons servant de pièges et ensuite le plaisir d'exploiter, d'humilier, de torturer des êtres qui sont perdus ou qui sont simplement en dessous. La Chine c'est la révolution permanente, la guerre éternelle, pas seulement entre les armées, mais entre les gens, dans les foyers, dans les corporations, partout. Constamment c'est être tué ou tuer. C'est s'enfler de richesses ou crever de misère. Tout est lent et extraordinairement accéléré à la fois. Tout est possible. Tout est permis. La vertu ce sont les vices utiles amenant à gagner et à jouir. La jouissance est encore plus grande au sein des catastrophes affligeant les autres, aussi bien les ennemis abattus que la masse ordinaire des hommes. Mais jamais rien n'est définitivement acquis. Rien n'est jamais terminé. La partie pour chacun est sans fin. L'existence est toujours un pari où la volonté des hommes s'affronte en donnant au destin mille masques changeants et contradictoires. La mort menaçante, la torture subie, les affres se métamorphosant en opulence, en orgueil, en plaisirs. C'est aussi l'inverse, le saut dans le malheur et l'agonie. Les paisibles Chinois s'adonnent à une furie constante, cachée, prête à exploser. Tout cela avec la face, la décence obligatoire, une science de ne pas humilier et de ne pas être humilié pendant l'affrontement. On dirait que tout est calme. Un couvercle sur tout. Quand la perfidie et l'atrocité ne rendent pas suffisamment il y a toujours les possibilités d'arrangements, le réseau des compromissions et des retournements, trames aux mille fils, équilibres pouvant durer longtemps. Un jour enfin c'est l'éclair, le dénouement, la curée. Gestes rituels où le triomphateur se dévoile. Il éclate en affronts, en insultes, en vengeances, comme si cela avait été un crime incomparable qu'on lui ait tenu tête, qu'on lui ait résisté. Malheur aux perdants desquels on exige, avant le châtiment, la confession, l'aveu, le remords, les demandes de pardon. Il faut que les perdants supplient et que les gagnants hurlent « non » avec la crispation et les cris de la colère, qu'ils se remplissent de joie et de haine jusqu'à l'exécution. Supplices. Lenteur des supplices pour la satisfaction du triomphateur, pour que son triomphe soit plus grand. Malheur aux pauvres, malheur aux malheureux ! La Chine de la dignité se déchire sur des scènes terribles d'esclavage, d'extermination, sur le tableau de millions de cadavres desséchés par la faim ou charriés par les eaux pendant que les riches mangent bien. Telle est la Chine du bouddhisme dont le symbole est la roue de la vie où les hommes sont emportés par les passions. Seul le renoncement total, absolu, aux illusions heureuses, permet d'arrêter cette course frénétique et d'atteindre le nirvâna salvateur. Mais les sages détachés de la réalité sont rares — il paraît que les bonzes mêmes sont de fameuses fripouilles.

La Chine. Cette Chine ténébreuse et insolite, mon père, malgré sa solennité fringante, en avait peur au fond de lui-même. Comme en avaient peur tous les Blancs, tous les Occidentaux qui, également avec leur furie à eux, ne cessaient jamais de la piétiner, de la vaincre, de l'abaisser, de la charger de chaînes, de traités, d'obligations. Angoisse de tous ces Blancs même au cœur de leurs Concessions, de leurs buildings, au milieu de leurs richesses. Angoisse malgré leur Bible, leurs dollars, leurs bateaux de guerre, leurs policiers, leurs indicateurs, leurs régiments coloniaux. Angoisse qui ne cesse jamais complètement, qui les fait se réjouir des fléaux exterminateurs de Jaunes. Cette fureur, ils la cachent sous les apitoiements, les mépris, les condescendances. Cinq lignes dans les journaux anglais de Shanghai pour cinq millions de Chinois morts de faim au Shantung, à trois cents kilomètres de là. Mais cette capacité étonnante des Célestes de tout subir durera-t-elle toujours ? Car les Chinois, même soumis, même s'entre-déchirant, même retournant aux sauvageries primitives, ont la faculté de terroriser.

La frousse secrète de mon père était d'autant plus grande qu'à Tcheng Tu, dans la Chine interdite, il était juste toléré, seul au milieu des Seigneurs de la guerre et des masses célestes. Livré à la Chine, jouant le jeu chinois à la chinoise pour survivre, pour triompher, pour faire triompher la France. Tout était danger ou illusion de danger. Il arrivait en effet à monsieur le consul dans ses cogitations forcenées de s'égarer, d'inventer des drames là où il n'y en avait pas, de délirer face à l'atonie chinoise, à la vie ordinaire. Ces jours-là il avait le visage hagard, absent et ma mère lui demandait : « Etes-vous malade, Albert ? » Dans ces cas-là, plus que les médecins, c'étaient les bons pères, les seuls Blancs à n'avoir aucune espèce de trouille, qui lui remettaient les pieds sur terre.

Mais, en cette veille d'anniversaire, la mine affalée, déjetée du consul s'affermit. Il redresse son corps dans son fauteuil et, sous ses lorgnons, il coupe ses joues de la grande ride de la résolution. C'est une barre amère pleine de pitié pour Albert Bonnard mais en même temps empreinte d'une obstination farouche et tatillonne. L'expression du héros accablé par son héroïsme, de l'homme qui se sacrifie pour le devoir. Car, en dépit de ses faiblesses, de ses lâchetés, de ses soupirs et de ses malaises, le consul, sorti de ses comédies, est un maniaque cramponné à son but, toujours le plus risqué. La vraie peur fait place à une autre peur, aux audaces sournoises et aux hypocrisies enveloppées d'autosatisfaction ou d'auto-admiration. Mais cette admiration il voudrait bien que les autres, à commencer par ma mère, la partagent. D'où toutes sortes de mimiques pour faire comprendre son courage.

Comme chaque fois qu'il doit se doper, monsieur le consul de France s'exalte lui-même dans le secret de son bureau. Cette fois il a dû se dire : « La guerre de Tcheng Tu va commencer. Si je reste tranquille le Quai ne me blâmera pas mais le remarquera. Moi, je ne suis pas fils d'archevêque comme tant de ces consuls qui ne font rien et se vantent après coup. Eux, ils sont entrés par la grande porte, plus ils sont nuls plus ils grimpent vite dans la carrière. Mais moi je me suis hissé à la force du poignet pour faire de sales besognes dont personne ne voulait. Eh bien, mon coup d'éclat, je vais le tenter maintenant dans cette marmite du diable qu'est Tcheng Tu. Elle commence à bouillir. Il faut que ça chauffe pour que ces gros magots aient eu l'indécence de venir m'interroger. Mais que cachent-ils dans leurs manches de soie ? Qui interroger ? Je ne veux pas faire revenir l'évêque après notre prise de bec de tout à l'heure. Je vais convoquer M. Cheng. »

C'est ainsi que M. Cheng est entré dans le bureau du consul et puis en est ressorti. Furtif mais tout guilleret, un joyeux petit oiseau de proie. Et c'est ainsi que mon père, à la fin du déjeuner, comme d'habitude, après avoir attrapé le chef boy pour une salière bouchée, après avoir consommé l'évêque et les négociants à son menu, en vient à l'entremets : le très particulier M. Cheng.

« M. Cheng, Anne Marie, vous le connaissez de réputation. A Shanghai M. Dumont me l'avait recommandé devant vous, au cours de l'abominable dîner qu'il nous avait offert dans son énorme bungalow. Cet étalage de piano à queue et de soi-disant tableaux de maîtres, de lustres, de domestiques chinois transformés en laquais. Quel « m'as-tu-vu » que ce Dumont, ce gros congestionné, rougeaud, gueulard, tapant du poing, en racontant de bien bonnes. Sa gueule de citrouille sortant de son frac, les diamants en manchette. Je vous en ai déjà parlé. Et dire que son père n'était qu'un voyou de Marseille qui avait été matelot sur des clippers anglais débarquant en contrebande des caisses d'opium du Bengale dans les anses déchiquetées et rougeâtres de la Côte du Kuang Tung. Et le fils milliardaire qui me traitait de son haut. Vous vous rappelez que ce monsieur vous a presque manqué de respect. J'ai dû me fâcher. Il a fallu qu'un autre invité, un flic de la Concession française de Shanghai, à la moustache recourbée et aux yeux en vrille, une petite gouape maligne, calme Dumont. Et la femme de Dumont, une métisse vietnamienne ramassée à Saigon, qui pouffait de rire. Et je n'étais même pas à la place d'honneur. Elle était réservée à Tu Yu Sen, un des trois grands du crime à Shanghai.

— Mais oui, je me souviens. Et ensuite Dumont vous a plumé au poker...

— Il était soûl ! Il jetait des paquets de dollars en hurlant « tapis » ! C'était très incorrect ! Il voulait me montrer que je n'étais rien à côté de lui. Ensuite ce monsieur, rappelez-vous, m'a attiré dans un coin du salon pour me parler business. Il me faisait la leçon. Il me flanquait dans la figure des noms illustres, des banquiers, des ministres, des hautes personnalités de Paris, ses associés, disait-il. Et de me faire reluire aussi son intimité avec les grands merchants, les Jardine et Matheson, les Butterfield and Swire, la Hong Kong Shanghai Bank, ces boîtes anglaises qui commandent le mercantilisme en Asie. Et Dumont ricanait aussi : « Les Seigneurs de la guerre je les connais tous, des amis. Dans les histoires chinoises moi, je sais me débrouiller. Ces gens-là sont des malins mais je suis plus ficelle qu'eux. Ils n'ont qu'une pensée : se faire du fric pour avoir plus de soldats et avoir plus de soldats pour avoir plus de fric. Ils veulent des joujoux, tout ce qui sert à tuer. La Chine c'est un marché fantastique pour les armes. Les Anglais travaillent avec leur puissance financière, les Japonais avec leurs nuées d'espions et la menace du sabre. Moi, avec ma jugeote. Vous savez bien que le système D c'est celui des Français. »

— Je me rappelle que le lendemain il m'a envoyé un énorme bouquet de fleurs.

— Dire que ce Dumont, à Shanghai, est un des membres éminents de la colonie française. Admis aux meilleurs clubs anglais, l'œillet à la boutonnière au champ de courses. Un pilier du Cercle français où il trône devant le plus grand bar du monde. Avec ça intime du consul général de France, le chef de la Concession française !

— Vous voudriez bien être à sa place !

— Vous pensez ! Etre le patron d'un million d'hommes dont un millier de Blancs ! Il a à sa botte un conseil municipal, une administration française, une justice française, une police française, des services français et même un bataillon indochinois. Un roi !

— Sans compter que la Concession est si belle. J'aimerais bien vivre dans ces avenues ombragées, surtout l'avenue Foch ou l'avenue Joffre. Il y a tellement de fleurs et de si belles villas.

— Toutes pleines de Seigneurs de la guerre qui ont eu des malheurs dans leurs provinces et qui attendent des jours meilleurs bien à l'abri, fumant l'opium, avec leurs concubines, leurs marmots et leurs trésors ! A vrai dire je préfère travailler avec eux sur le tas, comme à Tcheng Tu.

— Et puis, Albert, à Shanghai vous auriez des ennuis avec les Européens. Vous êtes si susceptible. Si vous prétendiez passer avant les dames, comme vous le faites ici, vous sèmeriez la discorde au sein de la colonie française pendant des mois, faisant naître des camps, nourrissant les conversations infinies de messieurs les Français buvant leurs apéritifs.

— En tout cas le consul actuel ne risque pas ces pépins-là. C'est un habile. Un filament tout en longueur, un monsieur ténia qui enroule son charme autour de ses interlocuteurs. Il est d'origine slave, vous le savez. Cela lui permet d'avoir une sorte d'indulgence qui confine au cynisme, une contemplation amusée du vice et du crime. Il est toujours à l'aise dans ce super-Chicago ayant pris, dans la Concession française, le ton du café du commerce. Cancan, snobisme et vulgarité. Moi, il m'a ri au nez quand je me suis plaint à lui de Dumont : « Il est très bien ce monsieur Dumont. Pas distingué évidemment. C'est curieux, quand les Anglais s'enrichissent ils deviennent gentlemen, même si ce sont des gentlemen requins. Les Français, nos quelques milliardaires de Shanghai, restent dans la bonne vulgarité. »

Et mon père de s'étendre longuement sur ses compatriotes de Shanghai, tous des parvenus selon lui, des mufles dont la gauloiserie détonne au milieu du formalisme britannique. Albert, pourtant pas bien distingué lui-même, s'étonne que les Angliches, les Britiches, tout confits de dignité, gens qu'il n'aime cependant pas, acceptent cette pétaudière gauloise. Il est surpris, presque choqué que ces Britiches, qui tiennent les Chinois à bout de pincettes, tolèrent si bien que les compères de la Concession française fricotent avec les Jaunes sans aucun sans-gêne...

Albert fait cependant les distinctions nécessaires parmi les Français de Shanghai : il y a bien parmi les pontes quelques messieurs raides à col dur, à particule, à baise-main, à discours fleuris, à excentricité de vieux beaux. Ce sont tous de mauvais coucheurs. Les autres, les frères de la côte qui ont roulé leur bosse dans tous les antres chinois, des natures assez fortes pour avoir survécu et gagné, ceux-là c'est de la bonne pâte en apparence. Malades du fric à faire et à claquer, mais c'est la maladie générale de Shanghai. Des enragés à vivre, détraqués par la Chine. Ils jouent à être aussi forts que les Célestes, se mêlent à eux. Cela les entraîne loin. Sous leurs airs de fortiches ils sont à moitié cinglés, jouant la pétulance, la gaieté, la bonne vie, enchinoisés, anglicisés et en même temps plus français que nature dans la Concession française. Pas des enfants de chœur bien sûr. Mais la plupart, grisés un jour, manquent à la parole donnée à un commerçant chinois, une faute irrémédiable. Rares sont ceux qui comprennent qu'en matière de gangstérisme surtout, une fois un accord conclu, il faut être correct. C'est là que se fait le tri, entre les fortiches et les minables.

« Et pourtant, soupire Albert, même Dumont vient de faire une entourloupette. Il s'en croit trop celui-là. Cependant il faut que je le soutienne lui et son maudit M. Cheng. »

Albert lève les yeux au ciel :

« Celui-là, je l'ai sur le dos. Mais je le tiens à l'œil. Je ne l'ai pas dit à M. Lu, bien sûr, mais dès le début j'ai été au courant de l'affaire des 75 par les curés. Après, j'avais des doutes... Mais alors, Cheng m'a juré qu'il était innocent. Et j'ai cru bêtement à son honnêteté et à celle de son patron Dumont, garantie par le consul de France à Shanghai. Jusqu'au jour où les missionnaires m'ont averti que Cheng avait filé. La chose était désormais claire... si je peux dire... »

Anne Marie hausse les épaules :

« Pourquoi ne m'avez-vous pas raconté tout ça ? J'aurais été moins surprise de voir les troupes du maréchal encercler notre consulat. Mon ami, vous vous êtes un peu emmêlé les pattes.

— J'avais peur que vous vous tracassiez... En effet, Cheng qui avait réapparu à Tcheng Tu pas du tout coupé en morceaux, avec le sourire même, m'avait tout déballé depuis huit jours. C'était Dumont qui avait fait le coup, pour plaire aux Anglais hostiles aux Yunnanais et aux sudistes. Lui, Cheng, même pas prévenu, n'avait eu que le temps de prendre la poudre d'escampette loin de Tcheng Tu. Il était allé à I Chang. Là il s'était arrangé avec le Seigneur de la guerre local, parvenant à lui arracher une grosse somme en paiement des canons déjà payés par les Yunnanais. Après en avoir envoyé la moitié à Dumont il est revenu avec le reste à Tcheng Tu où il s'est arrangé avec M. Lu en lui disant : « Je vous rembourse une partie de l'argent. Pour le reste je vous donne une bonne idée — elle ne vous coûtera rien et vous procurera un armement bien plus formidable que celui qui a disparu. » L'idée c'était que le Seigneur de la guerre de Tcheng Tu fasse semblant de se fâcher contre moi en investissant notre consulat et que Lu me tende la perche en me demandant des mitrailleuses d'Indochine contre la promesse du chemin de fer du Sseu Tchouan.

— Et après ce tour-là vous avez toujours confiance en Cheng ?

— Oui, car ce qu'il a fait : tout me raconter à propos des canons, c'est extraordinaire de la part d'un Chinois. Ce coup de franchise, ce coup de poker, seul un Jaune bougrement évolué façon jésuite peut l'avoir. Carrément. Sans détour. Il est arrivé à comprendre que la vérité aussi, dans certains cas, peut rapporter... Ce qui est vraiment vicieux pour un Céleste. »

Ma mère fait la moue :

« Ce Cheng vous trahira.

— Pas maintenant, nous sommes liés. Avec son marchand de canons français fournissant les Sseutchouanais il a besoin que je le couvre du côté des Yunnanais. D'autre part, comme c'est lui qui m'a lancé dans les pattes de Lu, j'exige de Cheng qu'il me renseigne bien, s'il veut que je continue à m'arranger pour le maintenir en vie. Donnant donnant.

— Cheng a l'air d'un furet, d'un renard, d'un fourbe aux yeux menteurs. »

Mais mon père se rengorge.

« Vous vous trompez complètement, Anne Marie. Ce matin Cheng a été épatant. A peine l'avais-je envoyé chercher qu'il était déjà là. Et quand je lui ai parlé, avec un peu d'inquiétude je l'avoue, de la visite des gros Chinois de Tcheng Tu chez moi, il a éclaté d'une longue petite toux nerveuse, ce qui est sans doute pour lui le comble de l'hilarité, de l'ironie, de l'amusement. Et puis, ayant éclairci sa voix, il m'a recommandé de ne me faire aucun souci : « C'est très amusant au contraire, monsieur le consul. Les honorables négociants de Tcheng Tu sont comme des biches déchirées par des aigles et qui espèrent un sauveur. Peut-être vous, pensent-ils. »

« Chère Anne Marie, ce Cheng m'a expliqué que ces messieurs cherchent désespérément une issue. Car si l'actuelle situation continue ils vont être pressurés, écrasés, laminés, jusqu'à ce qu'ils n'aient plus de sang et d'os, qu'ils soient vidés de leurs dernières sapèques après avoir été soumis à des épreuves comme des incendies, des meurtres, des kidnappings, la disparition de leurs concubines, la mutilation de leurs enfants mâles, et bien d'autres procédés connus pour faire cracher. Il y a trois armées à se gorger sur Tcheng Tu. Celle du Yunnan. Celle du Kwei Tchéou, arrivée avec les Yunnanais, en alliée. Celle des Sseutchouanais enfin, en train de proliférer. Cela fait beaucoup d'appétits. Et messieurs les négociants, sachant le sort qui les attend, sont désespérés. »

Pauvres marchands de Tcheng Tu entassés dans le bureau du consul, ils ont été victimes de leur naïveté. Ils avaient jadis bien accueilli les Yunnanais venus de la terre d'au-delà des nuages, de la terre tropicale, pour chasser les armées mercenaires du redoutable Yuan Tche Kaï quand il avait voulu se faire proclamer empereur à Pékin. Ces Yunnanais on les appelait « les tigres », des hommes à moitié sauvages, des guerriers très durs, très méprisants. Mais le Sseu Tchouan, si plantureux, avait déchaîné leurs cupidités.

Il y a quelques années Tcheng Tu s'était hérissé de guérites, de postes de péage, de postes de douane, une toile où les officiers yunnanais étaient des araignées se nourrissant de marchandises et d'argent. Au lieu du sourire des anciens commis prévaricateurs, c'était tout de suite un coup de crosse de revolver. Le maréchal exigeait constamment des contributions pour l'entretien de ses régiments. Les notables arrivaient devant lui suant de peur et de politesse. Chacun d'eux avait essayé de son côté de se concilier le maréchal en lui envoyant des cadeaux précieux, les bannières de la prospérité, leurs concubines favorites, des gitons, des rouleaux de souhaits garnis de billets. Ce n'était pas assez. Ce n'était jamais assez. Les commerçants de Tcheng Tu, bien pacifiques, se rencognaient alors dans leur demeure, s'enfermaient. Mais à quoi cela leur servait-il ? Car, s'ils ne recevaient pas de convocation officielle du général, arrivaient des émissaires cauteleux proposant un arrangement. Un arrangement qui coûtait toujours très cher.

Alors les marchands de Tcheng Tu se sont concertés. Leur longue patience épuisée, dans un accès de courage ils ont donné de l'argent à des soudards sseutchouanais pour faire des armées sseutchouanaises qui bouteraient dehors les Yunnanais. Car il ne restait plus dans la province que quelques paisibles milices sseutchouanaises, vieux régiments avec encore des ombrelles et des pipes à opium, traditionnels : la bonne truanderie et la chaparderie ancestrale. Mais, après les conciliabules mystérieux des marchands, la ville s'est enflée d'une agitation où se mêlaient des généraux, des lettrés, des bonzes, des poussahs et d'anciens mandarins. Réseau mystérieux, argent mystérieux. En fait celui des chambres de commerce.

Au bout de quelques mois ce remue-ménage se concrétise. Des armées sseutchouanaises se constituent autour de la cité. Leurs soldats prennent l'aspect qui doit inspirer la terreur et indiquer la résolution belliqueuse. Exactement comme les héros guerriers du théâtre... Ces armées se gonflant constamment, passant du Moyen Age aux temps modernes, les troupes acquérant la rigidité saccadée des gestes au lieu de se contenter de la vieille bonne franquette à moitié gentille, à moitié sanguinaire. Et puis, toutes ces armes, ces baïonnettes, ces mitrailleuses, ces canons.

Les marchands, sans le savoir, ont fait leur propre malheur, car leurs généraux sseutchouanais ne pensent aussi qu'à s'engraisser sans aucune hâte d'en découdre. Les négociants les tarabustent en vain, ils répondent au nom de la science militaire : « Ce n'est pas encore le moment de nous battre. Il faut attendre, rassembler davantage de force pour anéantir les Yunnanais. On les tuera tous en une fois. »

Les milliardaires de Tcheng Tu, fort inquiets, ne veulent plus délier les cordons de leurs bourses : ils préféreraient payer après la victoire. Alors les généraux sseutchouanais les encouragent à la générosité par des exemples discrets, des disparitions et des corps retrouvés décapités. Mais ces ennuis pourraient aussi bien être le fait des Yunnanais qui, furieux devant la concurrence, sont encore plus brutaux et exigeants qu'auparavant. Tout se passe comme si les militaires de tout bord, pullulant toujours plus, se haïssant ou faisant semblant de se haïr, en même temps se saluant protocolairement, étaient d'accord pour dépouiller complètement la population avant de se livrer bataille.

Les commerçants se sont creusé la tête pour forcer « leurs » généraux sseutchouanais au combat et en finir une fois pour toutes. Longs conciliabules des têtes sages. Dans l'accablement général la solution vient d'une remarque innocente exprimée par un monsieur qui est comme un cocon de soie : « On dit que les Yunnanais attendent l'arrivée de puissantes mitrailleuses données par les Français d'Indochine pour se venger des Sseutchouanais dans le sang. » Merveilleux argument. La trouvaille. Cette rumeur, il faut la faire parvenir aux militaires sseutchouanais si réticents, si retors, pour qu'ils se voient déjà tailladés et morts sous l'assaut des Yunnanais qui ne sont que quelques poignées mais qui se soûleraient d'extermination dès qu'ils auraient des armes. Les commerçants ont appliqué leur plan : faire croire aux militaires sseutchouanais que les supposées armes françaises vont arriver, sont presque là, pour que la peur aux entrailles les pousse à prendre les devants, à écraser les Yunnanais sous le nombre, sous la masse, sous le déferlement. La visite au consulat des négociants, c'est le clou de leur manœuvre.

Le consul, avalant sa dernière bouchée de fraises du jardin, est content de lui. Car il a dûment démontré à Anne Marie qu'il avait tout compris, tout maîtrisé. Pour achever d'épater sa femme, avant de se lever de table, il lâche cette remarque où éclate son génie :

« Vous connaissez ma prudence. Si, face aux marchands, j'avais prononcé le moindre mot compromettant, si j'avais acquiescé tant soit peu à l'envoi d'armes d'Indochine, je déclenchais la bataille de Tcheng Tu. Aussitôt sortis de chez moi, les braves négociants auraient dit aux généraux sseutchouanais : « C'est sûr maintenant. Vous êtes trucidés si vous n'assaillez pas immédiatement les Yunnanais ! » Voyez mes responsabilités.

— C'est bien, dit Anne Marie. Il ne se passera donc rien à Tcheng Tu, grâce à vous. Du moins pas grand-chose. Et qu'en est-il des réjouissances immédiates, pour le fameux incendie prévu pour demain ou après-demain ?

— Vous pensez bien que j'ai posé la question à Cheng. Il a souri gentiment. En effet, dans la trame des événements actuels, ce ne sera pas grand-chose. Certes le feu prendra ou éclatera certainement sinon le maréchal perdrait la face. Mais, en fin de compte, ce ne sera qu'un quartier de pauvres qui flambera. »

Mon père, en se retirant pour sa sieste quotidienne, a le visage illuminé. Comme s'il trouvait qu'il avait été bien malin. Comme s'il tenait dans sa tête tous les fils des complots de Tcheng Tu. Ma mère, elle, va donner un coup d'œil sur les préparatifs de l'anniversaire d'Albert Bonnard. Ils ont, en effet, continué sans désemparer dans la paix du consulat que la tempête diplomatique du matin n'a pas atteinte apparemment. Mais il est certain que les interminables commentaires de mon père au déjeuner ont trouvé écho dans les cuisines, dans les cours et que, sous les faces laborieuses des domestiques préparant la fête, les pensées travaillent.

Pénombre sous l'allée des grenadiers, dans le jardin du consulat. Tiédeur de la terre sous les volutes des feuilles découpées, sous les volumes des fruits craquelés. Une stèle au visage de lion usé, une licorne de pierre, des reflets venant des vernis des toits qui se mêlent aux obscurités des végétations. Un chatoiement d'irréalité. Formes et ombres. Symboles. Plus loin les nénuphars de l'étang sont des cœurs vivants. C'est l'univers de la grande paix. Là où l'obscurité est la plus charnue, la plus dorée, sous l'épaisseur des taillis fleuris, une femme en tunique blanche est courbée sur un banc de bois. C'est Li. Elle fait un petit bruit étrange, inconnu, ruissellement et halètement à la fois. De l'eau mouille ses yeux, coule sur sa face plate, en fait une planche mouillée. Je suis étonné. Car les larmes, le chagrin humide, la peine vraie, sont inconnus pour moi. Chinois et Chinoises ne pleurent pas. Ils hurlent, ils glapissent, une folie des mots et des gestes, l'atrocité des expressions, la façon de se servir de la main comme d'un râteau de malédiction. La manière d'utiliser les lèvres comme des gouttières à injures. Ces scènes-là, ces hystéries, sont tout à fait conventionnelles. Une simple technique pour exprimer la colère, la douleur ou la haine, toutes sortes de sentiments supposés dont on ne sait jamais s'ils sont vrais ou faux. Le suraigu des plaintes des pleureuses professionnelles, les croassements des mendiants de métier, les outrances dans les cris et dans les sons ne sont que théâtre méritant salaire ou magie frappant l'imagination. Mais qu'un être humain, qu'une créature comme Li, puisse, pour elle-même, sans calculer d'effets, sans profit, sans auditoire, se laisser aller au chagrin, me paraît gênant. J'ai un peu honte pour elle.

Son visage si placide, si calme d'habitude est pathétique de détresse. Elle continue à sangloter : « Les Yunnanais vont tous nous tuer. Ils me tueront comme ils ont tué mes parents qui ont misérablement brûlé, mais cette fois la cité va être réduite en cendres. »

Combien de fois Li m'a-t-elle déjà narré la destruction de son père, de sa mère et d'un nombre imprécis de jeunes frères et sœurs, il y a quelques années ! Sa famille tenait commerce de bouts de de poissons frits dans une ruelle près de la grande porte du sud. Négoce ambulant, en pleine foule, avec pour tous instruments un chariot, quelques hachoirs, un fourneau placé sous une bassine remplie de tous les graillons possibles. On plongeait dans cette mixture bouillonnante les morceaux de carpe, les vessies, les nageoires. La flamme éclairait les visages joyeux, la sueur rissolait agréablement sur les faciès, les bouches mastiquaient pendant que les sapèques des clients s'enfilaient sur des ficelles. Ça puait mais c'était la vie merveilleuse.

Un soir, une autre flamme, immense celle-là, la langue du dragon de feu, avait léché le recoin de ces pauvres gens. En quelques heures cet agglutinement humain s'était dissipé dans le brasier rouge. Les « pompiers », négligeant de jeter de l'eau, tapaient sur les gongs et les tambours pour effrayer les mauvais génies. Mais le vent était tombé et la fournaise au lieu d'engloutir de nouvelles proies, d'avaler de nouvelles rues s'était arrêtée, se consumant elle-même en un foyer passant du rouge au noir, mourant peu à peu avec ce qu'elle avait fait mourir : des dizaines de milliers d'êtres anonymes, dont il ne restait plus rien. Même pas un nom.

Li avait couru vers le grand tournoiement des flammes et des fumées. Elle avait vu quelques êtres, telles des fourmis noircies s'échappant de l'embrasement. Elle avait attendu des heures. Elle se trouvait devant une nappe funèbre, une couche de débris épaisse d'un mètre. Une chaleur étouffante qui peu à peu s'attiédissait, planait. Enfin Li s'avança sur le terrain macabre épuré par le feu. A la limite du sinistre, quelques cadavres qui n'avaient pas brûlé et des hordes de chiens errants en train de les déterrer. Au-delà, l'uniformité dans le cramé. Personne, sauf des voleurs et une patrouille avec un soldat-bourreau portant un coupe-coupe en bandoulière. Et puis avaient surgi d'autres ombres humaines qui, au lieu de piller, se mettaient à la recherche de débris humains. C'étaient des parents fouillant les décombres dans l'espoir d'y trouver un ossement des leurs. Les chiens avaient plus de flair que les gens. Quand une bête dénichait une omoplate ou un humérus carbonisé il y avait toujours un homme ou une femme pour s'en emparer en affirmant péremptoirement : « Cela provient de mon honorable grand-père. » Découverte permettant d'accomplir les rites, d'ériger les tablettes, de dresser un autel des ancêtres. C'était consolant. Mais Li était revenue sans rien. Elle n'avait pu honorer ses parents volatilisés. La honte s'ajoutait au malheur. Depuis lors il ne lui restait plus qu'une sœur qui servait dans une maison de thé.

Aujourd'hui, dans le jardin du consulat, cette créature de désolation, est-ce bien ma Li, ma joie de vivre, de manger, de me caresser ? Est-ce ma Li qui, dans son existence si placide auprès de moi, ne redoutait que les esprits malfaisants qu'elle chassait à force d'amulettes ? Elle avait caché sous mes vêtements un sachet plein de matières étranges : bouse d'éléphant, venin de cobra, sang d'un homme exécuté un jour de pleine lune. Mais ma mère avait découvert ce porte-bonheur et l'avait jeté.

Je ne reconnais plus Li qui, quand elle me racontait la combustion instantanée de ses parents, en parlait avec indifférence, comme d'un mauvais hasard, un incident de la vie quotidienne, une routine. Je me demandais si une essence maléfique, un diable ne s'était pas emparé d'elle. Mon père qui, lui aussi, avait remarqué depuis quelque temps l'étrangeté de Li avait une autre explication. Il disait d'elle à ma mère :

« C'est une imbécile. Si elle continue à divaguer il conviendrait de la remplacer par une amah plus âgée et plus raisonnable. Il ne faut pas qu'elle affole notre fils. Sa haine des Yunnanais est démente. Comme s'ils avaient volontairement carbonisé sa famille. Le feu, il se déclare une ou deux fois par an à Tcheng Tu dévorant un quartier ou un autre. Accident peut-être ou la manière la plus commode pour un propriétaire, un richard, de débarrasser son terrain de la vermine humaine. Que des officiers yunnanais, le maréchal même, aient daigné ne pas se fâcher, par le passé, de ces procédés un peu expéditifs, qu'ils aient fermé les yeux pour de l'argent, c'est possible. Simple et normale commission. Ce sont les mœurs courantes, habituelles. Jadis les mandarins en faisaient autant.

— Mais cette fois c'est le maréchal lui-même qui va mettre le feu ? avait demandé ma mère.

— C'est un peu différent, je vous l'accorde. Il s'agit de grande politique, ma chère amie. On ne risque rien au consulat. On ne va pas nous griller, nous. Li fait trop d'histoires. »

Et c'est vrai que, là, dans le jardin, Li, peu à peu, est prise par une ventrée de rage. J'essaie vainement de l'adoucir en frottant mon nez contre le sien. Au lieu de gémir doucement elle se met à geindre comme une crécelle, elle se lève échevelée, la face désarticulée. C'est le « Ch'i », les humeurs noirâtres de l'intérieur de son corps, qui lui est remonté à la tête. Elle hurle :

« Un devin me l'a prédit. Dans quelques semaines des milliers de Yunnanais vaincus seront enterrés vivants hors des murailles, la tête dépassant le sol. J'irai leur crever les yeux avec mes doigts ! »

Les serviteurs, malgré les préparatifs de l'anniversaire, sont accourus autour de nous, tous, avec un air de gêne. Parmi eux le cuisinier, le « protecteur » de Li. Le crâne comme un bol de riz, les yeux en coulisse et, autour des yeux, les pattes d'oie des petites rides, comme autour d'un nombril de Bouddha. Sa panse témoigne de sa prospérité et de sa sagesse. C'est lui le maître véritable de la domesticité, lui et pas le chef boy officiel, le dégingandé maigre qui flatte mon père. Le cuistot parle peu, ne se départissant jamais de sa dignité presque sacerdotale, celle qui convient à un homme remplissant les ventres. En quelques mots, mais comme s'il ne s'exprimait pas, les traits immuables, il sait toujours donner à ma mère le bon conseil. Jamais un geste brusque, du moins jusqu'à ce que je le voie attraper Li et lui flanquer des coups avec ses gros poings. Li, aussitôt, comme sortant d'un cauchemar, redevient ma Li, charmante et douce. Mais j'entends le maître queux lui glisser à l'oreille :

« Que fais-tu ! Tu maudis les Yunnanais devant le fils de monsieur le consul, qui leur est si favorable ! »

Pour l'enfant que j'étais, taciturne, un peu hautain, ces criailleries ne m'amusaient plus. J'étais déjà blasé. Laissant le consulat à ses agitations, ses humeurs, son zèle à préparer la fête, je suis parti.

Mon évasion c'est d'aller dans Tcheng Tu avec mon mafou. Sa tête comme un billot, plein de gaieté. Lui, le vétéran, l'ancien soldat brigand, le soudard expérimenté qui a travaillé indifféremment pour tant de camps, d'armées, de Seigneurs de la guerre, lui le mercenaire de la misère qui a coupé des têtes, qui a empalé, étripé, avec une souveraine insouciance, se moque bien des Yunnanais ou des Sseutchouanais. Son bonheur à lui est de sentir la guerre qui approche, qui s'installe peu à peu, qui promet ses horreurs à Tcheng Tu.

Une lourdeur poisseuse pèse sur la ville, un Tcheng Tu qui n'a plus de sens, muet et dépeuplé. Tout est mangé par un nuage de doute. La foule clairsemée, sans remue-ménage, est inerte, désœuvrée, dans l'apathie. Pas de cris, pas de hurlements, pas de marchandages, pas de férocité, pas de joie. La Chine des ombres, visages inertes, gens s'abordant avec prudence, juste pour quelques mots et pour quelques gestes. Et dans ce qui est presque un vide, dans les dédales sans grouillements, la saleté saute encore plus à la gorge. La puanteur laissée à elle-même, sans l'intensité vivifiante du peuple, sans l'exaspération des lumières, des bruits, des nerfs, des voix, sort avec fadeur des tas de détritus. Plaies des loqueteux, lépreux et mouches, chiens qui ne sont qu'une plaie, tout cela normalement emporté par le torrent de la vie, tout cela ensorcelant, une volupté dans le bien et le mal, redevient banale putréfaction séchant au soleil. Même la merde, au lieu d'être recueillie avec amour, est laissée à l'abandon. Les mendiants, renonçant à partir à l'assaut avec leurs moignons, sont accroupis comme de pauvres bêtes. Je passe sur de faux morts : des bateliers qui dorment la bouche béante, leurs membres squelettiques repliés sur eux-mêmes.

J'arrive enfin au fleuve, un affluent du Yang Tse Kiang qui est une fosse remplie d'un liquide presque solide, desséché en plaque de boue aux basses eaux, une inondation limoneuse aux hautes eaux. Mais, en ce mois de janvier, les flots s'écoulent difficilement entre des berges faites d'ordures. Des aigles planent dans l'air en tourbillonnant à l'affût de la charogne. Dans la cité flottante des jonques, là où coolies, putains, mariniers, petits voleurs, assassins, devins, jeteurs de sorts, mâles comme femelles, la marmaille en plus, gigotent d'habitude comme une horde de crabes, c'est le repos. Là l'attente est très spéciale. Cette lie de l'humanité, en dessous des mendigots professionnels organisés en caste, espère le feu et le sang pour se répandre et détrousser à la suite des soldats.

Au milieu de ce néant de crainte et d'espoir subsiste une seule activité, celle des troupeaux de bêtes humaines qui sous les fouets des contremaîtres, chargent sur leurs épaules écorchées des sacs de cent kilos de riz faisant pousser derrière leur crâne des bosses monstrueuses. Chaque corps nu et efflanqué court sous cette chape, cette gangue, la tête écrasée, les côtes saillantes, d'une seule foulée rauque, une ruée presque aveugle, afin de se libérer vite du fardeau qu'on ne saurait soutenir longtemps. Pour cela il faut grimper sur les planches étroites, mal jointes, mal équilibrées au-dessus de la croûte mi-terre mi-eau que constitue la rive. Il faut monter jusqu'à un gros bateau de bois à l'arrière carré et dont le ventre rond reçoit le grain. Et puis, à peine l'haleine moins sifflante, à peine les muscles moins noués, l'homme redescend. Navette interminable. Colonnes d'êtres qui se suivent en sautillant dans un assaut misérable, se bousculant pour que leur élan ne soit pas brisé, tous énormes sous le faix et devenant presque des squelettes quand ils reviennent du navire pour se regonfler sous une nouvelle charge. La ronde.

Ronde de la prospérité car ce travail signifie la

vie, la circulation des denrées, l'activité commerciale. Mais, ailleurs dans Tcheng Tu, surtout le Tcheng Tu des riches, le Tcheng Tu pour qui les coolies de la rivière peinent encore, règne une apathie vigilante. Dans les grandes rues dominées par les tours massives des monts-de-piété et les hauts miradors des vigiles, les oriflammes des marchands pendent tristement au-dessus des pavés réguliers. Plus de bruits de mah-jong, plus de messieurs s'amusant à faire voler des cerfs-volants ou à exhiber des oiseaux aux beautés baroques, surtout des martins-pêcheurs dont le plumage est pareil à la surface d'un lac d'azur. Pas de dames de rêve, de dames de joie, fourreaux dominés par une tiare, des têtes comme des ciselures, sortant d'une chaise à porteurs pour disparaître, marchant comme un papillon blessé, vers un couloir sombre. Les maisons de thé sont désertes. Les boutiques ne sont qu'entrouvertes, avec leurs cadenas prêts à se fermer. Partout, derrière ces parois, ces murs, ces murailles, on devine des Chinois invisibles en train de se concerter. Incarnation de ces calculs, des hommes au brassard usé trottinent dehors. Ce sont les agents des personnages qui préparent le destin. Ces humbles messagers portent ou rapportent des propositions. Tcheng Tu est en incubation.

Il y a des soldats partout. On en trouve dans tous les temples, leurs petits chevaux noirs à la crinière brûlée attachés négligemment par un licol à un Bouddha. Ils sont dans les maisons, les cours, les rues, en groupes vautrés. La plupart à ne rien faire, juste manger et dormir, d'autres en cordon barrant les ruelles, en patrouilles, en pelotons. Pas même de pillage. Pour eux aussi l'attente qui peut précéder les plaisirs sanguinaires et les bons profits.

Visages impassibles des soldats du Kwei Tchéou, les sous-fifres des Yunnanais. Bien que cousus d'armes qu'ils ne brandissent pas, ils sont miteux, les pieds nus dans des sandales de paille, les corps dans des fripes kaki qui ont été des uniformes. Ce qu'ils ont de presque propre, ce qui leur assure leur dignité de dignitaires, c'est une casquette à visière ornée d'un écusson. Mon mafou me les désigne :

« Ils tiennent le centre de Tcheng Tu et se préparent sans doute à trahir les Yunnanais. Leur général négocie avec les Sseutchouanais. Il a même donné ordre à ses hommes de ne pas molester les populations. Un imbécile ce général car si les Yunnanais étaient battus, les Sseutchouanais ne tarderaient pas à lui couper la tête quand même. »

Ailleurs, impassibilité plus effrayante encore. Je la découvre après avoir franchi la porte d'une vieille muraille de briques située à l'intérieur des remparts de Tcheng Tu. De l'autre côté je débouche dans ce qui fut la cité impériale, où résidait le vice-roi. Souvent, les années passées, j'ai galopé dans ces splendeurs tombant à l'abandon : bois, prés, étangs, palais, la colline de la tortue couverte de pagodes, de statues de Bouddha patinées par les siècles, d'effigies d'empereurs devant lesquelles brûlaient des cierges. On m'a raconté que les Tartares guerriers se promenaient à l'intérieur de ces enceintes avec leurs boîtes à panneaux coulissants pleines de bêtes furieuses. Avec des baguettes ils allaient cueillir des insectes. Ils ne faisaient rien. Leurs femmes à grands pieds, un camélia dans les cheveux, restaient accroupies en fumant la pipe ou le cigare. Le cortège du vice-roi, les sabres des eunuques, les cymbales, les génuflexions. Mais tous ces Mandchous superbes je ne les avais pas connus, ils avaient été tués à la révolution de 1911. Depuis lors la ville impériale était devenue une solitude : des ruines se craquelant, se fendillant, des vestiges encore gracieux. Puis des Chinois laborieux, des paysans, avaient gratté la terre et dans tous les recoins avaient fait pousser des champs de légumes : choux et raves entourés de leurs réservoirs à merde. Moi, ce que j'avais l'habitude de voir, dans ces espaces, c'étaient des dos de cultivateurs inlassables en train de biner, de sarcler ou de répandre l'excrément.

Mais depuis quelque temps l'armée yunnanaise s'est installée dans la cité impériale comme dans un fort, le dernier bastion en cas d'assaut général. Et ce jour-là je vois des soldats par milliers. Derrière chaque créneau un homme à genoux, l'arme pointée sur Tcheng Tu. A l'intérieur des enceintes, des fusils en faisceaux. Des troupes en rangs, assises ou couchées. Discipline. Pas d'agitation. Rien que des soldats raides, très propres, le crâne rasé ou les cheveux très courts. Une froideur, des gestes mécaniques : épauler, armer, viser, exprimant la hargne, l'envie de tuer. Minces, sculptés dans du bois dur, lisses, la peau comme un uniforme, les uniformes étant de simples treillis. Toute la tête ceinte de turbans rouges couleur de sang et d'incendie, ayant autour de leur ventre plat la ceinture de cartouches. Blocs faussement inertes d'affectation cruelle, de mépris, de supériorité. Il y en a de très jeunes, un peigne enfoncé dans la poche située au-dessus de la poitrine. Peigne obligatoire, signe d'hygiène, de modernisme, de révolution.

On nous laisse passer. Mon mafou et moi nous approchons d'une ancienne bonzerie transformée en poste de commandement. Nous entrons dans une salle aux laques rougeoyantes où un corps de garde est empilé devant les dieux. Soudain un cri rauque, un hurlement ramassé, une explosion gutturale. C'est une sommation. Le bruit des culasses de fusils que l'on manœuvre. Autour de nous des yeux comme des points de mire, des baïonnettes et le mafou qui gesticule en criant : « C'est le petit garçon du consul de France, le grand ami de votre maréchal. Si vous lui faites du mal vos têtes sont déjà coupées. » Expression butée des soldats, comme s'ils n'avaient pas entendu, pas compris. Arrive un officier qui, aussitôt, fait signe de nous laisser aller.

Nous rebroussons chemin à travers la cité impériale. Mon mafou me conduit avec prudence tenant mon cheval par la bride. Il est jovial. Nous cheminons le long des sentinelles qui nous regardent passer sans aucune lueur dans les yeux, comme si nous n'existions pas. Ils sont plantés sur notre chemin, dans une attitude dangereuse, mélange de raideur arrogante et de laisser-aller plein de morgue. Tout est normal. A quelques mètres de là les épouses des soldats accroupies font cuire du riz. Ce sont des gaillardes mafflues à visages de rides et de cuir, tannées à force de suivre leurs hommes sur les pistes, à force de les accompagner dans les batailles, le siège, le sang. A peine des femmes d'apparence, plutôt des choses épaisses, affairées, humaines grâce au regard. Et presque toutes, sans jamais interrompre leur besogne, portent, accroché au dos, dans une sorte de sac, leur dernier-né. Autour, des enfants nus rient.

Des commandements abrupts. Dans un champ, bien en ordre des soldats font l'exercice, enfonçant des baïonnettes dans des mannequins de paille. Gestes précis, méticuleux, répétés, l'acier pénétrant dans ce qui devrait être un cœur, une poitrine, un ventre. Mais mon mafou, à la vue de ces militaires-là, crache avec réprobation. Le vieil écorcheur est gêné dans son sens des convenances. Car il s'agit de filles soldats en uniforme, des combattants de première ligne.

Le mafou s'est assombri :

« Ces Yunnanais ne respectent rien. Ils osent avoir des femmes dans leur armée, des bataillons entiers. »

Pour lui, comme pour tous les Sseutchouanais, ces soldates constituent un sacrilège, à la fois une insulte et une dérision. La population de Tcheng Tu en parle toujours avec indignation, se promettant avec délices de leur déchirer les entrailles à la première occasion.

Nous approchons de la sortie de la cité impériale. Là s'active un petit peuple sseutchouanais, des putains, des scribes, des marchands ambulants, des jongleurs, des vendeurs de bouts de viande, tous les gens nécessaires aux besoins des soldats même s'ils sont ennemis. Un caravansérail avec ses bruits, ses marchandages pour un trognon de chou, ses voix piaillantes, ses mélopées professionnelles. Soudain tout se fige, se tait. Une sonnerie de clairon. De l'ombre de la porte, un trou profond, surgit un beau régiment yunnanais. L'étendard brille, un général salue le sabre au clair. Derrière lui un fleuve de baïonnettes, celles des soldats qui marchent de ce pas à la fois traînant et rapide, leur permettant de franchir des distances et des obstacles incroyables. C'est le retour glorieux d'une expédition dans la banlieue.

Ces militaires sont lourdement chargés de sacs et de baluchons. Des charrettes grinçantes portent la part du général. C'est bien une rentrée triomphale. Il n'y a qu'à voir les hommes pliant sous le butin, le général annonçant sa victoire, faisant le fier-à-bras. Il exhibe des prisonniers réduits à néant, déjà presque morts sous les coups. Ils sont censés être des brigands. Ils n'en sont évidemment pas puisque les Yunnanais sont les amis des chevaliers des forêts vertes. A certains ils donnent même des grades, les qualifiant de protecteurs du peuple.

En queue de colonne, encerclés de baïonnettes, cinq ou six cents hères loqueteux qui ont quand même l'air d'avoir des corps. Attachés les uns aux autres par de longues chaînes, ils avancent comme une chenille vivante, par petits sauts, pendant que les soldats les piquent ou font semblant de les piquer à la baïonnette. Quelques-uns ont le cou pris dans un carcan, un col de bois. Le régiment disparaît à l'intérieur de la cité impériale. Nous en sortons. Mon mafou m'explique que ce que j'ai vu c'est de la routine, la façon normale de trouver des conscrits. Une opération de recrutement. Les Yunnanais ont dû surgir devant une bourgade bien choisie sans garnison gênante d'un camp ou d'un autre. Après l'avoir encerclée et pillée ils ont capturé tous les mâles d'apparence pas trop chétive. L'entreprise a dû être combinée avec des bandits qui s'étaient introduits auparavant dans l'agglomération, déguisés en coolies, et qui leur ont donné un coup de main pour trouver les hommes et les trésors. C'est ainsi que cela se passe d'habitude, selon mon mafou. En somme une petite affaire qui n'est même pas la manœuvre connue sous le nom de « chasse aux brigands », une razzia beaucoup plus profitable mais beaucoup plus compliquée. Car elle exige des préparatifs, des négociations et peut même mal tourner. On peut aller jusqu'à se tirer dessus.

Mon mafou, revenu de son dégoût causé par les Yunnanaises en uniforme, rasséréné par le spectacle qu'il vient de voir, agréable à son âme d'ancien troupier, me dit joyeusement :

« C'était comme ça dans le bon temps. Mais maintenant la situation va se gâter. Beaucoup de soldats vont mourir. Je ne sais pas quand mais ce sera la vraie guerre, celle qui ne rapporte pas. »

A ce qu'il me dit c'est la faute des Yunnanais. Ils semblent être partout mais ils sont perdus dans le Sseu Tchouan trop grand. L'immensité, l'inconsistance, le nombre contre eux. Ils frappent comme des poings de fer mais de plus en plus dans une bourre de haine. La véritable haine. Dans leur âme dure et orgueilleuse ils ne veulent pas lâcher leur proie. Cependant ils commencent à avoir peur des Sseutchouanais si peu guerriers mais poussés par la vengeance.

Le mafou grimace :

« Depuis quelques mois les Yunnanais, trop seuls, essaient de prendre des Sseutchouanais pour en faire des soldats à eux. Chaque semaine ils en ramènent des milliers dans leurs camps, surtout à la cité impériale. Ceux qui ne veulent pas venir, ils les fusillent aussitôt. Ils en fusillent d'autres au cours de l'instruction, pour inspirer la peur aux survivants. Coups de crosse, brutalités, exécutions, embrochages à la baïonnette. C'est la façon normale de procéder dans l'instruction militaire pour les Seigneurs de la guerre. Mais les Yunnanais, malgré la dureté de leur méthode, s'aperçoivent que les gueux, les coolies et les paysans qu'ils ont ramenés, à qui ils ont donné un uniforme, un bon métier, déguerpissent à la première occasion. Ça ne sert à rien de les couper en morceaux. Ils foutent le camp. A ceux qui restent les Yunnanais n'osent pas confier de fusils. Alors ils sont seuls. Il n'y a que les brigands pour leur rester fidèles, et encore pas tous. Ça n'empêche pas le maréchal de faire des proclamations annonçant qu'il va exterminer ces gens maudits.

Nous traversons un Tcheng Tu toujours aussi assoupi pour nous rendre du côté des Sseutchouanais. Inactivité en tout : à la grande porte du sud de vieilles têtes coupées achèvent de sécher dans des paquets de mouches ; il n'y a même pas de têtes fraîches. Là quelques officiers et soldats crasseux, la mine ennuyée, se tiennent près des battants de l'énorme portail qui est toujours ouvert. Les chaînes destinées à la fermeture font des paquets de nœuds à terre. L'issue est un tunnel noir percé sous les remparts de la cité où maintenant personne ne passe plus. Quiétude. Quittant mon cheval je grimpe par des marches usées jusqu'au corps de garde en forme de pagode, juste au-dessus du grand passage. Les soldats y dorment en plaque sur la terre nue. Ce sont de vieux Sseutchouanais, des bonshommes rabougris et malicieux, des ancêtres appartenant aux milices locales qui avaient abandonné l'art de la guerre aux Yunnanais.

Mon mafou m'a rejoint, après avoir confié ma bête à garder à un trognon d'enfant, celui qui a vaincu les autres gosses rachitiques se précipitant pour prendre les rênes. Il se met à parler avec un de ces antiques sbires occupé à fumer une pipe à eau avec les raclements adéquats et un air de bonheur le plaçant au-dessus des contingences, y compris les moustiques qui s'accrochent à son œil presque fermé par une verrue :

« Alors, honorable grand-père, tu vas tuer bientôt beaucoup de Yunnanais ?

— Oui, mon fils. Je les découperai si habilement que chacun d'eux remplira l'étal d'une boucherie avec ses morceaux. Mais pour cela, les Yunnanais, il faut qu'on me les amène tout vivants, bien ligotés.

— Mais alors, grand-père, qui affrontera ces fauves, qui les vaincra pour les apporter à ton couteau ?

— Regarde par-dessus les créneaux. Tu verras, tout autour de Tcheng Tu, les jeunes armées du Sseu Tchouan plus nombreuses que les dents du tigre. Tu sais comment les fourmis attaquent, recouvrent, paralysent, emportent et détruisent un gros animal. C'est comme cela que feront nos soldats avec les Yunnanais. »

Les remparts, en un anneau irrégulier, plein de courbes et de bosses, encerclent Tcheng Tu. Belle ceinture, haute de plus de dix mètres, vénérables pierres enfermant la ville, tanière humaine et enchevêtrement hérissé. Au pied des remparts, des plaques pelées : les champs de manœuvre des Sseutchouanais. Taches de rouille au sein de la nature superbe.

D'où je suis je contemple l'horizon lointain. La paix, la beauté. Les rizières en lamelles, escaliers de jeunes pousses montant jusqu'au sommet des collines. La rivière Minh se tord au milieu de la terre rouge, grasse, vallonnée, que la végétation habille luxueusement de bosquets et de buissons. Fleurs. L'hibiscus, symbole du Sseu Tchouan. Dans ce décor luxuriant l'activité humaine, le travail incessant, acharné, la vie marquée par les pavés des pistes zigzagantes, le damier des canaux et des digues, la mosaïque des villages en terre sèche, les bois ombrageant un temple ou un yamen, les formes courbées des paysans dans les champs. Dos pliés millénaire après millénaire, jour après jour, juste pour manger, pour survivre. Au-delà, mêlées aux nuages, les montagnes, longues croupes, chaos ordonnés, rangées de chaînes s'élevant comme des marches, grimpant jusqu'à l'Himalaya tout proche.

A l'avant-garde du Toit du Monde le massif sacré de Ho Mi Chang, un jet de pierres, où cinquante-six pagodes se suivent de la base au sommet, parmi les précipices et dans la bénédiction de Bouddha.

Mais en contrebas de Tcheng Tu quelle frénésie guerrière ! Contrairement aux Yunnanais de la cité impériale, sombres, taciturnes, des lueurs glacées dans les yeux, les Sseutchouanais sont tout agitation. Des vagues d'hommes qui rampent, qui chargent, qui sautent, qui franchissent des fossés, qui mettent en batterie leurs armes, qui tirent au milieu de la poussière et des cris sauvages. Détonations. Où tombent les projectiles ? Personne ne s'en soucie. C'est là comme une foire, une sorte d'entraînement excité, nerveux, dont on ignore la part de vantardise, de comédie. Une escorte à cheval. Un fanion déployé, entoure un homme au crâne de gorille, à la face camuse tellement fermée qu'on la croirait sans ouvertures, même pour les yeux et les oreilles. C'est le principal général des Sseutchouanais.

Je redescends avec mon mafou. Nous franchissons la porte, nuit humide, d'où l'on débouche sur des barbelés et des mitrailleuses. On s'en va sur une route parmi des soldats qui ricanent. Grimacement sseutchouanais amical ou non, on ne sait, au lieu de la fureur glacée des Yunnanais. Il y a là aussi, mais bien plus grande, une foule qui fait de petits commerces avec les troupes. Par contre elle ne s'émeut aucunement quand arrive une cordée d'hommes : des conscrits, cette fois pour les Sseutchouanais.

Devant le petit nombre des gardes-chiourme le mafou commente :

« C'est beaucoup plus facile pour les Sseutchouanais de recruter. Même méthode que les Yunnanais mais en douceur. Quand ils ont encerclé un bourg et rassemblé les mâles, l'officier principal y va d'un petit discours faisant appel à leurs bons sentiments pour sauver le Sseu Tchouan. Les hommes qui peuvent donner un taël ne sont pas emmenés. Les autres, les pauvres, sont attachés avec des cordes. Quelques exécutions, rarement. »

Un simulacre d'assaut d'un millier de soldats vient de s'achever à nos pieds. Toujours ce rictus des Sseutchouanais : incertitude entre la gaieté et la fureur. Un groupe nous barrant le chemin devient mauvais. Des doigts me montrent. Une main braque un revolver contre ma tête. Le mafou éclate en injures contre ces « malappris », un torrent d'imprécations coule de ses lèvres. Des vociférations fusent en réponse. C'est le mafou qui hurle le plus fort. Les soldats s'en vont en grommelant. En Chine, dans certains cas, la puissance verbale assure le triomphe. Le mafou tirant sur la bride de mon cheval lui fait faire demi-tour à toute vitesse. Nous décampons, nous retrouvons le trou profond de la porte.

A mon retour au consulat je raconte mes exploits à mes parents. Au lieu de me féliciter, ils sont très mécontents. Ils convoquent le mafou buté qui dit seulement :

« C'était sans danger. Des jeux... »

Le mafou déguerpit. Mon père, après réflexion, dit à ma mère :

« Il faudrait peut-être faire garder notre fils par une escorte militaire.

— Quoi, des soldats pour le préserver des soldats ? Mais ceux qui seraient désignés n'auraient-ils pas toujours la tentation de le kidnapper ?

— Pas si je les paie bien. Cela coûtera cher car ils exigeront toujours plus d'argent pour leur fidélité. »

Soupirs de mon père.

« Je peux en parler au maréchal. Il me donnera des Yunnanais sûrs mais les généraux Sseutchouanais furieux seraient bien capables de me monter un coup. Et l'inverse, avoir des militaires sseutchouanais, cela créerait encore plus d'embêtements. »

Anne Marie, avec une voix neutre et sans inflexions, marquant le mépris, dit

« En somme, dans cette affaire vous pensez à vos petites combinaisons diplomatiques, pas du tout à l'enfant. »

Accablement de mon père. Son air de pauvre maltraité, ses yeux levés au ciel sans ostentation, juste ce qu'il faut pour montrer sa souffrance.

La conclusion c'est pour moi l'interdiction d'approcher des camps militaires. Mon père prend sa grosse voix — sa voix officielle sortant d'entre les moustaches — pour me promettre des baffes si je désobéis.

Ma mère hausse les épaules :

« Vous ne savez pas vous y prendre avec cet enfant. Pourquoi ne pas lui parler gentiment au lieu d'être le consul, même avec lui ? »

Malgré cela le lendemain le consul est tout guilleret. C'est-à-dire qu'il arbore pour le grand jour une petite expression modestement satisfaite reluisant entre ses cheveux bien brossés, son pince-nez et sa redingote. Tout est prêt pour la réception chez lui, au consulat, en son honneur. Surtout l'immense banderole : « Joyeux anniversaire de monsieur Albert Bonnard. »

Ce jour-là plus que jamais fleurit l'amitié. Jamais l'aréopage des invités n'a été aussi jovial, la félicité sur toutes les bonnes faces jaunes, la cordialité dans les shake-hands des Blancs. Il y a là le paysage humain habituel. Un peu de sévérité bienséante mettant encore plus en valeur les politesses chez le maréchal et les généraux. La rondeur feutrée des milliardaires à sourires clignotants et à petits gestes-pattes de mouches. Pour le reste, la dignité anglaise un peu pincée chez le consul de Sa Majesté et gaillardement débridée chez le pasteur qui lance ses jokes. Le consul du Japon avec ses courbettes automatiques. Evidemment les buissons velus que sont les missionnaires, les cornettes des bonnes sœurs comme de vieilles voiles usées sur leurs visages racornis. Le bon-garçonnisme des trois médecins, des deux infirmiers, un peu fatigués par une petite épidémie de peste bubonique qui a amené quelques Sseutchouanais à essayer de la valeur de la science occidentale. Signe des temps nouveaux... Il y a même un monsieur des postes françaises qui est très falot. Dans ce Sseu Tchouan sans l'ombre de services publics où rien ne fonctionne, la poste marche très bien. C'est un apport capital de la France à la Chine. Si les gentlemen anglais sont les maîtres des douanes officielles, ce sont de petits messieurs français secs et barbichus qui, même dans cette province perdue dans les siècles, ont organisé un courrier d'une régularité presque exemplaire. Même quand des milliers de gens meurent tout autour, pour une raison ou pour une autre, les lettres arrivent avec leurs cachets, leurs timbres, le facteur se présente avec son registre où il faut signer pour les plis recommandés. Lesquels contiennent parfois de drôles de choses comme des bouts d'oreilles, une oreille, un bout de doigt, un doigt. Petits organes prélevés sur un kidnappé pour attendrir le cœur de sa famille avaricieuse, qui met trop longtemps à payer. Langage convenu, ultimatum signifiant aux parents : « Dépêchez-vous, vous faites souffrir votre honorable protégé. Si vous ne vous décidez pas à plus de générosité il n'en restera bientôt plus grand-chose. Ce n'est pas notre faute, mais la vôtre, celle de votre âpreté à l'argent. »

Le petit monsieur falot, lui, ne s'occupe pas de l'intérieur des plis. Rien que de leur acheminement. Il est de ces Français insignifiants qui, l'air minus, se donnent un mal de chien pour leurs services. Il sait tenir tête à n'importe qui. Mais comme ce personnage ne se vante pas, mon père ne l'estime guère. De plus, comme il voyage presque tout le temps sur un mulet dans des coins infestés de brigands et de soldats, il n'est souvent pas là pour remplir ses devoirs aux grandes cérémonies du consulat.

Mon père, lui, a plus de crainte en ce qui concerne le contenu des lettres. Surtout avec tous ces bons pères installés dans les coins et recoins du Sseu Tchouan avec leurs chicaneries et querelles de toutes sortes. Il arrive à mon père, la mine faussement navrée, de raconter la mésaventure arrivée à un de ses collègues, un autre consul de France qui avait réceptionné un doigt de missionnaire, deux doigts de missionnaire, un cœur de missionnaire. Mais ensuite il ajoute : « Ici ce n'est pas à craindre, les curés sont trop dans les combines. »

En ce jour d'anniversaire au consulat, qui penserait à toutes ces horreurs, ces guerres, ces tueries, ces kidnappings, ces épidémies, ces tortures, à tous ces fléaux du ciel et de la terre ? A voir les bouilles délicieuses de la société qui penserait aux cadavres passés et à venir ? Et pourtant ces Chinois et même ces Européens, en se congratulant, sont en train de se livrer à de mystérieuses et étranges incubations. L'assemblée félicite mon père tout en préparant les guerres de Tcheng Tu. Comédie dont le dénouement est encore imprévu. Toutes les combinaisons sont possibles. Une seule certitude, cette réunion est celle de la mort.

En fait la guerre est déjà là. Le maréchal, le Seigneur de la guerre yunnanais, est entouré de ses ennemis. Lui, très mince dans son uniforme, les traits ascétiques, le visage osseux et découpé, un peu un échassier aux yeux noblement vagues, la vacuité dictée par la « face », comme s'il ne voulait pas voir les dangers. Pourtant ils sont autour de lui, l'enserrant, sous la forme bien vivante des autres généraux qui le saluent et sablent le champagne avec lui. A ses côtés se tient le général de l'armée du Kwei Tchéou, la province des cent mille monts, montagnes médiocres de calcaire, fissurées et noircies par la jungle. C'est un rustre colossal, sa tête comme une sorte de jarre d'où coule un épanchement de chairs, une tumeur rosée qui lui dégringole sur une joue, l'autre étant toute plate. Cette trogne est agrémentée de moustaches recourbées et de dents en avant. Il y a pourtant une certaine noblesse dans cette lourdeur, cette bestialité. Il a l'air d'être l'homme lige du maréchal, qui sait pourtant qu'il s'est abouché avec les Sseutchouanais.

Ceux-ci sautillent d'affabilité. Ils sont sept ou huit saluant le maréchal, les consuls, l'assemblée, y compris les bons pères. Toujours le petit ricanement sseutchouanais, qui cette fois veut signifier la bienveillance. C'est la première fois que ces militaires-là sont reçus dans le beau monde, dans le Tout-Tcheng Tu où ils se pavanent avec une humilité vaniteuse. Des uniformes d'opérette, tous évidemment des gouapes sorties de la société à force de crimes, maintenant chefs de bonnes armées qui doivent libérer le Sseu Tchouan. L'homme gorille que j'avais entrevu la veille au milieu de ses troupes, en dehors des remparts, est un ancien bonze. Un moine cruel qui prend plaisir à mettre des serpents venimeux dans les pantalons retroussés des villageoises, puis à exciter les reptiles avec des baguettes. Les autres Sseutchouanais sont des raclures des bas-fonds des villes, aux petites gueules tordues, chassieuses, impudentes. L'un fait briller ses dents en or. Un autre a, en fait de narines, des trous poilus. En somme tous des amateurs assez sinistres. De meilleure mine, dans le groupe des Sseutchouanais, sont les professionnels, les gens du temps de l'Empire, qui ont repris l'uniforme par cupidité — le mandarin militaire qui est un spectre, une figure toute en longueur et d'une rigidité absolue, et les deux soudards de métier, l'un gros l'autre maigre, deux sacs à malice papelards mais ayant les mêmes yeux rapides, fuyants, comme pour juger le bon coup à faire.

Et puis toujours un peu en retrait de ces seigneurs guerriers, des gens à robe. Des milliardaires avec leur componction bienveillante. Tous des « têtes sages » qui ne se différencient que par des détails corporels : les uns comme des pots, les autres comme des quilles, certains ayant la peau si lisse qu'elle fait nue, d'autres l'ayant comme une râpe. Il y a des gens presque jeunes. Il y a les « ancêtres », cassés comme des matrones. Entre eux que de sombres mystères ! Quelques-uns sont connus comme les âmes damnées des Seigneurs de la guerre présents. Car chaque militaire a besoin, pour la bonne marche de ses affaires, pour faire rapporter son épée, d'un conseiller commercial, d'un homme à la pensée rapide, aux imaginations fulgurantes, sachant toujours trouver les meilleurs trucs, les plus tordus. Ces experts de l'art des extorsions sont encore plus redoutables que leurs patrons en uniforme. Parmi eux M. Lu, le compère du maréchal yunnanais qui pour une fois est sorti de sa tanière, qui s'est levé de son bat-flanc pour apparaître au consulat. Grand honneur qu'il fait à mon père. Après l'avoir congratulé, volute matérialisée, il se tient au dernier rang. Ses yeux sont presque fermés mais il rend les courbettes aux marchands pressés à le saluer, là où il est, avec une précision mécanique. Dans sa retraite il domine la scène.

Il y a aussi un avorton se dandinant en canard, la lippe sarcastique, des yeux immenses dans un visage gros comme un poing, qui est la terreur de Tcheng Tu. C'est un négociant en soie très honorable, qui est le cerveau des Sseutchouanais, surtout de l'énorme général bonze. Que n'est-il pas capable d'inventer ! C'est lui qui, par sa parole de feu, a entraîné les gros milliardaires de Tcheng Tu à contribuer au financement des armées sseutchouanaises. Maintenant il revient auprès d'eux, leur riant au nez, se moquant d'eux, leur disant : « Donnez davantage, sinon... »

Tous les gros de Tcheng Tu vont donc au consulat en frères. Dans la partie qui se joue où chaque milliardaire se démène à la fois pour dépouiller et ne pas être dépouillé, s'ajoutent les influences extérieures. C'est-à-dire les consuls de Tcheng Tu, les politiques des grandes puissances, les consignes du grand business jaune ou blanc de Shanghai, les émissaires des autres grands Seigneurs de la guerre, les Warlords « révolutionnaires » du Sud, et aussi les terrifiants Warlords confucéens du Nord qui ont succédé à Yuan Tche Kaï dans les plaines nues et le loess jaune de la Chine septentrionale. Despotes aux armées innombrables.

Justement ce jour-là l'assemblée entière, au consulat, montre des égards tout particuliers à un petit Chinois en haut-de-forme qui occupe d'ailleurs la place d'honneur. C'est un gringalet tout recroquevillé dans son frac qui fait le marrant avec mon père. Il rigole en ouistiti mais à l'européenne, en français même, avec des pouffements de rire, des clignements d'yeux, toute une gymnastique de ses bras et de sa bouche aux lèvres mobiles, un four en caoutchouc. Ce gai luron s'adresse au consul de France comme le ferait un titi parigot. « Ah ! monsieur le consul de France ! La France... Toutes mes jeunes années je les ai passées au Quartier latin. Les bocks dans les brasseries, les blagues entre potes, les cours des vieux professeurs à la Sorbonne où je dormais avec respect. Ce que j'ai arpenté le boulevard Saint-Michel où l'on m'appelait « le Chinois » ! Cependant je n'avais pas l'œil torve ni le faciès énigmatique, je m'amusais dans le beau Paris. Et les peintres et les petits modèles de Montmartre ! Savez-vous, monsieur le consul, que j'en ai épousé une que j'ai ramenée en Chine, c'est dire, monsieur le consul, que j'aime la France avec le cœur. Et si je suis un bon Chinois, je me considère aussi comme un bon Français. Vous voyez que vous pouvez compter sur moi et mes faibles pouvoirs. »

Le consul se méfie extrêmement de l'individu. Car il est l'envoyé extraordinaire à Tcheng Tu du président de la République à Pékin. Laquelle République de Pékin évidemment est une dérision, elle n'existe pratiquement pas. Mais c'est une proie convoitée par les Seigneurs de la guerre nordistes, celui d'entre eux qui s'en empare se revêt de sa légende, se sert de sa soi-disant légitimité pour avoir des ambitions illimitées sur tout, même sur le Sseu Tchouan. Cela explique que le drôle de numéro, ex-émule du Quartier latin, a été envoyé à Tcheng Tu pour semer la zizanie, exciter les Sseutchouanais contre les Yunnanais et préparer le terrain.

Albert Bonnard est pour le clan sudiste. Celui d'un bloc « avancé », qui irait de Canton à Tcheng Tu. C'est le vieux projet d'une confédération de la Chine méridionale qui, libérée de Shanghai et de Pékin, tomberait tout naturellement sous l'influence de la France agissant depuis l'Indochine grâce au chemin de fer — ce chemin de fer que mon père veut tellement prolonger jusqu'à Tcheng Tu. Combien de fois ai-je entendu ma mère demander à mon père :

« Mais, en Indochine, nous Français sommes les partisans de l'ordre. Farouchement. Comment se fait-il que nous favorisions la révolution, enfin, ce qu'on appelle la révolution, dans la Chine ? »

Et mon père de rétorquer :

« Vous ne pouvez pas comprendre, Anne Marie. La politique a ses subtilités. »

Depuis quelque temps mon père a constaté qu'à Tcheng Tu des messieurs énigmatiques arrivent du Nord, la parole pleine de miel, les mains pleines d'or, surtout de promesses d'or. Ils viennent de Pékin. Pékin magnifique et croulant, une désolation où les étrangers se pavanent dans leur quartier des Légations. Ombre de Pékin. Néant poignant où plus aucun empereur ne va officier au temple du Ciel pour féconder la terre et faire pousser les moissons. Le rejeton détrôné de la dernière dynastie collectionne des images pornographiques sous la férule d'un précepteur blanc douteux, en vivant d'une pension officielle qu'il ne touche pas. Valse des messieurs étrangers en smoking et des dames étrangères en robe du soir dans leurs palaces sous les flonflons du « Beau Danube bleu ». Valse des Seigneurs de la guerre qui se succèdent à l'intérieur des remparts de la cité auguste et morte, après les guerres à la fois grotesques et même pas sanglantes qui pourtant tuent massivement. Centaines de milliers de soldats aux prises, ne se battant pas vraiment, les batailles se décidant au niveau des maréchaux et des généraux qui se vendent les uns aux autres en un tourbillon de traîtrises, en une cascade de dollars. Tous ces soldats innombrables, pauvres hères féroces, occupés à survivre, constituent une masse de misère vivant elle-même de l'immense misère générale dont elle se nourrit. Toute la Chine du Nord réduite à la terre brûlée où tournoient sans fin les armées changeant de camps. Le feu, les meurtres, les pillages pendant que les années se succèdent. Et surtout la crasse. La solitude des campagnes abandonnées où les militaires ne trouvent plus de butin. Le laisser-aller hautain, où l'on n'entretient plus rien, où plus rien n'a d'importance, ni vies, ni choses, ni le matériel moderne qui fait l'orgueil des Seigneurs de la guerre, est plus terrible que la brutalité. Les grands chemins de fer construits par le consortium international des banques ne sont plus que de la ferraille disjointe où passent lentement des trains de troupes. Agglutination de visages ennuyés dans les convois pleins de déjections. Rondes tâtonnantes de ces trains au hasard des guerres. Trains de la peur. Trains formés sur l'ordre d'un Seigneur de la guerre quand il a mis la main sur une ligne, des gares, des wagons. Et parfois, au milieu du respect universel, passe un rapide de luxe bardé de soldats toutes armes pointées dehors, prétoriens bien briqués constituant un écrin de fer car à l'intérieur, dans sa voiture-salon, un Seigneur de la guerre se vautre avec sa concubine.

Malgré tout, de ces Seigneurs de la guerre du Nord, il y en a d'infiniment puissants, des super-

Seigneurs de la guerre aux réputations terribles. Le potentat vit toujours au centre d'un anneau de protection, cercle de soldats avec leurs fusils quand il est assis, encadrement de voitures blindées quand il se déplace. Technique de la sécurité. Et aussi la somptuosité grâce à un état-major, une cour, des chambellans, un chef de protocole, des secrétaires particuliers, un garde des sceaux, des ministres, des bourreaux. Monde de terreur. Le plus terrifiant de ces personnages c'est Tchang Tso Lin, l'ancien pirate devenu le forcené de la sagesse, de l'ordre, de la vertu. Il est le possesseur de la Mandchourie. Ce vieillard satrape au corps de petit épervier, fait tuer tous les intellectuels, tous les gens qui pensent à la façon nouvelle, tous les êtres dont il se méfie. L'air benoît, une calotte sur la tête et pourtant une vie de sang. Toujours plus de sang pour « défendre la société ». Des milliers de têtes volent sur un mot de lui. L'hécatombe, le banditisme et la prétention à la sainteté. Un autre de ces Warlords est le général chrétien en robe chinoise et l'éventail en main, toujours une citation de la Bible à la bouche depuis sa conversion, faisant baptiser à la lance d'arrosage ses troupes qui pénètrent ensuite dans les villes conquises en chantant, à la sauce chinoise, « Plus près de toi mon Dieu » ou « O jour divin ». Personnage d'origine obscure, parvenu par le crime lui aussi. Il est archi-hypocrite, archi-traître, traître jusqu'à étonner les Chinois. C'est ainsi qu'il pleure amèrement au point qu'il ne lui reste plus une larme, quand il ordonne de torturer les richards pour leur faire dégorger leurs richesses. Millions de dollars, caisses bourrées de lingots, vol de tous les trésors impériaux. Tout cela au nom des douleurs du Christ et de la charité chrétienne.

En somme, dans les étendues nues et glacées de cette Chine du Nord la bestialité est arrivée à la banalité, à la quotidienneté, à l'ennui. Mais il y a quand même, au milieu de ces terreurs, de ces Seigneurs de la guerre monstrueux, un « gentleman ».

Du moins c'est l'opinion unanime des milieux éclairés du business, de la finance, de la diplomatie, de la marine anglaise. Dans les dîners les plus huppés de Shanghai, ceux des British et assimilés, tous des Blancs en tout cas, avec comme seuls Jaunes des boys, les convives ont comme préoccupation constante d'analyser avec satisfaction, avec optimisme, avec supériorité, toutes les tares incroyables des Chinois. Conversations, arguments, anecdotes, affirmations, démonstrations dix mille fois répétées. Mais, depuis quelque temps, il y a toujours un monsieur britannique, un old China hand, un John Bull du commerce moyen, qui aboie à brûle-pourpoint, presque comme si c'était un défi, en tout cas comme si c'était un aveu surprenant : « Mais le général Wu, il est *decent*. Un homme très bien. Au point que c'est difficile de le croire chinois, vraiment chinois. »

Wu c'est le ruffian tenant Pékin pour le moment avant d'être chassé par le ruffian suivant. Une vieille brute, un vieux dogue de guerre, la gueule peut-être un peu moins sinistre, les manières un peu moins épouvantables que ses rivaux les autres Seigneurs de la guerre du Nord, mais faisant tuer tout autant, ravageant autant. Dévastant tout sauf les intérêts britanniques. D'une vigilance de Cerbère pour tout ce qui appartient aux citoyens et aux sociétés anglaises, à leurs énormes machineries d'exploitation. Si Tchang Tso Lin est vendu aux Japonais, si le général chrétien s'abouche avec tout le monde, Wu c'est le pion de l'Angleterre et de la grandeur d'Albion. L'homme d'Albion. Par conséquent l'homme que n'aime pas du tout mon père. L'homme qu'il apprécie d'autant moins que c'est lui, ce Wu fâcheux qui a envoyé à Tcheng Tu, pour de sales manigances, le zigoto à haut-de-forme du Quartier latin.

Mon père broie du noir. L'Angleterre, il en est sûr, veut donner toute la Chine à Wu, à commencer par le Sseu Tchouan, ce jardin des Hespérides, ce fruit d'or, ce morceau de la Chine gardé par les plus vieux massifs du monde. Ce Sseu Tchouan vers lequel n'ont cessé de déferler au cours des millénaires les armées venues du Nord glacial et du Sud tropical. Il se trouve que ce sont les Yunnanais qui protègent le Sseu Tchouan depuis quelques années. Mon père estime cela parfait. Mais il lui déplairait infiniment que, par de sombres machinations, les Anglais arrivent à faire déguerpir les Yunnanais pour livrer la province à Wu. Le jeu consisterait seulement à pousser entre-temps les Sseutchouanais à liquider les Yunnanais.

Le consul de France est donc de mauvaise humeur. C'est un homme qui a la capacité particulière de graduer les expressions de ses mécontentements. D'habitude, avec les gens sans importance, cela se traduit par une maussaderie crispée, lippue, une sorte de contraction rigide de la figure accompagnée de réflexions bien senties. Cela s'atténue en bouderie quand il a affaire à des personnes plus qualifiées, à moins qu'il ne soit vraiment vexé, écorché dans sa sensibilité consulaire. Il peut lui arriver de faire la gueule, sombre, silencieux, renfrogné au cours d'une soirée mondaine entière, tout en répondant : « Je n'ai rien » à Anne Marie qui le questionne : « Qu'avez-vous, Albert ? » Mais ce jour-là, celui de son anniversaire, quand il officie en grand pontife de l'amour général au milieu de toutes sortes de Chinois qui, avant de s'assassiner ailleurs, communient dans la fraternité sous les auspices français, il ne peut être question pour mon père d'être grincheux. Dans ce cas-là il lui faut se contenir. Il le fait dans un sourire de confection. Dans le fond, il enrage.

Désormais la collusion, la perfidie d'Albion, il l'a sous ses yeux, sous son nez, dans son consulat, étalée dans cette réception pour son anniversaire. Car, à quelques mètres de mon père, le « singe » du boulevard Saint-Michel, ce faux jeton, fait du plat à un Apollon anglais entre deux âges, que le consul d'Angleterre a amené avec lui. Un gentleman de Shanghai, tout juste surgi dans ce lointain Sseu Tchouan pour un séjour bref et mystérieux, couvert par l'étiquette de « business ». Mais il doit s'agir de sacrées affaires, car le personnage n'est rien moins que le rejeton principal de la fameuse famille des Jonson, une dynastie du veau d'or, de la respectabilité et du grand « fric » par tous les moyens.

Mon père, au milieu de la sociabilité douceâtre qui marque le succès de la fête, est transpercé comme il dit « par des idées qui sont autant de coups de poignard » : — Ça y est. On me fait un enfant dans le dos. Si un pareil British est venu à Tcheng Tu c'est pour le grand bataclan, le coup dur. Et qu'il soit arrivé en même temps que l'avorton, que l'ignoble fouine envoyé par Wu, ce n'est pas un hasard. Tout ça prouve que ça va barder pour mon matricule et celui des Yunnanais.

Rien de plus innocent pourtant, du moins en apparence, que l'entretien du minuscule Chinois et du beau Britannique. La petite gueule de l'homme de Pékin, le museau étiré vers l'avant, pointant sur l'Anglais en un gribouillis où les dents, la bouche, le menton dégoulinent d'une amabilité à petits rires secs, se heurte au vide du bon ton anglais. Le gentleman plane, inaccessible, pourtant bien présent avec son corps, mais tous ses kilos sans graisse enveloppés dans la cellophane du maintien en société. Il est parfait dans son comportement d'homme du monde, tout distance et tout courtoisie. C'est le modèle même du monsieur fils de patrons de « boîtes » quasi impériales. Rien de l'agressivité à la John Bull des jeunes tradesmen coloniaux issus des firmes moyennes, où la vacherie est voyante. Rien non plus de la désinvolture racée des aristocrates d'Oxford baguenaudant en Extrême-Orient pour le plaisir hasardeux, le coup. Cet homme-là, celui qu'on a apporté comme une surprise au consulat, c'est de l'Anglais consolidé, traînant un invisible « & Co » derrière lui, comme particule. La noblesse du commerce, celui des « merchants-adventurers » devenus l'Establishment sous des tropiques bien exploités. Il est le grand « business » à la troisième ou quatrième génération — le business né dans la lie de Shanghai lui-même naissant. Mais où sont ces temps pourtant proches ? Désormais tout est solidité. La puissance, l'immensité de l'argent et des moyens, le monsieur en visite à Tcheng Tu les porte en lui avec une hautaine certitude. Mais cette assurance revêt en lui l'allure d'une modestie à base de convenances, tout un code minutieux, vigilant, exigeant pour lui comme pour ses interlocuteurs, et où l'orgueil n'est pas loin.

En tout cas, le personnage est absolument charmant : le bon âge, une de ces têtes régulières de statues grecques, un peu lourde mais couleur rose, couleur de beefsteak, les cheveux blonds frisés, une écume de boucles, des yeux inexpressivement graves dans leur clarté, un soupçon de moustache, si léger, si aérien qu'on croirait de la paille. L'élégance sobre, l'œillet à la boutonnière. Un certain port de tête, une certaine façon d'être là, à la fois passivement et activement, d'être grand, de ne pas être gros, de dire uniquement des banalités d'un ton hésitant. L'homme de club, l'homme de sport, l'homme de bureau, l'homme du monde, tout cela avec une ponctualité optimiste, la certitude discrète, dans la voix et la mise, que « tout est rudement bien », le semi-sourire gradué depuis l'approbation jusqu'à la réticence sourde. En arrivant, il a commencé par le baisemain à Anne Marie, le shake-hand solide à mon père, des shake-hands à toute l'assistance, quelques petits sautillements et tressautements marquant le bon vouloir, ces exercices dérangeant à peine son équilibre, quelques phrases, celles qu'il faut dire. Enfin, au « singe » pékinois qui l'a accroché, il répond lentement, les yeux à moitié fermés, qu'il a fait bon voyage, que c'est un tel plaisir pour lui de connaître la belle ville de Tcheng Tu...

Mon père connaît très bien ce genre d'Anglais. Ces « taipans », comme on les appelle à Shanghai, qui ont la capacité anglaise de cacher l'intelligence — et qui sont des monstres capables de tout, surtout de rouler un consul de France qui se croit malin, s'il ne fait pas très attention !

Le consul est donc tout soupçon. La crispation de la méfiance au cœur. Il doit bougonner en lui-même :

« Tous des mufles ces Anglais, surtout ces taipans gorgés de milliards. Leurs délicatesses qui plaisent tellement à Anne Marie, c'est de la crotte. Et le dernier arrivé, ce pantin abruti dont on ne sait s'il est éveillé ou endormi, ce fils à papa qu'on me fait l'honneur de trinqueballer chez moi, ce doit être un fier salaud. Plus un Engliche de cette trempe fait l'ange plus il est le diable. Ce qu'il manigance, je vais le demander à Tcheng. »

Car Tcheng est là, toute la partie supérieure de son individu, celle qu'il occidentalise d'habitude par le chapeau melon et les lunettes, réenchinoisée grâce à une calotte de soie. Sa préoccupation évidente est de tenir aussi peu de place que possible dans l'auguste assemblée. Il a un petit tic de contrariété quand mon père, s'approchant de lui, dit : « J'aurais besoin de vous voir demain. » Tcheng, la figure de guingois, murmure : « C'est que je pars en voyage ce soir pour quelques jours. Je suis mille fois confus, monsieur le consul. » Et Tcheng s'escamote.

Agacement supplémentaire de mon père. Et ces Anglais qui jouent aux ingénus ! Le consul de Sa Majesté, tout sucré et sémillant, son épouse épanouie à ses côtés, est en train de remercier Anne Marie de son dernier envoi de tomates. Le pasteur, la trogne violacée semblant faire irruption de son col de clergyman, trinque à toute biture, tout en produisant des explosions qui sont des rires, avec quelques braves missionnaires à la gaieté matoise. Quant à l'Engliche, le taipan, de Shanghai, il virevolte parmi les faces patibulaires ou chafouines des Seigneurs de la guerre, lui-même étant un ballet de grâces vaporeusement guindées. Il est guidé par un interprete qui lui décline les titres et qualités de ces honorables personnages. A chaque présentation, devant chaque tête, il s'écrie : « Enchanté de vous rencontrer. » Exactement comme s'il ignorait tout, comme s'il ne faisait aucune différence entre ces indigènes yunnanais, sseutchouanais et du Kwei Tchéou. En somme la tournée mondaine, l'innocence.

« Dieu sait si ces Anglais ne sont pas innocents — doit être en train de penser mon père. Je suis sûr que sur le Yang Tse Kiang il y a de miteux cargos britanniques dont les cales sont bourrées de fusils et de munitions pour les armées sseutchouanaises. Et Tcheng qui se défile. Je vais montrer que je ne suis pas un imbécile. »

En tout cas ses traits se durcissent, lui donnant la tête d'un scarabée à lunettes. C'est la poussée d'héroïsme où le pauvre petit consul de France au Sseu Tchouan est décidé à braver le Shanghai des traders conspirant avec les Seigneurs de la guerre, conspirant avec le maréchal Wu et toutes sortes de compères jaunes. Mais lui, Albert, il va aussi tirer les ficelles. A Tcheng Tu on verra ce qu'on verra...

C'est l'heure du remerciement du consul à ses hôtes. Le Tout Tcheng Tu, toujours aussi béat, tous les Chinois soyeux d'effusions rentrées, ne s'exprimant que par des hochements de tête, des frou-frous de manches, des lueurs adoucies dans les yeux, et sur les visages l'étalement des plis consacrés à l'affabilité. Mon père prend la parole mais avec une sévérité sévère et presque crispée. De sa voix la plus nette, un peu sèche, avec des silences qui sont comme des ponctuations, il débite des phrases bien concoctées.

« Je remercie mille fois dix mille fois tous les augustes personnages qui ont honoré mon anniversaire. En ce jour où, ayant acquis un an de plus, j'approche davantage de la sagesse procurée par l'âge, je fais des vœux infinis pour le bonheur de la Chine et de Sseu Tchouan. Le plus grand des bienfaits est la paix. Je vois tous les amis de Tcheng Tu y consacrer leurs efforts. Mais peut-être faut-il se méfier de pêcheurs en eaux troubles, de gens venus de loin pour semer la discorde dans les cœurs et pousser à des conflits funestes. La France, elle, je vous l'affirme, favorisera toujours l'entente des Chinois et le développement de la Chine. »

Scandale ! Ce qui est un scandale en Chine. Tous les Seigneurs de la guerre, tous les milliardaires, tous les Jaunes, faisant comme s'ils n'avaient rien entendu. Peut-être des sourires un peu trop larges, trop appliqués. Et puis les Célestes de tous les bords, par petits paquets, après d'ultimes courbettes et les derniers millions de vœux, décampent. Comme Chinois il ne reste que le « singe », l'envoyé de Wu qui se tord. D'ailleurs il a beaucoup bu, il est soûl.

S'agrippant à mon père il lui serre la main avec frénésie :

« Monsieur le consul, c'est bien envoyé. Mais si c'est pour moi, vous vous trompez. Vous vous gourez rudement. Le cœur de mon auguste maître, le maréchal Wu, est pur. Et surtout sa bourse est plate. Alors, si vous croyez que mon maître m'a envoyé ici pour distribuer de l'or, vous me faites rire, monsieur le consul. L'or il le garde pour lui. Buvons à la France, monsieur le consul, à la France généreuse qui donnera peut-être quelque armement à l'œil à ses bons amis. Les Français, ce sont des poires, monsieur le consul. Contrairement aux Anglais qui font toujours payer. Vive la France ! »

Et le ouistiti, toutes grimaces dehors, gigotant de partout, son haut-de-forme de travers, délaisse le consul pour s'accrocher à un père.

« Mon père, buvez avec moi. À la gloire du catholicisme. Mon père, on pourrait vous prendre pour un Chinois mais un Chinois du peuple. Vous ne vendez votre dieu qu'aux petites gens. Au lieu d'exciter les hommes du commun avec de drôles d'histoires, des crucifixions, etc., pourquoi n'êtes-vous pas devenus des philosophes, des sages, comme nos empereurs l'avaient proposé autrefois à vos prédécesseurs ? Les religions, nous autres les vrais Chinois, les vrais lettrés, on s'en moque, ce ne sont que des superstitions pour les masses. Car je suis un lettré. Il ne faut pas croire que je fais toujours la noce à Paris. J'ai passé jadis les examens triennaux. Mon père je vous le dis, vous avez raté votre coup. Que faites-vous en Chine avec votre misérable clientèle sur laquelle vous vivez ? Vous ne distribuez que des hosties. Au moins les pasteurs, les américains surtout, ont de l'argent, beaucoup d'argent à donner aux Chinois. »

Le petit bonhomme vomit. Son honorable suite l'emporte jusqu'à sa chaise à porteurs. Il n'y a plus que des Blancs dont un rouge, écarlate de colère. Le consul d'Angleterre n'est qu'un ergot, qu'une crête. Il attire mon père dans un coin et bientôt, entre les deux consuls, c'est l'algarade, les cris, l'échange des éclats de voix, presque des coups. Le petit Anglais qui vraiment a perdu son sang-froid hurle :

« Et l'incendie ? Et l'incendie promis par les Yunnanais ? Et vous, avec tout l'armement que vous donnez à ces gens-là, vous ne voulez pas intervenir auprès d'eux pour empêcher ce crime abominable ! »

Mon père, tout blême, qui se met à faire appel à l'honneur français :

« Que puis-je faire auprès des Yunnanais ? Je vous assure que nous ne leur avons pas fourni un seul fusil. Mais par contre pouvez-vous nier que vous avez remis aux Sseutchouanais de quoi mettre la province à feu et à sang ? C'est vous qui poussez à la guerre au Sseu Tchouan. Que vient faire ici le jeune taipan de Shanghai ? Et l'envoyé de votre allié Wu ? Ce petit bonhomme qui vient de se conduire ici de façon dégoûtante.

— C'est faux. L'Angleterre n'arme pas les Sseutchouanais. Mais elle ne peut pas empêcher le business auquel, je pense, doivent être mêlés certains de vos compatriotes de Shanghai. »

Voix de roquets des consuls qui se traitent de menteurs. Le taipan, l'Engliche de Shanghai, est tout exorbité, effaré, à l'écart, dans la stupéfaction de cette scène de mauvais goût. Il est tellement ahuri qu'il ne fait rien. C'est alors que le clergyman, de son bras musculeux, empoigne son consul à la façon d'un écolier fautif : « Venez, venez. Behave yourself. »

Il ne reste plus sur la place que la colonie française, mon père se tient face à elle en vainqueur penaud. Car il ne sent pas monter vers lui les effluves de l'admiration. Au contraire les toubibs français, se retenant de pouffer de rire, filent sur la pointe des pieds. A peine dehors, ils s'esclaffent en joyeux drilles, en bons cercleux s'étonnant de la pesanteur des gens. L'un d'eux, se tapotant d'un doigt l'occiput, dit d'un air entendu : « Sacré Albert. Il s'est surpassé aujourd'hui, il se prend pour le Talleyrand du Yang Tse Kiang. Sa pauvre femme... »

Quant au peuple de Dieu, il est camouflé. Les bonnes sœurs derrière leurs cornettes. Les bons pères derrière leurs barbes, leurs rides, les plis de leurs yeux. Une formation en carré. Enfin l'évêque, l'homme de base, s'approche de mon père pour lui jeter dans la figure ses poils et sa voix fulgurante :

« Comme je vous l'ai déjà dit hier, je crois que vous auriez dû faire des représentations au maréchal yunnanais.

— Mais, Monseigneur, je suis persuadé que vous avez effectué vous-même toutes les démarches nécessaires pour la protection des biens des missions... »

Reste Anne Marie, toute droite et mince, mais se détournant. Ses longs cils couvrant ses yeux, ses lèvres fermées en une esquisse de moue, un sourire en demi-teinte, inquiétant, sur sa face qui se dérobe. C'est sa figure du mépris, sans expressions violentes, dramatiques, juste un écœurement, un dédain serein.

Elle s'apprête à quitter mon père quand il l'appelle pour lui arracher une approbation :

« N'est-ce pas que j'ai eu bien raison ?

— Vous avez été ridicule, mon ami.

— Mais j'avais de sérieuses raisons...

— Peut-être. Mais vous vous faites si souvent des idées... Et puis ce n'est pas une raison pour vous donner en spectacle. »

Etat de fâcherie officielle entre les époux. A table, pas un mot entre eux. Anne Marie muette, mais faisant comme si cette tension ne la gênait en rien, mangeant bien, donnant ses ordres aux serviteurs de l'air le plus naturel, le plus dégagé. Albert lui, au contraire, la tête penchée sur son assiette, mâchonnant indéfiniment la même bouchée, avec dégoût, puis n'avalant plus rien, les traits agrafés, collés dans un garde-à-vous entre la fureur et le chagrin. Au dessert sa femme lui demandant avec une feinte surprise :

« Qu'avez-vous donc, Albert ?

— Anne Marie... »

Le consul se tasse dans son silence. Longue bouderie qui, plus tard, dans la chambre conjugale s'achève en éclats de voix. La scène.

« Mais enfin, Anne Marie, vous ne m'aimez pas.

— Comment voudriez-vous ? Vous oubliez que vous m'avez achetée. Je me souviens très bien comment vous m'avez jaugée, sur les quais de la gare d'Ancenis, un jour que je revenais de Nantes. L'œil d'un maquignon faisant son marché. Ça n'a pas traîné. Le lendemain, sur votre trente et un, vous vous présentiez chez nous avec votre frère, le capitaine moustachu, celui que vous étiez venu voir dans sa garnison. Et tout de suite vous avez demandé ma main à ma mère. Toute la famille s'est réunie. Toutes mes vieilles cousines, mes tantes, m'ont rabâché que vous étiez un monsieur très bien, un jeune diplomate servant en Extrême-Orient, au brillant avenir. Moi, je ne voulais pas. Mais mon père venait de mourir ruiné. Il avait bu sa fortune et personne ne m'épouserait, dans le pays. Car j'étais sans dot, ce qui ne pardonne pas en cet endroit. Toutes ces bouches campagnardes de demi-hobereaux, de vieilles demoiselles, d'oncles plus ou moins gâteux mais ayant du bien, me répétant « c'est votre devoir, Anne Marie ». Seule ma mère, déjà veuve par deux fois, me disait avec plus de douceur : « Anne Marie, tu sais, je ne veux que ton bien. Mais Albert t'adore et c'est un galant homme. » Effectivement vous avez été parfait puisque vous m'avez reconnu chez le notaire une dot fictive. Moi, j'ai pleuré le jour de mon mariage.

— Anne Marie, nous avons été heureux ensuite.

— J'ai rempli mes engagements, c'est tout. Mais vous ne m'avez jamais plu. Vous êtes trop petit-bourgeois. Moi, j'aimais la Loire, les coteaux, les vignobles, cette vie où les messieurs ne travaillaient pas, où ils avaient des fermes avec plein de vieux Chouans dedans. Mon père, je l'admirais car il a mené la belle vie, celle de la jeunesse dorée de la Basse Bretagne. A Vannes il courait les régates, il avait un bateau, il allait dans les cercles. Ses fermes il les a vendues, une à une, et il est mort fou. Mais c'était quand même un homme du monde, même s'il nous a laissés dans le dénuement.

« Vous, Albert, vous ne pouvez pas comprendre ce genre de noblesse, de désintéressement. Quand vous m'avez amenée à La Rochelle, dans votre famille, j'ai été épouvantée. Cette antique maison qui faisait la fierté des Bonnard, cette pierraille à quatre étages donnant sur une rue toute de murs et qui ressemblait à une prison. Tout cela sale, suintant, plein d'odeurs nauséabondes, de recoins douteux, de pénombre surie, de marches usées. Et, aussi usée que la demeure, aussi sèche, plus recroquevillée, plus momifiée qu'une Chinoise centenaire, votre vieille mère, veuve aussi, plissée et jaune et pourtant la peau tellement collée aux os qu'elle semblait avoir un crâne en guise de tête. De vivant, ses yeux qui ne voyaient presque plus, ses lèvres molles comme les vôtres. Du reste, elle était la servante de votre père qui l'avait épousée à temps. Une bonne vieille dont je redoutais les baisers et qui me répétait sans cesse : « Rendez Albert heureux, c'est un « bon fils. » Ce qui m'épouvantait le plus, c'était votre sœur aînée, hommasse, et son mari, déjà une face rebondie, une tête et des bras de toupie, qui tenait le magasin de meubles de la famille. Là, dans l'arrière-salle, j'écoutais ses interminables conversations où on ne parlait que d'argent, de carrière, de maladie. Des parents de tout côté dont on faisait le bilan. Un tel qui avait mal tourné. Un tel qui avait été nommé chef de bureau. Et on calculait tout, les mérites, les dépenses. Et votre beau-frère, en actionnant ses mains comme des saucisses, prononçait avec une boulimie de bon sens, de bêtise, de férocité des jugements définitifs sur un petit cousin qui avait voulu le taper et sur d'autres malappris de la parenté. Vous, le phénix au milieu de tout cela. Du mérite, vous, tous les vôtres en ont, mais c'est un mérite pénible.

— Vous êtes snob, Anne Marie. Vous me reprochez même le mal que je me suis donné pour réussir et dont vous profitez.

— Parlons-en. Je sais comment vous êtes devenu consul. Par un de ces coups idiots et malins à la fois qui vous caractérisent et où il ne faut pas de vergogne. C'est votre autre sœur, la pomme reinette, la poire cuite, toute rapetassée, toujours à gagner sa vie, avec tous ses enfants, qui m'a raconté ça quand vous m'avez conduite auprès d'elle, comme un trophée, à Saigon. Elle était là dans l'enseignement, la bonne dame institutrice des bons petits nhaqués, avec un instituteur d'époux pas gentil et qui courait la gueuse, c'est-à-dire les dames orientales. C'était cette brave femme qui vous avait envoyé l'argent pour tenter votre chance en Asie, car vous ne faisiez rien de bon en France et il ne vous restait plus qu'à chercher fortune dans les colonies. Des débuts pas brillants d'ailleurs, toutes sortes de petites places médiocres. Et puis vous avez saisi la chance par les cheveux avec un fameux aplomb.

— Pourquoi ces ragots, vous divaguez, Anne Marie.

— Pas du tout. La chance s'est présentée à vous sous la forme d'une femme blonde toute potelée, le genre sylphide grasse. Un petit modèle pour certains peintres riches qui se prenaient pour des patriarches de la Renaissance. Je le sais, j'ai vu sa photo. A ce moment-là, cette personne était la compagne, au cours d'une grande tournée asiatique, d'un très important personnage des Affaires étrangères. Le fin du fin. Le nec plus ultra. La République des lumières, le siècle du positivisme, l'humanisme, la science, aboutissant à cet homme au front noble, un fils à papa qui s'était fait sa propre légende romantique. Vous voyez de qui je veux parler ? Une belle tête racée, fine, hautaine, souriante, charmante, supérieure, de bourgeois grand seigneur. Une tête d'archange rodée par la vie. Car il veut tout vivre.

— Je suis peut-être médiocre mais je sais reconnaître les gens de qualité, comme cet homme d'abord, comme vous ensuite.

— Pas de flatteries, Albert. Vous savez vous servir. Vous savez préparer un coup. Le couple était attendu dans je ne sais quelle ville d'Indochine où vous étiez. Vous vous êtes dit que la dame illégitime ne serait pas invitée aux galas et aux réceptions officielles et vous vous êtes présenté comme cicérone, en tout bien tout honneur évidemment. Chaque matin vous arriviez avec vos charmes, votre plus bel habit, votre meilleur sourire, tous les empressements et un programme amusant pour la journée. Chaque matin vous veniez avec un énorme bouquet de fleurs et vous n'aviez pas le sou. Là vous avez été fort. Car la personne a été ravie et le monsieur, avant de reprendre son pèlerinage asiatique, vous a demandé de son air d'homme puissant bien disposé : « Je voudrais faire quelque chose pour vous. Qu'est-ce qui vous ferait plaisir ? » Tout carrément vous avez répondu : « Etre consul. » Et vous l'êtes devenu quelques mois après.

— Quelle honte à tout cela ? Ce monsieur ne m'a pas choisi seulement pour ce petit service. Il m'a reconnu des qualités. Il continue à me protéger. Comme d'autres consuls en Chine qui sont en train d'acquérir une célébrité dans les lettres.

— C'est assez, Albert. Laissez-moi rire. Vous savez bien que vous, vous ne serez jamais à l'Académie française.

— Ne me fâchez pas. Vous voyez la peine que je prends. Les risques que j'assume. Vous le voyez...

— Vous êtes resté un arriviste. Vous étiez servile, vous êtes devenu vaniteux. Toujours à vous faire valoir. Sans aucune délicatesse, comme on l'a vu cet après-midi. Les gens ne vous aiment pas.

— Mais c'est vous, Anne Marie, qui êtes folle de vanité. Votre air de reine sainte nitouche, cette façon constante d'être un reproche vivant pour moi. C'est vous qui êtes forte. Vous ne vous plaignez jamais en public. Vous savez ne pas prendre l'air malheureux. Alors les gens disent, je le sais, « comme elle est courageuse cette femme avec cet époux-là ». Vous, il vous faudrait je ne sais quoi, un nabab, un lord.

— Effectivement vous m'avez peinée en cherchant querelle à ces Anglais. Les seuls gens supportables à Tcheng Tu, les seuls bien élevés.

— Et que je vous défends de revoir, ma chère, il ne manquerait que cela.

— Dès demain j'irai en visite chez eux. Je ne peux pas me brouiller avec tout le monde à cause de vous. Tenez-vous-le pour dit. »

Soupirs de forge du consul, soupirs de l'homme qui se contient. Moi, dans la chambre à côté, sans avoir rien compris à leur querelle je devinais la figure de défi de ma mère. Silence dans la nuit.

Le ciel est une éponge pleine de la bave des mauvais esprits qui retombe sur la terre. Cataracte d'eau comme des murs solides frappant la terre où tout s'engorge, où la saleté se liquéfie, où l'onde monte comme si c'était un égout débordant. Mon père va inspecter les murailles de la cité impériale qui surplombent le consulat, de peur qu'elles ne s'écroulent sur nous. Car, dans cette décomposition du ciel, plus que jamais les splendeurs passées ne sont que ruines et pourriture, porches écroulés, stèles renversées.

Mon père découvre justement une fissure dans les remparts, un zigzag noirâtre et moussu qui s'élargit vers le bas jusqu'à devenir un éboulis. Dans la fente s'est niché un torrent dégoulinant qui élargit toujours la brèche. Il s'approche du trou mais d'en haut un soldat lui hurle de s'en aller. Le consul s'en retourne après avoir constaté.

« Tout ça est prêt à s'effondrer. Si jamais la guerre éclate, quelques obus suffiront à faire dégringoler tout l'ouvrage sur nos têtes. »

Mais pour le moment ce déluge n'est pas considéré comme une catastrophe, du moins à l'échelle chinoise. Tcheng Tu s'en accommode. Même si dans les quartiers de torchis des masses entières de huttes dégringolent, ensevelissant hommes et animaux dans une sorte de purin. Cette humanité, ces choses, ne succombent pas sous la fureur de l'eau, ils se dissolvent dans un liquide corrosif. Là où les taudis fondent les gens s'enfuient, les voleurs arrivent, les soldats aussi, les uns pour piller, les autres s'offrant comme sauveteurs contre argent. Longs marchandages car il faut payer pour chaque vie, chaque objet préservé.

Incident mineur. Au consulat, Li me dit avec satisfaction :

« Tout est tellement détrempé que les Yunnanais n'arriveront jamais à allumer leur incendie ces jours-ci. »

L'existence se poursuit. Même si du ciel ne viennent pas seulement l'eau mais aussi des germes ignobles. Ceux qui décomposent le sang, ceux qui font couler des liquides noirâtres des orifices humains, ceux qui vident ou gonflent les corps, ceux qui transforment la peau en une géographie chaotique de chancres et de plaies, ceux qui donnent le froid et le chaud, les sueurs et les frissons gelés des fièvres pleines de cauchemars, ceux qui font mourir.

Les éclairs, les nuées d'apocalypse, l'air est un bain de miasmes, et, comme rois de la fête, les rats. Surgissant de partout et parcourant la ville, par bandes énormes, armés de petits yeux, de dents, de pelage noirâtre. Troupe gambadante qui marche sur tout. Beaucoup de ces bestioles, porteuses du mal, après avoir paradé, s'effondrent sur elles-mêmes et crèvent. Milliers et milliers de petits tas de chairs fermentées qui distribuent la mort aux hommes. Temps du choléra, Temps de la peste. Temps des fléaux. Alors les Chinois riches, à l'intérieur de leur demeure, en pleine chaleur suffocante, allument de grands feux dans chaque chambre pour purifier l'air et en chasser les pestilences. Quand un être agonise on l'enferme dans une pièce, le laissant seul en proie à sa maladie. On lui tend parfois, au bout d'une planche qu'on passe par un trou aménagé dans une paroi, un bol d'eau, jusqu'à ce qu'il expire. L'eau, la seule charité car la soif du mourant est terrible. Quand la soif est comme du plomb en fusion c'est la mort.

Cette année-là Li me dit que les épidémies ne sont pas terrifiantes. Une année moyenne. Mais elle se rappelle dans son enfance la cité décimée. Tellement de trépassés qu'on se contentait de les placer sur des claies au soleil, de les jeter sur les pentes des collines proches. Troupes hâtives de survivants allant déposer leurs morts qui, là où on les abandonnait, dégageaient des odeurs qui revenaient sur la ville et l'asphyxiaient.

Dans l'après-midi une brise a soufflé chassant les nuages. Est apparu alors un ciel de verre bleu, un ciel de céramique qui a couvert la terre d'où montent des vapeurs d'étuve. Soleil comme une tiare. Ma mère m'appelle pour qu'on fasse ensemble une visite au-dehors. Mon père qui a entendu la regarde curieusement mais ne dit rien.

Nous nous en allons dans notre cortège habituel. Les coolies de la chaise à porteurs, les pieds nus clapotant dans ce qui est à la fois boue et ordure, portent Anne Marie avec une sûreté incroyable, très haut au-dessus du sol souillé. Mon cheval m'élève également par-dessus toutes les misères. Mon mafou marche à grands pas tout content, presque un sourire sur la figure. Ce n'est pas au consulat d'Angleterre que nous nous rendons mais chez le pasteur et la pastoresse.

Leur yamen dans un bosquet. Dès l'entrée de la cour le chœur de leur voix d'accueil. « Nice to see you. » La pastoresse, très grosse et très digne, très bonne aussi, ouvre sa poitrine et ses bras pour que je m'y blottisse. Elle n'a pas d'enfant et m'adore. Quand elle m'embrasse je me recule pourtant car elle présente à mes lèvres un faciès de bouledogue. La pastoresse me donne alors une tranche de pudding. C'est elle qui m'apprend l'anglais et m'enseigne comment être un gentleman au milieu de tous ces indigènes. Parfois elle dit avec indignation à ma mère : « Comment pouvez-vous laisser élever votre petit garçon par des amahs et des domestiques ? Il va prendre de mauvaises habitudes, il va devenir un dégoûtant petit Chinois. » Dans ces cas-là ma mère sourit et ne répond pas.

Le pasteur, en général, quand j'arrive, me scrute en silence de ses petits yeux durs et porcins. Il me tend la main en me traitant de petit garnement. Certains jours, quand il est en proie à l'alcool, il se met à trembloter et même à aboyer. Dans ce cas-là il peut être méchant. Mais quand il est en bonne forme il me traite en petit homme contrairement à sa femme pour qui je suis un faible enfant. C'est-à-dire qu'il lâche à mon profit, de quart d'heure en quart d'heure, un aphorisme ou un joke.

Le ménage, installé en Asie depuis un temps infini, a le sens du confort colonial. Ce qui me stupéfie c'est un petit boy qui, en tirant sur une ficelle, agite une toile qui fait du vent. « Un panka, comme aux Indes », indique le pasteur.

« Curieux bonhomme, méfiez-vous de lui », ne cesse de recommander mon père à ma mère. Le pasteur a aménagé une petite chapelle mais, sauf pour le consul d'Angleterre qui vient le dimanche pour le service, il laisse la Bible reposer sur son pupitre. Il n'a pas l'air de tenir beaucoup aux conversions. Jamais de catéchumènes, jamais de pauvres Chinois chez lui. Mais souvent un peloton de soldats ou les coolies d'une douillette chaise à porteurs dans sa cour indiquent qu'il est en train de recevoir un Seigneur de la guerre ou un riche commerçant. Cela renforce les soupçons de mon père.

Pour le pasteur les Chinois n'ont pas d'âme mais il admet qu'ils ont un corps et, comme il a un titre médical, il s'en occupe un peu. Cet homme d'Eglise a même installé une petite infirmerie contenant quelques médicaments, des désinfectants et un bistouri. Il opère lui-même. Chaque intervention est pour lui un trait d'humour à froid, une bulle de joie cruelle transparaît dans ses yeux fixes et pourtant légèrement clignotant de gentleman-clergyman-poivrot. Tout se fait dans la plus grande componction, du reste.

L'essentiel est de trouver une bonne victime : un Céleste à prétentions d'Occidental qui se plaint d'un bobo. Quand le pasteur découvre l'individu adéquat en ville il tonitrue aussitôt : « Venez chez moi, je vais vous arranger ça. » Le Chinois est désormais enferré par sa « face ».

Ce jour-là pas une allusion du pasteur à la dispute au consulat de France. Simplement, quand son mari s'absente un moment, la pastoresse dit à ma mère : « Albert est un peu nerveux en ce moment. En Asie, my dear, il ne faut jamais être agité. C'est aux épouses de veiller sur les époux qui se tracassent idiotement, c'est à elles de savoir les calmer. » Ce n'est qu'un conseil bienveillant de matrone à une jeune femme inexpérimentée. Rien de plus.

A la vérité, le pasteur tarde à revenir. « Il est sans doute occupé à découper un Chinois », dit la pastoresse. En effet, dans la cour, quatre coolies ont déposé une litière où gît un corps inerte, qu'on porte jusqu'à « l'infirmerie ». Les dames, tout en bavardant au-dessus de leurs tasses de thé, entendent des bruits métalliques, de petits chocs, des souffles, un cri prouvant que le clergyman est en train de « soigner ». Au bout d'une demi-heure, le Céleste, toujours pas mort, est ramené sur sa litière, remporté par ses hommes, des porteurs tout à fait impassibles, aussi indifférents que s'ils transportaient un cochon vidé.

« Cette fois, c'était une sale blague », émet le pasteur, enfin de retour au salon, auprès des ladies. Gouttes de sueur sur son gros visage complètement cramoisi. Le geste brusque de remplir un énorme verre de whisky, de l'avaler d'un coup. Enfin un rire sec. Tout le comportement d'un gentleman qui contrôle son émotion.

« Un drôle de coup, reprend le pasteur avec l'expression mi-pudique mi-amusée de se moquer de lui. Un Chinois qui m'a pris au mot, et traîtreusement. Le chef de la corporation de la soie à Tcheng Tu, un gros bonnet que j'avais souvent invité à tâter de ma médecine. Il vient de me prendre au mot quand il est presque mort. Il a la peste bubonique ! Sa famille, heureuse de se débarrasser aussi honorablement de l'ancêtre, me l'expédie aussitôt. J'imagine la figure de la progéniture quand elle va le voir revenir ! Ha ha ! Et dire que le bonhomme va peut-être vivre !

« Car le bubon, je l'ai percé. Je me suis trouvé devant une chose dure, monstrueuse, une sorte d'excroissance idiote et terrifiante — la bosse de la mort. Alors j'ai enfoncé mon scalpel dans la tumeur qui résistait. Puis, j'ai atteint une zone ramollie, une poche interne d'où a coulé un liquide genre œufs brouillés. Il paraît que, quand on réussit à provoquer cet écoulement, il arrive au pestiféré de survivre... Moi, dans le passé, j'ai toujours raté ce genre d'opérations. Ça m'a assuré ma tranquillité. Mais si, cette fois, ce damné marchand ne meurt pas, on va m'amener par dizaines de ces sacrés moribonds... »

Ma mère frémit un peu. Le pasteur ricane.

« N'ayez pas peur, ma jolie amie. Je me suis bien désinfecté. J'ai pris toutes les précautions. »

Dans le fond, le pasteur a le sentiment d'avoir été roulé par cette famille chinoise. Il râle. Lui, le fameux blagueur, on l'a blagué. Son caractère, c'est de ruminer sa rancœur jusqu'à ce qu'il ait pris une revanche sur un quidam ou un autre. Ce soir-là, c'est sur moi qu'il l'exerce.

Nous sommes dans la cour, ma mère et moi, sur le point de partir, elle s'apprête à monter dans sa chaise, moi à grimper à cheval. Se tenant dans l'encadrement de la porte, la pastoresse m'envoie un dernier baiser tandis que le pasteur, qui a quitté ses whiskies, me crie un « bye bye » éraillé. Il contemple mornement la scène où mon mafou me tend les rênes avec la grimace chinoise de la bonne humeur. C'est alors que le clergyman sursaute, tombant en arrêt devant le mafou qu'il scrute avec des yeux en billes de loto. A pas incertains mais obstinés, il s'approche de mon « écuyer ». Un sourire joyeux se répand sur sa figure — comme s'il avait fait une bien bonne découverte. En effet le pasteur, me tapant sur l'épaule, s'esclaffe : « Regarde, petit garçon, ton mafou est lépreux. » Il me fait contempler sa tête boursouflée, le faciès léonin, il me montre sa main où des phalanges s'atrophient. Anne Marie, déjà dans sa chaise, demande au pasteur très paisiblement : « Vous en êtes sûr, mon cher ? » Lui, triomphalement, recommence sa démonstration. Le mafou a pris l'aspect complètement obtus du Céleste devant une catastrophe. Anne Marie lui demande : « Tu es lépreux ? » et il répond : « Oui. Pas beaucoup. » Nous repartons enfin vers le consulat, dans l'ordre même où nous sommes arrivés.

Pendant ce retour, j'ai le cœur gros. Je ne veux pas qu'on m'enlève mon mafou. Son amitié est pour moi plus importante que ses stigmates ! Je n'ai pas peur des lépreux.

Il faut dire qu'à Tcheng Tu il y en avait tellement, des lépreux ! D'abord ceux que l'on côtoyait sans le savoir, ceux qui étaient décents, anonymes, cachant leurs plaies, tâchant de vivre normalement. Cette promiscuité n'effrayait personne. Les Chinois sains, la plupart du temps, ne faisaient pas attention aux lépreux, n'en avaient ni honte ni peur.

C'était un étrange pays que la Chine, avec de telles négligences, de telles paresses, un fatalisme aussi cruel, à côté d'acharnements, de méticulosités, d'exaspérations d'insectes. Si généralement, par indifférence, on laissait subsister les lépreux, il se pouvait très bien aussi qu'un jour, à la suite du caprice d'un Seigneur de la guerre ou de l'humeur d'une foule, on les tuât. De toute façon, il en demeurait.

Et surtout, il y avait ceux dont la maladie était trop visible, ceux qui étaient trop grignotés, ceux dont le corps s'effritait peu à peu. La population les chassait au-delà des murailles. Certains sortaient d'eux-mêmes, sans qu'on leur en donne l'ordre. Leur domaine c'était la plaine des Tombeaux. Quand je passais près de ces lieux, sur mon cheval, j'entrevoyais un peuple fantôme qui s'était installé là, creusant dans la terre des sépultures des trous où ils nichaient, mêlant leurs détritus encore vivants aux détritus des morts, aux ossements. Là-dedans, ils ressemblaient à des fœtus. Dans l'uniformité de la misère, à peine reconnaissait-on qui était un homme, qui était une femme. Plus de sexe, plus d'âge. La crasse servait à camoufler les suppurations. Parfois, quand un richard venait rendre hommage aux vrais morts, ces faux morts s'extirpaient de leurs cavités pour demander la charité. Alors, des soldats les battaient, ils s'enfuyaient, ils erraient, ils revenaient. On ne sait ce qu'ils mangeaient mais ils se reproduisaient. Il y avait des mères avec leurs bébés accrochés à leur dos. C'était la république des moignons saignants et des yeux disparus.

Quand je me promenais par là, ces monstres se rassemblaient autour de moi. Ils étaient joyeux, ils riaient en me regardant. Rires sans lèvres ni dents. Je dénouais un petit collier de sapèques et je jetais les pièces à la volée. Alors, sous les pattes de mon cheval, c'était la bataille de ces larves, qui durait jusqu'à ce que mon mafou entre en action. L'air ennuyé, il cognait avec son bâton, tout en criant : « N'approchez pas le jeune seigneur. Vos odeurs pestilentielles l'incommodent. Partez. » Ils rentraient dans leurs tanières, en riant, avec gentillesse.

Mais ce jour-là, c'est lui, le mafou refouleur de lépreux, qui est en proie à la lèpre. Pendant que nous regagnons le consulat, il me suit comme à l'accoutumée, se tenant peut-être à une ou deux foulées plus loin de moi que d'habitude. Ma mère, dans sa chaise, se retourne pour fixer le visage de l'homme qui, au soleil, apparaît comme une galette ébréchée. Ma mère, silhouette pensive et embuée de mélancolie soudaine. Moi, poussant mon cheval vers elle, je lui crie : « Je veux garder mon mafou. »

Elle ne veut pas que j'aie de peine, elle me sourit doucement : « Mon petit, nous allons le faire examiner par les médecins français. Ils diront si c'est possible... »

Mon père fait les cent pas dans la cour du consulat, nous attendant manifestement avec impatience pour faire une scène. Son visage est sévère. De sa voix et de ses lèvres les plus coupantes, il demande à Anne Marie : « Alors, contrairement à mes recommandations instantes, vous vous êtes rendue chez les Anglais ? — Oui, mon ami. Nous avons fait une bonne visite au pasteur et à sa femme. Une visite bien utile. Imaginez-vous que le brave clergyman a découvert que le mafou de notre fils était lépreux... » Les traits du consul s'affaissent. Il se reprend aussitôt, mais il a remplacé sa mine vexée de tout à l'heure, par une physionomie professionnelle. Il n'est sans doute pas mécontent, au fond de lui-même, d'avoir une raison d'abandonner sa querelle à l'issue incertaine avec son épouse indocile. Malheureusement, son expression à la fois pédante et gourmande de connaisseur de la Chine et des Chinois, au lieu de désarmer Anne Marie, l'agace prodigieusement.

« Pourquoi, dit-elle, tournez-vous comme cela autour de cet homme ? Vous n'y connaissez rien. Il faut d'abord l'envoyer chez les docteurs, pour un diagnostic.

— Pas du tout. Ce n'est pas la peine de déranger les toubibs. Il est évident que cet individu est lépreux, et même gravement. »

Mon père se rengorge, dans une attitude de goguenardise sérieuse :

« Je connais la question. Avant que je ne sois marié avec vous, j'avais à Tcheng Tu, autrefois, un valet de chambre chinois à la main douce, la vraie perle. C'est lui qui, le matin, me barbifiait sans jamais me couper. C'est lui qui, avec une adresse consommée, me passait mon caleçon, mon gilet de corps et ma chemise. Il me faisait mon nœud de cravate. Le miracle d'un Chinois absolument propre. Eh bien, un jour qu'il m'essuyait après ma douche, je me suis aperçu qu'un de ses doigts était rongé. La lèpre ! Chez cet homme qui me touchait tout le temps... Vous voyez que je peux parler en connaissance de cause...

— Mon pauvre ami ! Avouez que vous avez passé un mauvais quart d'heure. Et vous m'avez épousée pour que je prenne soin de vous sans risques, à la place de ce merveilleux serviteur...

— Qu'allez-vous chercher, Anne Marie. S'il fallait que je compte sur vous pour m'habiller et me bichonner... J'ai passé ensuite un sale moment, c'est vrai. Mais cela n'a pas duré, car si en Chine on se laisse impressionner... Vous ai-je raconté qu'une fois, dans une auberge chinoise de province, j'ai couché plusieurs nuits sur une paillasse bourrée de feuilles de maïs ? Un matin, ça c'est mis à bouger. Eh bien, j'avais couvé des œufs de cobra qui s'étaient mis à éclore. Ces enfants serpents grouillaient déjà dangereusement, dressés et balançant leurs têtes. Heureusement les parents n'étaient pas là !

— Je vous ai déjà entendu narrer cette histoire au moins mille fois. C'est une de vos anecdotes de dessert, après les grands dîners. Un de vos succès. Mais comment se fait-il que vous m'ayez épargné jusqu'à présent tout récit sur votre boy lépreux ?

— Vous avez tort. Vous me prenez pour un raseur. Mais je vous le dis, toutes les dames, avant vous, m'appréciaient beaucoup à cause de mon esprit.

— Je sais, Albert. Il paraît que vous avez une façon de faire la cour, galante et empressée, qui est irrésistible.

— Il ne s'agit pas de cela. Croyez-moi, j'en ai vu de toutes sortes, dans cette sacrée Chine.

— Mais non, Albert, je connais votre courage. Vous êtes merveilleux, vous traversez tout, vous avez une solution pour tout. Quand même, je suis sûre que vous avez passé un drôle de savon à votre boy si fâcheusement lépreux...

— Je me serais gêné...

— Eh bien, avec le mafou, vous allez procéder autrement. Vous allez être très gentil avec lui. C'est un homme tout dévoué, et notre fils l'adore. »

Pendant cette petite altercation, la domesticité entière du consulat s'est rassemblée dans les recoins de la cour — et regarde notre groupe, au milieu des dalles. Moi je pleurniche, Anne Marie me caresse les cheveux, mon père toussote pour s'éclaircir la voix, avant de parler au mafou, qui se tient comme une souche à deux ou trois mètres de nous. Le consul, à cause de sa femme, arbore le sourire de la générosité. Il dit au mafou avec une noble tristesse : « Pourquoi as-tu caché ton mal qui aurait pu atteindre ton jeune maître ? Il paraît pourtant que tu le servais bien, que tu te serais fait tuer pour lui... Je ne te ferai pas de reproche, je vais même te donner de l'argent, mais il faut que tu partes... » Le laïus terminé, mon père, de loin, jette vers le mafou des pièces d'argent qui roulent sur le pavé en tintant. Le mafou ne les ramasse pas. Il est arc-bouté en lui-même, dans cette morosité sombre et taciturne qui, chez les Chinois, éclate parfois en un éclair de rage ou de folie. Mon père se recule prudemment. Mais un sourire s'esquisse sur la gueule abrupte du mafou :

« Je vais m'en aller. Malgré mon indignité, j'ai une grande grâce à demander. Remplacez-moi par mon propre frère, je garantis sa fidélité. C'est comme moi un ancien soldat, un homme très robuste, mais qui lui n'est atteint par aucune malédiction du ciel. Il veillera bien sur l'enfant. »

Le consul de France fait semblant d'hésiter. Anne Marie prend l'initiative : « Va chercher ton frère », dit-elle au mafou qui, quelques secondes après, réapparaît en compagnie d'un gringalet costaud, au visage de biais, à l'expression sournoise. Mon père l'examine à la façon d'un maquignon, lui faisant retrousser ses manches et les jambes de son pantalon — pas traces apparentes de maladie sur lui. Marché conclu.

Je pars immédiatement en ville essayer le nouveau mafou. Il court derrière mon cheval aussi bien que l'ancien, il sait aussi crier et frapper pour écarter la foule à mon passage. Ce n'est qu'un homme ordinaire, à la servilité terne et un peu inquiétante.

Il y a huit jours qu'il ne pleut plus. Tcheng Tu a retrouvé sa beauté. Le ciel est resté pur, un bol d'azur incrusté d'un soleil qui dévore les miasmes de la terre. Toutes sortes de pestilences, de suintements, de putréfactions, d'eaux et de boues disparaissent dans l'air — un air presque sec qui assèche le sol. Tcheng Tu est une croûte solide où les ordures sont dures et où les magnificences resplendissent. Tcheng Tu a aussi retrouvé son animation pacifique, comme si les dangers de la guerre avaient eux-mêmes disparu.

J'erre peu dans la cité. Je reste surtout avec Li, ma seule vraie affection chinoise depuis que le mafou lépreux est parti. Mais, au fur et à mesure que Tcheng Tu se revivifie, Li au contraire se décompose de plus en plus. C'est une Li pleine de détresse qui, d'une voix de pleureuse professionnelle, à la fois impersonnelle et piaillante, me prédit :

« Maintenant que Tcheng Tu est à nouveau prêt à brûler, les Yunnanais vont s'empresser d'y mettre le feu. Tout à l'heure nous verrons des flammes s'élever, comme celles qui ont détruit ma famille. Des flammes qui nous anéantiront tous... »

Et de fait, le lendemain à l'aube, un rougeoiement plane sur la cité. C'est lugubre, irréel, ça ressemble pourtant à un coucher de soleil magique : des jeux de lumières, des reflets subtils, l'irisement des toits vernissés. Chatoiements. A deux ou trois kilomètres du consulat, à l'extrême sud de Tcheng Tu, un cratère crache des fumées noirâtres traversées de rouge, lourds tournoiements sombres pleins d'éclairs de feu qui montent vers le ciel s'élargissant en l'air, se répandant au-dessus de la ville, comme un plafond floconneux et marbré, une étoupe où s'éteignent enfin les dernières étincelles. Une suie de plus en plus sombre étouffe Tcheng Tu. En même temps, au ras du sol, des vagues de feu ont atteint les murailles de la cité, se jettent sur elles, leur donnent l'assaut. Les remparts, un moment disparus dans l'embrasement, en resurgissent un peu noircis, mais intacts. Ainsi les fortifications de pierre ont arrêté la propagation de l'incendie. A leur pied : les décombres du seul quartier qui a grillé. Le spectacle a duré quatre ou cinq heures.

Dans la cour du consulat, le consul de France, une lorgnette de théâtre vissée à l'œil, la mine gourmande et satisfaite, a suivi méticuleusement le drame. Et, sur Anne Marie qui est à ses côtés, Albert le consul déverse ses réflexions de bon consul. Elle ne semble pas entendre, mais moi je l'écoute :

« Il est vraiment très malin, ce maréchal. Il a tout bien cogité. M. Cheng me l'avait annoncé — mais où diantre est-il passé celui-là depuis qu'il a pris la poudre d'escampette le jour de mon anniversaire ? — Ce ne sont bien que quelques ruelles de pauvres gens, qui ont flambé. Les beaux quartiers, les magasins et les yamens des riches marchands, l'église catholique de Mgr l'évêque, les grandes pagodes, les maisons de thé et les bordels les plus réputés ont été épargnés. Un homme très convenable que ce maréchal, à qui cela a dû rapporter beaucoup d'argent de ne pas faire griller les richards et leurs demeures. Apparemment les précautions avaient été prises pour que le sinistre, suffisamment important pour l'honneur du maréchal, ne prenne pas une extension indésirable dans l'état actuel des affaires. Les Yunnanais ont fait leur petite opération de rôtisserie en sachant exploiter à fond certaines données, comme la topographie, la direction du vent. Du travail soigné, de la « face » à souhait pour le maréchal si avisé et tout cela seulement au prix de quelques centaines de coolies un peu carbonisés. »

Moi, je voudrais aller voir de près. On me l'interdit. Alors je traîne dans le jardin. Une femme est accroupie sur un banc moussu, c'est encore Li qui, une fois de plus, pleure. A mon approche elle se redresse. Ses yeux sont immenses et troublants. Elle glapit :

« Le feu ! Le feu qui a détruit mes parents et qui maintenant vient de brûler Nanhg ma petite sœur, la seule qui me restait. L'incendie a ravagé le quartier où elle travaillait avec trois mille autres filles pour distraire les sampaniers. Il faut que je sache ce qu'elle est devenue pour la pleurer si elle est morte ou pour me réjouir avec elle si elle vit. Je vais aller là-bas. Viens avec moi. Ne fais pas de bruit. Il ne faut pas que monsieur le consul et madame consul le sachent... »

Une conspiration. Li se glisse hors du portail d'entrée, grande forme en robe blanche sur de solides pieds. Pendant ce temps, mon mafou à la gueule tordue m'a amené très furtivement mon cheval. Je l'enfourche et je suis Li qui, à travers la foule, avec une sorte d'inertie brutale, m'entraîne de l'autre côté de la cité.

Je me souviens encore de cette expédition dans la ville en partie sinistrée. Depuis, combien en ai-je vu de ces calamités en Chine ! Dans mon enfance je ne voyais pas avec mes yeux d'aujourd'hui. Tout me semblait tellement normal ! J'étais parti pour voir une catastrophe et je m'étais trouvé dans une fête. C'était pour moi tout naturel de voir se réjouir les êtres qui avaient échappé au fléau. Qu'importaient les cadavres proches ? La sagesse c'était de rire des morts parce qu'on était vivant. L'odeur du brûlé me prenait à la gorge, par instants des flammèches retombaient sur moi, les fumées traînaient encore sur le sol comme des serpentins. Cela n'empêchait pas l'intensité de la vie...

Li marche à grandes enjambées. Derrière elle, mon mafou et moi, nous entrons dans une grande rue riche pleine d'étendards étranges représentant des anomalies, des monstruosités bénéfiques. C'est là que se trouve le principal marché des guérisseurs. Fantasmagories de l'érotisme chinois surtout. Merveille des boutiques les plus précieuses, achalandées par des pharmacopées qui donnent la « puissance », le pouvoir sexuel aux richards si âgés qu'ils ne sont plus que des nabots vidés, que des Bouddhas dont les têtes chenues rejoignent presque le sol. Si ces bonshommes n'ont pas la sagesse de se consacrer à l'opium qui supprime les désirs, ils se bourrent de remèdes magiques. Les étals sont couverts de choses merveilleuses et misérables, des choses flétries, puantes, grotesques, bizarres, éblouissantes, des magmas en tas de chairs décomposées, des fientes, des poussières dont on ne sait si elles sont d'origine animale ou végétale, des feuilles sombres, des liquides noirâtres, des écailles, des peaux de bêtes, des dards, des racines hallucinantes. Comme celles du ginseng venant de Mandchourie ou de Corée, qui semblent de petites poupées humaines, des objets de sorcellerie, des pygmées effrayants. Je les contemple, ces racines, chacune d'elles pareille à un cadavre minuscule, cadavre qui fera revivre un vieillard, qui lui donnera le pouvoir de dépuceler un enfant, fillette ou garçonnet. Chaque virginité s'achète très cher et certains milliardaires, dit-on, en consomment une par mois, à la fois pour la jouissance et comme traitement médical, car il est bien connu que le contact de la chair fraîche revigore.

Tout près, le malheur. Dans cette artère dont le commerce est de revivifier les hommes, les affaires marchent bien malgré l'haleine du cramé, malgré des bouffées de puanteur chaude, malgré le clair-obscur habituel encore assombri par les fumées rôdantes. La foule est toute à ses plaisirs. Les seuls êtres mécontents sont les serpents. Des serpents, il y en a dans tous les temples, mais en pierres, peinturlurés, dragons en roulements, écailles terribles. Mais ceux de cette rue, ceux qui m'éblouissent sont bien vivants. Ils sont même exaspérés, sans doute sous l'effet de l'incendie si proche qui les a affolés. Dans chacune des officines de remèdes, il y en a un baquet fermé, où généralement ils sont en tas, un nœud immonde, un nœud glissant. Mais aujourd'hui, ils se sont décollés les uns des autres, et avec leurs têtes frappent furieusement les parois de leurs paniers.

Un instant je m'arrête pour regarder. Car un client cacochyme s'est présenté à un étalage pour acquérir du venin. Un solide commis s'empare d'un reptile, qu'il tient au bout d'un bâton fourchu. Le cou de la bête se dilate encore plus, s'étale immensément. C'est l'animal royal, un naja fou de colère qui se tord et siffle. Soudain, l'employé lui jette un bout d'étoffe, un leurre que le cobra prend pour un homme. Un éclair, un arc-en-ciel, un crissement, le corps qui s'élance, le dard qui perce le chiffon, le poison qui dégouline. Il ne reste plus au marchand, après avoir remisé la bestiole dupée, qu'à prendre le linge, à recueillir quelques gouttes qu'il vend très cher au vénérable acheteur qui les boira pour acquérir des forces — acquérir des forces, c'est une obsession chez les Chinois.

La scène a duré quelques secondes. Mais, quand je me retourne pour reprendre ma route, je suis confronté par un masque. C'est un homme dont la face presque entière est couverte par du papier de bambou collé à la chair. Des fentes pour les yeux. L'individu se tient immobile et muet sur le chemin de mon cheval, qui s'arrête de lui-même et se met à le lécher. Une apparition très étrange.

Cet être se met à me parler. Et je reconnais aussitôt la voix de mon mafou lépreux :

« Jeune seigneur, soyez sans crainte. Je ne veux

pas vous quitter. Je veux vous servir encore dans Tcheng Tu. Je n'approcherai jamais de vous. Par une précaution de plus, j'ai pansé mes plaies. Ne dites rien à vos parents. Mais chaque fois que vous quitterez seul le consulat de France, je m'arrangerai pour me joindre à vous. Votre mafou, celui que je vous ai procuré, me préviendra toujours. Je ne serai jamais loin, chez un marchand de soupe qui est mon cousin, à une centaine de mètres de votre yamen. »

Je souris au mafou, qui lui ne peut me sourire, avec sa figure en carton. Il est horrible, le brave homme...

« Mafou, tu viendras toujours avec moi. Mais enlève d'abord tous ces enduits, qui te font ressembler à un monstre. Tu es moins laid avec ta lèpre à découvert.

— Non, maître. J'ai consulté un magicien très savant. Et c'est lui qui m'a ordonné ces emplâtres, qui ont une très grande vertu. Car même si je ne guéris pas, mon mal ne vous atteindra jamais. »

Li, pendant ce temps, s'est arrêtée. Aucune surprise sur sa face, comme si elle était déjà avertie. Puis nous repartons tous en procession. Li en tête, le mafou non lépreux devant mon cheval, le mafou lépreux derrière.

La vraie Chine. Avec mon cortège, je m'enfonce dans elle. Je suis hébété de joie. Soudain, je suis tiré de mon rêve par un choc, un écart de ma bête, des grommellements de mes mafous et surtout par les éclats d'une voix glapissante de femme, venue de l'intérieur d'un palanquin fermé par des rideaux. La dame me maudit et maudit surtout ses porteurs maladroits qui, en butant contre moi, ont secoué leur charge précieuse. Là-dedans, il y a en effet une jeune beauté. Je l'entrevois quand, un peu plus loin, ses coolies abaissent la chaise en plusieurs mouvements coordonnés, comme au reposez armes. La créature déposée gesticule comme une toupie mal équilibrée pour arriver à se mettre debout, et s'échappe alors vers la fente obscure d'un mur — cette muraille qui enferme chaque demeure chinoise, monde clos qui peut être aussi bien un yamen de riches qu'une maison louche. La mignonne boitille quelques mètres sur ses pieds mutilés et disparaît dans un couloir sombre. Ce que j'ai aperçu, c'est à peine un être matériel. C'est une création artistique, la figure comme un coup de pinceau, les traits ciselés par les fards et les bijoux en un masque froid, douloureux de beauté, d'une intensité mortelle. Rien que des lignes, la pureté des lignes si aiguës qu'elles sont sans poids ni chair, un visage comme un reflet parachevé dans le chatoiement des broderies et de tous les artifices compliqués. Toute la vie est concentrée dans les yeux en amande, d'une intensité dure et impitoyable, des charbons incandescents et éteints à la fois, qui contrôlent tout.

Je suis extasié. Mais le mafou lépreux, à sa vue, crache avec un suprême dégoût. Il se rapproche de moi pour me dire son mépris :

« C'est une « petite fleur ».

Une fleur vénéneuse, la perfection monstrueuse longuement fabriquée pour le plaisir des gros riches en caleçon, ces gens qui veulent toutes les voluptés. On l'a vue se rendant auprès des clients qui l'ont fait chercher. Sans doute ont-ils envoyé un garçonnet comme messager auprès de sa maquerelle, la matrone qui l'a achetée tout enfant à des parents affamés. La vieille salope l'a sauvée du mariage avec l'esprit des eaux — sans son argent, on l'aurait noyée à sa naissance. C'est donc sa bienfaitrice qui l'a nourrie, logée, équipée, éduquée, qui en a fait une œuvre d'art qui rapportera mille fois, dix mille fois ce qu'elle a coûté. Mais une fille dressée comme ça a le cœur plus dur, plus aride, plus avide qu'un démon. C'est la mort et la ruine que cette prostituée royale.

Le mafou se rend compte que Li l'a peut-être vu cracher de dégoût. Aussitôt il entreprend de se rattraper :

« La sœur de Li, elle, c'est pas pareil, c'est une vraie putain. C'est une paysanne qui vend son corps aux passants, pour vivre. Elle ne fait rien de mal. Elle est très respectable. J'ai pour elle beaucoup de bons sentiments. Du reste, elle ressemble à Li.

— Alors, tu la connais, mafou ? »

Le mafou lépreux a la voix qui rigole :

« Je vais souvent auprès d'elle. Aussi, je suis heureux qu'elle ne soit pas morte. On va la trouver toute gaillarde. Car le feu, qui aurait pu la brûler vive, s'est arrêté à une centaine de mètres de son petit bordel.

— Comment sais-tu ça ?

— J'ai tout surveillé, j'ai tout vu. »

Et il se met à raconter... D'abord, des hommes habillés en coolies, des brigands au service des Yunnanais, ont répandu de l'essence sur des maisons, des cabanes. Après y avoir jeté des torches allumées ils se sont enfuis en toute tranquillité. Qui aurait osé mettre la main sur ces redoutables personnages ? En quelques instants, les différents foyers se sont rejoints pour former une seule nappe de flammes qui avançait à une vitesse effrayante, dévorant les masures, les boutiques en bois, sautant par-dessus les ruelles. Cela engloutissait tout, choses et êtres. Il y avait cependant des hommes qui fuyaient, surchargés de misérables objets, leurs seuls biens au monde. Les femmes étaient encombrées de leurs moutards. Les demi-brûlés, les à-peine-brûlés, les pas-brûlés s'échappaient en un sauve-qui-peut lamentable, en hurlant et en trébuchant. Ceux qui tombaient étaient rattrapés par le mur de feu qui galopait derrière eux, poussé par le vent. Puis, à un moment, le brasier a ralenti sa progression, s'est immobilisé, se rongeant sur place, s'épuisant peu à peu, passant des flammes écarlates de l'extermination au magma funèbre des débris calcinés, se refroidissant dans tous les dégradés de couleurs d'un énorme bûcher qui s'éteint.

Dans son langage le mafou est intarissable :

« J'étais là quand l'incendie, qui marchait vers le bordel de la sœur de Li, s'est calmé et s'est arrêté. Ainsi, j'étais certain que Nanhg n'avait pas péri. Aussitôt, j'ai voulu prévenir Li. Du reste, il aurait été dangereux pour moi de rester un instant de plus dans les parages.

— Mais qu'est-ce qui pouvait te menacer, mafou, une fois le feu fini ?

— Les Yunnanais ! »

Cette fois le mafou, au lieu d'être une souche, comme d'habitude, rigolait sous son masque. Ses yeux, des trous à travers le carton, étaient hilares. Une grosse joie le faisait gesticuler des bras, des pieds, de la langue. Il était aussi satisfait des mauvais coups des Yunnanais que s'il y avait participé. Il en avait été témoin, il avait failli en être la victime mais il en appréciait la finesse.

Un régiment entier avait surgi. Il s'était déployé en un cercle de fer autour des décombres. Une fois les mitrailleuses installées, braquées sur la zone du désastre, les soldats avaient avancé là-dedans par petits groupes, fouillant les ruines avec leurs baïonnettes. Des officiers, le revolver au poing, les encadraient sévèrement. Dans le charnier encore fumant étaient déjà arrivés les gens qu'attire normalement ce genre d'événements. Tout ce petit monde, qui triait les cendres en quête d'un gain ou d'un souvenir, décampa à la vue des troupes du Seigneur de la guerre. Fuite éperdue, qui s'arrêtait devant les baïonnettes. A chaque homme dont ils s'emparaient, les Yunnanais disaient avec des voix glacées : « Tu es un des grands criminels qui ont allumé cet incendie. La colère du maréchal est immense. Il fera justice tout à l'heure. » Visages terribles des Yunnanais, leurs mots de mort, leur impassibilité prête à tuer. Parmi les pauvres capturés, ceux qui avaient des pièces d'argent les tendaient aux soldats, qui les laissaient filer. Les autres suppliaient vainement. Ceux-là, une vingtaine, ils les ont ficelés comme des porcs et jetés en un tas, en attendant l'arrivée du maréchal. Car le Seigneur de la guerre doit venir présider à leur exécution. Il veut, en assistant au châtiment, montrer son horreur pour un pareil forfait et son amour pour le peuple de Tcheng Tu.

Comme le mafou n'était pas allé sur les décombres, il n'avait donc pas été cerné par les Yunnanais. Et maintenant il est avec nous, dans la rue des droguistes au milieu de la foule prospère des riches. Son excitation est tombée, il a l'air maussade pour raconter la suite de ses aventures :

« J'ai décampé, comme je vous l'ai dit. Et j'ai pénétré dans le consulat par une petite porte derrière, au fond du jardin, près de la mare, une issue ignorée de monsieur le consul. Li, quand je lui ai raconté les choses, quand je lui ai annoncé que sa sœur était certainement sauve, s'est mise à geindre. Elle ne me croyait pas. Elle criait : « L'as-tu vu ? — Non. — Le feu est une malédiction sur notre famille. Aujourd'hui, les flammes n'ont pas manqué de rattraper ma pauvre sœur. Après mes parents c'est son tour maintenant. Ce sera le mien plus tard... » C'est alors que j'ai proposé à Li de l'emmener là-bas car il n'y a plus de danger d'aucune sorte. Non seulement l'incendie est éteint, mais la chasse à l'homme est terminée. Li a été d'accord. J'ai ajouté qu'il fallait vous prendre avec nous. Car j'avais envie de vous revoir. Je savais aussi que je vous ferais plaisir en vous offrant le beau spectacle de Tcheng Tu en proie aux malheurs. Et c'est ainsi qu'on a préparé notre petite expédition... »

Long trajet. Après la grande artère luxueuse consacrée au commerce des fortifiants, après les ruelles d'un premier quartier de maisons de thé, nous arrivons à l'autre bout de la ville, dans un ramassis de soupentes qui s'appuient les unes sur les autres pour tenir debout. Cette couche de petites cloques s'arcboute sur la base du rempart qui projette une grande ombre sereine.

Je ne vois pas de destructions. L'air est comme de la poix. Le jour comme du goudron. Impression d'être dans un four. Même là, si près du désastre, c'est la tranquillité. La vie quotidienne. Le long des venelles dallées s'écoule une foule très pauvre, très décente. Comme si les humbles, dans la satisfaction de leurs plaisirs, étaient en proie à une sorte de retenue, de timidité avide plutôt. Le flot humain coule entre des huttes toutes semblables, en bambou et en papier, chacune un bordel. Il se glisse entre des visages et des mollets de femmes accroupies sur les bords des sentes. Devant chaque établissement, sont assises sur des tabourets des filles vêtues en campagnardes, avec des vestes de toile écrue et des pantalons bleus. Leur position est étrange : elles se tiennent le buste droit, avec une de leurs jambes grasses et blanches repliée sous les fesses. Elles demeurent ainsi, dignes et offertes, dans cette pose charnue, mais sans rien laisser voir de leurs corps que les pieds, pendant des heures, très gaiement. C'est l'attitude millénaire, consacrée, des prostituées, pour « émouvoir » les clients. Ces putains n'ont rien de l'impudeur, de l'impudence de leurs consœurs d'Europe. Ce sont de bonnes filles du peuple.

Sur un de ces tréteaux, au-dessus d'un buste plat, je vois une face camuse, fruste, pas belle, que je reconnais aussitôt. On dirait la face de Li. C'est celle de sa sœur Nanhg. Les deux femmes, sans aucune marque d'émotion, sans aucune espèce de démonstration, comme s'il ne s'était rien passé, procèdent aux rites des salutations. La sœurette, après s'être dépliée de sa chaise, nous fait de grands lays, puis nous fait tous entrer, Li, moi et les mafous, avec cérémonie, dans son bordel.

C'est une demeure familiale. Nous sommes dans une salle au sol de terre battue, très sombre. La salle commune. Le décor de l'honnêteté. Il ne manque même rien aux institutions de la piété — il y a l'autel des ancêtres, les hallebardes de bois, le Bouddha au gros ventre, les tortues de bronze de la longévité, les kuanings, ces déesses aux courbes pleines de fécondité. Des bâtonnets d'encens brûlent devant des coupes de fleurs sacrificielles. Sur des panneaux de laque rouge sont incrustées les grandes sentences de la sagesse et de la vertu. La paix.

L'accueil est plein de respect pour Li — une personne de qualité. La patronne s'incline devant elle en joignant les mains. C'est une femme si vieille qu'on lui a rasé les cheveux, selon la coutume. Son crâne luit. Dans un recoin, un bonhomme ridé fume une pipe à eau avec des glougloutements qui marquent le temps : son mari. Il y a aussi des galopins, les petits-fils et les arrière-petits-fils. Le bonheur.

Le bonheur qu'il ne faut pas troubler. Et que je compromets par une balourdise d'enfant blanc, de petit « barbare ». Car, à la matrone qui me palpe gentiment de sa main faite d'os, je dis en guise de compliment, de félicitation : « Je suis bien heureux que votre honorable maison n'ait pas brûlé. » Les doigts de la matrone se retirent, sa tête parcheminée s'éloigne, ses yeux se ferment d'angoisse. Gêne de Li et du mafou lépreux, qui ont honte pour moi. Car, par la phrase que j'ai prononcée, je laisse supposer que ce malheur aurait pu arriver. Hypothèse odieuse. La première des politesses, c'est de ne jamais envisager, même le plus indirectement du monde, même par le vœu contraire, la possibilité d'un fléau. Souhaiter une bonne santé est déjà une inconvenance à Tcheng Tu. Que de fois Li m'a répété tout cela ! Grâce à elle, je sais aussi que la simple évocation d'un mal risque de le créer, en réveillant le destin, les forces obscures, les mauvais génies.

La patronne a allumé un serpentin d'encens pour chasser le mauvais sort contenu dans mes mots. Odeur pénétrante et âcre, à laquelle se mêlent des relents douceâtres et épicés. Relents du rêve faisant oublier la vie impitoyable aux malheureux.

A Tcheng Tu, la senteur de l'opium supplante

toutes les vieilles senteurs de la Chine. Celle de la merde nourricière, celle du musc, celle des essences brûlées dans les temples, celle des parfums des dames aux petits pieds, celle des boues, des vases, des rizières, de tous les croupissements, de toutes les eaux stagnantes, de tous les fleuves engorgés de limon. Odeur de l'opium qui hantait les yamens des vieux richards à la recherche des plaisirs cérébraux, et qui est descendue dans la ruelle, le bouge, qui a envahi les cités, les villages, toutes les accumulations de pauvres. Partout des clôtures de bambou dissimulent mal les fumeries. Le peuple entier s'y adonne, en un suicide heureux. Au lieu de manger leur bol de riz, les coolies et les bêtes humaines de la Chine, les porteurs, les sampaniers y consacrent leurs dernières sapèques. N'ayant plus de force, ils meurent encore plus vite qu'auparavant, que ce soit en tirant sur les câbles des jonques ou en supportant les courroies des palanquins. Les artisans, les paysans ne travaillent plus autant, les récoltes sont moins bonnes, il n'y a plus autant à manger.

Dans la salle paisible où nous étions, les congratulations de Li et de la matrone n'empêchent pas le commerce de se poursuivre dans une familiarité charmante et cruelle. Nous sommes dans une fumerie-bordel. Opium et prostitution, mais les deux activités sont séparées. L'endroit consacré à la drogue est au-delà de l'autel des ancêtres piqué des points rouges de l'encens. D'un recoin obscur viennent jusqu'à moi des lueurs, des grésillements, des bouffées sirupeuses, des clignotements, un monde du silence, un monde du néant en plein rendement. Sur un entassement de planches superposées, je discerne des corps. A l'intérieur d'un clapier en bois, d'une cage à plusieurs niveaux, sont étalées des couches d'hommes nus — de squelettes nus. Une sordidité poignante. La minceur, l'efflanquement, le saillant des côtes, la dilatation des veines sur le manque de chair, l'aspect de la paix éternelle, du grand renoncement, la vie seulement dans les yeux. Mais quelle vigueur, quelle âpreté ont ces ombres rabougries — chacune d'elles ressemblant à un bâton, à un trait, à une ligne — pour se soulever et arriver à aspirer la fumée, quand c'est leur tour. Ensuite, c'est la retombée sur le grabat avec l'extase, avec l'attente de la prochaine fois. La cuisine de l'opium est faite par deux énormes gaillardes debout, bien plantées, travaillant à la chaîne avec leur plateau d'instruments, leurs petits outils, la lampe, le pot à drogue. Chacune de ces parques, dès qu'elle a achevé de préparer une pipe, la tend à une bouche, se penchant vers le bas si l'homme est couché près de terre, se redressant pour arriver jusqu'à lui s'il gît sur une claie élevée.

L'assommoir. D'autant plus que, dans ce lieu, ce que les misérables consomment, ce n'est pas de la bonne denrée, de la marchandise pure, mais du dross. Un déchet noirâtre, presque solide, d'une force empoisonnée — ce qui est resté au fond de la pipe des riches, fumant voluptueusement chez eux, et qui est revendu sur le marché. Mais souvent, c'est le dross du dross, le résidu des résidus, un condensé affreux, tout ce qui demeure après trois, quatre ou cinq utilisations successives de la matière première. Cela arrive à être tellement compact qu'on ne peut plus le fumer. Alors, on le mange. Les pauvres au dernier degré mâchent et avalent cet ultime dross, pour avoir quand même le rêve. Souvent un avaleur de dross s'effondre, dans la rue ou même dans la fumerie-bordel.

En cet endroit, c'est courant qu'un homme dégringole ainsi de sa planche. C'est du reste ce qui se produit peu après notre arrivée. Un coolie mangeur de dross est tombé sur le sol. Il est rigide, exsangue, sans souffle, les yeux fermés. Sur un signe de la patronne, on le dépose au-dehors, dans la ruelle. Il se réveillera peut-être. Peut-être pas.

En tout cas, la bonne humeur est revenue dans notre compagnie. Cet accident a-t-il suffi à satisfaire les esprits malintentionnés, à conjurer le sort ? En tout cas, Li est radieuse, la tenancière encore plus respectable. Deux ou trois filles viennent bavarder avec nous. Toutes ont de grands pieds, Nanhg, la sœur de Li, aussi. Ce qui indique que ce sont des putains de la dernière catégorie, que l'on n'a même pas pris la peine de mutiler.

De temps en temps, ces beautés nous quittent pour des coolies aux hardes rapiécées de mille morceaux aux couleurs diverses. Ces hommes-là sont plus robustes que les fumeurs d'opium qui restent dans leur coin, sans penser à la chair. Avec les gaillards costauds qui viennent pour la fornication, tout se passe gaiement. L'homme, ayant choisi sa partenaire après un bout de causette pleine de grimaces et de plaisanteries joviales, tire de dessous ses haillons, on dirait de son corps même, un rouleau de sapèques enfilées sur un fil. Puis il s'en va avec sa compagne derrière un rideau de bambou, l'endroit de consommation. Bruits, qui sont ceux de l'amour. Ça ne gêne personne. Le client satisfait se joint généralement quelques minutes à notre groupe, pour boire une tasse de thé ou d'alcool. Tout est aisé.

La plus jeune, la plus jolie pensionnaire accompagne un sampanier taillé comme une masse. Je scrute le rideau derrière lequel ils ont disparu. Une fente me montre le sol de terre, un crachoir, un bat-flanc où s'agitent des formes. Quand l'homme ressort de là, mon regard tombe sur la fille dans sa nudité, se tenant debout, gracile, toute de courbes tendres, une fleur de pêcher comme on dit dans les poèmes chinois. Image merveilleuse, même si la créature est occupée prosaïquement à se verser l'eau sale d'une petite soucoupe entre le haut des jambes, et à se frictionner là avec les doigts, sans savon, sans serviette. A la fin, elle se sert d'un bout de papier, comme on se torche. Elle sent mon regard sur elle, et elle rit gentiment.

Mon admiration. Ma stupéfaction. Les premiers seins, le premier corps que je vois. Car, dans la Chine des bourgeois et des Seigneurs de la guerre, la nudité, même partielle, des dames est considérée comme une monstruosité. « Ne vous décolletez pas trop », ne cesse de répéter mon père à ma mère. Les riches Célestes font pourtant une énorme consommation de femmes, sous forme de concubines, de chanteuses, de « petites fleurs ». Mais il faut qu'elles soient sous une châsse : des monuments d'étoffes et de bijoux ; toujours couvertes, toujours scellées dans leur beauté. C'est par l'art, par le secret qu'elles suscitent le désir et trouvent de nobles protecteurs. Leurs corps sont une troublante énigme. L'hermétisme menant aux raffinements, aux dépravations.

Des appas féminins, je n'en avais vu que chez les mendiantes, les femmes-coolies de la rue, dont les haillons déchirés s'ouvrent sur des mamelles flasques, épuisées, auxquelles s'accroche souvent un nourrisson à moitié mort. Visions écœurantes. Il faut donc que je vienne avec Li dans l'établissement de sa sœur pour que je découvre enfin des chairs à plaisir. Je suis réjoui et un peu honteux — car je sais que, pour des Chinois « bien », ce ne sont là que viandes ignobles, viandes à coolies. Pour eux le peuple n'existe pas, ce qu'il fait encore moins. Je suis un peu contaminé par la puissance du mépris céleste pour les basses classes. Mon plaisir d'être là, de voir ce que je vois, en est un peu gâté. Malgré Li, malgré mon amour pour Li.

Pourtant, je continue à regarder avec ravissement la petite fleur qui, une fois ses ablutions terminées, passe ses rudes vêtements et, tout épaissie par ses cotonnades, nous rejoint avec un sourire niais. La fin du miracle. Mais Li, qui a surpris mon manège, se met à se trémousser de joie. Encore une fois, toute roucoulante, elle célèbre ma virilité, elle veut l'exhiber à l'honorable tenancière, très intéressée de voir ce petit objet blanc. Je refuse, à la déception du cercle des visages jaunes rongés de curiosité. On me cajole beaucoup quand même. Je suis le roi.

Privilège de l'enfance. Chine des contradictions. Car, même dans cette lie de la société, en ce bas lieu, la seule présence d'un barbare dans la force de l'âge serait pire que la peste ou le feu, une calamité apportant la ruine et le déshonneur. Même les coolies ne viendraient plus. Aucun Chinois n'accepterait de consommer, par peur de la souillure. Mais moi, le garçonnet, l'innocent, on me gave de graines de pastèque. La sœur putain, exemptée de service en notre honneur, les décortique pour moi entre ses dents.

Son histoire est banale. Ses parents, avant de périr dans un incendie, étaient dans le dénuement à cause d'une inondation. Leur dernière fillette, ils l'avaient mise aux enchères dans la rue, à Tcheng Tu. Quelques sapèques pour une gamine de sept à huit ans. Elle était pourtant trop ordinaire pour qu'une importante maquerelle l'achète et en fasse une « petite fleur », en torturant son corps, comme les jardiniers chinois torturent les arbres pour obtenir d'exquis monstres végétaux. C'est la dame de ce pauvre bordel, de cette « maison de thé » qui l'a acquise, se remboursant rapidement par la vente de sa virginité. Depuis lors, la vie de la sœurette de Li est simple. Les années s'écoulent. Elle mange, donc elle est à peu près heureuse. Son métier ne comporte aucun stigmate infamant en Chine. Toutes les femmes, d'une façon ou d'une autre, ne sont-elles pas achetées ou vendues ?

Mais sa peur, c'est l'avenir, c'est le lendemain où tout peut surgir. Même s'il n'y a pas de grands fléaux, elle est condamnée. Qu'elle ne soit plus utilisable et c'est la mort aussitôt. Qu'elle soit consumée par la maladie qui fait fleurir les hommes, que des chancres, qu'une pustulence taraudent sa peau, que s'inscrive sur son visage l'écheveau des rides dues à l'usure, et la vieille patronne la jettera elle-même à la rue. C'est-à-dire que personne n'aura pitié d'elle, qu'elle crèvera sûrement. Une affamée vivante, une décomposée vivante et puis un cadavre. Combien de milliers de femmes à Tcheng Tu, plus bonnes à rien, périssent-elles ainsi au milieu des foules ? Il vaut mieux pour elles se suicider en se jetant dans la rivière, le moyen des pauvresses. Les rivières, en Chine, mangent les femmes, en emportent les corps, comme des larves blanches. Corps de bébés féminins pas encore exploitables, corps de vieilles qui ne sont plus exploitables.

La noyade ou une abjecte mendicité — si tout va bien. C'est la fin d'une existence normale, pour une putain. Mais, en plus, il faut tenir compte des catastrophes soudaines qui, en même temps que Nangh, anéantiraient la matrone, le bordel, la rue, le quartier, peut-être la ville. Au lieu de la mort solitaire par épuisement, ce serait la mort au sein de la mort collective. Chez elle, chez tous ces pauvres gens du bordel, il y a, malgré la bonne humeur vraie ou affectée, l'angoisse. Angoisse encore de l'incendie qui a failli tous les griller et dont il ne convient pas de parler. Angoisse surtout à cause de la guerre suspendue sur Tcheng Tu depuis des semaines, et qui peut tuer de tant de façons. Angoisse de tout. Car chaque jour, chaque heure, ce peut être l'événement exterminateur.

Qui est sûr de vivre ? Ce jour-là, sous mes yeux, dans cet antre si humble, mon mafou lépreux a failli être tué. Alors que mon amah fait son importante, lui se tient muet, se balançant sur ses jambes accroupies. Non qu'il soit gêné par les étranges bandages de sa tête, qui n'ont suscité aucune attention dans l'assistance. Simplement il n'a pas l'habitude de parler en société. Il écoute. Mais il a noué, très légèrement, un de ses doigts à un doigt de Nanhg. Ce qui est la grande démonstration d'amour dans cette Chine où l'on ne montre rien. C'est alors que sont entrés deux soldats yunnanais. Sans férocité, sans débonnaireté, comme des automates, avec l'indifférence du plaisir dû. L'un s'empare de Nanhg, l'autre s'approche de Li en longue robe blanche, qui crie. Le mafou s'est laissé prendre sa bien-aimée — pour elle, il n'y a rien à faire. Mais quand le Yunnanais tire à lui Li par les cheveux, il se dresse en criant : « Ne touchez pas à celle-là. Ce n'est pas une putain. » L'homme, calmement, lui applique son revolver sur le ventre : « Tête pourrie, tais-toi ou je tire. » Mais le mafou clame : « Regarde cet enfant blanc. C'est le fils du consul de France, l'ami du maréchal. La femme est son amah. Si tu la maltraites, tu seras bientôt sans tête. »

Poids du silence dans l'assistance. Li a ses lèvres entrouvertes, sans bruit. Moi, je regarde avec tous mes yeux. Je suis calme. Cette scène, je la connais bien, je l'avais vécue déjà il y a quelques jours dans la cité impériale. Le mafou avait eu les mêmes mots. Mais alors, je le savais, c'était sans danger. Cette fois je sens la mort. L'envie de tuer est dans les yeux du Yunnanais — de longues secondes, son doigt repose sur la gâchette. Va-t-il appuyer ? Son visage frémit de fureur — une onde imperceptible et d'autant plus périlleuse. La rage froide, folle du Chinois, du soudard obligé de renoncer à ce qu'il a publiquement exigé. Ce n'est pas tellement Li qui importe, mais l'humiliation, la perte de face. Le mafou ne bouge pas. Le Yunnanais se détourne de lui et part, ayant fait signe à son compagnon de le suivre.

Le mafou se rassied, reprend la main de Nanhg, comme s'il ne s'était rien passé. C'est alors que Li commence à hurler ses imprécations habituelles :

« Je ne mangerai plus de riz tant que les Yunnanais ne seront pas coupés en morceaux ! »

La vieille, la tenancière, qui a beaucoup d'expérience, qui a vu bien de sombres événements, hoche la tête avec doute :

« Ma fille, vous avez eu de la chance que ce soient des Yunnanais. Ce sont des soldats disciplinés. Il suffit de leur parler de leur maréchal. Des gens d'une autre armée nous auraient peut-être tous tués. »

Li, se calmant soudain, se tasse sur elle-même, avec déférence, l'air soumis, comme doit le faire une simple fille écoutant les leçons de la sagesse données par un vénérable ancêtre :

« Moi, poursuit la maquerelle, je ne souhaite pas la guerre dans Tcheng Tu. Même celle qui permettrait aux Sseutchouanais de se débarrasser des Yunnanais. Je sais trop ce qui arrive quand une armée prend une ville en en chassant une autre armée. Cela produit deux vagues sanguinaires d'hommes. Celle des vaincus qui pillent et massacrent pour profiter une dernière fois de la cité avant de s'enfuir. Celle des fiers vainqueurs, à qui leur Seigneur de la guerre octroie la récompense d'un ou deux jours de carnages, à la fois pour récompenser ses guerriers et pour inspirer à la population une crainte salutaire. Il faut des têtes fichées sur des pieux, il faut le dégoulinement des baïonnettes sanglantes, il faut des filles transpercées. Ensuite revient l'ordre où il faut payer. Ce qui a été versé auparavant à l'ancien Seigneur de la guerre ne compte pas. C'est la ruine du commerce, surtout des petits commerces comme le mien, où les gens sont sans protection. Hélas ! j'ai vu, au cours de ma longue vie, ces affreux désordres arriver dans tellement de villes ! Chaque fois, les soldats m'ont tout pris... »

Alors le mafou lépreux, sortant de son quiétisme, lance à la vieille, la bouche de travers tant il rigole :

« Et ta virginité aussi, ils l'ont prise ? »

La matrone se tort. L'hilarité est générale. Enfin la vieille répond, les babines troussées :

« Ils ne se sont pas assez dépêchés. Ma mère l'avait vendue quand j'avais huit ans... »

Joie. Au moment où revient le silence on entend une voix grave, celle de Nanhg qui a pris la pose d'une suppliante :

« Très révérée Li, ma grande sœur, est-ce que toi, qui connais les secrets des étrangers, tu pourrais user de tes grands pouvoirs pour me permettre de me réfugier au consulat de France en cas de malheur ou de guerre ? »

Li aussitôt referme sa figure dans une sorte de dureté. Le refus. Elle qui a tant gémi, pleuré, fait d'histoires à propos de la petite sœur prétendument brûlée, est comme de la pierre maintenant qu'il est question de la sauver réellement, le jour où cela serait nécessaire.

« Non. Car monsieur le consul se fâcherait. Il a interdit à tous ses serviteurs de donner asile, même aux leurs. S'il laissait faire, le consulat serait envahi par des centaines, des milliers de Chinois. Cela créerait beaucoup de problèmes à mon honorable maître. Le Seigneur de la guerre victorieux se plaindrait certainement. »

La sœur de Li se soumet avec le zèle convenable. Toute l'assemblée approuve ces paroles pleines de sagesse : en Chine, l'égoïsme est sacré. Seul le mafou lépreux ricane avec insolence. Li, il la voit dans sa vérité, la femelle à qui il ne faut pas se fier, la bonne Chinoise capable de tout, d'étaler sa bonté, ses apitoiements, de délirer contre les méchants, quitte à n'être plus que calcul et lâcheté dès que son intérêt ou sa peau est en jeu.

Moi, j'apprécie Li, qui me gâte et m'exhibe toujours. Je me moque de ce qu'elle est vraiment, de savoir si elle agit par affection. J'ai trop de face pour me poser des questions à son sujet. Je suis assez chinois pour me désintéresser du cœur de Li, à condition qu'elle fasse semblant d'en avoir, à condition surtout qu'elle fasse ce que je veux. Elle excelle à cela, mais je suis sûr qu'elle m'abandonnera face au péril. Pas le mafou lépreux. Je n'ai confiance qu'en lui.

Une sonnerie de trompettes le fait sursauter : « Dépêchons-nous, le maréchal arrive. » A toute hâte, nous partons, notre groupe se fraie un chemin parmi une foule déguenillée qui court aussi vers le spectacle. Brusquement, au-delà des taudis, nous débouchons sur un trou de plusieurs centaines de mètres.

La terre brûlée, une calvitie noire et dégoûtante. Le sol est une inconsistance, une couche poudreuse où les pieds s'enfoncent. Sa surface unie est bosselée de plus gros tas de cendres, déchiquetée par des débris moins brûlés, qui surgissent comme les épaves d'un naufrage. L'odeur de la mort au milieu de ce monde anéanti — mais ce n'est pas le moment de penser aux macchabées encore enfouis dans ce tapis ras de décombres. Le vide fait par le feu tout à l'heure est désormais splendeur. Toute la gloire militaire sur le terrain si judicieusement préparé par les flammes. Un escadron de cavalerie galope, les sabots des chevaux rejetant les brandons éteints. Un régiment présente les armes. Les oriflammes brillent. Des coups de canon claquent en l'honneur du maréchal qui, entouré de son grand état-major, passe ses troupes en revue. Je le reconnais de loin à sa silhouette dégingandée, froide et hautaine. Il s'arrête. Une épée tournoie dans sa main — d'un seul coup, avec une aisance somptueuse, il tranche le cou d'un homme agenouillé devant un billot. Le « chef » des « criminels incendiaires ». Il y a encore d'autres coupables à châtier, sous forme d'une ligne de paquets humains effondrés, déjà placés dans la bonne position pour le supplice. Ceux-là, le maréchal, après leur avoir donné lui-même l'exemple de la justice, en laisse l'exécution à ses soldats. Un ballet. Un soldat se plançant derrière chaque victime, brandissant une lame au-dessus d'elle, la tenant en suspens quelques secondes, jusqu'à ce que le maréchal crie : « Tuez. » Simultanément, tous ces éclairs de fer, les têtes qui roulent, le sang jaillissant des troncs qui s'écroulent. Merveilleuse précision. Un grognement d'admiration monte du peuple accumulé sur le pourtour en longues rangées, sous la surveillance de sentinelles, fusils braqués. Et puis succèdent des rires, des grimaces de satisfaction. Pourtant, les pauvres hères attrapés tout à l'heure et décapités maintenant sont des gens du quartier, des voisins, des parents de beaucoup de ces ricaneurs. Mais le plaisir du sang si artistiquement versé est trop fort. Il y a aussi de l'estime pour la malice du maréchal, pour son tour de force. Une fois qu'il a fait mettre le feu, de telle façon que tout Tcheng Tu ait peur de lui, ne trouve-t-il pas moyen de jouer glorieusement à l'innocent, en faisant tomber devant les masses, au cours d'une cérémonie martiale, des têtes de vrais innocents, d'individus que toute l'assistance émoustillée sait innocents ? Comme cela, le maréchal gagne de la face de toutes les façons, comme terrible seigneur capable de tout et comme honnête vengeur du peuple.

Ce jour-là, tout est honneur pour le maréchal. Car, parmi les hauts personnages qui l'entourent, il se trouve tous les Seigneurs de la guerre de Tcheng Tu. Le rustre du Kwei Tchéou, tous les généraux sseutchouanais — l'ancien bonze fou, les petites raclures, les soudards de l'ancien temps si soudainement montés en grade. Tous épanouis, heureux, se félicitant, congratulant le maréchal yunnanais pour sa vertu et son courage qui ont sauvé la ville.

La mafou, à cette vue, grommelle :

« Les tigres, au lieu de se disputer la proie, préfèrent la manger ensemble...

— Quelle proie ? » je demande.

Et le mafou laisse tomber :

« Tcheng Tu. »

A cent mètres du consulat, le mafou lépreux disparaît. Je rentre avec Li et l'autre mafou, au visage en biais. Mon escapade a échappé à mes parents. Mais j'ai besoin de m'épancher.

C'est l'antique lettré, le vieillard tordu servant de calligraphe à mon père, que j'ai pris pour confident. Lui aussi c'était un ami. Lui m'enseignait la Chine ancienne, la Chine noble, la Chine de la vertu. C'était lui qui m'apprenait le mépris des besognes manuelles et la supériorité de la seule pensée. Il avait le plus grand dédain pour tous les Seigneurs de la guerre, des manants. Mais j'aimais le provoquer :

« Tout à l'heure, j'ai vu le maréchal couper lui-même une tête. Un seul coup de sabre lui a suffi. C'était beau. »

Dans un flot d'indignation dégoûtée, le bonhomme me réprimande :

« Tu as vu cela ! Je sais bien que le maréchal se sert de temps en temps de ses propres mains pour brandir un coutelas et trancher un cou. C'est répugnant. On voit bien que c'est un individu sorti du bas peuple, sans doute quelque ancien coolie ou ancien brigand. Comment as-tu pu apprécier cela ?

— J'ai trouvé qu'il maniait beaucoup mieux l'épée qu'une fourchette, quand il dîne au consulat de France. »

Le vieillard décati, faisant sortir de ses longues manches ses mains aux ongles tortueux, les fameuses vrilles prouvant qu'il n'a jamais besogné matériellement en dépit de ses misères actuelles, se lance, la voix soudain noble et gonflée, dans sa grande tirade sur les splendeurs du passé — où pareille ignominie aurait été inconcevable :

« Quelles ténèbres se sont abattues sur le Céleste Empire depuis la chute du Fils du Ciel ! Moi, j'ai jadis été un des trente mille sages qui, après avoir été reçus aux grands concours triennaux de poésie, gouvernaient la Chine au nom de la Vertu. Je maintenais l'ordre éternel du monde, je luttais contre le mal, tout ce qui corrompait le cours du temps et des générations. Je rendais mes édits dans mon prétoire, avec mes insignes, mes robes, mes sceaux, mes oriflammes, mes scribes et mes bourreaux. Et, comme toute faute contre la morale est une abomination qui trouble le fondement de la nature et du monde, dérangeant le cycle des saisons et la levée des récoltes, il me fallait en effacer toute trace par la destruction des auteurs du forfait sacrilège. Après avoir réfléchi aux lois de la sagesse, j'indiquais pour eux le supplice le plus convenable.

C'étaient mes bourreaux, de braves hommes à la moustache courbe, se succédant de père en fils, qui procédaient avec application au châtiment. Ils découpaient les chairs, les muscles, les os comme je l'avais prescrit, en ma présence. Je n'agissais pas par caprice, mais par devoir, le plus sacré des devoirs.

« Mais jamais ma main n'aurait touché un instrument de torture ou quelque instrument que ce soit. La main du sage sert seulement à tenir le pinceau qui, dans la grâce des beaux signes, dans la majesté des caractères, proclame l'idée qui commande tout. Face à chaque situation, la cervelle des mandarins, ces spécialistes de l'Harmonie suprême, trouve toujours la sentence qui fait régner la plus grande vertu. Eux-même amputés de toute matérialité, ils régissent la matière par leurs jugements, leurs verdicts, leurs décrets. Ils suffisent à tout, ils incarnent le Bien absolu. En dessous d'eux, dans leur suite, comme leur prolongement, ils ont des « satellites » qui ont des mains réelles, les mains exécutoires de la justice pour s'abattre sur les hommes ordinaires. C'était cela la Concorde suprême, avec sa clef de voûte à Pékin, au Temple du Ciel. Désormais le Ciel est tombé, il n'y a plus qu'une confusion universelle, que le chaos du malheur, où l'humanité, révoltée contre la Sagesse suprême, est livrée à des passions bestiales et sans retenue. Dans cet abîme s'agitent les Seigneurs de la guerre... »

Je ne comprends pas bien l'éloquence du mandarin déchu. Souvent, des heures durant, il me parle ainsi, dans une langue trop savante, avec des phrases, des mots qui m'échappent. Mais, de cet enseignement obscur, je retiens seulement qu'un jeune seigneur comme moi ne doit se livrer à aucune tâche rebutante, surtout ne jamais se servir de ses mains, sauf pour des sujets nobles, comme tenir les rênes de son cheval, écrire et manger. Et encore, dans ce dernier cas, les Chinois distingués ont des concubines ou des « petites fleurs » pour leur faire avaler les bouchées. Moi, ce sont mes amahs qui me poussent le riz dans la bouche avec leurs baguettes. Ce que je dois manipuler vraiment, ce sont les fourchettes, quand je suis admis à la table de mes parents. Je trouve cela difficile et déplaisant — je ne m'en tire guère mieux que le Seigneur de la guerre quand il est reçu au consulat. Je renverse tout, je fais des taches sur moi et partout. Il ne s'achève pas de repas sans que ma mère me dise avec dégoût : « Ce que tu es sale. Un petit cochon... » Ce reproche ne m'atteint pas. Pour moi, comme pour tous les Chinois que je connais, la saleté est honorable, nécessaire à la jouissance et à la face — elle est le condiment des boustifailles et des gueuletons où les riches, par la quantité et la qualité des mets, témoignent de leurs richesses.

J'aime bien le pauvre mandarin, à cause de sa magnificence verbale. Il m'apprend à être magnificent moi-même. Et puis il me fait pitié, parce que, après ces envolées, il n'est plus qu'un gnome pleurnichard minable, qui s'accroche à ma seigneurie comme si je pouvais améliorer son sort. Ses prétentions s'écroulent. Sa fameuse main acérée, il s'en sert piteusement pour se gratter l'aisselle, alors qu'un lettré doit utiliser une main d'ivoire, fixée au bout d'un long manche, pour ce petit besoin. Ses dents sont des chicots, son haleine est infecte, il crache, il geint. Mes amahs le chassent loin de moi, sous une pluie de moqueries cinglantes, mais il revient toujours. Il n'est pas plus grand que moi. Il chevrote à mon oreille que, pour lui, l'existence est la mer des calamités. Ses fils ont été massacrés par la lie du peuple un soir de révolte et de sang, à cause du souvenir laissé par sa justice d'antan. Lui-même, pour échapper aux égorgeurs, s'est caché plusieurs jours dans une cave à merde, où les passants faisaient sur lui. Ses filles, il a dû les vendre à une maquerelle. Selon la grande tradition de la piété filiale, elles se sont noblement sacrifiées, ne versant que quelques larmes pudiques pour pleurer leur sort. Il reste seul, sans tablettes, sans descendants, sans cercueil qui l'attend, si pauvre qu'il ne peut même s'offrir l'opium qui fait oublier.

Dès que mon père apparaît, il se détache de moi pour aller ramper auprès de lui, faisant des courbettes au niveau du sol jusqu'à ce que monsieur le consul s'écrie : « C'est assez. Tu m'as assez respecté. » Tout le monde traite mal le bonhomme. Quand Anne Marie reproche à Albert sa dureté pour ce vieux, il se justifie violemment : « Mais il est ignoble ce débris. Comme mandarin, il n'y en avait pas un plus sanguinaire, fourbe et concussionnaire dans tout le Sseu Tchouan. Il faisait tuer quiconque ne le payait pas assez. Il était capable, disait-on, d'extorquer de l'argent à une pierre. Et il est resté toujours aussi faux jeton. »

Rien pourtant ne décourage l'ancêtre. Il met une extraordinaire application à soutirer à mon père une ou deux ligatures de plus. Dès qu'il surprend monsieur le consul en train de se sourire à lui-même, il saute sur l'occasion. C'est-à-dire qu'il lui fait une fois de plus la scène de la supplication, un chef-d'œuvre de décence, de culture et de bonne éducation : jamais demander, jamais parler directement, car c'est là un procédé barbare, qu'on ne saurait employer même avec un barbare. Le lettré se jette aux genoux d'Albert, en prenant la voix de la misère, pour débiter ses misères. Mais ces plaintes consacrées, destinées à amollir le cœur de mon père et à lui faire mettre la main au porte-monnaie, se perdent dans le vide. Albert a seulement l'idée fixe de ne pas être « roulé ». Aussi prend-il un air absent. Il ne comprend pas. Il ne veut pas comprendre. Il ne dit pas non, il ne dit rien, ce qui est pire que non. Et pourtant, inlassablement, au moins une ou deux fois par mois, le bonhomme tente sa chance, toujours de la même manière. Albert ronchonne : « J'en ai par-dessus le dos de ce rogaton. Je l'aurais déjà mis à la porte s'il ne traçait pas aussi bien les caractères. »

Le lendemain de l'incendie, le bonhomme est revenu avec un visage en miettes, manifestement pulvérisé par quelque nouvelle catastrophe. Pas une larme, au contraire une tête où les rides se sont desséchées à la façon d'un paysage torride de rizières à sec, craquelées, tailladées de dures diguettes. Mais les petits yeux sont pleins de cliquetis vivants, comme chez une vieille guenon qui prépare un coup. A voir cette détresse intense si bien façonnée, je devine que, durant la nuit, le vieux a enfin trouvé « l'idée » qui lui rapportera.

Le bonhomme, après avoir traîné autour de mon père, qui ne remarque rien, vient à moi dans la grande cour. Il gémit puis :

« La dignité d'un homme, selon les anciens, est de tout endurer en silence. Mais peut-être l'âge a fait décliner mon courage. Et puis, tu es un enfant, et, avec toi, je ne peux me retenir. »

Toussotement après ce préambule.

« Même à toi, je n'avais pas dit toute la vérité. Une de mes filles était une prostituée, elle me faisait de petites largesses, par respect filial. Hélas ! hier, en rentrant chez moi, à la tombée de la nuit j'ai appris qu'elle avait été consumée dans le grand incendie. Vainement, à l'aube, ai-je recherché ses restes. Longuement, pauvre vieillard sans force, j'ai erré. »

Pause du bonhomme. Puis des miaulements signifient que le vieux reprend son discours :

« Que vais-je devenir sans les cadeaux de mon enfant ? Où trouverai-je mon riz ? Grande est la générosité du consul de France. Mais mon corps si faible est trop exigeant. Je vais mourir.

— Je vais tout de suite dire à mon père d'avoir pitié de vous.

— Ne fais pas cela, petit garçon. J'ai honte... »

Je m'élance sous les yeux ravis du vieux. Je me rue dans le bureau, où le consul a son visage le plus pincé sous son pince-nez. Sa maussaderie ne m'arrête pas. Je commence à tout raconter.

A peine ai-je ouvert la bouche qu'Albert explose :

« Le vieux macaque. Fariboles que tout cela ! Il a l'imagination en feu — se servir de l'incendie pour nous faire le coup de sa fille morte ! A vrai dire, je me demandais depuis quelque temps ce qu'il allait inventer. Ce vieux concupiscent veut acheter une nouvelle concubine, une petite vierge de huit à dix ans ! La cure classique de rajeunissement des vieillards plus ou moins centenaires, aux artères pourries ! Heureusement que mon chef boy m'avait prévenu. Mais mêler mon fils à cette affaire ! Qu'on le jette dehors, le salaud ! »

Pauvre mandarin. Le bonhomme, vert-de-gris, ses ongles batifolant, perdant toute dignité, tas recroquevillé, pleurant et hurlant dans le bureau de monsieur le consul. Albert, très embêté, se bouchant les oreilles, fait signe aux serviteurs qu'on extirpe le lettré. Ceux-ci s'en donnent à cœur joie, le traînent, le battent, rient, lui crient des phrases d'insulte.

« Tes filles, il paraît qu'elles ont le trou si grand qu'elles peuvent faire l'amour avec un tigre.

— Toi qui es tout courbé, comment crois-tu que ton vermisseau de membre se serait dressé pour fendre une pucelle ? En te chassant, monsieur le consul de France t'évite une dépense inutile.

— Que tu te vides au point que tes yeux te sortent par le cul.

— Tes yeux ne verront plus une sapèque, ton ventre ne recevra plus un grain de riz, que ton corps soit comme une membrane de chauve-souris quand tu mourras !

— Que les dix mille angoisses te fassent crever !

— Que la faim te fasse sentir tes intestins tenaillés comme s'ils avaient mille li de long ! »

Li, très acharnée, tire sur les précieux et rares poils de la barbe du mandarin, ruisseau maigrelet qui traîne comme un dérisoire pinceau traçant dans l'air le caractère de l'agonie. Cependant la longue silhouette froide d'Anne Marie, venant du jardin, se détache dans l'ouverture ronde qui sert de porte vers les arrières du consulat. Son ombre en fuseau se projette dans la cour. Elle ne dit pas un mot. Aucun signe sur sa figure. A cette apparition, toute la hargne des serviteurs s'évanouit. Avec gêne, ils se rajustent, reprennent rapidement l'impassibilité convenable aux bons domestiques. Je vais vers ma mère.

« Il ne faut pas chasser ce pauvre homme. C'est le condamner à mort. »

Anne Marie se détourne.

« Je ne peux rien pour lui. Ton père est trop énervé. Tu sais, quand il est dans ces états-là, il ne démord pas de ces décisions. »

Le mandarin est résigné. Il clopine vers la porte et disparaît. Je n'ai jamais revu le mandarin. Personne n'a jamais su ce qu'il était devenu.

Combien de fois, à Tcheng Tu, ai-je vu le peuple, gentil et familier, bruissant de ses petites affaires, être saisi d'un accès de passion mauvaise ! Tous alors, les vieux, les femmes, les enfants aussi, s'en donnent à cœur joie contre quelque malheureux. Je me souviens d'un dément enchaîné avec des fers énormes, ligoté à un pieu. C'était la manière chinoise de soigner la folie. L'homme, le corps à peu près nu, n'était plus relié au monde que par des yeux révulsés qui tournaient comme des boules, et par une bouche méchante. Autour de lui, la foule s'était coagulée, mille têtes plissées dans une hilarité frénétique. L'amusement, c'était de mordre le fou, de lui arracher avec les dents des bouts de peau, de le saigner. Comme pansements, sous le prétexte de calmer l'insensé, les gens avaient fait couler sur lui un ruisseau de crachats. Effectivement le fou s'était apaisé, ne produisant plus que des gémissements noyés sous les rires des badauds satisfaits.

En ce qui concerne le mandarin, c'est mon père que je juge coupable. Pourtant il n'est pas méchant. Mais ce jour-là il est à cran, de mauvaise humeur à en être jaune de peau, à se toucher le foie d'un doigt délicat. Malgré cela, le nœud papillon battant la glotte trépidante comme le drapeau de la hargne. Dans ces rages-là, il ne suffit pas à monsieur le consul de déverser sa bile. Il lui faut une victime. Ce jour-là c'est le lettré qui y est passé. Fatalité.

Ce qui le rend furieux, c'est qu'il vient d'apprendre la manifestation d'union nationale de tous les Seigneurs de la guerre, amis ou ennemis, autour du maréchal yunnanais sur le terrain incendié. Heureusement que mon père ne se rend pas compte qu'à Tcheng Tu il est certainement le dernier informé, avec une journée de retard. Il râle assez comme cela. Car, encore une fois, il ne comprend pas, il est dans l'abîme des perplexités, des hypothèses et des craintes. Après avoir réduit, dans sa tempête, son vice-consul et son chancelier, déjà des nullités craintives en temps normal, à l'état de larves tortillantes, Albert, un peu apaisé grommelle à ma mère :

« Me faire ça à moi. Car, là-dedans, que vais-je devenir, moi, ma politique et mon chemin de fer ? Si tous ces soudards sont d'accord, c'est foutu.

— Ne vous laissez pas décourager, Albert.

— Moi, être ébranlé, renoncer, jamais. Vous me connaissez mal, Anne Marie. Je lutterai jusqu'au bout. J'ai encore des tours dans mon sac.

— Vous voyez bien.

— Anne Marie, pour une femme, vous êtes intelligente. Très intelligente — si, je le reconnais, je le proclame. Mais, quand même, avec votre esprit féminin, vous ne pouvez pas saisir la complexité de la situation. Vous ne voyez pas tous les récifs qui se dressent sur ma route. Vous croyez toujours que j'exagère, que je divague.

— Mais, Albert, vous vous méprenez. Je sais très bien que vous êtes un excellent diplomate.

— Vous le dites, mais le pensez-vous ?

— Certainement.

— Je vis l'esprit constamment tendu. Je pense sans arrêt. La nuit, il faut que je prenne des somnifères, et vous vous plaignez que cela me fait ronfler.

— Mon ami, ça vous arrive souvent. Et très fort. Au point que je me demande parfois si vous n'allez pas réveiller notre fils, dans la chambre à côté.

— Assez, Anne Marie. Je parle sérieusement. Je me tourmente. Tout est tellement compliqué, je manœuvre dans une marge si étroite ! Il me faut toujours naviguer juste. Jamais de répit. Auparavant, je me tourmentais à l'idée que, en procurant des armes aux Yunnanais, cela inciterait les Sseutchouanais à leur dégringoler dessus et à les écraser avant l'arrivée de mon matériel. Et, dans ce cas-là, mon chemin de fer serait à l'eau. Mais maintenant que tous les ruffians de Tcheng Tu se retrouvent compères dans je ne sais quelle mystérieuse combine, mon chemin de fer est aussi en l'air. Vous voyez les problèmes qui me laissent sans repos... Enfin, qui donc a pu accorder ces Yunnanais et ces Sseutchouanais, si farouchement rivaux dans leurs appétits ? Pour cela, pour que tous ces généraux soient contents de leur bout de gras, il a fallu leur jeter une fameuse pâture à se partager. Mais quoi donc ? »

Anne Marie esquisse un doux sourire railleur :

« Vous vous tracassez trop, Albert. Vous démêlerez l'affaire. Et, malin comme vous l'êtes, vous tirerez les marrons du feu.

— C'est facile à dire. »

Anne Marie a cette ironie qui est comme un effluve intérieur, du moins tant que n'apparaissent pas autour de sa bouche de petites lignes verticales, les signes du dédain ouvert. Mais ce n'est pas le cas aujourd'hui :

« Et puis, Albert, vous l'expert du Céleste Empire, combien de fois m'avez-vous répété que les Chinois ne sont jamais de bonne foi, même entre eux ! D'après vous, ils ne s'allient jamais que pour mieux se trahir. Selon votre logique habituelle, les Seigneurs de la guerre de Tcheng Tu, même s'ils font profession d'amitié entre eux aujourd'hui, seront à couteaux tirés dans quelques semaines ou dans quelques mois. Ayez donc confiance dans vos propres raisonnements que j'ai entendus tant de fois. Calmez-vous, mon ami. Vous l'aurez, votre chemin de fer.

— Mais, le jour où tous ces gens se battront, je ne veux pas que les Sseutchouanais à la solde des Anglais écrabouillent mes Yunnanais.

— Débrouillez-vous, mon cher. »

Ma mère, qui en a par-dessus la tête, s'éclipse, pendant que mon père lève les bras au ciel en s'écriant :

« Ah ! les femmes, même les meilleures... »

Soudain, la décision habituelle, c'est-à-dire l'appel au secours. Mais à qui s'adresser : « L'évêque ? Non, il est trop menteur. M. Cheng ? Lui me dira qui a manigancé toute cette intrigue — ce n'est pas le consul d'Angleterre ni le fils à papa qu'il a chez lui, ils ne sont pas assez dégourdis pour racoler mes Yunnanais. Mais ce bougre de Cheng n'a-t-il pas eu le culot, à mon anniversaire, de me jeter à la figure qu'il sera invisible pour moi durant quelques jours. C'est donc la preuve qu'il est mouillé là-dedans. Dans ce cas, va-t-il venir, va-t-il parler ? Est-il même à Tcheng Tu ? »

Tintement de la sonnette pour appeler le chef boy :

« Qu'on me convoque M. Cheng ! »

Une heure après, M. Cheng pénètre dans le consulat avec une assurance somptuaire, en grand personnage, négligeant les petites précautions qu'il prenait auparavant pour passer le seuil du yamen. Il est magnifique. Au consul, il témoigne une amabilité encore plus enthousiaste que d'habitude, qui pétille jusque sur les verres de ses lunettes. C'est un jour où il s'est accommodé à l'européenne. Il a même perché sur sa tête étirée un chapeau melon qui s'y balance comme sur une patère. Ayant enfin enlevé ce précieux couvre-chef, il se met à serrer la main d'Albert avec des effusions, accompagnées de hoquets de politesse, qui durent une bonne minute. Albert met fin à ces démonstrations en prenant son air mi-figue mi-raisin, avec un petit sourire figé de façon accusatrice :

« Où diable aviez-vous disparu tout ce temps, cher monsieur Cheng ?

— J'ai dû m'absenter à cause d'une bagatelle. Un simple malentendu. Imaginez-vous qu'à Suchow, où venait d'accoster un cargo chargé d'armes vendues par mon honorable patron M. Dumont, la deuxième armée sseutchouanaise a cru qu'elles lui étaient destinées, alors qu'elles devaient être livrées à la première armée sseutchouanaise. Les deux armées, à cause de cette regrettable erreur, ont failli se battre. Là-dessus est survenue une division yunnanaise, qui a prétendu s'emparer de toute la cargaison. Il y a eu quelques discussions entre les chefs militaires de ces différentes troupes. Quelques soldats ont été tués, la cité de Suchow un peu mise en flammes, le navire en question un peu pris d'assaut. Le capitaine britannique, qui éprouvait sans doute quelque crainte, a appelé au secours grâce à son appareil télégraphique. A Tcheng Tu, où le message a été bien reçu, les Seigneurs de la guerre étaient tous en faveur de la paix. Ils ont décidé de tenir secrète cette minuscule affaire — même votre collègue le consul d'Angleterre n'en a rien su. Ensuite, ils ont envoyé à Suchow des ordres très énergiques de paix et d'amour portés par des généraux qu'ils m'ont prié d'accompagner. Tout s'est très bien arrangé.

— Alors, tout est pour le mieux du monde ?

— Très récemment encore, mes patrons et moi étions en proie à l'amertume et au découragement : les Seigneurs de la guerre sseutchouanais étaient trop démunis d'argent pour s'acquitter de leurs achats. Ils ne payaient pas. C'est pour régler cette ennuyeuse question que le jeune M. Jonson est arrivé il y a quelque temps à Tcheng Tu — il était envoyé à la fois par son puissant père et par M. Dumont, qui sont des associés. Malgré sa remarquable habileté, M. Jonson n'a d'abord pas réussi. Les généraux sseutchouanais lui répétaient avec obstination qu'ils n'avaient pas un sou, au point de ne donner aucun argent à leurs troupes, qui risquaient de se débander. Ces seigneurs guerriers ont trouvé les réclamations de M. Jonson très inconvenantes, ils se sont fâchés jusqu'à le menacer dans sa vie.

— Ça a dû s'arranger. Autrement vous n'auriez pas cette mine prospère, monsieur Cheng.

— Oui, monsieur le consul. Magnifiquement. Grâce à l'intelligence extraordinaire de M. Dumont. A Shanghai, son ami Tenh Yu Siu, l'illustre dirigeant de la Bande Bleue, lui a suggéré qu'il achèterait volontiers l'opium du Sseu Tchouan. Certaines approches ont été faites à Tcheng Tu auprès des dignitaires yunnanais — car c'est l'armée yunnanaise qui domine les régions sauvages et éloignées où poussent les pavots. Après de prudents contacts, on a dit enfin à ces personnages : « Au lieu d'envoyer votre production à Yunnanfou, où elle est cédée à bas prix à la Régie d'Indochine, pourquoi ne vous entendez-vous pas avec Tenh Yu Siu — il vous offrira des cours bien plus élevés. Mais, dans ce cas, il faudra que vous partagiez les bénéfices avec les généraux sseutchouanais. » Evidemment, les Sseutchouanais sont tout à fait d'accord pour empocher, mais les Yunnanais hésitent... Et pourtant quel avenir faste et magnifique s'ils acceptaient nos humbles propositions ! Les Seigneurs de la guerre de tout bord auraient des montagnes de taëls pour se procurer chez nous les armements qui les feraient valoir, multipliant leur face et leur puissance, tandis que la « boue noire » s'écoulerait paisiblement, sans histoires et sans bruit, vers Shanghai, en descendant le Yang Tse Kiang sous l'égide de M. Tenh Yu Siu, un très remarquable organisateur. Au Sseu Tchouan, grâce au mariage des armes et de l'opium, ce serait la paix et la prospérité pour tous. »

Mon père fait une pâle figure. Sa pâleur est celle de l'honnêteté bafouée, prête à tourner dans le rouge tonitruant de l'anathème. Mais d'abord, de sa bouche, sort en un filet étranglé ce cri d'un cœur à vif :

« Quoi, même mon opium, enfin celui qui allait à la Régie d'Indochine, qui m'est volé, escamoté, enlevé de cette façon ! Mais, entendez-vous, monsieur Cheng, c'est scandaleux, une escroquerie, un abus de confiance !

— Rassurez-vous, monsieur le consul, M. Dumont est un très bon Français. Il sauvegardera tous les intérêts de la France. Vous allez très bien vous entendre avec lui. Car, dans quelques jours, il sera lui-même à Tcheng Tu, avec son principal adjoint, et aussi avec deux ou trois « old China hands », des Anglais très expérimentés de la firme britannique amie, chargée d'aider le jeune M. Jonson, qui s'est révélé un peu trop jeune. De leur côté, arriveront des messieurs chinois très discrets, dont les excellentes manières ne peuvent attirer l'attention : en fait, de grands dignitaires de la Bande Bleue. Tous ces augustes personnages seront animés par la grande résolution généreuse de conclure un pacte de plusieurs milliards avec le maréchal yunnanais et les généraux sseutchouanais. Le traité de l'amitié... »

Mon père, estomaqué, ahuri, vaincu, n'a plus que la ressource de cacher sa déconfiture. Ce qu'il fait par une ironie de plomb, un sourire jaune et une voix de fausset :

« Ah ! je comprends maintenant pourquoi vous êtes si fiérot, monsieur Cheng. Vous êtes Son Altesse Cheng, seigneur du double jeu. Et quand je dis double... Vous avez été très occupé, monsieur Cheng. Vous avez dû pas mal tripatouiller ces temps derniers, monsieur Cheng. Mais maintenant, monsieur Cheng, grâce à vos humbles propositions, comme vous dites, au lieu de craindre pour votre peau, vous êtes le bon ami de tous ces excellents Seigneurs de la guerre.

— Et je suis toujours le vôtre, monsieur le consul. En toute modestie à votre service, monsieur le consul. Ah ! dans mon émotion, j'allais oublier... M. Dumont m'a chargé de vous présenter ses amitiés et de vous prévenir qu'il logerait au consulat, ainsi que son employé. »

Après ce coup de grâce, départ de Cheng dans une déférence profonde, avec une face plus grave et huilée que d'habitude, la face de la jubilation intérieure, de la grande joie victorieuse, mais n'allant pas jusqu'au défi apparent, car enfin l'avenir est toujours incertain et mon père peut toujours être utile. Quant à Albert, resté seul, il doit secourir sa tête qui s'effondre en la recueillant avec ses mains, ses coudes reposant sur le fameux bureau dont les papiers à en-tête si bien rangés préparaient ce triomphe : le chemin de fer. Mais où est-il maintenant, ce chemin de fer ? Le consul reste ainsi, de longues minutes, prostré, en état de faiblesse. Sa personne tellement bichonnée se défait, la raie est envahie par les cheveux comme par de la broussaille, les poils des gros sourcils se battent, jusqu'au nœud papillon qui se renverse à la façon d'une hélice qui s'arrête. Tout s'effiloche, tout tombe, même sa fine moustache, le symbole suprême de sa fierté. Enfin, revenant à lui au prix d'un effort insensé, mais toujours accablé, il constate que le cauchemar est toujours là. Celui qui lui fait se demander misérablement :

« Que vais-je pouvoir faire contre les messieurs de Shanghai, contre les plus gros requins de l'Asie et du monde ? Car, si le fils Jonson est sans importance, le père, lui c'est une autre paire de manches, avec son visage en étui à violon, tout long, avec ses cheveux qui flottent et sa barbe roussâtre qui pointe en avant. Mais ses petits yeux durs sont de sacrés phares. En fait de violon le sacré bonhomme fait une fameuse musique ! »

Enfin une lueur de vie l'anime. Au sein de son malheur, il est frappé par un détail sauveur, par un éclair d'irritation protocolaire :

« Mais comment ce jean-foutre de Dumont a-t-il eu la goujaterie de ne pas m'annoncer personnellement sa venue par une lettre ? Pour qui me prend-il ? Je ne le recevrai pas. Je ne le verrai même pas. »

Le lendemain arrive une missive de Dumont, tout à fait respectueuse, avec des compliments pour Madame. Et quelques jours après, c'est Dumont et tout son commando qui sont à Tcheng Tu. Lui-même s'installe au consulat.

DEUXIEME PARTIE

QU'EST-CE que ce Shanghai qui, sous l'apparence de marchands d'armes et d'opium, surgit à Tcheng Tu à la grande inquiétude de mon père ? C'est la plus immorale épopée de l'homme blanc faite au nom de la moralité.

Shanghai née de l'opium, imposant l'opium de l'étranger à la Chine longtemps avant qu'elle ne se couvre elle-même de pavots, comme au Sseu Tchouan.

Au début du siècle dernier, avant que Shanghai n'existe, les voiliers effilés des Anglais rôdaient le long des côtes du Kuang Tung. Puritanisme et contrebande, organisation minutieuse, affaires d'or. La drogue de la Compagnie des Indes livrée mystérieusement par cargaisons entières. Les principaux frais consistaient à graisser la patte des mandarins à robe et à parasol — pour qu'ils ferment les yeux. Les « merchants » blancs, les patrons de Calcutta ou d'ailleurs, avaient constitué une caisse commune de concussion de 100 000 dollars. Mais le vice-roi patriote de Canton interdisait sous peine de mort le trafic de la « boue immonde ». Alors Albion se lançait dans la guerre de l'Opium.

En 1842, la *Nemesis*, le premier cuirassé à vapeur qui ait doublé le cap de Bonne-Espérance, la fierté de la flotte britannique, un bâtiment comme il n'y en avait jamais eu, surgissait devant Canton. Ses formidables canons écrasaient Canton. Puis les navires de guerre anglais tiraient une salve d'obus sur l'armada impériale : des milliers de jonques, posées sur la mer comme une ville en bois. Une fois la fumée dissipée, plus que des ruines flottantes sur les eaux et des cadavres sur la côte. L'escadre anglaise remontait le long des rivages vers le nord, bombardait tous les ports. Chaque fois, une extermination, une foule de morts brûlés et déchiquetés dans une cité en feu. Enfin les canonnières de Sa Majesté pénétraient dans le fleuve Bleu. Et pour la première fois les Chinois de l'intérieur voyaient des obus, de véritables obus, qui fendaient l'air céleste de l'Empire céleste. Alors seulement l'empereur de Pékin a cédé. C'est la paix, la Chine entrouverte, le commerce de l'opium autorisé, Shanghai donné au business.

Quel flair chez les Anglais pour découvrir le site prédestiné de l'argent ! Au cours de la guerre, la *Nemesis*, essayant de se faufiler dans l'estuaire énorme, pourri, envasé et dangereux du Yang Tse Kiang, avait découvert le Whampoo, une coulée d'eau étroite mais profonde. Un petit doigt du Yang Tse Kiang, le seul commode et navigable. Rien qu'un paysage de boue. A un ou deux kilomètres de la rive malodorante, un gros bourg chinois presque inconnu, sans noble origine, sans grand mandarin, sans passé, qui portait le nom banal de Shanghai, signifiant « En amont de la mer ». De vieilles murailles de terre protégeaient un peuple croupissant de commerçants et d'artisans. Contrairement à son habitude, l'amiral anglais ne fit pas mettre à sac cette bourgade. Bien plus, il fit placarder dans la cité occupée cette proclamation : « Gouvernés par le Père suprême qui est aux cieux, tous les hommes sont frères. Ils doivent donc entretenir des rapports fraternels. »

Shanghai. Qui aurait deviné que ce lieu sordide allait devenir une métropole du monde ? Il n'y avait là que la saleté et la misère. La paix signée, pas un

Blanc. Le premier à s'y installer, en novembre 1843, est un consul anglais amené par un vapeur, la *Medusa.* C'était le soir. Pas une âme sur la rive. Le diplomate décide de rester à bord jusqu'au lendemain et, à la lueur clignotante des lampes à pétrole, boit à la grandeur future du port, qui n'est encore qu'un marécage pestilentiel et désolé. Mais la grandeur de l'œuvre à faire emporte George Balfour — c'est le nom de ce consul — qui, penché sur les cartes de l'amirauté, s'écrie : « La civilisation barbare doit céder devant la nôtre, car elle est la plus haute. »

A l'aube, la « barbarie » se présente sous la forme d'une chaise à porteurs envoyée par le taotai, le magistrat de la bourgade. La population de boutiquiers aux échoppes bariolées et de paysans sentant l'engrais humain est abasourdie et courtoise devant Balfour qui fait ses premiers pas sur le sol de Shanghai. Pas de crachats, pas d'injures. Mais nulle part où loger jusqu'à ce qu'un Chinois en manteau de fourrure propose de louer un caravansérail de cinquante-quatre chambres. On comprend sa bienveillance quand il annonce qu'en échange de ses loyaux services il veut détenir le monopole de tout le commerce avec les étrangers.

Tels sont les débuts de Shanghai. Balfour s'acharne à obtenir du taotai l'acquisition d'un terrain, en dehors du bourg, où pourraient s'établir les sujets de Sa Majesté. Il choisit la bande de boue constituant la berge du Whampoo. Cinquante ans plus tard, ce sera le Bund, où s'élèveront les plus beaux buildings et les plus grandes banques du monde, là où s'amarreront les plus grands paquebots.

Pour le moment, rien que des herbes et des animaux sauvages. Au bout d'un an, Shanghai n'a que vingt-trois résidents étrangers végétant dans les miasmes. Quelques petits Blancs qui croupissent dans des huttes. Est-ce que le miracle va s'accomplir ?

Obstination anglaise. Balfour fait construire à l'endroit où un arroyo divagant se jette dans le Whampoo. C'est le consulat britannique. Enfin surgissent les messieurs sérieux, les taipans et leurs griffins, des gentlemen de la meilleure trempe, choisis avec soin par leurs employeurs de Londres ou de Calcutta. La respectabilité, la santé, une expérience acquise aux Indes ou ailleurs, une volonté de fer, l'ambition d'une belle carrière, et l'amour atavique de l'argent. Les taipans ont la quarantaine. Les griffins sont des garçons de vingt ans. On les espère aussi ardents que les vrais griffins, c'est-à-dire les poneys sauvages utilisés sur les premiers champs de courses de l'Asie déjà soumise.

Ainsi les conquérants de Shanghai, de la Chine, de l'Asie, sont seulement des employés. Leur première règle, c'est de vivre en Blancs, en seigneurs blancs. Ils sont là pour exploiter les Jaunes, pas pour se mêler à eux. Bien à l'écart de la bourgade céleste, le long du Whampoo, chaque taipan se fait bâtir un bungalow à l'occidentale : bureaux en bas, appartements en haut, des colonnades supportant des terrasses où l'on boit du whisky. Pas de femmes avec ces pionniers. Mais une existence essentiellement anglaise, celle du grand négociant aux tropiques. Casques coloniaux et costumes blancs. Après des heures très strictes de travail, ces gentlemen s'habillent pour le soir. Ces hommes seuls se rassemblent pour avoir du bon temps. Cérémonial, étiquette : la vraie civilisation. Boissons et mangeailles en quantité. Toutes ces faces d'Anglais, les plantureux et les secs, rigidement plaisants autour de la table couverte d'argenterie mais sans maîtresse de maison. Le dîner commence par un potage arrosé de xérès ; et puis se succèdent les entrées, les plats de résistance, les viandes, les desserts, le champagne et les cigares. Mâchoires énormes. Ventres qui poussent. Jovialité des peaux rougeâtres, blondasses. Ne jamais montrer de mélancolie. Pas de faiblesse. Rire d'un rire convenu : voile décent posé sur les tristesses de l'âme cachées et inavouables. Le labeur forcené puis ces « parties ». Ces gens sont autant de morceaux inentamables d'Angleterre. Beaucoup pourtant, de ces taipans, de ces griffins, sont entamés quand même et meurent — usure d'âme ou du corps, quelque fièvre maligne née du Whampoo et des eaux, souvent aussi une épidémie, quelque choléra ou quelque peste, qui emporte un paquet de gentlemen. Premières tombes, les paroles d'un pasteur disant que toute chair est mortelle.

Les décédés sont rapidement remplacés. Sans cesse de nouveaux taipans, de nouveaux griffins — ils sont exactement comme les anciens. Au bout de quelques années plusieurs dizaines de bungalows s'échelonnent sur le bord du Whampoo. Des bungalows semblables pour des hommes semblables, quelques centaines de rudes tradesmen, triés sur le volet, très victoriens, mais sachant s'amuser en société. Divertissements pour le plaisir. Et aussi comme une philosophie, un code de conduite, une manière de vivre « dignified » qui établit encore plus la supériorité anglo-saxonne sur les Chinois subalternes — et qu'on ne voit pas.

La « colonie » blanche et le bourg jaune sont des cités jumelles, et pourtant comme séparées par des centaines de kilomètres. Quel taipan décent irait dans la vieille ville pour contempler des faces jaunes et attraper des microbes ? Ce sont pourtant de braves gens, ces Chinois du vieux Shanghai, pas méchants comme ceux de Canton. Tout comme jadis, les portes des murailles de la cité céleste se referment le soir, les veilleurs de nuit marchent en battant le sol de leurs cannes de bambou. Pas de soldatesque. Le bon gros taotai est très amical. C'est si paisible que les religieux qui, eux, par devoir professionnel, pour faire des conversions, vont dans le bourg, disent au retour de leurs saintes expéditions : « A l'exception des chiens, qui ne sont pas encore habitués à la présence des étrangers, nul ne donne de la voix contre nous. »

Les taipans restent dans leurs bungalows — qu'on appelle des hongs. Pas de Chinois auprès d'eux, sauf les domestiques appelés « boys ». Admirablement dressés. Complètement faits aux mœurs extraordinaires des barbares — science précieuse qu'ils se transmettront de père en fils. Les meilleurs serviteurs du monde, les plus intelligents, toujours souriants, sachant exactement ce qui convient aux besoins d'un gentleman. Connaissant aussi bien que leurs patrons les règles compliquées de l'existence coloniale, la minute du premier whisky le soir, la sainteté du xérès. Capables même de mettre les décorations dans le bon ordre sur un uniforme.

En réalité il existe une autre catégorie de Chinois indispensables et beaucoup plus importants. Sans eux il n'y aurait pas de commerce possible. Ce sont les « compradores », des Chinois « modernes », même si certains ont de vieilles faces de lune, des mimiques consacrées, des discours obliques et l'antique garde-robe. Mais leur gorge n'est plus une allée pour gargouillis et crachats : ces malins font aux Anglais la concession de l'hygiène. La plupart, se déguisant en barbares, arborent cravate et complet-veston. Ceux-là ont parcouru les mers du Sud, ont été à Singapour, à Hong Kong, là où règne la « law and order » des gentlemen. Ils se sont gentlemannisés, tout en restant de sacrés Chinois. Ils parlent tous les dialectes et aussi la langue de Shakespeare, descendue au niveau des affaires.

Chaque firme a son comprador. Il a accès aux bureaux. Il a même, parfois, un cagibi permanent dans un recoin. Le Chinois, le ton huileux s'il est à l'ancienne mode, pète-sec s'il est de la nouvelle école, va chez le taipan solide, carré dans son fauteuil, toujours plus ou moins suant, qui lui dit : « Ecoulez-moi cette cargaison de tissus à tel prix » — et c'est écoulé. « Achetez-moi cent tonnes de thé de telle qualité, à tel prix » — et c'est acheté. Tout cela sans histoires.

Au comprador de se débrouiller. Et il se débrouille toujours, à la satisfaction générale. On ne lui demande pas comment il fait. On lui fait confiance.

Car c'est lui qui permet au taipan de trafiquer en Chine sans avoir affaire aux Chinois.

Comment des gentlemen blancs arriveraient-ils à conclure des marchés avec les innombrables négociants jaunes ordinaires ? Un gouffre entre eux. Quelle méfiance du peuple des marchands chinois pour les contrats, les stipulations, la science du droit et de l'économie à l'européenne, avec tous ses pièges ! Dans la vraie Chine, où la seule valeur sûre, c'est la parole donnée, entre compères du négoce, la façon de faire des Blancs est jugée malséante, puérile et tortueuse. Quel manque d'éducation que d'exiger que tout soit écrit. Et aussi quelle perfidie car ensuite, en vertu de telle clause incompréhensible, les étrangers ont des prétentions incroyables, font appel aux consuls et aux canonnières, pour l'exécution de ce qui n'est souvent qu'une escroquerie, même si elle est légale selon leur loi. De part et d'autre, tout est incompréhensible. Les Blancs s'écrient chaque fois : « Et ces macaques qui ne respectent pas leur signature... » Quant aux Célestes, effarés devant ces pratiques, ils restent enfermés dans leurs corporations, maniant leurs bouliers, mystérieux et secrets. Un décalage de plusieurs siècles dans les conceptions du négoce. Exaspération des Européens et rancune des Chinois qui acceptent d'être rançonnés par leurs mandarins, mais ne veulent pas en plus être pressurés par d'autres marchands, surtout à peau claire.

Heureusement qu'il y a les compradores ! Ils règlent ces embrouillaminis. Ils sont les intermédiaires merveilleux entre les poignées de taipans et l'immense Chine. Les taipans restent dans leurs « offices » à faire leur métier de gentlemen. L'attente des ordres de Londres. La comptabilité. Les registres. Les factures. Les rapports. Pendant ce temps, leurs compradores s'occupent de la Chine réelle ; arrangeant tout avec les Chinois de toutes sortes : mandarins, négociants, bandits, sans compter les centaines de millions de Jaunes. Peu à peu ces messieurs, intégrés par en haut au système européen, tirent les ficelles de la Chine au profit des taipans et à leur profit. Ne sachant plus s'ils sont jaunes ou blancs, appartenant aux deux mondes, ils deviennent milliardaires pour leur propre compte. Et c'est par eux, grâce à eux, malgré la morgue des « merchants », que la vieille Chine s'occidentalise peu à peu, de façon impure et contradictoire.

Temps heureux. Sur leur berge du Whampoo, les taipans prospèrent toujours grâce à l'opium des Indes. Pas de droits de douane car l'impératrice, la peu vertueuse Tseu Hi, se refuse à tirer parti des « vices et des misères » de son peuple. Cependant, par convenance, on débarque la drogue à quelques kilomètres en aval, à Wu Soung. Là sont ancrés en permanence une dizaine de vieux pontons servant d'entrepôts flottants, où les clippers de Calcutta viennent décharger le poisson. Ce sont des coursiers des mers à l'étrave fine et aux voiles immenses, fendant souverainement les flots et multipliant les voyages. Navires merveilleusement gréés, aux équipages d'élite qui ne craignent ni la mousson ni les tempêtes. Dans les typhons, le capitaine, véritable gentleman de l'océan, fait hisser plus de toile, par amusement, comme si c'était un rally. Chaque cargaison vaut des millions. A bord, un armement lourd leur permet de couler les jonques pirates qui infestent les côtes.

Temps prospères. Mais les taipans veulent vivre dans une vraie cité, avec toutes les installations nécessaires aux agréments et au business. Dans la boue, des milliers de coolies enfoncent des millions et des millions de pieux. Combien meurent ? Mais c'est ainsi qu'est fabriqué un sol ferme, un vrai sol où l'on pourra faire pousser le gazon, avoir de beaux jardins, de belles promenades, de beaux clubs. Et, toujours avec des coolies et des pieux, on transforme la berge immonde du Whampoo en un quai respectable, où pourront s'amarrer toujours plus de cargos. Fabrication d'une ville à partir du néant. Les taipans, dans leurs « dîner-parties », coiffés du haut-de-forme de soie grise, engoncés dans des faux cols trop hauts, se disent entre eux « ça va ».

Tout va trop bien. Un beau matin, en 1853, le dragon céleste se réveille, avec ses anneaux mortels. Les taipans sont assiégés par la Chine, l'immensité chinoise, ce qu'elle recèle en son tréfonds de mystères, de menaces, de démences. Le poids de la Chine sur un ou deux milliers de Blancs rassemblés sur leur Bund qui est un météorite néfaste venu d'un autre monde, fiché insolemment dans la vieille terre céleste.

Années de sang et de mort, pas à Shanghai même mais autour de Shanghai. Pas d'attaque directe, concertée, contre le Bund. Rien qu'un drame incohérent, absurde, inextricable, sanglant qui, dans ses soubresauts, risque constamment d'emporter ce point minuscule de l'Occident à peine ancré dans les boues. Les Chinois, par hordes, se battent à la lisière même du Bund. C'est la mêlée entre les Taipings et les impériaux. Combien d'épisodes baroques, sauvages, ridicules sous les yeux des Blancs ! Ce qui sauve Shanghai de la concupiscence des Jaunes, c'est que ces innombrables Chinois se haïssent entre eux. Tourbillons de haines où les camps aux prises veulent à la fois se servir des Blancs, les utiliser comme alliés et les tuer. Folie, où les cerveaux compliqués des Chinois de tout bord, toujours à la quête du tordu, de la subtilité la plus profitable, se laissent finalement manœuvrer par ces Blancs qu'ils abhorrent tous. Tromperies, incohérence, une sorte de maladie de l'intelligence qui est la faiblesse de la Chine.

Années atroces où les taipans jouent calmement, comme au poker, avec pour enjeu leur vie et celle de tous les Blancs. Une initiative malheureuse, une maladresse dans la partie, et ce peut être la ruée des masses jaunes contre les « barbares », le massacre. Au milieu de ce chaos, jamais les taipans n'ont eu les nerfs plus solides, une détermination aussi tenace, une pareille immoralité. Une immoralité plus efficace que celle des Chinois. Que ne verra-t-on ! Les taipans et les griffins, quittant leurs registres, formant une milice armée, repoussant les Chinois de toutes sortes. Courage anglais. Mais surtout sens de l'intérêt. Il ne suffit pas de survivre. De quel côté est l'intérêt pour l'avenir ? Froids calculs, prouesses, égorgements, retournements — telle est la politique délibérée des taipans. Qui peut donner la vallée du Yang Tse Kiang à Shanghai ? Pas les Taipings qui n'ont pas le sens du commerce mais Tseu Hi. A ces messieurs de Shanghai il importe peu qu'une guerre officielle vienne de se terminer dans le Nord lointain. Guerre menée par les armées anglaise et française qui, dans une marche sacrilège, exaspérée, au milieu de l'horreur, ont pris Pékin, dévasté les palais de Tseu Hi, souillé la Cité interdite. Les taipans, dans le même temps, soutiennent une armée de mercenaires blancs qui, avec la bénédiction de Tseu Hi, portent un coup fatal aux Taipings. Les généraux de l'impératrice n'auront plus qu'à exterminer. Ensuite, sur tout le fleuve Bleu, les cadavres céderont la place aux marchandises de Shanghai.

La vraie grandeur de Shanghai commence vers 1865.

Quel méli-mélo ! Tout a débuté doucement, se compliquant au fur et à mesure, à la chinoise, de développements obscurs, angoissants, en développements encore plus obscurs et menaçants. Au début les Blancs se sont amusés. Ils étaient au spectacle, aux premières loges, pour voir les curieuses mœurs de ces indigènes qui s'assassinent avec ardeur, mais bien poliment, en dehors du Bund.

A vrai dire, les taipans ont à peine entendu parler des Taipings et de Hong, qui a proclamé « l'empire de la Paix céleste » à Nankin. C'est si loin ! Aussi sont-ils un peu surpris de constater, un beau matin, que le bourg chinois de Shanghai a changé de maîtres. Les membres de « la Triade », société secrète affiliée aux Taipings, s'en sont emparés. Complot parfait. Sortis des ruelles infectes, des hommes sinistres armés de coutelas et de pics ont donné l'assaut aux maisons bourgeoises, pillant et tuant. A vrai dire, ces ruffians se comportent très bien à l'égard des taipans. Leur chef, un certain Lew qui parle anglais, fait la tournée protocolaire des grandes firmes le long du Whampoo. Il dit à chaque taipan : « Notre Père céleste Hong est notre Christ. Il aime votre Christ à vous. Vos chrétiens et vous n'avez rien à craindre. » Les pasteurs et curés, installés depuis quelque temps, sont ébranlés par ce langage. Ils vont dans le bourg célébrer une messe. Ferveur. A côté des sages catéchumènes prient avec encore plus d'ardeur les hommes barbouillés de rouge de la Triade.

Mais le long du Whampoo, la forêt des mâts des bateaux s'éclaircit. Le business va mal. Il va encore plus mal quand surgissent les forces impériales, pour faire la guerre à la Triade. Les Blancs, sur leurs terrasses, se croient au théâtre chinois. Dehors, hystérie, gongs et hurlements, les bannières au vent, les costumes les plus étranges, les armes les plus curieuses. Un extraordinaire grouillement. Les hommes de la Triade ont construit des forts en boue, que les impériaux assiègent en lançant des pots à feu. Comme d'habitude, tout est incompréhensible. La plupart du temps, le remue-ménage se termine sans un coup de feu. Certaines fois, les boys préviennent leurs patrons : « Regardez. Ça va être intéressant. » Ces serviteurs ne se trompent jamais. A l'heure dite, c'est l'égorgement, le bain de sang.

Les taipans agissent en honnêtes commerçants, en vendant des canons et des obus aux deux armées. C'est là la neutralité du Bund. Mais les taipans se disent très sagement qu'ils auront un jour des ennuis avec un camp ou l'autre, probablement avec les deux. C'est alors que le Captain Tronson, du 2e Bengal Fusiliers, transforme les jeunes griffins en soldats par un drilling sur le champ de courses tout nouveau. Un jour, les impériaux, cédant à la tentation, pénètrent dans le Bund, pour chaparder un peu. Aussitôt les trois cents volontaires du Captain Tronson partent à l'assaut du quartier général des impériaux, chargeant sous les obus vendus par leurs propres firmes. Victoire. C'est la bataille du « banc de vase » qui a duré deux heures.

Du haut des remparts de leur bourg, les hommes de la Triade ont paisiblement assisté à l'engagement. Mais, gonflés de leur importance, ils deviennent méchants, eux aussi. Décidément, les gens des sociétés secrètes n'ont pas le même Christ que les chrétiens, se disent les curés devant la persécution de leurs catéchumènes dans la bourgade chinoise. Cela déplaît souverainement aux missionnaires français, qui ne cessent de harceler le consul de France, car il y en a un, pour qu'il agisse très vigoureusement, en vrai défenseur de la foi.

Ce consul est un petit potentat indépendant. Comment cela se fait-il ? C'est un certain M. de Montigny. A son arrivée à Shanghai en 1848, les hongs des taipans anglais étaient déjà de vrais palais tarabiscotés, à l'italienne ou à la mauresque. D'autres messieurs graves, de vrais « merchants » aussi, même s'ils sont américains ou allemands, se sont joints aux taipans. Quand le consul de France met pied à terre pour la première fois, quand il foule le talus fangeux qu'est la rive du Whampoo, il est comme un paria. Il cherche un territoire pour la France en dehors du Bund et ne trouve que la désolation. C'est un dur à cuire, un homme-tapir, un fort de la gueule, un chevalier, un condottiere, un forcené de la France. Une jeunesse hasardeuse, les flamboiements de l'épopée napoléonienne, la croisade pour l'indépendance de la Grèce avec Byron. Cet homme austère, fougueux, amène avec lui, dans ce Shanghai de la pouillerie et du danger, en vrai catholique, toute sa famille : sa mère, sa femme, ses deux filles. Stupéfaction des Anglais plongés dans leur luxe de célibataires ! Folie de Montigny. A moitié abandonné par son gouvernement lointain, sans le sou, il ne trouve en fait de Français que quelques curés qui lui cèdent une masure délabrée entre le Whampoo et la bourgade chinoise. Premier consulat en plein terrain vague — terrains sans arbres, à demi noyé, partout des fossés pourris, par-ci par-là des tombeaux et des huttes basses en terre séchée. Le froid, la famine, les brigands, la solitude.

Le consul professe qu'avec les Chinois « il faut oser pour pouvoir ». Il force le taotai à reconnaître que son bourbier est désormais la Concession française. Coup de maître. Mais la solitude toujours, car les Français ne viennent pas s'établir à Shanghai. Misère. Des mois, des années et enfin les premiers concitoyens s'installent dans ce désert mouillé, au pied des remparts célestes. On en compte une poignée, vivant à l'écart des taipans et des autres Blancs. Comme gens bien, beaucoup de missionnaires, des fonctionnaires aussi : deux spécialités françaises. Mais aussi des traîne-savates, un petit monde d'insoumis, de déserteurs, de placiers plaçant on ne sait quoi, de représentants de commerce vrais ou faux : des aventuriers chercheurs de fortune ou de plaisir. Malgré le Bon Dieu très révéré, les soutanes, l'église, malgré la piété de monsieur le consul, pas de puritanisme, au contraire : le système latin, le système D joignant l'utile à l'agréable, le fric à la jouissance. Le copinage avec les messieurs chinois emmitouflés, le taotai surtout, l'art de les apprivoiser, l'idée fantastique d'approcher les Chinoises, de coucher avec elles. L'excitation par l'alcool, l'érotisme, l'exotisme, à la fois l'entrecôte de buffle et les ailerons de requin, les sensations de l'Orient et le bavardage, la rigolade, l'engueulade à la française. Des cervelles surchauffées de combinaisons insensées, des gars comme des épaves, d'autres devenant des richards. Malgré les difficultés et les bisbilles, prévaut la faculté française de s'organiser en une petite « colonie » anarcho-bureaucratique, avec les messes, les premières allées et les premières villas, les premiers bordels. Avec aussi une minuscule armée de quelques soldats.

Aussi les Français n'ont-ils pas été contents du tout quand le taotai et les bons bourgeois jaunes, avec qui ils avaient de si bonnes relations, ont été occis par les gens de la Triade alliés aux Taipings. Ce sont surtout les missionnaires catholiques qui les détestent, alors que les pasteurs anglais ont une certaine indulgence pour eux. Indulgence due à ce que le Christ de Hong est surtout protestant, que Hong a même dans l'Empire de la Paix céleste, à Nankin, le Révérend I. P. Roberts comme ministre des Affaires étrangères. Finalement, après une longue patience de deux ans, ce sont les Français qui liquident la Triade, avec l'approbation tacite des taipans qui ne veulent pas se mouiller.

Un jour, dans la bourgade chinoise, un catéchumène est tué. Aussitôt, le consul, comme l'en adjurent les curés, se fâche contre les « atrocités » anticatholiques perpétrées dans le vieux Shanghai — et lâche son armée. La troupe française fait au canon une brèche dans les remparts, pénètre dans le bourg baïonnettes en avant. Sauve-qui-peut de tous les hommes de la Triade. Fuite vaine. Car les impériaux, à qui les Français ont donné le mot, entrent à leur suite dans la cité. Tueries. Les militaires de Tseu Hi abattent dans les ruelles, à la hache, les hommes dénoncés comme rebelles par les passants. Tas de têtes coupées. Quiconque ressemble à Lew, le chef de la Triade, est fusillé — Lew s'échappe mais une dizaine de boutiquiers, pris pour lui, y restent. Dans leur exaltation, les impériaux défoncent les cercueils, coupant en deux les squelettes.

Victoires de tous les côtés, après cette bonne répartition du travail entre Anglais et Français. A nouveau la prospérité. Quatre cents navires dans le port en un an, se chargeant de thé et de soie. Près de cent hongs, les drapeaux de huit nations le long du Bund. Mais bientôt s'annoncent des orages plus terribles encore.

Tempête venant des profondeurs de la Chine. Toutes les Chines en pleine orgie de mort, s'entretuant. La volonté d'exterminer tous les Blancs. Mais ces Blancs, sous l'aspect d'escadres et de corps expéditionnaires français et anglais veulent vaincre la Chine, la dompter enfin. Dans ces remous, Shanghai ne va-t-il pas sombrer ?

Pour Shanghai le danger est partout. Il vient d'abord du bassin du fleuve Bleu, de l'intérieur de la Chine où marchent des millions de Taipings. Il en arrive l'écho d'une cacophonie sauvage : coups d'épée, lances entrechoquées, tambours de guerre. La haine. Apre désir de ces masses misérables qui ont entendu parler des merveilles de Shanghai. Quelles hordes vont déboucher ?

Mais la vieille Chine, la Chine impériale, la Chine sacrée porte autant de haine à Shanghai. Toutes les ruses pour empêcher l'emprise blanche sur le Céleste Empire. Alors, l'Angleterre pour le commerce, la France pour le catholicisme, les deux au nom de la civilisation, se décident à frapper. Vingt ans après la guerre de l'Opium, c'est à nouveau la guerre officielle.

1857. Les canons de trente-deux cuirassés fracassent encore Canton. Le Fils du Ciel ne cède pas. Nécessité pour les « civilisés » de s'emparer de Pékin. Sombre nuit de la démence. Chez les Blancs une sorte de peur de la Chine, de son âme traîtresse. Folie sanguinaire chez les Chinois. Autant de cruauté contre les Chinois : plaisir de les tuer. Monde des exterminations, des tortures, enragement mutuel, bestialité. Les Chinois ne laissant que de la terre brûlée, des cadavres, un vide pestilentiel. Les soldats de l'Occident avançant dans l'exacerbation du meurtre et de la destruction. Cauchemar. A Pékin, en 1860, les soldats surgissent dans le palais d'Eté, les premiers « barbares » à pénétrer dans cet univers tordu et rocailleux qui est l'Harmonie suprême.

La féerie inquiétante des matières précieuses et baroques. Le sac, l'incendie, les flammes dévorant ces merveilles. Comme pour anéantir à jamais les génies grinçants de la Chine. La Chine qui capitule, qui est obligée de « s'ouvrir » vraiment aux étrangers, de se donner à Shanghai.

Pendant ce temps les armées haillonneuses et parées des Taipings marchent sur Shanghai dépourvue de ses troupes régulières expédiées à Pékin. Terreur. Le plus grand général taiping, le Tchong Wang, s'avance vers Shanghai avec cent ou deux cent mille hommes. La cité de Suchow, célèbre par ses soieries, à moins de deux cents kilomètres, est prise. La nuit est pleine de flammes rougeâtres. Les fumées noires des villages incendiés viennent salir les hongs des taipans qui ont peur mais qui réfléchissent.

Réflexion plus forte que l'anxiété ! l'enjeu est formidable. Car depuis quelques années les taipans sont pratiquement souverains. Ils ont constitué une république mercantile, comme Venise, où les consuls font de la figuration : les marchands commandent grâce à un conseil municipal élu par les Blancs les plus riches. Argent, ploutocratie, Occident. C'est ainsi qu'a été créée « la Concession » internationale de Shanghai. En fait un gouvernement où sont représentés les citoyens de toutes les nations blanches, sauf les Français qui restent dans leur coin. Mais ce Shanghai-là, celui des taipans de tous les pays, protégé par la sonnette d'alarme des consulats, à prédominance anglaise, veut avant tout conquérir la vallée du Yang Tse Kiang et devenir le monstre de tous les espoirs.

Il faut réfléchir. Autour des taipans toutes les haines mais aussi toutes les propositions. Les Taipings envoient des messagers aux Blancs, prévenant qu'ils balaieront tout ce qui est immonde, anéantiront tout ce qui est détestable : « Nous conquerrons cette ville, nous réduirons tout en cendres. Mais si vous, Européens, craignez nos soldats innombrables, mettez des marques sur vos demeures qui seront épargnées. » Bien plus, les Taipings proposent une alliance aux Blancs pour détruire ensemble l'Empire, cet empire que les armées française et anglaise ont attaqué à Pékin.

Il faut réfléchir car le taotai de Shanghai et les bourgeois de la cité, supplient les taipans d'envoyer des forces contre les Taipings. C'est la terreur dans la ville chinoise complètement déserte. Tout serré, tout fermé. Voilà que les mandarins appellent au secours ces barbares blancs qui, à quelques milliers de kilomètres de là, sont en train d'attaquer le Fils du Ciel. Proposition refusée.

La prudence c'est de ne laisser entrer aucune force armée chinoise dans le Shanghai des Occidentaux. Car, dans l'extermination que tous ces Célestes se promettent mutuellement, les Blancs pourraient bien y passer aussi. Donc, éviter l'offensive, rester sur la défensive car les taipans ne savent pas s'ils traiteront avec Hong ou avec le Fils du Ciel. En attendant, que tout ces Chinois se détruisent !

La décision est prise de défendre Shanghai avec ses milices. Les Taipings, aux portes des Concessions, massacrent à coup de pic un missionnaire et les enfants de son orphelinat. Flammes autour de la ville. Les Taipings, cachés derrière les tumuli funéraires, les bosquets, les ruines du vieux Shanghai tenu par les impériaux, donnent l'assaut à ses remparts. Mais les Anglais et les Français décident de les arrêter par un feu bien réglé de leurs canons. Quelques pillages dans la ville céleste, un quartier incendié, mais les Taipings se retirent.

Se retirent tout près, se groupent dans les cités conquises et dans des retranchements. La campagne est une fourmilière armée, prête à surgir. Shanghai se transforme en caravansérail. Toute une populace jaune fuyant la guerre, l'incendie, la mort, s'enferme là. Accourent alors tous les hors-la-loi du Pacifique, tous les gens de sac et de corde attirés par les récits fabuleux des combats, des rapines, des pillages, des soldats surchargés de trésors, ramenant sur leur dos les dépouilles de la Chine. Tous les frères de la côte, les Américains surtout, se jettent, à Shanghai, dans le rush de l'or, par le crime et le vice. Poussent ainsi des quartiers de bouges et de fumeries avec l'impunité assurée car les taipans n'ont pas eu le temps d'organiser des polices.

Profits de la guerre. Les taipans vendent en contrebande aux Taipings des milliers de canons. Les frères de la côte, eux, cherchent à se vendre à n'importe qui. Une centaine d'entre eux va rejoindre les Taipings. Aventuriers incroyables. Certains exécutés, d'autres promus conseillers des rois-coolies. Mais la plupart se laissent acheter par le taotai de Shanghai avec les fonds donnés par les marchands chinois. C'est ainsi qu'est formée une armée mercenaire où toutes les races blanches amalgamées sont mêlées à des bandits asiatiques ou philippins. Comme chef un certain Ward, un gangster américain, flibustier en Amérique du Sud. Il a parcouru le monde en faisant tous les métiers sauf les bons, disait-il. A Shanghai il apparaît vêtu à la chinoise, marié à une Chinoise. Ayant rassemblé sa bande d'hommes de main parmi lesquels beaucoup de matelots et de soutiers débauchés des équipages des cargos, Ward opère des coups autour de Shanghai. Passant tout au fil de l'épée, se constituant un trésor. Un courage de lion. Quelques échecs mais assez de succès pour que l'impératrice Tseu Hi le récompense en lui donnant le grade de général et en octroyant à sa troupe le nom d'« Armée toujours victorieuse ».

Les taipans laissent faire. En fait ils sont toujours en contact avec Hong. Car, pendant ce temps-là, Pékin a été pris et le Fils du Ciel a accepté d'ouvrir les ports du fleuve Bleu aux étrangers. Ce fleuve Bleu qui est aux mains des Taipings. Le plus commode ne serait-il pas de s'arranger avec eux, s'ils acceptent l'établissement du commerce ? L'amiral anglais Hope, avec une flottille de douze vapeurs s'engage sur le Yang Tse Kiang pour ouvrir des consulats. Il a une entrevue avec Hong à Nankin. Hong déclare que le commerce pourrit l'homme. Phrase qui condamne les Taipings.

Les Anglais contre les Taipings donc. Les Blancs, ils en voulaient bien pour de petits rôles, des utilités, pour en tirer des avantages. Mais comme maîtres s'imposant dans leur « Royaume céleste » avec leurs marchandises ils n'en veulent pas. La guerre de nouveau. Les armées. Les hommes aux turbans rouges resurgissent encore plus nombreux devant Shanghai. Avec le grand Tchéou Wang à leur tête. Tchéou Wang procédant cette fois à un lent investissement, bloquant Shanghai avec de formidables redoutes, tout un réseau d'ouvrages. La disette dans la cité. Anglais et Français envoyant bateaux et troupes vers Shanghai, qui devient un porc-épic hérissé d'armes. Shanghai dans la fièvre de l'attente se fortifiant de tous côtés — le couvre-feu, les Chinois suspects arrêtés, les bateaux de paille écartés de la rade, les badauds et les mendiants envoyés aux travaux de terrassement. Enfin le premier jour de l'an chinois, jour de fête, le 30 janvier, les Taipings ont décidé d'attaquer. Leurs trompes sonnent. Le plein hiver, le ciel de plomb, la neige tombant de jour et de nuit, la terre couverte d'une nappe blanchâtre, le Whampoo charriant des glaçons. Est-ce que ce froid terrible est un mauvais présage ? Est-ce que les Taipings ont encore plus peur des Blancs que les Blancs n'ont peur d'eux ? Toujours est-il que les Taipings se retirent. Mais à peine.

Les taipans sont décidés à en finir et il y a justement à Shanghai deux amiraux tout prêts à en découdre. L'un anglais, Hope, l'autre français, Protet. Laissant dans Shanghai deux mille hommes de ligne comme garnison, les amiraux mettent à terre les équipages de leurs cuirassés et canonnières. Ils lancent dans la nature désolée deux colonnes mobiles. Guerre joyeuse, guerre terrible. Brumes, bruines, incendies, fossés pleins d'eau, tout le pays truqué. Partout des palissades, des abattis d'arbres, des pieux acérés et surtout huit camps taipings, de redoutables compartiments, des alvéoles faits avec les débris des villages pillés. Tout cela s'échelonnant, tout cela s'imbriquant en un réseau primitif et redoutable enserrant Shanghai. La plaine dévastée et tous les pièges de la mort.

La mort partout. A peine Shanghai quitté, les colonnes débouchent sur une zone qui avait été occupée par les Taipings. Des cercueils en quantité sur les bords du chemin pavé. Les matelots à coups de hache les ouvrent pour retirer les bijoux sur les corps décomposés et les accrochent à leurs vêtements. Puis entrée dans une cité détruite, sans une âme.

Plus loin il y a le premier camp taiping couvert de drapeaux et hérissé de piques. La terre et le ciel mélangés dans la grisaille des mornes étendues. L'artillerie, l'assaut, le butin. Des coolies amassent sur des jonques réquisitionnées tout ce qui reste comme meubles et objets, jusqu'à des nappes, des chaises, des bancs. Deux mille prisonniers. Qu'en faire ? Les donner aux impériaux traînant à l'arrière-garde qui les auraient tous tués ? Un missionnaire dit qu'il se trouve peut-être parmi eux quelques braves hommes qu'il faut sauver. Il les interroge un à un en chinois. Ceux qu'il garantit sont relâchés. Les autres, aux gueules effrayantes, le plus grand nombre, sont livrés aux impériaux puis le camp conquis est brûlé.

Mais il subsiste d'autres redoutes, d'autres Taipings. Toujours recommencer à bombarder, à faire des brèches, à charger dans la boue, à escalader des pieux, des murettes, des murailles au milieu des hurlements des Taipings qui parfois portaient comme étendard une tête de Blanc embrochée sur une hampe. D'autres Blancs, ceux-là bien vivants combattent avec les Taipings. La monotonie de la boue, des villes incendiées, des cadavres. Des pertes aussi. L'amiral Protet tué net d'une balle. Ses funérailles solennelles à Shanghai.

Shanghai encore menacé. Les Taipings s'approchent à nouveau. Il est évident que les troupes régulières ne suffisent pas. Il faut des forces irrégulières. L'idée des Français est de faire une armée franco-chinoise avec un enseigne de vaisseau comme général, des « marsouins » comme officiers, des Chinois, souvent d'anciens Taipings, comme troupes. Quelques Blancs commandant aux célestes incertains, à leur merci. Comme fusils de vieilles armes destinées aux rebelles par des marchands européens mais qui ont été confisquées par la douane. Aventures. Encore des sièges, tout marche bien.

Bien plus, les taipans anglais décident de se constituer une force de choc décisive, une armée mercenaire. Pour cela ils reprennent l' « Armée toujours victorieuse » qui est tombée en pleine déconfiture, qui est même devenue un danger pour les honnêtes citoyens de Shanghai. Ward a été tué et remplacé par son copain, un autre gangster américain du nom de Henry Burgevine. Courageux mais commandant mal, irritable, se disputant avec ses hommes impayés pour le partage du butin, se querellant avec les fonctionnaires impériaux, leur reprochant de ne pas lui remettre les subsides promis par l'impératrice Tseu Hi. Dans un éclat de fureur, il s'en va à Shanghai avec ses gardes du corps. Là il soufflette le banquier chinois Ta Kee, l'accusant de retenir les fonds qui lui sont dus, et s'empare de quarante mille piastres. Scandale. Burgevine mis hors la loi essaie d'entraîner l' « Armée toujours victorieuse » dans les rangs des Taipings. Finalement il déserte avec deux cents de ses hommes. Il se bat avec les Taipings contre les Blancs et, après de multiples péripéties, finit misérablement, mis dans une cage de bambou et jeté dans un fleuve.

Alerte. Car il s'en est fallu de peu que l' « Armée toujours victorieuse » avec ses ruffians blancs et sa soldatesque jaune ne se soit jointe tout entière aux rebelles. Au fond le rêve de ces bandits en uniforme de soldats c'est de constituer une grande compagnie indépendante soumise à aucune loi, à aucun camp, pour vivre superbement de meurtres et de pillages.

Mais les taipans découvrent l'homme providentiel qu'ils font nommer chef de l' « Armée toujours victorieuse » : Charles George Gordon. Un militaire britannique, l'idéal de l'officier, le paragon de la vertu. Trente ans, le stick et la courte moustache. Un gentleman, mais qui aurait cru qu'il avait le génie de l'aventure ?

Deux heures après sa désignation Gordon passe l'inspection de ses soudards. Il impose l'étiquette de la parade. Minute décisive. Lui, l'officier très régulier de l'armée régulière, va-t-il mater ce ramassis de vagabonds et de criminels ? Son regard, sa stature, ses lèvres qui bougent à peine et c'est fait. Gordon « the Chinese », le sauveur de Shanghai, le vainqueur des Taipings. D'abord réorganisation de l' « Armée toujours victorieuse ». Rétablissement du respect, de la hiérarchie, tout un équipement du génie, une artillerie légère. Rapidité et concentration de feu, le secret de Gordon.

Gordon vole de victoire en victoire. Dans cette Chine si cruelle il ne commet pas de cruautés, pas de pillages, pas d'exécutions. Lui-même donne son propre argent pour soulager les misères. Un demi-dieu qui enfin assiège Sou Tchéou où est retranchée une grande armée taiping.

Sou Tchéou agonisant, en proie à la famine. A l'intérieur les rois taipings s'entre-tuant au cours d'un dîner. Gordon se rend auprès des survivants dans la cité rebelle pour leur proposer la reddition contre la vie sauve. Il est retenu prisonnier, à deux doigts de l'exécution. A la fin il est relâché, ses conditions sont acceptées. Sou Tchéou se rend avec cent mille hommes et un immense trésor de guerre.

Gordon continue à progresser. Un jour, il apprend que, dans son dos, contre toutes les promesses, les généraux impériaux ont mis à mort les rois taipings. Fou de dégoût et de colère il part à leur recherche avec un pistolet pour leur brûler la cervelle. Mais ils se sont cachés. Gordon leur fait dire : « Vous m'avez déshonoré » et se met en grève avec son armée. Après quelques mois il reprend la lutte, remportant des victoires.

Cependant la prise de Sou Tchéou, en quelques mois, entraîne la fin des Taipings. Gordon est bien oublié par les taipans de Shanghai qui n'ont rien compris à ses scrupules d'honneur. Il quitte le Céleste Empire pour suivre son destin qui sera d'être tué à Khartoum par les derviches.

Une fois Gordon parti, en Chine la question est de savoir à qui profitera sa victoire. Immense joie de l'impératrice Tseu Hi qui couvre d'honneurs ses généraux chinois, les considérant comme les seuls vainqueurs. Pas une allusion aux Blancs qui, sur le Yang Tse Kiang, lui ont permis de sauver son trône. Elle a su utiliser les barbares. Maintenant il s'agit de reprendre la lutte contre eux. Pas par la guerre mais par l'habileté afin de les empêcher de dominer et d'exploiter la Chine.

Les taipans de Shanghai, de leur côté, sont bien décidés à ne pas être dupes. Ils donnent le fleuve Bleu, tout l'intérieur du Céleste Empire, à Tseu Hi pour mieux en profiter eux-mêmes. Car, à l'issue de la guerre des Taipings, ces messieurs et leur Shanghai sont devenus formidables. C'est ainsi que les taipans s'engagent dans une paix larvée où, de progrès en progrès, d'anicroche en anicroche, ils finiront par miner et abattre la dynastie elle-même, une quarantaine d'années plus tard, en 1911.

Car pendant cette guerre, cela a été le boom, la folie du gain. Les profits, les prostitutions, les trafics. La ville du banc de vase se met à suer l'or. La spéculation foncière est frénétique, les terrains se vendent et s'achètent dix fois à des prix fous. Les taipans les plus honorables ne résistent pas à la tentation, jettent sur les marchés les mètres carrés inutiles qu'ils possèdent, ceux des pelouses et des jardins à magnolias. Ils se défont même des hongs qui seront remplacés plus tard par une masse de buildings. Est-ce que la respectabilité shanghaïenne va sombrer ?

Pas du tout. Après cette fièvre, une fois la paix revenue, une retombée salutaire vu purger Shanghai, lui rendre sa décence. Nettoyage dans le grand business. Les firmes imprudentes en faillite. Six banques sur onze cessant leurs paiements. Les frères de la côte disparaissent peu à peu, pègre blanche qui s'était mise à la contrebande des armes, aux convoyages des cargaisons mystérieuses et même à la piraterie à bord de jonques. Beaucoup, partis un jour pour quelque opération sur mer ou dans l'intérieur des terres, ne sont jamais revenus.

Le vrai Shanghai reprend son essor, même si, sous l'afflux des réfugiés jaunes, les Concessions à l'aspect victorien se sont sinisées. Plus que jamais les taipans, ceux qui avaient été sages et clairvoyants, sont les seigneurs. Les sources et les dépositaires de toute richesse. Avec leurs banques, leurs belles maisons, leurs entreprises multiples, leurs canons, leurs recettes, ils sont prospères, sûrs et forts, des colosses.

Ces gentlemen mènent en pleine Chine des existences de châtelains anglais. Des vies réglées au métronome. Dès dix heures du matin le travail au bureau. Ensuite tennis, cricket, et régates pour les messieurs. Promenades sur l'eau en houseboats, promenades à la Source Pétillante dans les calèches pleines de dames blondes, les épouses légitimes étant arrivées depuis longtemps. Jardins publics où jouent les gosses anglais avec leurs amahs. Ils sont interdits aux coolies-chiens, c'est-à-dire les coolies qui baladent les chiens des mémères anglaises. Abondance de musique douce, concerts dans une salle éclairée au gaz avec les ladies en toilette écoutant *Les Cloches de Corneville*. Les bals, les rallies-paper, les invitations à dîner, avec les messieurs et les dames séparés pendant les cocktails préparatoires. Et surtout les clubs, le Shanghai-club reconstruit plusieurs fois en plus grand, devenant un affreux cube à colonnes, solennel, avec plus de cent salles et salons, des salles à manger, des salles de billard, des salles de journaux, surtout des bars bondés de joyeux gentlemen respectables. L'événement, ce sont les courses. Trois jours au printemps, trois jours à l'automne. Fermeture des bureaux. Les dames du Tout-Shanghai exhibent leurs robes. Une foule énorme. Pas de jockeys de profession. Rien que des taipans montant leurs propres poneys. Et puis le sweepstake, qui rapporte au gagnant deux cent mille ou trois cent mille dollars. C'est toujours un monsieur très bien, jamais un Chinois, sur qui tombe le sort.

Vertu. Les maisons de commerce sont des sanctuaires du profit. L'alcool permis, recommandé même, le soir. Ivrognerie à condition d'être frais au bureau le lendemain matin. Interdiction de l'adultère. Ce qui est permis c'est le clin d'œil d'une maîtresse de maison donnant rendez-vous aux toilettes pour quelques minutes à un invité qui pige. Les jeunes griffins, la première année, doivent fournir les preuves de leur moralité. Quelques écarts permis mais surtout pas de relations suivies avec une Chinoise. D'ailleurs, à moins d'être des putains de la dernière catégorie, de celles qui crient sur le Bund : « Un dollar, un coup, mais par-devant, pas par-derrière », les beautés célestes ne sont pas faciles envers les Blancs par peur de se discréditer auprès de leurs clients célestes. Le problème des dames n'est pas aisé. C'est encore dans la Concession française qu'on le résout le mieux car il y a là un Cercle sportif où le chic c'est que chaque couple attablé soit un faux couple.

Les Blancs sont tellement des seigneurs que, quoique n'étant à Shanghai que pour faire de l'argent, ils n'ont jamais un sou sur eux-mêmes. On ne paie pas. On signe des « chits », des bouts de papier dont le total vous est présenté à chaque fin de mois. Gare aux griffins imprudents qui gribouillent trop souvent leurs noms pour n'importe quelle somme. Il faut des hommes forts à Shanghai, sachant résister aux vertiges du poker, des « chits » et de la chair. Le griffin insuffisant est renvoyé de sa firme, ce qui équivaut à un ostracisme. Le Tout-Shanghai est un club fermé de gens bien, de gens qui n'ont jamais sur eux de briquet car il y a toujours un boy pour tendre la flamme.

A Shanghai les Blancs sont tellement au-dessus des Jaunes ! Rien à craindre pour eux. Si l'un d'eux commet un délit il est jugé par son consul ou une cour consulaire. Pas d'autre sanction que le dédain des gentlemen, l'exclusion des clubs, peut-être le conseil de quitter Shanghai. Quant aux Chinois de la Concession internationale supposés coupables, ils passent devant une cour mixte présidée par un juge anglais et où un magistrat chinois fait de la figuration. Là des sentences dures, la prison, des coups de fouet. De formidables polices : plus de deux mille flics de tout acabit, Français, Annamites et Chinois, dans la Concession française qui a commencé beaucoup plus modestement avec une vingtaine d'hommes, tous des Corses recrutés par un certain Galonni d'Istria, un flic un peu gangster. Des pompiers nombreux à cause de tous ces Chinois qui mettent le feu à une maison pour un rien. Les Chinois payant l'impôt, ne votant pas, sans droit de s'exprimer et que l'on contrôle de toutes les façons par des armées de bureaucrates, de techniciens, d'employés blancs. Car il est bien entendu qu'il faut s'attendre à tout de leur part si l'on n'est pas ferme. Et puis il y a des hôpitaux, des universités, des curés et des pasteurs pour faire le bien. Law and order.

Les Blancs sont la race supérieure. Pas question que le plus minable voyou tombe sous la coupe des autorités chinoises. A Shanghai il y a bien des petits Blancs, des tenanciers, des joueurs, des tricheurs, tout un va-et-vient de gens venant tenter leur chance et tombant dans la débine que l'on fait filer ou que l'on nomme douanier ou flic. Il y a bien des prostituées blanches, les Américaines surtout dans les bordels de « Kiang Si road », mais elles ne couchent qu'avec des Blancs. Il y a bien Anna Ballard, une maîtresse femme qui a monté dans toute l'Asie une chaîne de bobinards avec des Françaises. Anna est célèbre parce que, à une réception de 14 juillet à Shanghai, on l'a retrouvée à califourchon sur un consul de France à poil lui criant : « Va, cochon ! » Il paraît qu'Anna autorise à ses filles la pratique de certains Chinois.

Avec le temps, apparition d'une nouvelle race d'homme : les Shanghaiens blancs, les Shanghaiens pour la vie, les hommes de Shanghai. Au début non seulement les aventuriers, mais les taipans eux-mêmes, ne venaient que pour peu de temps avec la hantise de ramasser le gros magot à toute vitesse puis d'aller vivre ailleurs dans un univers normal. Mais c'était entre les mâchoires de la mort qu'il fallait faire fortune. Chine pleine de tombes de Blancs. Maintenant on crée de nouveaux cimetières ornés de caveaux de famille.

Vers 1900, Shanghai appartient à de terribles vieux hommes. Les pionniers ayant pris de l'âge, ayant tout surmonté, sont devenus des excentriques à l'anglaise, de sacrés gentlemen à manies, pleins de milliards. Certains avaient commencé humblement comme dégustateurs de thé ou toucheurs de soie. D'autres avaient été envoyés comme employés par les maisons de Londres ou des Indes. Désormais ces messieurs ont fondé leur propre firme à Shanghai, des firmes pieuvres. Et maintenant ils sont le sol même de Shanghai, les maîtres de Shanghai, les maîtres de l'Asie, avec Londres à leurs bottes, tout-puissants auprès du gouvernement et des ministres, faisant donner les canonnières et les consuls quand ça leur convient. Ils se croient les maîtres de tout pour toujours, ils sont sûrs que Shanghai ne finira jamais.

Quelques noms, quelques visages. De vieux ragots

sur leur passé. Et maintenant autour d'eux la déférence, la servilité, la terreur. Non qu'ils aient des allures de despotes, des luxes extravagants, des fantaisies de rois car presque tous sont des Ecossais plutôt regardants. Le bureau, la maison pleine de domestiques, les clubs, les plaisirs convenables. Se mêlant à tous au Shanghai-Club mais chacun d'eux est invisiblement entouré de son auréole. Tous ces messieurs obéissent au même code, ils ont le même type qu'ils soient ronds ou secs, globuleux ou évidés. Tous se tiennent droits comme des pieux, l'amabilité dangereuse, les phrases ordinaires pleines de sens redoutables. Ils pratiquent ce que l'on appelle l' « understatement ». Mais parfois une sécheresse de l'œil, d'un mot, comme un éclair. Quelques-uns bizarres au point d'aimer la lecture, la musique classique, de jouer du violon ou d'interpréter une comédie. Ils ont en eux-mêmes, en leur œuvre, en leur pouvoir, en leur Shanghai, une confiance fantastique. N'acceptant pas d'obstacles. Brisant tout, calculant tout : l'art de la dureté.

Les valses douceâtres, à l'anglaise, le dégoulinement du whisky, les petites barbes têtues, les habits du soir, l'habitude de s'appeler par leur prénom, les salamalecs éternels qui semblent le contraire de salamalecs tellement ils sont dépouillés. Le faux bon-garçonnisme mi-solennel mi-naturel, l'enjouement britannique, les jokes, les rires comme des salves ajustées à une seconde près, les conversations sur les sujets intéressants comme le cricket. On ne parle jamais beaucoup business en dehors du bureau. Pas de gesticulations, pas de querelles, pas toutes les simagrées de la brouille, pas de bavardages infinis, pas les airs importants ou condescendants comme chez les Français qui, à Shanghai, sont plus français que nature, toujours attablés, toujours en proie à d'éternelles chamailleries entre eux et avec leur consul. Mais les Anglais le reconnaissent, les Français se débrouillent fort bien en affaires. Ce sont aussi de vrais Shanghaiens.

Quel est le métier, l'idée fixe de tous ces Blancs de Shanghai ? Toujours faire céder, toujours faire payer davantage la Chine et les Chinois. Ces Célestes tellement fourbes, tellement hostiles au fond, il faut les civiliser, c'est-à-dire leur faire ingurgiter les bateaux à vapeur, les rails, les locomotives, les télégraphes, les usines, les tramways, le gaz, l'électricité. Guerre constante à ces Chinois méfiants, superstitieux, qui ne veulent pas de la révolution industrielle, car ils ne croient qu'au ciel, qu'à la terre, qu'à l'homme qui domine les éléments par le travail et la vertu. Guerre à ces Chinois craignant la destruction de leur Empire céleste, de leur société ancestrale, de la vieille sagesse, par les machines. Guerre à ces masses jaunes craignant le joug des étrangers, un joug de fer, d'acier, de textiles. Guerre à l'impératrice Tseu Hi tâchant de défendre l'ordre éternel des choses.

Cinquante ans de guerre menée par Shanghai. Le front face à la Chine c'est le Bund toujours plus grandiose, un jaillissement d'immeubles, le ciment et la pierre, la muraille de la force remplaçant les anciens hongs aux formes biscornues. Vingt grosses firmes. Comme pièce maîtresse la « Hong Kong and Shanghai Bank » fondée par les taipans pour être leur artillerie lourde. La banque à l'avant-garde de la conquête de la Chine. La banque qui avait trouvé tous les trucs convenant aux Chinois, les séduisant, avec des taipans comme Macgraw et Camaron, celui-là capable de traiter avec un envoyé barbichu de Tseu Hi comme avec un milliardaire jaune du Shan Si. Capable de perdre du temps, de parler innocemment avec un Jaune jusqu'à la dernière minute où tout se joue. Légère accommodation aux mœurs chinoises, ruses de guerre. Le seul Anglais « enchinoisé » était Sir Robert Hart, le directeur des douanes chinoises placées par les « traités inégaux » sous la coupe des étrangers. C'était un petit homme timide, chauve, qui louchait, avec un physique miteux. Une personnalité extraordinaire en fait, vivant en mandarin, parmi les merveilles de l'art céleste et les garçonnets jaunes, voluptueux de tout ce qu'était la Chine, les vieux caractères et la musique des flûtes de son propre orchestre pendant le dîner. Un gnome vivant à l'aise dans le monde chinois. Son P.C. sur le Bund, dans un bâtiment, une sorte de temple céleste pompeux. Voyant peu les Blancs, lui-même étant le seul Blanc dans l'intimité, dans la confiance de l'impératrice et des lettrés. Sachant terminer toutes les sales histoires par des compromis sauvant la face aux Célestes mais donnant en réalité satisfaction aux Occidentaux. Hart souvent méprisé, mais craint par tous. Le médiateur des Blancs et des Jaunes. A la fois grand-croix de Saint-George et Saint-Michel et la plume de paon.

Mais, à part les arrangements utiles de Sir Robert Hart, les taipans croient à l'offensive. Toujours porter de nouveaux coups à la Chine et ensuite ne jamais céder face à n'importe quelle forme de la résistance chinoise : atermoiement, incompréhension, menaces de massacres. C'est un déshonneur de faire machine arrière. Ainsi les Français de Shanghai se sont-ils couverts de honte un jour en capitulant : ils avaient entrepris d'assainir leur Concession, en grande partie un marécage couvert de tumuli, de dépôts de cercueils, de jarres à ossements, de mares aux eaux verdâtres, de cimetières infects, de réservoirs de cadavres en transit vers leur province natale. Il y avait un puits pestiféré, puant, où les Chinois jetaient les enfants. Tout cela fut démoli sauf le cimetière de la pagode de Ning Po. Quand les Français voulurent y faire passer une route, ce fut la révolte des bonzes, le déchaînement de la populace, l'hystérie, l'assaut, l'incendie. Aussitôt la cloche d'alarme a sonné au beffroi de la Concession internationale, toutes les nations sont arrivées au secours des Français, les matelots, les soldats, les policiers participant joyeusement à la répression. Quelques Chinois tués, l'ordre est rétabli. C'est alors que se produit le vrai scandale : le consul de France, un homme de trop d'imagination, redoutant les tréfonds de la Chine, lance une proclamation solennelle de renonciation au chemin sacrilège qui déplaçait les cercueils et dérangeait la paix des morts. En contrecoup, les taipans anglais entrent dans une colère sacrée. Tous, dans une apoplexie d'indignation, explosent dans leurs clubs, à leurs tables, devant leurs « drinks ». Quelle capacité des gentlemen et des ladies de se mettre à l'unisson de la fureur ! Tous ces gens, si polis dans l'existence normale, dévoilent soudain une âpreté cachée, le fiel de leur âme. La vie sociale, si réglée, devient la mer des épigrammes, des chansons. Evidemment les journaux britanniques de Shanghai, martelant quotidiennement la Chine de mots — un style anglo-saxon alliant la gravité, l'austérité, la moralité, à un étrange pouvoir de sarcasmes et de menaces — se mettent à lâcher leurs bordées contre le consul de France. Ses propres concitoyens se joignent à la curée. Le Shanghai des Blancs lâche l'accusation de lâcheté contre le pauvre diplomate qu'on représente perdu, égaré, volé, disparu, se cachant sous son lit. Pourquoi tant de méchancetés contre cet homme ? Parce qu'il est traître à la race blanche, parce que son humiliation, c'est-à-dire sa dérobade devant les Chinois, constitue un précédent dangereux.

Cela a duré longtemps, cette tension intérieure des Blancs, cette arrogance calme, ce mépris lointain, la volonté forcenée d'imposer leur volonté et leur marchandise, cet acharnement à profiter de tout, à tout calculer en vivant eux-mêmes toujours mieux, en étant volontairement les super-étrangers de la Chine que l'on dressait pour son bien. C'est la croisade mercantile où les Anglais ont reculé quand même une fois quand ils ont voulu conduire un petit tortillard dans la banlieue de Shanghai. Ils avaient menti prétendant qu'il ne s'agissait que d'une route mais les rails sont apparus, les foules ont gémi qu'on allait blesser le dragon de la terre et les mandarins eux-mêmes, tout luisants dans leurs paupières fermées, ne se sont pas dérobés par un mensonge qui les perdrait cette fois. Ils sont restés fermes face au consul d'Angleterre déclarant : « Les officiers qui commandent les canonnières seront invités à agir. » Finalement les mandarins ont racheté les wagons, la ligne, les locomotives, uniquement pour détruire, pour anéantir ce matériel maudit.

Cinquante ans pour dompter les Chinois. Ailleurs, dans la Chine assaillie de toutes parts, que de guerres, de massacres et de haines ! Les taipans de Shanghai s'arrangent pour que ces malheurs, même ceux qu'ils ont provoqués, se passent loin de Shanghai. Ils vont jusqu'à imaginer d'employer des Jaunes bien positifs, bien actifs, des Japonais. Ils s'en servent pour contenir sur les frontières de l'Empire céleste les Russes qui surgissent de l'Asie intérieure et veulent manger un trop gros morceau de Chine. Comme cela Albion conserve sa chasse gardée de la vallée du Yang Tse Kiang.

La frénésie dans l'Empire céleste et la paix de Shanghai. La paix d'Albion, la paix de John Bull, un système exploitant l'Asie avec, comme capitale, Shanghai. Système au point, l'ambassadeur d'Angleterre tarabustant Tseu Hi dans sa Cité interdite de Pékin. Partout les consuls d'Angleterre persuadent les mandarins compréhensifs avec des arguments de poids : leurs uniformes brodés et les profils des canonnières. Tseu Hi et les mandarins se laissent peu à peu pourrir, sombrent dans une atmosphère de corruption et de décomposition. Les taipans manœuvrent de leur Shanghai malade de gigantisme, le nombril du mercantilisme. Shanghai où les Chinois s'agglutinent peu à peu à l'ombre des taipans.

Toutes les nations se déchirent la Chine et les taipans l'exploitent. Tranquillité de ruche à Shanghai où la seule révolte est celle des pousseurs de brouettes, en 1897. Brouettes énormes charriant les marchandises et même le peuple, par familles entières, à travers les encombrements de la cité. Pour pousser cette boîte craquante et surchargée, une ombre d'homme, un coolie. Mais la taxe sur chaque brouette est portée de 4 à 6 cents par le conseil municipal de la Concession internationale. Milliers de coolies en bandes dans les rues, protestant contre l'injustice, s'énervant, devenant dangereux. Alors les grands taipans du conseil municipal renoncent au relèvement de la taxe. Mais tous les autres taipans, en une vague véhémente, constituent un conseil des contribuables et font démissionner le conseil municipal ! Les Blancs riches, repus, les seigneurs, entrent en fureur contre les coolies aux côtes saillantes qu'il ne faut pas augmenter. Les gentlemen se mettent en uniforme pour appliquer le principe typiquement britannique selon lequel les bons citoyens contribuent volontairement au maintien de l'ordre. Les dignes volontaires, au lieu de taper dans le tas, menacent cette fois de faire grève si les autorités suprêmes de la communauté blanche cèdent aux jaunes. Finalement la communauté n'a pas cédé.

Calme. Même pendant la guerre des Boxers qui n'affecte en rien Shanghai. Au contraire, à cette époque, c'est la victoire de l'esprit de Shanghai où, lentement, avec leur prudence coutumière, les Chinois ont digéré les machines des Blancs. Ces machines qu'ils abhorraient et dont ils sont désormais fous, chemin de fer compris. Chinois commençant par adopter les rickshaws, ou pousse-pousse, impopulaires d'abord, car importés du Japon. Chinois créant des compagnies de navigation à vapeur, avec le dragon comme drapeau. Chinois fondant usines et sociétés à tour de bras. Banques chinoises aux vitres dépolies avec le mot « and C° ». Tas de capitalistes chinois. Tas de Chinois pris par l'obsession de faire de l'argent en gros, une frénésie et un désir universel, une maladie prise aux taipans. A Shanghai toutes sortes de Chinois à la fois exploitants et exploités, marqués de façon indélébile par l'Occident, même s'ils le haïssent.

Qu'importe aux taipans ce que deviennent les Chinois pris dans le jeu ? Qu'importe qu'il y ait désormais des milliardaires jaunes de la Bourse, de l'Exchange, des produits manufacturés ! Cela ajoute seulement à l'activité. Qu'importe qu'il y ait, à côté des profiteurs, des victimes, tous ces millions d'ouvriers, d'ouvrières, de coolies, de gosses, de fillettes, chairs à machines ? Tout cela dans Shanghai vend et achète. C'est l'essentiel.

Shanghai, le dynamisme grouillant de la Chine ajouté au dynamisme froid des Anglais dans toute leur gloire, avec leur civilisation sur mesure de gentlemen, les fils succédant aux pères, les affaires devenant plus prospères grâce aux Chinois si heureusement contaminés. Taipans des grandes firmes, des grands clubs, interchangeables à travers les années, les générations, les événements, dominant le flot jaune qui bat à leurs pieds, jusqu'au Bund même. Taipans ravis car les Chinois devenus consommateurs et même producteurs n'ont pris de l'Occident que ses vices. Même ceux adonnés aux finances et aux machines ne conçoivent que le squeeze. Le squeeze roi. Ces Chinois sont incapables de maîtriser les lois de la science, de la production, de l'organisation. Au milieu de tous ces rackets les taipans se sentent encore plus indispensables.

Les Chinois sont peu à peu pris par le sentiment que la vieille Chine a perdu, qu'une nouvelle Chine doit naître, à l'image de l'Europe. Ce qui en résulte c'est la révolution de 1911, c'est la République chinoise. De tout cela il ne sort que le gangstérisme où les marchandises des taipans circulent, où les Blancs sont des rois intouchables, de l'aveu même des Chinois. Plus que jamais les Blancs ont le sentiment qu'ils ont toujours eu raison, que la Chine est à leurs pieds.

Shanghai-bordel. Shanghai-kidnapping. Shanghaiimmensité. Shanghai la moitié du commerce de la Chine. Shanghai où, à côté des marchands, surgissent les bandes de protection, la Bande Bleue et la Bande Rouge mêlées à tout, comprenant de tout. Les taipans toujours aussi dignes, s'habituant à ce milieu nouveau, le milieu du désordre encore plus profitable. Univers étrange, absurde, incarné par le « Grand Monde », ce capharnaüm de loteries, de théâtres, de zoos, de dancings, où les Chinois crachent sur un tigre dans une cage et contemplent en ricanant une fillette de huit ans, enceinte, qu'on exhibe. Le goût de la monstruosité.

Shanghai ville bocal. Ville coffre-fort où l'on amasse l'or, Shanghai ville bureau, ville club, ville P.C. d'où partent les ordres et où arrivent les bénéfices. Shanghai excroissance poussée sur la Chine et d'où l'on saigne la Chine. Le Yang Tse Kiang amenant à Shanghai toutes les dépouilles de la Chine intérieure. Un siècle pour faire du Yang Tse Kiang la voie impériale du fantastique négoce sous le pavillon de l'Union Jack. Shanghai lançant toujours plus loin ses tentacules sur le Yang Tse Kiang mieux aménagé pour servir au drainage des richesses. Comme suçoir principal, Han Kéou. A mi-cours du fleuve, là où il s'étale en une immensité saumâtre, l'eau y est une surface sale, sans limites, confondue avec le ciel, Han Kéou sert de plaque tournante à tous les commerces. C'est le comptoir des marchandises — tous les produits manufacturés on les vend, toutes les belles matières premières on les achète aux foules jaunes que l'on fait entrer dans le « système ». Pauvreté des lieux, mais tant de villes, tant d'hommes, tant d'eaux rassemblés dans un carrefour, dans la même fièvre. Forêts de mâts de jonques, rouille des eaux encerclées par les masses humaines, les quartiers immenses de magasins submergés de pacotille anglaise, et aussi des hauts fourneaux, l'incandescence du métal, les cheminées d'usines. Han Kéou, entrepôt de la Chine. Les cargos de haute mer, ayant pénétré des milliers de kilomètres à l'intérieur des terres grâce au Yang Tse Kiang, s'alignent le long de la berge comme autant de jouets baroques mais utilitaires qui se vident et se remplissent. Pas de quais majestueux, pas de Bund comme à Shanghai, à cause d'une laisse de vase puante, grisâtre, ravinée aux basses eaux, une coulée d'égout aux hautes eaux. Les bâtiment s'amarrent à d'énormes pontons reliés à la terre ferme par des planches. Là, sur ce rivage, l'Etranger est le Maître. Cinq « Concessions » se succèdent, cinq civilisations différentes, cinq drapeaux différents, cinq manières de nommer les rues, cinq polices et cinq lois. Mais partout, dans les Concessions et en dehors, dans toute l'agglomération, le négoce comme un poison, le progrès au rabais, celui qui rapporte le plus, gangrenant les Chinois. Han Kéou le marché, Han Kéou l'entrepôt colossal, Han Kéou le bric-à-brac géant, le caravansérail modernisé où la Chine perd son âme, la Chine devenue un bazar. Han Kéou, tas d'objets, tas d'appétits, tas de clients fabriqués méthodiquement par l'Angleterre qui domine le Yang Tse Kiang.

L'Angleterre poussant toujours plus loin à l'intérieur de l'Asie, le long sillon du Yang Tse Kiang. Les cargos britanniques, les rafiots naviguant pour tous les trafics et toutes les aventures sont arrêtés pourtant de longues années devant les gorges du fleuve Bleu. Là le progrès est impuissant devant la fureur des éléments, ces lames d'eaux folles qui protègent le Sseu Tchouan, ce mirage. Terreur des rochers, des rapides, des crues, des tourbillons. Mais comme toujours dans l'histoire d'Albion il se trouve enfin un « Capitaine courageux », un homme de tempêtes, un jouisseur du danger, qui tente l'exploit réputé impossible. C'est un certain Plant, un vieux marinier qui, dans un bateau à roues, de soixante mètres, une boîte poussive, a vaincu les génies des eaux tumultueuses et a accosté à Tchoung King à la fin du siècle dernier. Sacrifice d'un coq blanc par l'équipage chinois.

Le monde moderne a suivi ce pionnier. Les canonnières du Haut Yang Tse Kiang. Epopée, explorations aux abords du Tibet de rivières inconnues inspirant une terreur vague à cause de leur emprisonnement dans des roches noires de grès ou de calcaire, leur enserrement dans des falaises, des croupes de montagnes, des récifs comme des géants dans les fleuves, les baves des eaux écorchées sur des cailloux pendant des kilomètres. Une nature trop puissante qui semble pétrie d'une âme intelligente et mauvaise inspirant un effroi sacré. Alentour, des populations sauvages sonnent des trompes.

Vers 1900 le progrès s'amarre à Tchoung King qui devient une petite base pour étrangers, avec des commerçants et des curés qui se déversent peu à peu sur le reste du Sseu Tchouan. Le rêve des matières rares, de l'or et des émeraudes pour les trafiquants blancs. Le rêve des âmes pour les missionnaires. Dans le Sseu Tchouan c'est toujours le Moyen Age. Un Moyen Age exploitable puisque d'année en année, il y a toujours plus de cargos à remonter le Yang Tse Kiang, très loin, pour de fructueux négoces.

Aux isolés, aux petits Blancs, aux chercheurs de fortune ont succédé au Sseu Tchouan les émissaires des taipans attirés par les Seigneurs de la guerre et leurs armées mangeuses d'armes. Attirés surtout par l'opium.

L'opium qui a « fait Shanghai », c'était celui des Indes. Cette importation honorable, protégée par les consuls d'Angleterre, a duré un siècle, jusqu'au cœur des temps modernes. Jusqu'en 1917.

Les masses de Shanghai, les peuples des grandes plaines et des grands fleuves, sont tombés malades de l'envie de l'opium, après l'arrêt des importations du Bengale en 1914. Les taipans de Shanghai, ceux qui avaient fait fortune avec les cargaisons de drogues, ceux qui avaient donné le goût de la boue noire aux innombrables Chinois, s'avisèrent alors de ce manque intolérable. Ils devaient y remédier quitte à devenir plus riches eux-mêmes.

Question d'organisation car, depuis des années, des provinces de Chine, mais des provinces lointaines de montagnes et de jungle, étaient couvertes de pavots. Sur les sommets des collines décalotées de leur exubérance végétale poussaient des champs de corolles blanches et mauves fragiles comme des souffles. Nappes fleuries. Elles étaient cultivées par des tribus primitives d'aborigènes qui dénudaient les crêtes, brûlaient les forêts pour planter, saignaient les tiges délicates, les incisaient pour en retirer le suc qu'ils vendaient sous le nom de « confiture ». Le Seigneur de la guerre et les gros marchands du Sseu Tchouan avaient contraint les habitants des hauteurs sauvages, les Méos aux têtes énormes, les Miaos et les Lolos au cou enserré de colliers d'argent, à cette agronomie. Ces primitifs s'y étaient très bien habitués, ils voulaient être payés en taëls.

C'est donc ce Sseu Tchouan-là, celui des maréchaux voulant des armes et détenant l'opium, qui attire les messieurs de Shanghai. Des gentlemen qui ont quitté un Shanghai en pleine gloire, en pleine apothéose, en plein paroxysme, pour de l'argent, du gros argent à faire loin, dans ce Moyen Age gai et grinçant qui bouillonne de cadavres et de supplices. Les grosses sociétés y viennent à cause de la mort qui rapporte. Elles vendent les mitrailleuses qui tuent vite et elles achètent l'opium qui tue lentement. Les Seigneurs de la guerre, les capitalistes, les consuls sur le Sseu Tchouan. Tous sur le Sseu Tchouan comme des corbeaux sur un charnier. Une belle partie en perspective qui, on le sait, angoisse beaucoup mon père, lui aussi préoccupé d'armes et d'opium mais ayant sur ces articles d'autres vues que celles des taipans, des vues patriotiques et françaises !

TROISIEME PARTIE

La salle à manger est comme un temple éclairé, au milieu du consulat enveloppé par la nuit et ses rumeurs, des coassements et les interjections des takos, ces lézards qui sont de minuscules dragons. Plus loin les lueurs de Tcheng Tu : lampes de papier se balançant comme des barques rondes, les flambeaux, les mèches d'huile. Et puis tous les bruits humains amortis... Ma mère, qui n'aime pas Dumont, est allée se coucher au dessert, après avoir murmuré : « Je vous quitte, messieurs, vous devez avoir des choses à vous dire. » Elle profite de la coutume coloniale, d'origine anglaise, selon laquelle les dames laissent les hommes entre eux après le dîner. Elle s'est éclipsée si vite que Dumont, qui s'est levé pour lui baiser la main, ne trouve que le vide. « Excusez ma femme, dit le consul, elle a la migraine. »

Ils sont donc trois autour de la table encore encombrée. Un bon sans-gêne s'établit. Ces messieurs, une fois la maîtresse de maison partie, ont enlevé leur veste. Ils sont en goguette mais leur exubérance cache les arrière-pensées. Leur rigolade est un duel, leurs humeurs digestives dissimulent une empoignade. Albert Bonnard maîtrisant sa propre répulsion joue au bon garçon, au bon bougre, pour en savoir davantage. Cela tombe bien car Dumont ne demande qu'à se déboutonner, même si sa feinte naïveté est un piège. Il est tonitruant d'amitié pour le consul de France. Sur sa trogne rouge une petite moustache noire de garçon d'abattoirs. Sa bedaine poussante se bat contre le rebord de la table. Dumont est tout graisseux mais trapu et costaud :

« Monsieur le consul, clame-t-il dans sa vulgarité rayonnante, vous êtes trop bon. Vous vous laissez embêter par ces macaques de Chinois. Moi, je vous dis, il n'y avait qu'un moyen : le coup de pied au cul.

— Mais, proteste le consul, ce ne sont pas des nègres, eux, ils ne pardonnent jamais, ils se vengent, ils peuvent très bien vous couper le cou. »

Hilarité de Dumont.

« Jamais si vous êtes malin. Tenez, moi, je me suis toujours démerdé avec eux. Mon pauvre père le navigateur, mort d'opium, m'avait laissé quelques sous. Après les avoir perdus au poker au Cercle français, j'ai commencé à être sérieux. Quinze fortunes et quinze faillites. Ma bosse, je l'ai traînée partout. J'ai été courtier en diamants à Tien Tsin, marchand de curios rares à Pékin, caravanier dans le désert de Gobi, chercheur d'or au Tibet, économe d'un couvent de bonzes à Lhassa, croupier à Macao. Eh bien, les Chinois, je les ai toujours roulés. »

L'adjoint de Dumont, un monsieur chandelle, dont la mèche brûlante est un pif de cartilage rouge, approuve : Dumont ne se laisse pas avoir.

Dumont, prenant une voix posée de philosophe, poursuit :

« Le truc des Chinois c'est de vous emberlificoter, de vous faire mijoter dans leurs sacrées manigances jusqu'à ce que vous perdiez la boule. Alors vous êtes foutus. Eh bien, moi, avant de me laisser empatouiller, je tape. Je tape dur. Et c'est le Chinois qui est déconfit. C'est lui qui est knock-out. Son esprit est ainsi fait qu'il ne comprend pas le coup au but soudain, à la loyale, parce que, pour lui, la victoire est toujours au bout des micmacs.

— Ainsi vous pratiquez la loyauté, monsieur Dumont ?

— Quand je cogne, oui. Hélas ! les Européens s'avachissent de plus en plus. Ce sont des cornichons maintenant. Les Chinois qu'on maintenait autrefois à distance le sentent et ne se gênent plus. »

Soupirs de Dumont.

« C'est la décadence. Même chez les taipans anglais. Eux, si fiers autrefois, maintenant ils sont obsédés par les Chinois, ils en ont peur, ils leur font des courbettes. Il n'y en a qu'un qui a encore des couilles : le père Jonson, un vieux de la vieille. Il rouscaille contre tout : les décisions du Club, du conseil municipal, de son consul. A chaque assemblée des taipans on peut être sûr qu'il surgira et qu'il lâchera un speech épicé de jurons écossais sur ce qu'il pense de tous les jean-foutre qui laissent perdre la Chine et Shanghai.

— J'ai entendu parler de M. Jonson avec beaucoup de respect, dit mon père suavement.

— Le vieux bougre ! Il faut le voir se pavaner en gesticulant le long du Bund ! Les nouveaux venus à Shanghai, les tendrons, se chuchotent respectueusement entre eux, à sa vue : « C'est M. Jonson. » C'est que ses milliards, le bonhomme les a faits lui-même. Le plus beau coup jamais fait à Shanghai. Cela se passait vers 1915, quand l'opium importé était devenu rare. Jonson, lui, a raflé tout ce qui restait à Shanghai et a constitué une corporation qui a traité avec une guilde chinoise. Jonson, grâce à son monopole, livrait en vrac des tonnes de drogue du Bengale à de bons Célestes qui les distribuaient dans les provinces après avoir graissé toutes les pattes nécessaires.

— En effet, je sais que le doigté de M. Jonson à cette époque a fait l'admiration de tous les hommes d'affaires européens de Chine.

— Il a gagné les doigts dans le nez. Mais depuis, le père Jonson a beau râler, les temps ont changé. Il s'est mis dans les armes avec tous ces Seigneurs de la guerre qui pullulent. Mais il est devenu vieux, il n'est plus tout à fait dans le coup. Et son fils, le jeune homme qui est à Tcheng Tu maintenant, entre nous, ne le vaut pas. Une poule mouillée. L'erreur du père a été de faire éduquer son garçon à Oxford. Depuis ce temps le rejeton ne fait pas le poids. La firme a décliné.

— Elle reste très importante d'après ce que je sais.

— Oui, mais le vieux, finalement, a regimbé. Il n'acceptait pas cette décadence. Il gambergeait et un jour, il y a trois ou quatre ans, il m'a fait venir dans son bureau, moi qui, justement, venais de me ruiner une fois de plus et qui étais un Français de surcroît. Il a grogné d'un air bourru : « J'ai entendu parler de vous. Je vous donne deux millions de dollars. Vous allez relancer ma firme. » Et il m'a tendu le chèque.

— Jonson c'est vous maintenant ? Vraiment curieux, dit le consul de France.

— Pas tellement. Le vieux savait que j'apporterais avec moi Tu Yu Seng... Il y a quand même de bons Chinois et celui-là c'en est un bougrement bon. »

Mon père n'a pas de mal à se souvenir de Tu Yu Seng, il était même assis à ses côtés chez Dumont, à Shanghai. Un vieux Chinois à l'air inoffensif, à la face en bouton de guêtre, à la figure grêle. Une expression abrutie, froide, sans âge, endormie. Quelque chose de malsain, de cachectique, se manifestant par des toux, mais pas de celles qui sont pour les Célestes des égaiements, des ricanements approbatifs. Là il s'agissait de toux de malade, de tuberculeux qui étaient du reste son seul langage car il ne parlait pas. Tout semblait se traîner en lui. Des pellicules sur les yeux, des gestes inertes, un tâtonnement de la main pour le shake-hand, des tâtonnements encore plus vagues pour porter la nourriture à sa bouche morte, une peau parcheminée. Un imbécile à le voir.

Dumont est tout fier d'étaler ses connaissances : « Tu Yu Seng, c'est le chef de la police de la Concession française qui me l'a fait connaître.

— Celui-là, je le connais bien, s'écrie mon père, un sacré Corse, le bel homme, un profil de médaille, l'œil de feu et la jugeote. Un héros aussi. La Légion d'honneur à titre militaire comme sous-off au Maroc. Il avait sauvé dans un bled les Français que les Arabes commençaient à massacrer. Le véritable aventurier à képi. Il a tout fait, même l'armée blanche de Sibérie, celle de Wrangel luttant contre les rouges dans les plaines glacées : un cauchemar où il s'est amusé. Ça a fini dans le sang. Lui, démobilisé à Vladivostok, s'est retrouvé à Shanghai sans le sou. »

Ces belles phrases, Dumont s'en fout, la vie héroïco-patriotique du chef de la police de Shanghai aussi. Ce qui l'intéresse c'est qu'il est son compère, sur le tas. Et c'est ça qu'il fait savoir à Albert Bonnard :

« Moi, quand il s'est pointé à Shanghai, justement, j'étais aussi dans la déconfiture. Nous étions pensionnaires du même boarding-house usé par deux générations de petits Blancs. Enfin quoi, la tristesse et le délabrement d'une pension de famille pour épaves, avec la crasse orientale et le boy principal qu'on appelait glorieusement « n° 1 ». Comme patronne, une nonne défroquée, une gaillarde de cinquante ans qui offrait ses bons conseils et ses vieux charmes. L'adjudant et moi étions devenus copains. Un jour il m'a dit : « On me propose de devenir le chef de la police, je me tâte. — Accepte. »

— N'est-ce pas lui que j'avais rencontré chez vous à Shanghai ? »

Dumont écarte la réflexion de mon père d'un geste de sa grosse main :

« Non. C'était son bras droit, un ancien de la Légion étrangère, un peu déserteur paraît-il. Mais on a régularisé sa situation. La vraie fouine. Mais, mon ami, lui, c'est tout autre chose. Un vrai monsieur.

— Oui, il a très bien réussi, à ce qu'il paraît.

— Et comment ! Quelques mois après sa nomination, toujours le képi cassé et le mégot aux lèvres aux heures de travail, mais se vissant un monocle à l'œil le soir, il est devenu le mâle de Shanghai. »

Et mon père, la glotte se trémoussant d'impatience dans sa gorge, a le droit au portrait d'un « Seigneur », l'homme autour duquel flotte l'adulation. Le consul a un mauvais goût dans la bouche : au fond, ce Corse, il le méprise et il le jalouse. Il n'a pas besoin des minables paroles de Dumont pour savoir la place prise à Shanghai par l'individu : les gentlemen l'invitent à dîner, les ladies le cajolent, il fait sensation dans les mondanités, comme si le frac avait toujours été son uniforme. Les femmes à ses pieds pour un regard, les hommes pour un conseil. Lui, toujours aux aguets, percevant chaque nuance, capable de durcir ses traits en un masque insoutenable, capable aussi, du haut de sa virilité, de la câlinerie du geste ou de la voix qui marque l'amitié. Capable de tout, des décisions impitoyables mais surtout des ententes subtiles. Le don de comprendre tout à Shanghai, le gratin et la pègre, les Blancs et les Jaunes. Tout cela, pour mon père, c'est un immense « milieu » où, en bon Corse, l'autre nage comme un poisson dans l'eau — un revolver toujours à portée de main. Evidemment il trempe dans tout et tout lui est favorable. Un hasard étrange a fait qu'il a gagné deux ou trois fois le sweepstake — évidemment une faveur de la colonie européenne... Mais surtout les Célestes s'efforcent de gagner ses faveurs.

Pour bien épater mon père, Dumont étale son intimité, il s'y vautre :

« Quand je vais le voir à son bureau, il me confie, un sourire indulgent aux lèvres : « Curieux pays. Quand je tire mon tiroir le matin, je le trouve plein de dollars. Je ne sais pas qui les a mis là-dedans, quelque Céleste sûrement. Ce serait offenser le personnage inconnu que de ne pas empocher son hommage. Le mystère dure peu — il y a toujours, peu après, un magot à me demander : Mes humbles efforts ont-ils été suffisants pour vous faire plaisir ? »

— Ça m'a l'air d'un fameux pistolet, votre ami.

— À la coule, comme c'est nécessaire en Chine. D'abord le bon policier qui déteste le désordre. Avant lui la Concession française en était pleine, vous ne l'ignorez pas. A Shanghai, faire tuer quelqu'un, ça coûtait de cinq à dix dollars, pas plus. Les gros Chinois avaient transformé leurs demeures en forteresses avec, comme remparts, des grillages épais et même des blockhaus. Chaque richard vivait sous la protection constante de gardes du corps armés, qui souvent trahissaient. Pour sortir en bagnole, tout milliardaire jaune ne se contentait pas d'établir une cloison métallique entre lui et son chauffeur toujours douteux, il s'enfermait lui-même aussitôt à clef dans son compartiment roulant, de façon à ne pouvoir en être arraché. Vaines précautions si le coup était monté par une des grandes bandes — la plus célèbre étant la Bande Bleue. »

Mon père est agacé :

« Je le sais bien ! Mais comment votre ami si compréhensif est-il venu à bout de ce chaos ?

— Il a réfléchi. Il s'est dit que, pour lutter contre le crime, il lui fallait s'allier aux criminels, leur faire entendre le langage de la raison et de l'intérêt. Il n'a pas eu à chercher loin ses interlocuteurs. Il les a trouvés dans ses propres services, parmi ses subordonnés. Figurez-vous que l'honorable inspecteur principal chinois de la Police française, M. Wang, était aussi le chef suprême de la Bande Bleue. Et presque tous les flics jaunes de la Concession y étaient affiliés. En somme, le P.C. du gang au cœur même de la police. Cela durait depuis longtemps.

« M. Wang avait eu une vie pleine de mérites. Il avait commencé dans l'existence comme coolie-pousse. Il avait réussi, à force de sagesse, à monter à la fois dans la hiérarchie de la police coloniale et dans celle de la bande. Le grand flic-gangster quoi ! A ce moment-là, au comble des honneurs, il se préparait à prendre une vertueuse retraite dans un yamen fleuri proche de Shanghai, au milieu du grouillement harmonieux de ses femmes, de ses brus, de ses fils, de toutes ses progénitures.

« Mon ami convoque M. Wang, qui le salue respectueusement. Puis il prend un visage désolé pour lui dire : « Monsieur Wang, je suis dans l'obligation de vous révoquer. Vous avez profité de vos fonctions pour commettre des crimes tout à fait regrettables... » Sanction terrible pour M. Wang, car elle lui fait perdre la face — à lui, un des maîtres de Shanghai à la vie exemplaire. Wang est grand, la face ridée, le corps dignement plissé par l'âge. Un personnage comme lui pourrait éclater de fureur, proférer des menaces dangereuses — c'est vrai qu'il peut, s'il le veut, mettre la Concession à feu et à sang. Par quelques mots chuchotés aux dignitaires de la grande loge de la Bande Bleue. Le Corse a un sourire superbe en attendant la réponse de Wang — car, de ce que dira le Chinois, dépendront sa carrière, sa vie et même le sort du bout français de Shanghai. C'est un quitte ou double. M. Wang sourit aussi de façon modeste, déférente, comme un subalterne en faute. En fait, le bonhomme a bien compris que ce n'était pas de son renvoi qu'il s'agissait, mais d'une proposition de négociation. Il se borne à faire l'imbécile : « Monsieur le chef de la police, il faut avoir pitié de moi. Je suis un vieil homme. Et puis, j'ai aussi rendu beaucoup de services grâce à la très modeste société de bienfaisance à laquelle je consacre, en mes moments de loisirs, mes facultés limitées. » En fait, ça signifie qu'il accepte les pourparlers. Mon ami, tout ragaillardi mais sans montrer sa joie, avec la même mine sévère et paternelle de chef attristé, en profite pour avancer aussitôt ses cartes : « Monsieur Wang, vous n'avez pas été raisonnable. Votre organisation de charité contrôle à Shanghai et dans beaucoup d'autres cités bien des activités utiles et rémunératrices : la prostitution, tous les plaisirs, les jeux, et surtout le jeu des trente-six bêtes, enfin tout ce qui concerne l'opium. Aucun Chinois de cette ville ne conclut un marché sans donner un pourcentage à votre œuvre salutaire qui gagne aussi beaucoup d'argent à vendre, de façon très persuasive, sa protection aux petits et aux grands. Je comprends la nécessité, pour votre pieuse institution, de ramasser énormément de dollars, afin de faire le plus de bien possible. Mais comment se laisse-t-elle entraîner, pour accroître encore ses fonds, à des actes aussi regrettables que l'attaque à main armée, le cambriolage, le vol des banques, le kidnapping et l'assassinat ? C'est ça qui est intolérable. Monsieur Wang, vous êtes aussi un vieux policier bien noté et apprécié. Vous comprendrez que je veux que l'ordre règne sur la Concession — un ordre nullement nuisible à la bonne marche des affaires charitables, au contraire... »

M. Wang a baissé la tête :

« Monsieur le chef de la police, je reconnais mon indignité. J'ai manqué de vigilance. J'ai été trop indulgent quand certains jeunes initiés de notre confrérie se sont laissé emporter par trop d'ardeur. Cela ne se renouvellera plus. La Concession française sera désormais un modèle. Si nous pouvons continuer à pratiquer nos bonnes œuvres, moi-même et tous les frères de ma société, nous vous aiderons à lutter contre le mal. Non seulement nous n'aurons plus de tentations, mais nous serons vos yeux et vos mains. Nous vous aiderons même à démasquer les individus étrangers à notre organisation et à faire justice. »

Dumont souffle comme un phoque :

« Cette conversation, monsieur le consul, si j'ai pu vous la rapporter en détail c'est que mon ami le chef de la police me l'a racontée bien des fois avec un légitime orgueil. C'est grâce à elle que la Concession française — et la Concession internationale aussi — ont retrouvé le calme et la prospérité. L'idée de mon copain, celle de transformer des mauvais garçons en bons gestionnaires du vice, a réussi magnifiquement. Que voulez-vous, le vice est impossible à supprimer en Chine. Vous voyez des Chinois sans le jeu et sans l'opium ?... Vous savez bien que c'est une industrie très importante, de loin la principale de Shanghai. Tant qu'à faire les Blancs doivent en tirer parti, économiquement et politiquement. Il faut laisser les Chinois vivre à la chinoise. Le chef-d'œuvre de mon ami, c'est d'avoir métamorphosé les gens de la Bande Bleue, d'en avoir fait des hommes d'affaires sérieux qui se sont rangés définitivement du côté des autorités blanches et de la bonne société. Il n'y a pas de meilleurs défenseurs de la loi et de l'ordre qu'eux, pas plus honnêtes, pas plus réguliers, à condition de les laisser tranquilles dans leur business. En fait maintenant le Shanghai civilisé est surtout préservé par de bons gangsters jaunes. Un jour, ce seront peut-être eux qui sauveront la cité, face à ces fous de Seigneurs de la guerre et à toutes les racailles excitées. Ma foi, parmi les Chinois, je n'ai confiance qu'en eux. Aux autres, le coup de pied au cul... »

A ce moment, le nez du comparse de Dumont passe à l'écarlate comme un signal d'arrêt :

« Monsieur Dumont, je crois que vous fatiguez le consul de France avec toutes vos histoires de Shanghai. Allons plutôt nous coucher.

— Ne m'interromps pas. Je sais ce que je fais. »

Dumont remplit son verre de cognac et provoque mon père au kampé, à la chinoise.

« A votre santé, monsieur le consul. Moi, je suis franc. Si je vous déballe le dessous des cartes, c'est pour que vous sachiez combien un arrangement honorable, à Tcheng Tu, sur l'opium du Sseu Tchouan, en satisfaisant la Bande Bleue notre alliée, renforcerait encore la situation de la Concession française de Shanghai. Personne n'oserait vous dire cela, moi je vous le dis. Je ne vous demande d'ailleurs pas votre aide pour les tractations prochaines. Je suis assez fort pour me débrouiller, moi et mes associés. Je désirerais seulement que vous ne nous mettiez pas des bâtons dans les roues, en montant la tête à vos amis yunnanais. »

Mon père s'appuie solennellement sur le dos de sa chaise :

« Mon cher Dumont, je ne peux aucunement intervenir dans une affaire aussi délicate. N'oubliez pas que l'opium est complètement prohibé par la législation chinoise, même si celle-ci n'est guère appliquée. Ma position est simple : officiellement, je ne sais rien de vos activités. Mais, moralement, je suis favorable aux entreprises comme la vôtre, qui contribuent à l'expansion du commerce français. C'est dire que je ne vous contrecarrerai aucunement. Comment avez-vous pu croire cela ?

— A vrai dire, monsieur le consul, je craignais que vous ne soyez un empêcheur de danser en rond. »

Le consul tire lentement quelques bouffées de sa cigarette avec l'air d'un petit Metternich.

« Je suis un très bon valseur, mon cher Dumont. Mais je choisis mes cavalières. Dans votre cas, comme je vous l'ai dit, je ferai tapisserie, tout en admirant vos propres ébats.

— Alors, ça ne va pas traîner, monsieur le consul.

— Tant mieux. A propos, vous ne m'avez pour ainsi dire pas parlé de M. Tu Yu Seng qui, autant que je le sache, est quand même l'homme clef de la Bande Bleue. Est-ce que cet important personnage va apparaître lui-même à Tcheng Tu, pour conclure le marché ? »

Rire étranglé de Dumont :

« Que non ! Il est bien trop prudent. S'il était

ici, les Yunnanais ne résisteraient peut-être pas à la tentation de le prendre pour otage et de le rançonner. Des gens pas commodes, vos alliés... M. Tu a délégué ici deux dignitaires de rang élevé, mais pas assez éminents quand même pour mériter une hospitalité forcée de la part de vos Yunnanais.

— Et vous ne craignez rien pour vous-même ?

— Je suis français. Je suis sous votre protection, monsieur le consul. Vos amis yunnanais ne vous joueraient pas ce sale tour, de m'embêter vraiment... »

Sueur de cognac et sueur de joie sur les traits bouffis de M. Dumont à qui mon père demande :

« Mais qui est M. Tu Yu Seng ?

— Mon ami. Et aussi un des hommes les plus puissants de la Chine. Quand le digne M. Wang a senti ses forces décliner, il s'est retiré paisiblement, comme il en avait depuis longtemps l'intention, dans sa demeure campagnarde. Là, conservant toujours le titre honoraire de Grand Chef, il vit en patriarche. Il coule des jours heureux.

« M. Tu, qui lui a succédé, c'est une autre paire de manches. C'est lui qui a vraiment modernisé la Bande Bleue, en a fait cette combine, ce racket parfaitement huilé, en accord avec le chef de la police de la Concession. Cela fonctionne comme un mécanisme d'horlogerie. »

L'histoire de M. Tu, je devais l'apprendre bien plus tard. Elle est exemplaire :

Tu est un organisateur, un cerveau. Et pourtant il sort de la nuit, du néant, avec des débuts misérables de petit voleur, de petit tueur. Des voyous comme lui, il y en avait des milliers, des dizaines de milliers sur le pavé de Shanghai. Pour s'imposer, pour accéder au sommet au milieu de cette concurrence, quelle sacrée personnalité il lui a fallu ! M. Wang, qui avait reconnu ses qualités, l'a beaucoup aidé dans cette ascension, avant de le désigner comme son dauphin. Tout ce passé est mystérieux. On a attribué à Tu toutes sortes d'exploits sinistres — en particulier d'avoir invité ses rivaux au sein de la Bande Bleue à un banquet où il leur a servi des nids d'hirondelles si subtilement empoisonnés qu'ils ne se sont doutés de rien, jusqu'à ce qu'ils meurent. Au dessert, plus rien que des cadavres et Tu bien vivant les faisant enlever. Légendes peut-être... La seule certitude, c'est qu'un jour il a lui-même tranché la jambe d'une de ses concubines avec une hache et l'a laissée saigner à mort. Mais c'est une bagatelle en Chine...

Maintenant Tu est enveloppé de discrétion. Il déteste l'ostentation, même dans le crime. La force de la Bande Bleue, c'est son invisibilité, d'être partout sans qu'on sache qu'elle est là. Elle a commencé comme un simple compagnonnage des bateliers du Grand Canal impérial, une société d'entraide de miséreux, la population flottante des jonques. Comment est-elle devenue, en quelques dizaines d'années, ce formidable polype ? Maintenant, c'est une société très fermée. Pour en faire partie il faut être initié par la cérémonie du sang. Dans un décor de magie, le serment solennel de l'obéissance et du secret absolu, s'engager à exécuter n'importe quel ordre, même de tuer, les lèvres cousues sous peine de mort. La mort est l'unique sanction. Une mort cruelle.

La Bande Bleue c'est un alvéole de loges, chacune avec son maître, toutes sous l'autorité du Grand Maître. Au bas une racaille, une plèbe, ce qui traîne dans les rues. L'armée des gueux qui grouillent, à tout voir, tout épier, tout surveiller et qui, sur un signe, quand ils en reçoivent l'ordre, filent un homme ou s'attroupent pour tout paralyser par leur cohue.

Au-dessus de ces bas-fonds enrégimentés il y a l'armée régulière des petites frappes, leurs sales gueules enfouies dans des feutres, qui, chaque nuit, dans chaque secteur, font la tournée de la ville pour ramasser l'argent de « Protection ». Ils vont dans les ruelles infectes, les cabanes où des lampes à pétrole éclairent des putains et des coolies en train de profiter des joies de la vie, dans des bordels poussés sur des tas d'immondices, dans des bouges où des culs-de-jatte et des mendiants jouent, autour des planches grossièrement peintes servant à des jeux, les centimes de leur bol de riz. Dans des fumeries qui semblent des morgues tellement les clients sont desséchés. Impasses, culs-de-sacs, huttes sur la fange, immensité des quartiers de misère. Tout ça paie à la Bande Bleue avec respect. D'autres mecs, plus distingués, vont dans les avenues des plaisirs chers où des caractères gonflés d'électricité donnent aux êtres des couleurs irisées. Dancings à taxi-girls où sur les murs des formes mi-végétales mi-humaines semblent s'enlacer en une forêt de fibres et de chairs. Milliers de dancings, de fumeries, hôtels chinois, la cacophonie de la joie. Tout ça paie. Enfin des messieurs convenables avec des serviettes de cuir rendent visite aux boutiquiers, aux commerçants, aux marchands, aux banquiers, ceux-là paient aussi. Shanghai en entier est quadrillé par les agents de la Bande. Chacun pourvu d'un revolver si bien que M. Tu, s'il le veut, peut rassembler trente ou quarante mille hommes armés et prêts à tout.

M. Tu joue sur les passions. Avant tout celle du jeu. Le jeu à en mourir, à en dépérir, à en crever de faim, le jeu comme destin et comme divination, c'est l'obsession de tous les Célestes, la maladie de tous les Chinois. M. Tu pourvoit à ce besoin par le jeu permanent, universel, qui vient au-devant des gens, jusque chez eux, et qui ne cesse jamais. Il racle l'argent des pauvres, ce qui fait énormément d'argent, par le jeu des trente-six bêtes. Système parfait pour éponger le fric de la population. Une machinerie superbe et très au point. Shanghai est divisé en secteurs, chacun d'eux avec sa comptabilité, son personnel, ses responsables, avec le flot des démarcheurs, des tentateurs dans les rues et les ruelles, tous crient et agitent des feuilles jaunâtres barbouillées de dessins et de caractères obscurs se référant à la poésie ancienne et aux grandes légendes de l'Empire du Milieu. Avec toutes sortes de bêtes, des monstres, des sphinx, des licornes, sur lesquels cogitent les vieilles amahs, les belles taxi-girls, les petits employés. Tous se concentrent pour tâcher de découvrir quelle sera la bonne bête, celle qui sortira gagnante du jeu. Pour cela tous ces êtres, la plupart illettrés, scrutent, analysent les indications incompréhensibles contenues sur les papiers distribués : car celles-ci sont censées conduire à la solution, à celle des trente-six bêtes qui sera la bonne cette fois-là. Ensuite, les gens en foule, chacun croyant avoir trouvé l'énigme, s'attroupent auprès d'un autre employé de l'organisation des trente-six bêtes, le vendeur ambulant de tickets. Mer des visages burinés, forêt des bras tendant des piécettes trouées ou des billets crasseux à l'homme, tandis qu'une bouche lui crie : « Tant sur cet animal. » Et cela sur toute la surface de Shanghai. Tout est correct. Tout est en règle. Chaque parieur a son reçu. Mais il se trouve toujours que la bête victorieuse n'est pas celle à laquelle la masse a cru, celle que tout semblait désigner. Il y a toujours une subtilité faisant que c'est une autre bête, apparentée, voisine, qui est proclamée : la chauve-souris au lieu de la souris par exemple. Cette finesse assure le gain de M. Tu. Le résultat est annoncé solennellement sur des tréteaux, dans une frénésie de gongs, un assommoir de bruits. Chaque fois c'est le désespoir. De la foule sort un « han » de déception, un gémissement qui se répand de proche en proche sur Shanghai. Alors des lettrés pleins de science, en robe, montent sur l'estrade et, avec beaucoup de références et de citations, ils expliquent les justes raisons de la désignation de la bête. Ces sages disent longuement : « C'est cette bête-là, pour telle et telle raison. » Ils sont tellement doctoraux qu'on ne croirait jamais que ce sont des compères, de vieux coquins chargés de « faire avaler » l'animal qui ruine les gueux au profit de M. Tu. Il n'y a jamais de protestations, ce serait inconvenant et dangereux. Et cela chaque jour, deux fois par jour. Et la nature des Shanghaiens est telle qu'ils ne se lassent pas des trente-six bêtes mortelles. Un racket génial.

L'intelligence de M. Tu s'est exercée aussi dans le domaine du rendement de la drogue. Il a estimé que l'opium fumé selon les usages, sur des planches, c'était une perte de temps, un manque à gagner. Alors M. Tu a lancé la morphine sur le marché. Sous forme de pilules roses — le rose n'étant qu'une couleur rassurante sur un poison mortel. On les fume. Au lieu du long rituel de la boulette d'opium il n'y a qu'à mettre une de ces dragées dans le fourneau de la pipe. Le bonheur en quelques secondes. Encore une autre idée de M. Tu : la morphine en injection. La morphine en quantité, au décrochez-moi ça, à l'usage des pauvres, des sous-hommes et des sous-femmes. Comme clients, des gens dégoûtants, du fumier humain, des êtres réduits à des nœuds d'ulcères et de haillons, se faisant piquer dans des antres abominables, dans des soupentes du bout de la misère et de la nuit, avec des aiguilles jamais nettoyées, des armes de charcutaille. Tous vautrés sur la pourriture, leurs membres se durcissant, la peau comme du cuir effiloché, ils n'ont que le ventre d'assez mou pour y recevoir leur dose. Ailleurs, c'est pire, peut-être moins sale à voir, mais encore plus ignoble en vérité. Cela se pratique avec les gens tenant encore debout. Ils font queue devant un mur percé d'un trou. Quand un de ces gueux arrive devant cette ouverture, il y jette de l'argent et tend son bras pour jouir de la piqûre que fait, de l'autre côté de la paroi, un individu assis qui opère à la chaîne, dans les chairs offertes, sans même voir les visages.

M. Tu se considère comme un bienfaiteur du peuple. Selon lui, quand les hommes sont dans le malheur, ce n'est pas de vertu dont ils ont besoin, mais du vice consolateur. Qu'importe si la mort est au bout ! De toute façon, pour ces gens-là, elle sera au rendez-vous. Mieux vaut qu'ils quittent ce monde trop dur avec des illusions heureuses.

Les prétentions de M. Tu à la philanthropie sont prises sérieusement par les Chinois. Des gens très bien considèrent comme un honneur de faire partie de la Bande Bleue. Car à son sommet, à des hauteurs obscures et inconnues, il y a presque tout le gratin de la Chine, les Célestes puissants qu'on n'imaginerait jamais dans une si étrange fraternité ! Quand un Européen fait connaissance d'un membre supérieur du Kuomintang, d'un milliardaire jaune, d'un vertueux professeur d'université, d'un Seigneur de la guerre même, comment supposerait-il que le personnage est un dignitaire de la Bande ? Pourtant, c'est souvent le cas. Si on avait affirmé que le président de la République chinoise en était, personne ne s'en serait étonné. Ainsi, M. Tu dispose-t-il dans l'ombre de mille liens redoutables — rien ne se fait en Chine sans lui.

En 1927, c'est Tu qui massacrera les rouges et sera considéré par les taipans comme le sauveur de leur Shanghai capitaliste.

Albert Bonnard écoute dans un silence affable et un peu blasé les rodomontades de Dumont, avec un léger air d'ennui, comme pour démontrer qu'il n'est pas du même monde que ce Dumont et son M. Tu. Cependant, sous ses lorgnons, le consul de France est inquiet : il se sent enveloppé par les paroles de Dumont comme par un filet. Celui-ci veut manifestement le prendre dans des rets, dans un piège. Ce que Dumont narre, mon père, en vieux « chinois », en traînailleur de la Chine, le sait déjà, à quelques détails près. Mais évidemment Dumont débite ces choses bien connues pour en arriver à d'autres, qui contiendront un chantage plus précis, qui aboutiront à des exigences plus dures. En montrant qu'il connaît tout, qu'il peut tout, Dumont veut « tenir » le consul de France.

Mon père, pour dissimuler ses craintes, affecte donc une impassibilité détachée nuancée d'une touche d'ironie supérieure :

« Mais, mon cher Dumont, indiquez-moi donc quel est le genre de grandes affaires dont s'occupe M. Tu ?

— Il en a de toutes sortes. Tenez, vous en avez une sous le nez. Celle qui m'amène ici...

— Ainsi, vous n'êtes pas seulement l'homme à tout faire de M. Jonson, mais aussi celui de M. Tu !

— Je dirais plutôt que je suis son comprador. Jusqu'à présent, les compradores étaient des Jaunes que les Blancs employaient pour traiter avec d'autres Jaunes. Moi, je représente un comprador de la nouvelle espèce : un Blanc dont se sert un Jaune, en l'espèce M. Tu, pour s'entremettre avec d'autres Blancs.

— Si je comprends bien, par votre bouche, c'est M. Tu qui s'exprime. Lui et son organisation.

— C'est exact, monsieur le consul.

— Vous êtes culotté, monsieur Dumont. Ainsi moi, le consul de France à Tcheng Tu, j'héberge, j'apporte donc ma garantie à un Français qui n'est que le porte-parole d'un gangster chinois, et qui même me menace ?...

— Ne faites pas la fine bouche. Je vous dis la vérité, ce qui est rare et même exceptionnel. Vous devriez me remercier. Loin de vous contraindre, je veux vous aider — pour vous éviter éventuellement de regrettables erreurs. »

Mon père se calme, après ce petit numéro d'indignation. Il lui reste à savoir ce que veut vraiment M. Dumont. Se figeant dans des auréoles de fumée de cigarette, il lui demande sans avoir l'air d'y toucher :

« Mais comment avez-vous accédé à cette position

unique auprès d'un homme aussi méfiant et renfermé que M. Tu ? Ne se rend-il pas compte que vous êtes un aventurier ?

— Un aventurier génial, donc honnête, c'est ce que je suis, monsieur le consul. Vous m'avez fait un compliment. Mais, bien avant vous, M. Tu avait découvert ma valeur, grâce à mon ami le chef français de la police de la Concession.

— On s'en serait douté !

— Un jour, j'ai trouvé mon copain le chef de la police l'œil goguenard et les pieds sur son bureau. Il m'a dit en se marrant : « On va voir si tu es un « homme. Car j'ai un sacré truc pour toi, si tu n'es « pas un dégonflé. » Là-dessus, il m'a expliqué que M. Tu était à la recherche d'un oiseau rare : un Blanc sachant travailler avec lui à la chinoise et à l'européenne à la fois. Assez intelligent pour tirer parti de tout, mais surtout, assez intelligent pour être bien persuadé qu'à la moindre faute ou défaillance déplaisant à M. Tu, il se retrouverait le cou coupé ou le ventre fendu en deux.

« Après m'avoir exposé ainsi les avantages de la situation, le chef de la police a retroussé ses babines : « J'ai pensé que tu pourrais être cette perle. Ça t'intéresse ? — Oui. — Je ne te demande même pas de pourcentage sur tes futurs profits, si tu ne te fais pas zigouiller. — Tu es un chic type. — Ne parle pas de moi à Tu. Il sait que je t'envoie, ça suffit. Pour t'accompagner chez lui, je te donne M. Pang, tu sais, le représentant personnel de M. Tu chez moi. Evidemment Pang est informé, mais tu ne causes de rien avec lui. Bouche cousue aussi avec M. Tu, du moins jusqu'à ce qu'il te fasse une approche. Ça pourra demander du temps. Sois très formaliste. Tu verras, si Tu est très moderne en affaires, il a quand même tout un côté vieux Chinois. Tu seras surpris... Tu ne vas pas te trouver dans un building ultra-neuf comme en ont certains Chinois, mais dans un yamen décrépit, pourri, immense, tout à fait à l'ancienne mode... »

Ce que Dumont meurt d'envie de raconter au consul de France, ce n'est pas seulement qu'il a été initié à la Bande Bleue. Il veut l'épater par les détails de son initiation.

Pendant une heure l'honorable Albert Bonnard en reste pantois, sans pouvoir placer un mot.

Cela s'est déroulé trois ans auparavant. Le lendemain même de son entretien avec le policier français, vers quatre heures de l'après-midi, c'est-à-dire à l'heure où la sieste des personnes honorables est terminée, Dumont est descendu d'une voiture avec M. Pang. Ils sont dans un quartier lointain, crasseux, très populaire, avec des huttes dans des terrains vagues, ils longent de longs murs vaguement peints à la chaux. Quelques hommes jeunes, en tenue de coolie, l'air absent et insolent, traînaillent — sans doute les sentinelles de M. Tu. Un judas, une porte en bois qui s'ouvre et se referme. A l'intérieur tout est nu, froid et sale. Des portiques en ruine, des ponts en dos d'âne, de vieux dragons pelés, des cours, des dalles, de l'herbe dans les jointures. De-ci de-là les formes couchées d'hommes de main en savates, certains se redressant un peu pour jouer au mah-jong avec des gestes mous. Il y a quelques hommes en robe tassés sur eux-mêmes, ne faisant rien, crachant dans des crachoirs. Encore des salles, des cours, des couloirs, un labyrinthe, avec des gueules qui regardent. Le négligé. Le laisser-aller. La vigilance. La menace de la Chine. La crasse, les mouches, un air chaud et puant. Enfin ils arrivent dans une grande salle. Pas d'autres meubles que des chaises dépenaillées, parfois avec leurs housses. Sur les murs, des chromos modernes pleins de bébés joufflus et roses, à côté des banderoles antiques portant les maximes de la sagesse. Comme si l'inconfort était le confort, les vrais Chinois jugent le luxe européen rempli d'exigences inutiles et assommantes. Cet endroit miteux est gardé par des hommes armés, mêlés dans une curieuse promiscuité. Le campement. A côté de corps dressés et dangereux, d'autres sont dans toutes les positions du repos, gisant sur n'importe quoi n'importe comment. Mais ces avachis n'auraient besoin que d'un instant pour se transformer en paquets de froideur glacée ou de nerfs hurlants. On sent une indifférence dangereuse qui est en réalité brutalité sommaire et ruse aux aguets, un tohu-bohu suspendu, prêt à se déclencher d'un coup. Tout en fait est acuité dans ce caravansérail sans portes où les fenêtres ouvertes sont béantes, où tout communique dans un pêle-mêle à la fois bon enfant et secrètement exaspéré : la vie communautaire du gang avec son indolence, ses mystères et sa cruauté sous-jacente.

Après avoir passé par la pièce immense et négligée qui est une sorte de salle de garde, Dumont entre dans un salon obscur, un cabinet, un sanctuaire. Obscurité. Des fauteuils chinois en bois noir, chacun ressemblant à un grand caractère sombre, et un bric-à-brac européen, avec des splendeurs miteuses. Au centre une immense table ronde est recouverte d'une plaque de marbre ébréchée. Dessus, des paquets de cigarettes, des pyramides de fruits, des friandises gluantes, des tasses de thé, en somme les petits ingrédients matériels nécessaires à une conversation à la chinoise. A son arrivée, silence. Pourtant des messieurs chinois assis, bien décents, les uns en robe, les autres en jaquette, l'accueillent d'une inclinaison de tête. Parmi eux il reconnaît des personnages éminents de la société céleste de Shanghai, des banquiers, des milliardaires, le président de la Chambre de commerce chinoise de la Concession internationale, un conseiller municipal jaune de la Concession française. Le gratin jaune des affaires.

Le silence de l'humilité, accroché aux rides et aux lèvres de tous ces richards généralement si vains, même dans leur fausse modestie. Longues minutes jusqu'à ce que dans l'air épais coule, imperceptiblement, le murmure de pantoufles de feutre. Un homme sortant de recoins lointains se glisse vers eux avec un air de sommeil et d'opium — c'est Tu qui vient d'achever son repos diurne où il fume les pipes qui donnent la paix intérieure. A voir c'est le Chinois le plus ordinaire : petit, le crâne rasé, des yeux très bridés, des traits ramassés, comme le fond d'un bol. A cette époque-là, il n'a pas encore l'aspect maladif et lointain qui l'enténèbre maintenant, il est dans toute sa force, un bloc faussement inerte, un bonhomme qui avance à la façon d'un fauve en pantoufles. Rien ne se lit sur sa face. Les assistants se lèvent pour des courbettes à répétition. Il ne semble pas les voir. Il s'installe sur un siège surélevé, une cigarette enfournée dans un long porte-cigarette en jade, un crachoir, de chaque côté de lui. Puis, déplissant ses paupières, il se décide à apercevoir Dumont. Après avoir expectoré il lui dit à brûle-pourpoint :

« Toi, je te connais.

— Je suis un insecte trop humble pour que mon nom soit parvenu jusqu'à vous.

— Si, je te connais... »

Tu crache encore. Puis s'écoulent des heures où Dumont ne se sent plus exister. Les autres personnages présents déversent sur Tu de longs compliments compliqués dans lesquels ils tâchent de risquer une requête. A chacune de ces approches, Tu se rencogne en lui-même comme pour méditer puis répond brusquement par un chuchotement d'approbation ou un jappement de refus. Dumont le comprend mal car Tu ne parle même pas le mandarin mais un jargon du bas peuple, un dialecte de province. Il continue de cracher et de fumer des cigarettes à la chaîne. De temps en temps il salue, il sourit, il fait un geste de faveur. Une femme énorme verse sans arrêt le thé, dirigeant le long jet avec une précision minutieuse.

Tout ce temps on a l'impression que Tu a oublié l'existence de Dumont. Inopinément il le redécouvre :

« On va boire du champagne. Pour toi. A ta prospérité. A ce que tu comprennes bien. »

Coupes sales. Bibine chaude, gargouillis poisseux

des bulles. Tu qui se lève, qui est sur Dumont, énorme, à quelques centimètres de lui, brandissant un verre et criant « Kampé ». Le cérémonial, les salutations, tous les deux face à face, buvant d'un trait et renversant le verre dûment vidé. « Kampé encore », hurle Tu à Dumont subjugué. Une prise de possession, et pourtant rien que d'ordinaire chez Tu, les grimacements de politesse et les gestes consacrés. Mais quand c'est fini, Tu dit à Dumont, en maître :

« Reviens souvent. Sois là demain. »

Des semaines durant Dumont est retourné chez Tu. Un soir, vers minuit, il l'a emmené dans une pièce aux murs épais, gardée par des hommes à mitraillettes. Il a appuyé sur des boutons et un coffre-fort s'est ouvert. Là-dedans des milliards. Tu a montré ce trésor, d'un geste large :

« Je suis un homme très simple. Aussi, l'argent de notre société je le garde moi-même chez moi. Une armée entière n'arriverait pas à s'en emparer. Et puis une idée m'est venue : peut-être y a-t-il une solution meilleure. »

Sur le visage de Tu une immobilité qui est le sourire chinois.

« Je me méfie des banques. Mais si j'avais la mienne, ce serait peut-être différent. J'ai pensé que tu pourrais m'aider à en créer une. Mais il faut d'abord que tu saches davantage de choses. Je vais continuer ton instruction. »

Dumont et Tu traversent ensemble des cours où une électricité incertaine révèle des individus armés. Puis, déverrouillage d'une baraque sombre sans ouverture. Un vieux cadenas s'ouvre comme une mâchoire qui se décroche. A l'intérieur des ampoules nues plus éclatantes. Sur le sol de terre battue trois hommes nus enchaînés à des boulets de fer, deux autres, habillés de bois, dans des gangues. A l'arrivée de Tu, les gémissements qui s'entendaient de loin cessent. Le silence. Sur un côté de la salle, bien rangés, tous les instruments de supplice classiques de la Chine : vieux bois, vieilles roues, vieilles poulies, des crochets et des lames, des marmites, des chaudrons, des soufflets, des coutelas, des poinçons, des tenailles, des pics, des haches, des petits objets et des choses énormes, tout ce qu'il faut pour déchirer, suspendre, écraser, cuire, tout étant marqué par le temps et l'usage, les matières anciennes ayant pris une couleur brunâtre, pouvant aussi bien venir de la rouille, de la poussière, de la terre, que de vieux sang. A l'autre bout de la pièce, sur une étagère de verre, une collection d'instruments de chirurgie ultra-modernes, des scalpels, des bistouris, des pinces, des ciseaux, des spéculums, des trocarts, des aiguilles. Rien que des aciers inoxydables, luisants, en reflets clairs et en formes aiguës.

Tu se comporte là en hôte fastueux :

« Regarde ma chambre de torture. J'ai de vieux bourreaux pour punir selon les anciennes méthodes du pays. Mais je me suis acquis les services d'un brillant chirurgien chinois diplômé aux Etats-Unis, pour châtier avec les outils de la science moderne. Ailleurs dans de grandes cages, je vais souvent caresser un tigre et un python que j'aime et qui m'aiment. Parfois je leur fais jeter un homme. »

Tu, en disant ces mots, est tout doux :

« Je respecte ta sensibilité, aussi t'ai-je amené dans ce lieu en un jour calme, sans travail. Mais tu vois que je suis bien équipé. J'ai tout ce qu'il faut pour supprimer les traîtres et les rivaux. J'ai tout ce qu'il faut pour arriver à connaître la pensée des gens dont je me méfie. Faire parler les cervelles d'une façon ou d'une autre, c'est pour moi l'essentiel. Sans cela moi-même je serais bientôt perdu. »

Tu le regarde dans les yeux.

« Je suis bon. Je ne me fâche vraiment que quand un homme à qui j'ai donné ma confiance la déçoit. Alors ma colère est grande. »

Et Tu se met à rire :

« Si jamais tu me trompais après être devenu mon ami, personne ne pourrait te sauver. Pas même le chef de la police de la Concession française. On ne retrouverait pas ton cadavre. On ne retrouve jamais mes cadavres. Car moi, je respecte la parole que j'ai donnée à l'honorable chef de la police française. Je me suis engagé à ne jamais créer de désordre et un corps découvert c'est un manquement à la loi et à ma parole. Ma tactique c'est la disparition totale de certaines personnes. Je ne me livre plus au kidnapping, aux enlèvements, aux violences. Mais il me faut bien pratiquer des exemples pour maintenir le renom et la discipline de notre société. Réfléchis à cela, et reviens me voir si tu en as envie. »

Evidemment, Dumont pensait plus aux dollars qu'aux supplices et il est resté le commensal de Tu qui, au bout de deux mois, lui a dit enfin :

« Maintenant il faut que tu sois notre frère. Tu vas être initié à notre sainte société, tu feras le serment du sang. »

La nuit. Une salle éclairée par des torches. Une scène moyenâgeuse de magie et d'envoûtement. Des hommes en turban à la poitrine nue, leurs sabres trapus au-dessus de Dumont, dans le déchaînement des gongs, des cymbales, des tambours, musique excitée et funèbre, tintamarre aigre et oppressant, un galop surnaturel de sons dont la frénésie agressive est ponctuée de lourdes percussions signifiant la mort, l'exécution, les têtes qui s'abattent. Autour de lui une pénombre où des reflets s'accrochent à des piques, à des hallebardes, à des poignards, à des statues géantes, à des vases où crépite l'encens et surtout à un autel décoré de tablettes où sont incisés des carrés mystérieux de chiffres et de nombres — cette bigarrure algébrique renferme le sens suprême des éléments, c'est la clef de l'univers avec le ying et le yang, l'union du Ciel et de la Terre, le flux des nuages et des rivières. Ces formules sacrées ont été révélées dans la Cité des Saules par les cinq bonzes fous qui ont créé la sainte société de la Bande Bleue — du moins, cette légende, c'est sa théologie. Une lampe immense reluit comme un cœur saignant, sous la garde de cinq étendards rouges. Dumont, en chemise, à genoux, dans la posture de l'humilité, se tient accroupi aux pieds du Grand Maître actuel en tiare et en grande robe brodée : c'est Tu. Tu qui, d'une voix impersonnelle et presque sépulcrale, lui pose les questions sacramentelles : « Qui es-tu ? Que veux-tu ? » C'est l'épreuve de la sincérité, une sorte d'interrogatoire de police que Tu ponctue de brefs rugissements : « Non, tu mens, tu ne révèles pas le fond de ton être. » Dumont, interminablement, refait les mêmes réponses aux mêmes demandes toujours reposées, face au visage terrible de Tu. Autour d'eux, Tu superbe et Dumont misérable, la forêt des symboles, des parchemins se consumant dans des brûle-parfum, des idéogrammes surgissant comme des caractères de feu, des vapeurs prenant des formes humaines. Tout à l'entour, des têtes étranges, intenses, comme gonflées d'épaisseur, avec des yeux pétrifiés. Cauchemar.

Changement. La scène est moins accablante. C'est que Tu, au lieu de s'acharner à déterminer l'individualité réelle de Dumont, l'entraîne avec lui dans le voyage mystique vers la Cité des Saules. Ils accomplissent ensemble, eux ou leurs ombres, l'épopée fantastique à travers les espaces et les immensités, au-delà des quatre mers et des trois fleuves. Tenant en main un parasol écarlate, Dumont franchit des gouffres pleins d'eaux enflammées, il navigue sur la barque fantôme aux vingt-huit ponts et aux cent treize clous, il débarque sur le rivage de la Grande Félicité, il marche sur une planche qui ne repose sur rien, il passe par trois enceintes successives — il atteint la Cité des Saules et il pénètre dans le Temple du Suprême Secret, où il mange une pêche et une prune miraculeuses. Toute cette odyssée, Tu la lui fait décrire minutieusement, épisode après épisode, en disant : « Donne la preuve que tu as été là, que tu as bien fait cela. » Ce que Dumont accomplit en récitant chaque fois un quatrain rituel aux mots noyés de métaphores et de paraboles, sentences obscures qu'il a apprises par cœur. Etrange cérémonie, où Dumont doit démontrer la réalité de son périple imaginaire aussi sérieusement qu'il avait dû, tout à l'heure, confesser qui il était vraiment. Curieuse Chine où le réalisme le plus féroce s'emmêle toujours du rêve, de l'amphigouri, de la doctrine, des règles de la poésie et de la philosophie. Pêle-mêle général. Même chez les gangsters.

L'épreuve se termine. Auparavant, on frappe Dumont avec des baguettes, on appuie une lame contre sa gorge. Il ne frémit pas — il est donc pur. Dumont, couché sur le sol, proclame qu'il a dit la Vérité. Alors Tu, d'une voix d'acier, laisse tomber sur lui la sentence : « Tu vas être admis à faire les vœux sacrés. Jure que tu as exprimé toute ta vérité. Et jure ta soumission éternelle. Ne dévoile jamais ce que tu as appris. Sache que la seule punition, c'est la mort. » Dumont se redresse. On lui passe au bras une amulette portant des cercles concentriques, signifiant qu'il est un anneau ne pouvant se détacher des autres anneaux. On le mène devant un guéridon sur lequel reposent un coutelas et un bol. C'est l'heure du serment du sang. Il s'entaille la main avec la lame, et quelques gouttes de son sang coulent dans le vase. Tu et les assistants se coupent eux-mêmes de la même façon. Quand le fond du récipient est recouvert d'une couche rouge, Tu y ajoute l'alcool parfumé à la rose. Il dit à Dumont « Bois » et il boit une gorgée. Puis tous boivent tour à tour. Tu sourit :

« Tu es maintenant un membre de notre société. Je te donne ce petit livre pour que tu prennes connaissance de son règlement. »

Rien de plus édifiant au premier abord que ce catéchisme où tout est prévu. L'obligation pour tous les « frères » de faire le bien entre eux et surtout de ne pas se faire de mal. Le catalogue complet des cas où un frère pourrait se conduire avec méchanceté envers un autre frère, car la tentation corrompt toujours le cœur de l'homme en dépit des liens les plus sacrés. Plus de cent « péchés » sont décrits : vouloir s'attribuer les biens d'un « frère », le voler, l'entraîner dans une maison de jeux pour lui prendre son argent, débaucher sa femme ou sa fille pour en profiter, ne pas le défendre dans une querelle, l'entraîner dans une rixe afin de le faire périr, faire un faux témoignage contre lui dans un procès, le calomnier ou écouter des calomnies... Chaque fois, le texte voue le coupable aux pires gémonies : qu'il soit piqué par un serpent, mangé par un tigre, qu'il vomisse le sang et meure, qu'il soit tué par une épée, exterminé par le tonnerre ou coupé en mille morceaux. Cette litanie sanctifiante c'est celle de la vertu entre criminels ; c'est, au bout du compte, la sanctification de la vertu qui sert le mal. La vertu, c'est de toujours soutenir un frère contre un non-frère, et cela quoi qu'il fasse, même s'il est plongé dans le crime. La vertu la plus haute, c'est de pratiquer l'obéissance aveugle, totale, celle du chien, envers le frère aîné, le frère supérieur, un maître de la société quand il ordonne « tue ». L'obéissance automatique sans jamais s'interroger sur le sens des actes prescrits, même si ce sont le meurtre, le massacre, l'incendie, le supplice, le rapt. La sainteté, c'est d'arriver à l'insensibilité complète, au calme souverain dans l'exécution, dès qu'une consigne a été donnée. L'initié doit être constamment disponible pour n'importe quoi. Il est un instrument sans faille, l'homme-outil qui obéit aux ordres. Ordres pouvant tomber des lèvres d'un inconnu, aussi bien un richard qu'un mendiant, une fois que l'homme s'est désigné à lui comme un « grand frère » grâce à un signe subreptice. La Bande Bleue a son langage occulte, pas des mots mais des gestes minuscules, permettant aux initiés de se reconnaître au sein des masses ordinaires, dans n'importe quelle circonstance de la vie, parmi les non-frères qui mangent, dorment, besognent, ripaillent. Une façon de bourrer une pipe, de verser l'alcool, d'offrir du riz suffit. C'est alors que le dignitaire dit au petit frère auquel il s'est révélé ce qu'il doit commettre. Il y a une foison de ces marques de repère, un code calculé pour toutes les situations, y compris l'appel au secours. Un frère qui de lui-même a commis un assassinat coupera la frange gauche de ses cheveux et se frottera l'œil droit ; alors tous les membres de la société, partout où ils sont, ceux que le tueur ne connaît en rien, viendront à son secours et le protégeront, même si le forfait n'a pas été commandé, même s'il a été perpétré par pur plaisir, par caprice, par intérêt ou passion personnelle. Telle est la fraternité du sang, où Dumont est entré à la suite de son serment du sang. Un monde de discipline absolue, au point qu'un affilié chargé de commettre un acte qui ne lui laisse aucune chance de survie, aucune échappatoire, qui est pratiquement une mission de suicide, ne regimbe pas, ne proteste pas, ne regrette rien, sourit. Il accomplit la chose qui causera sa mort avec une méticulosité froide, ne laissant voir qu'indifférence pour le sort qui l'attend. C'est extraordinaire, cette faculté d'un Asiatique d'accepter, de ne pas espérer, s'il appartient à un appareil puissant où on lui dit : « On t'a choisi à cause de tes qualités pour cette grande œuvre. » Souvent on ne lui précise même pas qu'il périra — c'est inutile, c'est évident, le chef qui commande le sait, l'homme le sait, c'est comme une pudeur, un orgueil, un respect mutuel. Dans la Bande Bleue, les règles sont rigoureuses. Tout est déterminé : par exemple comment un frère policier, un frère fonctionnaire, un frère magistrat, un frère soldat doit se comporter. Et pourtant, au sein de l'organisation, une liberté existe : celle pour chacun de mener ses petites affaires de vice et de profit quand elles ne dérangent pas les grands desseins et les grands rackets de M. Tu. A partir du moment où un frère ne transgresse pas la loi du gang, il bénéficie de sa protection formidable. La protection est la denrée la plus recherchée en Chine quand c'est une bonne protection et pas un simple squeeze, une façon d'extorquer. En Chine, tout se développe, tout s'enchevêtre, tout se confond dans tous les sens. M. Tu protège farouchement ses initiés mais en même temps il accable les non-initiés de sa protection tarifée. La Bande Bleue, c'est une machine de précision, c'est aussi une nébuleuse. Rites, phraséologie, politesses, implacabilité, parfois même de la bonté, plus souvent la froide cruauté. Ordre, désordre, contradiction permettant de gagner sur tous les tableaux. Et toujours le business...

Le secret, comme une montagne sur tous les frères. L'obligation du silence. L'initié ne doit pas révéler son appartenance à la Bande même à sa femme, à son vieux père, à son fils aîné. La bouche cousue. Quiconque bavarde, on lui découd la bouche — plus exactement « on lui lave la bouche ». C'est-à-dire qu'on la lui fend jusqu'aux joues, jusqu'aux oreilles, jusqu'à la cervelle avec une lame. Le fer est si aigu qu'il avance toujours, qu'il finit, à partir des dents et des lèvres, à s'enfoncer dans les os horizontalement, jusqu'à ce qu'il ait coupé la tête en deux moitiés — une calotte crânienne qui tombe comme une pièce détachée, tout le bas restant avec la mâchoire et le cou. L'homme supplicié hurle, et l'assistance se moque de lui en disant : « Cette fois tu as une bonne occasion de faire du bruit avec ta bouche, ta bouche toujours plus grande, ta bouche qui va dévorer ta tête... »

Mon père, qui a écouté soigneusement, se met à ricaner :

« Mon cher Dumont, je ne voudrais pas être un prophète de malheur. Mais, après avoir tellement dégoisé sur votre honorable société, ne craignez-vous pas qu'elle ne vous fasse subir l'affreux châtiment destiné aux bavards ? »

Dumont, le blême de la fatigue luisant sur ses grosses bajoues de potiron et cernant ses petits yeux, se remet à s'esclaffer :

« Monsieur le consul, je parie que vous saviez déjà que je suis de la Bande Bleue. C'est le secret de polichinelle. Mon ami le chef de la police française de Shanghai, l'homme qui m'a branché sur l'organisation, est, quand même, bien plus qu'une crapule, c'est le vrai flic, le bon flic qui sait travailler. Quand il me voit me pointer à son bureau, il a le clin d'œil et le coup de whisky. La tape sur ma panse, une façon de se foutre de moi, en gardant son sérieux malgré l'envie de rire. En somme l'accueil de la complicité qui me met dans le bain, la solennité rigolarde qui se termine par une blague : « Tu jaunis à vue d'œil, ma parole. Le foie ? Ou le sang jaune que tu as bu ? Mais je ne te demande pas de faire le jaune avec moi... » Là-dessus on parle en copains, à mi-mot, en rigolant, se comprenant, lui sachant ce qu'il peut m'extorquer, moi sachant jusqu'où aller dans mes réponses. Evidemment, ensuite, quand je suis parti, il fait une petite fiche qu'il joint à sa collection. Un flic, ça fiche toujours. Et même, de temps en temps, il pond une note beaucoup plus vague pour le consul général de Shanghai, lequel en tire un extrait pour les agents français en Chine. Ça m'étonnerait bien, monsieur Bonnard, que vous n'ayez rien lu d'officiel sur moi et la Bande Bleue.

« Evidemment Tu connaît ce micmac. Je l'en avertis. D'une certaine façon, il m'a embauché pour jouer ce jeu. En Chine, vous le savez, tout est tordu. Le secret, c'est une marchandise très curieuse dans ce pays. Il faut le flairer, le sentir, savoir comment l'utiliser. Il ne faut pas se tromper dans son maniement, mais s'en servir pour raccrocher de bonnes affaires, maintenir des contacts utiles. Dans d'autres cas, un mot de trop, bavasser à tort et à travers, et c'est le zigouillage.

« Une sacrée école pour moi, la Bande Bleue. Evidemment, les petits, les sous-fifres, les exécutants ont un sacré intérêt à la fermer. Mais les « grosses légumes » qui sont passées par le serment du sang, elles s'arrangent, par des mijotages, à répandre la rumeur incertaine qu'elles font partie du gang. Aux honorables milliardaires, aux gros bourgeois, à tous les pépères, cela donne un halo, une importance redoutable qui facilite les combines, les leurs, celles de la Bande, toujours plus ou moins liées. Tout cela se passe dans l'amitié. Mais l'amitié est souvent mortelle en Chine. Un jour, elle est complicité, le lendemain c'est une arme dont les initiés se servent pour s'éliminer ou se racketter les uns les autres. Dans la Bande Bleue, comme au sein de n'importe quelle ligue, gang ou armée de se sacré pays, on n'arrête pas de s'entre-allier et de s'entre-dénoncer. Ça bouge toujours, même quand cela n'en a pas l'air. Combien de fois ai-je vu chez Tu, dans son « salon », un richard essayer de se débarrasser d'un autre richard, qu'il cajolait la veille en hurlant : « Tu as vendu telle combinaison préparée par notre société sainte, tu as trahi... » Dans ces cas-là, Tu ferme les yeux pour réfléchir, pour peser le pour et le contre. C'est rare, quand il rouvre les paupières, qu'il ait le geste ou le mot signifiant la mort — sauf s'il s'agit de petites gens. Il se contente de faire une ponction sur la fortune du ponte suspect. Il s'agit généralement d'une comédie qu'il a montée lui-même, en partant de cette pensée : « Un tel a trop profité ; il « s'agit de le faire dégraisser. » Tu est un civilisé, contrairement à vos sauvages Seigneurs de la guerre de province. Des procédés trop brutaux seraient mal vus à Shanghai où il y a tellement de facteurs qui interviennent, où chaque gros Jaune a trente-six facettes, où le « cher frère » qui fait raquer et qu'on fait raquer est aussi un respectable banquier, membre de la Chambre de commerce, président d'une société de bienveillance, dignitaire du Kuomintang, indicateur de police, que sais-je encore ? Les choses, entre ces grossiums, se règlent plus par l'arrangement que par la torture. Finalement, Tu, grâce au dosage de l'hermétisme et du tuyau, au mélange du secret et des choses qu'il laisse planer, mène la Bande Bleue prodigieusement bien. Tu n'est sans pitié que pour ses rivaux soupçonnés, pour ses vrais ennemis. Mais alors tout se fait avec une discrétion absolue, sauf quand il juge qu'une certaine publicité clandestine est bonne pour le maintien de la discipline, pour inspirer l'effroi, qu'on sache qu'il ne faut jamais le trahir vraiment, le rouler vraiment.

« A Shanghai, Tu domine complètement la situation. A le fréquenter, à être son homme de paille, à le voir chaque jour, faussement bonnasse, j'ai été effaré par sa puissance plus grande que tout ce que je soupçonnais. Ce pouvoir inimaginable, c'est son vrai secret. Un signe de lui et à Shanghai tout s'arrête : les tramways, l'électricité, les ventilateurs, l'eau dans les baignoires et les robinets. Il bouge le petit doigt et c'est l'émeute ou au contraire la grève. Le port un désert, les dockers disparus, les bateaux comme des carcasses. C'est Tu qui, s'il le veut, établit le cours des grandes denrées, celui de l'or et de l'argent, celui de la soie, celui du riz. C'est lui qui fabrique l'opinion des masses en « conseillant » les journalistes, en leur faisant répandre la boue et l'injure. Et si un milliardaire jaune lui déplaît réellement, il passe la consigne et l'homme se trouve ruiné ; tous le lâchent, ses débiteurs, ses créditeurs, ses employés, ses amis, même ses concubines. La curée. Mais la sagesse de Tu, la vraie raison de ses triomphes, c'est de ne pas étaler ce pouvoir, de ne pas en abuser tout en s'en servant à plein, par en dessous, anonymement. Pourtant même les consuls guindés, même les policiers blancs malins, même les plus orgueilleuses firmes britanniques savent que Tu est, plus qu'eux, le maître de Shanghai.

« Moi, je suis l'émissaire de Tu, son petit Mercure. Mon rôle est d'aller dire telle ou telle phrase à tel monsieur blanc, d'apporter telles propositions, d'engager telle négociation. Ma carte de visite porte mon nom : Monsieur Dumont, mais les gens lisent : l'honorable Monsieur Tu. C'est grâce à cette façon de lire que le vieux Jonson s'est accroché à moi. Et ne croyez pas que, sous les égards admiratifs de messieurs les Blancs, suinte le mépris caché, que je sois soumis à ces minuscules et terribles opprobres par lesquels les sociétés coloniales marquent le dédain. Tout au plus certains murmurent que je suis un peu grossier. Un compliment. Cela signifie qu'on me prend pour un sacré gaillard. Evidemment le consul général de France ne va pas me flanquer la Légion d'honneur, du moins pas encore, mais cette asperge-là, avec son sourire figé, dès qu'il a un pet de travers, me convoque, moi et mon copain le chef de la police. On lui fait la leçon. Et il en tient bougrement compte. Et un jour que j'avais rendu tripes et boyaux au Shanghai-Club, pas un British qui ait ramené sa fraise, c'est-à-dire cette gueule rouge et raide qui sert de thermomètre à l'indignation anglaise. Ça, il faut le faire ! Jamais une boule noire pour me barrer le chemin dans les cercles, où au contraire je grimpe vers les fonctions de secrétaire et de trésorier, en attendant celle de président — vous savez que ces imbécillités, à Shanghai, c'est la consécration suprême. En somme, là-bas, tout le monde est mon ami. Eh oui, monsieur le consul de France au Sseu Tchouan, soyez mon ami aussi.

« Acceptez ma main tendue. Vous vous en trouverez d'autant mieux que nous sommes en pays de connaissance plus que vous ne le croyez. Savez-vous qui est un des dirigeants les plus actifs de la Bande Bleue ? Là, je vais vous apprendre du nouveau. Car il s'agit du second fils, en personne, de Yuan Che Kaï... »

Le consul, cette fois, est surpris par l'étendue des connaissances de Dumont. Car, effectivement, il a fait jadis des démarches secrètes auprès de Yuan Che Kaï, comme il en avait fait auprès de Sun Yat Sen. Les deux pôles de la politique chinoise au début du siècle.

Yuan Che Kaï, c'est l'homme qui tenait si récemment la Chine dans sa main, qui, ayant tout trahi, l'ancien Empire et la nouvelle République, est mort dans le rêve grandiose de se faire Fils du Ciel lui-même. Un titan quand même. Yuan Che Kaï, c'était la Chine sortie du fond des âges, celle de la vertu, de l'ordre, accommodés à la concussion capitaliste. Yuan Che Kaï, c'était le tigre, le vieux mandarin militaire, le seigneur à l'ancienne façon, le vice-roi d'antan qui avait rénové l'art de tromper. Sa vie avait été l'épopée de la ruse, de l'orgueil, de la cruauté méthodique, du sang comme un fleuve, c'était l'art de gouverner par le mensonge et en faisant tomber les têtes. C'était l'homme du vieil ordre amélioré par le dollar, le premier Chinois qui, au sein de la société traditionnelle qu'il voulait ressusciter, avait compris qu'il fallait ajouter, aux décrets du Ciel, les canons, les armées modernes et le gros business. Les étrangers ont cru à sa réussite, à sa Chine utile sortie des tourbillons du désordre. Pendant trois années, de 1912 à 1915, Yuan Che Kaï a été presque tout-puissant, dupant toutes sortes de Chinois et dressant des billots partout. Chaque jour dans chaque ville il faisait décapiter des centaines d'êtres. Avec de l'or, il faisait acheter des centaines de consciences. Yuan Che Kaï amadouait ses ennemis dans des banquets somptueux, qui finissaient par l'assassinat ou l'empoisonnement des convives. Mais surtout Yuan Che Kaï, si digne, recevait courtoisement les grands Blancs de l'argent, les rois des trusts, des consortiums, des banques qui menaient l'univers. Cela pour de prodigieux projets, avec des milliards et des milliards à lui prêter, qui devaient rapporter des intérêts et des dividendes fous. La Chine de Yuan Che Kaï s'annonçant comme le pactole inouï, massif — bien autre chose que ce qu'elle est devenue après lui, avec les Seigneurs de la guerre, certes intéressants, mais rapportant petit. Avec Yuan Che Kaï, il n'y aurait pas eu de place pour un frère de la côte comme Dumont. C'était à une autre échelle.

Rien que la plus grosse finance internationale, les emblasonnés du fric et de la politique, personnages dressés de père en fils à traire l'univers, un gratin de messieurs décents, discrets, capables de tout, maîtres de tout, venus à la curée dans la bonne Chine de Yuan Che Kaï.

Parmi eux, un Français. La moustache courbe, une tête de courtois Apollon entre deux âges, laminée entre l'érudition et la retenue. La bienséance exquise corrigée par l'aigu de l'œil. Les tics de la bonne éducation. Tous les stigmates du praticien. La douceur. Le sourire comme une reliure, comme un pare-chocs, comme une protection contre les mesquineries. Sérénité léguée par une famille glorieuse de la IIIe République, une famille du Panthéon, une famille consacrée au progrès philosophique genre IIIe République. Lui, un requin. Comme contribution à l'essor humain : la création à Shanghai d'une banque française destinée à mettre en coupe réglée la Chine de Yuan Che Kaï. Amitié entre le vieux dragon chinois et l'aristocrate bourgeois républicain. La république des affaires. A Paris sa tribu mobilisée et mobilisant la Chambre, le Sénat, la Politique, la Franc-maçonnerie, la Bourse, les dynasties, avec ou sans particules, dominant l'époque. Soutiens derrière ce monsieur qui doit tailler des croupières à l'autre établissement français d'Asie, celui qui est installé en Indochine, qui fait l'Indochine, qui exploite l'Indochine. Une lutte à mort s'était engagée.

Le consul sent que Dumont va l'attaquer au sujet de la banque de Shanghai et ça ne manque pas :

« Un combat où vous êtes entraîné malgré vous, mon cher consul. Car ce banquier de Shanghai, c'est le frère de votre protecteur, ce diplomate très puissant qui vous a fait entrer au Quai d'Orsay en récompense des fleurs que vous apportiez à sa maîtresse quand le couple illégitime se baladait, justement du côté de Shanghai... »

Le consul est touché au vif. Il est comme un poisson ferré. Tout en lui se contracte, se rétracte. Il n'est qu'une grimace voltigeante. D'habitude, quand sa vanité est blessée, il se fige. Mais, cette fois, le choc subi est si violent qu'il vibre, qu'il tremble du visage et du corps. Il lui faut une minute pour trouver une attitude adéquate, pour réussir sa retraite derrière son lorgnon et sa moustache. Il est tout vert. Sa figure est tendue dans un semi-sourire esquissé qui semble être collé sur du carton-pâte. Il en a pour longtemps à être furieux. Sa propre femme qui lui a sorti cette histoire de bouquet il y a quelques jours, et maintenant ce salaud de Dumont qui la lui jette dans les gencives ! Le consul est un éléphant de rancune dès qu'il est percé à jour.

Enfin, ayant surmonté son émoi et cachant son ressentiment, il hisse sur ses traits le grand pavois de la jovialité fausse et hypocrite, comme s'il s'amusait beaucoup :

« La vie coloniale, prononce-t-il doctement, ça se passe toujours entre quelques poignées de gens. Toujours les mêmes têtes dans les mêmes mondanités. Cette existence-là serait sans épices s'il n'y avait pas les ragots. Chaque homme traîne les siens, que tout le monde raconte et que lui ne connaît pas. Il paraît que j'en suis bien pourvu. La rançon du succès, dirais-je. C'est vrai que j'ai commencé dans la vie très modestement. Je suis le fils de mes œuvres, j'en suis fier. Mais le bouquet, c'est de la frime... »

Dumont resplendit de générosité :

« Peut-être bien, monsieur le consul. Ça se répète partout, pour rire, pour passer le temps. Il faut bien rigoler.

« Mais ce qui n'est pas de la faribole, c'est que, depuis la mort tragique de ce pauvre Yuan Che Kaï, la banque française de Shanghai bat bougrement de l'aile. Plus de pognon juteux à ramasser en vrac. Les grands espoirs disparus. Ça va si mal que votre bienfaiteur des Affaires étrangères essaie désespérément de boucher la brèche. Il a prescrit à tous ses consuls en Chine de favoriser les affaires de son frangin de toutes les façons possibles. Je suis sûr du fait, j'ai lu la copie d'une des lettres. Et évidemment, vous en avez reçu une, monsieur Bonnard. Vous seriez bien ingrat de ne pas en tenir compte. Ingrat et imprudent.

« Justement le rejeton de Yuan Che Kaï, mon « frère » de la Bande Bleue, a reporté sur le frère de votre protecteur l'amitié que lui vouait son père. Les deux hommes se voient beaucoup. Ils ont des intérêts communs importants. Vous voyez mieux maintenant, je pense, où est votre devoir... »

Mon père s'est transformé en une statue de la dignité républicaine où ne bougent que les dents blanches, toujours bien reluisantes, en train de ciseler des phrases définitives :

« Mon cher Dumont, je suis seulement un serviteur de la France. L'homme que vous appelez mon bienfaiteur m'a toujours donné l'exemple du patriotisme le plus intransigeant, le plus pur. Il m'a lui-même écrit combien il lui était douloureux d'intervenir dans cette affaire — car on ne manquerait pas de lui prêter les motifs les plus bas, de l'accuser de népotisme, comme vous venez de le faire. Mais il a su triompher de sa délicatesse et de ses scrupules en considérant que lui, responsable de l'influence de notre pays dans cette partie du monde, ne pouvait sans lâcheté laisser s'écrouler l'établissement qui sert de pilier aux intérêts français en Chine. Il a pris ses décisions, non pas en faveur de son frère, mais en dépit du fait qu'il s'agissait de son frère. »

Dumont, en se faisant une bouche en cul de poule, pousse ironiquement un petit sifflet d'admiration :

« C'est beau, les grands sentiments, monsieur le consul. Moi, ce qui m'intéresse, c'est l'opium. Il me le faut. Vous seul pouvez me le donner. Au point où nous en sommes, autant se dire toute la vérité. La vraie vérité.

« Sans vous les Yunnanais ne marcheraient pas dans notre combine. Ils sont fous d'orgueil. Ils se souviennent d'avoir causé la mort de Yuan Che Kaï, en se soulevant en 1915 et en entraînant toute la Chine dans une révolte contre le vieux dragon qui venait de s'emparer du sceptre impérial. Ils se considèrent toujours comme les sauveurs de la République. Et ils haïssent la Bande Bleue à cause de mon « frère », le deuxième fils de Yuan Che Kaï.

« Certes, la Bande Bleue a bien contaminé quelques généraux et colonels yunnanais, elle les a initiés, leur a fait prêter le serment du sang. Mais on ne sait pas qui ces individus trahiront le jour venu : la Bande Bleue ou les Yunnanais ?

« Ce qui est sûr, c'est que les Yunnanais qui, en 1915, avaient « libéré » avec leurs armées le Sseu Tchouan et le Kuang Tung, sont maintenant aux abois dans ces provinces. Ça les rend enragés. A Tcheng Tu, le maréchal est un ennemi de Tu, du fils de Yuan Che Kaï et de la Bande Bleue.

« Arrangez cela, monsieur le consul. S'il le faut, promettez à ces énergumènes de leur procurer des armes d'Indochine. Parlez-leur de votre chemin de fer, qui leur assurera une bonne voie de ravitaillement. Je n'y vois aucun inconvénient, au contraire... »

Un claquement. Ce sont les mâchoires de mon père qui se cognent :

« Comment cela ?

— Mais, monsieur le consul, je suis carré en affaires. Donnant donnant. J'ai l'esprit large. Vos projets me plaisent. Je peux vous aider, tout en en tirant profit.

« Tu veut son opium. Il l'aura. Je connais beaucoup de monde, et du meilleur, vous savez, j'ai autant de relations à Saigon qu'à Shanghai. La banque française installée à Shanghai file vraiment un mauvais coton. Elle risque bien de sauter. Et votre protecteur de Paris par contrecoup, en plein scandale... Je suis dans les meilleurs termes avec la banque qui opère depuis l'Indochine. Solide, celle-là, les dents longues, gloutonne, impitoyable, mais sainement, avec juste ce qu'il faut d'imagination. En fait, elle est prête à tout avaler. On m'y estime. Et puis je connais tout le Gouvernement général, aussi bien les administrateurs des services civils pète-sec que les flics métis. De ce côté-là, je peux beaucoup pour vous. Tenez, je me chargerai même des arrangements nécessaires pour que l'expédition des armes françaises aux Yunnanais soit une opération-mystère qui ne mouille personne, ni les autorités d'Indochine au départ ni surtout vous, monsieur le consul, à l'arrivée. Comme ça, pas d'ennuis, tout en douceur. Sans moi, ça va traîner, ça va plus ou moins foirer, surtout ça se saura, et vous risquerez votre peau. Comme si les Sseutchouanais allaient se gêner pour vous assassiner, vous et votre famille, dès qu'ils seraient au courant. Avec moi dans le coup, pas crainte d'une maladresse, d'une fuite quelconque. Du cousu main. Laissez-moi faire et je vous sauve la vie. »

Ricanement de mon père, bien décidé à ne pas s'en laisser conter, quoiqu'il se soit entrevu une seconde à l'état de cadavre saignant :

« Est-ce que ces armes ne disparaîtront pas soudain, comme celles que vous aviez envoyées aux Yunnanais depuis Shanghai par le Yang Tse Kiang et qui ont réapparu entre les mains de leurs ennemis ? Ça m'a valu d'être assiégé dans mon consulat par les troupes du maréchal, fort mécontent à juste titre. Jusqu'à présent, voilà ce que vous m'avez valu. »

Les courts bras de Dumont battent l'air chaud comme des pales de ventilateur, dans un tournoiement accablé — dans ce qui est un fac-similé de découragement devant la lourdeur consulaire. Mais ses yeux pétillent de joie, les yeux d'un homme qui tient le bon bout.

« Bagatelle. Une cargaison de rien du tout. Vous

ne comprenez rien aux affaires, monsieur le consul. La situation est toute différente maintenant, c'est une autre paire de manches. Quoi, j'entre dans vos vues, je monte avec vous un formidable machin, et vous vous méfiez de moi ? Ce que je veux, c'est accrocher le Gouvernement général grâce à vous, et gagner gros aussi de ce côté-là. Alors, pas question de le rouler, de vous duper, de me griller... Et puis, dites-vous-le bien, je suis capable, si c'est mon intérêt, et ça l'est, de mener plusieurs jeux à la fois, sans m'embrouiller.

— En effet, ça m'a l'air d'un fameux double jeu. Mais que va dire votre patron, M. Tu, sans compter votre associé, le très loyal sujet de Sa Majesté, M. Jonson ? Vous allez vous retrouver en caleçon — une banqueroute de plus. Ou plutôt vous serez réduit à cette déplorable situation de macchabée que vous me promettiez, au cas où je n'accepterais pas vos bons offices. »

La tête de Dumont s'épanouit, se dilatant comme un raz de marée de légumineuses violacées :

« Rien à craindre. Le vieux Jonson, c'est du British cent pour cent, le toast à la couronne, le fanatisme pour la politique de son gouvernement. Mais le macaque a un point de vue personnel sur la question, celui d'un gentleman chevronné. Son patriotisme, c'est de contribuer à enrichir l'Angleterre en enrichissant au maximum l'un de ses dévoués sujets, qui n'est autre que lui-même. Tous les moyens sont bons. Il me fait donc confiance. Nous avons palpé déjà pas mal avec les fournitures aux Sseutchouanais, come vous le savez. Mais il n'est pas homme à cracher sur des fusils français pour les Yunnanais, moyennant un bénéfice, évidemment. Peu lui chaut que cela puisse déplaire souverainement au consul d'Angleterre à Tcheng Tu. Je vous le garantis mon père Jonson. A propos, vous vous trompiez fameusement en croyant que l'apparition à Tcheng Tu du fils Jonson, puis de tout le commando Jonson, ait pu faire plaisir à votre collègue britannique.

Il se méfie, cet homme... Vous auriez vraiment pu vous épargner de lui faire un éclat le jour de votre anniversaire. Je n'étais pas encore là, mais l'histoire est arrivée jusqu'à Shanghai, où elle a fait rire tout le Cercle sportif... »

Air pincé de mon père. Sa tête qui se réduit. Ses yeux qui regardent longuement au loin, dans le vague, vers le plafond où il n'y a pas de Dumont insolent. Cette fois, il est vexé, d'une autre forme de vexation, pas l'humiliation, mais la mouche — il a pris la mouche. Enfin il repose son regard sur ce gros tas de Dumont, qu'il retrouve aigrement :

« Pas d'histoires, Dumont. Les Anglais, même s'ils se tirent dans les pattes, ils s'arrangent toujours finalement pour vous blouser, à la plus grande gloire d'Albion. Et vous leur êtes vendu. Comprenez que moi aussi je sois sur mes gardes. Décidément, Dumont, à Tcheng Tu, vous avez réussi à inquiéter tout le corps diplomatique...

— N'exagérons pas. Dans ce trou, ça se réduit à deux ou trois petits consuls qui se croient importants. Je ne dis pas ça pour vous, monsieur le consul. D'ailleurs ces Excellences ont bien tort. Car moi, Dumont, une fois que j'ai donné ma parole...

— Mais Tu, qu'en faites-vous dans vos chassés-croisés et toutes vos combines ?

— Tu, s'il a son opium, il s'en fout. Ça ne lui déplaît pas que je fasse de petits profits de mon côté, car je lui donne toujours sa part. Il est malin. Il apprécie mon arrangement — équiper les Sseutchouanais depuis Shanghai, équiper les Yunnanais depuis l'Indochine, et lui fournir toute la drogue. Tu est au-dessus des ressentiments mesquins, c'est d'abord un grand politique. C'est ainsi qu'il ne souhaite même pas la déroute complète des Yunnanais, il a besoin d'eux pour contenir les Sseutchouanais, empêcher leurs Seigneurs de la guerre de mettre la main sur la province. Car ces ruffians, s'ils étaient vainqueurs, s'empresseraient d'exiger des cours exorbitants pour la « boue noire ». Il faudrait les diviser, en acheter quelques-uns, en supprimer quelques-uns... bien des complications. Vous voyez, j'ai les mains libres. »

Cri du cœur de mon père :

« Et mon chemin de fer dans tout cela, dans cette pagaille que vous voulez entretenir ?

— Priez pour lui. Vous l'aurez peut-être. Mais dépêchez-vous.

— Quoi ?

— Allez-y carrément. Foncez. Et puis ne faites plus la fine bouche avec moi. Tenez, pour vous, par amitié pour vous, mon cher consul, je vais un peu maquignonner mon « frère » Tu, le doubler gentiment, en douceur. Supposez que, très prochainement, déboulent à Tcheng Tu des armes françaises, pas quelques tromblons, mais de la bonne camelote, et en masse, un stock formidable. Supposez qu'en plus se pointent ici des troupes fraîches, quelques-uns de ces régiments que Tang Kiao, le chef des Yunnanais resté au Yunnan, dans sa bonne ville de Yunnanfou, qui reste sourd à tous les appels de détresse de ses maréchaux et généraux combattant au loin, dans cette province-ci et à Canton. Un malin, un gros rondouillard, une sacrée crapule, ce Tang Kiao, qui ne serait pas tellement mécontent que les armées yunnanaises du Sseu Tchouan, qui mènent leur propre jeu, reçoivent une bonne piquette, et même fassent la culbute définitive. Ça le débarrasserait de la concurrence, surtout de celle de votre ami le maréchal de Tcheng Tu. Si cet honorable guerrier taillait en pièces les Sseutchouanais, ne serait-il pas tenté de retourner au bercail, à Yunnanfou, avec son corps expéditionnaire victorieux, un simple aller et retour, le temps nécessaire pour chiper la place de Tang Kiao, qui finirait empalé, bouilli ou grillé ? C'est une hypothèse très probable, à laquelle pense certainement Tang Kiao qui, lui, est un copain à moi, un monsieur avec lequel j'ai conclu de petits marchés portant sur l'étain et aussi, dois-je le dire, sur l'opium du Yunnan ? »

Le consul, penaud, est encore une fois contraint de se réfugier dans une pose avantageuse et désinvolte — car il en a une collection, cet homme qui n'aime pas être pris de court et qui l'est souvent. Surtout ce soir-là, avec cet ignoble Dumont qui s'amuse à le mettre en boîte, qui joue au chat et à la souris avec lui. Mais ce n'est pas le moment de remettre cet individu à sa place. Le consul montre donc tous les signes de la bonne humeur, enflant gaillardement son sourire et sa voix, chassant gaiement les fumées de sa cigarette d'une main où une massive chevalière en or gravée de ses initiales semble être, sur l'un de ses doigts, un sceau consulaire de plus :

« Mais, mon cher Dumont, pour qui me prenez-vous ? Je savais tout cela. Vraiment, vous ne m'apprenez rien... »

Dumont, lui, en brandissant son cigare au bout flamboyant, balaie les simagrées de mon père et s'esclaffe avec un accent fripouille :

« Allons donc ! Dites plutôt que je vous en bouche un coin, monsieur le consul. A Tcheng Tu, je viens parachever l'opération opium. Car, pour le Yunnan, elle est faite depuis longtemps. La drogue de là-bas passe en transit à Haiphong et arrive directo chez Tu, à Shanghai. Mais la production est beaucoup moins importante qu'au Sseu Tchouan.

— Mais la Régie française d'Indochine n'est-elle pas mécontente ? Ce n'est pas le moyen de vous faire bien voir au Gouvernement général.

— Je lui laisse sa part, à cette Régie, pour qu'elle puisse faire bouillir son pot. Il faut contenter tout le monde. Ça, et quelques enveloppes à de hauts fonctionnaires français...

— Comment, vous osez prétendre...

— Mais oui, monsieur le consul. Sauf vous (et vous reconnaîtrez que je n'ai même pas essayé de vous graisser la patte), tous les gens s'achètent. Même les administrateurs des services civils qui font claquer leur vertu, qui font leur sainte nitouche en uniforme blanc... Rien ne m'amuse plus que de dégeler un de ces messieurs, qui commence toujours par le prendre de haut, avec son grade, sa dignité et sa profession de foi ; il finit par tendre sa délicate main, allant jusqu'à compter les billets. Tenez, vous voulez des noms et des chiffres, je vous les donne. »

Pendant que l'énumération sort de la bouche de Dumont, le consul fait semblant d'être anéanti. Il se laisse couler sur sa chaise, dans l'état visqueux qu'il prend quand il est dans la panade. Puis, comme toujours, du fond de son écroulement, armé de ce courage inébranlable et invincible qu'il se fabrique dans les grandes catastrophes, il resurgit centimètre par centimètre, prêt à affronter l'adversité représentée cette fois par Dumont et sa litanie de la corruption. C'est une de ses comédies, un air à la redresse, un petit truc bien étudié pour le faire valoir, et qui généralement fait rigoler l'assistance, où l'on commente ensuite, à la sortie de son bureau ou d'une réception : « Vous avez vu la dernière comédie du père Bonnard, qu'est-ce qu'il n'invente pas pour sortir de son caca ! Lui, du moins, le ridicule ne le tue pas. »

Dumont, c'est évident, connaît bien son Bonnard. C'est ainsi qu'il le laisse se pavaner et se replâtrer, sans le titiller. Car le consul, si on montre qu'on n'est pas dupe de ses petites adresses, peut devenir carrément mauvais. Et il vaut mieux ne pas trop le braquer si on veut le manipuler. Ça aussi, ce n'est pas tellement facile. Une des forces d'Albert Bonnard, comme l'a reconnu Dumont lui-même, c'est de ne pas être classé comme « concussionnaire » — il s'agit là du maître mot, du mot clef du monde colonialiste, celui qui vient le premier dans la bouche des gens parlant de quelqu'un — ce qui se fait sous la forme affirmative : « il l'est » ou la forme négative est rare : « il ne l'est pas ». « L'être », ça donne immédiatement barre sur soi, même si ça rapporte et même si ça ne nuit pas tellement à l'avancement. Lui, Albert Bonnard, est honnête surtout par vanité, tellement ça lui a monté à la tête d'être consul. Et puis il est trouillard. En fait, sous sa façade d'intégrité, il envie le vice des autres. Il est mauvaise langue, toujours à louanger en public et à déblatérer en privé, ou, moyen terme, à prendre des airs retenus qui laissent tout soupçonner sur Un tel ou Un tel. Face à Dumont et à ses accusations, son indignation est totalement factice. Il pense simplement que ce doit être bougrement embêtant et dangereux pour un fonctionnaire d'être acheté par un M. Dumont. Ce n'est pas son cas, Dieu merci. Là-dessus, le consul entreprend un dernier effort pour défendre l'honneur des serviteurs de l'Etat français face à ce salaud. Il croit avoir trouvé l'exemple d'un homme intègre, en dehors de lui évidemment :

« Mais le directeur de la Régie d'Indochine est un monsieur insoupçonnable, d'une extrême rigueur morale. Il m'a fait des ennuis incroyables à ma dernière livraison d'opium du Sseu Tchouan, pour quelques grammes qui manquaient. C'est tout juste s'il ne m'a pas accusé de vol. Des rapports, une correspondance qui a duré six mois. Je dois pourtant dire que cet homme m'a laissé la meilleure impression. Un grand commis. Un bâtisseur d'Empire. »

Aussitôt la gueule de Dumont est une gargouille obscène, avinée, allumée :

« Un jobard, voilà ce que vous êtes. Vous n'auriez pas eu ces emmerdements en lui laissant prendre sa commission. Savez-vous comment les gros négociants chinois passant entre ses mains l'appellent ? « L'honorable seigneur dix pour cent. » Il n'y a pas plus rapace que ce gougnafier. Moi-même j'ai eu du mal à m'entendre avec lui... Ce cochon-là n'a jamais voulu baisser ses tarifs, même pour moi. »

Bouffée de colère de Dumont, due au souvenir de ses propres tracas avec le personnage si malencontreusement vanté par le consul. Mais son ire s'évapore, laissant place à une mine d'autorité mielleuse :

« Monsieur le consul, vous ne risquez plus à

l'avenir d'enquiquinements avec ce triste sire. Vous n'aurez plus de rapports avec lui puisque, grâce à moi, tout l'opium du Sseu Tchouan va prendre gentiment son petit bonhomme de chemin vers Shanghai, en descendant le fleuve Bleu. »

Dumont ne se moque pas du consul. Il le commande. Ton du chef. Brutalité dans sa voix. Les phrases comme des boulets. Les yeux comme des points rouges, s'ajoutant au point crépusculaire de son cigare qui se consume. Geste pour lancer le trognon dans un seau à champagne.

« Revenons à nos moutons : à Tang Kiao. Celui-là, il est fort. Votre maréchal de Tcheng Tu, qu'est-ce qu'il lui fait tirer la langue, et qu'est-ce qu'il le fait cracher ! Le maréchal, pour le moment, se conduit en petit garçon qui implore, qui gémit sur tous les tons, envoyant messager sur messager à Tang Kiao pour l'apitoyer avec ce genre de prêchi-prêcha : « Nous sommes à bout. Nous serons tous exterminés si vous ne nous envoyez pas des armes et des troupes. Et ce sera la fin de l'épopée du Yunnan, de sa croisade pour la grandeur de la Chine. » Ces paroles-là, c'est du miel pour Tang Kiao. Il fait répondre : « Ma seule pensée, c'est de vous secourir, au point que je maigris, que j'ai perdu le sommeil, que je ne dors pas la nuit. Mon chagrin est profond. Pour vous aider, je dois d'abord recruter des soldats, les équiper, les entraîner. Hélas ! mon trésor est vide. Envoyez-moi donc de l'argent. » Tang Kiao exige des sommes énormes. Et c'est pour le satisfaire que le maréchal met en coupe réglée le Sseu Tchouan, où les Sseutchouanais furieux lèvent de plus en plus d'armées pour en finir avec lui, pour en faire de la chair à pâté. Cependant, chaque mois, une caravane de mulets surchargés de sacs pleins de taëls chemine, sous escorte, vers Yunnanfou. Evidemment, tout ce fric, Tang Kiao le met à son nom dans un endroit sûr, une banque de Hong Kong sur laquelle règne la « law and order » britannique. Même Shanghai paraît dangereux, à cet homme prudent. Tout en multipliant les promesses les plus sacrées au maréchal, il continue à ne pas lui envoyer un troufion ou un mousqueton, attendant patiemment la perte de cet imbécile qui est en train de lui faire sa fortune... »

Dumont éclate de béatitude, mi-athlète de foire, mi-escarpe de club, un côté bovin, un côté chafouin, surtout l'air de l'escroc supérieur qui peut se permettre de décortiquer devant un cave, devant sa victime, le mécanisme d'un coup bien monté. Par plaisir, et surtout pour faire comprendre à l'individu piégé, c'est-à-dire au consul, qu'il lui faut marcher droit. Albert s'efforce de rester impénétrable, ce qui le fait ressembler à une petite chouette, le pince-nez d'une immobilité vigilante et silencieuse. Aucun mouvement. Il ne parle pas. A peine respire-t-il. Le mutisme, la mine absente, compassée, indifférente comme une dernière protection dans ce guêpier. La non-existence, mais pas encore comme une défaite, comme un moyen de ne pas la reconnaître.

Cependant Dumont repart à l'attaque, se lançant cette fois à l'abordage avec une cordialité de soufflet de forge :

« Allons, monsieur le consul, ne faites pas l'esprit fort. Admettez que je vous en fait voir de toutes les couleurs. Et encore, le meilleur, je ne vous l'ai pas dit. De quoi vous faire tomber à la renverse. Accrochez-vous bien au bastingage, monsieur le diplomate. »

Le consul ouvre la bouche. Il a les lèvres minces. Il s'exprime d'une manière ennuyée, incolore, impersonnelle, froide. Comme si tous les manèges de Dumont ne le concernaient pas, ne le touchaient pas. Comme s'il luttait contre le sommeil.

« Mon cher Dumont, je serais étonné que vous puissiez me surprendre en ce qui concerne Tang Kiao, le maréchal et les Yunnanais. Vos soi-disant révélations étaient déjà en entier dans mon dernier rapport au Quai d'Orsay. Mon cher ami, moi non plus, je ne suis pas un enfant de chœur. Je sais me renseigner par moi-même. Autre chose. Je veux vous faire observer que je n'ai accepté aucune de vos propositions qui, ai-je le regret de constater, ressemblent un peu à du chantage. Je pourrais me plaindre de votre attitude peu courtoise à mes supérieurs...

— Ah ! là là, monsieur le consul, vous me faites mal au sein. Dites-vous une chose. Sans moi, sans ma bonne volonté, pas une arme que les Français enverraient d'Indochine n'arriverait jusqu'à Tcheng Tu entre les mains de votre protégé le maréchal. Ce serait nib de nib. Tout le stock disparaîtrait dans la nature, ni vu ni connu, je t'embrouille. L'affaire de la cargaison du Yang Tse Kiang, ce serait de la petite bière à côté. Et je n'aurais même pas besoin de me mouiller. Ça se ferait tout seul.

— Très curieux, mon cher Dumont. Mais expliquez-moi pourquoi.

— Tout simplement Tang Kiao le prendrait au passage, pour lui-même, à Yunnanfou, cet armement miraculeux et complètement à l'œil. Il n'aurait qu'à ramasser... A moins, bien entendu, que je l'en dissuade.

— Je ne crois pas que nous aurions besoin de vous pour donner de bons conseils à Tang Kiao. Nous avons de très grands moyens de pression sur lui. Car son Yunnan, c'est le fin fond de la Chine, un cul-de-sac relié au monde extérieur par notre Indochine, grâce à ce chemin de fer que je veux prolonger jusqu'ici. Un arrêt du trafic, et Tang Kiao est à genoux, dans sa province paralysée. Et puis il ne faut pas oublier qu'il est un très grand ami de la France... »

Là-dessus, Dumont s'ébroue comme un rhinocéros pris de la danse de Saint-Guy. Il se vautre dans la gaieté, se boudinant en morceaux de chair, joues, bras, jambes, qui voltigent autour de lui épaissement et légèrement à la fois. Il a, dans son quadrille, le poids d'une tonne. Les points de couperose et les taches de la digestion luisent, sur son visage suant, comme des yeux supplémentaires pleins d'impudeur. Il tonitrue, en spasmes qui sont des toux de rire, en accès qui sonnent comme une fanfare inextinguible. Sa chaise craque comme sous un tremblement de terre, avec son ventre dirigeant le séisme sur place, se gonflant, se dégonflant, se regonflant de vapeurs hilarantes, avec son nombril comme épicentre. Au bout de plusieurs minutes, ce volcanisme finit par inquiéter l'acolyte de Dumont, le personnage longiligne et muet qui, au cours de la soirée, s'est dilué en un fil si ténu qu'il semble s'être perdu dans l'air épais à couper au couteau. Depuis longtemps, il est quasi invisible dans la pièce devenue semblable à un énorme cendrier où palpitent seulement, tels deux gros mégots bien vivants, Dumont et mon père. Mais le bonhomme reprend substance, se réincarne en sous-fifre vigilant pour oser dire respectueusement à Dumont :

« Calme-toi, Dumont. Pense à ton cœur qui va encore battre la breloque.

— La ferme, purée, crétin, trou du cul. Je ne te paie pas pour que tu lâches de pareilles âneries. Fous-moi le camp. »

L'individu s'esquive sous le regard trop indifférent des boys qui, aux abords, se tiennent tels de grands linges debout, semblant ne rien voir, ne rien entendre, mais qui se glissent comme des ombres dans la salle à manger au moment toujours opportun, pour apporter la bouteille de champagne ou la boîte de cigares commandée par la situation. Ils sont la Chine toujours omniprésente qui contemple sereinement les barbares en train de se battre pour les dépouilles de la Chine. Mais qui, parmi les Blancs qu'ils servent, pense à ce qu'ils pensent ?

« Moi, reprend Dumont soudain assagi, je me porte comme un charme. Une santé de fer, après quarante ans de Chine. Un cœur comme une enclume. Qui pourrait dire mieux ? »

Une narquoiserie traverse la figure du consul de

France qui, tout le temps de l'étalage de gaudriole de Dumont, est resté de glace, patientant, les yeux mi-clos de mépris, la tête légèrement penchée de lassitude, ses doigts tapotant la table pour mesurer la longueur du temps.

« Mais, mon cher Dumont, tout se sait entre Blancs, comme vous me l'avez fait remarquer vous-même. Je me souviens maintenant avoir entendu parler d'une petite attaque que vous avez eue à Shanghai. Dans ces conditions, c'est en effet imprudent de vous mettre dans l'état d'excitation où vous étiez à l'instant. Et puis, de vous à moi, qu'ai-je dit de si drôle, pour vous faire rire autant ? J'avoue que je ne me rends pas compte.

— Vous m'avez fait me payer une pinte de bon sang. Alors, monsieur le consul, ne vous faites pas plus bête que nature avec vos arguments à la noix. On dit que vous êtes le spécialiste, l'expert, le connaisseur des Chinois. En avez-vous vu un qui, quand il s'est mis quelque chose dans la caboche, n'arrive pas à ce qu'il veut, à moins d'être contré par plus ficelle que lui ? Avec tout le respect que je vous dois, vous n'allez pas prétendre que vous êtes plus fortiche que Tang Kiao ? Celui-là, pour un subtil magot, c'en est un, et de première bourre. S'il décide que le maréchal de Tcheng Tu n'aura pas les armes d'Indochine, je vous dis que votre protégé se brossera, en long et en travers. Et même si les Français, par les pressions auxquelles vous faisiez allusion, empêchent Tang Kiao de se servir directement quand la camelote arrivera à Yunnanfou, il la récupérera plus loin, lors du transport en caravane vers Tcheng Tu. Il a vingt moyens pour cela. L'attaque du convoi par des hordes de brigands mystérieux, l'embuscade par des milliers de faux Sseutchouanais, ou même par un régiment de vrais Sseutchouanais. Rien de plus aisé pour Tang Kiao que de négocier sous le coude, à l'insu de son maréchal, un petit arrangement avec un clan sseutchouanais, que ce soit celui du général Bonze Fou ou celui du général Petite Fouine. Un accord sérieux, avec des stipulations, une clause sur le partage du butin, c'est-à-dire les fameuses armes d'Indochine, dont le plus gros, rebroussant discrètement chemin vers Yunnanfou, serait ainsi récupéré par le cher Tang Kiao. Dites-moi, monsieur le consul, qui serait roulé en pareil cas, vous ou lui ? Ce serait vous, malgré tous les moyens de persuasion dont vous vous vantiez et qui m'ont fait rigoler. Tenez, je m'en tape encore les côtes... »

Dumont, effectivement, se bourre consciencieusement les flancs de grandes claques à la suite de sa belle démonstration, pendant que la figure du consul s'allonge.

« Et encore, monsieur le consul, ce n'est là qu'une des hypothèses. Il y en a d'autres plus embêtantes. Un kidnapping, par exemple, d'une personnalité française éminente. Vous ou, encore mieux, votre jeune fils. Et évidemment la condition mise par les ravisseurs inconnus à la restitution en bon état du garçonnet, ce serait de leur fournir tout le fourniment, le bidule en entier, tout le saint-frusquin aux marques glorieuses de Hotchkiss, Saint-Etienne et le Creusot. Et qui songerait à incriminer Tang Kiao, dans son Yunnanfou, si loin de cette regrettable affaire ? D'autant plus que vous pouvez compter sur lui pour pleurer toutes les larmes de son gros corps, vous noyer sous les messages ampoulés et déchirants de sa douleur, vous épater par la farouche résolution des ordres dont il écrasera le maréchal de Tcheng Tu, coupable au moins de négligence : qu'il sache qu'il paiera de sa vie celle de l'enfant. Le grand tralala, quoi... Tout cela aboutissant à de tortueux pourparlers avec on ne sait qui, où vous donnerez en fait vos belles armes aux Sseutchouanais, lesquels réacheminеront la part convenue à Tang Kiao. Et peut-être que votre gosse sera sain et sauf, peut-être... »

Albert Bonnard s'est levé, droit et mince. Il n'est plus le consul dont le métier est l'entregent. Soudain, il s'est mué en représentant d'un autre corps de l'Etat : le monde austère de la Loi. Il a toute l'attitude professionnelle d'un accusateur public. Rien de flamboyant en lui pourtant. Pas trace d'émotion ni de colère ni de dégoût. Rien que de la rigueur. Il est le glaive de la Justice, il a jeté ses moustaches, ses lorgnons, tout son petit bagage personnel, sa belle petite figure dans la corbeille à papiers, il est moralement nu pour tenir la balance de Thémis. Plus un tic, plus une expression. L'impersonnalité de l'homme devant la grandeur du rôle ; au nom de la France, d'une voix sèche et coupante qui veut être celle de la guillotine, il dresse contre Dumont le réquisitoire de la trahison. Il se croit aux assises.

« Monsieur Dumont, je me vois dans l'obligation de vous accuser de menaces de meurtre à l'égard d'un agent de la France et de sa famille. Je vais en référer à qui de droit. Vous avez proféré très clairement des paroles signifiant que vous me feriez enlever — ou que vous feriez enlever mon fils — au cas où je ne me soumettrais pas à vos propositions. Vous avez déjà tout préparé. J'ai parfaitement compris que votre instrument dans ce complot, ce sera votre employé, M. Cheng... »

Dumont, tout ballonnements, une succession de flatulences, s'est mis debout aussi, péniblement mais avec force, entassant chaque pièce de lui-même les unes par-dessus les autres jusqu'à ce que l'ensemble tienne à peu près à la verticale. Ce hissage accompli, il s'époumone à hurler. Sa bouche est un égout ascendant au milieu des masses poreuses de chair. De ce trou sortent des vociférations qui couvrent les sentences d'Albert Bonnard :

« Déraillez pas, monsieur le consul. Vous piquez votre crise de folie, je le veux bien. Moi, vous vouloir du mal ? Vous plaisantez. Tout ce que j'entendais vous montrer, c'est que vous ne devez pas jouer imprudemment avec Tang Kiao. Il est dangereux, très dangereux, cet animal-là... »

Le consul remue ses lèvres à toute allure, dans

un crescendo de vitesse, si bien qu'elles semblent courir sur place ridiculement, qu'elles ont l'air de manger de l'air. Le menton, en dessous, cahote comme un contrepoids. Accéléré inutile, effort vain, car on n'entend pas un son sortir de sa gorge. Enfin, le consul renonce à placer un mot, vaincu par les éructations de Dumont, énorme écoulement. Indécis, les mains croisées derrière le dos, il marche à petits pas le long de la table, le visage tout à coup décomposé et blême, triste. Dumont s'en donne à cœur joie de gueuler :

« Mais moi, Tang Kiao, au contraire, je vous le livre saucissonné, ficelé, pieds et poings liés, doux comme un agneau, docile comme une image. C'est ce que je voulais vous annoncer tout à l'heure, la bonne surprise, le mignon cadeau de l'ignoble Dumont, mais vous n'avez pas voulu m'écouter, vous m'avez envoyé paître, alors la moutarde m'est montée un peu au nez, je me suis un peu fâché. Et je vous ai fait légèrement marcher... Et encore, faut s'entendre, tout ce que je vous ai annoncé de fâcheux, ce n'est pas du bidon, ça vous pendrait au nez si je n'étais pas là.

« Mais je suis là, moi, Dumont. Et je tiens Tang Kiao. Parce que, tenez-vous-le pour dit, Tang Kiao, c'est mon « petit frère », le puîné, le cadet qui me doit obéissance. Car lui, il en est, de la Bande Bleue, et pas pour du toc. C'est même moi qui l'ai initié, il y a deux ou trois ans, à Yunnanfou. Tout le machin par lequel j'étais passé aux mains de Tu, je le lui ai fait subir — imaginez ce terrible Tang Kiao à genoux devant moi, en chemise... Toute la gomme, quoi... Les épées, l'interrogatoire, la Cité des Saules, le délectable kampé de nos sangs mélangés, et enfin le grand serment. Depuis lors, Tang Kiao est soumis à la loi de la Bande Bleue, à la mienne surtout : car j'étais le maître des cérémonies, donc son maître. »

Le consul, après ses déambulations de plus en plus lentes et molles le long de la table, s'est arrêté, comme épuisé, comme si sa marche n'avait plus d'objet. Lentement, il s'assied sur la pointe d'une fesse, avec des gestes petits et mesquins, la mine contrite. Il se sent vaincu. Mais, même sans espoir, par acquit de conscience, il pose une question, soulevant une difficulté :

« Vous vous contredisez, Dumont. Ne m'aviez-vous pas affirmé tout à l'heure que jamais la Bande Bleue n'avait réussi à noyauter sérieusement les Yunnanais ? »

Dumont, sentant la partie gagnée, se laisse retomber sur sa chaise en un énorme écroulement vainqueur. Un plouf. Et puis comme le débordement d'une gélatine, tout à l'heure sur le point d'ébullition, mais qui commence à s'attiédir, à se refroidir, devenant matière pondéreuse, apaisée, consolidée, une lourdeur remplissant tout un siège et tout le rebord de la table, repoussant les vaisselles et les bouteilles. Dumont, heureux cétacé échoué qui commence à savourer son triomphe, mais prudemment :

« Monsieur le consul, tout à l'heure, je ne vous ai pas tout lâché. Est-ce qu'on abat toutes ses cartes d'un seul coup ? On garde ses as, mon cher diplomate, comme j'ai fait. Comme j'ai conservé dans ma manche Tang Kiao. »

Trémoussements de Dumont, en une série d'ondes d'autosatisfaction parcourant le gros tas général de satisfaction qu'il est :

« Les Yunnanais, il y en a deux espèces opposées. Ceux d'ici, ceux du maréchal, les conquérants traqués que vous voulez dépanner, ce sont de pauvres types, des visionnaires, des idéologues, les dingues partis en expédition en 1915 pour prendre toute la Chine au nom des grandes idées. Je vous l'ai dit, ils vivent toujours de chimères, même si au Sseu Tchouan ils se conduisent comme des brutes et des pirates. Ceux-là, vos amis, ils sont rédhibitoires, ils ne peuvent pas piffer la Bande Bleue. Mais c'est une autre chanson à Yunnanfou, avec Tang Kiao, qui, lui, ne croit plus aux billevesées. Lui, c'est un réaliste. Il est pour le solide, pour le palpable, le raisonnable. C'est comme cela qu'il est devenu mon frère et celui de Tu, à cause de sa saine compréhension du business. On a ensemble un sacré réseau d'affaires, allant de Yunnanfou à l'Indochine, à Canton, à Hong Kong, à Shanghai. C'est moi qui conseille Tang Kiao pour ses petits placements. C'est dire la confiance qu'il me fait. »

Dumont fait tourner avec gourmandise sa grosse langue sur ses grosses joues. Puis, avec la mine allumée d'une entremetteuse, il se met à jurer :

« Moi, si je dis à Tang Kiao de laisser passer vos armes d'Indochine sans y toucher, il n'y mettra pas dessus le petit doigt. Même s'il y en a une chiée. Il ne se laissera pas tenter, je vous le garantis. Et puis je lui glisserai un petit tuyau à l'oreille, à tout hasard. Que si lui, Tang Kiao, en raflant ce matériel, faisait que le maréchal et ses troupes soient réduites en morceaux de boucherie par les Sseutchouanais, il ne verrait plus arriver de convois de taëls à Yunnanfou... »

Le consul repère la faille contenue dans les dernières phrases de Dumont :

« Vous n'êtes pas aussi sûr de Tang Kiao que vous le dites, pour lui agiter ces taëls sous le nez... »

La fatigue de Dumont explose en une ultime virulence de maquignon qui s'est emparé de la bête consulaire :

« Allons, monsieur le consul, pas de chichis. Je vais tout vous régler aux petits oignons. Tout ce que vous avez à faire, c'est d'obtenir, à Paris et à Hanoi, les papiers officiels pour qu'on nous fournisse les armes. Et que ça ne coûte pas un sou, même pas une somme symbolique ou autre idiotie. Et qu'on n'y aille pas avec le dos de la cuillère. Faut la grosse quantité. Moi, parole de Dumont, je colle la marchandise à Tcheng Tu entre les pattes du maréchal moins d'un mois après qu'elle ait quitté les arsenaux d'Indochine. Il ne manquera pas un bouton de guêtre. Et le maréchal, au lieu d'être débité en bidoche par les Sseutchouanais en fera des rondelles, si ça l'amuse, cet homme. »

Béatitude de Dumont, crapeau de la générosité, dont la bouche répand fleurs et perles :

« Avec moi, le travail est toujours bien fait. Tenez, je peux donner encore un coup de pouce à votre maréchal, en semant la zizanie parmi les Sseutchouanais. Pour cela, je n'ai qu'à laisser certaines instructions à M. Cheng, que vous ne semblez pas apprécier à sa juste valeur. Ces Sseutchouanais, ce sont des ruffians faciles à monter les uns contre les autres, à propos d'un marché, d'un contrat, là où il y a du pèze. Il suffit qu'on s'arrange pour qu'un de ces zèbres se croie désavantagé par rapport aux autres zigotos. Alors ils s'empoignent par les cheveux, les tripes, les couilles et, pour un rien, ça y va entre eux du poison, de la baïonnette et du boulet. Ces sauvages, ils se jalousent, c'est pas croyable. M. Cheng, il les aura tous rendus fous de rage entre eux, ils seront mûrs, au moment où le maréchal recevra ses armes et leur tombera dessus, pour se faire ratiboiser jusqu'au dernier. Alors, vous êtes content, monsieur le consul ? »

Béatitude de Dumont qui est comme le soleil, toutes les impuretés de sa figure s'unissant en une immense plaque de chaleur, en un conglomérat de dévouement, en un buisson ardent d'innocence :

« Tenez, monsieur le consul, ce soir, je parierais que vous enverriez bien le Dumont au diable. Et puis il doit y avoir Madame votre épouse qui vous asticote sur moi toute la sainte journée car, je le sens bien, elle ne peut pas me piffer. Eh bien moi, je m'élève au-dessus de vos petites humeurs, je n'en tiens pas compte, je suis sans rancune, car je vous connais mieux que vous-même. Vous voulez réussir, et dans de sacrées histoires. La Carrière, comme on dit, plein la bouche, c'est une basse-cour remplie de poules mouillées ou un cénacle de petits messieurs uniquement occupés à cultiver des vices aristocratiques comme le petit profit, la tapette, le visage creux, le rapport vide. Ils ne veulent surtout rien savoir. Tous ont la bouche et le cul bouchés de précaution. Mais, vous, vous êtes un homme, vous êtes un joueur, et même un joueur imprudent. Vous ne le savez pas encore, mais vous avez besoin de moi, vous ne vous en tireriez pas sans moi. Je ne vous lâcherai pas, mon cher Albert. Et vous verrez que l'on va être bientôt comme les deux doigts de la main. Dès que vous aurez apprécié mon savoir-faire, vous ne jurerez plus que par moi. C'est qu'on a de grandes ambitions ensemble. Les armes et les munitions, du tout cuit, vous verrez. Pour le chemin de fer, ce sera une autre paire de manches, avec nos banques qui se cherchent des poux et nos divers Yunnanais qui finiront bien un jour par se prendre par les arpions. Vous verrez, pour démêler l'embrouille, au milieu de tous ces Financiers et de tous ces Chinois, sans compter les Englishes et tous les autres, vous serez heureux de l'avoir avec vous, le père Dumont. On y arrivera, à poser vos rails, nom de Dieu ! »

Le consul, sous cette avalanche de déclarations d'amitié, se tient comme un petit homme tapi sous le déluge de la mousson : riquiqui, rechigné, empilé sur lui-même, la tête dans les épaules et les membres dans le corps, pour se protéger de l'ondée. Enfin, quand le gravat des mots et la pluie des postillons se sont arrêtés, il réapparaît un peu, comme une tortue sort de son abri. Il semble intact, ni effondré ni enthousiaste, juste un peu transi : un homme sortant de la tempête. En fait, tout en revenant au jour, il se cache dans un air de neutralité bienséante, ce qui n'est pas tellement bon signe chez lui. Dumont ne s'en aperçoit pas :

« Tout cela est bel et bon, Dumont. Mais soyons net. Dans l'immédiat, que voulez-vous de moi ?

— Que vous alliez rendre une petite visite discrète au maréchal et à son âme damnée M. Lu. Et là, arrangez-vous pour obtenir que, non seulement ils livrent tout l'opium du Sseu Tchouan à Tu, mais qu'ils s'engagent à ne pas augmenter leur prix en aucune circonstance. Même pas quand on les aura fait triompher des Sseutchouanais. »

Douceur du consul. Son visage rasséréné, où les traits ont repris leur place normale. C'est dans une ombre de sourire qu'il soupire gentiment, en jouant à l'enfant sage, plutôt qu'il ne les dit, les mots attendus par Dumont :

« Bon. Je me rendrai auprès du maréchal et de son conseiller. Et je tâcherai de les convaincre. »

Coup de poing sur la table de Dumont.

« Ne plaisantons pas. Je veux que vous me rameniez des certitudes. »

Le consul de France, cette fois, prend un ton sucré, la voix de la complaisance, le geste de la soumission :

« Vous aurez satisfaction. Toute satisfaction. »

Dumont, alors, d'un coup, se gonfle d'air. Aspirations énormes par lesquelles il semble avaler la pièce, la maison, le monde. Dumont comme un géant, comme un titan, comme un dieu. Dumont rempli, cramoisi, une montgolfière dans le nirvâna, Dumont, calmement jubilant, qui se met à faire part de sa sagesse, de sa philosophie au consul de France faisant le dos rond :

« Mon cher Albert, c'est comme cela que je réussis en affaires. Je travaille la chose au corps, je la démolis et je la bouffe. Je mange tout ce que je peux, à tous les râteliers, jusqu'à m'en faire péter la sous-ventrière. Qu'est-ce que je peux ingurgiter ! J'ai un estomac d'autruche, heureusement. Faut se goberger. Faut y aller carrément. Faut se dépêcher. Dans ce sacré pays, il y a encore quelques bonnes années à faire. Pas plus, contrairement à ce que croient des tas d'imbéciles. Faut en profiter. Moi, je veux être un vrai milliardaire, avec du fric à moi bien planqué en dehors de Chine, quand ça claquera. Car, je vous le dis, ça foirera, la Chine se vengera des étrangers, elle ne fait jamais de cadeaux, la Chine. Faut les lui arracher. Ça, je m'y emploie, grâce à Tu, à Tang Kiao, à Cheng, mais même ceux-là, mes associés, mes complices, mes frères, ce sont des salauds qui me haïssent, qui voudraient me cracher à la gueule, me faire rendre gorge, comme à tous les Blancs. Le jour où la Chine partira en pétard pour de bon, il vaudra mieux pour nous être ailleurs...

« Ne faites pas cette pâle gueule, monsieur le consul. J'espère que vous ne vous croyez pas aimé par les Chinois. Ça serait trop farce... Allons, rassurez-vous. La grande révolution en Chine, ce n'est pas encore demain la veille. Ça va patauger d'abord. Il y a le temps. Vous tirerez votre épingle du jeu, monsieur l'ambitieux ; vous ferez la grandeur de la France dans ces régions reculées de la Chine, monsieur le patriote, car vous êtes un vrai Français, un bon Français, pas un salaud comme moi, un salopard qui, pourtant, rend cent fois plus de services à notre pays qu'une potiche de diplomate ou de gouverneur. Ce n'est pas vous que je vise, au contraire, mais parfois chez moi la coupe est pleine devant certaines ingratitudes, certaines insultes. Contrairement à ce qu'on croit, je suis un sensible, j'ai du cœur... Mais je ne pleurniche pas sur moi. Parlons de vous, mon ami. Permettez que je vous appelle « mon ami ». Vous ferez une grande œuvre dans ces raclures de provinces dégueulasses, chez ces sauvages pourris de Jaunes, à l'ombre du drapeau tricolore, grâce à l'opium, aux armes et au rail. C'est l'occase unique. Vous serez bien noté, vous deviendrez un type de la haute, un monsieur dont tout le monde aura oublié les débuts. Et puis si tout s'écroule dans ce bout du monde, vous serez déjà tiré des flûtes dans un bon poste civilisé, alors qu'est-ce que ça peut foutre ? Foi de Dumont, vous allez grimper vite si vous êtes malin, vous monterez sur le mât de cocagne où vous tirerez les titres de consul général, de ministre plénipotentiaire et, pourquoi pas, d'ambassadeur de France ! A condition, pour commencer, de ne pas faire le couillon avec moi. Car ça coûte cher, mon cher ami, de croire qu'on peut s'amuser avec Dumont. En deux temps trois mouvements, sans même avoir compris comment, vous êtes lessivé, nettoyé, devenu un chiffon dont on ne voudrait même pas pour habiller un épouvantail... même pas pour donner aux bonnes sœurs pour leurs orphelines... »

Là-dessus, Dumont, en ayant terminé, bâille à s'en décrocher la mâchoire. Vue plongeante oto-rhino-laryngologique jusqu'à l'œsophage. Autant de masses rougeâtres et gluantes à l'intérieur qu'à l'extérieur de sa bouche. Ça clapote, ça borborygme, ça s'endort. La respiration d'une chaudière. Un sursaut, et Dumont rouvre ses paupières collées comme des paupiettes, qui clignotent, mouillées d'une bave rosâtre :

« Votre champagne était aigre, monsieur le consul. Il m'a tourné sur l'estomac. Je vais aller au pieu. »

Dumont s'arc-boute pour se lever, s'appuyant de ses gros trognons de bras sur la table afin de soulever sa panse et ses jambes inertes. Durant l'effort, sa tête, frisant l'apoplexie, passe de l'ère animale à l'ère végétale du chou rouge. Le corps de Dumont ne décolle pas de sa chaise mais la nappe qu'il agrippe tombe à terre, entraînant verres, assiettes, cendriers et objets de toutes sortes dans une dégringolade qui n'en finit pas, avec les bruits adéquats de vaisselle cassée et de liquides qui glougloutent. Le consul assiste indifférent à la catastrophe, sans bouger de sa place. Les boys, avec diligence et prestesse, accourent, manient le monumental Dumont comme s'il n'était qu'une bulle d'air, une chair sans poids. Pendant l'opération, qui ne dure que quelques secondes, Dumont dodeline du chef, à grands coups morts. Enfin, une fois debout, il vomit à intervalles réguliers, les onomatopées du dégueulis :

« C'est votre mousseux, monsieur le consul. Une

bibine pas catholique, qui ferait rendre l'âme même à un missionnaire... »

Dumont, accroché à deux boys comme une bête suspendue, une grosse bête informe, disparaît enfin à petits pas, ses lourdes enjambées cotonneuses faisant floc au milieu de la démarche aérienne de ses porteurs. Il trébuche et sacre comme un charretier. Enfin le consul reste le maître du champ de bataille. Longuement, tel Napoléon à Austerlitz, il contemple le lieu souillé d'un air fin et goguenard. Il se croise les bras derrière le dos, il redresse la tête pour mieux contempler le carnage. Mais un frisottement ondoie sur sa figure altière et grave de champion, une volupté qui lui fait clore rêveusement les yeux, le vent coulis du songe.

QUATRIEME PARTIE

Autour du consulat, la nuit est de la poix. Deux heures du matin. Dans la salle à manger et ses décombres traînent les reliquats de l'orgie entre bonshommes blancs qui viennent de s'empoigner dans les jovialités du chantage. Les yeux fendus des serviteurs sont des lucioles, des vers luisants. Ils regardent mon père resté seul dans la pièce, blême de sueur froide et de triomphe fatigué, auquel l'électricité qui balbutie et tressaute, donne un aspect saccadé. Comme seul bruit, le moteur de la génératrice qui continue à ronronner irrégulièrement. Monsieur le consul, sous tous ces regards cachés, s'en va, mais pas pour se coucher, pas pour rejoindre ma mère et s'endormir. Il glisse, léger, au lieu, comme à son habitude, de marquer ses pas des piétinements nets de l'homme viril, précis, méthodique qu'il veut être dans la journée. Il avance, tel un voleur, vers le salon, vers un divan dominé par la grosse tête en pierre d'un Bouddha, une tête coupée posée sur un socle ; elle a le sourire joyeux des ambiguïtés et des compromissions. On sait ce qui va arriver... Certains soirs, quand mon père s'est attardé avec acharnement à son bureau à écrire des lettres ou un rapport, en incisant, en obsédé, les lettres de barres et de points pour leur donner plus de force, ou quand il a traîné à table, vrai ou faux complaisant, avec des messieurs, échangeant des plaisanteries coloniales et ragoteuses, maniant, parfois au milieu de cette débonnaireté, les sous-entendus âpres d'une discussion d'affaires, comme il vient de le faire avec Dumont, quand Anne Marie lassée s'est retirée depuis longtemps dans sa chambre et ne peut le surprendre, d'autant plus qu'elle est complètement indifférente à ce qui le concerne, lui, au lieu de rejoindre le lit conjugal, va s'étendre sur cette couche sans un bruit, sans un mot, sans un ordre, pour s'apaiser, se magnifier, connaître la joie. Lui, toujours en proie à la susceptibilité, à la flatterie, à la vanité qui, en temps normal, cernent son visage de vibratiles plaies vives, lorsqu'il est à bout de nerfs et de fatigue, l'imagination malade, blessée, humiliée, s'adonne alors à la Grande Paix, à la Manne Consolatrice. Non qu'il soit un intoxiqué, un drogué mais il a besoin âprement, parfois, d'illusions, d'être ce qu'il n'est pas, d'arriver au but qu'il n'atteint pas. Les voluptés de l'imagination... Alors tout devient comme un jeu d'ombres. Le personnel sait ce qu'il a à faire : il demeure caché dans ses recoins, à surveiller, avec patience et curiosité. On croirait au néant, à la solitude, alors que tout est peuplé. Seul vient à mon père, à peine une présence, plutôt un effleurement : son serviteur préféré, le chef boy, qui s'accroupit à ses pieds, avec son attirail. Les ampoules s'éteignent, remplacées par des lueurs, des pénombres, des odeurs. Mon père gît, frémissant un peu dans l'attente. Cependant, l'individu, en dessous de lui, s'active à ses préparatifs. Le chef boy est comme la courbe frêle d'un toit vernissé, d'où tout s'écoule, où il ne reste jamais rien que ce faîte presque immatériel, qui plonge dans l'horizon. En lui, tout s'échappe, même son corps. Tout part, tout fuit, surtout son crâne aquilin ; les os frontaux s'estompent en un étranglement, son cou est une passerelle entre la tête évanescente et le tronc maigre, décharné qui se creuse, se dilue vers les jambes, de simples béquilles se perdant au loin. Son talent, à cet individu, c'est de ne rien ressentir, d'être imperméable à tous les tics, les crispations, les râles, les soupirs, les hargnes, les douleurs, les gémissements, les joyeusetés de monsieur le consul. Son art c'est de ne rien avoir qui retient, qui accroche, qui appréhende, d'être sans aspérités, sans personnalité, un homme-tuyau qui évacue les biles de monsieur le consul. A la vérité, ce domestique que l'on croit en cours de disparition, en état d'absence, est toujours là, bien présent, à servir de crachoir humain à mon père. Et, dans cette situation presque minérale, il a une prescience, pour aller au-devant, pour recevoir les caprices, les envies, les désirs, les nécessités du maître. Gymnastiques constantes par où s'expriment la sensibilité, la sensiblerie même du consul. Car celui-ci a besoin d'être compris à l'avance, d'être deviné, d'être bichonné en conséquence — rôle dont devrait s'acquitter Anne Marie mais qu'elle repousse avec des railleries, avec un mépris de fer. C'est donc le chef boy qui, toujours courbé et fluide, perçoit ses envies secrètes concernant aussi bien le choix d'un caleçon, d'une flanelle, que l'urgence d'un somnifère, d'une purge ou d'un drink. Grâce à lui, mon père est soigné aux petits oignons, sans avoir à commander, toutes ses bizarreries et maniaqueries comblées sans qu'il s'aperçoive même de l'existence de ce Maître Jacques qui tient si peu de place, juste assez pour que le consul l'engueule tout en geignant, tout en se sentant accablé, à propos de l'infime marge d'erreurs qu'il arrive quand même à découvrir. Le chef boy, au lieu de tenir tête, prend alors une mine triste, désolée, fuyante, froussarde de coupable, grâce à laquelle son maître redouble les remontrances et arrive à finalement se sentir soulagé. En fait, Anne Marie prétend que l'individu manipule mon père comme il veut, faisant même le mouchard, grâce à de petites phrases à peine prononcées, à des mots chuchotés ; c'est sa façon de dénoncer la maisonnée, la ville, et même elle, Anne Marie. Mais ce soir-là, le chef boy a soin de ne pas se manifester du tout. Ce n'est plus le moment des comédies ordinaires de la vie, où mon père a tant besoin de la compréhension de son serviteur. Il ne lui faut que l'habileté de l'homme pour s'en aller tout seul, vers les grandes satisfactions.

Le consul est vautré, sursautant d'impatience, criaillant au serviteur : « Dépêche-toi. » De celui-ci, petit cloporte, petite fourmi, insecte au labeur, on ne voit que les mains ; elles ont la précision de mains de bourreaux dans la chair, de mains d'orpheline qui brode, de mains de magicien mêlant les potions. Merveilleuses mains chinoises si maigres, si nerveuses, plus des cordons métalliques que des assemblages d'os, et qui semblent exister par elles-mêmes, en dehors du reste du corps, comme des moteurs indépendants éternellement en opération. Les mains du boy en fonction sont des machines diligentes, des mécanismes parfaits où, à peine, parfois, une palpitation de la peau indique qu'elles sont sensibles. Dans le cône de lumière dégagé par la lampe qui préside aux rites de l'opium, on ne voit que les yeux du Bouddha, le masque blême, tiré, de mon père et les mains adroites de l'individu qui, prolongées par de petits instruments, un racloir, des sortes d'aiguilles, des espèces de couteaux, transforment une goutte de « boue divine » en une boulette ronde, compacte, déjà un peu frite. Evolution de ces gestes rapides, de ces bruits minuscules, de ces senteurs qui se répandent. L'instant va arriver où le boy, ayant enfin enfoncé la boule dans le fourneau de la pipe, un trou minuscule, en tend l'embouchure à mon père. Celui-ci se soulève lourdement, comme un aveugle, les paupières closes, avec des lèvres qui tâtonnent, qui trouvent. Et alors il y a en lui cette aspiration énorme, goulue, cet air hagard et vague, insensible, une sorte d'acharnement fixe, pétrifié, avec des sous-bruits de déglutition, de suffocation, de bave. Une position curieuse, incommode, un effort maniaque pour absorber les fumées, cependant qu'à l'autre bout de l'instrument la boulette grésille sous l'effet de la flamme de la lampe et de l'aspiration. Car le serviteur est là, à diriger la manœuvre, à faire en sorte que le fourneau soit orienté vers le feu de la lampe, que l'embouchure soit bien dans la bouche de mon père. Etrangement, le Chinois préside à ces postures comme un esprit immatériel, un farfadet subtil alors que mon père semble un buffle, un animal lourd et fou, en proie à une anomalie. Car toujours à demi redressé sur sa couche, avec les traits rougis marqués d'une étrange fixité, toujours en train de glouglouter de l'air tout en avalant la fumée, tout en se remplissant les poumons comme un obsédé, acharné à aller jusqu'au bout de la boulette et de son grésillement, il paraît, contrairement aux intoxiqués chinois si harmonieux, qui se dissolvent eux-mêmes en volutes, encore plus épais que d'habitude. Il produit des souffleries, des expectorations, des silences trop pesants s'achevant sur des ahannements, des raclements. Cependant ses pupilles se rétrécissent, une sorte de volupté s'empare de son visage et, quand enfin la boulette s'achève, il retombe comme une masse, les paupières toujours fermées, lui-même en proie à une petite toux. Monsieur le consul de France semble s'être endormi, sur le dos, bien sage, le corps droit comme un bâton, ronflotant un peu. Faux sommeil. Comme un automate, il se redresse à nouveau juste au moment où la nouvelle pipe est prête. Il se soulève, tel un gros lézard, pour happer l'embouchure en jade comme si c'était un insecte, un oiseau, un dragon du rêve. Et à chaque reprise, il recommence sa gymnastique, tout son travail, plus subtilement peut-être, avec moins de couacs dans son corps et sa gorge, avec moins de raideur, prenant plus aisément les bonnes positions, les inclinaisons les plus favorables à la sainte communion avec l'opium.

Le temps s'écoule sans que rien ne change sous la

tête casquée du Bouddha, pendant que le boy aux doigts infatigables malaxe, triture la drogue, l'apprête sans jamais s'arrêter, pour, à intervalles réguliers, présenter aux lèvres paternelles une dose d'extase. Rythme mathématique du miracle. Monsieur le consul de France, du reste, perd un peu de son épaisseur, il gigote moins, il ressemble à une enveloppe de caoutchouc, à un jouet qui vogue, à un cadavre qui vit. Peu à peu le sourire du bonheur se répand sur lui. Enfin, il ouvre un peu les yeux, mais il ne voit pas, il bat seulement des cils, de l'iris pour dire au boy : « Plus vite, plus vite... » A la quatrième ou cinquième boulette, il est pris par une accélération du besoin, par un désir de plus, de davantage, de meilleur... Les doigts du boy accélèrent, et mon père, avant même qu'il ait fini une boulette, ouvre la mâchoire, aspirant du vide, comme un poisson sur de la vase. Et puis il se remplit de la bonne fumée, il se dilate, il est emporté par le courant de la jouissance.

Il se lave, se purifie, se fabrique dans la tête le roman de sa supériorité. L'imagination, normalement, sans opium, il ne l'a abondante que pour les petites choses, les habiletés, l'art de flatter et d'être flatté, une manière d'être tyran, d'être consul, d'être Albert Bonnard, tout en restant un petit-bourgeois servile. Sa vie a été une application longue et besogneuse, incessante, médiocre, avec des humiliations plus ou moins digérées, tout un jeu de l'importance, celle qu'il s'octroie, celle avec laquelle il amadoue ses supérieurs. De tout cela il a conservé, malgré ses bouffées de gloriole, une plaie à vif au cœur. Quand il est dans un certain état de surexcitation et de fatigue, comme ce soir, l'opium le sauve. La durée n'est plus, la réalité non plus. Il n'y a plus que la pensée qu'il conduit à sa guise, qu'il déroule à l'infini au milieu des fumées douceâtres et poivrées : Albert Bonnard dans la grandeur, Albert Bonnard dans le Larousse avec cette citation : « Albert Bonnard, diplomate français qui fut l'artisan de la voie ferrée du Tonkin au Sseu Tchouan, et fit passer sous l'influence française une grande partie de la Chine. » Mon père, sur sa couche, en plein marchandage, en pleine boue, en plein sang dans ce Tcheng Tu médiéval où rien n'est résolu, où tout est danger, se laisse emporter par ses pipes dans un délire logique et insensé, celui où il voit son triomphe célébré, son chemin de fer réalisé. Albert Bonnard est fêté, célébré, reconnu par le monde civilisé, par la France éternelle, par le gouverneur général de l'Indochine et sa suite, par les curés, par les banquiers, par Tang Kiao et les Célestes... Dans son épopée, il ne transforme pas les gens ni le monde, il prend plaisir à les représenter, dans leur vérité, dans la confrontation des bassesses et des petites vertus, dans la farce. Au fond, pour le consul de France, l'existence c'est cela, cette comédie de petites bêtes, de petites mouches, cette fosse, ces calculs, ces pourritures qui sont la base du patriotisme — il ne comprend que cela, il ne connaît que cela, il n'aime que cela, les somptuosités de la mesquinerie, sur fond de cruauté orientale. Mais, là, dans le songe opiacé, il est libre de choisir dans son expérience, dans son passé, dans son avenir, il manipule les marionnettes comme ça lui plaît, s'octroyant le rôle de super-marionnette, qui fait danser, valser, caracoler les autres. Ses pantins, il les prend dans « la haute », dans les allées du pouvoir et de l'argent, là où il a eu à ramper et où maintenant il se transfigure, en maître, en « monsieur Loyal », mêlant, comme dans la réalité, les grands intérêts du colonialisme et le vaudeville de la vie, imaginant ce qu'il y a de plus sordide, de plus bêta, de plus naïf, de plus dur, de plus féroce. Ah ! il s'en donne à cœur joie, le consul, sur sa couche, prenant pour acteurs les personnages illustres qu'il a vus, entrevus, qui existent, mais qui étaient tellement au-dessus de lui, comme le gouverneur général, sa femme, les administrateurs d'Indochine, ces gens qui jadis l'ont méprisé. Maintenant, grâce à la fumée, il les tient dans le creux de sa main. C'est lui le plus malin.

Les heures passent. Toujours comme un aveugle, sur son canapé, mon père continue d'avancer sa bouche pour sa dixième, sa quinzième pipe. Mais pendant qu'il suçote, son cerveau est tout à fait parti à la vadrouille. Le train de Tcheng Tu siffle, le train de sa victoire ! Les joues de mon père se creusent, il est net, beau, immatériel, de plus en plus comme une dépouille bien arrangée, une dépouille mortuaire de bon Français. Il ne dort pas, il n'est pas mort, il se raconte l'histoire consolante de ce que sera son chemin de fer. Opium, quel coup de pouce tu es pour donner de la joie à un pauvre consul tracassé, menacé ! Volant de nuage de fumée en nuage de fumée, mon père se bâtit son mausolée, son monument, sa cathédrale, son chef-d'œuvre.

« Tout ce que dit l'infâme Dumont n'est pas idiot. Il connaît le dessous des cartes. Lui, du premier coup, il a vu que j'étais l'homme à faire de grandes choses au Sseu Tchouan. Et aussitôt il s'est posé sur moi comme une mouche à merde, sur de la bonne merde. Sacré Chinois de Dumont qui sait tripatouiller les tas d'excréments et les sales histoires puantes pour en retirer de l'or à gogo. Mais, comme ce gros matou me l'a fait entendre à force d'agiter ses grelots, pourquoi un honnête homme comme moi, agissant honnêtement, ne sortirait-il pas de ces sacrés micmacs où il va s'enfoncer pour l'amour de la France, au risque de ses roupettes, avec le grade de consul général ou de ministre plénipotentiaire ? Ce serait mérité... Et même, pourquoi n'arriverais-je pas à encore plus, si un jour le premier train venant d'Hanoi pénètre dans Tcheng Tu, sifflant éperdument et s'arrêtant dans les jets de vapeur et les fracas des bielles. Je le vois, ce train, emmitouflé dans les étendards et les écussons, apportant avec lui les plus prestigieuses personnalités en grand uniforme : peut-être un ministre de Paris, en tout cas le gouverneur général d'Indochine et sa suite, des grappes de généraux, d'amiraux, de résidents supérieurs, d'aides de camp. Il y aura sans doute, pour représenter le Quai, mon cher protecteur qui me félicitera de ses yeux gris et de son long nez droit, sans trop de gestes ni d'éclats de voix, avec, tombant de sa moustache, une petite phrase insignifiante selon son habitude quand il est content. Celui-là, pour montrer ses sentiments... Mais d'abord il ne faudrait pas qu'il se casse la gueule, qu'il saute dans ce mauvais pétrin de la banque de son frère, que ce fumier de Dumont n'a cessé de me retourner dans la plaie. Il y aura peut-être des journalistes célèbres, Albert Londres lui-même sans doute. J'aurai droit à tout un article dans *L'Illustration* et, qui sait, à la grande photo de la couverture. Il y aura un grand mandarin comme délégué de l'empereur d'Annam, quelque vieillard valétudinaire à quatre poils, qui crachotera des servilités à travers ses dents branlantes. Sans compter tous les Chinois chamarrés, ramassés à Yunnanfou, la forêt des sourires tout faits sur des pensées inconnues. En premier Tang Kiao, à moins que d'ici là il n'ait été supplanté par quelque spadassin yunnanais qui aura fait rouler sa grosse tête aussi expressive qu'une boule de billard, et qui le remplacera dignement, exactement comme s'il ne s'était rien passé. En somme, pour moi, à cause de moi, rien que le plus beau monde, la crème de la République française, de l'Empire français et de ses satellites. Ah ! très important, j'oubliais les dames de ces messieurs, car il y en aura qui voudront être du voyage, qui se seront fait faire des toilettes spéciales, du genre aviatrices ou amazones, pour le trajet, enfin l'expédition, et aussi des robes à ramages bour le bal, car j'en donnerai un au consulat, que j'ouvrirai avec la femme du gouverneur général, bien trop jeune et trop jolie pour lui, raconte-t-on...

Tout le fourbi des bagages et le tas des écrins de décorations à distribuer aux macaques. Il y aura bien la cravate de la Légion d'honneur pour moi... »

Le chef boy disparaît, n'existe plus, n'est qu'une chose lointaine. Une âcreté douceâtre supprime les gestes, les bruits, l'alchimie, la cuisine qui pourtant continue. Mon père a passé le cap, il flotte dans un autre monde.

« Avant tout cela je me porterai à cheval à cent ou deux cents kilomètres à la rencontre du convoi, j'y grimperai à une halte, je m'inclinerai sobrement devant chaque Excellence et je baiserai timidement la main de chaque épouse d'Excellence. La modestie sera du meilleur effet. D'autant plus que tout le parcours sera triomphal. La ligne partout gardée par des sentinelles, leurs baïonnettes luisant autant que les rails tout neufs, la Garde d'honneur de Tang Kiao répartie dans les wagons-couchettes des grands personnages, leurs fusils, prêts à tirer, braqués vers le dehors à chaque fenêtre et à chaque porte, d'autres soldats sur les tenders, sur les toits des wagons, devant leurs mitrailleuses. Déploiement martial organisé par Tang Kiao à la fois par précaution et surtout pour la face, la sienne et celle des illustres hôtes étrangers. Pourvu quand même qu'il n'y ait pas de pépin, des balles ou un tintouin embêtant. Ce n'est pas à craindre, Tang Kiao, en bon repu, n'étant pas homme à faire partie de la tournée s'il y avait le moindre risque d'anicroche pour sa peau. Au contraire, pour épicer un peu les choses, je pourrais raconter aux huiles, aux sommités blanches que Tang Kiao, dans son zèle, a fait ratisser par ses troupes les massifs à proximité de la voie, qu'il y a eu des combats, cent ou deux cents bandits tués ou exécutés. Mauvaise idée ! Cela flanquerait la trouille aux personnalités douillettement installées sur leurs coussins moelleux, elles serreraient des fesses chaque fois qu'elles verraient la locomotive s'engager dans un défilé ou dans une gorge. Et puis ces histoires de pirates décapités en leur honneur, ça ne paraîtrait pas de très bon goût à ces messieurs-dames civilisés s'amenant au Sseu Tchouan comme dans un Bagatelle exotique. Non, ce que ces braves touristes officiels vont aimer, c'est la population entière rassemblée pour eux, avec, au premier rang, les bonnes faces usées des vieux et les minois rustiques des filles à balancelles. Foule qui est à chaque station, pour exprimer sa joie congrûment, avec des panneaux énormes, des danses de la licorne et tout le bastringue, avec un lettré canonique dont les os claquent et qui lira en toussotant un rouleau déplié célébrant l'œuvre généreuse de la France et la bonté paternelle de Tang Kiao. Il n'y aura que le gouverneur général, un briscard à barbe fleurie du radical-socialisme à l'accent méridional, lequel ne sait même pas comment ça se passe dans ses deltas et ses jungles à lui, dans la colonie modèle où on l'a foutu pour s'en débarrasser en France, à être dupe. Les gens d'Indochine, surtout les fonctionnaires des services civils qui font partie de l'entourage, eux, ne se feront pas d'illusions sur la spontanéité de ces sentiments populaires. Car, la recette de Tang Kiao pour les fabriquer, il y a longtemps qu'ils l'emploient dans leur Tonkin ou leur Cochinchine, pour tout, pour rien, pour l'inauguration d'un marché, une inspection faite par une vieille baderne, à propos même de la levée de l'impôt. Ces messieurs n'ouvriront pas le bec, même quand une dame de France piaillera : « Ah ! tous ces Chinois si pauvres, comme ils ont des yeux bons en nous contemplant, des yeux de braves chiens, comme on les a calomniés avec tous ces racontars sur leur cruauté, tous ces cauchemars d'horreurs ! » D'ailleurs dans ce cas-là, le populo a le regard plutôt abruti de stupéfaction, même si on a été la veille ou l'avant-veille le pourchasser au loin, dans ses hameaux en torchis, afin de le conduire, à la pointe de la baïonnette, vers les bicoques servant de gares où il montrera son enthousiasme au moment voulu. Le populo, l'œil tout rond, l'œil estompé, l'œil exorbité, l'œil à ne pas en croire son œil en contemplant le dragon de feu, avec sa tête hoquetante et terrible, pleine d'étincelles et de fumées, armée de dents rondes, poussées par en dessous, qui broient les éléments, la terre, les montagnes, les torrents, les champs ; avec son long corps de serpent d'acier, glissant sur le sol à la vitesse du vent, au moyen de courtes pattes rondes elles aussi. Le populo pense que l'animal fabuleux est dompté, qu'il sert de coursier à des hommes dangereux, terribles, installés dans ses entrailles, à des barbares adonnés à des magies infernales, à Tang Kiao l'Insatiable... Et le populo, s'il est émerveillé, frissonne aussi de peur à l'idée que désormais Tang Kiao, enfourchant cette bête monstrueuse, peut surgir à chaque instant avec une armée pour tomber sur les petites gens et leur extorquer encore plus d'argent, jusqu'à la dernière sapèque, jusqu'au dernier kilo de riz. Alors, pour le moment, dans sa trouille, le populo acclame, se démène pour acclamer davantage Tang Kiao. Tang Kiao qui parfois va montrer à la fenêtre, derrière une vitre à l'épreuve des balles dont il avait exigé l'installation, son museau de dogue. Tang Kiao que le peuple, s'il le tenait, aimerait tellement déchirer de ses mains et de ses ongles. Cela, il le sait, le bon Tang Kiao, et agit toujours en conséquence. Mais le gouverneur général de l'Indochine, lui, il gobe tout. Devant tant d'enthousiasme, il se croit obligé, de temps en temps, de soulever sa bedonnance et de faire de petits gestes de la main pour saluer les populations chinoises, en remerciement de leur accueil si chaleureux. En somme tout marche sur des roulettes, si l'on peut dire.

« Le pompon, ce sera l'arrivée à Tcheng Tu dans la vraie gare, la grande gare que j'aurai fait construire avec des verrières, des aiguillages, des embranchements, des quais, des butoirs. Quelle cérémonie, mes aïeux ! Le local tout juste achevé devenu plus glorieux que le Grand Palais ou un pavillon de l'Exposition universelle, la carcasse croulante sous le pavois, les bannières, les banderoles à grands caractères, les drapeaux français comme une mer, des fleurs en pot comme un bois sacré et, président à tout cela, accrochées en l'air, la photo de pied en cap de Tang Kiao et, juste à côté, la mienne, de même taille, de pied en cap également, avec la mention : « A nos bienfaiteurs qui ont apporté au Sseu Tchouan le souffle fleuri du progrès. A Tang Kiao et à Albert Bonnard, les pères du chemin de fer qui a franchi les monts et grimpé au-delà des nuages pour relier le Sseu Tchouan à l'univers moderne. » Là-dedans, mobilisés, tout ce que Tcheng Tu compte comme porteurs d'uniformes, traîneurs de sabres, un paquet de Seigneurs de la guerre guindés, un peu ébaubis dans l'attente du train, plusieurs n'en ayant jamais vu un. La situation étant nouvelle, ces personnages ne sauront où se mettre, jusqu'à ce qu'un petit ingénieur français les place au bon endroit pour faire accueil à Tang Kiao quand il descendra de son wagon. En avant du groupe de deux pas, s'en détachant altièrement, le maréchal, la mine de marbre, de façon qu'on ne puisse lire ses sentiments, car il n'est pas certain que lui, le Yunnanais pratiquement indépendant au Sseu Tchouan jusque-là, ait tellement de plaisir à recevoir son chef Tang Kiao, qui peut désormais rappliquer de Yunnanfou à son gré. Raison de plus pour lui de bien faire les choses. C'est ainsi qu'il aura ordonné aux notables civils, qui sont en arrière en un vaste troupeau, de revêtir la redingote, le port de cette tenue hautement civilisée étant seul jugé digne d'accompagner l'avènement des temps nouveaux représenté par l'inauguration du chemin de fer. Mais ce noble vêtement étant inconnu à Tcheng Tu sauf des diplomates, j'aurai passé mes journées, le mois précédent, à recevoir dans mon bureau des Célestes me suppliant de leur prêter le mien quelques heures, juste le temps pour chacun de le faire recopier par un maître de la corporation des maîtres tailleurs. Lequel imitera le modèle, à un millimètre près, sans un ajustement, sans une adaptation, sans un arrangement, comme si tous les Chinois de Tcheng Tu étaient mon décalque. Le résultat sera plutôt rigolo à la gare, avec ces pépères qui, sur leur bout de quai, agglutinés les uns aux autres, ressembleront à des polichinelles jaunes, les uns flottant dans leurs étoffes rayées, les autres ayant fait craquer leurs coutures, l'un d'eux s'efforçant de cacher son derrière à l'air. Mais, à part ce détail, l'assistance sera pleine de solennité. Autour des personnalités bien rangées, bien silencieuses de protocole et de patience, bien prêtes à jouer leur rôle, un régiment déployé, mi-rassurant mi-menaçant. Les yeux de chats des soldats en rangs, la fente des yeux presque fermée de leurs officiers immobiles, le langage hiératique des baïonnettes dans un repos vigilant. Plus loin, une masse encombrée de circonvolutions, de tubulures, de reflets de cuivres, de grosses bosses et de tuyaux : la grande fanfare. Repos.

« Bruits d'asthme. Enormes soufflements. Des ferraillements, des crachotements, d'ultimes expectorations. C'est le train qui apparaît, qui avance encore un peu, qui s'immobilise entre ses quais. Aussitôt, dans la gare, mille Chinois figés, les suprêmes notabilités servant de figurants, se mettent en branle, commencent à se désarticuler comme des pantins, à se balancer vers l'avant et vers l'arrière comme des toupies : marionnettes de l'adulation — en Chine, celle-ci ne doit jamais s'exprimer par la passion débridée, jugée dangereuse et inconvenante, mais par un fac-similé obligatoire, ordonné, conventionnel, savant, rythmique, collectif, consistant en un rituel convenu dont la bonne exécution arrive aussi à procurer une extraordinaire impression d'intensité et même d'authenticité. La soudaine mise en marche des salutations permanentes de ces bonshommes prouve que le moment sacramentel est imminent, celui où le Sseu Tchouan va toucher en chair et en os son Conquérant, son Possesseur, Tang Kiao, lequel a tout simplement été amené comme un colis postal, en wagon, grâce à mon chemin de fer. Secondes pesantes. Une portière du convoi s'ouvre, Tang Kiao apparaît à la vue de ses sujets, toutes lourdeurs dehors, le mufle à l'arrêt, le tronc cylindrique tellement harnaché qu'on le croirait pris dans un corset de fer, les yeux glauques, tout est en lui d'une épaisseur semant l'effroi, aucune expression n'émanant de toute sa personne sauf, lorsqu'il soulève sa casquette, au sommet de son crâne passé au papier de verre, des bourrelets qui palpitent un peu. Les trois marches de la passerelle qui le séparent du quai, Tang Kiao les descend en les explorant d'abord de ses pieds, puis en faisant ensuite chaque fois un saut balourd, de degré en degré jusqu'à terre. A peine a-t-il entrepris ce long exercice que la gare semble sur le point d'exploser sous l'attaque des couacs et des hurlements : il s'agit de la musique militaire et des ordres des officiers à leurs hommes. Une fois Tang Kiao arrivé au sol, une première lame luit devant sa tête, c'est le svelte maréchal qui a dégainé et exécute un moulinet pour rendre hommage à son chef. Mais les autres Seigneurs de la guerre, eux aussi, l'accueillent de leurs lames nues en signe de vassalité. Tang Kiao, inquiet devant ce déploiement d'armes tranchantes, si proches de lui, et aux mains de ces individus, cligne de l'œil — il est aussitôt recouvert par une paroi d'épées, celles-là sûres, en principe du moins, celles des soldats de sa garde personnelle. Ensuite, il ne fait plus un pas sans se trouver à l'intérieur d'un fourreau de fer :

baïonnettes, piques et le reste. Le bon gouverneur général, quand il émerge enfin de son wagon, est un peu ahuri, il se frotte les yeux de ce qu'il voit : au milieu du tintamarre musical guerrier, il y a Tang Kiao sous abri mobile et blindé, les Seigneurs de la guerre à sa suite comme des piquets, une ligne de sentinelles au coude à coude présentant des épées de façon à ce qu'elles ne fassent qu'une seule coulée blanche, ailleurs les lueurs d'acier des mitrailleuses, ailleurs des Chinois drôlement costumés faisant des courbettes comme si c'était de la gymnastique. Moi, quand je rejoins le gouverneur général qui roule toujours des yeux ronds, je me mets à lui présenter les Excellences jaunes militaires et civiles, ça se salue, ça s'entresalue, ça se resalue comme un tourniquet. De tout côté, des saluts et des baïonnettes... A ce moment, je donne un coup de coude au chef de l'Indochine, en lui murmurant : « *La Marseillaise* ». Car c'est bien elle que la clique de l'Armée est en train de jouer. A la vérité, il faut un entraînement sérieux, comme le mien, pour arriver à reconnaître notre hymne national dans les interprétations qui en sont faites par les fanfares militaires de Tcheng Tu. Celle exécutée le jour de l'inauguration du chemin de fer est particulièrement gratinée. « Vous en êtes sûr ? » me demande le gouverneur général. « Oui, monsieur le gouverneur général. » Nous nous mettons au garde-à-vous. Tang Kiao, à une dizaine de mètres devant nous, s'arrête, se fige et fait ostensiblement le salut militaire. Instantanément, les Seigneurs de la guerre l'imitent, les simples officiers aussi, les troupes se mettent au « présentez armes ». Quant aux civils, se demandant de quoi il s'agit, ils finissent par comprendre qu'il ne faut plus gigoter de politesses mais se tenir droit et raide. Minutes glorieuses pour la France et pour moi. Tang Kiao, après les dernières notes, fait venir auprès de lui, sous sa voûte métallique, le gouverneur général, à qui il serre les mains par à-coups renouvelés en lui disant : « La France s'est montrée une grande amie pour moi. Veuillez faire part de mes sentiments de reconnaissance au Gouvernement français. » Il me donne aussi l'accolade. J'ai l'impression que Tang Kiao avait un peu oublié le gouverneur général dans les premières préoccupations de son arrivée, redoutant la trahison du maréchal, qui aurait pu l'attendre à la tête de troupes soulevées contre lui, pour lui faire sa fête. Craintes dissipées. Tang Kiao se rattrape auprès du gouverneur général en lui offrant pompeusement, dans le bureau du chef de gare, un thé d'honneur symbolique. Toute la délégation française retrouvée là, dames comprises, sous le bon regard de Tang Kiao, à laper dans des coupes de porcelaine fine. Moi, je m'éclipse quelques instants. Mon devoir est d'aller féliciter les deux braves Français, le mécanicien et le chauffeur, qui ont acheminé le convoi. Je les trouve en salopettes, deux anciens de la « colonie », deux vétérans des lignes d'Indochine, qui avaient connu les Pavillons Noirs. « Je suis le consul de France à Tcheng Tu, je leur dis. Est-ce que le trajet a été difficile ? — Il a fallu faire attention, à cause de certains ponts branlants. Il y a des entrepreneurs qui n'ont pas dû s'embêter. — Votre nom restera dans l'histoire, comme ceux des pionniers qui ont conduit le premier train français au-delà du fleuve Bleu, jusqu'au cœur du Sseu Tchouan. — Vous savez... — Je vais demander une décoration pour vous. Vous la méritez. La Médaille du Travail, avec, en plus, le Dragon d'Annam. — Si vous voulez. On préférerait une prime. » Je laisse ces héros tout simples. Dans la gare qui s'est à moitié vidée, j'ai le plaisir de rencontrer le consul d'Angleterre, il a la gueule comme s'il avait attrapé la jaunisse. Il n'y a eu aucun *God Save The King* pour lui, et dorénavant toute la camelote du Sseu Tchouan va filer sur Haiphong. Un Chinois, dont l'uniforme est digne d'un Seigneur de la guerre, se gonfle et se vide les joues, à force de s'époumoner dans un sifflet à roulette, dont il arrive de temps en temps à tirer quelques sons stridents. C'est le chef de gare qui, lui, a déjà vu des gares à Han Kéou et à Shanghai. C'est le fils cadet d'un gros négociant, nommé à ces hautes fonctions savantes après le versement, par son honorable père, d'une somme qui a su donner au maréchal une impression favorable de ses capacités. Pour inaugurer dignement ses fonctions, le jeune monsieur s'est donc fait faire cette fameuse tenue et ce fameux bureau, dans lequel Tang Kiao est occupé à honorer familièrement, presque en tête-à-tête, avec cette onctuosité officielle qui est censée être l'intimité, le gouverneur général et sa suite. Et c'est ainsi que le chef de gare, chassé de son aire, rattrape sa face compromise en produisant le long des quais ces crissements suraigus, comme s'ils étaient capables de faire marcher les trains ! Heureusement, le vrai travail sera fait par un ingénieur français, qui sera resté invisible, ainsi que je le lui avais recommandé... La Chine. Elle est en train de prendre possession des lieux. Car la première crasse chinoise s'est déjà déposée mystérieusement dans les recoins du bâtiment, sous la forme d'odeurs, de crachats et de petites et grosses merdes — ce qui, dans ce dernier cas, constitue un gâchis, ne peut être le fait que de gens grossiers, sans culture et sans esprit d'économie, comme les militaires.

« Entrée triomphale dans Tcheng Tu, car la gare est battue par un bouillon humain, une tempête d'yeux, de bras, de crânes enchevêtrés. Un conglomérat pas croyable... La foule qui est là est immense, bien plus que Tang Kiao n'en voulait, bien plus nombreuse que celle dont il avait commandé la présence. Les gens sont innombrables et comme fous, pleins de la démence chinoise de la curiosité, tous exaspérés dans leur volonté de voir l'animal de fer, la locomotive et ses enfants les wagons. C'est presque l'émeute. Tang Kiao fronce les sourcils, fait un signe. Un régiment charge, des milliers de soldats cognent, cognent comme des automates, comme des machines, avec les crosses de leurs fusils, frappant avec indifférence, sur une matière indifférenciée, sur des gens qui s'enfuient. En quelques minutes, c'est le vide, pas même un laissé-pour-compte, pas un blessé gisant par terre. Tang Kiao ravi se tourne vers le gouverneur général. « L'enthousiasme du peuple, quand il est trop grand, peut être un danger. C'est en pensant à vous que j'ai fait faire place nette, pour que vous fassiez une entrée paisible dans Tcheng Tu. » Et en fait c'est à travers des rues désertes que, en grand cortège, nous sommes arrivés au consulat. Le gouverneur général m'a glissé dans l'oreille : « Tang Kiao est trop bon. Je n'en demandais pas tant. Tout ce peuple battu à cause de moi... Drôle de façon de commencer mon séjour. » J'ai rassuré l'excellent homme : « Ce n'est pas pour vous, mais pour lui-même, par prudence, que Tang Kiao a fait disperser cette masse un peu brutalement. Il n'aime pas ça, la foule, surtout à Tcheng Tu. Tenez, il vient d'interdire toute présence humaine sur son passage, quand il sortira en ville avec ses soldats... Remarquez qu'il a évité le recours aux baïonnettes, ce qui est certainement une attention envers vous, un égard à votre sensibilité. »

Un temps mort insupportable. A la vingtième boulette d'opium, la main du chef boy n'est pas au rendez-vous de la bouche de mon père. C'est que, dans son bonheur, il a accéléré sa cadence, comme s'il était lui-même une fournaise de locomotive qui a besoin de plus de combustible pour aller plus vite. Un grognement mais l'accident est réparé. Le consul vogue.

« Ensuite, le gouverneur général a été ravi : dix jours de fêtes somptueuses et délicates ! Tang Kiao nous a peut-être offert un peu trop d'étalages guerriers. Que de revues, de grands défilés, de retraites aux flambeaux, de charges de cavalerie, de tirs d'artillerie, de vagues de fantassins rampant et se jetant en hurlant à l'assaut ! Quelle poussière, quelle chaleur ! Mais Tang Kiao, quand le gouverneur général est un peu las, s'approche de lui le sourire béat : « C'est canons-là, c'est du matériel français, excellent, très excellent, le meilleur du monde. Mes armées, je leur fais faire l'exercice à la française. Mais, malgré leurs efforts, elles ont encore beaucoup de progrès à faire. Faites-moi vos critiques précieuses, pour que nous puissions nous corriger et nous améliorer. » Tang Kiao, fin matois... Après vient la farandole des gueuletons, des repas de cent plats, mille invités par petites tables, des milliers de serviteurs, une armée de soldats brandissant leurs flambeaux, les bols légers sont des ailes de papillon, les nourritures sont une féerie inquiétante. Monsieur le gouverneur général et son épouse sont fort anxieux devant la curieuse consistance des mets apportés, dans de petites coupes pleines de choses indiscernables, molles, visqueuses et craquantes. Premier incident quand Tang Kiao, de ses propres baguettes, celles qui lui servent à porter la mangeaille à sa bouche, à la fourrer dedans comme dans un trou masticatoire, pioche soudain avec elles, ses gros bras bondissant d'un coup dans une détente de sauterelle, au milieu des amas de bonne chère, pour s'emparer des morceaux les plus exquis, qu'il offre, du bout des bâtonnets bien serrés, inclinant la tête en signe de courtoisie supplémentaire, à sa voisine en robe à volants : madame la gouverneur général. Laquelle, loin d'apprécier à sa haute valeur cette suprême amabilité, se récrie avec la mine d'une jolie bonniche parvenue... Où est-ce que son podagre d'Excellence d'époux est allé la ramasser pour en faire sa légitime, pour se la traîner maintenant en grande dame officielle, cette mijorée de quatre sous ? En tout cas, faisant la pincée, toute aiguisée de colère, la voix coupante, elle lance dans la gueule de Tang

Kiao : « Je veux une fourchette, et bien propre. » Tang Kiao, au lieu de s'offenser comme l'aurait fait n'importe quel Seigneur de la guerre moins averti, lui en fait très gracieusement apporter une. Car l'animal, il avait même prévu d'avoir ce soir-là une réserve de couverts à l'européenne, en cas d'anicroche de ce genre ! C'est que lui, dans son Yunnanfou depuis si longtemps relié à l'Indochine par le chemin de fer, il en a vu arriver, d'Hanoi et des grandes bourgades coloniales, de ces flopées de Blancs, des Français surtout, gros bonnets et minables, tous bouffis de vanité colonialiste. Il les connaît à fond, avec leurs histoires, leurs manies, leurs prétentions, leurs indélicatesses, ainsi que leurs bonnes femmes qui sont pires, traînées qui s'en croient ou mémères qui trônent, toutes des enquiquineuses à chichis. Tang Kiao s'y est fait, y trouvant son avantage. Et dans cette virée à Tcheng Tu, avec ces Excellences-là et les intérêts en jeu il ne veut surtout pas de raté. Tang Kiao est comme une mère, l'œil à tout, veillant au grain, surtout pas d'excès de kampés, car le gouverneur général a manifestement le foie malade, la tripe pas solide et le visage blafard qui perle de gouttelettes de sueur. Le dignitaire français, tout en se tenant très correctement, contrairement à sa chipie d'épouse, ne touche pour ainsi dire pas aux mets qui défilent sans arrêt sous son nez pendant des heures, allant parfois jusqu'à lui donner un haut-le-cœur. Tang Kiao ne le force pas à bâfrer par des encouragements, des proverbes, des maximes et des dictons, ce qui, en temps normal, est le devoir d'un hôte.

« Le peu d'ingurgitation du couple suprême de l'Indochine est compensée à la fin par la qualité de l'éloquence officielle, la gravité des phrases, la noblesse des propos échangés. Le gouverneur général, qui a fait carrière dans le cassoulet et les banquets électoraux du Midi où, après s'être rempli la gidouille, on déverse la rhétorique, s'est, au terme de ce festin bien trop exotique et empoisonné selon son goût, retrouvé en pleine force pour le discours. Quel flot de mots coulant majestueusement le long du chemin de fer de l'amitié ! Célébration de sa contribution au bonheur des Chinois, comme si, pour commencer, quelques dizaines de milliers de coolies n'avaient pas stupidement crevé à la tâche, comme des bêtes, rien que pour la construction du nouveau tronçon de Yunnanfou à Tcheng Tu. Tang Kiao, ainsi qu'il sied à un soldat, a répondu de manière brève et forte. Enfin, j'y ai été d'un petit speech un peu ému, presque la larme à l'œil. Tang Kiao a donné lui-même le signal des applaudissements. Des poignées de main pendant une heure, avec cette façon chinoise de ne pas en finir, de secouer, de serrer, de desserrer, de resserrer, de resecouer, comme si cette nouvelle conquête de la Chine, le shake-hand, devait comprendre une notion d'éternité.

« Car il est important pour Tang Kiao de séduire le gouverneur. Celui-ci est bonne pâte, mais tournant au vieux birbe, la dalle en pente, les yeux clignotants, le ventre en poire, la digestion lourde, toujours un peu sale, du côté de la barbe surtout, toujours fatigué, toujours amoureux de sa femme, ce qui n'est pas bon pour sa santé, à son âge. On voit qu'il a l'habitude d'être un ponte installé dans les honneurs depuis des lustres, un de ces bonshommes laids, solennellement vulgaires et rigolards, qui font partie à vie de la IIIe République victorieuse, avec le ridicule et surtout les vertus que cela comporte : l'honnêteté, la dignité, un côté vieille ficelle, vieux crabe, vieille grenouille dans la mare de la politique, mais avec la connaissance blindée des hommes, du pouvoir, l'aspect larme à l'œil, trémolo, bonheur du peuple, cachant la phrase mauvaise, l'ordre durement donné, l'alinéa dévastateur. Sous sa molle carapace il a le sens de l'autorité, de la France, car monsieur le gouverneur est jacobin, patriote, impitoyable au nom de la raison d'Etat. La vraie lignée du « rad-soc » quoi. Hélas !

avec le temps, ses qualités sont tombées en quenouille. Il est surtout un pachyderme las, susceptible pour ses petits conforts et ses petites vanités. Il vit dans une semi-veulerie, dans un cynisme paresseux, ne croyant plus en grand-chose, ne voulant plus rien entreprendre, s'accommodant de la médiocrité avec juste des intermittences de lucidité et de volonté surtout quand on lui a marché sur les pieds. L'art de gouverner dans l'immobilisme, la grognasserie les jours de mauvaise humeur, les gaillardises quand ça va bien, parfois, inopinément, des réflexions malicieuses qui laissent à penser mais qui restent en l'air. En somme, monsieur le gouverneur général, c'est le proconsul républicard prématurément gâteux, avec des restes, sans plus aucune grande ambition. Mais ce que j'ai découvert, c'est que sa moitié, la petite épouse, la poulette saugrenue, impudente, impertinente, a, pour lui, de l'ambition à revendre. Elle est bien décidée à le hisser en haut du mât de cocagne par la peau du dos, la peau des fesses ou la barbichette. Elle traîne le poussah derrière sa petite personne, le ravigotant sans cesse. »

Une odeur empoigne l'atmosphère : un doux-amer qui se répand dans l'air, en fait une compote. Cette âcreté sucrée déroule ses méandres partout, s'insinuant jusque dans les gorges des serviteurs tapis dans la nuit, aux aguets. L'un d'eux tousse. Ce bruit résonne dans le crâne d'Albert comme un coup de gong. Il sursaute, grognasse, prêt à se réveiller. Mais le chef boy se hâte de lui présenter une nouvelle boulette. Le voilà reparti dans son rêve.

« Quel succès que mon bal au consulat ! Anne Marie, il faut le reconnaître, a arrangé avec un goût exquis le jardin, où les lanternes de papier flottent au-dessus des fleurs, des buissons, des parterres, des buffets et de la piste de danse aménagée sous les grenadiers. L'orchestre, c'est celui de la principale boîte de nuit d'Hanoi, le genre tzigane, que j'ai fait venir dans les fourgons du train inaugural. Ça m'a coûté chaud ! La femme du gouverneur général, bichonnée, pomponnée, vêtue à la nymphe, ce qui lui donne l'air grue, courtisée par deux jolis garçons qu'elle a eu la précaution de faire nommer aides de camp et d'emmener avec elle, tombe à moitié de saisissement quand un Tang Kiao empanaché, botté, harnaché, solennel et mastoc se courbe devant elle — opération difficile à cause de sa corpulence — pour lui réclamer l'honneur de la première valse. Cette fois le gouverneur général dit à sa moitié, assez haut pour qu'on l'entende : « Acceptez, je vous l'ordonne », à quoi la charmante personne répond : « Vous me le paierez. » Cependant, dès que le Beau Danube bleu commence à couler dans la nuit sseutchouanaise, Tang Kiao, son masque puissant très supérieur à ces petites contingences, saisit entre ses bras musculeux la dame, sans daigner remarquer qu'elle fait la grimace. C'est que pour lui aussi, c'est une sacrée corvée, mais il estime que cette initiative héroïque est un devoir, l'apanage dû à Tang Kiao, et aussi un acte de portée patriotique, diplomatique et international, la consécration de l'alliance du Yunnan-Sseu Tchouan et de la France-Indochine, déjà scellée par rail. A la vérité, le Seigneur de la guerre, dans le souci de sa sévère gravité, n'avait encore jamais dansé aucune danse de l'Occident, même à l'occasion des plus grands galas ou fêtes consulaires à Yunnanfou. C'est dire l'importance de l'événement, la signification historique de ces entrechats de Tang Kiao. En fait Tang Kiao, son épée lui battant entre les jambes, tenant à distance respectueuse sa péronnelle de cavalière qui, passant de la contrariété à la farce, gloussote et ricane en prenant à témoin l'assistance, valse comme sur un terrain de manœuvres : une, deux, un pas guerrier en avant, une, deux, un pas guerrier en arrière, quatre de ces aller et retour militaires par minute, en tout une vingtaine de mouvements martiaux sur un trajet tout droit d'un mètre. Quand c'est terminé, il plonge du buste pour remercier la dame plantée là, qui éclate de rire nerveusement, et il replonge devant Anne Marie, pour la convier à son tour. Anne Marie sortait justement des bras de l'époux qui, comme je l'avais prévu et espéré, avait ouvert le bal avec elle. Le gouverneur général, tout ramolli qu'il fût, se trémoussait encore avec les ronds de jambes, les élancements, les galops, les enveloppements romantiques de l'ancien étudiant buveur de bocks et joyeux luron qu'il avait été dans une ville de faculté provinciale, il y a bien longtemps, si bien qu'il avait terminé tout essoufflé, plié en deux d'épuisement, s'écroulant sur un fauteuil en murmurant que ce n'était plus de son âge. Anne Marie, parfaite avec le bonhomme faisant le jeune homme, l'est tout autant avec le Seigneur de la guerre recommençant avec elle son balourd gymkhana, comme si elle détenait le don d'être au-dessus du ridicule, avec son demi-sourire doux, complaisant et ironique, qui participe et refuse mystérieusement à la fois. Là-dessus, Tang Kiao, estimant sa mission pleinement remplie après ses deux exploits, se retire en force ! Ses sous-fifres en grande tenue, qui n'ont pipé mot et sont restés plantés comme des pieux en le contemplant pendant ses exercices chorégraphiques, se rassemblent derrière lui en bloc pour la sortie faite sur un pas imité de celui de notre Légion. Vous voyez l'influence française ! A la vérité, j'avais fait composer à mon orchestre de boîte de nuit, rien que des types aux gueules ravagées d'oiseaux nocturnes, un air inspiré de la « Marche consulaire », que j'avais discrètement fait écouter l'avant-veille à Tang Kiao : il avait alors décidé que ce serait le nouvel hymne du Yunnan-Sseu Tchouan. Evidemment je fais signe à mes musiciens de le jouer, la nuit du bal, dès que je vois Tang Kiao s'apprêtant à partir. Aux premières notes, alors qu'il est encore en train de prendre congé, sa terrible gueule sourit d'un sourire vraiment satisfait, et il part comme un paon sur ces accents glorieux. Dès qu'il a déguerpi, la soirée a été folle d'entrain. On a dansé comme des fous, en dépit de la rareté des dames. Anne Marie a eu un de ces succès, malgré sa façon d'être au-delà, d'être à la fois absente et présente ! La parfaite hôtesse, la femme du monde, la jeune femme charmante, agréable, remarquable pour la conversation, les plaisirs honnêtes, et pourtant un mystère. Moi, j'ai quand même voulu aussi danser avec elle, elle n'a pas fait de difficulté mais dès que je l'ai enlacée elle m'a repoussé de la main : « Vous me serrez trop. » La femme du gouverneur général, qui n'a pas les yeux dans sa poche, m'a entraîné dans la ronde en pouffant : « Dites, quand vous étiez célibataire, vous deviez être un petit farceur. Maintenant, je parie que vous ne devez pas vous amuser tous les jours. » Elle est déchaînée, en goguette, gigotante, trébuchante, à moitié soûle, interpellant les hommes. Le gouverneur général, affaissé et redoutant une scène de ménage, discourt — il raconte ses campagnes électorales et fait mine de ne pas entendre son épouse qui, brandissant une coupe de champagne, chantonne : « Nuit de Chine, nuit câline, nuit divine... » Autour de lui, les administrateurs des services civils se tiennent comme la muraille de Chine, protecteurs, même s'ils le prennent pour une vieille gourde.

« A la vérité, ces messieurs, moi-même, je ne les aime pas tellement, car, plus ils sont corrects à mon égard, plus ils se croient obligés d'avoir l'air compassé et le sourire supérieur. Ces messieurs croient que c'est un chef-d'œuvre d'avoir conquis la minuscule Indochine. Ces gens-là regardent de haut les Français de Chine, trop rigolos, trop aventuriers, pas sérieux, et qui ne comprennent pas l'Asie aussi bien qu'eux, puisqu'ils n'ont pas su prendre complètement l'Empire céleste et y mettre un bel ordre colonial. Moi, j'aurai voulu les voir avec mes Seigneurs de la guerre, et c'est pourtant tout juste s'ils ne me font pas la leçon. Le soir du bal, ils se sont pourtant un peu dégelés, l'un d'eux, le chef du cabinet civil du gouverneur général, m'a même fait des compliments pour la première fois : « Beau travail, mon cher consul, que ce chemin de fer. Et une belle fête. » Ces messieurs, je les connais bien, ayant été plus ou moins sous leur coupe au Tonkin dans ma jeunesse.

« L'Indochine, c'est une machine qui leur appartient, une mécanique de précision dont il ne faut pas desserrer une seule vis. Un chef-d'œuvre, croient-ils, grâce à leur belle administration sans faille : un indic sur dix habitants, un flic sur cent, par-ci par-là un mandarin à leurs bottes, à lécher leurs culs bien repassés et à bouffer tout vifs les indigènes du commun, enfin quelques souverains dociles, dont un empereur à Hué, qu'il faut constamment changer, pour trouver le bon, celui qui soit idiot. Quelques régiments de marsouins et le bagne de Poulo-Condor en cas d'ennuis, mais il y en a peu. Ce ne sont pas leurs nhaqués qui se révolteraient vraiment, disent ces messieurs, vu qu'ils ont compris et qu'ils ne sont pas bagarreurs, pas guerriers du tout, même s'ils ont un côté malin à bien surveiller. Pas question de gâcher les rouages admirables de l'Ordre de la Paix et de la Prospérité, en admettant dans les services publics de l'Indochine des Jaunes, même les jeunes occidentalisés brillamment reçus à leurs examens supérieurs français, car ils n'arriveront jamais à avoir le sens de l'Etat. Ceux-là, ces forts en thème, annamites, sont au contraire les sujets les plus dangereux, dont il ne convient de faire que des gratte-papier moins payés qu'un contremaître européen des Travaux publics alcoolique et illettré... Tel est le système, que les administrateurs des services civils améliorent sans cesse avec minutie, avec frénésie : eux au-dessus de tout et en dessous les masses autochtones reconnaissantes et heureuses. C'est ainsi qu'ils se sont constitués en une caste supérieure, avec une susceptibilité de porcs-épics, une fatuité méfiante et sèche, un formalisme exaspéré provincialo-colonial, mi-Romorantin mi-Hanoi, avec des épouses bien blanches, la plupart laides, certaines du genre cuisinières, d'autres de petites-bourgeoises au nez aigu, toutes ayant pris conscience de leur importance et appris le manuel de la distinction. Ces messieurs-dames se reçoivent entre eux, dans leur petit monde fermé, mais selon les complexités de la hiérarchie, dans des dîners où l'on s'ennuie à crever. Les messieurs parlent uniquement métier et les dames des mœurs des dames qui ne sont pas là. Même si elles-mêmes les ont mauvaises, ce qui est fréquent aux colonies. Une seule règle est impérative pour les épouses : opérer dans des milieux dignes d'elles, ne pas se commettre avec des subalternes. Ne parlons pas des Jaunes : ce serait l'horreur.

« Ces fonctionnaires ne pardonneront jamais au gouverneur général, qui a des lueurs de lucidité, de leur lâcher des vannes cruelles : « Vos populations, eh bien, moi, je crois que c'est de l'eau qui dort ! Un jour, les Annamites finiront par couper le cou aux Français, s'il n'y a pas de changements. Moi, je ne serai plus là, mais vous, si. Et vous verrez. » Rien ne se fait en fait de réformes, mais la colonie blanche est comme une fourmilière en colère à la suite de ces paroles « indécentes ». Heureusement l'indécence immédiate, évidente et palpable est incarnée par l'épouse légère du gouverneur général, que toute l'Indochine blanche, pour se venger du mari mal pensant, tient à l'œil, dans une rumeur de cancans remplissant les bonnes maisons, les clubs, les cocktails, se déversant sur les repas et les réceptions, devenant la vie mondaine, la vie sociale, un typhon qui ne se calme qu'à son centre, que dans l'œil du typhon, sa zone inerte, là où se tient le gouverneur. Loin de s'apaiser, l'épouse incriminée, dénoncée par l'Indochine des gens bien, par défi, multiplie les fredaines. Cette petite affaire de coucherie est devenue « l'Affaire » à Saigon et à Hanoi, Pour la Défense du Colonialisme Politique et Economique. Elle m'est donc apportée automatiquement dans les bagages du gouverneur général et de sa légitime. C'est ainsi que mon chemin de fer, ma carrière, mon avenir, sont brusquement liés à la vertu — ou au manque de vertu — d'une petite dame. Je pressens que mon bal peut tourner mal, vers deux heures du matin.

« Le gouverneur général, à force de répandre autour de lui ses souvenirs du bon temps, s'est assoupi, ronflotant un peu, la bouche s'ouvrant et se fermant par à-coups irréguliers, bêtement, sans raison, en laissant échapper des bruits et des filets de bave, sa tête à fanons reposant sur le rebord d'un fauteuil en rotin, se soulevant parfois comme s'il était sur le point de reprendre conscience, puis redéclinant dans l'engourdissement. A ce moment-là, je sens un malaise dans l'assemblée, autour du dormeur. Les musiciens, les yeux enfoncés dans leurs orbites, masques hâves, jouent mollement, avec une vacuité trop professionnelle, comme devant une fin de nuit, ne faisant plus tourner qu'un ou deux couples. Les messieurs du cabinet civil et du cabinet militaire se tiennent debout, dans les attitudes de l'inattention marquée, cherchant à n'être plus que des silhouettes. Leurs « dames », elles, la plupart assises, sont bien présentes, parées, toilettées, embijoutées, encorsetées, ne parlant pas, avec des visages de chouette aux aguets dont les yeux clignotants sont tendus à percer les mystères des ténèbres. Soudain le gouverneur général, redressant d'un coup le chef, se réveille, les traits lourds et pâteux et, regardant autour de lui, grognasse : « Mais où est donc ma femme ? Mais où est-elle ? Je ne la vois nulle part. » En effet, et c'est là le secret qui tient ce beau monde en haleine, qui le paralyse, la gourgandine a disparu dans les jardins du consulat depuis près d'une demiheure. Je n'ai pas osé dire à Anne Marie d'aller la chercher, craignant qu'elle ne découvre le pot aux roses. Mais, miracle, juste au moment où l'auguste époux, sortant de son somme, s'aperçoit de l'équipée, elle resurgit de derrière un taillis avec un rire perlé et innocent : « Oh ! j'avais un mal de tête. Peut-être que j'avais trop bu... J'ai été me promener du côté de cet étang, que Mme Bonnard m'avait montré dans la journée. Maintenant ça va beaucoup mieux... » Le gouverneur général reste sombre, peu convaincu — pourtant personne ne s'est avisé de lui faire remarquer que, tout le temps que la dame se remettait de ses vapeurs, son aide de camp favori était absent lui aussi. Cependant l'époux, qui d'habitude subit tout en bon papa gâteau, cette fois se met en rogne : « Tu aurais pu me prévenir... Tu me rends ridicule. Je vais te faire rentrer en France par le premier paquebot et demander le divorce... » A ce moment-là, un grand gaillard du consulat d'Angleterre s'effondre d'un coup devant le buffet, foudroyé d'alcool et reste là, comme une bûche, à terre, sa main lâchant lentement une coupe cassée, saignant un peu du nez. Anglais providentiel grâce à qui la mauvaise querelle conjugale tourne court. Tout le monde s'affaire auprès de lui...

« A la vérité, les Anglais, avant de les inviter à ma fête, j'avais bien hésité, mais je ne pouvais pas faire autrement. Et eux, ils étaient venus, quand bien même ils avaient mon train dans le fondement, mon train qui leur remontait dans les entrailles, dans la gorge, qui leur éclatait dans la cervelle. Mais ce trajet ferroviaire qui les transperçait de douleur et de rage, on n'en voyait nulle trace sur leur figure. Depuis l'arrivée du convoi à la gare, où ils s'étaient montrés fort déconfits, ils avaient repris leur contenance. Ils s'étaient donc amenés avec leurs grand-croix en suspensoir et leurs ladies en devants de dentelles, plus british que jamais, charmants et suaves, donnant de la révérence à qui de droit, au gouverneur général et surtout à sa mâtine, comme si elle était une altesse, moi me congratulant avec une amicale familiarité : « Mon cher Albert, nous sommes bien contents pour vous, vraiment très contents. » Et pour bien démontrer qu'ils n'étaient affectés ou touchés en rien, ils s'en sont donné à cœur joie, comme des fous, tourbillonnant, trinquant, blaguant. C'est ainsi qu'est tombé le costaud, victime du devoir, de sa trop grande participation à la politique de l'entrain, faite pour le service de Sa Majesté. Le type, rapidement recouvert de dames qui lui essuient la figure avec des serviettes et des mouchoirs trempés, revient rapidement à lui. Ses premières paroles sont héroïques : « Encore du champagne. »

« Aussitôt, comme saisie d'inspiration, madame la gouverneur général se met à battre des mains et à glousser : « Un homme. Ça, c'est un homme. Faisons une farandole pour lui. » Et trépignante, haletante, les yeux allumés pleins de lueurs, tout le corps en fièvre, les cheveux défaits à la dérive, sa robe comme à la traîne, elle, telle une meneuse d'armée, tire hors d'un siège les cent kilos maussades de son époux. Lequel, comme invinciblement aimanté vers elle en dépit de sa masse, se laisse entraîner, tendant même le bras qui lui reste inemployé en direction de son chef de cabinet civil. Lequel obéit. Bientôt tout le monde est happé dans le mouvement. Madame la gouverneur général mène la sarabande de l'honorable société, y compris les messieurs austères et les dames sur le quant-à-soi qui font semblant de trouver ça divertissant, y compris les Englishes qui chahutent comme au collège, y compris moi et Anne Marie. Ça fait une longue cordée de beau monde, cordée de gens en uniforme et en robe du soir, cordée de corps en tralala. Apothéose, gaieté obligatoire, le gouverneur général, à la suite de son épouse, donnant le ton, se déhanchant, roulant du ventre, faisant le fêtard. Les musiciens sonnent la charge, madame la gouverneur chante et danse, murmurant à son époux : « Tu sais, je t'aime, mon poupou. » Le ménage est réconcilié. Une soirée magnifique finalement, et en tout point digne de mon chemin de fer. Un succès. Juste Anne Marie qui ne s'est pas plus déridée que la Joconde, tout en étant très bien.

« Les jours suivants, une réussite aussi. L'ambiance créée reste bonne, et le subtil Tang Kiao a compris que ma troupe de personnalités, après les grands tintouins officiels, souhaitait un peu de vacances. Il m'a donc laissé faire le cicérone, le guide de Tcheng Tu pour le gouverneur et sa troupe. J'avais mitonné mon programme, sachant qu'un voyage officiel comme celui-là, purement d'apparat, n'a qu'un but : les plaisirs du tourisme. En somme, mon chemin de fer, pour les Excellences de la virée, c'est l'Exposition coloniale. Aussi, au premier des jours prévus pour les promenades en ville et dans les environs, c'est la grande excitation. Les messieurs en casques coloniaux, les dames harnachées pour la balade tropicale, avec de grands chapeaux et des voilettes. Tous comme des gamins et des gamines quinquagénaires. Le gouverneur général, goguenard, hilare, s'efforce de faire valoir ses connaissances orientales en me posant des questions savantes : « Les pieds cassés des femmes, n'est-ce pas, mon cher consul, cela avivait la sensualité ? Quels raffinés ces Chinois ! Où l'imagination ne va-t-elle pas se nicher ? » Mais, avant que j'aie pu répondre, l'épouse rit au nez de l'époux : « Chéri, si c'est pour ça, pour la sensualité comme tu dis, tu n'aurais pas besoin de me les casser si souvent, les pieds. » Et puis se tournant vers moi : « Mon cher Albert, qu'avez-vous à nous montrer de piquant, de bien salé ? » Dans ce Tcheng Tu, elle est comme une libellule, l'humeur follette, en liberté et bien décidée à en profiter, sachant que ses excentricités, les messieurs et les dames des services civils n'en louperont pas une, pour en réjouir au retour toute la bonne société d'Indochine. Du coup, elle en rajoute. Cependant, en attendant de déballer « les dernières de la gouverneur générale en Chine », lors du retour à Hanoi, les hauts fonctionnaires condescendent à être de bonne humeur, avec juste un reste de constipation, et leurs légitimes font de leur mieux pour être avenantes. On part bravement à pied, à la bonne franquette, devant tout un convoi de chevaux sellés non montés et de chaises à porteurs vides, prêts à ramasser nos seigneuries au premier signe. Autour de nous des serviteurs, des interprètes, des mafous, des coolies en tenue du consulat, et quelques soldats envoyés par Tang Kiao pour ouvrir et fermer le cortège. Il en a mis un nombre soigneusement calculé, le minimum convenant à notre importance et à notre face, pas suffisamment pour nous ôter le sentiment de l'école buissonnière, de la gambade qu'aiment curieusement les Européens. Cent à l'avant, cent à l'arrière, les baïonnettes pour une fois pas méchantes, et qui ont eux-mêmes des trognes épanouies — épanouies sur ordre, évidemment. Du reste, ils n'ont pas à intervenir, car la foule regarde de loin le spectacle comique que nous constituons, ce tas de Blancs, avec leurs femelles, la plus grosse quantité jamais vue à Tcheng Tu, en train de déambuler sans dignité. Aucune cohue ne grouille autour de nous. Peut-être que Tang Kiao a fait passer une consigne...

« Plus je vais, plus je sens l'ombre de Tang Kiao, invisible pour le gouverneur général et sa suite mais très visible pour moi. Il nous a aménagé un Tcheng Tu changé, transformé, bien briqué, qui brille comme un sou neuf, au point qu'une dame coloniale constate : « Je suis déçue. Ce n'est pas tellement plus pittoresque que le quartier sino-annamite d'Hanoi. Où sont les fameux mendiants ? » L'idée me vient que Tang Kiao, avec son efficacité bien connue, a fait procéder par ses sbires, pendant que nous étions occupés à nos galas, au ramassage des misérables qui auraient pu offusquer la vue de monsieur le gouverneur général et de son épouse, leur donnant ainsi une mauvaise impression de Tcheng Tu. Je crains que Tang Kiao n'ait profité de l'occasion pour se débarrasser définitivement de ces pauvres hères, en les faisant fusiller par milliers en dehors des enceintes de la cité, devant des fosses qu'ils auraient d'abord creusées de leurs mains et où ils seraient tombés, bons cadavres, donnant le moins de travail possible aux exécuteurs, ne coûtant que le prix des balles. Mais en m'enquérant j'apprends avec soulagement que je me suis trompé dans mes hypothèses. Je n'ai pas fait assez part au génie de Tang Kiao qui a procédé d'une manière encore plus simple, sans aucun debours, avec profit même. Tang Kiao, dans sa sagesse, a seulement envoyé quelques émissaires auprès de cette racaille, en lui donnant le conseil de déguerpir de la ville pendant le séjour des barbares, quitte à y rentrer et à y retrouver leurs agréables occupations plus tard. Commandement docilement exécuté, avec gratitude même, au point que Sa Majesté le roi des mendiants, après avoir tenu conseil avec son gouvernement, a décidé de soumettre ses sujets à une collecte exceptionnelle, afin de pouvoir remercier Tang Kiao de sa bienveillance sous la forme d'une grosse somme d'argent.

« Ainsi Tang Kiao a-t-il su ne pas avoir d'histoires. Il a flairé que le massacre de ces déchets humains serait mal vu des habitants de Tcheng Tu, dont ils sont pourtant la plaie, car ces rebuts sont un élément de la cité, une partie de son âme, une véritable classe sociale, une institution séculaire, presque un ornement — ornement à ne pas laisser contempler néanmoins par les nobles invités amenés par le chemin de fer. Ce qui m'étonne le plus, c'est de constater que les autres charognes, celles qui n'ont pas de jambes pour s'en aller, les piles, les bosses, les amas d'ordures, les réservoirs précieux d'excréments, les ruisselets divagants de pestilence, les résidus épars de chairs et d'os, de morve, de matières innombrables, les liquides infects, les consistances puantes se sont évanouis aussi. Tcheng Tu a procédé à sa toilette, au grand récurage, a fait connaissance avec l'hygiène pour la première fois dans son histoire millénaire. Mais comment cela s'est-il passé ? Il a fallu que Tang

Kiao donne des ordres sévères pour arriver à ce résultat. La saleté ne fait-elle pas partie des bonnes mœurs et la propreté n'est-elle pas une lubie des barbares ? Là aussi je me renseigne. On m'informe que, toute la matinée où nous dormions encore après la nuit blanche du bal au consulat de France, il y a eu une véritable mobilisation de la population. A l'aube, dans chaque ruelle et rue, ont surgi des patrouilles en armes qui, très brutalement, revolvers pointés sur les gens et baïonnettes à l'appui, ont fait connaître aux résidents de Tcheng Tu la volonté de Tang Kiao : « Quiconque, dans un délai de deux heures, n'aura pas lavé devant chez lui et n'aura pas enlevé les choses immondes gisant au-dehors, recevra deux cents coups de fouet et, en cas de mauvaise volonté manifeste ou de négligence grave, sera passé par les armes à l'endroit même qu'il aura laissé souillé. » Impossibilité de discuter avec les soldats, même pour sauver des marchandises aussi sacrées que les baquets de merde humaine, spécifiquement classés parmi les « choses ignobles » sur les instructions de Tang Kiao. L'attitude des troupes a été suffisamment ferme, quelques coups de baïonnette aidant, pour que la communauté entière de Tcheng Tu travaille « comme une fourmilière s'attaquant à un os », selon une vieille expression céleste. En tout cas, dans le délai imparti, deux heures, la ville était apparemment comme désinfectée, malgré le manque d'eau et d'outils. Les gens, depuis les enfants nus de trois ans jusqu'aux arrière-grand-mères centenaires en haillons besognaient tous férocement. Allées de mains faisant la chaîne ou tas de dos courbés. Mais un point m'est resté obscur : que faisait donc la diligente population des immondices ramassées par elle sur la chaussée ? Où déversait-elle ces quantités putrides puisque, justement, faute d'autre endroit où les mettre, leur réceptacle naturel avait toujours été la rue ? Moi, je pense que la solution, tout à fait ingénieuse digne de leur intelligence, a été, pour les bons Tchengtouanais condamnés à la sanitation, de donner hospitalité chez eux, à l'intérieur de leurs taudis et maisons, là où ils vivent, mangent et dorment en grappes, à ces pourritures qui seront ainsi cachées, conformément au bon plaisir du redoutable Tang Kiao, jusqu'au moment où ils pourront les rejeter à leur emplacement primitif, sur les voies publiques, avec, en plus, les excédents survenus entre-temps, une fois que le gouverneur général et sa suite auront enfin quitté la ville. Cette domestication des « choses ignobles », le fait pour l'habitant de les introduire et de les conserver chez lui, est certainement la meilleure tactique possible dans cette adversité, d'autant plus que c'est le meilleur moyen de sauver en totalité la « merde » valeureuse qui fera pousser les récoltes de la saison prochaine...

« C'est ainsi que Tcheng Tu est beau, et même pas trop nauséabond, ce qui est surprenant si l'on imagine que chaque demeure est avant tout un pot de chambre, un dépôt d'ordures. Mais cela, le gouverneur général l'ignore, ainsi que toutes les personnalités qui baguenaudent derrière lui. Je suis là, empressé avec tact, ni trop ni trop peu, à ses côtés, pour lui expliquer Tcheng Tu et aux côtés de sa femme, pas si tête de linotte que ça, qui remarque avec pertinence, car elle doit être forte pour les petites choses bien matérielles : « Dites donc, le consul, la Chine ça ne cocote pas tant que ça, ça ne renifle même pas le caca. Et dire que j'avais préparé des mouchoirs parfumés à l'eau de lavande pour me boucher le nez quand ça sentirait l'égout crevé. Mais on m'a dit qu'il n'y avait pas d'égouts du tout. Alors, comment font-ils leurs besoins, vos Chinois, sans que ça empeste ? » Le gouverneur, lui, est adonné à des préoccupations d'un ordre beaucoup plus élevé : « Mon cher ami, me confie-t-il, ce qui me frappe, c'est à quel point cette population autochtone se montre morne à mon passage. En Indochine, l'accueil des foules est toujours beaucoup plus chaleureux, il est vibrant. Je commence sérieusement à me demander si les citoyens de Tcheng Tu ne m'aimeraient pas, malgré le bienfait de mon chemin de fer. Qu'ai-je pu leur faire, à ces Chinois-là ? » Je retourne sept fois ma langue dans ma bouche avant de répondre, mais je suis tiré à point de mon embarras par une première manifestation d'enthousiasme, juste au moment où nous quittons le quartier populaire pour entrer dans les artères commerciales. Là, au début de la rue des Apothicaires, nous passons sous un arc de triomphe en verdure dressé en notre honneur par les praticiens eux-mêmes. De part et d'autre de la voie dallée, les plus respectables dirigeants de la Corporation médicale, vieillards pleins de noblesse dans leurs antiques tenues, s'inclinent jusqu'à terre, mains jointes, lentement, gravement. Toute la venelle des commerces médicamenteux est un flamboiement d'oriflammes de bienvenue : il y a même, suprême délicatesse, de nombreux drapeaux français. Des pétards se mettent à crépiter, comme des étincelles de joie. Le cœur du gouverneur ne fait qu'un bond : « Mon cher consul, dites pour moi à ces braves gens que je les remercie de toute mon âme, au nom de la France que je représente. Dites-leur combien je suis ému, félicitez-les... » Moi, je traduis ce pathos en des termes beaucoup moins pathétiques, pour ne pas être pris pour un imbécile par ces magots de corvée. Mais, en mon for intérieur, c'est à Tang Kiao, qui a pensé à tout, que j'adresse un grand merci.

« Notre expédition devient tout à fait glorieuse dès que nous pénétrons, toujours dans le même ordre, avec nos soldats et tout, dans les grandes rues des négoces de luxe, les rues de la Paix et Saint-Honoré locaux, qui assurent à Tcheng Tu un renom mérité à travers toute la Chine. Rue de la Soie, rue du Jade, rue des Joyaux, rue des Trésors, rue de l'Argent, rue de l'Or jaune, rue de la Porcelaine, rue du Bronze séculaire, rue des Estampes d'autrefois, rue des Vêtements royaux, rue des

Sceaux sacrés, rue des Moulins à prières, rue des Fourrures du Toit du Monde, rue des Bouddhas bénéfiques. Toujours des arcs de triomphe, des détachements de riches vieillards courbés, des étendards. Nos messieurs et surtout nos dames, soudain frappés de passion, sont méconnaissables, leurs visages bien élevés s'étant crispés dans des expressions de soudards au pillage et de ménagères aux soldes, pour entreprendre la grande chasse aux « curios » — curio, c'est ce sale mot inventé par les Blancs de Shanghai pour désigner en vrac toutes les « chinoiseries », ces merveilles qu'ils convoitent et font semblant de mépriser. Mais, à Tcheng Tu, pas d'hypocrisie : c'est la ruée, les épouses frénétiques tirant derrière elles leurs maris, un peu inquiets pour leurs bourses, jusqu'au fond des grandes boutiques qui se présentent pourtant comme des trous vides. Les marchands chinois, sans même parler, muets des traits, d'une agilité si subtile qu'ils en semblent immobiles, extirpent de boîtes laquées et décadenassées, avec leurs mains comme des caresses, des objets qu'ils apportent amoureusement à la lumière, à leur vue vulgaire. Cérémonial presque voluptueux que je connais bien, ayant pour effet de redéchaîner ces dames qui, trémoussantes et presque convulsionnaires, partent à l'assaut. Madame la gouverneur général mène la charge. Elle a paré sa petite tête d'une tiare en plumes de martin-pêcheur, couleur vert de vert, vert du lisse absolu, vert de nuit, vert de lac profond, vert de la sévérité tragique, vert de la beauté fatale, vert destiné aux princesses qui vont périr. Mais la gouverneur général ainsi attifée ressemble à une midinette-bacchante. Elle brasse de ses mains des monceaux de bagues, de bracelets, de colliers pleins d'ambre et de turquoises, les uns lourds comme des chaînes, les autres des giclées de métal précieux. Sans aucune peur, elle s'enroule autour du cou un serpent d'or rouge qui lui mange les seins, elle s'enfile autour des doigts des anneaux magiques ciselés de squelettes.

Et, dans tout cet attirail, elle gémit délicieusement : « Oh ! moi, j'ai toujours été pour le bijou... » Le gouverneur général hoche la tête avec résignation. Les autres dames, celles des administrateurs des services civils, plus raisonnables et parcimonieuses, manipulent surtout des brocarts, en combinant déjà les robes qu'elles se feront faire à Hanoi, par une couturière métisse pas chère, ou examinent des tentures qui feront bien dans leur salle à manger de réception. Les époux, eux, s'intéressent de préférence à une antiquité noble, une terre cuite ou une statue funéraire, tâchant de reconnaître l'époque, disant sentencieusement que c'est un Tang ou un Ming. Le gouverneur général ne dit rien, sauf : « Combien ? » au bout d'une heure. C'est à moi de mener les négociations. Je m'apprête donc à la grande mimique du marchandage, où je suis assez fort, je le reconnais. Mais, à mon extrême surprise, le propriétaire de la boutique la plus renommée, un retors épais qui me rappelle un crapaud-buffle, me répond d'une voix aussi ouatée que sa robe, la pensée égarée au loin, dans les nuages : « Je ne voudrais pas importuner des Excellences aussi vénérables, dont la venue dans mon répugnant magasin est déjà sans prix, pour quelques babioles. Il sera bien temps de résoudre de mesquines questions financières demain, après-demain, la semaine d'après ou bien plus tard. » Aussitôt je crains un piège, des exigences exorbitantes quand je viendrai régler pour tout mon petit monde. Non, ce n'est pas cela, pas cela du tout, je m'en aperçois en insistant presque impoliment pour payer sur-le-champ, auprès du bonhomme figé dans une sérénité invincible. Il ne veut pas être payé du tout. Alors je comprends : Tang Kiao lui a signifié qu'il paiera lui-même, c'est-à-dire qu'il ne lui donnera pas une sapèque pour solde de tout compte. Générosité de Tang Kiao, générosité secrète, cachée, qui ne lui coûtera rien, puisque c'est le marchand qui trinquera. Et qui, de surplus, y irait de sa tête — plus probablement d'une énorme quantité de taëls — s'il s'avisait de quelque tricherie dans le « jeu ». C'est pour cela que le marchand, en bon Chinois connaissant son malheur et ne voulant pas l'accroître, a cet air presque heureux pendant que nous le dépouillons. A la vérité je suis dans le pétrin. M'ouvrir à monsieur le gouverneur général de ces subtilités chinoises qui font finalement de nous des voleurs ? Comprendra-t-il ? Et puis si jamais le gouverneur s'indignait, exigeait qu'on réglât les rubis et le reste rubis sur l'ongle, ce serait la catastrophe. Une inconvenance, une offense grave pour Tang Kiao, si bon pour nous. Tout bien réfléchi, je décide de me taire. D'ailleurs, le gouverneur, acharné à chasser de son noble visage des mouches qui s'y collent, bestioles qui ont insolemment survécu aux mesures d'hygiène de Tang Kiao, en a assez. Il veut rentrer. A la générosité de Tang Kiao, qu'il ne connaît pas, il oppose la sienne, pour en finir plus vite : « Mon cher consul, je considère que ces acquisitions font partie des dépenses officielles entraînées par mon voyage d'inauguration à Tcheng Tu. Vous me présenterez la note ou vous me l'enverrez à Hanoi. Je vous ferai parvenir le montant sur mes frais de représentation ou sur mes fonds spéciaux. » Les dames, et aussi leurs époux, ayant ainsi appris que c'était la « caisse noire » qui casquerait se précipitent, en d'ultimes rafles, dans les boutiques avoisinantes, où les honorables négociants les accueillent avec des sourires exquis, les laissant faire main basse. Le sac. Enfin, le plein fait, ces dames et ces messieurs, tous croulant sous les merveilles, l'administrateur-chef du cabinet civil peinant comme un coolie sous un brûle-parfum, vont se décharger de leurs fardeaux dans les chaises à porteurs vides, qui deviennent ainsi des fourgons. On rentre comme une armée victorieuse, chargée des dépouilles de la ville. En arrivant au consulat, l'administrateur-chef du cabinet civil, chargé des questions financières délicates, me donne quelques précisions sur la manière dont je dois rédiger la facture — précisions que je sais inutiles puisque je ne l'enverrai pas, m'en remettant à Tang Kiao. »

Autour de mon père étendu sur sa couche, la nuit s'est figée. La rumeur de Tcheng Tu, cette vie qui ne s'arrête jamais, s'est presque apaisée. Les bruits de la cité céleste, il faut presque les deviner. Le silence tire monsieur le consul de son Odyssée imaginaire. Sentiment de la solitude... Rouvrant les yeux, dans une lucidité trouble, il aperçoit le chef boy qui s'est arrêté dans son travail, attendant les ordres pour savoir que faire. Ce serait, pour Albert Bonnard, l'heure d'aller se coucher. Mais il fait signe au serviteur de reprendre sa besogne. Il veut être encore plus heureux, arriver au délire de l'invention... Sa bouche aspire jusqu'à ce que le rêve revienne, encore plus fou.

« Le lendemain, c'est l'honorable partie de campagne, absolument indispensable dans l'ordonnance d'un séjour officiel d'un gouverneur général. Le coin que j'ai choisi est un petit lac couleur d'agate, dans un creux de montagnes sauvages et douces, aux pentes raides et fleuries, où un vieux bois abrite une pagode qui peut nous servir de refuge en cas d'orage. C'est là que les Français de Tcheng Tu, toujours les mêmes, ma femme et moi, les toubibs, parfois un curé, nous allons en pique-nique, quand il n'y a pas trop de brigands ou d'armées qui battent la campagne. Les boys, partis à l'avance, ont tout préparé, les couverts, le matériel de camping, le bedding, les fauteuils, les petits plats. C'est bon enfant. Là, je ne suis plus le consul, on boit frais, on pousse la chansonnette, parfois on se déguise. On s'attife en Chinois, avec des robes, et l'un des médecins s'est un jour arrangé en « petite fleur », un vrai travail artistique, avec des balles de tennis pour les seins, ce qui les rendait beaucoup trop gros pour une Chinoise. Anne Marie, dans ces cas, a son drôle de sourire. Moi, on me trouve très amusant. Après la sieste, nous allons rendre une petite visite aux moines, à qui nous glissons la pièce, et qui nous reçoivent en amis. Tout est très simple.

« Pour le gouverneur général, c'est le branle-bas de combat, une véritable caravane qui quitte Tcheng Tu. Les dames et les messieurs âgés, cette fois, sont dans des chaises, une centaine de porteurs se relaient sous les brancards, tous criant, tous grimaçant comme si leurs charges étaient lourdes. Le gouverneur général, lui, est juché dans un palanquin magnifique spécialement envoyé pour lui par Tang Kiao. Moi, je suis à cheval, l'œil partout, donnant des ordres, essayant de faire avancer tout ce monde. Quelques administrateurs, les jeunes, ceux qui ont choisi de faire les cavaliers, s'accrochent à leurs selles, car les petits chevaux chinois sont bougrement vifs, et un grand échalas ne s'en tire qu'en se servant de ses jambes, qui touchent terre, comme de béquilles. Anne Marie, qui n'a pas voulu s'enfermer dans une chaise comme les autres femmes, monte en amazone, me regardant m'activer, me murmurant : « Mais, Albert, ne faites donc pas la mouche du coche. » En fait, mes efforts ne sont pas inutiles pour donner un peu de tenue à ce magma d'hommes, de bêtes et de fardeaux, tous les Chinois, coolies, mafous et porteurs se bousculant et s'insultant à l'envie, selon la coutume, de telle sorte que les Blancs, qu'ils soient en chaise ou à cheval, semblent flotter comme des bouchons sur une mer jaune démontée. Mais à dix heures du matin, la colonne, après plusieurs faux départs et diverses agitations confuses et inexplicables, s'ébranle pour de bon, avec un allant, une souplesse, une régularité incroyables. Tout va bien. Tang Kiao a fait bonne mesure pour la sécurité du gouverneur général : cinq cents soldats devant, cinq cents derrière, des mitrailleuses sur des mulets. De quoi inspirer l'effroi... La veille au soir, vingt boys et cuisiniers sont partis sur place fièrement, en avant-garde gastronomique, le corps d'élite des tournebroches chinois placé sous la haute autorité de M. Pou, le maître queux de notre consulat, le prince ancillaire qui, avec sa face de sphère bien cannelée, ne perd jamais la boule, ne montre jamais un sentiment et est toujours parfait. Il se considère comme le grand maître des saveurs de l'Occident, au point qu'il n'accepte plus d'être dirigé par Anne Marie, laquelle a juste le droit, chaque jour, de lui suggérer un menu. Si elle prononce un mot de trop, il est gravement vexé, sa perte de face se manifeste par une tête de ballon sphérique qui s'est encore gonflé, lesté d'une indignation qu'il garde dans son crâne pour l'exprimer. Depuis l'arrivée du gouverneur général à Tcheng Tu, il vit une épopée. Son triomphe, ça a été de s'en aller hier, lui-même en palanquin, tel un seigneur régnant sur un peuple de serviteurs à ses ordres et marchant à pied, afin de préparer le festin champêtre, emmenant avec lui un garde-manger colossal porté par des coolies. Son importance est encore exaltée par le fait qu'il va opérer sur des denrées mystérieuses venues d'au-delà des bornes du monde : les victuailles les plus fines de France, celles qui, à la colonie (du moins parmi les « coloniaux » pour qui les produits locaux, même excellents et bien accommodés à l'européenne, sont du bon marché, du mesquin) font de l'épate et hissent socialement les gens. Poulardes de Bresse, soles de la Manche, gigots de pré-salé, melons de Cavaillon vont donc constituer, en ce jour, une véritable révolution culinaire à Tcheng Tu. Ces arrivages des Halles, sur qui va s'exercer la sagacité de M. Pou, sont un bienfait de plus de mon chemin de fer qui, tous ces jours derniers, a continué à bien fonctionner. Et c'est ainsi que va se terminer, grâce à mes trains, l'ère de la valise diplomatique par le Yang Tse Kiang, laquelle, en plus des documents, ne pouvait apporter que des stocks de conserves — pénibles et nuisibles à la longue aux intestins qu'ils dessèchent — en raison de la longueur et des aléas du périple. Désormais on va manger du « frais », ce qui va changer la vie. A commencer par ce pique-nique... Ainsi, tout le dispositif est en place, et notre convoi s'achemine régulièrement vers un gueuleton à tout casser, digne de chez Maxim's, un Maxim's dans les montagnes du Sseu Tchouan, avec le gouverneur général de l'Indochine...

« Tout va bien. Notre caravane, d'abord très étirée en raison de l'étroitesse des ruelles de Tcheng Tu, passe sous la grande porte de l'Ouest, où j'observe qu'il n'y a pas de têtes exposées dans des cages, ni de trophées sanglants, comme à l'accoutumée. Tang Kiao, vraiment, a pensé jusqu'au moindre détail... Puis nous nous engageons en grande pompe sur une voie dallée, où nous avançons très vite, les soldats de l'avant-garde jetant dans les rizières boueuses en bordure les paysannes à balancelles, les paysans à brouettes, les portefaix, les bêtes de somme, l'incessante humanité qui y circule, pour nous faire la place. Tout cela, les animaux, les gens, leurs charges s'effondrant dans l'eau avec des gestes grotesques, sans oser même protester. Le bon gouverneur général, je le sens, est un peu choqué de ce zèle, et je me porte en avant, auprès de l'officier qui commande, pour tenter de le calmer. Mais, malgré mes explications réitérées, je me heurte au visage d'un militaire buté, tenu par la discipline. C'est un colonel, et il estime que je le récompense mal de son zèle. L'individu est offensé, la discussion tourne à l'aigre et je préfère me retirer, la tête un peu basse. Que raconter au gouverneur ? La chance veut qu'à peu près en même temps les usagers de la route, comme s'ils s'étaient passé le mot, se mettent à prendre à l'avance leurs précautions, se rangeant d'eux-mêmes avant notre passage, certes dans la gadoue jusqu'au ventre, mais en bon ordre, sans coups ni dégâts pour eux. Ainsi toute une foule trempée, formes encroûtées de vase et de terre, nous regarde défiler dans notre splendeur. J'en profite pour chuchoter au gouverneur général : « Il n'aurait pas été décent, selon le protocole chinois, qu'une Excellence comme la vôtre, passant en cortège, soit importunée par la plèbe. Mais j'ai obtenu de la Garde fournie par Tang Kiao — une partie de sa propre Garde d'honneur — qu'elle procède désormais avec douceur. » Le gouverneur est satisfait. Mais il a bientôt d'autres préoccupations. C'est que toute notre troupe, quittant la grande chaussée, s'achemine maintenant sur des diguettes, minces effleurements de terre au-dessus de l'empire liquide, des tourbes suspendues, des limons noirâtres, des étendues puantes où percent à l'infini les pousses verdâtres du riz et où sont collées les feuilles de nénuphar. Ces minces pellicules solides, où le convoi s'est laminé en une file de deux kilomètres sont en fait elles-mêmes des lignes d'une matière détrempée, dégoulinante, presque aussi incertaine que les nappes d'eau qui les assiègent et qu'elles tranchent. En peu de temps, c'est la cohue, un emmêlement de pattes de chevaux et de pieds de porteurs qui glissent, dérapent, virevoltent en tas, tous se rattrapant cependant, les animaux en hennissant, les coolies en riant, non sans donner de terribles balancements, des secousses de séisme, des vertiges au monsieur ou à la dame blanche qui, désormais isolé dans sa chaise ou sur sa selle, se voit déjà précipité de sa hauteur dans l'ignominie du monde aquatique. En fait, c'est un faux désordre, un faux danger, les Chinois comme leurs bêtes ayant un sens prodigieux de l'équilibre et une vigueur peu commune. Peut-être s'amusent-ils juste un peu de ces « barbares » installés dans leur superbe comme des Bouddhas dans leurs châsses. Plus probablement veulent-ils simplement, grâce à ces exercices, faire valoir la dureté de leur travail, pour réclamer ensuite quelques sapèques de plus. Pour l'étranger qui n'est pas habitué à ces gymnastiques, c'est la trouille.

Les visages blancs des Blancs ont blanchi, sauf celui de madame la gouverneur général, qui a l'air de se croire à la foire du Trône sur une balançoire. Mais son époux, lui, tout recroquevillé dans sa splendide boîte rouge — couleur impériale — en a des sueurs froides. Le colonel chinois, d'un signe négligent, envoie quelques soldats, avec leurs baïonnettes, à la rescousse des Européens voguant en plein cahin-caha — leur apparition suffit à ramener instantanément un calme absolu parmi les porteurs, coolies, mafous et même la gent animale. Ils reprennent une marche souple et cadencée, à un rythme si régulier que les jambes des hommes de bât ressemblent à des essieux. Le train humain... C'est pourtant à cet instant que se produit l'incident. Une chaise verse, et une pimpante petite dame européenne toute jeune pique une tête dans la rizière, où elle reste à gigoter la figure dans la boue et le postérieur en l'air, ses bras barbotant et ses jambes lançant de vaines ruades, plus comme une grenouille pourtant que comme une jument, dans un vain effort pour se dégager de la glu qui l'absorbe. Les messieurs et dames, descendus de leurs moyens de locomotion, se constituent en équipe de secours. Les messieurs, ayant retiré la créature de sa fâcheuse position, constituent autour d'elle, leurs dos tournés vers elle, un cordon pour protéger sa pudeur — nécessité d'autant plus impérative qu'il serait très choquant, même politiquement, que le tout-venant des Jaunes puisse entrevoir la chair d'une Blanche, surtout d'une « Madame Fonctionnaire ». A l'intérieur de l'espace ainsi clos, Anne Marie et deux ou trois matrones essuient, nettoient, décrassent l'infortunée qui n'a pas de mal mais qui ressemble à une négresse. Elle ne fait du reste pas de simagrées pendant que les dames l'étrillent pour lui retirer les kilos de boue nauséabonde qui l'encroûtent, car elle n'est que la femme d'un administrateur très subalterne. Lequel, d'ailleurs, s'est faufilé jusqu'à elle pour lui murmurer : « Surtout ne te plains pas, n'importune pas monsieur le gouverneur général. » Enfin la petite personne a enfilé des dessous et une robe qu'Anne Marie avait emportés par précaution — elle sourit héroïquement. Ordre parfait à nouveau. A nouveau les messieurs-dames à leur place en l'air, à nouveau les coolies en bas, sous eux. Redémarrage de la colonne.

« Le gouverneur général donnerait cher pour, à ce moment-là, circuler en Indochine dans sa voiture à cocarde, sur une de ces belles routes coloniales qu'a construites le génie des Français à travers marécages et massifs ! Maintenant, après avoir affronté en chaise l'élément aqueux où il ne risquait que la trempette, voilà qu'il est face au vide, au gouffre, à la mort, pour le moindre faux pas des sous-hommes qui le portent. En effet, la caravane suit une piste accrochée au massif. La sente a d'abord traversé paisiblement une forêt, pas du tout la jungle inextricable qui du reste ne s'étend pas jusqu'au cœur du Sseu Tchouan, mais une cathédrale végétale. Sur une pente douce, des colonnes régulières, des troncs pareils à des piliers supportant un toit : la nappe unie des feuillages là-haut, à trente mètres de la terre. En dessous, une vacuité odoriférante, le sentiment d'un espace sacré, un clair-obscur tapissé de buissons laqués où éclatent des globes rouges qui sont des fleurs. Mais, à la sortie de ce sanctuaire de la nature, la vraie Chine se révèle soudain, celle qui est dangereuse dans sa contexture même. Un sol comme de la pâte gonflée, craquelée, fissurée, crevassée, pustuleuse — une splendeur aussi, mais effrayante. Des montagnes comme des vagues à la crête déferlante brusquement immobilisée, des montagnes comme de gros ballons bêtes, des montagnes comme des fauves prêts à bondir, avec leur attirail de cornes, de dents, de griffes, des montagnes creusées de blessures, des montagnes qui ne sont que des murs lisses, à pic, infinis, à peine suintantes de quelques taches de végétation. Montagnes à l'image de l'Empire du

Dragon, pleines du mystère de leurs contradictions. Pêle-mêle du rêve et du cauchemar. Là du granit d'acier, ailleurs des grès funèbres, ailleurs des calcaires poreux, lézardés, croulants, troués de grottes, ruines plutôt que montagnes. Toutes les couleurs aussi, du rouge sang au noir ébène, par plaques ou par veines. Les nuages qui s'effilochent là-dessus... Pas de vallées, mais partout des abîmes, des entailles profondes, étroites, des lacérations dont on ne voit pas le fond mais d'où on entend gronder les fleuves. Là, notre piste n'est qu'une encoche au flanc d'une falaise, qu'elle grimpe en zigzags fous. Juste la place pour les pieds des porteurs sur la sente caillassée. A peine la place pour les chaises précautionneusement transbahutées avec leur contenu de dames et de messieurs, car, surtout dans les tournants, d'un côté elles se cognent à la paroi du mont, de l'autre elles surplombent le canyon. Etrange tension des porteurs qui poussent des râles rauques et réguliers au cours de l'ascension, souffles sifflants héréditairement acquis pour remplir et vider les poitrines qui soutiennent le faix. Et surtout, sur leur front, la saillie d'une veine indiquant la concentration, la réflexion pour chaque pas, pour savoir où et comment mettre le pied à l'endroit sûr où l'homme s'arcboute une fraction d'instant, jusqu'à ce qu'il ait repéré, parmi les hérissements rocheux, les amoncellement instables de débris, les affaissements friables, l'endroit où poser l'enjambée suivante. Yeux de ces coolies, fixes, immobiles, sortant des orbites dans leur recherche tâtonnante. Les animaux, tout comme les êtres, sont aussi d'une gravité lourde, se livrant dans leurs cervelles aux mêmes calculs. Silence tout au long de la caravane qui monte régulièrement, sans à-coups, même si, à cause de sa longueur, son long corps se tortille à suivre les méandres du chemin qui, accroché à l'à-pic, en épouse les aspérités et les excavations. Silence, à part les ahannements des porteurs et les brefs ordres des coolies-chefs, pour les changements d'équipes.

Silence impressionnant où, parfois, à la suite d'un pied ou d'une patte qui bute, on entend une pierre rouler, dévaler, ricocher d'une saillie à une autre sur l'abrupt du gouffre, enfin s'engloutir sans bruit dans les profondeurs. Chaque fois, une palpitation saisit le gouverneur général, ainsi que tous les autres Blancs véhiculés en chaise ou à cheval, qui se voient déjà dans l'abîme. En réalité, il n'y a péril d'aucune sorte, tant ces coolies aux pieds nus devenus du cuir et de la corne sont dressés à ces escalades, à ces charrois, à affronter les monts et leurs gouffres, avec des fardeaux énormes, sur des pistes à peine tracées par les milliards et les milliards de pieds qui y sont passés avant. Mes gaillards sont jeunes, gavés de riz, capables de porter comme un fétu un gouverneur général jusqu'à l'autre bout de la Chine. Je n'aurais pas risqué ma carrière à jamais, s'il y avait la moindre possibilité que le gouverneur général ou l'un de ses acolytes, puisse, au cours de sa tournée inaugurale au Sseu Tchouan, se casser en mille morceaux dans un précipice. D'ailleurs, pour moi qui ai tant voyagé en Chine, il ne s'agit, en la circonstance, que d'une petite grimpette très banale. Je dois pourtant reconnaître que ce n'est manifestement pas l'avis du gouverneur général qui, à la fin, d'effroi, s'abandonnant à son destin, ferme les yeux pour ne plus rien voir.

« Enfin on arrive au sommet qui est une sorte de plateau nu, une plaque polie par les pluies et les vents. Je proclame que mon lac n'est plus très loin et le courage revient à mes pique-niqueurs. Ils s'effondrent à nouveau quand la caravane, un peu plus loin, s'arrête devant une coupure de la terre, une fente étroite noirâtre d'ombre dont le fond ne se devine que par le tournoiement blanchâtre de l'écume d'un torrent. Pour passer cette maudite lézarde il faut se fier à un pont de lianes long de cent mètres, qui s'incurve en un creux prononcé en son milieu et qui balance à la moindre brise. Pas de parapet. Tout craque, tout tremble, tout remue quand on est dessus. Malgré les apparences il n'y a pas de danger, sauf si le pont est pourri. Hier j'ai ordonné à M. Pou de tout vérifier. Mais l'a-t-il fait ? Il vaut mieux faire faire une inspection devant moi. Je crie d'arrêter à la caravane qui s'engageait sur cette arche végétale. J'ordonne l'examen. Gueules de mécontentement de tous mes chinetoques, tant soldats que serviteurs, devant la perspective de ce travail supplémentaire. Curieuses gens que ces Jaunes, généralement acharnés à vivre et à survivre mais qui souvent préfèrent, par paresse, jouer leur existence au sort. Ils aiment mieux risquer leur vie que d'entreprendre un travail à l'utilité incertaine. Ils ont un sens très particulier de l'économie. Tout cela fait qu'ils ont l'habitude d'user les choses jusqu'au bout, surtout si elles appartiennent au domaine public, sans rien réparer, jusqu'à ce qu'elles cassent tout à fait. Alors seulement on les remplace. S'il y a eu des victimes, tant pis...

« Mais moi, évidemment, je ne peux me permettre de perdre ainsi mon gouverneur général. Lequel, pendant que les Chinois, sur toute leur lignée interminable, se sont accroupis comme s'ils allaient faire leurs besoins, dans la position de l'attente moqueuse, comme s'ils étaient les poils à rebrousse-poil d'une chenille paralysée, me fait part avec irritabilité de ses observations, en Excellence contrariée se rappelant son importance : « Mais que se passe-t-il ? Tout cela est déplorablement organisé, monsieur le consul. Où donc m'avez-vous entraîné ? Ce n'est pas bon pour ma santé, ces excentricités... » Autour de lui, les administrateurs des services civils se sont rangés, leurs figures aggravant en sévérité ce qui n'est encore, chez leur bon maître, que ronchonnerie. Moi, après avoir bredouillé : « Ce n'est rien, monsieur le gouverneur, juste une petite précaution... », je me mets à remuer ces Chinois. Le colonel, très martialement, ordonne à ses troupes de vérifier la solidité de l'ouvrage — mais comment faire confiance à des soldats qui, en dehors du travail à la baïonnette où ils sont très aptes, sont la paresse même ? Je convoque donc autour de moi mes coolies-chefs que j'allèche par la promesse d'un extra de gratification. Depuis le départ, ils ont déjà tout essayé, ils se sont torturé la cervelle pour trouver un moyen de se faire octroyer un supplément à la petite générosité obligatoire de fin de journée. Mes paroles transfigurent mes gaillards, les remplissent d'un zèle dévorant. Soudain, se ruant à l'œuvre, ils scrutent, avec une application animale, chaque centimètre de la travée qui pend comme un hamac étroit et vermoulu. De leurs yeux, de leurs pieds, de leurs mains, ils auscultent les fibres végétales et, au moindre doute, s'y accrochent, s'y suspendent, les corps dans l'espace, pour regarder partout, sur les côtés et en dessous, pour faire des nœuds, des ligatures, des consolidations avec des bouts de planches, d'osier et de ficelle. Enfin le chef boy s'incline devant moi et, mettant ses mains sur le cœur en témoignage de vérité, me dit que nous pouvons y aller. « Mon cher consul, vous vous rendez compte de la responsabilité que vous prenez... » m'assène le gouverneur décomposé, qui voudrait bien qu'on batte en retraite. Mais je tiens bon : « Monsieur le gouverneur, je crois complètement en la parole du chef boy. D'ailleurs, nous ne pouvons plus reculer sans perdre la face auprès de tout Tcheng Tu et du Sseu Tchouan entier. — Alors, dans ce cas... » L'Excellence obéit à l'appel du devoir, mais elle ne semble pas très bien disposée envers moi, qui parais jouer sa vie sur l'avis d'un vulgaire domestique chinois. Comment lui expliquerais-je que le pari reposant sur la garantie d'un maître serviteur scrupuleux, poussé par l'appât des récompenses, est le seul qui soit sans aucun risque en Chine ? D'ailleurs, pendant cet aparté, la colonne reprend sa formation, se déplie, se déploie, se met en branle, se met à absorber, à digérer, à venir à bout de la passerelle en question. En tête, les soldats courent, gambadent, sautent comme des singes, sans doute par dérision pour nous, nos frayeurs et nos précautions. Puis, sur les lianes gigotantes, vient le matériel lourd, les chevaux tenus par leur bride par les mafous, ainsi que les chaises vides et les impedimenta dont s'encombrent toujours les Blancs. Tout cela marchant sans encombre, normalement, sur cet échafaudage aérien, comme s'il n'y avait pas le vide partout autour. Enfin, le peloton des messieurs et des dames, à la queue leu leu, une trentaine en tout, tous raides, tous avec une démarche de jouets mécaniques, les visages fermés, les dents serrées, se composent des maintiens de sobre courage. Les dames sont stoïques. Seule la gouverneur n'a pas à prendre sur elle, elle batifole... Le gouverneur, lui, tenu devant par moi, derrière par l'administrateur chef du cabinet civil, avance en vieille poupée égarée, les yeux au ciel, les pieds chevrotants, n'ayant que la force de gémir : « Ah ! ça, on m'y reprendra, on m'y reprendra... » A un moment, il s'arrête comme disloqué, refusant de bouger, et je me demande avec angoisse comment le tirer de là. Ne va-t-il pas finir par choir ? C'est alors que sa femme lui crie comme la madelon : « Vas-y, mon gros poupou, montre que tu es un homme ! » Cette admonestation conjugale fait un effet merveilleusement tonifiant sur le gouverneur, qui achève sa trajectoire avec une dignité retrouvée.

« Ensuite, le sol aride à nouveau sous nous, mais cette fois pour un panorama exquis. Là est mon lac, sans une ride, une eau de pureté sombre, serti dans une accordaille suave et majestueuse de massifs apaisants, sans formes bizarres ou méchantes, immenses bêtes apprivoisées aux flancs hospitaliers. Des forêts, des ruisseaux, le jaillissement des senteurs et des sèves, la grande paix, la vie, même si au premier abord on ne voit de vivants que M. Pou et ses subordonnés. Ceux-là, il faut l'avouer, ils ont abattu le travail de dix mille diables. Leur enfer, ce sont des fours qui flamboient, rôtissant des énormités de viandes qui ont attiré les moinillons du monastère voisin, avec leurs sébiles. M. Pou les chasse quand nous débouchons. Il se tient devant nous, le gouverneur, ces dames et moi, avec tout ce que le plus humble respect peut contenir de légitime orgueil, dans sa robe blanche immaculée de grand prêtre de la chère. Son chef-d'œuvre est une table ruisselante de couverts, surchargée comme un autel, absolument digne de noces et banquets impériaux. Elle est tapie dans un berceau de verdure, là où meurt une pente qui, mollement mais interminablement, grimpe jusqu'aux nuées légères qu'elle accroche tout là-haut, pour se faire, avec ces vapeurs, un halo autour de son sommet. M. Pou a installé son banquet en contrebas, à l'endroit où la lente déclivité pénètre dans l'onde du lac. Juste au bord, la masse d'eau reluit de lueurs blanches aveuglantes, qui sont des quartz et des cristaux que la nature a taillés en parallèlogrammes et autres volumes géométriques. M. Pou, sur un bout de berge plate, a aménagé pour nous une clairière, au milieu de massifs de rhododendrons et de parterres de lis sauvages. Au centre de cet espace dégarni, trône donc la table, pour laquelle M. Pou a fait amener les nappes les plus fines, les vaisselles les plus délicates et l'argenterie la plus lourde du consulat de France — il avait garanti à Anne Marie, très amoureuse, très fière de ces beaux objets, de surveiller lui-même si férocement les porteurs que rien ne serait cassé et rien ne l'a été. Il a même disposé les cartons désignant les places des convives sans une erreur, exactement selon mes instructions. C'est très important pour M. Pou, les cartons. Pendant que le gouverneur, les dames et les messieurs s'installent sur leurs chaises selon les règles de l'étiquette, nos soldats et nos coolies se sont répartis en groupes aux alentours, quelques-uns montant la garde, les autres allumant des feux pour faire cuire le riz, qu'ils touillent pendant la cuisson avec leurs baïonnettes. Le paysage est transformé en campement de la gastronomie, celle-ci allant des somptuosités de M. Pou au fourrage des mulets. Tous les estomacs s'apprêtent à se remplir, toutes les narines se délectent de fumets. Les visages jaunes sont pénétrés de gravité devant cette nourriture — car j'ai bien fait les choses, ayant remis moi-même, tant au colonel qu'au chef des coolies, de petites sommes pour améliorer l'ordinaire de leurs hommes par l'honnête achat de cochonnets dans les hameaux traversés où la population, qui craignait le pillage, s'est adonnée avec soulagement au commerce. Maintenant, de partout, comme une cacophonie, s'élèvent les gémissements des porcs qu'on tue. Mais c'est la musique même de l'allégresse céleste. Tout autour de moi, c'est donc la Chine du bonheur. Tout est parfait.

« Sauf notre festin. Car, à peine arrivé, le gouverneur général, s'est écroulé sur son siège, comme un sac vidé. Est-il évanoui ? Le faire examiner par notre toubib de Tcheng Tu, que j'ai eu soin d'amener, ce serait peut-être l'offenser. Je consulte du regard les administrateurs, mais ils se gardent bien d'émettre le moindre avis. Enfin, madame la gouverneur va tapoter les joues du gouverneur que ces caresses ramènent à la réalité. Mais il ne dit pas un mot, le masque mou et rouge, soufflant péniblement. Et quand un gouverneur général ne parle pas, personne n'ose faire de conversation autour de lui. Les messieurs et les dames, dûment rangés et assis, sont occupés à se taire avec componction. La gouverneur elle-même ne jacasse pas... Moi, prenant un ton badin, je me décide héroïquement à placer quelques historiettes chinoises, que je trouve drôles. Mais elles tombent à plat, et le gouverneur, se mettant enfin à articuler, lâche : « La Chine, j'en ai par-dessus la tête. » Silence de plomb. Sous le regard de M. Pou, les boys se suivent en une procession permanente, apportant les mets par lui préparés, pièces savantes de la cuisine de l'Occident. Malheur, toutes ces friandises précieuses, amenées de la métropole jusque dans Tcheng Tu grâce à mon chemin de fer, sont calamiteuses. Les poulardes de Bresse ont goût de carton, le pré-salé est complètement décati, quant aux soles de la Manche, elles sont à moitié pourries. « Pouah ! » fait le gouverneur dès sa première bouchée, en la recrachant dans son assiette. Anne Marie est pâle de confusion... Ce qui contribue enfin à sauver la situation, ce sont les deux mamelles des colonies : le camembert et le beaujolais. Car, où que soient des Français, même dans le bout le plus reculé et le plus sauvage de l'Empire céleste, même dans une jungle ou un désert, ils arrivent toujours à s'en faire expédier dans leur coin, ils dépensent à ces arrivages providentiels et presque miraculeux des trésors d'imagination. Certes, mes compatriotes de Chine ont la prétention, souvent justifiée, de vivre mieux avec les Chinois que les autres Blancs — mais il faut les voir devant un colis de fromages et de bouteilles mystérieusement acheminé jusqu'à eux ! Quels trognes, quel appétit, quelle jubilation, quelle quantité d'appréciations, de jugements, de comparaisons, de souvenirs, d'attendrissements, quel étalage de connaissances techniques ! Quelle érudition ! Bref, c'est leur intellectualisme le plus profond. A Shanghai, au Cercle sportif, on passe plus de temps à pérorer sur le camembert, ses variétés, ses particularités, ses qualités que sur n'importe quel autre sujet, même la fesse ou le fric. Et, dans ce pique-nique désolant au bord du lac, voilà que son apparition, conjuguée avec un certain petit pinard rouge, réveille un peu les morts vivants de la tablée. Ce petit vin granuleux est pourtant infiniment inférieur aux crus illustres qui l'avaient précédé, et qui avaient été servis avec le décorum approprié. Ces sacrés nectars, qui m'avaient coûté autant que de l'or liquide, étaient restés au fond des batteries de verre, sous le prétexte formulé avec des moues désapprobatrices qu'ils supportent mal le voyage, tandis que mon gros rouge descend par rasades dans les gosiers. Le gouverneur général se déride en buvant de bons coups pour arroser le camembert qui, pourtant, de lui-même coule aussi, largement, de ses boîtes en des épanchements putrescents et nauséabonds — infection digne de la Chine de toutes les infections qui ignore cependant celle-là, si bien que les serveurs jaunes se contraignent pour ne pas grimacer de dégoût. Mon frometon, il faut l'avouer, est avancé, très avancé même. C'est la liesse générale, au milieu des plaisanteries les plus éculées qui ont fait largement leurs preuves en Asie, dans tous les gueuletons de Français. Le gouverneur général remarque finement qu'en se servant d'un camembert en guise de chaise à porteurs, il pourrait rentrer à Tcheng Tu tout tranquille, sans risque ni péril. La pensée du retour, avec toutes les prétendues embûches qu'il est déjà en train de revivre, lui taraude l'imagination, à cet homme-là. Il rit pourtant, plutôt bonasse que fâché et, comme pour se donner du courage déjà, avale, lampée sur lampée, son beaujolais, tout en enlisant ses dents dans du camembert. Quant à la gouverneur, ma voisine, qui s'est tenue jusque-là à mes côtés comme une petite fille sage, son minois se tortille en un sourire sournois d'une gaieté excitée, qui présage un tour à sa façon. Je ne me trompe pas. Elle se met à parler un langage de volatile, zozotant et glougloutant à la fois : « Mon petit consul chéri, votre croûte, pour la casser, ça a été dur. C'est pas votre faute, mais pour s'amuser... Tous ici des empaillés, un de ces machins comme si j'étais avec le président de la République ou l'empereur d'Annam, le vieux, quand des heures à l'avance mon mari me dit de ne rien dire. Pour ce que lui-même a à raconter... Mais il n'y a pas, chez ces croque-morts-là, un calendo comme le vôtre, qui vit, qui dégouline si bien, une fameuse crème. Tenez, ça me rappelle quelque chose, ça me donne des idées. » Mutisme complet devant ces déclarations sibyllines. La dame, toute tortillante et pas gênée, poursuivit : « J'en ai assez d'être assise. Je vais me dégourdir un peu les jambes. Une petite promenade digestive. » Là-dessus, elle se lève dans un froufrou, et toute guillerette, balançant du popotin, se dirige vers la frondaison la plus proche, après avoir fait signe à son aide de camp préféré de l'accompagner. L'époux est bien hors d'état de réagir, car, de son effondrement initial, il est passé, le beaujolais aidant, à un petit sommeil réparateur, ronflotant à même la nappe, les traits heureux. Mais à peine la dame a-t-elle fait une dizaine de pas avec son sigisbée que, de derrière un buisson, sortent une quarantaine de soldats qui, toutes armes déployées, se mettent respectueusement à la suivre. La gouverneur aussitôt glapit : « Qu'est-ce que c'est que ces histoires ? Je suis prisonnière ? » Moi, prenant un air de circonspection attristée, je lui explique que je n'y suis pour rien, que c'est certainement une initiative du colonel chinois qui tient à sa tête, car s'il lui arrivait quelque chose, à elle... avec tous les bandits possibles aux alentours... La dame est furieuse. Mais moi, au lieu de me sentir foudroyé et d'implorer, je fais la bête. Je lui dis platement : « Et si, pour vous dédommager de votre balade manquée, nous allions tous faire une petite excursion à la pagode toute proche. Elle est très belle, très curieuse... » La gouverneur me rétorque aussitôt sèchement. « Comme réjouissance, vous pourriez trouver mieux. Votre pagode, vous pouvez vous la mettre où je pense. Le tchin tchin Bouddha, il n'y a que ça au Tonkin, j'en ai plein le dos... » Mais moi, avec mon aspect le plus aimablement prudhommesque, je continue à vanter la marchandise : « Vous ne regretteriez pas votre visite, madame. Car il s'agit d'un monastère très renommé, attirant beaucoup de pèlerins désespérés qui s'en retournent le cœur réjoui. Il y a là-dedans une statue tout à fait gigantesque de Bouddha, en or rouge, avec comme nombril une émeraude grande comme une soucoupe. Tout affligé du corps ou de l'esprit qui se frotte à cette pierre est guéri sur-le-champ, paraît-il. Ce saint lieu, c'est un Lourdes sans piscine.

« — Vous ne m'aurez pas comme cela, monsieur le consul. Moi, je me porte comme un charme, je suis saine comme l'œil et, pour la dinguerie, je vous laisse ça. Votre Lourdes pour singes jaunes, je m'en fous. Mais peut-être l'appréciez-vous tellement parce que vous y avez soigné une sale maladie. Tenez, je vous vois en train de repasser votre zizi gâté sur la fameuse émeraude... » La garce rigole à gorge déployée, jusqu'à ce que le gouverneur général intervienne : « Ma chérie, ne dis pas de pareilles inconvenances. Je vais me fâcher... Excusez-la, mon cher consul, ma femme aime trop le mot pour rire, mais c'est sans méchanceté. » Moi, je poursuis doctement la récitation de mon catalogue : « Et puis il y a là un Enfer époustouflant, le plus fantastique jamais sorti de l'imagination des hommes, celui des dix mille supplices infligés aux damnés. Dans une salle éclairée avec des flambeaux, subtilement obscure, vous vous trouvez face à face avec une fresque de vingt mètres de long, un cauchemar d'êtres de tous âges et de tous sexes, tourmentés en relief et en couleur, avec une précision inouïe. Ça fourmille, ça gicle, ça grouille, ça dégouline de membres tronçonnés, sciés, brûlés, avec des débauches de gestes méticuleux, dans des teintes violentes, surtout celle du sang, qui éclatent de partout. Au milieu de ces viandes humaines qu'ils déchirent, les bourreaux, qui besognent avec une quantité innombrable d'instruments, ont des faces paisibles de bons artisans au travail. Une chose à voir, je vous assure. Et vous constaterez qu'il y a beaucoup plus de positions dans la torture que dans l'amour. Et puis ça vous renseigne sur la mentalité chinoise car en Europe, malgré les efforts de nos ancêtres, nous n'avons jamais atteint une pareille fécondité dans l'atrocité. Certes, les pieux moines de ce temple-ci se sont dépassés dans cette représentation de la géhenne. Ils tiennent à démontrer avec vigueur aux fidèles ce qui les attend s'ils n'observent pas rigoureusement la loi de Bouddha, surtout en ce qui concerne la sainte générosité aux serviteurs de Dieu. » La gouverneur glapit : « Merci bien, monsieur le consul.

Alors, il faudrait que je casque à ces religieux idolâtres pour ne pas rôtir dans leur enfer. Je suis déjà pourvue, j'en ai un en vue, celui que me promettent gratuitement mes braves curés me suffit. Et puis, moi, je ne suis pas une tordue, une dévergondée, toutes les saletés que vous me recommandez pour m'en rincer l'œil, ça ne me paraît pas ragoûtant même si ça vous donne des trémolos dans la voix, rien qu'à me les décrire. Des supplices, toujours des supplices, vous n'avez que ça à la bouche dans votre programme des réjouissances. Très peu pour moi... Eh bien, gardez ces plaisirs-là pour vous. » Nouvelle intervention pleine de bonne volonté de monsieur le gouverneur général : « Ma chérie, ne sois pas désagréable comme cela avec monsieur le consul de France, qui se donne tant de mal pour nous distraire et nous faire apprécier la Chine. Cher consul, n'en veuillez pas à mon épouse, elle est parfois un peu vive, mais le fond est bon... » Moi, je reste impassible, sachant bien que je vais finir par aguicher cette putain, car j'ai un plan, j'ai même préparé un coup infaillible. Je poursuis donc bien calmement mon exposé : « Les moines de ce couvent sont surtout renommés pour le pouvoir étrange, inexplicable même, qu'ils détiennent jalousement, un pouvoir bien plus puissant que celui attribué au Troisième Œil. Rien n'est plus aisé pour eux, si on le leur demande poliment, que de vous révéler complètement votre avenir... — Ça alors, coupe sèchement la gouverneur, avec une hostilité cachant sa tentation, il ne faut pas me la faire. Vous pensez bien, depuis que je suis en Indochine, j'en ai essayé des devins et des devineresses à la noix de coco, avec leurs poudres, leurs brindilles, leurs bouts d'intestins et leurs abats divers, leurs herbes qui tombent en poussière, leurs farces de prières, des incantations que ça s'appelle, récitées comme si j'avais mille maris qui ronflaient à la fois. Et leurs danses lourdes pour les esprits, des balourdises à faire fuir le Saint-Esprit lui-même. J'ai même tâté des magiciens, tous plus jaunes que nature, maigres comme des clous. Tous ces prophètes-là, c'est zéro. Eh bien, je vous le dis, pas un ne vaut ma concierge de la rue des Abbesses à Paris qui, du temps où j'étais petite modiste à domicile, m'annonçait avec sa boule de cristal et ses tarots que j'épouserais un monsieur âgé mais bon et décoré... Poupou, quoi ! » Mais moi, doucement obstiné et pressentant la victoire, je reprends mon coup et : « Je ne crois pas m'avancer, madame, en vous affirmant que cette fois vous ne serez pas déçue. Car les bonzes de ce monastère ont vraiment un don que je qualifierais de surnaturel. Car votre destin ils ne vous le disent pas, ils ne le prédisent pas, ils vous le font surgir devant vous en vraies images, comme des photographies de votre futur. C'est très étonnant... » Cette fois la gouverneur fait encore semblant de blaguer, mais elle est bel et bien ferrée : « Alors, je vais pouvoir me regarder comme je serai dans cinq ou dix ans ? Pas veuve, j'espère, ni trop mûre. Je vous annonce que je fermerai les yeux si vos gaillards me font apparaître en petite vieille branlotante, je refuserai de me reconnaître. Je veux me voir encore désirable et jeune. Consul, votre truc, je n'y crois pas, mais je veux bien l'essayer. » Enfin, je suis arrivé à mon but, comme toujours, surtout avec les dames.

« Il y a cinq cents mètres à faire. Le gouverneur général se fait transporter dans sa chaise à porteurs, mais le reste de la société, tous les messieurs et les dames, vont à pied en consciencieux touristes. A mi-distance, nous arrivons au début de l'allée menant au temple, une voie royale de grandes dalles régulières, très bien jointes entre elles, vénérables lames de pierre très dure, toutes semblables, chacune portant les mêmes empreintes humaines, chacune polie et même creusée en son milieu par les talons des foules dévotes. Ce jour-là, c'est pourtant la solitude, comme si on avait chassé les fidèles dans l'attente de notre venue. Nous avançons, gardés par des bêtes de granit, lions, phénix, licornes et même éléphants, postées en sentinelles de la piété de part et d'autre de la chaussée géante. En plus de cette protection divine, il y a, évidemment, celle de nos soldats, qui nous ont emboîté le pas. Mais alors qu'ils bavardent d'habitude comme des pies, ils se taisent comme s'ils se sentaient sacrilèges sur cette avenue de la Grande Paix Céleste qui, tout en montant doucement, s'enfonce sous le feuillage d'arbres tutélaires, centenaires, qui sont une enceinte de plus, moussue et bénéfique. Ce bois sacré, ainsi que la multiplication des animaux sculptés, annoncent l'approche de la pagode. Et moi, tout en marchant allégrement, je me dis que, cette fois, les bonzes vont mettre le paquet pour nous. Car je les connais bien, ces fripouilles tonsurées qui, lorsqu'ils n'ont pas réussi à dépouiller complètement les riches pèlerins par leurs bondieuseries, leurs divines farces et attrapes, les font capturer, par des bandits complices ou à leur solde, pour achever de les détrousser. Mais je sais que ces coquins de moines vont sortir le grand jeu, en mettre plein la vue à mes hôtes. Cette fois, je n'ai pas compté sur Tang Kiao pour leur donner du zèle, car cette étonnante racaille, sans espèces sonnantes et trébuchantes, ne se la foulerait pas, même si le Seigneur en chef de la guerre la menaçait de ses châtiments et supplices. Le terrible Tang Kiao, ces bons religieux, les seules gens dans ce cas au Sseu Tchouan, ils s'en tamponnent comme d'une baderne, d'une bravache, comme d'un grossier guerrier, un soudard impuissant, taillé dans du bois vermoulu. Les bonzes, bonzesses et bonzillons, engoncés dans leurs robes couleur d'humilité, le jaune safran, leurs crânes nus marqués des traces sacrées des pointes de feu, qu'ils soient à engraisser dans les monastères ou qu'ils errent lentement sur les routes en distribuant les bénédictions et en tendant la main goulue de la pauvreté, tous sont tenus par les populations pour des malfaiteurs aux cervelles avides, à peine au-dessus des soldats. Alors que ceux de ce gros et puissant temple pourtant encore plus charlatans, voleurs, menteurs, brigands, encore plus adonnés à la concupiscence et même au crime que leurs confrères méprisés, sont vénérés par le bon peuple comme des saints, des réincarnations de Bouddha, des dieux vivants. Sans doute sont-ils seulement plus habiles que les vulgaires travailleurs de la foi. Quoi qu'il en soit, ces cochons sont nimbés du respect et de l'adoration des Sseutchouanais, presque à l'égal de leurs prestigieux compétiteurs d'Ho Mi Chan, le massif aux cinquante-six temples, la montagne marquée par le pied de Bouddha. Mes bonzes à moi, même sans l'aide du pied divin, n'ont qu'à proférer à bon escient de ténébreuses prophéties bien calculées pour remuer la population de Tcheng Tu et de la province contre Tang Kiao. Lequel se garde donc de toucher à eux et à leurs intérêts. D'ailleurs, devant le porche à cinq étages, où des statues de génies martiaux, rutilants de barbes carrées, de hallebardes recourbées et de masques rouges défendent l'entrée de la pagode aux émanations du Mal, nos propres militaires s'arrêtent et se laissent tomber par terre, prenant les poses, non pas vautrées, mais soigneusement alanguies et déglinguées, du repos et de l'attente : la technique chinoise de l'économie des forces corporelles. Ils nous laissent nous engager seuls dans le portail, par un trou rond par lequel nous passons comme à travers un cerceau. A ce moment, je constate, avec une légitime satisfaction, que les mesures nécessaires ont été prises par les moines pour réserver leurs prévenances les plus rares, un service de catégorie exceptionnelle, à notre gouverneur général. Tout est arrangé car, le matin même, j'avais envoyé auprès d'eux mon chef boy qui, après une discussion courtoise mais serrée des tarifs, leur a remis la quantité de taëls requise pour le grand accueil, toute une cérémonie complète.

« Après la première entrée, il y en a deux autres à franchir. La pagode est ceinte de murs successifs qui sont des fortifications magiques tenues par une garnison de symboles bénéfiques, surtout des monstres ailés, des géants de bois, des dieux raides aux regards qui tuent les méchants. Enfin, là où s'éclaircissent les arbres, là où l'on pressent le haut de la colline, au-delà des branches, un peu en contrebas du sommet, reluisent des arcs, des arches aux tons indéfinissables. Ces courbes, ce sont les faîtes des temples qui, par portées entières, remontent à leur extrémité vers le ciel. Encore des génies, encore des gardiens de pierre, encore des stèles, encore une porte — nous sommes saisis par la beauté du bizarre, pris par une attirance et un dégoût devant le chaos harmonieux qui s'offre à nous. La mer des dalles, des grandes cours froides, des larges marches ceintes de dragons, et puis la Chose. Un hérissement et un aplatissement à la fois, des trous, des clochetons, des pavillons à dards, et enfin les pagodes elles-mêmes dans ce délire. Elles ne semblent exister que par des tuiles en cascades et des toits superposés qui se chevauchent, se dépassent, s'entremêlent, s'allient, se combattent, et sont lourdement prêts à s'envoler. Toits qui s'entassent dans un écrasement et dans un essor, comme les carapaces placées les unes sur les autres d'une bête rampante mais qui tend des ailerons ou des élytres pour s'élancer dans les airs. Ces toits sont l'arête dorsale, les anneaux, les écailles, les pattes du dragon. Au milieu, la pagode la plus grande, celle de l'Harmonie : une quiétude étrange, tirée du monde des fantasmes, des angoisses animales et métaphysiques de l'humanité. Paix qui est un inépuisable grouillement chinois, le gouffre des horreurs et des trésors, l'incessant mouvement de la pensée errant dans les songes, les chimères, les peurs, les désirs, s'incurvant dans la précision et la brutalité des raisonnements et des calculs faits pour assouvir les passions par la victoire. Il y a de tout cela dans ce lieu plein de formes reptiliennes et fantastiques. Mais il y a aussi l'autre paix, la plus profonde, la plus vraie, celle des croyants sincères, celle de Bouddha dans son prêche : la recherche du renoncement à tous les tumultes de cet univers mauvais, la volonté de disparaître de la scène tragique des hommes et des vivants en s'enfonçant par la vertu et la sagesse dans le désintérêt, dans la désintégration, dans le vide, dans le nirvâna où il n'existe plus rien — car le seul bonheur possible, c'est de ne plus être jamais, sous quelque forme que ce soit, dans n'importe quel présent, passé ou futur. La sainteté, l'authentique, toujours plus parfaite et exigeante, celle du dépérissement de soi, de l'inexistence totale, du non-être dans un non-univers, de l'effacement du cycle des globes, des choses, des vies, des éternités. Telle est la libération, le chemin de la vertu que prétendent suivre mes moines, ces rusés compères dans ce monastère biscornu où il y a de tout : la reproduction des luxures humaines et le reflet de la sérénité de Bouddha.

« Le gouverneur général a mis pied à terre. Derrière lui, en un groupe gauche, nous montons les derniers degrés quand, comme dans un orage monotone, nous sommes engloutis dans une apocalypse : l'orchestre des bonzes, un écoulement, un grondement perpétuel déchiré de fracas. Je reconnais les claquements des gongs, les percussions sourdes des tambours en fer, grands cylindres creux aux gémissements prolongés qui enveloppent l'espace, les bruits grumeleux et effrayants provenant de cornes géantes, dépouilles de bêtes légendaires hantant les cimes de l'Himalaya. Au-dessus de tout, les meuglements produits par les trompettes ecclésiastiques, consistant en de primitifs tubes ronds, tout minces et se prolongeant de deux ou trois mètres, dans lesquelles il faut souffler avec une force démesurée. Et aussi, venant de plus loin, de quelque tour à clochettes, cent ou mille clochettes suspendues et qui bougent à l'air, au vent, à une haleine, laissent tomber une averse cristalline de gouttes de sons. Tout ce tintamarre s'arrête. Nous sommes dans le sanctuaire face au fameux Bouddha géant et guérisseur. En fait, plus que son nombril miraculeux, je contemple son sourire à peine esquissé, plutôt une intuition de sourire — ce n'est pas celui de la bonté, de l'amour, de la charité, simplement un détachement. A ses pieds, en travail d'adoration, cent bonzes accroupis dans la position du lotus, tous en toge, cent gros crânes oscillants avec leurs calvities à stigmates, cent têtes cléricales, en train de se cogner régulièrement au sol au bout de leurs balancements et prosternations, cent boucles qui psalmodient un plain-chant, les mots tombant des dents cariées et des gencives comme un ronron solennel, certaines intonations revenant cependant constamment. Les moines sont rangés par âges. Sur le devant, les infiniment vieux, mais encore capables de pratiquer cette liturgie chorale et gymnique. Ils s'acharnent, renversant leur corps en cadence, la plupart égrenant, du bout de leurs doigts momifiés, des chapelets à gros grains. Pourtant ces rogatons humains, malandrins usés, ont pris, rien que du fait de leur déchéance physique, un aspect d'ascètes tout proches de leur réalisation finale, c'est-à-dire de leur accomplissement dans le nirvâna. Tant que ces « ancêtres » gigotent et émettent des sons, ils sont utiles au couvent, qui continue à les nourrir pour les exhiber au public comme des modèles de sainteté. Si ces décombres s'agitent tellement, c'est qu'ils savent que le jour où ils ne seront plus bons à rien leurs « frères » plus jeunes décideront de les laisser rejoindre le néant béni par inanition. Derrière ces branlotants sont placés les maîtres tout-puissants du monastère, quelques religieux de la cinquantaine ou de la soixantaine, ceux qui ont été les plus malins, les plus retors, les plus forts, au cours de leur carrière sacrée. Des loups... Mais, à voir, les meilleurs hommes du monde, fleurant la force de l'âge, corrigeant leur trop bonne santé et leur trop-plein de graisse par une chape sacerdotale, la gravité suprême sur leurs faces rondes. D'ordinaire, la lenteur de leurs gestes et la rareté de leurs mots, chaque mouvement et chaque phrase arrachés d'eux, qui se consacrent à la méditation des grandes vérités, a son prix. Que de fois je les ai vus faire leur petit commerce ! Mais aujourd'hui, ils s'escriment pour ce saint office qui nous est offert. Plus loin, des jeunes, tonsurés, brûlés, en robe, encore maigres, aigus comme des couteaux, dévorés d'ambition, prêts à tout. Plus loin encore, d'autres plus jeunes et enfin les bonzillons, charmants enfants aux yeux en amande, qui servent à tous les besoins et aux besoins de tous. Car, dans ce temple, les moines ont le soin de s'abstenir de femmes, par peur des commérages et des rumeurs nuisibles à leur réputation, donc à leur prospérité. Pour eux, la convoitise des convoitises, c'est l'argent bien plus que la chair. Les bonzillons suffisent...

« Au bout d'une demi-heure, quand les messieurs et les dames donnent des signes d'impatience, c'est, d'un seul coup, la fermeture des lèvres, l'arrêt des reptations, le tête-à-tête avec le Bouddha indifférent. Les bonzes se sont retirés en cortège, glissant vers les intérieurs du sanctuaire avec un hiératisme presque aérien. Soudain, au milieu de l'obscurité des encens, un ventre se concrétise devant nous — un bidon surmonté d'une tête sirupeuse. C'est le Supérieur du très renommé monastère lui-même. Avec une onction tortillarde, une humilité confite, mais un fond de rouerie et d'amusement, il nous murmure : « Que monsieur le gouverneur général veuille bien nous excuser. Mais, quand Son Excellence a daigné pénétrer dans ce lieu si modeste, bon pour le bas peuple écrasé par la Roue de la vie qui vient chercher quelque espérance, nous avons été, mes frères en pénitence et moi, écrasés par l'extraordinaire honneur qu'il nous faisait. Que le gouverneur nous pardonne d'en avoir rendu grâces à Bouddha et même d'avoir prié pour lui, avec nos formules les plus efficaces. Qu'il daigne nous absoudre de notre témérité, lui un homme si connu pour sa perfection qu'il n'a pas besoin de nos méprisables supplications envers le Seigneur Bouddha, d'autant plus qu'il est déjà le Bien-Aimé du Seigneur Jésus. Mais nous avons pensé qu'il vaut mieux, quand une créature humaine est chargée de grandes responsabilités, qu'elle ait tous les dieux avec elle. Telle a été notre intention... » Tout en disant cela avec un visage confit dans le baume de la gravité, les ondes de graisse vibrent sur son crâne obscène comme sur une tête de veau servie chaud et sans persil. Il se fout de nous, le prélat du renoncement, il nous prend pour des poires, avec tous les taëls qu'il a déjà palpés. Mais le gouverneur, après que je lui ai traduit ce pieux message, ne sait que bredouiller d'émotion : « C'est vrai, il y a du bon dans toutes les religions. Dites-lui que je suis reconnaissant, que je me sens déjà beaucoup mieux depuis ses invocations à Bouddha... » Gloussements de madame la gouverneur : « Dis, mon gouverneur béatifié, tu attiges. Tu oublies pas un peu que tu es franc-mac, avec le triangle, le tablier de cuir et tout. Faut pas croire que j'ai fait le pied de grue depuis une demi-heure à voir ces momeries, j'ai enlevé mes chaussures, tout cela pour des nèfles. On n'a pas fait de prières pour moi ! Enfin, consul, demandez-lui donc, à ce vieux corniaud, s'il est capable de me faire voir l'appartement où nous habiterons à Paris, mon mari et moi, quand nous en aurons fini avec la Chine, l'Indochine, l'Asie, tous ces pays de bougnouls, de cuistres, de prétentieux... » A ma question, le Supérieur répond en hochant du chef avec une douceur affirmative, comme si c'était la chose la plus simple du monde.

« Nous nous enfonçons à la suite du saint homme dans le monastère, à travers des salles glauques. Centaines, milliers de Bouddhas, tout un peuple divin qui trône, qui domine, qui apaise, qui épouvante. Quelques-uns debout, la plupart assis, dorés, cuivrés, patinés, sur des socles ou des autels. Ceux qui sont dans l'extase de la méditation et ceux qui sont avant tout un ventre, ventre promontoire, ventre monstrueux, ventre parlant, ventre rigolard, entassement de tripes prospères qui se termine par le nombril comme un œil complice. A côté du glacé de la sublimité, la paillardise de la bonne vie. Et puis, tout autour, les armées de sous-Bouddhas, de déesses sages ou bénéfiques, de Kouan Yin de la fécondité, de bodhisattva auréolés et reposant sur des lotus, de saints vieillards courbés s'appuyant sur leur bâton dans la quête de la vérité. Il y a aussi les créatures lubriques, les divinités aux formes de volupté, qui enlacent de leurs seins nus, de leurs jambes grimpantes et de leurs yeux purs. Parfois elles copulent avec des monstres effrayants, aux rangées de têtes bestiales et aux mille bras, qui les soulèvent de leur sexe ou les écrasent de leurs corps. Parfois des dieux noirs, une femme collée à eux ou pas, dansent au milieu des ossements, foulant de leurs pieds innombrables leurs victimes, tenant dans leurs mains également innombrables des débris dégoûtants, des chairs déchirées, des serpents, des flammes. C'est le pandémonium où tout est mêlé, la nature divine, la nature humaine, la nature animale, la nature démoniaque. C'est le ballet de la vie.

« Dans une pièce, je vois au-dessus de moi des yeux. Racornis, purulents, mais qui appartiennent à des hommes. Est-ce un phénomème de lévitation ? Autour des yeux presque refermés, lointains, je distingue de la matière, de la peau croupissante et vieille, inerte, qui renferme des os, un squelette, un peu de chair : des corps gisent au-dessus de nous, suspendus en l'air. Le gouverneur général est interloqué, et il se frotte les yeux comme pour en chasser cette vision si peu conforme à la Raison, à la Science et aux Droits de l'Homme. Mais son épouse, elle, m'agrippe furieusement avec la vigueur de la peur, se collant à moi et hurlant comme une bête. Je la rassure, ainsi que toute la compagnie, en expliquant qu'il s'agit seulement d'ermites enfermés dans des cages de bambou à claire-voie, lesquelles pendent au bout de cordes attachées aux poutres du plafond. Pratique assez courante dans les bons monastères. J'avoue que des ascètes de ce genre sont quand même assez répugnants, tellement ils sont décharnés et rabougris. Ceux-là sont nus à l'exception d'un petit bout de toile autour des reins, ne semblant aucunement souffrir, ne voulant même pas s'apercevoir de notre présence. Le Supérieur me les désigne avec une satisfaction béate et orgueilleuse : « Ce sont deux de mes moines qui sont en train d'acquérir beaucoup de mérites pour notre couvent. Nos pénitences ordinaires ne leur suffisaient pas. Pour sortir plus vite des illusions et des apparences de la vie, ils ont choisi d'atrophier, d'annihiler leurs enveloppes charnelles en les mettant dans ces boîtes — ils n'en sortiront qu'après leur Réalisation, quand ils seront libérés par la mort : leur but, leur espoir, leur récompense, surtout si elle les mène au grand nirvâna, celui d'où l'on ne renaît jamais. Dans l'attente de ce trépas, ils sont heureux, dégagés des réalités sordides, insensibles aux sens, à la douleur, n'ayant plus besoin de parler, de manger, n'avalant plus aucune substance, sauf un peu d'air, et aussi un peu d'eau qu'on leur apporte une fois par mois. Ils sont au-delà de la prière, au sein de la grande méditation, sans jamais bouger un cil ou un doigt. Ils peuvent rester dans cet état durant des années, objets de vénération des foules qui accourent pour les voir et qu'ils ne voient même pas. » Le Supérieur est évidemment ravi de ses moribonds. La gouverneur, cette fois, n'est plus la petite dame à qui on ne la fait pas. Elle marche en plein dans le numéro, au point d'avoir pitié jusque dans ses intestins pour les deux encagés à sale gueule : « Quoi, s'exclame-t-elle d'une voix chavirée, ces mecs, ils ne bouffent jamais, pas la plus petite graine ? Et ils ne crèvent pas ? Moi, si je manque un repas... » Mais j'arrête ses bonnes pensées avec un rien de vanité, en homme qui sait : « Ce n'est pas la peine, madame. Je suis sûr que, quand il n'y a pas de pèlerins à l'entour, notre excellent Supérieur leur fait refiler un peu de riz, pas trop, pour qu'ils restent bien maigres, bien à point pour émouvoir la pitié des fidèles et leur faire ouvrir les cordons de la bourse. C'est là tout le but de l'opération. Ces pauvres saints, ils rapportent, il faut donc les prolonger, mais pas trop. Remarquez que ces saints, à ce régime, ils finissent quand même par expirer pour de bon, un jour. Le monastère organise alors autour de leurs dépouilles, quelques kilos pieusement retirés des boîtes à faire mourir, des cérémonies somptueuses, qui attirent des masses de peuple — du bon peuple qui casque. C'est même dans la situation de cadavres que les ascètes font rentrer le plus d'argent. Ensuite, les finances du couvent exigent qu'ils soient rapidement remplacés. Le Supérieur, parmi ses moines qui se débattent comme de beaux diables pour échapper à ce sort glorieux mais peu enviable, en désigne d'autres, pour leur succéder. Il les choisit parmi les religieux qui ont encouru sa disgrâce : les malins qui ont essayé de le filouter ou, au contraire, les maladroits qui ne savent pas tondre le client. Ça en fait des intrigues, cette sélection. Les élus, une fois bien assommés à coups de bâton, bien drogués et affamés, font dans leurs cages de très bons saints. — Mais c'est horrible, gémit la gouverneur qui tourne presque de l'œil. Partons avant que je vomisse. Et pourtant je ne suis pas une femme à dégueuler comme ça... Dire qu'à vos bonzes je leur trouvais presque l'aspect de bons curés ! » Je suis bien décidé à ne pas tenir pour quitte la pimbêche qui se moquait de moi et de ma bonzerie : « C'est la Chine, madame. Tenez, à propos de ces excellents moines, ils ont dans leur sac un tour encore plus fort : le saint suicide par le feu, la grande ressource quand cela va mal, que les sapèques se tarissent. Lorsque la foi du peuple tiédit trop, ces religieux la réchauffent, une fois par an à peu près, grâce à un bûcher où un saint homme se fait griller tout vif. Par toute la contrée, le Supérieur fait annoncer qu'un de ses moines, particulièrement pressé de rejoindre le nirvâna, se fera consumer par les flammes dans la grande salle du monastère. Au jour dit, les foules accourent, femmes et enfants compris. Tous les bonzes, accroupis en corps constitué devant le grand Bouddha, prient. Aux pieds de la statue sacrée, un homme, une couronne sur la tête, trône sur un tas de grosses bûches bien rangées. Il se tient dans la position même du Seigneur, les jambes repliées sous lui, le buste droit et la tête haute, bien vivant, les yeux ouverts, calme, reposé, serein, superbe dans sa robe jaune, vénérable avec sa tonsure. Il est dans l'état de l'indifférence suprême. Les trompettes consacrées du temple résonnent — le moment est venu. Quand le feu est mis au bois, qu'il monte, grimpe, escalade, qu'il devient une masse dentelée, un cœur écarlate, une conque qui l'enserre, le saint reste dans son détachement, sans qu'un stigmate altère sa physionomie. Comme s'il ne ressentait rien... Et pourtant déjà l'odeur de la chair calcinée, âpre, molle et acide à la fois, remplit les narines, les oreilles et la bouche. La dernière fois que ça s'est passé j'étais là, venu pour un bon petit pique-nique entre Français. J'ai vu l'individu, atteint par le brasier, tout juste léché d'abord, puis assailli par les pieds, attaqué membre après membre, le corps comme un tison, la tête au-dessus soudain prise, devenue un jet rouge, les yeux éclatant, les chairs fondant, tout disparaissant dans la flambée. Une fois la combustion achevée, j'ai vu monter de lourdes volutes noirâtres au-dessus du bûcher périssant : une couche de tisons de moins en moins ardents, virant de l'ocre au brun. Et alors le saint dévoré par l'incandescence est réapparu, couché sur la braise, à l'état d'un squelette souillé et friable, déjà défait, le crâne ayant roulé de son côté, les tibias, les côtes, les omoplates comme de petites choses ridicules. Un moins, muni d'un pieu en fer, a frappé la boîte crânienne pour la faire éclater. Encore quelques minutes de cuisson, et ce qui restait d'os s'est dissous. Alors, les bonzes prosternés ont entamé le cantique de la grande glorification. La foule s'est ruée sur les cendres encore ardentes pour s'en maculer le visage. Mais le Supérieur, ayant ordonné à cette plèbe de reculer, a fait recueillir tous les débris dans une urne. Puis deux religieux, puisant par poignées dans ce vase funéraire, ont jeté les reliques en poudre sur les fidèles. J'étais intrigué. Je me demandais comment les bonzes avaient préparé le saint aussi parfaitement pour son rôle. Notre toubib, celui qui nous accompagne aujourd'hui, avait quelques « tuyaux » qu'il m'a communiqués. C'est, paraît-il, une recette bien connue dans les bons monastères. On prépare le supplicié en lui faisant ingurgiter une potion à base d'opium et d'herbes toutes-puissantes venues des Indes, qui le met dans un état second, une sorte d'hypnose, supprimant en lui la sensation et lui assurant un aspect de tranquillité exorbitée. Pour plus de sûreté, on lui casse le tronc, les bras et les jambes, sans le faire mourir. Et puis on consolide l'homme fracassé dans un emmaillotage serré de morceaux de bambou cachés sous sa robe, qui le maintiennent dans la position voulue, celle du Bouddha. Et même, pour que le sacrifié garde la tête bien droite, on lui incise la peau derrière le cou, pour y insérer une tige. Après ces préparatifs minutieux, il ne reste plus qu'à installer l'homme sur son bûcher. L'illusion du libre consentement est parfaite... »

« Cette fois je suis allé trop loin. Quand je ferme les lèvres, le gouverneur général a une mine dégoûtée, toute sa suite est maussade. A force de vouloir vendre ma marchandise, j'ai complètement déprécié mes bonzes auprès de ces messieurs. Ils voulaient du mystère oriental, de la magie, du surnaturel, et je ne leur ai livré que de dégoûtants truquages. La déception est générale, la petite gouverneur, bien revenue de ses transes, plus que jamais les pieds sur terre et marquée au coin du bon sens, me jette à la figure : « Monsieur le consul, vous vous moquez de moi. Car enfin, comment vais-je croire aux prédictions de vos bonzes, maintenant que je sais que ce ne sont que des charlatans ?... C'est une escroquerie, votre affaire. Vous m'avez attirée pour des prunes dans cet endroit infect. »

« C'est alors que mon épouse s'est mise de la

partie. D'habitude Anne Marie, grande et mince, le port souple, ressemble à un lis un peu penché en arrière dans sa sveltesse droite, à cause du poids de son chignon. Elle parle à la manière angevine, d'une voix un peu traînante, très douce, très articulée. Cette suavité, qui coule comme un ruisseau, est souvent redoutable. Les rares phrases toutes simples qu'elle prononce dans une conversation portent plus que mes laïus, mes mots d'esprit. Je connais cette curieuse puissance qui émane d'elle, malgré elle. Quand Anne Marie se laisse aller à parler longuement elle emploie une langue particulièrement aisée, poétique, prenante, imagée, qui envoûte. On ne sait jamais ce qu'elle pense vraiment mais j'ai tort de m'inquiéter car Anne Marie, en public, est parfaite — elle garde ses vannes pour notre intimité. A sa façon elle est toujours là pour me porter secours si c'est nécessaire. De plus elle raconte vraiment très bien quand elle le veut :

« Albert, dit-elle, à force de déjouer les Chinois, est devenu trop systématique à les concevoir, à les représenter comme des fourbes absolus. Ils ne sont pas aussi simples, même dans leurs complications. Tenez, ce drame du bonze brûlé est bien plus étrange qu'il ne l'a décrit. Cela se passait il y a un an exactement au cours de la grande famine. Le soleil brûlait le ciel, le ciel brûlait la terre qui était comme une peau d'orange desséchée, craquelée, compacte, tournée au brun, avec rien d'autre que de la poussière. Dans les campagnes, les gens mouraient, après avoir vainement erré à la recherche d'écorces ou d'herbes. La ville de Tcheng Tu avait fermé ses portes, pour ne pas être envahie par les masses d'affamés, pourtant trop faibles pour être méchants. Dans la cité, il y avait des réserves de grains. Les Seigneurs de la guerre mangeaient sans remords puisqu'ils étaient les protecteurs du peuple. Les soldats mangeaient puisqu'ils étaient les défenseurs du peuple. Les riches mangeaient puisqu'ils avaient de l'or et étaient les pères du peuple. Au consulat, j'avais ordonné qu'on se contentât de nos boîtes de conserve, ce qui parut indigne à nos serviteurs. Evidemment, en ville, il y avait dans les rues plus de cadavres que d'habitude, mais ils pesaient si peu, ils étaient secs, sains, alors que, dans les inondations, c'est dégoûtant, avec tous ces germes, ces eaux, ces ventres gonflés. Naturellement, les religieux étaient en plein travail pour appeler les pluies. Les bonzes dans leurs pagodes se faisaient aider par les moulins à prières. Les chrétiens s'adonnaient aux processions, avec le Christ décharné porté en tête, une sorte d'affamé lui aussi... Mais chaque jour, le soleil était plus rouge, le ciel plus bleu, impitoyable, la terre plus nue. C'est alors que, dans le peuple de Tcheng Tu, s'est propagée une source d'espoir : dans ce monastère prestigieux, celui des grandes œuvres qui ne ratent jamais, un saint allait se faire brûler, pour que le feu où il se consumerait éteigne le feu du ciel. Miracle garanti. Au jour dit, des milliers de croyants se sont glissés hors de la cité close, pour être les témoins de l'événement sacré et salvateur. Et nous aussi, Albert et moi, plus les médecins, en somme tout le petit groupe français, nous avons été pris de curiosité, et, sous le prétexte d'un pique-nique, nous sommes partis pour le temple. Nous avons cheminé à travers la campagne pelée. Nous allions parmi la contrée de la mort où, au milieu du torchis des huttes vides et sur le sol dur, gisaient isolément ou par groupes des sortes de petits bâtons vautrés, qui étaient les corps des morts, ratatinés, pas méchants, des squelettes bien nettoyés. Des vautours plongeaient pour faire le nettoyage. Les gens misérables, venus on ne sait d'où, de partout, qui allaient comme nous vers le saint sacrifice n'étaient pas mauvais non plus. Résignés. Pourquoi les foules en Chine, au sein des catastrophes, sont-elles parfois douces et dociles, d'autres fois affolées ou furieuses ? On ne sait... Ces haillons de gens se traînaient vers le monastère, une impression d'os en mouvement, une impression d'arêtes, de forêts d'arêtes. Ils ne mendiaient pas, ils ne parlaient pas, ils utilisaient leurs forces à avancer. Après en avoir dépassé des tas, nous sommes arrivés sans encombre au bord de notre petit lac, où M. Pou avait préparé pour nous un repas dans les formes. Là quand même, à l'endroit du pique-nique, nous avons été entourés par un anneau de foule, des gosses surtout. M. Pou a chassé ces importuns par une admonestation sévère : « Vous n'avez pas honte de déranger ces seigneurs honorables amis de la Chine, vous, vermisseaux, fils de chiennes depuis dix générations ? » Ils ont déguerpi sans aucun murmure. Moi, devant ces ventres creux, je n'ai pas voulu toucher à la nourriture. M. Pou, saisi par l'indignation et avec une audace étonnante, justifiée seulement par le sentiment du bon droit, s'est permis de me faire observer que je perdais la face par cette abstinence, car, du fait de mon importance, mon devoir aurait justement consisté à manger à satiété quand la lie de la société ne mangeait pas et mourait. Une musique venue de la pagode annonçait que le sacrifice propiatoire allait commencer. Je n'ai pas eu le courage de m'y rendre. Mais Albert, après avoir ingurgité un sandwich, y est allé avec le toubib. Une heure après, il était de retour, tout guilleret de ce qu'il avait vu et il m'a déclaré : « Ils peuvent attendre longtemps, ces imbéciles de manants. » Il m'a expliqué toute l'affaire comme à vous tout à l'heure. Un coup monté, paraît-il. C'est probablement vrai. Mais, à peine Albert en avait-il terminé avec ses données techniques et ses considérations sur la tricherie des bonzes que nous avons été enveloppés de nuées descendant des sommets pour s'enfoncer dans les creux et les dépressions. Au milieu de l'après-midi, nous avons été plongés dans une nuit humide, spongieuse, pleine de souffles effrayants, une obscurité pesante illuminée d'orages, si rougeâtre que l'on aurait cru que toute la nature s'était transformée en un bûcher où les éclairs remplaçaient les flammes. Nous étions comme aveuglés par un mur de foudre, un écheveau de feu qui descendait des ténèbres avec un bruit effrayant. Et puis ce fut l'énorme pluie. M. Pou et ses dignes acolytes nous prévinrent de plier bagage et de décamper à toute allure, car des torrents furieux allaient surgir des flancs du massif, risquant de nous entraîner dans le lac si pur qui s'était mis à grossir et à se contorsionner furieusement. Les roulements du tonnerre, les grondements des rafales, les claquements des vagues, la coulée des eaux, c'était la fin du monde. On n'y voyait guère. Pourtant nous nous sommes mis en route. Piteusement, presque à tâtons, nous avons grimpé vers les hauteurs dans la crainte d'un éboulement qui nous ensevelirait. Les chevaux avaient peur, ils ruaient, et il fallait que les mafous les tiennent de toute leur force pour qu'ils ne s'échappent pas. Du reste, Albert et moi avions mis pied à terre. Enfin nous sommes arrivés sur le plateau plat et nu — là, plus de danger d'être emportés par un glissement de terrain ou la ruée d'un torrent, mais nous étions livrés à la violence des éléments, le vent, la pluie, la foudre. Nous marchions dans les nuages qui nous enserraient comme des vêtements mous, des draps trempés. Nous avons avancé quand même, jusqu'à ce que nous soyons arrêtés par le ravin abrupt sur lequel est jeté le pont de lianes. Le gouffre était gavé presque jusqu'à ras bord d'une crue prodigieuse, pleine de la mousse baveuse des tourbillons. De partout, entre les lèvres minces de la fissure tombaient, coulaient, dégringolaient mille cascades et ruisselets, un déferlement liquide. Le pont, lui, en dépit de ses amarres sur chaque rive, semblait voler dans les airs, en craquant lugubrement de toutes ses fibres. M. Pou, la physionomie grave, après une docte consultation avec les principaux boys et mafous, vint nous déclarer qu'il fallait le franchir tout de suite, avant qu'il ne se rompe d'un coup ou ne soit emporté, ce qui pouvait arriver d'un instant à l'autre. Qu'on attende, qu'il soit détruit, et on resterait comme des naufragés sur le mauvais bord. Suivant l'avis impératif de M. Pou, nous traversâmes la peur au ventre, en ayant l'impression de flotter sur un esquif fou, cahotant sur le vide comme sur des lames d'eau, de vent, on ne sait, et soulevés à chaque pas par les forces prodigieuses de la nature cherchant à nous arracher de notre frêle arche qui, au lieu de former un creux en son milieu, se soulevait comme un cerf-volant. On passa car, en Chine, dans certaines occasions, il n'y a pas d'autre issue que la bravoure. Et nous avons eu raison d'obéir à M. Pou, car, à peine une demi-heure après, le pont cassa net, déversant dans la noyade une centaine de gueux, qui étaient venus assister au saint sacrifice du bonze afin d'obtenir la pluie salvatrice. Seulement ils avaient été trop bien servis. C'est la raison pour laquelle je crois que les moines de ce couvent, truqueurs ou pas, ont quand même des pouvoirs particuliers très extraordinaires, au moins en ce qui concerne la météorologie. En fait, je les redoute, je suis persuadée qu'ils ont des dons étranges, bénéfiques ou maléfiques, qu'ils soient naturels ou surnaturels, scientifiques ou magiques... »

« Quand Anne Marie se tait enfin, toute la société présente est manifestement épatée, préférant son sens du mystère rocambolesque à mon scepticisme trop réaliste. Aussi, pour rattraper l'attention, j'émets quelques considérations d'ordre supérieur et même philosophiques : « Ces Célestes sont de drôles d'animaux. Avec eux, on ne sait jamais. Rien de plus difficile que de démêler chez eux la turpitude de la mystique car ils sont aussi capables des sentiments les plus nobles et les plus exaltés. En apparence, chez ces Jaunes, les phénomènes du bien et du mal, toujours extrêmes, présentent des traits rigoureusement identiques, comme entre frères jumeaux. Ce n'est donc pas impossible que ces bonzes, connus comme des compères dégoûtants, aient aussi certaines odeurs de sainteté et un savoir-faire magique et même métaphysique. Du reste, ne vous ai-je pas déjà longuement vanté leur art de la divination ? Tout est possible, même que le bonze calciné ait été un volontaire et que son sacrifice ait ému le ciel, qui s'est aussitôt mis à arroser la terre... Mais je ne le crois pas, même si je ne comprends pas. » A peine ai-je achevé, par ces paroles, de battre en retraite que je suis salué par une fusée de rires, un gloussement de dinde, un concerto de piaillements. C'est madame la gouverneur général qui, les yeux allumés comme des phares, le nez en tire-bouchon pour mieux fouiner, me crie à tire-larigot : « Eh, monsieur le consul, en tout cas vos bonzes sont de fameux cochons. »

« C'est que nous venons de pénétrer dans la galerie de l'Enfer, dans la foire des tortures violemment peinturlurées sur les murs d'une salle. C'est si réaliste que le gouverneur général gémit : « Je ne veux pas voir cela, cela va me donner mal au foie. » Son épouse est complètement indifférente, de glace, en ce qui concerne la grande majorité des supplices, tous ces désossages, ces écartèlements, ces rôtissages, ces découpages, ces ébouillantages, ces décortiçages, ces empalements et perforations diverses, au crochet, au fer rouge. Elle est insensible aux groupes enchevêtrés de mâles et de femelles, à la nudité tragique et minable qui, dans leur état de choses abjectes, sont comme larvaires, de gauches boursouflures ou de piteux gnomes sans chair, ayant pourtant entièrement gardée, poussée à l'extrême même, la capacité humaine de souffrir, la dernière grandeur, une dérision. Le gouverneur est tout flegme devant ces masses de corps enchevêtrés dans les poses grotesques où on les tourmente, la plupart n'étant même plus entiers, n'offrant à la vue que ce qui en reste, une portion comme un tronc, une tête, une fesse, une paire de jambes, le reste ayant disparu sous les couteaux, dans les flammes, dans des chaudières à cuire ou à fricasser, ou dans les méandres et les gueules de toutes sortes de monstres à écailles, à ailes, à nageoires, à crêtes, à crocs, à dards, immenses ou minuscules : hydres terribles et magnifiques crachant le feu, oiseaux sinistres arrachant les intestins de leurs becs et de leurs serres, et surtout des créatures infâmes sorties de la nuit, reptiles, vampires, rats, insectes qui gobent, sucent, piquent, déchirent tout ce qui est à leur portée. Madame, si froide par ailleurs, est follement excitée, mais par un seul panneau. Celui où est châtiée la luxure. Car les damnés sont rangés par catégories, selon la nature de leurs fautes. Mais, si les punitions de l'orgueil ou de l'avarice ne l'intéressent pas, elle est comme dingue devant la représentation des expiations infligées aux voluptueux — car, ce qui est surtout exhibé, ce sont les organes coupables, ceux du sexe, en des martyres démentiellement obscènes. C'est ainsi que, le souffle coupé, elle arrive enfin à siffler : « Ces trucs-là, c'est formidable. » Elle est incrustée devant des formes incongrues, qui semblent jaillir des profondeurs d'une mer ou d'une jungle : des cavités pareilles à des huîtres ouvertes, des jaillissements comme des troncs, tout cela en proie à des grouillements informes, obscurs qui les dévorent. Ce magma paraît d'abord appartenir à l'ordre végétal ou minéral, polypes, éponges, algues, récifs coralliens, mais c'est de la chair érotique, souillée, mutilée, en train d'être déchiquetée par une faune et une flore de cauchemar. Il s'agit de vagins et de phallus en masse, précis, rattachés à des bouts de femmes ou d'hommes, pourtant difficiles à reconnaître tellement les ouvertures et les proéminences sont habitées, encombrées par un monde de bourreaux. Fentes femelles béantes où des arbres aux fleurs vénéneuses, aux épines acérées poussent leurs racines à l'intérieur. Ces fentes sont les antres d'amas de serpents enlacés, sortant leurs têtes pour mordre tout autour ou, au contraire, s'enfonçant dans les entrailles, ne montrant audehors que leur queue. Ces fentes sont aussi des nids d'où s'envolent des bestioles maudites, les essaims entiers des mouches noires de la peste.

Fentes qui sont tannées pour servir de bassines à l'huile bouillante, au plomb fondu, fentes qui sont des brasiers où l'on rougit les pinces qui arrachent les mamelles, la peau, les yeux de la femme-réservoir et des autres femmes. Fentes étendues à tout le corps, en des incisions faites à la griffe ou au coutelas, sillons desquels de mauvais génies à gueules d'animaux extirpent tous les organes, à commencer par le cœur et le foie, pour s'en délecter en de sauvages festins. Fentes des femmes où des diables, des bêtes, des monstres piétinent, dans un concert de pattes, de membranes, de becs, virevoltent au-dessus, enfoncent des dards énormes, certains comme des épieux qui font tout éclater, certains comme des épées qui coupent, certains comme des massues qui, hérissées de bourrelets en forme de pointes, de saillants, de clous, arrachent tout le ventre, certains comme un assemblage de lanières fouettant au-dedans jusqu'à ce qu'il n'y ait plus qu'une purée sanglante. Fentes où les dieux infernaux aux cent bras plongent leurs cent membres, membres de feu, membres empoisonnés déversant des semences qui corrodent, qui brûlent, qui font des trous traversant le corps. Fentes pénétrées de toutes les façons, par des besogneuses et terribles fourmis, par des chiens géants qui sont le symbole de la honte et de l'infamie, par des tigres et des dragons qui copulent en se servant d'engins chevelus et fantastiques qui font mourir. Fentes-pourrissoirs, fentes-cimetières où des squelettes en vie mettent des os morts, des charognes pestilentielles pleines de voix maudites qui hurlent, pleines aussi de germes, de purulences qui contaminent toute la chair, la boursouflant de plaies comme des bouches coulantes, la faisant s'épanouir en cratères multicolores, les couleurs d'un arc-en-ciel putréfié, l'enflant en décombres qui s'effilochent dans des flots de pus. Fentes ordinaires sur lesquelles les fonctionnaires subalternes de l'Enfer, de petits employés assidus aux minuscules têtes d'épingles indifférentes, se livrent comme des automates aux travaux de routine : les compresser entre des grils, comme de simples morceaux de viandes aplaties, y enfourner des produits divers, l'épicerie de la punition, charbons ardents, crapauds visqueux, faux et lames, parfois ajustées en machineries ingénieuses à taillader en dedans, en forme de nœuds métalliques coupant de tout côté, qui sont l'imitation satanique des nœuds humains pour lesquels les pécheresses ont eu jadis trop de goût. Que de phallus de fer introduits comme des phallus réels, à l'imitation de tous les modèles possibles mais devenus instruments de la vengeance, les uns comme des queues de vieillards libidineux qui ont payé pour des faveurs, se présentant comme des burettes qui répandent de l'or incandescent, les autres comme les érections phénoménales d'amants aimés, mais de la grosseur d'une poutre et de la température de la géhenne. Autour de ces chibres, les femmes, le haut du corps ayant disparu, sont réduites à des écartèlements de jambes, projetées dans les postures qui pourraient être produites par le plaisir, mais qui sont celles de la souffrance. Quand le sujet reste assez entier, c'est pour pouvoir l'empaler par tous les trous, les tiges enfoncées par dizaines font une pelote d'épingles du corps. Il n'y a pas de corruption qui ne soit prévue et traitée en conséquence. La créature de rêve, princesse ou courtisane, qui se maniait elle-même de ses doigts délicats est désormais rabotée par un ongle de fer. La sodomiste est percée par un vilebrequin. Il y a même l'accouchée dont le fruit, celui de l'adultère ou de l'inceste, est cueilli par un trident et jeté dans une marmite où des diablotins font de la soupe avec des abats humains. Tout est inexorablement puni. Parfois le couple délictueux est obligé de poursuivre un éternel coït, les organes écorchés vifs par l'usure étant devenus sang et feu. Si les coupables sont nombreux, ils sont tous, hommes comme femmes, enfilés en brochette sur quelque filament, cordée gigotante semblable à celle que font les paysans chinois pour amener au marché des petits poissons ou des oisillons. Parfois, au lieu d'un filin, le ligament qui transperce les misérables est constitué par quelque bête reptilienne, un dragon au corps filiforme et froid. Tout autour des papillons noirs, serviteurs de l'hydre, les épluchent, leur mangeant les yeux ou les sexes. Il y a aussi une sorte de ténia translucide, dont l'écorce blanchâtre est piquetée d'un millier de pointes dures, dents ou phallus, où sont accrochés une masse d'hommes et de femmes en train de périr dévorés ou copulés, on ne sait. Ce ver énorme se déplace avec sa cargaison qui, sur ses anneaux sans formes ni couleurs, semble constituée de vibrions pris aux innombrables hameçons qui sont autant de bouches suceuses ou de verges dévorantes, les deux à la fois sans doute. En général, autant les vagins sont ouverts, béants, évidés pour être remplis de choses et d'êtres affreux, autant, avec la même frénésie, les verges des hommes sont concassées, détruites, anéanties, d'ailleurs au moyen des mêmes objets et des mêmes créatures. La gouverneur, cela la fait rugir de joie, cette castration universelle, ces phallus, en érection ou pas, qui saillent encore des corps mutilés pour être eux-mêmes exterminés. L'abattage de la virilité... On en fait de la charpie de ce suprême orgueil qui jaillit encore, avec tous ses attributs, d'entre les cuisses des hommes-troncs, des hommes-moignons en proie aux puissances des ténèbres. Sur le champ des tortures, la moisson des bites, la grande récolte — il y en a de tous les calibres, de tous les aspects, les vieux, les moches, les ratatinés, déjà des bouts de peau, et les superbes qui s'élèvent au ciel. L'armée des démons, de ces auxiliaires, de ces entités monstrueuses qui hantent l'âme des Chinois, est en plein équarrissage. Parfois, c'est le dématage brutal, la joie de faire, de quelques coups de dents ou de sabre, des eunuques mourant dans l'humiliation. La gouverneur glousse : « Voyez comme ce diablotin saucissonne cette queue, en la débitant en rondelles, comme chez le charcutier. » La superbe de l'acier qui tranche... Mais souvent aussi, c'est une exécution lente, savante, une vivisection mêlée à tout l'appareil des tourments, à tous les symboles du mal. Toujours le monde ailé et rampant qui, dans ses étirements, concurrence le sexe mâle et vient le détruire par déglutition et déchiquètement. Ainsi, dans le ventre évidé d'un homme, à la place des boyaux, est lové un cobra qui se dresse, pour se jeter sur le phallus, l'avaler, l'arracher. Acharnement à émasculer. Visions simples ou visions compliquées, comme celles de mâles empalés, l'épieu leur ressortant par la bouche déjà remplie d'une matière innommable, quelque fiente blanche, quelque ver immobile, quelque pus solidifié, pendant qu'en bas des chauves-souris tressent des lanières avec le membre déchiré en plusieurs segments. Madame la gouverneur général rit à gorge déployée, en commentant : « Elle est bien bonne, celle-là. Plus rien. Tous rasibus. Qu'est-ce que je connais comme types qui feraient la pâle gueule. Vous pensez. » Et la garce regarde les messieurs de l'entourage, moi compris, son mari pas, en continuant de rigoler avec un drôle d'air. Ces personnages, toujours les mannequins coloniaux de la dignité officielle, font semblant de ne pas remarquer du tout ce qui fait la joie de la gouverneur. Moi, me glissant près d'elle, je lui fais remarquer à mi-voix : « Alors vous n'aimez pas les hommes ? Vous les souhaitez hors d'état de nuire ? » Etranglement d'indignation de la dame : « Ah ! ça alors... Monsieur le consul, pour qui me prenez-vous ? Est-ce que j'ai la figure à ne pas apprécier la bonne marchandise ? Les hommes, les beaux, les bien baraqués, j'en ai toujours fait mes choux gras, j'ai vécu pour eux. Tenez, s'ils étaient tous coupés, je me ferais bonne sœur. Remarquez que si ça arrivait à quelques-uns de ces pète-sec qui flattent mon mari tout en me débinant, j'offrirais bien un cierge à la Vierge Marie ou même à Bouddha... Non, ce que je vois ici, dans votre Enfer, mon cher Albert, ça m'indigne, mais, je n'y peux rien, ça m'émoustille... » Elle pourrait être chinoise, la gouverneur de Paname, car, aux Célestes mâles et femelles, dans l'amour, il faut toujours pas mal de cruauté et d'artifices, pieds cassés et le reste. Et je me dis qu'ils sont rudement forts les bonzes qui, sous prétexte de dégoûter de la chair par l'étalage de ces supplices, mettent l'imagination en feu à leurs pèlerins. Ça doit rudement leur rapporter, à ces moines, cette damnation, qui inspire le désir, ce bordel où la jouissance se mêle d'atrocités, d'étrangetés, d'un délire cérébral.

« Pour les Chinois il n'y a pas que les supplices, il y a aussi les superstitions — les Célestes en sont dévorés. Que ne font-ils pas pour amadouer dieux et démons, pour leur commander des crimes ! Dans ce commerce avec les émanations mystérieuses et redoutables sorties des éthers, des atmosphères, des cieux, des gouffres, des paradis, des géhennes, des tombes, opère le peuple des mages, avec ses spécialistes, adonnés au bien, adonnés au mal, pratiquant tout. Bien que la concurrence soit grande dans ce domaine, les bonzes de mon couvent sont connus, comme je l'avais dit à madame la gouverneur, pour être de très bons spécialistes. Quelle usine à prédictions que ce temple ! Si c'est désert aujourd'hui à cause de nous, il y a d'habitude les mêmes foules et le même acharnement que dans les tripots, la voix monotone des moines disant l'avenir remplaçant les mélopées douces-acides des croupières clamant les numéros. Les bonzes ont donné à la divination l'aspect d'une loterie. Un client retire du corps d'un Bouddha de bois une fiche sacrée, chargée d'une inscription prophétique qu'un moine préposé lit : il se charge, si une calamité est annoncée, de la faire disparaître par une prière et moyennant un supplément de sapèques. Les religieux s'enrichissent surtout grâce au « tribunal de la vérité » où le plaignant assigne aux esprits et aux démons l'être qu'il abomine. Une simple offrande suffit pour cet assassinat pieusement garanti et, paraît-il, à l'effet immanquable.

« Mais pour des personnages de notre importance, et en raison de mon judicieux graissage de pattes, le Supérieur, toujours aussi saintement rubicond, a fait préparer le Grand Acte, celui de la magie suprême qui supprime l'écoulement du temps, matérialisant le Passé, le Présent et l'Avenir dans un moment illusoire où chacun de nous, s'il le veut, se verra dans sa vérité profonde, comme il a été, est ou sera, grâce aux tranches essentielles de sa vie tout à coup surgies devant lui. C'est effrayant, et ma curiosité est grande, car si à l'heure du camembert, à la fin de notre repas colonialiste, j'avais fait l'article pour ces prodiges orientaux à madame la gouverneur, je n'en avais jamais été le témoin auparavant, retenu sans doute par une peur que je ne m'avouais pas. Maintenant, devant l'imminence du mystère, mon intérêt est mêlé d'angoisse, mais je m'efforce de faire bonne contenance. Car il me faut absolument tenir en main notre cohorte, elle aussi pleine de malaise et de soupçons. Le gouverneur général, tout en trébuchant, jette autour de lui une haleine rauque et de gros regards furtifs, comme si on l'entraînait vers une sale aventure. Sans doute l'excellent homme se demande s'il est de sa dignité, lui le grand chef de l'Indochine, lui le proconsul, de participer à une pareille sorcellerie. Derrière lui, messieurs les administrateurs, tellement raides qu'ils semblent montés sur des tiges de fer, sont désapprobateurs, leurs dames aussi. Mais Anne Marie, la démarche glissante et la tête oscillante, a toute sa sérénité de déesse blanche des tropiques, et surtout la gouverneur pointe en avant son petit nez en vrille et ses yeux de furet, tout à fait décidée, tout à fait allumée. Elle veut absolument savoir, mais quoi ? La commère fonce donc, même lorsque l'huileux Supérieur, tenant dans sa main un flambeau, nous entraîne dans un trou sombre, mi-boyau mi-escalier, qui descend dans les profondeurs, en dessous de la pagode. Nous sommes dans des catacombes, où se succèdent des étranglements et des cavités taillées dans la terre nue. Un labyrinthe, un univers secret, défendu et menaçant. Nous nous enfonçons toujours dans l'étouffement, un froid humide qui s'abat, des suintements sur les parois et les voûtes, une odeur asphyxiante, celle de la mort, de la pourriture. Les lueurs vacillantes jetées par la torche du Supérieur sur des recoins de ténèbres et des murs se répandent plus largement, découvrant un grand caveau. Un charnier. Dans une fosse ouverte sont entassées des tonnes d'ossements sans chair, comme si le temps les avait nettoyés ou comme s'ils avaient été grattés au couteau avant d'être jetés là. On reconnaît des crânes, des squelettes entiers ou en morceaux, des tibias, des carcasses. Le Supérieur, avec suavité et onction, nous dit en agitant son brandon au-dessus de la lugubre excavation pour qu'on puisse mieux voir : « Nous déposons là les dépouilles de nos moines morts, de ceux qui ont atteint le nirvâna comme de ceux qui auront à revivre sur ce globe sous une forme ou sous une autre. Leurs restes, nous les jetons, depuis des siècles dans ce tas que nous appelons le tas de la Grande Humilité. Mais soyez sans aucune crainte, car d'eux n'émanent pas d'esprits de génies, de diables qui pourraient se jeter sur vous. Aucun danger, à cause de la sainteté de ces morts et de la puissance de nos exorcismes... » A l'entour, à même des niches entaillées dans les murs, sont déposées des urnes. Toujours avec ravissement, le Supérieur nous confie qu'elles contiennent les cendres de ses prédécesseurs, chefs vénérables qui se sont succédé au commandement de la pagode depuis sa fondation, il y a plus de mille ans. « Moi-même, j'ai fait préparer la mienne, où je serai bientôt un peu de poussière. Car je connais, comme cela a été le cas pour tous les Supérieurs de ce temple avant moi, le jour, l'heure et l'instant où je rejoindrai le Domaine des Fontaines Jaunes. Dans quelques mois, je serai libéré des illusions et des apparences. »

« Cinquante mètres au-delà de la salle mortuaire, nous débouchons dans une salle très grande, splendide. Celle de la divination — comme si, pour se livrer aux présages de la vie, il fallait être passé par la mort. En effet, dans la pièce, le Supérieur nous désigne un homme-oiseau, un religieux au corps d'échassier et à tête de faucon, les yeux jaunes, enfoncés, resserrés autour d'un nez aquilin comme un bec. On ne voit en l'individu que ses yeux encastrés dans un visage étroit, fuyant, très dur, dont le regard a une fixité phosphorescente. Le Supérieur, quand l'étrange personnage s'incline devant lui, nous le présente en ces termes très extraordinaires : « Ce moine a le pouvoir de voir dans les temps, car il est au-delà d'eux. Lui-même a été placé à plusieurs reprises, ces siècles derniers, sur le tas de l'Humilité. Chaque fois il a ressuscité avec un corps différent, plus proche d'un animal, à cause de son impureté. Mais, au cours de ces transmutations qui le menaient à toujours plus de bestialité, ne pouvant s'arracher à la matière, il a appris à en transpercer les secrets avec l'aide d'une force peut-être démoniaque, maîtresse de ce qui se défait et se refait dans le mal, de ce qui se décompose et se recompose dans la douleur. Ce religieux maléfique, nous l'avons enfermé ici, plus loin que la pièce funéraire qu'il souillait, le reposoir où nos pieux défunts s'efforcent de mériter le néant ou au moins de bonnes réincarnations. Il peut, grâce à ses protecteurs maudits, conjurer la roue des existences et se projeter dans le cycle des temps. Que celui de vous qui l'ose lui demande de lui faire vivre en cet instant ce qu'il a déjà vécu, vit ou vivra. Et cet audacieux verra. » En somme, nous voilà devant un défi et moi en plein pétrin. Je maudis en moi-même le Supérieur, soit qu'il nous fasse prendre des vessies pour des lanternes, soit que véritablement il nous livre à la magie noire. Car, malgré mon scepticisme d'Européen, je suis resté trop longtemps dans les confins du Tibet pour ne pas croire à leurs diableries et en avoir la trouille, tellement, dans ces régions, il y a d'histoires sinistres à ce sujet.

« Et cet officiant, est-ce vraiment un homme ou est-il mâtiné de rapace ? Je commence à me le demander, à voir ses pupilles de bête de proie, son cartilage nasal tout à fait comme un rostre, ses mains qui sont presque des serres. Je suis fou... Dans notre compagnie, tous les visages sont blêmes, et le gouverneur général sue à grosses gouttes en disant : « Mais c'est une farce, une mauvaise farce. » Cependant l'homme-faucon, en une sorte de hurlement, lance : « Qui veut se voir comme il a été, est ou sera ? » Je traduis le défi. Silence total, jusqu'à ce que, face au carnassier humain, notre petit volatile charmant, madame la gouverneur général crie en tapant du pied : « Moi. Moi. Moi. Je veux savoir. Je ne me dégonfle pas. Je vous en prie, mon cher consul, servez-moi d'interprète ! »

« Soudain, trois Bouddhas sortent de la pénombre, illuminés, comme éclairés à l'électricité. Quel est ce tour-là ? Car, il n'y a évidemment pas d'électricité ici. Les trois Bouddhas sont sur un rang, exactement semblables, de taille moyenne, accroupis, méditant, indifférents, des Bouddhas très classiques à cela près qu'ils sont noirs de suie et de haine et que, en fait de sièges, au lieu de fleurs de lotus, ils ont des têtes de mort. De plus, ils tiennent chacun dans leurs mains un plateau vertical, un panneau recouvert d'une lame d'argent travaillé, en fait c'est un miroir chinois antique, un réverbérateur d'images. A ce moment, l'homme-oiseau, s'approchant comme en vol plané de la perruche hérissée qu'est madame la gouverneur général, s'arrête devant elle, la contemplant d'un iris glacé et lui parlant d'une voix atone : « Ce sont là les dieux dont je suis le serviteur. A gauche, il y a le Bouddha du passé, qui vous révélera ce que vous avez été, car vous, pas plus qu'aucun être humain, ne savez ce que vous avez vraiment commis. Au centre, il y a le Bouddha du présent, qui vous révélera ce que vous êtes car vous, pas plus qu'aucun être humain, ne savez ce que vous faites réellement. A droite, il y a le Bouddha de l'avenir, qui vous montrera ce que vous serez, car vous, pas plus qu'aucun être humain, ne savez ce que vous deviendrez et qui est pourtant déjà accompli dans l'immuabilité des temps. Vous êtes, comme tout être humain, dans le brouillard impénétrable pour votre passé, pour votre présent, pour votre avenir, trois espaces qui ne sont pourtant qu'un. Mes maîtres, eux, vous sortiront du voile des incertitudes. Mais dites auquel d'entre eux, auquel des trois Bouddhas, vous voulez d'abord demander votre vérité ? » A peine ai-je achevé ma traduction qu'aussitôt a fusé la voix claquante, têtue, la voix d'une petite maîtresse femme d'acier, la voix de la gouverneur général : « A celui de l'avenir. Les Bouddhas du passé et du présent peuvent se reposer, je ne suis pas idiote, je n'ai pas besoin d'eux pour me raconter ma vie. Mais je paierai cher pour me voir maintenant dans quelques années, mettons cinq ans. Pour cela, je ferai tous les tchin tchin Bouddha que vous voudrez. Tenez, je vendrais mon âme au diable... » A ces paroles, un léger brouhaha monte de l'assemblée, le gouverneur général sermonnant son épousc : « Mais tu es folle, voyons. » Moi, je m'amuse, en connaissance de cause. Car l'histoire de la petite dame, j'en ai eu les oreilles rebattues. Son époux, elle lui fait faire ses quatre volontés, le travaillant sur l'oreiller ou l'aiguillonnant en public, par des réflexions d'une franchise crue, le répertoire d'une coquine bonniche de comédie. C'est pour cela qu'à Hanoi on la déteste tellement, qu'on lui bave dessus. Mais elle s'en moque. C'est au retour, à Paris, qu'elle pourra faire de son époux un Herriot, un grand président. Pourvu que d'ici là il ne crève pas ou ne tombe pas complètement idiot ! C'est pour cela que maintenant, dans les tréfonds lugubres de cette pagode, près du charnier, face à ces Bouddhas infernaux, elle est prête à se soumettre à la volonté de l'homme-oiseau, pour savoir.

« Tout c'est passé très rapidement. Le magicien, je me demande s'il n'est pas masqué tellement ses traits sont d'une dureté pétrifiée, taillés dans un bois lisse, ni tout à fait un homme ni tout à fait une bête mais les deux à la fois. La créature — de quel autre terme pourrais-je me servir ? — débout, penchée sur la gouverneur comme un vautour sur une proie, étend au-dessus d'elle ses bras qui sont des pattes d'en haut, et se met à psalmodier, non pas l'incantation apaisante des bonzes qui entraîne vers le néant, mais des sifflements prolongés, bizarres, suraigus, des sons qui ne sont pas de ce monde, comme en feraient à travers les espaces les démons qui en appelleraient d'autres. C'est certainement la convocation des esprits. Au bout d'une minute, cessant d'appeler, le moine voué au mal demande d'une voix absolument neutre, sans ton, sans intonation, d'une voix morte, à la gouverneur : « Etes-vous prête ? Car les souffles de l'au-delà sont auprès de vous. Vous allez les sentir. » Il lui met dans la main gauche une sorte de sachet, une poche taillée dans une peau froide, presque de la peau humaine, sertie de tibias. Tout à coup, la gouverneur crie : « Mais là-dedans, ça bouge, ça vit, j'ai peur... » En effet, les cochonneries contenues à l'intérieur de l'amulette, sans doute des fientes et des charognes magiques, palpitent et s'entrechoquent. Elle est sur le point de défaillir, mais le moine maudit lui agrippe l'épaule : « Soyez sans crainte. Respectez les divinités qui sont venues à vous. Maintenant qu'elles ont pris possession de votre corps, elles vont s'apaiser et se mettre à votre service. Prenez dans votre main droite cette lampe — elle est votre entité, la permanence de votre être à travers les temps, en dehors du temps. » Madame se saisit bravement de l'objet, un cône fait de résines sombres, en forme de cœur. L'homme-oiseau se recule, il semble qu'il se détache de terre, il contemple la gouverneur comme pour s'en emparer, avec des yeux durs, sombres, des yeux de pierre qui grandissent, qui deviennent immenses — on ne voit plus qu'eux, comme des astres. En fait, deux orbites gigantesques, sous l'effet desquels le cône, inerte jusqu'alors, grésille et s'embrase d'une lueur aveuglante. A ce moment-là, il me semble que madame la gouverneur se désincarne, se volatilise, n'est plus. Mais l'étrange lampe qu'elle tenait, suspendue en l'air, répand une clarté qui, en faisceau, va se cogner au miroir d'argent du Bouddha de l'avenir : la plaque vénérable soudain se met à palpiter, à s'animer, à se remplir de taches colorées qui se rejoignent, s'amalgament, se composent en un ensemble. Ça se précise, ça s'impose, c'est plein de gens et de choses un peu comme au cinématographe. Il me semble reconnaître des demeures, un quartier de Paris, une sorte de revue militaire. Et soudain je vois au milieu de cette foule, en chair et en os, bien vivante, en grande robe du soir, madame la gouverneur. Monsieur le gouverneur, abasourdi, a à peine le temps de s'écrier : « Ma chérie, ma chérie, qu'est-ce qu'il t'arrive, où es-tu, je viens à ton secours » que tout est à nouveau comme avant, exactement comme s'il ne s'était rien produit. La gouverneur est parmi nous, la même, et je croirais à une illusion si elle n'était aussi radieuse, comme transfigurée, une sainte auréole. Son bonheur, haletante, elle le déverse sur son brave époux qui n'y comprend goutte, l'air à moitié stupide à moitié hagard, ses yeux globuleux tournoyant comme il fait tournoyer ses petits bras pour attraper, protéger, enlacer, blottir contre lui sa chérie extatique et surexcitée : « Mon poupou, mon poupou, c'était l'Elysée, je te le jure. Je l'ai bien reconnu, la grille, la cour, le perron, les gardes à crinière sabre au clair, les grands salons, les tapisseries, les lustres, les aboyeurs, les larbins, le gratin, la haute, quoi — je ne peux pas me tromper, puisque tu m'y as amenée cinq ou six fois, toujours après m'avoir fait tellement la leçon que j'en étais devenue muette, même quand le président de la République me souriait et me complimentait. Mais cette fois c'était toi le président de la République, le grand cordon en travers de la poitrine, et tu étais majestueux, beau, bon, bien propre, un poupou magnifique en train de recevoir les vœux des corps constitués et du corps diplomatique. Tu faisais un petit discours au poil. Et c'était moi la présidente, avec une robe dont je ne te dis que ça, bien décente, mais belle, belle. J'étais si jolie, si à mon aise, si respectée... Je te promets, je ne suis pas folle, j'y étais, crois-moi, poupou. » A ce moment, venant d'un monsieur ou d'une dame de la suite du gouverneur général, j'entends un ricanement moqueur mal réprimé. Poupou, tout rouge, décontenancé, incertain, arrive à dire : « Tout ça, c'est trop fort. On s'est foutu de toi. Mais j'ai eu à un moment l'impression que tu n'étais plus là, j'ai eu une angoisse abominable pour toi. Où donc étais-tu partie ? Est-ce que quelqu'un t'a enlevée, t'a fait du mal ? — Mais, non, poupou, je te le répète, j'étais à l'Elysée. Ça c'est fait très simplement, très doucement, naturellement, sans aucun choc. Sans doute, pendant quelques instants, j'ai vécu à l'avance. Mais maintenant, je sais que tu seras président de la République et moi présidente... » Toussotements divers venant de l'assistance. Poupou a la figure basse, comme s'il était gêné, ridicule, dans la situation d'un grand maître d'une loge qui verrait sa propre légitime miraculée dans un drôle de Lourdes. Mais il n'y a pas moyen de faire taire son épouse, qui vogue en pleine légende dorée : « Mon poupou, à la présidence, tu verras, nous formerons à l'Elysée un couple merveilleux. Nous serons aimés des Français. Toi, tu ne te négligeras plus, tu n'auras plus le gosier comme une cave à vins ni le ventre embrouillé. Plus de ces vestes dégoûtantes où on lit ton menu, plus de ces réveils douteux où tu gémis à fendre l'âme, plus de ces rognes, de ces sales humeurs, de ces cafards où, hébété, assommé, tu laisses faire n'importe quoi par n'importe qui, pour avoir la paix. Tu travailleras. Tu soigneras ta tenue. Tu étudieras tes dossiers. Tu écouteras tes visiteurs. Au milieu des foules, tu auras de la dignité, de beaux gestes, de belles envolées, de ces phrases qui touchent les cœurs et font pleurer. Moi, à tes côtés je serai gentille, la vraie dame. Je t'en fais le serment, tu n'auras pas ça, entends-tu, pas ça à me reprocher... » Je dois dire que cette harangue conjugale de la gouverneur général est d'autant plus comique que, pendant qu'elle extravague, la salle de la divination s'est totalement démystifiée. C'est maintenant un endroit tout à fait ordinaire, avec des Bouddhas un peu noircis par la saleté, de petites lampes à huile qui luttent mal contre des pénombres crasseuses et puantes. Dans le magicien, l'homme-oiseau, je ne trouve qu'un échalas de bonze tout nigaud, aux paupières enflées, qui n'appartient aucunement à l'ordre animal, qui n'est faucon que par une dégénérescence du crâne, une monstruosité physique, une boîte crânienne complètement aplatie qui fait de sa tête une sorte de tête de canard. J'ai soudain le soupçon que c'est moi le coupable, l'involontaire responsable de l'épisode fâcheux survenu à madame la gouverneur général. J'ai dû donner une trop forte somme, trop de taëls aux religieux de ce monastère, et ils ont voulu faire preuve de zèle. Le Supérieur est à côté de moi, gros, content et paterne, comme s'il avait bien gagné son argent. Je n'en retirerai rien. En somme, je ne saurai jamais s'il y a eu magie ou pas, si l'affaire a été envoûtement, hypnose ou hallucination collective à la suite d'une mise en scène savante, détraquante pour les nerfs et l'imagination.

« A la vérité, ce genre de phénomènes constitue pour nous, les Européens de Tcheng Tu, quand nous sommes à table, entre nous, un des principaux thèmes de conversation. Chacun y va de son anecdote, quelque récit à faire dresser les cheveux sur la tête. A me souvenir de ce qu'ils racontent, de ce qu'ils ont vu dans les lamasseries et les bonzeries du Sseu Tchouan et du Tibet voisin, ce qui vient de se passer ici, c'est de la petite bière : lévitations, transmissions de pensée, visions à travers le temps et l'espace, sans compter les homicides commandés à distance par une formule tueuse, sans compter les apparitions de spectres, les armées de cadavres qui marchent, les cimetières qui deviennent des foires démoniaques où on vend et achète des charognes envoûtantes, sans compter les orgies de crânes, de chairs, d'os qui se poursuivent en hurlant, sans compter les assemblées d'esprits infernaux rendant hommage à leur roi, en compagnie de leurs serviteurs, tous les hydres et les monstres. Pour croire à toutes ces histoires il n'y a pas que les enchinoisés d'ici, il y a aussi des gens de passage, des soyeux au service des firmes de Lyon ou des représentants en parfumerie s'aventurant sur le Toit du Monde pour se procurer du musc, cette sécrétion dégoûtante et puante de vessies ou de glandes animales, qui est la matière mère des arômes exquis de la rue de la Paix. A la vérité, au consulat, je n'aime pas tellement que, au dîner, mes hôtes abordent ce sujet. Car mes braillards de Français, qui en sont toujours à se chamailler à propos de tout au dessert, chacun sachant tout mieux que l'autre, se fâchent là tout rouges, certains clamant que tout n'est que truquages, d'autres reconnaissant fougueusement qu'il y a quelque chose. En général, je me garde d'avoir un avis. Et voilà qu'avec le gouverneur général, je manque à ma prudence habituelle, je commets une gaffe de taille en exposant sa dulcinée sinon à un vrai péril, en tout cas à la risée. Car il n'y a pas de doute que, dans quelques jours, tout Hanoi va faire des gorges chaudes de la mésaventure de la dame, et surtout de ses vaticinations naïves. Et moi qui risque là-bas de passer pour un compère et un charlatan. Dans l'immédiat, le gouverneur général va peut-être être très en colère contre moi.

« En attendant, nous battons en retraite rapidement. Nous sortons des catacombes, nous quittons la pagode où les bonzes en mettent encore un coup, faisant un tchin tchin Bouddha complet autour du grand Bouddha, en guise d'adieux. Décidément, j'ai été trop généreux avec eux... Nous retrouvons nos soldats puis nos coolies, porteurs et mafous, qui rotent à qui mieux mieux tellement ils ont mangé, ils ont bâfré sans arrêt tout l'après-midi. Pendant que la caravane se prépare à se mettre en route, le gouverneur général m'admoneste gentiment : « Je crois que vous avez voulu bien faire, mais vous avez pris des initiatives risquées. Avec ma propre femme en jeu. Elle l'a bien voulu, il est vrai... » Mais madame la gouverneur m'attire à elle pour me rassurer : « Ne vous en faites pas, je vais parler à mon mari, j'arrangerai ça. Et puis le truc de vos bonzes, je trouve ça fameux. Moi, j'y crois toujours. L'Elysée... » Là-dessus elle me regarde du coin de l'œil : « Mon cher Albert, vous me plaisez. Si je vous avais rencontré plus tôt, on aurait pu s'entendre, passer du bon temps. Mais maintenant avec votre Anne Marie qui vous serre la vis... Vous ne devez pas rigoler tous les jours, j'en suis sûre. » Je suis flatté mais je rétorque : « Votre époux, vous le tenez serré, vous aussi. » Là-dessus, rehaussée d'une dignité magnifique, elle m'assomme avec un : « Mais moi, je l'aime, mon homme. » Elle me laisse vexé comme un dindon, car d'après elle, Anne Marie ne n'aimerait pas. Ce qui est faux, je le sais, même si elle ne montre pas beaucoup ses sentiments. Cependant, le cortège s'ébranle vers Tcheng Tu. La rentrée se fait sans un pli, sans même que le gouverneur renâcle aux passages difficiles, comme s'il était soutenu par un contentement intérieur : peut-être que lui aussi se voit à l'Elysée. En tout cas, sa figure est joviale. Et quand le cortège arrive devant le consulat, se disloque, il se révèle d'une munificence magnifique. Remise d'une appréciable quantité de taëls au colonel commandant le détachement militaire, quitte à lui de répartir l'argent entre ses hommes. Je vois déjà comment se fera le partage ! Et aussi don d'une forte somme aux chefs des serviteurs, qui procéderont eux aussi à la répartition. Mais, là, évidemment, les choses se passent moins bien. A peine le gouverneur a-t-il pénétré à l'intérieur du consulat où, comme d'habitude, il se laisse choir dans un fauteuil, que c'est dehors la criaillerie, presque l'émeute, tous les coolies, mafous et porteurs protestant, vociférant qu'on les vole, en pleine altercation avec M. Pou et les autres dignitaires ancillaires. M. Pou, attaqué de toutes parts, enseveli sous une grêle de bras et de poings, hurle à lui seul autant que ses assaillants, n'en démordant pas et ne se laissant pas faire. Finalement, je dois intervenir moi-même pour ramener l'ordre. »

Une incertitude se glisse dans la pièce. Une nappe de nuit déjà moins compacte, portant en elle une corruption, un cancer des ténèbres, présage une première lueur. C'est moins un signe qu'un sentiment qui parvient jusqu'au consul. Il s'étire dans son songe, se réveille un peu, regarde sa montre : quatre heures du matin. Le chef boy est à ses pieds tel un jeu d'osselets. Aux objets s'accrochent le miroitement d'une lumière qui n'existe pas encore. Dehors, dans la basse-cour, les volailles commencent à s'agiter avec des grattouillements. La ville aussi bouge d'une trépidation insensible et pourtant certaine. La pensée de rejoindre sa chambre frappe encore la cervelle du consul. Va-t-il y aller ?... Il préfère terminer sa nuit de gloire avec le gouverneur général et la gouverneur. Il prend un plaisir vengeur à projeter sa propre vulgarité, celle que ne cesse de souligner Anne Marie, sur ce couple supérieur, sur l'impossible bonne femme surtout.

« Plus que deux jours avant la fin de la visite officielle de monsieur le gouverneur général de l'Indochine au Sseu Tchouan. Encore des tracas pour moi... D'abord l'évêque qui rôdaille, avec certainement quelque chose à demander. Je ne l'aime pas beaucoup ce broussailleux, ce brutal, ce rogue aux yeux de charbon, toujours irrité, un fanatique. Le voilà qui s'amène tout gauche et hésitant dans mon bureau : « Monsieur le consul, je voudrais être reçu par monsieur le gouverneur général. — Mais vous l'avez été, Monseigneur. — J'ai encore besoin de lui parler. C'est une affaire très importante pour l'avenir de la Chrétienté dans cette province. » J'ai l'impression qu'il veut réclamer de l'argent pour sa Mission qui, Dieu le sait, n'est pas précisément pauvre et je me prépare à le rabrouer. Pourtant ce n'est pas cela. Après avoir tourné autour du pot, le prélat me confie enfin : « Monsieur le consul, avant que je ne rencontre le gouverneur, je voudrais vous poser une question à son sujet — une question un peu délicate, je l'avoue. Mais vous êtes un bon chrétien et cela m'encourage... » Compliment inattendu, car ma foi est très tiède, qui montre que le saint homme prépare le terrain : « Eh bien, monsieur le consul, dites-moi si le gouverneur, comme le bruit m'en est parvenu, est un franc-maçon ennemi du Christ... » Je tombe des nues. Je retourne sept fois ma langue dans ma bouche : « Monseigneur, je n'en sais rien. C'est possible, sans plus. Mais je peux vous assurer que, de toute façon, il est animé des meilleurs sentiments envers l'Eglise catholique qu'il protège vigoureusement au Tonkin et en Indochine. — Dieu me soit remercié. Vous me soulagez. Alors, je vais prier pour cet homme avant de lui réclamer son soutien. » Un Pater noster sort de cette gorge poilue. Lorsque l'énergumène a terminé sa pieuse récitation, je m'enquiers auprès de lui : « Que désirez-vous du gouverneur général ? — Qu'il parle au pape. Qu'il fasse un scandale. Vous savez, les Chinois, même baptisés, ceux qui sont nos brebis, il nous faut les tenir d'une poigne ferme. Sinon Satan les reprend. Eh bien, imaginez-vous que le nonce apostolique en Chine, un Italien, veut fabriquer un clergé jaune, avec des curés, des évêques, des archevêques, qui prendraient notre place. Concevez-vous cela ? Une aberration inspirée par l'esprit du mal. Les chrétiens chinois, on peut en faire, au plus, des sacristains, des catéchistes, des bedeaux. Mais leur conférer l'ordination, en faire des prêtres et des pontifes, c'est saper, c'est anéantir l'œuvre sacrée d'évangélisation pour laquelle tant de missionnaires ont subi la persécution, le martyre et la mort au Sseu Tchouan même. Il faut donc que le gouverneur général, se souvenant que la France est la protectrice attitrée de la foi en Asie, dénonce au Saint-Père ce danger mortel... » Moi, je joue à l'innocent : « Comment voulez-vous que le gouverneur transmette votre requête au pape, étant donné la séparation de l'Eglise et de l'Etat dans notre pays ? » L'évêque balaie d'un flot de barbe cet argument : « Les missionnaires sont les meilleurs fils de la France, les plus utiles à sa cause, en Orient. Nous valons, pour elle et son influence, bien plus que tous les banquiers, les affairistes français et, soit dit sans vous offenser, tous les consuls. Le gouverneur me comprendra... » En effet, face au pontife rocailleux, l'œil torve enflammé, farouche mais intimidé, qui s'empêtre dans son vocabulaire de séminaire de basse Bretagne, le gouverneur général se compose un personnage de maître patelin, dont l'importance officielle et laïque n'empêche pas la compréhension envers cette noble institution, si importante pour l'humanité et pour la France, qu'est la religion. Il est donc tout bonasserie, pépère de la bouche, du bidon et du geste, ses yeux, avec des reflets en coulisse, trahissent son immense rigolade intérieure pendant qu'il paie le forcené de bonnes paroles : « Vos préoccupations, Monseigneur, je les ai déjà souvent entendu exprimer au Tonkin et en Indochine par de nombreux missionnaires français, de saints hommes, des soldats de Dieu et, comme vous me l'avez fait remarquer, des patriotes à tous crins. Je comprends vos soucis, quoique je ne sois pas sûr que vous ayez raison dans l'intérêt supérieur de l'Eglise et de la Patrie. Mais, vous comprenez, je n'ai aucune qualité ni aucun moyen de m'adresser directement à Sa Sainteté le pape. De plus, vous connaissez la situation particulière de la France envers le Vatican, où elle n'est pas représentée diplomatiquement. Cependant, je m'arrangerai, par certains contacts officieux et discrets, comme il en existe toujours, pour porter à la connaissance du successeur de saint Pierre les problèmes qui vous troublent... » On ne peut mieux noyer le poisson. Et de fait, ce benêt sauvage est tout content. Au point de retrousser ses grosses lèvres sur ses chicots noirs, jamais lavés, en une grimace gracieuse sur fond de vieilles digestions et d'odeurs malodorantes, pour dire grandiosement au gouverneur : « Demain dimanche, à la cathédrale de Tcheng Tu, nous célébrerons la grand-messe à votre intention, pour le rachat de vos péchés et une entière réussite dans les hautes fonctions où Dieu vous a placé. — Monseigneur, je vous remercie, pour moi et pour la France. Naturellement, ma femme et moi, nous assisterons à ce saint office, qui me permettra de constater de mes yeux la vigueur de l'Eglise au Sseu Tchouan, sous votre houlette. » Là-dessus le primat, nous ayant bénis, se retire, saute sur sa mule pendant que le gouverneur rit.

« La cathédrale est une pagode aux toits recourbés, où les saint Georges tuent les dragons, symboles éclatants du triomphe des croyants sur les païens. A l'intérieur, c'est la pleine saint-sulpicerie, dans la surabondance des Saintes Vierges de toutes sortes, avec ou sans l'Enfant, immaculées, auréolées, glorieuses, douloureuses, souverainement accablées aux pieds du Supplicié ou emportées au ciel par un peloton d'angelots. Il y a les Christs crucifiés, le chemin de croix, tout un saint bric-à-brac de divins cœurs de Jésus, d'oriflammes de Jeanne d'Arc, de tableaux de la sainte Famille, de petites chapelles consacrées à des saints bien considérés par les Missions étrangères, des grottes de Lourdes et des troncs. Au centre, l'autel principal, énorme, complet, solide, un monument avec tous ses accessoires : les nappes en dentelle, les candélabres, les fleurs, le tabernacle plein d'hosties consacrées, lui-même flanqué d'une veilleuse animée signifiant la présence de Dieu. Et là-dedans, en masse, la foule de l'Asie, la plus humble. Car les pères, en général, ne convertissent guère les Chinois riches et puissants qui ont, face aux dangers de l'existence, les moyens de se défendre par eux-mêmes. Ceux qui embrassent la vraie foi, ce sont les pauvres, les démunis, les souffrants, les écrasés, qui trouvent dans l'Eglise non seulement une force sacrée mais surtout une sacrée force, organisée puissamment, de la façon que comprennent et apprécient les Chinois : une « société de protection », qui, sous le signe de la croix, vend sa protection pour des usages avant tout terrestres et immédiats, le paradis étant en surplus. L'Eglise, pour les fidèles jaunes, est une assurance de mieux vivre dans cet univers dur et dangereux, une garantie d'échapper à la faim et au malheur, et par conséquent, la probabilité de ne pas mourir trop vite, de ne pas arriver trop tôt dans l'au-delà chrétien, aussi plein de félicités qu'il soit. Que les curés se battent comme des tigres pour leurs ouailles, contre les Seigneurs de la guerre, les soldats, les bandits, les magistrats, les autres Chinois, contre les calamités de toutes sortes aussi, je le sais par expérience, je ne le sais que trop ! Pour la sauvegarde et la prospérité de leurs chrétiens, ils entrent dans les intrigues les plus compliquées et les plus douteuses, dans les chicaneries, dans une infinité de querelles, s'abouchant avec toutes sortes de gens. Quelle sainte obstination ! Et ces hommes de Dieu sont partiaux et injustes avec ça, n'hésitant pas aux pieux truquages, aux menaces, surtout aux faux témoignages en faveur d'une de leurs brebis en procès contre un païen ou un tas de païens. Ils exigent que je proteste, que je me démène, que je me décarcasse, que je réclame des dédommagements, des compensations, des garanties, la punition exemplaire des criminels, des coups de fouet, des supplices, des têtes. Ils veulent que j'obtienne des autorités l'aveu de leur négligence ou de leur culpabilité, des excuses, des dédits ou des proclamations, en faveur de la religion de Jésus. A les écouter, il faudrait que sans cesse je monte dans ma chaise à porteurs pour aller en vengeur chez un Seigneur de la guerre, un chef d'une corporation marchande, un juge dans son prétoire solennel et pouilleux, ou chez le représentant officieux d'une bande de pirates — démarche toujours vaine, aboutissant chaque fois à une conversation à la chinoise avec un personnage à la figure polie et rébarbative, niant tout, s'outrageant, me faisant chanter. Quand je rentre les mains vides, les missionnaires sont furieux et moi j'ai mal à la tête ! Ils sont insatiables, les curés ! En fait, leur Eglise catholique et romaine, c'est un gang en concurrence avec les autres gangs innombrables — mais il s'agit d'un gang vraiment très puissant et auquel il ne fait pas bon se frotter, dont les affiliés sont heureux, car ils arrivent à vivre tranquilles et même à prospérer, à s'enrichir un peu. L'ennui, c'est que les convertis se sentent haïs des autres Chinois, de la haine qu'on a pour des traîtres. Mais cette hostilité tourne à la plus grande gloire de Dieu car, face à l'exécration des foules, les chrétiens jaunes, les chrétiens du bol de riz, jouent quitte ou double. Tout d'abord, pour sauver la face, ils font comme s'ils avaient été touchés par la grâce et pas par l'intérêt. Ils se réfugient dans les rites de la piété. Surtout, ils s'accrochent aux pères comme à des bouées, comme à des sauveurs. Les pères, en échange de leur protection et des avantages matériels qui en résultent, exigent l'obéissance aveugle, une soumission absolue, leur imposant les démonstrations d'une dévotion éclatante, comme on n'en fait plus en France même. Leurs catéchumènes sont donc plus catholiques que nature. Car lorsque les Chinois jouent un jeu, ils le jouent à fond. Leur existence, à ces chrétiens, c'est le calendrier des fêtes sacrées, les processions glorieuses, la liturgie dans toute sa pompe, un vocabulaire de sacristie, la confession au sens complet, à la fois l'aveu de ses péchés et la sainte dénonciation des mauvais croyants, les pénitences sévères, les jeûnes et les sacrements. Les jours se succèdent, remplis de bannières, d'ostensoirs, de génuflexions, de contritions, d'extases, de neuvaines, de signes de croix, de chants grégoriens et de latin de cuisine, de messes à l'infini. Tous ces Chinois enchristianisés sont indiciblement déférents envers leurs pasteurs blancs, dépendant chacun corps et âme du regard soupçonneux ou du postillon irrité d'un de ces saints hommes. A la fin, ces Célestes, à force de faire les anges, ne sont plus tout à fait des Chinois comme les autres, ce sont de « bons » Chinois, les seuls à ne pas détester les « diables d'étrangers », les seuls vraiment acoquinés à eux par le cœur.

« Tout cela pour expliquer que notre grand-messe de Tcheng Tu, c'est celle de la ferveur primitive, de la plénitude du mystère sacré, de la parole même de Dieu, grâce aux têtes jaunes enchaînées dans l'adoration. Monsieur le gouverneur général et son épouse trônent au premier rang, dans de somptueux fauteuils rouges. Autour d'eux, mais sur de simples chaises, moi et Anne Marie, puis les messieurs et les dames de la suite. Nous constituons, à vrai dire, un îlot profane dans la couche anonyme des Chinois qui prient avec une intensité désespérée, acharnés dans l'exécution du rituel, s'agenouillant, se levant, se signant comme s'il n'y avait qu'une seule pâte humaine. Chargés de gros missels, remuant des lèvres dans le bourdonnement des oraisons, ouvrant les bouches pour entonner les chants grégoriens dans le grondement de l'orgue : la musique sacrée est submergée par d'immenses nasillements. Sérieux des faces, intensité des yeux, des mains osseuses égrenant des chapelets, et, par-ci par-là, quelques vieilles à moitié convulsionnaires accroupies sur le sol, avec leurs marmottements. Des doigts crispés, des bouches murmurantes, des têtes cognant le sol de terre dure, l'imploration partout : une vision du Moyen Age. Et moi, encore une fois, je m'étonne que les Chinois, tellement anarchiques, individualistes, égoïstes de nature, aient cette capacité, une fois qu'ils sont pris dans un « système », de s'y conformer avec maniaquerie, avec la folie du conformisme, dans une perpétuelle surenchère, dans une compétition de zèle et de trouvailles. Il est vrai que les maîtres du « système chrétien » ont serré toutes les vis, pris toutes les mesures et précautions possibles, ne laissant rien au hasard. Extraordinaire surveillance. A l'autel, Monseigneur officie lui-même, avec sa gueule hirsute de Judas ou de mauvais larron, entouré de petits chérubins jaunes, des as de la burette, du goupillon et de l'encensoir, de petits jouets mécaniques en plein ballet sacré, qui couinent leurs répons avec des voix suraiguës. A travers le sanctuaire, au-dessus du peuple indigène courbé, dépassent les têtes des jeunes curés et des vieilles religieuses faisant les pions, voyant tout, le degré d'exaltation de chacun, notant le moindre manquement. L'assistance, c'est bien l'armée du Christ répartie en bataillons spécialisés selon l'âge et le sexe. Toute une travée est occupée par les orphelines en uniforme blanc et bleu, de vraies enfants de Marie graciles et appliquées, d'une sagesse exemplaire, toute douceur, les plus grandes devant, les plus petites derrière, encadrées de bonnes sœurs chinoises très jeunes, fraîches écloses, petites fleurs en cornette qui ont été des fillettes abandonnées, nues, mourantes ramassées dans l'ordure, et nourries ensuite de Bon Dieu, puis consacrées au Bon Dieu. Avec leurs traits minces, ronds, délicats, en amande, ces nonnettes semblent exprimer le bonheur, à moins que ce ne soit la résignation à la chinoise, l'acceptation souriante de l'inévitable, de la force. Car la force qui les a arrachées à la mort pour les donner à Dieu est là, vigilante, sous la forme de dragons femelles, les mères supérieures. Elles sont arrivées en Chine venant de tous les coins les plus reculés de France, de petites paysannes rustiques aux fraîches couleurs et aux joues de pommes, pour être les souillons de Dieu — alors que les bons pères, eux, sont les mandarins de Dieu. Soumises aux curés qui les laissent s'échiner aux bonnes œuvres de la pauvreté, du dénuement, de la faim, des maladies infâmes et de la mort quotidienne, elles sont devenues dans la répétition des ans, à force de se battre contre l'horreur et la perfidie, de ces êtres aux visages blêmes, jaunis, aux longs ravinements, aux yeux d'acier, à la chair boucanée. Pauvres saintes inexpressives et dures, la bonté sans la tendresse, la vigilance aux yeux rapiécés, impitoyables d'autorité dans le service du bien, c'est-à-dire dans l'ignominie quotidienne représentée par les soins aux mourants pestilentiels, que ce soit des vieillards expirants ou des nouveau-nés à l'agonie, également abandonnés par la belle Chine païenne. Comme récompense, le dégoût des foules jaunes qui les accuse de racoler des âmes *in extremis*, quand elles sont sans défense. Quelle discipline ensuite imposent-elles pour maintenir sur cette terre, dans la voie du Seigneur, les corps et les cœurs du peu de rebut humain qu'elles ont sauvé matériellement ! La prière et le travail dans les hospices et les ouvroirs, le bénédicité et la broderie en échange d'un tout petit peu de riz. Telles sont les bonnes sœurs sublimes et atroces, pauvres vieilles tannées, ridées, innocentes et d'une terrible expérience, se débattant dans l'immensité moqueuse qu'est la Chine, ne renonçant jamais, mourant elles-mêmes à la tâche, certaines emportées rapidement, d'autres trépassant de vieillesse, tant elles sont devenues résistantes et coriaces, — mais toutes sachant se montrer si humbles envers les mâles blancs, pas seulement les pères mais aussi les quelques messieurs français de Tcheng Tu, à commencer par moi, rôdaillant toujours auprès de nous dans l'espoir de quelque secours. Donc, ce jour-là, pour la grand-messe du gouverneur général, elles ont amené dans la cathédrale leur contingent entier de cacochymes, de sœurettes jaunes, de jeunes vierges, d'enfantelets, de nourrissons, tous bien rangés, bien propres, bien sages, de cette sagesse intense et presque anormale des Chinois quand ils croient ou font semblant de croire. Sagesse infusée dans les couturages et les rapiéçages de rides que sont devenues les faces des quelques vieillards et vieillardes de l'asile tenu par les religieuses. Sagesse épanouie, grave, rayonnante, diffuse sur les tendres visages des centaines d'orphelines et d'orphelins. Car les sœurs ont, à l'exception de leurs lépreux catholiques, amené à l'office tout leur cheptel, toutes leurs brebis. Sans doute ont-elles procédé à cette mobilisation par une innocente vanité, peut-être aussi par un pieux calcul, pour que le gouverneur général se rende compte de leur œuvre et que, par là, il soit incité à une générosité exceptionnelle, à quelque don grandiose auprès duquel les aumônes arrachées à ma femme et à moi-même ne seraient que broutilles. Un peu plus loin, un autre troupeau très différent. Là de jeunes curaillons, tout juste arrivés de France, aux traits butés de foi, encore mal dégrossis, gardent des garçonnets de dix à quinze ans ; ce sont les rejetons des familles croyantes, pour lesquels les pères ont créé des écoles payantes. C'est considéré comme un péché, pour les couples chrétiens, de ne pas y mettre leur fils, qui apprennent là les commandements du catéchisme, en les chantant en chœur du matin au soir pour les apprendre par cœur — comme font les païens pour les préceptes de Confucius. Cette instruction-là, facile à faire parce qu'il n'y a jamais de désordres, de chahuts, de vices parmi les élèves, rien que l'intense goût chinois de devenir un lettré, même si c'est un lettré du Christ, est confiée aux « barbes courtes », les jeunots des Missions, rugueux comme des silex, ne comprenant rien mais purs. Leur première tâche. Ils ont encore un long chemin à faire pour arriver à être comme les vieux curés, les vieux prêtres qui, tout en restant intraitables en matière de dogme, ont pris, à force de se consacrer aux domaines de la conversion, de l'apostolat, de la direction, de la domination, de vieux visages bien ravinés de compères malicieux et gais, de sacrés compagnons, peut-être saints mais rigoureusement capables de tout dans leur gentillesse et pour le profit de Dieu et d'eux-mêmes. Ceux-là, les anciens de Chine, sont pieusement frétillants et goguenards parmi le gros de l'assistance engoncé dans le culte. Car le public, la masse des fidèles, est fait de familles-tribus, et aussi de « chrétientés » entières, composées de convertis qui se sont rassemblés dans un village ou une rue. Ces familles sont venues à la cathédrale avec leur patriarche, leurs vieux, leurs vieilles, les époux chrétiens, les épouses chrétiennes, la marmaille baptisée. Elles sont arrivées armées de saintes médailles, de saintes images, le matériel à prières. En fait, chacune de ces communautés appartient à un de ces bons vieux curés français, qui connaît tout d'elle, qui détient les secrets de tous et de chacun, qui est le chef. Lequel curé, qui cumule souvent la propriété de nombreuses chrétientés, est là, parmi ses ouailles, leur ayant commandé d'aller au saint office célébré par l'évêque pour le gouverneur général de l'Indochine, les reconnaissant au milieu de la cérémonie, leur clignant de l'œil, passant parmi ses catéchumènes pour en recevoir de révérantes marques de respect. Les mains se joignent autour de lui et des bouches murmurent : « Soyez béni, mon père. » Ces milliers de Chinois se sont mis sur leur trente et un, pourtant les hardes de chaque homme et de chaque femme sont faites de cent ou de mille morceaux déteints, donnant l'impression de l'usure et même de la vermine. Le Sanctus, les cantiques, l'encens chassent ces misères. Et l'on s'aperçoit alors d'un curieux mimétisme. Alors que les missionnaires ont pris des aspects de vieux Chinois, de patriciens célestes, les Chinois, eux, ont assumé les allures benoîtes, confites, de cafards de confréries et les vieilles Chinoises, y compris les borgnesses, les édentées, les goitreuses, celles qui ont des trous de nez sans nez, celles qui ont des verrues comme des fruits énormes de chair, protubérantes, poussant sur l'humus du corps, celles qui ont des tics mettant en jeu des rires incohérents, des ricanements idiots, des coulées de salive, toutes les vieilles déformées par des existences de femmes-coolies, de femmes-esclaves, de femmes corvéables, porteuses de merde et d'enfants, ont merveilleusement attrapé les petites préciosités des meilleures grenouilles de bénitier d'une riche paroisse française. Ces misérables matrones sont heureuses de survivre quand même, et trouvent dans le Christ et le curé de bons patrons, le premier dieu et le premier homme qui se soucient un peu d'elles.

« Dans cette assemblée, il n'y a pas de gros Chinois, de notables bien célestes, sauf un général en uniforme. Sa présence est due à une délicatesse de Tang Kiao, qui a dégoté parmi ses sbires un chrétien et qui l'a promu à un grade éminent — pour que l'individu le représente à la grand-messe. On a placé le personnage, une gueule de souris à dents pointues, à côté du gouverneur général qui ignore que c'est un ancien brigand à l'existence mauvaise. Depuis sa conversion il a pris soin d'épargner les biens des Missions, les pères le protègent, l'appelant tendrement le « bon larron », le recevant à confesse et lui donnant la sainte communion, priant même pour son salut. En tout cas, l'homme est très entraîné à l'étiquette de la messe et le gouverneur général, qui manque de pratique, malgré un début d'initiation au Tonkin, le suit dans ses mouvements, se lève, s'assoit comme lui.

« Un père tout bedonnant monte en chaire pour célébrer l'Eglise, le Bon Dieu, la Vierge Marie, la France, la Chine, le gouverneur général et même le maréchal Tang Kiao. Orgues, chants, signes de croix, voluptés célestes. La joie de Dieu, la douleur de Dieu, le Christ crucifié. Le rustre d'évêque, devant le tabernacle, avec sa barbe d'étoupe noire, les yeux sombrement égarés, tendant le calice, accomplissant le sacrifice en prononçant de sa voix caverneuse : « Ceci est mon corps, ceci est mon sang... » Toute la foule jaune suspendue dans le silence pendant le temps du mystère de la transsubstantiation de Dieu fait homme, de Dieu donné à manger à l'homme, au Chinois, au coolie, à l'orphelin. Monsieur le gouverneur général, peu fait pour la mystique, se réfugie dans une attitude de dignité à la fois bienveillante et républicaine. Mais, de part et d'autre de lui, c'est l'extase. D'un côté, le bon larron frappe sa poitrine couverte d'insignes dans son *mea culpa*, de l'autre côté, madame la gouverneur général, à genoux, petite forme muette, palpitante, implorante, est la vraie petite dame qui se jette sur Dieu, la bourgeoisie pécheresse attachée à son remords, une Marie-Madeleine qui s'est composée une tenue de repentir : une modeste robe sombre et un chapeau noir à voilette. Cependant, éclate une sorte de fanfare aux accents mi-grégoriens mi-militaires, et toute l'armée des Chinois se met en marche. La foule, dans un ordre absolu, carré après carré, conduite par les bonnes sœurs et les bons pères, avance vers l'autel, les faces blindées de concentration, figures mortes dans l'espérance de la vie, figures célestes scellées de componction, de gravité, de recueillement où toutes les misères physiques ont disparu. C'est l'interminable défilé de centaines, de milliers de Célestes progressant pas à pas, attendant leur tour, patientant, tombant par vagues de vingt ou trente dans l'agenouillement sur les degrés du chœur, ouvrant alors simultanément de grandes bouches pour recevoir Dieu, pour accueillir, langues tirées, l'hostie que l'évêque, titan infatigable, leur enfonce dans la gorge par fournées toujours renouvelées. Car tous les Chinois communient, sauf les petits enfants. Soudain, la gouverneur général me murmure, les yeux chavirés : « Je n'y tiens plus. Moi aussi j'y vais. Je veux gober Dieu. » Du même ton que si elle allait faire l'amour avec le Seigneur. Elle se lève et va. Rien ne la rebute, ni la masse jaune qui s'écarte pour lui faire place au festin divin, ni Monseigneur qui, la voyant à ses pieds, tête tendue et mâchoire accueillante, arrête quelques secondes sa distribution, tenant en l'air triomphalement la rondelle céleste qui sera la sienne, à elle destinée, sa part de Dieu — rondelle qu'il abaisse lentement et qu'il dépose enfin, de ses grosses mains toujours sales, avec une douceur ostentatoire, entre les dents de la dame. Moments glorieux, valant une légère dérogation. Car ce rustre de pontife, ainsi que tous les missionnaires en général, sont très sévères, très à cheval avec les chrétiens chinois douteux se présentant à l'eucharistie, les interrogeant, les rabrouant, la leur refusant s'ils ne sont pas dûment préparés par de longs exercices, par de méritoires efforts, s'ils ne sont pas qualifiés, en état de confession, de pénitence, de jeûne, de grâce. Mais une gouverneur général, épouse d'un incroyant notoire, qui montre à tout le Sseu Tchouan chrétien son appétit de Dieu, qui étale magnifiquement sa dévotion, mérite qu'on ne fasse pas de chichis avec elle. Il faut connaître les voies du Seigneur. La pimbêche revient toute menue, toute subjuguée, sa tête inclinée vers le sol, les yeux mi-clos, les mains jointes, une sainte petite fille. S'étant glissée jusqu'à son prie-Dieu, elle me coule à l'oreille : « Ça y est. Ce n'est pas plus difficile que ça. C'est mon mari qui ne va pas être content que je me sois affichée avec les curés. Qu'est-ce que ses frères de la Grande Loge vont lui passer ! Mais, que voulez-vous, je suis croyante, et puis c'est farce. » En effet l'époux roule des yeux furibonds. Moi, je me demande que faire pour atténuer ce saint scandale. Finalement, je comprends qu'il faut noyer le poisson, c'est-à-dire l'hostie de madame la gouverneur. Je fais à Anne Marie un signe discret et impératif d'aller elle aussi à la sainte table. D'habitude, elle se borne à faire ses pâques. Car, bien que native d'Ancenis, la bourgade la plus rétrograde et la plus cléricale de France, elle est, en ce qui concerne la religion, aussi tiède et indifférente que dans de nombreux autres domaines, ceux qu'elle ne trouve pas distingués. Elle regarde le Seigneur de haut, comme parfois je crois qu'elle le fait pour moi-même. Et, à son goût, les missionnaires de Tcheng Tu sont déplorablement vulgaires, des manants de Dieu qui ne se lavent même pas les mains pour conférer le saint viatique. Elle n'aime pas se mettre à genoux devant eux, devant l'évêque surtout, et se faire trifouiller la langue de leurs doigts, pour recevoir la nourriture céleste. Pour elle, la communion, telle qu'elle est pratiquée à Tcheng Tu, c'est une manière un peu sale de manger. Mais, ce jour-là, à mon air, Anne Marie comprend qu'il s'agit de son devoir de consulesse. Elle se lève donc et, toujours de la manière la plus naturelle, avec l'aisance hautaine et douce qu'elle a lorsqu'elle veut bien faire les choses, même celles qu'elle déteste, si cela entre dans son rôle, celui de mon épouse, la femme d'Albert Bonnard, le représentant de la France au Sseu Tchouan. Elle ingurgite le Bon Dieu des pattes de Monseigneur, son lourd chignon tirant un peu en arrière son visage d'une beauté et d'un calme de madone, la bouche juste entrouverte dans la mesure nécessaire pour l'opération. Toute son attitude est celle de la décence, mais une décence particulière, difficile à interpréter, dont on ne sait si elle cache l'ennui, le mépris ou une dévotion minimum. En tout cas, Anne Marie a donné l'élan. Toutes les légitimes de la suite du gouverneur vont aussi communier, en bonnes catholiques qu'elles sont, tandis que les maris s'abstiennent dignement, ainsi que le gouverneur trois points, auprès duquel ils restent groupés, comme un îlot laïque. Le général chinois, le bon forban aimé des pères mais envoyé par Tang Kiao, est très embarrassé, pris entre sa grande piété et les nécessités de la bienséance diplomatique : finalement, il renonce au Bon Dieu, faisant corps lui aussi avec le gouverneur général. Tout est bien comme cela, grâce à cette division du travail entre les dames se donnant à Dieu au fond de la Chine et les messieurs intangiblement fidèles à la République radicale-socialiste.

« Enfin, la sortie de la grand-messe. Les pères font déguerpir rapidement la plèbe des chrétiens jaunes, qui ne servent plus à rien, pour le moment. Mais, sur le parvis, ils ont disposé en carré les orphelins, les orphelines, les enfants des écoles qui agitent frénétiquement des drapeaux français et chinois. Le gouverneur, l'air maussade, a hâte de s'en aller. Mais les vieilles bonnes sœurs françaises se sont agglomérées autour de madame la gouverneur général : leur héroïne. Toutes, leurs visages rapetassés soudain frappés d'émotion, leurs yeux s'embuant de sentiment, leurs peaux se déplissant d'extase, elles sont emportées par une audace irrésistible, au point de s'adresser à cette « grande dame ». Elles caquettent mais gauchement, d'une façon incompréhensible, avec des mots épars, des bouts de phrases qu'elles ne finissent pas, en bégayant, reprises par la timidité de saintes filles habituées au mépris, aux mauvais traitements, aux ordres, au mutisme, aux humiliations. Enfin la Mère supérieure suprême, un grand nez busqué étant tout ce qui lui reste d'une naissance aristocratique, le reste des traits étant un ligament incolore, une trame usée, arrive à s'exprimer. Et elle dit à la mâtine : « Madame, vous êtes une sainte... Quel exemple édifiant vous avez donné au milieu de ce Sseu Tchouan si obstinément païen. Vous êtes acquise à la cause de Dieu, nous le savons. Mais nous prierons pour vous aider à rapprocher du Sauveur votre noble époux, pour qu'il prenne en pitié l'Eglise souffrante et combattante de Chine... » A l'entour, les curés gênés toussotent afin de réduire au silence la Supérieure. Mais le gouverneur général, qui a entendu son petit discours, vient abruptement arracher sa femme aux religieuses. La Supérieure court cependant après la gouverneur général, pour lui tendre, de sa main décharnée, un petit paquet. Le gouverneur tire son épouse, la Supérieure court derrière le couple avec son cadeau, tout en suppliant : « Madame, c'est une nappe faite pour vous par nos orphelines. Acceptez-la, madame... » La gouverneur s'en empare, l'examine et s'écrie : « C'est joli, ça. Moi, je suis pour le linge... » Anne Marie, l'œil aux aguets, remarque que ce n'est qu'une broderie ordinaire, pas un de ces ouvrages en fil tiré qui exige des années de travail pour tout un ouvroir, pour une centaine de filles tirant l'aiguille du matin au soir, jour après jour, mangeant tout juste et priant. Anne

Marie se dit certainement que les bonnes sœurs, malgré leurs compliments à la gouverneur, ne se sont pas fendues pour elle... Cependant, le gouverneur asticote sa moitié pour de bon. Et puis il se tourne vers moi avec un soupir de reproche : « Si je croyais trouver le danger clérical en Chine... Vous auriez dû me prévenir, monsieur le consul. Ces missionnaires, ce sont des fous... » Mais la gouverneur, elle, est aux anges, si l'on peut dire. En tout cas, elle me tapote gaillardement l'épaule : « Vous êtes de plus en plus fortiche, monsieur le consul. Il y a quelques jours, à la pagode, vous faisiez de moi une présidente de la République. Et aujourd'hui, à l'église, vous m'envoyez au paradis, avec une auréole. Vous me gâtez, monsieur le consul. »

« Fini avec les curés. Bientôt fini avec la visite officielle. Je compte les heures. Il est temps que cela se termine. Car si la gouverneur se porte comme un charme, comme une perruche charmée qui ne s'est jamais autant amusée, et commence presque à me bécoter, le gouverneur ressemble de plus en plus à une merluche avariée, ou plutôt à une lamproie. La figure et le ventre boursouflés, il est tout quinteux, tout grognon, se traînant, absolument sur le flanc. Au consulat, il me halète en pleine face, l'haleine mauvaise : « Monsieur le consul, à mon âge et avec mes fonctions, moi le gouverneur général de l'Indochine, je ne suis pas venu en Chine inaugurer un Luna Park exotique, mais un chemin de fer français. Assez de fantaisies. Passons aux affaires sérieuses. »

La coulée du jour est déjà moins noirâtre. Elle avance mètre par mètre dans la pièce et atteint le visage du consul : une peau embroussaillée, usée, presque mortuaire. C'est l'heure douloureuse où le consul, qui s'était jusqu'alors repu de sa propre importance, va se trouver face aux vrais maîtres du chemin de fer et de la vie : les gens de l'argent. Il sent, dans son opium, que pour parfaire ses fantasmes, pour aller au bout de son rêve, il lui faut payer l'addition.

« Le gouverneur va être satisfait, car viennent d'arriver à Tcheng Tu, par le train qui fonctionne bien régulièrement, des messieurs tout à fait austères, qui certes ne se sont pas dérangés pour des cérémonies officielles ou des bagatelles folkloriques. Ils sont là pour le fric, pour la question d'argent : combien va rapporter la ligne. L'un d'eux, à vrai dire, accompagne le gouverneur général depuis le début de sa tournée. Mais ce personnage, le seul à ne pas être un fonctionnaire au sein de la troupe, a été jusque-là si discret, si falot qu'on l'avait pratiquement oublié. Un petit homme sec de corps, aux gestes un peu saccadés, une tête osseuse, presque grêle, rappelant pourtant un croupion de poulet, sans signes particuliers d'aucune espèce, si ce n'est des yeux un peu rougeâtres, une peau d'un roux brûlé et des moustaches comme de l'amadou, qu'on croirait prêtes à s'enflammer. Très silencieux, le casque de liège et la tenue de toile du colonial, la politesse humble d'un petit employé, les traits dans un garde-à-vous modeste. On ne le croirait pas capable de faire du mal à une mouche, mais moi je le tiens à l'œil car je sais trop bien que c'est un de ces petits Français malingres bâti à chaux et à sable, le constructeur du chemin de fer de Tcheng Tu, le directeur de la compagnie ferroviaire. La jungle, les montagnes, les calcaires, les épidémies, les coolies décimés à la grosse, par paquets entiers, ne lui sont rien. Il maugrée quand il arrive sur un chantier abandonné, où la brousse recouvre déjà les cadavres jaunes des travailleurs emportés par une maladie. « Nettoyez-moi ça », dit-il en faisant jeter du soufre sur les corps qui font les délices, du moins pour ce qui reste de la chair et des excréments, des armées surgissantes de fourmis, d'insectes et de bêtes. Juste un signe de croix de sa part quand il tombe sur un décédé blanc, quelque contremaître du diable, car les brutes périssent aussi, parfois même un ingénieur, un polytechnicien naïf victime du mirage des bâtisseurs d'empire, ou bien un vieux cheval de retour sans espoir, brûlé, décavé, avec un reste de connaissances techniques résistant aux alcools et aux vices, allant s'embaucher dans les entreprises de la colonisation, travaux publics ou plantations, qui deviendront belles un jour dans les rapports et les discours, mais qui sont des mouroirs pour commencer. Le chef, le petit monsieur qui a fait mon chemin de fer, n'a aucun intérêt pour ce qui concerne l'horrible, le sentiment, l'inutile. Lui, il voit d'une façon pratique. Il fait face à tout. Il règle tout, bien qu'il soit dévoré de malaria et de dysenterie. Il surmonte son épuisement. Il est réduit à l'état de tête d'épingle : un crâne mal soutenu par une colonne vertébrale maigre comme du fil de fer. Dans son obstination congénitale, il vient à bout de toutes les difficultés, celles faites par les hommes, celles provenant de la nature qui est comme une tempête végétale et minérale mal figée, un chaos noirâtre, verdâtre, chancelant. Chaque année, il pousse plus loin ses rails dans des contrées ignorées, où, à part quelques agglomérations minables accrochées à un piton ou rassemblées au fond d'une cuvette, les seuls habitants normaux sont des primitifs et des hors-la-loi. Mais le petit homme, toujours bien propre, toujours bien raide, continue de suspendre sa ligne aux abîmes, faisant des ponts comme de la dentelle au-dessus des canyons, perçant ses tunnels comme si c'était des galeries de taupes à travers les massifs pourris. Il est toujours parfait, le chef ingénieur modèle avec ses relevés de terrains, ses terrassements, ses explosifs, ses plèbes jaunes amenées de force et travaillant à la bêche comme des fourmilières, ses employés européens qui sont des bêtes fauves travaillées du foie et de la folie, ses caravanes de mulets qui apportent le matériel lourd par des sentes sauvages, ses statistiques quotidiennes, très approximatives, d'agonisants, ses médecins qui sont des aventuriers sans diplômes et sans médicaments, ses infirmeries qui sont des morgues, ses cimetières qui sont un bout de jungle mal équarri, avec une fosse commune pour les Jaunes et des semblants de tombes pour les Blancs. En dépit de tout, il ne manque jamais de tenir rigoureusement sa comptabilité, à un sou près, avec une exemplaire honnêteté. Pour lui, l'argent est sacré. C'est dans les limites des dépenses prévues, du budget accordé, que le personnage a poursuivi sa ligne, l'a enfin amenée à Tcheng Tu. C'est de cette rigueur financière qu'il est seulement fier.

« Tel est l'individu. Un phénomène du manque de sensibilité, du manque d'imagination. Il a toutes les qualités moyennes, banales du bon Français, un condensé du bon élève, de la bête à concours, du père de famille, de l'employé respectueux, de l'exécutant émérite, mais, en lui, ces qualités si convenables, ce dévouement à toutes les valeurs établies, ce sens du labeur sont portés à un niveau si extrême, si intangible, si compact, qu'ils entraînent le fantastique. Ce genre de bonshommes, je les connais bien... L'histoire de nos colonies en est pleine. Ils finissent en général, à force de bons et loyaux services, plus ou moins sous-directeurs des sociétés où ils ont commencé tout en bas, sont décorés, et meurent en France septuagénaires, regrettés de leur famille, pleurés par leurs enfants. Il y a généralement un faire-part dans *Le Figaro*, une veuve rabougrie en noir, des belles-filles en voiles de deuil, et des fils qui ont passé l'X ou Centrale, tristes et dignes, un rien plus modernes que leur père, avec la bande de crêpe sur leur manche de veste. La fin de ces gens est douce. Qui se douterait de leur dureté passée ? Mais le mien, à Tcheng Tu, est encore dans la force de l'âge et, dans sa modestie profonde et sincère, il en est au point de s'étonner si on le complimente sur son œuvre. Quand je l'ai remercié, avec force paroles élogieuses, de m'avoir amené mon chemin de fer jusque dans mon Tcheng Tu, il a toussoté, piquant un fard, détournant la tête, tout gauche, tout gêné, un communiant, un minus. Il a bégayé : « Oh ! monsieur le consul, je n'ai pas de mérite. J'ai simplement exécuté les ordres de messieurs les membres du conseil d'administration de ma firme. Eux, ce sont vraiment des hommes d'expérience, de grands hommes... » Ainsi, le type, tout ce qu'il a fait, ces années passées dans la jungle au milieu des dangers, des horreurs, des cadavres, dans ce qui était à la fois un bagne et une guerre, tout cela, ce miracle du rail, il l'offre en hommage à ses patrons, les pontes lointains qui l'ont « guidé » à coups de télégrammes d'engueulade, s'étonnant des retards, des dépenses, de tous les imprévus. Lui, il ne connaît qu'eux, ces noms révérés de la grande finance qui, niant les réalités vulgaires, ne s'expriment que par dossiers, bilans et profits. La civilisation des dividendes.

« Ce petit monsieur, je le redoute. Car au fond, il se fout bien de la France, même s'il est bon patriote, même s'il a perdu à Verdun un ou deux de ses garçons. En dépit de sa farouche courtoisie, je sens bien que je n'ai pour lui aucune importance, pas plus que le gouverneur général. Il serait parfaitement capable, un jour, sortant brusquement de ses timidités, de nous casser du sucre sur le dos, de nous traiter de son haut, d'avoir des éclats de voix, de nous faire des scènes, de nous lancer des ultimatums. Je le sens malheureux et inquiet sous ses airs de commis, devenant plus nerveux, s'étouffant au moindre mot qu'il prononce. Heureusement, il se retient, se bornant une fois à me murmurer dans l'oreille ces paroles énigmatiques : « Que vont dire mes supérieurs ? Ils ne vont pas être contents. » Il est comme une petite crevette, une petite grenouille, mais tout prêt à éclater. Quelque chose le travaille. Ce sont des chiffres, évidemment, les premiers qu'il a sur la rentabilité de sa ligne. Lui, vis-à-vis de son œuvre glorieuse, n'a qu'une mentalité d'épicier. Il serre contre lui une serviette qui contient une sorte de registre, avec une grosse colonne pour le passif, toutes les dépenses et investissements, une autre bien plus maigre pour l'actif. Car ça ne s'annonce pas tellement bien, ce chemin de fer, ça risque même d'être une catastrophe. Les wagons roulent à vide, alors que les cales des steamers du Yang Tse Kiang sont plus bourrées que jamais. Dans les ports du haut Yang Tse Kiang, les hordes de coolies se pressent, avec leurs dos écorchés, sur les vapeurs, pour décharger la camelote venue de Shanghai et pour y entasser à la place les plus belles marchandises du Sseu Tchouan, les sacs de riz, les balles de coton, de thé, les soieries. Sans compter l'opium qui s'en va aussi par là... Evidemment les taipans de Shanghai ont pris leurs précautions. Ils ont baissé les tarifs fluviaux de leurs rafiots, ils ont envoyé leurs compradores auprès des gros négociants jaunes de Tchoung King et de Tcheng Tu, avec des quantités de promesses, en vue de subtils arrangements. Tout ce que récolte la compagnie du chemin de fer, ce sont les réclamations des familles pour leurs membres tués par les trains, car ces foutus Célestes se servent de la voie gratis, à pied, comme si c'était une route, traînant avec eux des ânes, des mulets, ne faisant même pas attention aux coups de sifflet de la locomotive, ne se dérangeant pas, s'enfonçant gaillardement dans la nuit des tunnels où ils se font écraser. Et chaque fois, les frères aînés et les prétendues veuves de demander en dédommagement des sommes fantastiques, d'ameuter les populations, les magistrats, d'arrêter les convois au milieu des cris hystériques. Une foule furieuse a même commencé à mettre en pièces, en plein bled, le mécanicien français qui avait amené le premier train à Tcheng Tu, celui que j'avais congratulé. Il est à l'hôpital, où il a raconté que, sous le regard passif de quelques soldats, toute une meute de gens a grimpé jusqu'à lui, l'arrachant de sa machine, le précipitant à terre, devant les deux moitiés d'un individu qui, selon toute apparence, avait été coupé net par une roue. Il ne s'en serait pas sorti s'il n'avait pas juré que la société verserait mille taëls pour cette vie, mille fois plus que ne vaut un Chinois, vivant ou mort. En somme, un nouveau racket. Manifestement, l'état déplorable des affaires, les ennuis de toutes sortes sont le fait d'un complot, d'une conspiration savante. La main d'Albion est là-dedans. Le pire, c'est que l'ami des Français, le bon Tang Kiao ne fait rien, ne réagit pas, n'intervient pas. Et Dieu sait s'il sait faire sentir sa poigne, quand il le veut ! Pour le moment, lui aussi se fout du monde...

« Devant ce bilan désastreux, le petit Français se contient, mais il maigrit, il verdit, il jaunit. S'il n'explose pas, c'est qu'il a une raison : il attend. Il se retient même héroïquement jusqu'à ce que, enfin, arrivent à Tcheng Tu ses maîtres, ses commanditaires, ses patrons révérés : de gros banquiers. Eux, à peine débarqués, prennent les choses très bien, avec un demi-sourire, en personnages sans inquiétudes, en hommes habitués à faire prévaloir leurs intérêts doucement, inexorablement, sans histoires ni chichis. Ils sont trois. Un type pour les basses œuvres, une sorte de limace pas gélatineuse, plutôt en caoutchouc, rougeâtre, qui s'étire comme un guichet, comme une guillotine, en de drôles de grimaces ponctuées de « couacs ». Un autre type genre ancien officier de cavalerie, Saumur et concours hippiques, la distinction de la particule et du crottin de cheval. Les jambes arquées, le nez flamberge au vent, cet échassier humain est une espèce de chef de cabinet qui, grâce à la longueur de ses guibolles, sait hisser toutes les affaires même les plus sales, au-dessus des couches de boue, et arrive à les présenter sur un plateau de convenances rêches, mi-mondaines mi-militaires. Le troisième homme, c'est le « Patron ». La figure rose, ronde, bien pleine, aimable, une sorte de jambonneau, les yeux pâles dans cette chair saine et prospère, des cheveux bien brossés, un peu filasses, la peau bien poncée, fleurant les longs soins de toilette et l'eau de Cologne. En somme il incarne l'élégance supérieure, genre hobereau du faubourg Saint-Germain, le prince paysan. Des manières parfaites pour surgir, pour paraître, pour se faire sentir, lourdement léger, pour serrer les mains des messieurs comme pour baiser celles des dames. En tout, une certaine épaisseur de bon aloi, au physique comme au moral, le corps d'un bon gabarit, sans ventre, aristocratiquement boudiné, solide, avec des muscles puissants et discrets entretenus par un savant dosage de whisky et de gymnastique. Bon convive, bon causeur, de la politesse ronde, brave, un rien de galanterie, en toutes circonstances le sourire de compréhension sur une face jovialement réservée, la plus grande sociabilité, l'art de savoir faire partir une conversation animée sur un mot de bonne humeur, comme, dans d'autres cas, l'art d'attendre imperceptiblement le trait d'esprit d'un interlocuteur pour enchaîner, élargir le sujet, le lancer mondainement. Grâces. Tout cela sans se mettre en avant, sans jamais rien dire d'important, d'hilarant, d'exceptionnel, rien que la santé du verbe et le don de la prudence. Pourtant, avec cet individu, on est toujours sur des charbons ardents car, évidemment, rien ne lui échappe, il voit tout, il jauge tout et, à sa façon, il réagit à tout. On a toujours l'impression que, dans sa science de la banalité, il plante des flèches, des avertissements, des ultimatums. Son langage est mystérieusement codé, fait de mille nuances minuscules qui correspondent aux notes secrètes qu'il ne cesse de donner. Parfois les paupières battent un peu, l'iris est globuleux, avec une lueur incertaine au fond, mais qui s'éclaircit rapidement, innocemment, de façon à laisser toutes choses dans le flou, le vague, le bon ton, alors que dans son cerveau tout est enregistré, coupant comme une faux. Si quelqu'un le presse sur un point donné, il recourt à une certaine ironie paysanne volontairement naïve, à une bêtise bien étudiée pour montrer son intelligence et l'idiotie de l'autre monsieur, de l'importun. Si celui-ci ne comprend toujours pas, la voix de notre homme devient mielleuse, d'un miel acide et dangereux. Il faut des circonstances exceptionnelles pour que, de ses lèvres bien roses, sorte une phrase courte et précise comme une morsure. D'habitude, on le croirait le meilleur fils du monde, rassurant, charmant. Ce que je me demande, c'est comment il peut avoir le teint aussi frais, aussi clair alors qu'il habite Saigon, cette étuve, depuis tant d'années. Tous les coloniaux ont leurs stigmates, des stries, des tavelures, des sueurs, trop de lard ou pas assez, des cirrhoses, des enflures, des écoulements, des dessèchements. Lui, absolument pas. Il est toujours net comme l'œil, grand bourgeois à particule, patricien du Jockey Club, à croire qu'il n'a jamais quitté la France et le Tout-Paris. Tout s'est passé comme si les ventilateurs, en Indochine, au lieu de lui donner, comme aux autres, le chaud et le froid, les bouffées et les frissons de la fièvre, toutes sortes d'inconvénients, l'avaient au contraire constamment projeté, avec sa trogne en porcelaine, dans le septième ciel miraculeux, dans le printemps éternel de la finance ! La colonie ne l'a pas marqué, et pourtant il est le plus grand requin, le plus honoré aussi, des colonies françaises. C'est lui l'ennemi de mon protecteur de Shanghai. Comment va-t-il me traiter ? J'ai d'autant plus peur pour moi que lui et ses acolytes ont une réputation plutôt sinistre. On les surnomme « les bourreaux ». Ils ont mis l'Indochine en coupe réglée, légalement, honnêtement, avec la bénédiction du gouvernement général et des services civils. Il leur suffit de tendre la nasse et de recueillir le poisson. C'est-à-dire qu'ils sont bien gentils aux époques de prospérité, quand ça boume sur le caoutchouc et le riz de Cochinchine, quand Saigon est à la fête avec ses braves pionniers, ses bons « anciens », ses braves Français de la colonie à moitié fous, dingues de piastres, de combinaisons, de champagne, de vantardises, de taxi-girls, mabouls aussi de défricher la grande forêt pour s'y tailler des plantations, pour s'y découvrir des mines. La java... Les bons banquiers, alors, dans cette foire, accordent des crédits au tout-venant, à quiconque tente l'aventure, à n'importe qui monte une entreprise, raisonnable ou pas, foireuse ou pas, régulière ou pas. Chez les coloniaux, c'est alors l'exacerbation des imaginations, le plaisir, le délire de faire plus grand, de faire n'importe quoi. Seuls les banquiers ont la tête froide, dans leurs coffres-forts ils ont accumulé des kilos et des kilos de reconnaissances de dettes, bien claires, bien rédigées, bien juridiques, aux stipulations sévères mais nullement usuraires. Il ne reste plus aux banquiers qu'à attendre. Car ils connaissent les lois de l'économie tropicale. Ils savent qu'aux flambées succèdent les dépressions, qu'après des montées hallucinantes, les cours s'effondrent soudain tragiquement. Vient donc le moment du désespoir, des ruines, des suicides, de Saigon mort, des débiteurs acculés implorant désespérément la banque de leur prolonger les délais de remboursement. Bonne volonté de la banque, des banquiers, leurs visages désolés ; ils sont pourtant obligés de dire « non », car ils sont tenus vis-à-vis de leurs propres actionnaires, car il leur faut être durs pour éviter à eux-mêmes la faillite. Dureté délicieuse, qui permet à la banque de se payer en nature, de faire la rafle de tous les biens, domaines, propriétés, possessions des innombrables défaillants, de tous les gogos qui ont emprunté, qui ont trimé, qui ont créé, qui ont cru réussir et qui se trouvent soudain dépouillés, rasibus, sans rien, et cela le plus régulièrement du monde, après sommations et jugements. La banque est une pieuvre...

« Je dois le reconnaître, face au groupe des banquiers, j'ai la trouille. Quel trio : le tueur, exécuteur au masque distendu, l'étalagiste pète-sec qui donne bonne apparence aux assassinats, et enfin le Cerveau, le Maître qui conçoit et dirige les crimes, qui empoche pour la plus grande gloire de sa banque. Naturellement, il ne s'agit que de meurtres économiques, sans autre sang que, parfois, celui de quelques victimes désespérées, qui se réfugient par le suicide dans un au-delà sans banquiers. Bavures. Malgré tout, les boucheries par la piastre, par le latex, par le paddy sont aussi cruelles que les hécatombes par l'épée. Mais c'est fait proprement. Dans les autres colonies françaises, c'est le foutoir, la gabegie, le truquage, la petite combine, la pâle escroquerie, le coup de pied au cul de l'indigène, la domination du petit douanier, du fonctionnaire mesquin. Par contre l'Indochine, elle, est grandiosement pure — de la pureté supérieure du grand fric abstrait qui domine tout, qui commande tout et qui n'apparaît jamais au grand jour, sauf pour la paie des employés et quelques graissages de pattes. Là, dans cet univers impalpable et implacable, règnent mes trois Seigneurs de l'argent, plus froids que les Anglais de Shanghai, plus tortueux que les gros Chinois et les frêles Annamites, plus psychologues que les jésuites, sachant tout, devinant tout, exploitant tout, de parfaites caisses enregistreuses. Tilt — une opération est faite. Ils ne se contentent pas de ratiboiser le pays. Il ne leur suffit pas de jouer sur les changes et les cours à travers toutes les places d'Asie : un « tuyau », quelques télégrammes, des manipulations, et chaque fois un énorme gain. Mais ces gens-là sont redoutables parce qu'ils ne sont pas des aventuriers, quoi qu'ils fassent en réalité. Ils sont fondamentalement honorables, des professionnels issus des deux cents familles, des grands concours, de l'Inspection des finances. Chez eux, tout est secret, sans traces, mystérieux — et pourtant il y a toujours des documents justificatifs bien à jour, bien au clair, parfaits. Malheur à qui les suspecte, les tracasse, essaie de les coincer. Car ces messieurs sont intouchables — hydres décentes dans leurs bureaux le jour, hommes du monde le soir, les vrais maîtres de l'Indochine tout le temps. Mais l'atout prodigieux de ces messieurs, c'est qu'ils ne sont pas seulement des marchands d'argent. Ils ne se bornent pas à la spéculation, au financement des commerces, des circuits, des imports-exports, aux « combines ». Ce sont des créateurs. Ils créent vraiment l'Indochine française. Celle des richesses : forêts apprivoisées d'hévéas, canaux et digues multipliant les moissons de riz, villes nouvelles, usines aux ouvriers à peine payés, ports pleins de cargos, routes et chemins de fer. La finesse, c'est de faire payer les mises de fonds par d'autres — les petits Blancs que l'on écrase ensuite, ou le gouvernement général avec qui l'on s'arrange. A condition que cela rapporte. C'est dire que cela irait mal pour moi si ma « ligne » de Tcheng Tu ne rapportait pas...

« Redoutable séance de travail dans mon cabinet. Autour de moi, rien que des faces graves, sérieuses, empesées, solennelles, travaillées par la question d'argent. Cela commence mal, avec le petit Français, le constructeur minus et formidable qui rend compte. Il se met à déblatérer comme un constipé qui se soulage, il expectore malheurs et accusations de ses petites lèvres en cul de poule, d'une voix geignarde, heurtée, précipitée. Le gouverneur général coule vers moi un regard mauvais, en pépère ennuyé d'avoir des ennuis, et qui en conséquence se prépare à se fâcher, qui met en train en lui-même une mauvaise humeur très magistrale, très gubernatoriale. Le bonhomme en halète à l'avance, ses veinules rosissent, il se prépare un coup de sang. Et je dois dire que les figures de ses subordonnés, naturellement glacées et pâles, ne sont pas plus engageantes, au contraire. Quant aux banquiers, ils ont, tout en écoutant, de ces bobines de Jugement dernier ! L'homme élastique ricane en se distendant la mâchoire de l'air glouton d'un avaleur de sabres. L'homme culotte de peau se tient au garde-à-vous, prêt à commander « feu » à un peloton d'exécution. Le « patron », lui, se frotte les mains d'un air jouissif de Gengis Khan des finances s'apprêtant à tout immoler, moi pour commencer. Je me sens foutu, perdu, en compte. Mais soudain le grand banquier, au lieu de me massacrer, de me donner le coup de grâce, arrondit sa bouche pour émettre un surprenant « tut, tut, tut », à la façon d'un petit garçon jouant au chemin de fer. En fait, c'est un signal pour arrêter le petit Français, épuisé, à bout de souffle, n'en finissant pas de crachoter des mots geignards, misérables et accusateurs. Ce n'est pas sur moi que la foudre tombe : « Taisez-vous, dit le grand argentier à son trognon de bonhomme, vous vous affolez beaucoup trop. Vous allez vous rendre tout à fait malade à vous mettre dans ces états... » Il pavoise sa face d'un énorme sourire heureux, engageant, contagieux. Il irradie de contentement, se caressant les doigts avec une saine nonchalance, une application désinvolte, et redressant un peu son crâne avant de parler, cette fois avec une lenteur bonhomme, à la noble assemblée complètement stupéfaite et prise à contre-pied : « Monsieur le gouverneur général, messieurs, à quoi vous attendiez-vous ? La situation est tout à fait conforme à mes prévisions. Il était certain que notre cher Tang Kiao nous attendrait au tournant. Il veut quelques avantages supplémentaires, ce grand ami. Il est gourmand, mais on saura lui faire entendre raison. Cependant, monsieur le gouverneur général, il vous faudra faire un petit sacrifice de plus. Ce sera à l'Indochine, essentiellement intéressée par cette ligne du Sseu Tchouan, de satisfaire Tang Kiao. Car, moi et ma banque, nous avons été jusqu'au bout de nos possibilités. Nous les avons même dépassées, je dois dire, par simple patriotisme... Mais cela ne peut plus durer. »

« L'après-midi même, la séance de travail se transporte chez Tang Kiao, dans son yamen. Visite feutrée. A peine une sonnerie de clairon en notre honneur, non par manque d'égards, mais par discrétion : en Chine aussi, le fric se traite en silence. Nous nous entassons dans une petite salle sombre comme un coffre-fort, autour d'une table ronde au dessus de marbre. On dirait une conspiration. C'est le grand moment. Les têtes ont un relief abrupt, tragique, tout en restant enveloppées dans l'ouate des politesses pendant près d'une heure. Plus l'enjeu est sérieux, plus les hors-d'œuvre de l'insignifiance sont longs, interminables, épouvantables à subir. Tang Kiao, en petite tenue, s'enquiert minutieusement, en répétant cent fois les mêmes questions, de la santé du gouverneur général. Son mufle de rhinocéros s'embue d'émotion tout le temps que le gouverneur général se plaint de ses fatigues, de ses douleurs d'entrailles surtout. A la fin, Tang Kiao murmure quelques mots à Siou, lequel s'absente. Siou c'est, auprès du Seigneur de la guerre, le personnage qui incarne l'Elément civil. Aussi s'est-il composé un personnage flambant, époustouflant de « super-pékin » en queue-de-pie, chaussures vernies et chemise amidonnée avec petit nœud, symphonie de noir et de blanc agressivement pacifique. Le plus étonnant, dans sa tenue, c'est un haut-de-forme mastoc et luisant, un cylindre qui s'emboîte exactement sur le cylindre presque aussi lourd et solennel de son crâne. M. Siou est jeune, même pas la quarantaine, avec une peau si lisse, si tendue sur son lard naissant qu'elle se détend à peine pour laisser place, sur son visage de poupon balourd, gonflé et suffisant, à de minuscules petits traits. On dirait à peine qu'il a des yeux, des oreilles, une bouche, un nez, tellement tout cela est englobé dans son importance. Pourtant, il voit les « combines », il les entend, il les comprend mieux qu'un vieux singe, qu'un vieux rapace de vieux Chinois. Tang Kiao n'a confiance qu'en lui, et l'a nommé chef de son « gouvernement du Yunnan Sseu Tchouan ». Siou, évidemment, est un Yunnanais. Il pousse Tang Kiao à se constituer un Etat indépendant de la Chine, quitte à accepter un semi-protectorat des Français, à condition qu'ils paient bien. Mais casqueront-ils assez ? Certainement ce sont là les pensées de Tang Kiao à Tcheng Tu aujourd'hui. Car il n'a pris avec lui, face à tout notre groupe, que Siou pour jouer la partie. Siou chargé par Tang Kiao de vendre du Tang Kiao aux Français. Siou qui doit leur faire « suer » de nouveaux milliards à propos du chemin de fer. Siou qui, d'abord, pour mieux tromper son monde, est envoyé par son maître Tang Kiao à la recherche d'un élixir miraculeux, qui soulagera les intestins du gouverneur général. Siou qui revient avec un flacon en agate, que protège un dragon taillé dans les veines mêmes de la pierre. A l'intérieur un liquide trouble... Siou, plus gros gosse que jamais, plus déguisé que jamais, qui remue ses mains grasses, ses petites mains potelées, pour remettre l'élixir chinois à monsieur le gouverneur dont le fondement, à ce qu'il a raconté lui-même, est vraiment trop humide.

« Puis la vraie joute commence. Moi, je me tais. A vrai dire, tout le monde paraît endormi ; ce qui est signe d'attention. Les têtes dodelinent. Tang Kiao, en écoutant les Français, balance son crâne en un rythme égal, de la même façon qu'un coolie accroupi remue son derrière. M. Siou, en fermant ses paupières, ne semble plus avoir d'yeux du tout. Le gouverneur général est peut-être le seul à être ensommeillé vraiment. Mais il lui faut tenir le crachoir. A lui de parler. Il grognasse sa déception à Tang Kiao. Comment celui-ci ne s'arrange-t-il pas pour remplir les trains, comme il s'y était engagé jadis ? Là-dessus, l'inspiration lui manque. Devant la défaillance, son chef de cabinet civil, l'administrateur, ne se retient plus. Il est comme un roquet : déchaînement du bon fonctionnaire français face à l'indigène mal commandé. Il secoue Tang Kiao comme s'il était un simple mandarin annamite. Fureur blanche. On entend dans sa bouche les mots d'incapacité, d'insuffisance, de négligence, de tromperie, de fourberie, de manque de diligence, de déloyauté, de mauvais esprit. La vraie engueulade colonialiste. Tang Kiao, au lieu de s'irriter en superbe Seigneur de la guerre, courbe l'échine, bat sa coulpe, prend les poses de l'humilité et du remords. Toute sa formidable stature s'est écroulée quand il murmure d'une voix incolore : « Mes fautes sont grandes. Je n'ai pas su prendre les initiatives nécessaires pour montrer au peuple du Sseu Tchouan les bienfaits du chemin de fer. Je me sens très coupable... » A ce moment-là, le banquier d'Indochine, le Seigneur de l'argent, se trémousse noblement, avec embarras, avec gêne. Il trouve que la discussion prend la plus mauvaise tournure possible : la douceur de Tang Kiao va coûter cher... Accepter ainsi les insultes de cet imbécile de chef de cabinet, renchérir aussi systématiquement sur elles, se critiquer, renoncer à la face, ce ne peut être qu'une comédie dangereuse, une ruse, un piège. Ça sent le stratagème. Tout est possible. Ou que, tout d'un coup, après ces marques de bonne volonté, comme n'en pouvant plus, Tang Kiao flambe dans une colère, dans une rage qu'on ne pourra apaiser que difficilement, en la noyant d'argent. Ou plus probablement, pour qu'il n'éclate pas, pour qu'il ne passe pas des simagrées larmoyantes à la menace, il va falloir le matelasser de billets de banque et de pièces d'or. Et évidemment le gros Siou est là pour diriger la manœuvre... Alors le banquier, de son ton le plus rond, la rondeur étant sa force, prend les devants ; il s'incline même devant Tang Kiao pour lui dire avec un mélange de respect et de complicité : « Le seigneur Tang Kiao nous a donné une leçon de magnanimité en prenant sur lui tous les torts. Or, il n'est aucunement responsable de nos déconvenues, il a fait tout ce qu'il a pu. C'est nous autres qui avons commis la grande erreur, celle de sous-estimer les Anglais, qui ont fait tout ce gâchis. Ils s'en sont donné à cœur joie, ils ont tout saboté. Maintenant, au lieu de nous quereller sottement, nous devons, en toute amitié, nous concerter avec le Seigneur Tang Kiao, pour trouver la parade et prendre les mesures de salut. » Malgré ces paroles, Tang Kiao semble être retombé dans son apathie. C'est pour M. Siou, gros bébé en gibus, le moment d'abattre sa première carte. C'est « l'ouverture », moment capital des négociations avec les Célestes, moment qui ne vient qu'après des heures. Pour cela, M. Siou, sa face un peu débridée, les yeux ouverts, un sourire incrusté sur ses petits traits aussi précis que des chiffres, se met à employer le jargon du Céleste « occidentalisé », aussi ridicule que son accoutrement. Il fait un petit discours : « Permettez-moi, malgré mon indignité, d'exprimer mon point de vue.

Autrefois, j'ai étudié en Europe et en Amérique les sciences économiques dans les plus grandes universités. J'ai appris qu'il était très difficile de modifier les courants commerciaux établis. Pour cela, il faut de grands changements. Dans la situation présente la création du chemin de fer ne suffit pas. Il est nécessaire, en même temps, de bâtir une industrie moderne. C'est la pensée de mon maître Tang Kiao. Si les Français lui donnaient les moyens d'établir de grandes usines au Sseu Tchouan, elles seraient naturellement tournées vers l'Indochine, et tout le trafic de la province irait de ce côté-là. » Un grognement énorme. Cela vient de Tang Kiao, les veines saillantes sur le mur qu'est son front, les yeux pleins des lueurs du désir, la bouche cannibale dans sa voracité. Le déchaînement de la concupiscence, presque l'apoplexie, une sorte de fureur sacrée. Il éructe ainsi : « Ce que je veux, c'est un arsenal pour fabriquer mes canons et mes fusils. Comme cela, j'écraserai mes ennemis, j'étendrai mon pouvoir en en faisant profiter mes amis français. Je veux aussi des machines pour faire mon fer et mon électricité. Je veux... » Le gouverneur général affolé essaie vainement d'arrêter Tang Kiao en bredouillant : « Mon auguste ami, vos propositions sont très intéressantes. Passionnantes même. Mais elles ne vont pas manquer de soulever de gros problèmes, en particulier d'ordre financier. Vous savez, le budget de l'Indochine... Il faudra étudier tout cela très soigneusement... » Les rappels à la sagesse du gouverneur, inquiet pour ses piastres, se perdent dans une sorte de tohu-bohu général, de délire. Le banquier, en extase, a agrippé la manche de Tang Kiao et, face au colosse, il minaude virilement, battant des yeux, des mains, de la bouche, pour une fois tiré de son impérieuse et arrogante maîtrise de lui-même. On l'entend s'écrier : « Le Seigneur Tang Kiao a raison. Du reste, j'avais déjà de semblables projets en tête. Je le dis, le devoir de la France, sa mission, c'est d'industrialiser le Sseu Tchouan. Il n'y aura pas de problèmes d'investissement, je m'en charge, car les perspectives sont excellentes : tant de matières premières et tant d'hommes ! Le mieux serait de constituer, sous l'égide du général Tang Kiao et de quelques gros marchands de Tcheng Tu, des sociétés franco-sseutchouanaises, qui s'exerceront d'abord dans les activités les plus utiles... » Moi, je le vois venir, le gros malin, qui déjà bave sur les futurs dividendes et bénéfices. Évidemment le bon Tang Kiao n'aura pas son arsenal, ni ses hauts fourneaux, car l'industrie lourde, ça engage trop, c'est trop onéreux, ce n'est pas du profit facile. Pas besoin de le lui dire maintenant, il suffira de le consoler au moment voulu avec le pacson, et en lui refilant de vieilles pièces d'artillerie. De toute façon, le Tang Kiao, il faudra l'engraisser comme un porc — mais quelle importance ? Car si le business est bien conduit, ça produira du cent ou du deux cents pour cent de bénéfice chaque année, au moins. Et l'expérience, on l'a déjà acquise au Tonkin. Ce qu'il faut, c'est quelques cimenteries, des usines de textiles à la grosse, des cotonnières surtout, quelques manufactures de soieries, quelques mines de charbon et quelques centrales électriques, un peu de divers, quelques entreprises pour le sel, l'opium, des fabriques de cigarettes, peut-être de bière, d'alcool, des glacières. En somme, il s'agit de prendre une société à l'état moyenâgeux et de lui coller en vrac le confort moderne. Pas le grand confort. Juste des camelotes fabriquées sur place, avec les denrées du pays, en se servant de coolies, de femmes, de fillettes prolétarisées, sous-payées, camelotes que l'on déverse sur les populations qui, d'ailleurs, y prennent goût, s'y habituent. Pour ces fabrications, pas besoin de machines chères, raffinées, compliquées, juste le strict nécessaire, un bazar de chaudières, de robinets, de câbles, de roues dentelées, de moteurs, de pistons, de génératrices. Mais surtout il faut utiliser les mains, les dos, les biceps, les doigts des gueux et des gueuses que l'on enferme dans des baraquements, pêle-mêle avec les vieux outils chinois et un matériel rudimentaire importé de France. Avec les famines, les inondations, et le reste, partout, dans les taudis des villes et ceux des campagnes, on trouve de la main-d'œuvre autant qu'on veut — paysans, mendiants, orphelins, rôdeurs, concubines en fuite, gosses abandonnés, coolies, sampaniers, toutes sortes de pauvres hères qu'il suffit d'enrégimenter, de dresser. Ça ne coûte presque rien. Deux ou trois Blancs à poigne par entreprise, et quelques dizaines de contremaîtres chinois à trique pour faire travailler cette main-d'œuvre. Deux ou trois sous de salaire par jour, de façon que l'ouvrier ou l'ouvrière puisse se payer un bol de riz et ne crève pas, ce qui représente déjà un sacré avantage par rapport à la vie d'antan, celle d'avant l'industrialisation, où le problème quotidien pour les gens était de ne pas mourir de faim. Progrès social donc, au moindre prix. Des planches pour dormir, quarante ou cinquante types à la fois dans une piaule, ça suffit bien. Pas besoin de médicaments et tous ces chichis, grâce à la vitalité de la race. Si quelqu'un meurt, on le ramasse, on le remplace. C'est un beau spectacle que toutes ces foules d'Asie au labeur industriel. Pour les mines, un treuil, un trépan, et les milliers de fourmis humaines qui s'enfoncent sous terre, avec leurs pelles, leurs petits paniers, pour extraire le minerai. Les femmes, dans le textile, devant le tournoiement des métiers à tisser. L'atmosphère des fabriques de soieries, ces étuves où des gamines aux doigts fins dévident sans arrêt, seize, dix-huit heures par jour, des cocons en les trempant dans des bols d'eau bouillante. Quelques wagonnets et surtout des hommes pour porter les charges, les marchandises. Partout le turbin. Mais ces Chinois risquent de se révolter. Ces gens-là, il faut les tenir. Il faut traquer les meneurs rouges formés à Shanghai. Pour cela, il faut s'associer à Tang Kiao, et aussi aux gros compères célestes, les maîtres négociants de Tcheng Tu. Ceux-là, il vaut mieux les avoir dans sa manche, les mettre dans le coup, contrairement à ce que faisaient les taipans, les Anglais de Shanghai, qui avaient monté des firmes bien blanches, bien british, avec comme Jaunes seulement des compradores subalternes. Cela commence à leur valoir de sérieux ennuis, à Shanghai et à Canton. Le Sseu Tchouan est trop loin pour être pourri par le mauvais esprit mais il va falloir faire vite. Ça peut être formidable quelque temps, avec ces cent millions de Sseutchouanais qu'on va transformer en consommateurs, en clients. Mais la création de ce marché va démolir l'antique société, toute la structure sociale traditionnelle, ça va faire craquer les corporations et les anciens commerces, ruiner les artisans, les mariniers, livrer la propriété des terres aux nouveaux riches, à des seigneurs de la terre et à leurs alliés, ceux des gros marchands qui se seront reconvertis, qui auront « compris », qui brutalement s'empareront de tout. La modernisation sera aussi un carnage. Cela peut amener des troubles, des guerres, la révolution, des haines inexpiables. Il faut donc faire de l'argent à gogo et à la va-vite, se rembourser de toutes les mises de fonds en trois ou quatre ans. Ce qu'on empochera après, ce sera le vrai bénéfice. La partie vaut la peine d'être jouée. Le capital à investir, on le trouvera facilement en Indochine, en France, en Chine, dans la Banque, dans la haute finance, dans les grandes sociétés. On pourra créer à la pelle de petites sociétés, avec sièges à Tcheng Tu, à Yunnanfou ou à Hanoi. Mais, quand même, il vaut mieux demander au gouvernement général de l'Indochine de donner sa garantie, en cas de pépin survenant plus rapidement que prévu...

« Toutes ces pensées, je les vois grouiller dans le crâne du banquier. Je les sens se répandre dans l'assistance, assiéger les gens, remplir l'air. C'est la joie, le bonheur, l'enthousiasme, le baptême de l'ère nouvelle. Déjà on parle de certaines modalités d'exécution. Tang Kiao explique au gouverneur général son besoin urgent d'un emprunt, de façon à consolider son emprise sur son armée, laquelle lui sert à tenir le Sseu Tchouan, qui est la pièce maîtresse de tout le système. Le gouverneur, après des renâclements, des hésitations, flanche, il bredouille des mots qui ressemblent à une promesse. C'est du moins ainsi que le prend Tang Kiao. Aussitôt, toute sa figure plongée dans la béatitude, le contentement, l'amitié, il annonce avec force que, dès le lendemain, les trains partiront chargés à bloc — il y veillera personnellement, il prendra les mesures nécessaires, il persuadera ses amis négociants de bien se comporter. Tang Kiao, ce jour-là, pense même aux détails. Par exemple, il fait part d'une décision très sage. Pour lutter contre la fâcheuse manie de certains Sseutchouanais de se faire écrabouiller dans les tunnels, la compagnie du chemin de fer, sans s'embarrasser davantage, versera pour chaque trucidé une somme forfaitaire de cent sapèques, c'est-à-dire si peu que cela découragera tous les candidats à cette pratique éhontée de l'extorsion par le suicide. Gaieté générale. Champagne tiède. Euphorie croissante. Seul le gouverneur général a l'air un peu tracassé. La face de Tang Kiao, quand nous partons, nous salue comme si elle était la pleine lune, une grosse lune remplie d'hilarité intérieure. Quant au Seigneur de l'argent, au banquier, après avoir congratulé Tang Kiao, il se congratule lui-même avec des ronds de menton, cependant que ses sous-fifres ont des frétillements gourmets. Le gouverneur général garde cependant du souci dans les plis de son visage. Et sur le chemin du retour, quand nous approchons du consulat, il me jette à la figure : « Monsieur le consul, vous, avec votre chemin de fer et tout ce qui s'ensuit, vous allez me coûter cher. » Mais je rassure l'excellent homme : en ces matières de finances, il n'a qu'à faire confiance à ses administrateurs des services civils. Car ces messieurs ont l'honneur particulièrement bien placé en matière monétaire. Leur gloire, chaque année, ce sont les budgets, c'est d'en sortir pour l'Indochine, comme pour tous les territoires composant l'Indochine, des spécimens qui sont des merveilles de comptabilité, toujours équilibrés à une piastre près. Et ils ne sont pas gens à gâcher inconsidérément ces chefs-d'œuvre par des générosités imprudentes — cette cautèle, c'est leur façon de respecter le flush, la civilisation et l'œuvre de la France. Non, ils sont plus malins que cela. Que le gouverneur général ne se préoccupe donc de rien. Car la bonne tenue des budgets n'empêche pas les serviteurs de l'Etat de comprendre les nécessités des banques et des trusts, eux aussi considérés comme les instruments indispensables de l'action colonisatrice. En Indochine, le patriotisme, et ce qui en découle de progrès, de paix, de bien-être pour les populations, de bons sentiments, c'est avant tout, qu'il soit du domaine public ou privé, le fric, le fric, le gros fric. Tout se tient. Aussi les administrateurs, considérant quand même de leur devoir d'avantager l'action des puissances financières, ont pour cela mille ficelles, mille moyens souterrains, indirects et efficaces, qui ne dérangent pas les chiffres officiels. Les chiffres sont toujours en ordre en Indochine, du moins au niveau de ce qui compte : l'Administration et les « gros ». Encore une fois, que le gouverneur général ne se casse pas la tête. Puisque le chemin de fer et les usines du Sseu Tchouan semblent intéresser vraiment beaucoup les pontes du pèze, les administrateurs se débrouilleront au mieux pour eux au nom des intérêts supérieurs de la plus Grande France.

« Mon laïus rassérène le gouverneur général. D'ailleurs, il est pris, emporté, emballé par les dernières festivités — celles du départ. Tout a abouti. Il est temps de rentrer à Hanoi. Auparavant, encore des heures folles, celles des galas ultimes, encore plus somptueux qu'à l'arrivée, baignant dans les décoctions, les jus, les sauces de l'Amitié — désormais un écoulement chaud, un cataplasme, une inondation. Il y en a dans les plis, les replis, les petits yeux, les grosses bajoues, les méplats rasés, les épaisses lèvres de Tang Kiao. Ça se déverse de tous les

Chinois. Il y en a, de l'amitié, à vendre et à revendre, par tonnes, dans leurs kampés, leurs salutations, leurs salamalecs, leurs attentions, leurs délicatesses, leurs souhaits, leurs vœux, leurs serments, leurs promesses, dans n'importe quel discours, dans n'importe quelle phrase, dans n'importe quel grain de leur peau ou de leur uniforme, dans n'importe quel dent ou poil. Il y en a dans les manches des notables marchands, dans les plumets des militaires, dans les trompettes et les baïonnettes des soldats. La fleur sublime de l'amitié franco-sseutchouanaise, pour le bien immortel des deux peuples, s'épanouit. Quel dégoulinement ! Et avec cela, la cérémonie des cadeaux. Tout ce qu'il a emmené de décorations dans ses bagages, toute une bimbeloterie de plaques, de cordons ornés de lunes, d'éléphants, de soleils en faux émail, en faux or, en faux argent, le tout provenant d'ordres coloniaux bon marché et bien utiles, bien pittoresques aussi, le gouverneur général l'accroche sur les poitrines célestes, en marmottant les formules consacrées et en remettant les brevets. « Au nom du président de la République... » ne cesse-t-il de chevroter. Cela rappelle la distribution de verroterie aux bons sauvages, mais cette pensée indigne n'effleure aucun cerveau. Le gouverneur général va jusqu'à donner l'accolade à Tang Kiao, à l'embrasser virilement sur les joues — Tang Kiao est d'abord surpris par ces manières, mais après une seconde d'hésitation s'y soumet avec courage. Emotion. La fanfare de Tang Kiao joue *La Marseillaise*. Les dames sont là. La petite gouverneur, en décolleté, bat des mains. Et ce n'est pas tout. Car le gouverneur général a aussi un surplus de vases de Sèvres, qu'il fait distribuer, le plus gros étant pour Tang Kiao, qui juge sans doute que cela fera un excellent crachoir.

« Babioles que tout cela, en comparaison des dons des Célestes, en retour. C'est le déluge des caissettes à coulisses en bois de santal, contenant tous les trésors de l'Empire du Milieu. Sur les messieurs et sur les dames, quelle cascade de bijoux, de pierres précieuses, de soieries, de terres cuites, de bronzes millénaires, d'ivoires travaillés. Et il s'agit de pièces bien plus précieuses encore, bien plus rares que tout ce que ces bons Blancs avaient pu rafler eux-mêmes dans les boutiques, à leur arrivée à Tcheng Tu. Rien que les matières les plus nobles, les formes les plus tordues, les splendeurs les plus majestueuses de la Chine. De quoi remplir le musée Guimet... Chaque notable de Tcheng Tu y est allé de son présent, sans se faire tirer l'oreille. Il faut vraiment un intérêt bien puissant pour que de vieux magots se dépouillent, au profit de « barbares » ignares, des objets délicats qui font leur délectation. Oui, mais c'est l'avenir qui est en jeu. C'est dire si déjà ces histoires d'usines, d'industrialisation se sont répandues dans la ville, ont allumé les imaginations. C'est à qui, parmi les chinetoques, veut démontrer, par la magnificence de ses offrandes, son amour de la France et des Français. En réalité, il s'agit de compromettre moralement ceux-ci — car en Chine qui donne, même humblement, sans conditions, sans allusions, crée chez ses obligés le devoir de gratitude. Et les richards de Tcheng Tu, avec leurs bibelots, croient se constituer auprès du gouverneur, des administrateurs, des banquiers un capital de reconnaissance, payable ultérieurement sous la forme de milliards, de machines, de dividendes. Rien n'est dit. Tout est sous-entendu. Pour plus de sécurité, les Célestes ne se contentent pas d'arroser de « curios » le gouverneur, ils aspergent de curios toute sa suite, toute la colonie française de petits paquets, jusqu'au dernier sous-fifre. Inutile de dire que le gouverneur ne se rend aucunement compte de ces calculs et arrière-pensées. « Ces Chinois sont souvent représentés comme méchants, mais ils sont très gentils », constate-t-il. Des cadeaux, on en trouve partout, à table à côté des couverts, sur les chaises, dans les lits, avec les compliments sur un rouleau de papier rouge. Parfois un des

Célestes, en marque d'indignité, n'osant pas faire apporter ses présents par un messager, soudoie les domestiques du consulat, qui les disposent n'importe où, dans les endroits les plus imprévus. Aussi, dans le yamen, c'est un peu la chasse aux trésors. La gouverneur est aux anges, mi-fillette avide mi-marchande à la toilette tombant sur un butin insensé. Car évidemment, les Chinois, malins, surmontant leur mépris des femmes, la comblent, en en faisant la cible de leur générosité. Elle, submergée de boîtes et de coffrets, les ouvre de ses dents, de ses ongles, ne laissant personne intervenir dans cette exploration, grinçante, piaillante, pleine de mimiques follettes, de moments d'extase, redevenant soudain de sang-froid, petite commise faisant ses comptes : « Tiens, voilà le trentième collier de jade, le dix-huitième bracelet d'or rouge, la dixième agate... » Enumération sans fin. Et puis, la surprise encore plus sublime, grâce à Tang Kiao. Car lui, de tous les Chinois, c'est vraiment le plus fort, celui qui pense à tout, ce qu'il offre, ce n'est pas de la « chinoiserie », même la plus rutilante. C'est de l'indiscutable, de l'argument massue. Cela vient, via Shanghai, de la rue de la Paix, à Paris ! De l'occidental, du super-occidental même. Un truc pour duchesse, pour milliardaire, pour grande dame pleine aux as, pour cocotte dévoreuse : une boîte de velours contenant une rivière de diamants bleus, une dizaine en tout, de la plus belle eau, à facettes ardentes, le moindre étant de sept à huit carats. A cette vue, la gouverneur s'évanouit. Puis, revenant à elle, elle s'agrippe aux joyaux, les embrasse, pleure : « Poupou, Poupou, regarde. Je suis heureuse... » Mais Poupou, tout rouge, la mine renfrognée, arrive à articuler : « Tu ne peux accepter cela. On m'accuserait de vendre l'Indochine... » Alors, elle, comme une louve, glapit : « Imbécile ! Tu ne m'arracheras pas ces pierres. Je me tuerais plutôt... Je les ai, je les garde. Et puis je les mérite. Crois-tu que ce soit drôle de vivre avec un vieux dégoûtant comme toi, radin et tout, ridicule avec tes principes. Même pour notre mariage, tu n'as pas été capable de me donner le plus petit brillant... Monsieur veut être honnête, monsieur pense à lui, et moi je suis bonne à jeter aux chiens. Eh bien, cette fois-ci, je ne marche pas. » Je sens que mon heure est venue. Je me permets de faire observer au gouverneur général : « Monsieur le gouverneur, il est impossible de renvoyer ce collier à Tang Kiao. Ce serait l'offenser mortellement, lui faire perdre la face, tout compromettre... — Eh bien, monsieur le consul, expliquez-lui la situation. — Monsieur le gouverneur, Tang Kiao ne comprendra jamais... » Evidemment, mon argumentation est juste mais elle tombe bien. J'ai un certain mérite à en faire usage, car, à Anne Marie, Tang Kiao n'a donné qu'un minuscule solitaire, ce qui confirme ma réputation d'intégrité, mais ce qui ne tient pas suffisamment compte de mon importance. Car enfin, ce chemin de fer, tous ces projets d'industrialisation, c'est en grande partie mon œuvre. Je suis un peu vexé, même si Anne Marie ne paraît pas se soucier de la petitesse de son joyau. Elle a son étrange sourire. Quoi qu'il en soit le gouverneur général capitule — pas devant son épouse, mais au nom de la raison d'Etat. Le résultat est le même... Dans la soirée, la gouverneur, parée de ses diamants, m'attire dans un coin du salon du consulat : « Albert, me murmure-t-elle, je n'oublierai jamais ce que vous avez fait pour moi. Je vous remercie. Mais tout service mérite récompense, comme dit mon mari qui aime bien les proverbes. Venez donc au Tonkin en célibataire. Et je vous paierai en nature... » Je suis perplexe. C'est un dilemme. Refuser les faveurs d'une telle femme, c'est toujours dangereux, car elle peut se vexer, être rancunière. Mais c'est également plein de périls de coucher avec l'épouse du gouverneur général, ça peut très mal tourner et briser ma carrière. Dans mon embarras, je marmonne quelques mots indistincts. Mais la gouverneur est bonne fille : « Dites donc, Albert, vous n'êtes pas très galant. Mais je vous aime bien quand même. En tout cas, si un jour vous êtes tenté... Moi, je sais être reconnaissante. » Là-dessus, elle s'éclipse tout en pouffant, et Anne Marie tombe sur moi, les yeux brillants, la figure dure. Elle se met à me parler d'une voix coupante, sèche, mais sans élever le ton, sans que personne puisse entendre : « J'ai surpris votre petit manège. Remarquez que, d'une certaine façon, cela me soulagerait plutôt. Vous savez que je n'aime pas tellement ça... Cependant, je vous conseille de renoncer à cette intrigue, car je ne veux pas être la risée de Hanoi, la pauvre petite Mme Bonnard... » Curieuse Anne Marie. Toujours ce besoin de cacher ses sentiments délicats, de me donner de fausses raisons, alors qu'en réalité elle m'aime, qu'elle est jalouse. Heureusement que je sais que son détachement est affecté, que je connais bien sa tendresse dissimulée sous l'orgueil, sous ses airs de reine lointaine et inaccessible.

« Tout va bien. Tout va merveilleusement. Je peux être content de moi, sans fausse vanité. Malgré quelques anicroches inévitables, que j'ai su régler avec un doigté, un tact, une habileté qui me font honneur, cette tournée du gouverneur général au Sseu Tchouan est vraiment un très grand succès. Cela, je peux à bon droit l'affirmer dans le grand rapport que je vais rédiger pour les Affaires étrangères — il va faire pâlir de rage mes détracteurs, mes envieux du Quai d'Orsay. Je suis obligé de le constater, tous mes hôtes me témoignent la plus grande considération, de l'amitié même, ils ont toujours des compliments plein la bouche quand ils me parlent. Même l'administrateur-chef du cabinet civil, qui me battait froid au début, est dégelé, il s'adresse à moi en me disant avec un sourire qui lui fend la gueule : « Mon cher Albert », et il me tapote même l'épaule. Je suis récompensé de tout le mal que je me suis donné. Je suis fatigué, on le serait à moins, mais tout ce beau monde va déguerpir, il ne me reste plus qu'à le conduire au train. C'est le tralala final. Tout Tcheng Tu est mobilisé pour les manifestations de l'enthousiasme, les ovations joyeuses étant dûment mêlées aux marques de regret dues à la séparation, au départ de ces éminents visiteurs. C'est grandiose. Vraiment Tang Kiao fait bien les choses, c'est un organisateur qui, en quelques semaines, a su imposer le sens des convenances à une population qui était tout d'abord assez indifférente et désordonnée. Maintenant qu'il a pris la situation en main, il s'en va aussi, il retourne dans son Yunnanfou en compagnie du gouverneur général : il veut l'escorter lui-même jusque là-bas. Quoi qu'il en soit, Tang Kiao a fait porter dans un wagon blindé une vingtaine d'énormes caisses métalliques, qui ressemblent à des cercueils. En fait de cadavres, ce qu'il a mis là-dedans, ce sont les dépouilles du Sseu Tchouan, tout ce qu'il a pu grappiller comme or et comme taëls pendant sa présence à Tcheng Tu. Il n'a pas perdu son temps, ce brave homme ! Sa garde de fer entoure de baïonnettes et de mitraillettes ce trésor. Je dois dire que ce spectacle m'inspire une idée désagréable. Et si Tang Kiao avait peur ? s'il craignait un coup militaire à Tcheng Tu où on lui couperait son gros cou ? Si, une fois le butin ramassé, il se hâtait de foutre le camp pour jouir en sécurité de tout ce qu'il a volé ? Peut-être bien que, en dépit des apparences, la situation est précaire à Tcheng Tu, qu'il pourrait s'y produire des événements qui mettraient en l'air mon chemin de fer et mes usines. Sacrée Chine où rien n'est jamais certain, n'est jamais gagné... Mais je refoule ces pensées pour ne pas ternir la brillante réputation que je me suis acquise auprès du gouverneur général, pour ne pas attrister cette Excellence qui décanille tout épanouie, avec la certitude que, grâce à moi, la France a conquis un gros morceau de la Chine. Du reste, à la gare, les cérémonies des adieux sont un ballet encore mieux réglé qu'à l'arrivée. Tout le pandémonium rythmé, modulé, minuté des fanfares, des courbettes, des « présentez armes », le Tout-Tcheng Tu cassé en deux, tous les Chinois se concassant pour rendre hommage à Tang Kiao, comme à un dieu. Là-dedans, au milieu de ce panache, le petit groupe des Français au grand complet est comme la famille Fenouillard : effusions, congratulations, embrassades, attendrissements, accolades, serrements de mains, ultimes confidences, dernières recommandations, suprêmes potins, promesses de revoyures avec larmes à l'œil, petits rires et sourires entendus. Tandis que les Chinois sont comme hiératiquement emballés dans la cadence de leurs salutations, tandis que la locomotive s'anime, se remplissant de souffles et de halètements, les Français, ceux qui restent comme ceux qui partent, sont encore en train de faire assaut d'amabilités et de familiarités. Tang Kiao grimpe dans son wagon avec une lenteur convenable au milieu du tonnerre des cuivres et de l'éclair des baïonnettes. Madame la gouverneur, toujours à terre, tire de son sac un grand mouchoir qu'elle m'agite à la figure, comme une dernière farce. Soudain son époux, qui n'est pas encore monté lui non plus, me prend par l'épaule, m'entraînant à l'écart, se répand sur moi en gentillesses, il en fond littéralement. Il me serre contre son cœur. Il arrive enfin à me dire : « Permettez-moi de vous appeler Albert, mon cher consul. Un vieil homme comme moi, c'est méfiant, et tous ces jours-ci, je vous ai observé sans en avoir l'air. Eh bien, vous avez maintenant mon estime et, vous savez, je l'accorde rarement. Cette Chine si difficile, vous avez su me la faire voir, me la faire aimer. Que d'embûches vous avez surmontées ! Mais vous avez toujours su tirer votre épingle du jeu. Et grâce à vous la France s'installe sur le Yang Tse Kiang !... » L'Excellence s'arrête pour reprendre son souffle, puis continue mon panégyrique avec une expression de matoise autorité :

« Vous savez, l'Administration française manque de bons serviteurs, d'hommes désintéressés, capables et patriotes. Je vous le dis, le pays a besoin de vous pour des tâches plus importantes encore. Parfois on me prend pour un vieux croûton, un vieux jeton... Ne protestez pas, mon cher Albert, je suis, certains jours, un peu raplapla... Malgré ça, je compte en France, j'ai mon petit poids, j'ai de solides amitiés au gouvernement, au Parlement, dans les ministères, y compris celui des Affaires étrangères. Eh bien, comptez sur moi. Je vous fiche mon billet que, dans peu de temps, vous serez ambassadeur, vous allez devenir un très grand ambassadeur... »

CINQUIEME PARTIE

L'AUBE pointe. Une lumière blême coule sur les toits vernissés qui lui ajoutent quelques points dorés, s'infiltre par les fenêtres chinoises tendues de papier de bambou, vient effacer le plain-chant, le rayonnement, la domination de la lampe à opium : phare de la vie imaginative, réverbère des illusions. Toute la scène de la nuit part en morceaux. La tête et les yeux du Bouddha ne reluisent plus d'approbation, ils redeviennent ceux d'un « curio » dans un salon de consul. Le chef boy est toujours accroupi, mais ses doigts se sont arrêtés de fonctionner, ils sont maintenant comme des manivelles inertes. L'individu, rétréci, n'est plus rien, réduit au rang d'objet superflu, inutile ; il se tient replié sur lui-même, attendant que mon père revive assez pour lui donner des ordres, disponible, sans qu'aucune fatigue marque sa peau lisse, ses yeux en fente. N'ayant plus rien à faire, il se met à ranger machinalement son petit plateau, son attirail, il dispose en rangs les godets d'opium qui ont été vidés — mon père a en effet fumé au moins cinquante pipes. Cet imperceptible remue-ménage arrive jusqu'à la conscience de monsieur le consul qui, d'une voix exténuée, murmure à son serviteur : « Ne fais pas tant de bruit. Eteins la lampe, c'est bien... Ouvre les portes, fais entrer l'air. On étouffe ici. Mon Dieu, que j'ai mal à la tête... Sois silencieux, le moindre son me déchire la tête. Fais attention, imbécile... » Le chef boy a beau être aussi furtif, muet, impalpable qu'une chauve-souris, il porte quand même sur les nerfs délicats du consul de France. Monsieur le consul de France, c'est évident, est dans le cirage, grincheux. Ses yeux sont noirs comme du charbon, des trous sombres, et sa figure, évidée à la façon de certaines vieilles statues rongées par les intempéries, se couvre d'une petite mousse brune : la chaume de sa barbe. Il a un aspect plutôt lamentable, monsieur le consul, lui d'habitude si coquet, ne se négligeant jamais, se barbifiant deux fois par jour, à cause de son système pileux si puissant, vigoureux, salissant, au point que quand, dans la journée, il approche sa joue de celle d'Anne Marie, elle lui crie : « Vous piquez ! » Alors mon père va se gratter la peau, se la rafraîchir à l'eau de Cologne, il est toujours avantageusement distingué... Aussi, est-il rare de le voir tel qu'il est dans cette aurore : une épave que le jour met au jour. Des commissures, des plis, des pores dilatés, des pupilles gonflées, rougies, toute une crasse ébouriffée de cheveux, cette coulée de points noirs sur son menton. Autour de lui, la domesticité entière est restée toute la nuit à épier, toujours tapie à observer, et l'état où est mon père ne semble pas surprendre ces gens. Sans doute en ont-ils l'habitude. En tout cas, l'armée secrète des serviteurs retient son souffle en ces moments pénibles et incertains de l'aurore où monsieur le consul de France revient à lui-même. Car, alors, il est toujours d'une humeur massacrante. Et malheur s'il surprend quelqu'un... D'ailleurs c'est le monopole, le privilège, le dernier travail du chef boy d'accoucher Albert de lui-même, de l'aider à revenir au monde.

Ils connaissent tous la règle du jeu : ne pas être pris. Ils contemplent la gamme des grimaces de mon père en train de reprendre contact avec la réalité. Non qu'il l'ait jamais complètement perdue de vue, car, même dans son rêve, il savait qu'il rêvait, il dirigeait son songe dans une sorte de semi-lucidité. Le grand jeu... Mais maintenant la fraîcheur matinale le saisit, à moins que ce ne soit une fièvre, et il claque des dents. Il est jaune comme un coing. Il frissonne de partout, même des mots, en appelant le chef boy : « Que je n'attrape pas une fluxion. Remets-moi ma veste, vite... », car il l'avait enlevée pour la séance d'opium, il avait fumé gaillardement en bras de chemise. Le serviteur réussit à lui relever les bras l'un après l'autre, à lui enfiler le vêtement après maints efforts, une lutte respectueuse contre la mollesse invincible qui a saisi le corps de mon père. L'opération enfin faite, le consul arrive à se soulever de sa couche, en geignant et en s'appuyant sur l'épaule du chef boy. Où est la gesticulation comique mais forte de la nuit, le rythme de la drogue, ces saccades de la tête et du tronc pour se saisir de l'embouchure ? Là, c'est la lente descente dans le réel, le drame des douleurs, des courbatures, des soupirs. Soudain, une pensée qui l'avait déjà effleuré tout à l'heure, lors de la disparition du rêve, revient à l'assaut dans son crâne. Et sous le choc, d'un seul coup, il se fige :

« Dumont ! Mais c'est lui qui va voir le gouverneur général de l'Indochine pour de bon. Il va le circonvenir, le manœuvrer, en faire sa chose contre moi. Ce Dumont, dès qu'il aura quitté Tcheng Tu, il va se ruer à Hanoi. Et de là, le salaud, il ne manquera pas de monter à Yunnanfou pour traficoter avec Tang Kiao, me trahir, me vendre. Pour lui, ces personnages sont vrais, aisément abordables, facilement manipulables, concrètement négociables. Il va en faire ses pions, ses jouets. L'air de respect qu'il va prendre avec le gouverneur général, la bonhomie complice qu'il va afficher avec Tang Kiao ! Le salaud, il va les entortiller avec ses arguments, ses ficelles, ses combines. Oui, dès qu'il sera parti d'ici en jouant à l'ami, il va aller auprès d'eux, l'un après l'autre, me les entortiller, me les maquereauter, me préparer je ne sais quelle sale histoire. Il s'en ira de Tcheng Tu quand il aura obtenu de moi tout ce qu'il veut, en m'embrassant, en me pelotant. Et pendant qu'il fera son périple, la descente du Yang Tse Kiang jusqu'à Shanghai, le paquebot jusqu'au Tonkin, le train de Hanoi à Yunnanfou, moi, je resterai ici la bouche en cœur, éloigné de tout, impuissant, à sa merci, attendant le mauvais coup, je ne sais lequel... »

Pendant ce temps, mon père s'est rajusté. Grâce à la dextérité secourable du chef boy, il a remis son nœud papillon et aussi ses chaussures vernies, étroites, pointues et de toute petite taille. C'est une des fiertés de mon père, la délicatesse et la mignardise de ses pieds. Mais ce sont aussi chez lui des organes particulièrement sensibles, et chaque matin on l'entend gueuler, gueulements plaintifs ou furieux selon les jours, quand le chef boy, malgré la douceur de ses mains, le blesse à ses extrémités en lui ajustant ses escarpins. En cette aube, la maœuvre se passe bien. C'est que le consul de France est en proie à d'autres pensées, cogitant férocement, se montant systématiquement la tête contre Dumont :

« Et dire que tout à l'heure, au dîner, cet individu a osé me faire chanter, moi, Albert Bonnard ! Il va se servir de moi pour faire ses commissions auprès du maréchal de Tcheng Tu et de ses Yunnanais. Il faut que je lui obtienne son marché de l'opium, pour lui et sa Bande Bleue, sinon... Et toute cette mise en demeure avec des insinuations, des menaces, des roulements d'yeux, des ballottements du ventre, une sincérité truquée, des promesses faisandées ! Mais pour qui se prend-il donc, nom de Dieu, ce Dumont ? »

Mon père s'est assis sur le rebord du sofa, les jambes traînant par terre. Le rêve s'est dissipé le laissant face aux contingences, dans le jour qui se lève. Dumont, pendant ce temps, doit être en train de cuver, dans un sommeil rempli de satisfactions et de ruses. L'animal le tient, lui n'a aucun besoin de se consoler avec des imaginations, avec les délices de la drogue. Il roupille, le Dumont, paisiblement, peut-être en souriant heureusement. Pour lui, l'opium, ce sont des tonnes et des tonnes de bonne marchandise qu'il va enlever prochainement, le gros pacson, le fric à se remplir les poches et les comptes en banque. Et de plus il veut profiter de tout, des armes, du chemin de fer à construire, du travail patriotique et désintéressé de mon père. Et dire que ce margoulin a dû s'endormir sur ces agréables perspectives. Mais cela ne se passera pas comme ça...

A ce degré de réflexion, en pensant à ce Dumont qui doit ronfler, mon père est saisi d'un haut-le-cœur. Il se crispe, décompose ses traits, puis les remettant en un ordre glacé, avec un demi-sourire fielleux. Là-dessus, il s'isole en lui-même, fermant complètement sa figure. Dans son crâne, ça bout comme dans une chaudière. Mais, à l'extérieur, il est de plus en plus compassé : une plaque de métal froid. Sa tête n'est plus qu'un losange effilé, qu'il hisse toujours plus haut au bout de son cou qu'il tend, qu'il déploie, comme lorsqu'il est gêné par un col dur. Mon père a la même tête plate qu'un cobra lové sur lui-même, fou de fureur et qui se balance avant de frapper. C'est fréquent, chez Albert Bonnard, une crise de ce genre, un concentré de rage et d'amertume. Mais, contrairement aux reptiles, son poison, celui de la vexation, car il en fabrique dès qu'il est vexé et il a un don pour l'être, il le garde d'habitude en lui. Il peut rester en société, des heures et des jours, le menton en avant, le crâne vissé au bout d'une tige, les yeux morts, les lèvres pincées, l'air absent, l'image du pauvre homme empalé par l'injustice, mais qui se contient — surtout s'il y a dans l'assemblée un personnage important à ne pas contrarier. Parfois il fait l'effort inouï de se surmonter, de vaincre sa douleur légitime, de revenir parmi les gens, sur la terre mauvaise. Alors il arbore le mince sourire de l'homme qui a triomphé de lui-même, il esquisse une plaisanterie ou une galanterie. Mais, *in petto*, il s'est tenu des discours de vengeance, il a trempé, durci sa rancune qui se manifestera plus tard.

Et c'est bien ce qui se passe ce jour-là. Après être resté tout empaillé, mon père revient à la vie normale, à ses tics habituels. Il parle à haute voix :

« Dumont, il ne l'emportera pas en paradis. Cette énorme baudruche, je vais la percer, la crever, la cisailler. Oui, mais il faut qu'il ne se doute de rien. Je vais filer doux. Je vais abandonner les joies de la colère pour les plaisirs de l'hypocrisie. J'ai mon petit plan. Il faut que je dise à Anne Marie d'être plus gentille avec lui... »

Mon père, soudain radieux, quoique épuisé, s'apprête à rejoindre ses pénates. Il se lève, il tient debout, il marche à peu près droit. On l'entend avancer dans la cour, faire crisser ses chaussures. On l'entend grimper l'escalier de bois qui mène dans la chambre conjugale, où Anne Marie dort. Autour de lui, le néant et la paix. Tout s'éclipse à l'entour, aussi bien le chef boy, qui disparaît de la scène de ses devoirs comme un lézard rentre dans une fissure, que les créatures cachées, qui, elles, resurgissent de leurs trous dans leurs robes blanches pour s'en aller paisiblement, fantômes du matin. Li, joyeuse et végétale comme un concombre, se glisse dans ma chambre, vient vers mon lit pour s'assurer que je dors et, affectueusement, frotte son nez camus contre le mien en guise d'embrassade, puis elle me quitte. Je suis seul, surpris par la visite trop matinale de Li, je reste aux aguets, car depuis longtemps, grâce à mon éducation chinoise de la dissimulation, je suis le petit espion. Je vois tout, j'entends tout, je comprends beaucoup sans jamais rien montrer. Je sais, aussi bien que tendre l'oreille, déambuler sans aucun bruit. J'entends les pas de mon père, j'attends que deux ou trois minutes se soient passées depuis qu'il a rejoint Anne Marie. Et alors, parmi les rumeurs provenant de la cité qui se réveille, qui s'ébat, se débat déjà dans son grouillement, dans le consulat encore désert où j'entends mon cheval hennir dans son écurie, je me glisse jusqu'à la porte de la chambre de mes parents, celle qui communique avec la mienne. Comme je m'y attendais, ils se disputent. Leurs voix viennent à moi à travers le mur très mince, presque un mur de papier.

Pauvre Albert ! Chaque fois qu'il traîne ainsi jusqu'à l'aurore, à boire, à se pavaner, à discuter ou à fumer, il est ensuite pris par le besoin urgent de rejoindre Anne Marie, pour « se déboutonner », pour lui servir chaud ses confidences, ses exploits, ses habiletés, ses vantardises. Evidemment, il ne dit pas tout, il prend même un air dégagé pour mentir, il a un petit ton vaniteux pour détailler ses astuces, pour émailler son discours de remarques pertinentes. Mais il faut d'abord que son épouse ne le coupe pas court. Aussi, pour commencer, avant de se lancer dans le flot oratoire, avant de se déshabiller, il tâche de l'amadouer. La première difficulté, c'est de la réveiller. En entrant dans la pièce conjugale, quand il aperçoit la forme longue, frêle et dormante de sa femme comme un fuseau entre les draps, quand il détaille ses traits assoupis, sa bouche qui respire régulièrement, la torsade de ses cheveux au-dessus du front ovale, ses longs cils comme des rideaux protégeant ses yeux fermés, il se livre obstinément à des simagrées et exercices divers pour la tirer de son sommeil : toux, soupirs, frottements des pieds sur le plancher, mouvements maladroits qui lui font cogner les meubles. Quand Anne Marie a enfin ouvert les paupières, se redressant un peu sur ses oreillers, levant vaguement une tête en alerte, déjà irritée, où la peau tendre est plissée des rides naissantes de la mauvaise humeur, où le menton est aigu et où le marron de l'iris est déjà luisant, dans l'expectative du combat, mon père tâche de l'embrasser en lui murmurant : « Je vous aime », exactement comme sur une carte postale de la Belle Epoque. A vrai dire, Albert Bonnard est incorrigible, car chaque fois ou presque, il se fait solidement rembarrer. Et c'est bien ce qui arrive ce matin-là, avec même une vigueur particulière. Car Anne Marie, d'une voix rauque, coupée, presque osseuse, si contraire à son débit généralement doux et murmurant, arrête net les tentatives à la fois galantes et consulaires de son époux :

« Ne me touchez pas. Quoi, vous voulez pénétrer dans mon lit, vous voulez me parler ? Mais vous sentez l'alcool, mon ami, et vous sentez encore plus l'opium. Allez dormir ailleurs...

— Mais, Anne Marie, j'ai des choses très importantes à vous dire, des choses capitales.

— Ça peut attendre quelques heures. Vous savez, votre nuit, je la connais déjà. Vous avez fait le flambard avec Dumont, il vous a rabattu le caquet, vous vous êtes senti humilié, alors vous vous êtes mis à l'opium. Si seulement vous aimiez vraiment cela... Mais vous fumez en lâche, en pauvre homme qui a besoin de se sentir un grand homme. Vous bercez vos faiblesses avec vos pipes. Combien, quarante ou cinquante ? Restez avec elles, puisqu'elles vous donnent du génie, ça, moi, je ne peux pas le faire. Allons, partez.

— Vous oubliez tout ce que vous me devez...

— Ne soyez pas mufle, en plus. C'est tellement inutile de recommencer cette discussion. Ne faites pas votre tête de dindon vexé, comme vous avez dû le faire avec Dumont, avant qu'il ne vous ferme le bec. Avec moi, ça ne prend pas plus qu'avec lui...

— Anne Marie, je vous en supplie...

— N'essayez pas non plus de m'apitoyer. Je vous écouterai tout à l'heure, c'est promis. Pour le moment, laissez-moi, retirez-vous dans l'autre chambre, le lit est fait. Allez-vous-en sans manigances ridicules, sans grogner, trépigner, gémir, sans claquer les portes. A chaque fois, vous réveillez le petit. A propos, avez-vous fait attention à ce qu'il aille se coucher de bonne heure ?

— C'était votre rôle, madame. »

Et sur cette réplique vengeresse, Albert s'apprête à rejoindre le cagibi où le refoule souvent ma mère. Cet endroit d'exil est au-delà de ma propre chambre. J'avais l'habitude de voir passer par chez moi mon père envoyé en pénitence. Parfois, il était furieux, tempêtait, cassait des objets, tapait du pied, laissait un sillage de désolation. Plus souvent, il se retirait en seigneur insulté, altier, le visage froid comme du marbre, semblant dire : « Vous le regretterez, madame. » Il lui arrivait aussi de pleurnicher, de pleurer même, reniflant et tirant son mouchoir. Mais en général, il mélangeait tous ces genres d'expression.

C'est le cas ce matin. Sa figure est un buste de colère solennelle où la dignité s'effiloche en remous vicieux de rancœur, en envies de rester encore un peu chez son épouse pour arriver à la titiller, à la dominer par un trait ingénieux et pervers, la flèche du Parthe lui permettant d'avoir le dessus sur elle avant de déguerpir en vainqueur et non plus en vaincu. Mais tout a échoué, sa composition d'un personnage d'imperator n'impressionnant pas Anne Marie, ses banderilles sarcastiques s'étant émoussées sur la cuirasse de son indifférence, elle le repoussant avec la calme tranquillité du dédain congénital, bien établi, bien dosé. Aussi, finalement, ce qui a tendance à l'emporter sur les traits de mon père et dans son comportement, c'est un chagrin presque puéril, une mixture de claquements de portes, de nez pincé, de phrases répétées sur un ton plus haut, et aussi d'humidité des yeux, de gonflement des paupières, de joues pendantes. Enfin, après ces démonstrations, ayant fait prédominer sur ses traits des plis à la fois stoïques et peinés soutenus par un regard mélancolique et fixe qui contemple l'horizon comme s'il n'était pas barré par les cloisons, il s'en va ou fait semblant de s'en aller, jusqu'à ce qu'Anne Marie se dresse à moitié sur son lit, après avoir tiré les couvertures sur elle pour rester enveloppée et défendue, l'expression acariâtre marquée par les coins de sa bouche qui se dilatent, qui se haussent, qui s'arc-boutent, tout prêts à lâcher des mots vraiment empoisonnés, ceux qui ulcèrent pendant des semaines, ceux qui rancissent, ceux qui blessent jusqu'au fond du cœur. Alors, pris de peur, avant qu'Anne Marie se fâche comme une furie odieusement lucide dont la bouche serait un cratère sec, Albert décampe. Enfin il bat en retraite dans la direction qu'Anne Marie, muette et blanche, toujours assise sur son matelas, sa tête dépassant seule l'édredon en boule autour d'elle en guise d'armure, lui a indiquée, c'est-à-dire celle de ma chambre.

Inutile de dire qu'avant que mon père ne passe dans mon petit royaume, je suis emmitouflé dans mes draps, mon visage régulier, brun, un peu ovale, comme celui d'Anne Marie, mais avec le gros nez paternel, flottant sur leur blancheur, mes narines respirant du souffle égal, profond, sage, du bon garçon ordinaire qu'Albert croit que je suis. Car il est sûr que je ferai de bonnes études, que je serai premier aux examens, et, à chaque arrivée de valise, il me fait des cadeaux que je n'aime pas, en les mêlant de recommandations, celles d'être bien sage, bien docile, bien travailleur. Souvent, il me dit d'un ton pleurard que pour moi, il se saigne aux quatre veines, qu'il va faire venir un précepteur. En attendant, à cause de lui, tout un panneau de ma chambre est encombré de livres de Jules Verne et de la comtesse de Ségur, que je ne lis pas. Et surtout le plancher est occupé par un chemin de fer électrique que mon père a laborieusement installé avec l'aide de son chef boy, lequel n'a jamais vu un train de sa vie mais a fait tout le montage.

Et quand le premier convoi est passé sous un tunnel, mon père radieux a dit : « Tiens, c'est le petit chemin de fer du Sseu Tchouan de mon petit garçon. Peut-être qu'il sera plus tard premier à Polytechnique... » Cela se passait il y a quelques jours. Depuis, exprès, sournoisement, j'ai cassé les voies, les aiguillages, les locomotives. Et ce fameux matin, alors que je fais semblant de dormir, je me dis : « Mon père ne va pas manquer de se prendre les pieds dans les rails. Et il va crier... » Pour jouir de la scène immanquable, j'entrouve un peu les paupières sur mes yeux jaunes, mordorés, des yeux de chat disent généralement les bons invités du consulat qui m'admirent pour faire plaisir à mes parents. Effectivement, je vois mon père passer, allant à son cagibi, encore plus petit garçon que moi. Et cela ne manque pas, il bute contre une ligne, une gare, il entraîne tout le réseau avec ses extrémités, il sautille en boitillant, en gémissant « Ouille, ouille, ouille », en se courbant pour masser ses doigts de pieds. Mais, au lieu de se fâcher, Albert s'arrête, et se dirige sur moi, sur ma petite forme faussement ensommeillée et m'embrasse sur le front de ses lèvres mouillées, tout en proférant « Mon petit garçon... » avec émoi, trouvant enfin l'occasion de déverser des sentiments tendres. Je fais semblant de ne rien ressentir, je redouble hypocritement de sommeil. Et de l'autre côté de la cloison parvient la voix d'Anne Marie : « Ne profitez pas de cet enfant pour larmoyer. Laissez-le dormir. » Mon père disparaît. Je me rendors.

Le soleil du matin, comme une marmite de lumière dans le ciel pur et clair, m'envoie en oblique, par mes fenêtres qui ont été ouvertes, une tranche de chaleur, une sorte de beignet chaud, rissolé, sec, que j'essaie d'attraper avec mes dents. Je me réveille. Et alors Tcheng Tu entier, dans son ruissellement sonore, avec ses odeurs aussi, vient à moi ! C'est l'heure de l'activité intense, où la cité est comme un gong qui répercute les piétinements, les criaillements, la forêt des bruits, toutes les joyeusetés d'être, de manger, de vivre. Mais sur ce fond, sur ce roulement continu, se détachent de tout près, venant de la chambre de mes parents, leurs voix. Voix qui ne s'affrontent plus. Ma mère, habillée en jardinière d'un long fourreau, est revenue de couper des fleurs au sécateur, corolles sauvages et corolles douces, flamboyance des orchidées, fierté des lis, douceur triste des chrysanthèmes. Et toutes les senteurs. De ses longues mains, semblables à des chignons dénoués, qui se rejoignent et s'activent, des chignons d'une chair langoureusement nerveuse, Anne Marie dispose sa récolte dans des vases, avec l'assistance de Li. Sa tête porte comme une amphore des tresses de cheveux, si lourdes qu'elles inclinent sur le côté un visage qui découvre la sérénité accomplie, la tranquillité de l'âme, la paix des yeux. Encore une fois, moi le petit garçon taciturne, je suis en admiration devant la grâce d'Anne Marie, son sens des gestes et des poses. Car la porte est ouverte, car je suis allé à elle, pour me tapir contre elle, pour sentir le duveté de ses joues, le grain de sa peau, le luisant sombre de ses cheveux, la limpidité de ses prunelles. Et, s'arrêtant de disposer ses bouquets où elle assortit si bien les fleurs terribles, languettes de feu, entonnoirs maléfiques, gouffres carnassiers, avec les fleurs de l'extase, de la consolation, de la douceur, elle arrondit ses bras pour me capter, avec la nonchalance précise d'une déesse. Elle est en train de composer le groupe de la mère et de l'enfant. Rien de la maternité sensuelle et dévoreuse, juste le tableau harmonieux ou ce qu'elle juge trop matériel, animal, instinctif est sublimé par la beauté, par l'art des attitudes, où la simplicité la plus extrême, la plus dépouillée, la plus raffinée aussi, venant de l'âme, est en fait un comportement contrôlé, presque symbolique. Au bout de quelques instants, Anne Marie estime notre communion, car c'en est une, suffisante, risquant, à se prolonger, de tomber dans le vulgaire, le trop naturel. Alors, après m'avoir donné un baiser, un effleurement du bout des lèvres, elle détache, avec une lenteur accélérée, ses bras d'autour de ma tête, les replongeant dans les bouquets, et elle me dit : « Va jouer, petit garçon. Li va t'habiller. » « Et moi, on m'oublie ? » dit Albert en affectant la grosse voix.

Il est là, dans une robe de chambre rouge écarlate avec une ceinture à glands, jovialement assis sur une chaise, devant une table, en train de prendre son petit déjeuner, vérifiant si ses œufs à la coque sont bien cuits, le chef boy derrière lui pour le servir. Il est là, installé, joyeux, même pas la mine de papier mâché, déjà rasé de frais, presque exubérant, à la fois dans ses dignités de pater familias, d'époux, de papa, sans compter le côté consulaire. Prêt à couler, à déborder d'effusions, de confidences, de gaillardises, de bonnes blagues, de petits refrains, avec une Anne Marie qui semble l'accepter. Pour commencer, il faut qu'il m'attrape, qu'il me pose à califourchon sur ses genoux, qu'il joue à « hue dada » avec moi, qu'il me fasse sauter en l'air, en me collant sa moustache dans les yeux. « Laissez-le s'en aller dans le jardin ou à l'écurie, il s'amusera davantage », lui dit Anne Marie, pour me sauver de lui ou pour se débarrasser de moi, les deux peut-être, je ne sais. Mais mon père, en pleine alacrité, plaide ma cause auprès de ma mère : « Non, non, Lulu ne nous gênera pas. Il ne peut pas comprendre notre conversation... » Et Albert me saisit derechef, me projette jusqu'au plafond, me porte au bout de ses bras en faisant le cheval, en trottinant, en galopant, en hennissant. Enfin, épuisé par cet élan de paternité, il se calme, me déposant par terre où, accroupi à la chinoise, je fais semblant de regarder un livre d'images, en réalité l'attention affûtée, tout ouïe.

Aujourd'hui, je revois cette scène avec mes yeux d'adulte, je la revis dans son sens profond. Car alors enfant je n'étais qu'une petite vigie qui regardait le drame de ses parents, en devinant un peu que c'était son drame aussi. Ce n'est que bien des années après que les choses se sont éclairées pour moi, qu'elles ont pris leur plénitude, cette acuité qui me frappe maintenant.

Après avoir achevé son breakfast et renvoyé le chef boy, mon père batifole comme un jeune homme, fredonnant la chansonnette, celle qui concerne « les filles de La Rochelle », La Rochelle étant son pays. Il ne se débride ainsi qu'au summum de la bonne humeur, quand il est vraiment content de lui — ce qui suppose aussi qu'Anne Marie tolère ces accès de satisfaction. Ce jour-là, en effet, loin de le faire taire, elle le regarde du coin de l'œil avec une rouerie imperceptiblement gouailleuse. Elle sait bien que, de temps en temps, il lui faut remplir son rôle d'égérie, de confesseur, de conseillère. C'est le boulot. Plutôt que de rechigner, elle se met carrément à la tâche, à l'heure choisie par elle, consciencieusement, avec une sorte d'amitié, de complicité, s'arrangeant quand même pour faire tourner en boule mon père, pour le surprendre, pour lui faire perdre la tête, pour démolir ses argumentations, prétentions, arguties et suffisances. Sa méthode, dans ce jeu-là, c'est l'honnêteté destructrice, la franchise percutante, le bon sens provocant. Et tout en assenant à Albert des avis brutaux, cyniques qui le laissent tout éberlué, elle hausse toujours les épaules avec l'air de lui dire : « Prenez de ce que je dis ce que vous voudrez, ça m'est égal, ce n'est pas mon affaire... »

Ce jour-là, Anne Marie est particulièrement prévenante avec Albert, sans relent de dégoût, le ton suave, même gai, un sourire sur les lèvres et dans les mots. Déjà Albert ronronne. Il n'était pas difficile de deviner que cette amabilité n'était pas un tellement bon présage pour mon père. Dans les timbres de la voix d'Anne Marie, on sentait les griffes rentrées, qui déchireraient le consul tout à l'heure. Car ses gentillesses, ses démonstrations d'intérêt à son égard, elle les lui faisait toujours payer cher, directement ou indirectement. Lui était naïf, confiant. Et surtout, il ne pouvait se passer d'elle.

Ainsi donc, Anne Marie, sa bouche retroussée, car elle a de longues lèvres flexibles qui prennent beaucoup de positions curieuses, commence par ce qui est, pour elle, une mignardise :

« Alors, mon ami, après une pareille nuit, vous êtes bien dispos, aujourd'hui. Vous n'avez même pas mal au foie ! Parlons donc. Qu'avez-vous de si grave à me communiquer qu'il a fallu que vous me dérangiez à l'aurore ? Qu'est-ce qui vous tracasse ? »

Le consul, toujours dans sa houppelande sang-de-bœuf, cessant de faire l'époux gamin, reprend une consistance sérieuse, onctueuse, réfléchie, concentrée, de consul. Il s'exprime en choisissant ses mots, en les calligraphiant de sa voix, avec des volutes vocales qui correspondent à des barres, à des points, à des virgules. Il est à la fois le magister solennel et aussi un peu l'enfant de chœur de la messe diplomatique. Il ouvre la bouche, pas en la dilatant comme ma mère, mais d'une ouverture raisonnable, pour une argumentation réfléchie :

« Ma chère Anne Marie, je vais vous demander un service qui ne vous sera peut-être pas très agréable. Mais je ne le fais qu'après avoir mûrement pesé le pour et le contre. Voilà, j'en suis arrivé à cette conclusion : il faut que vous soyez plus coulante avec M. Dumont. Au consulat, vous vous comportez avec lui exactement comme s'il n'existait pas. Vous l'évitez. C'est pire quand vous le rencontrez. Votre regard se pose sur lui sans le voir et puis se détourne. Quand il vous salue, vous ne répondez même pas par une inclinaison de la tête, juste par une crispation à la base du cou que je connais, qui est chez vous signe de dégoût. Votre main, vous la retirez calmement, méthodiquement, toujours à temps quand il s'apprête à la baiser — si bien qu'il se courbe et ne rencontre que le vide. Et il n'est pas encore redressé, ce qui lui demande quelques secondes avec son embonpoint, que vous avez déjà le dos tourné. Tout ce que vous consentez à lui dire dans une journée, c'est « bonjour, monsieur » et « bonsoir, monsieur ». Le reste du temps, vous êtes là, même pas pincée, mais lointaine avec votre figure de madone inaccessible. Parfois, face à lui, vous reniflez un ou deux cous secs suivis de tout un frémissement, comme s'il sentait mauvais, comme s'il n'était qu'une bulle d'air puant. Et à table, où vous ne parlez pas, où vous ne souriez pas, où vous mangez du bout des dents à peine deux ou trois bouchées sans écouter la conversation, sans accorder une marque d'attention à M. Dumont qui s'épuise pourtant à vous complimenter, dès le dessert, après avoir mal réprimé des envies de bâiller, vous vous retirez sans une parole de politesse. Et c'est à moi, vous à peine disparue, d'être confus, de me répandre en excuses, d'inventer des explications qui, d'ailleurs, ne tiennent pas debout... Tout cela le mortifie, M. Dumont. Et je dois vous dire qu'il s'est plaint à moi, avec beaucoup de courtoisie, avec galanterie même, de votre comportement. Il est peiné. »

Face à la sollicitation et aux reproches consulaires, Anne Marie répond seulement par son retroussis des lèvres, par une façon de les tendre, de les écarter. Ses rangées de dents, petites perles lustrées qu'elle ne cesse de frotter avec sa brosse, au moins cinq ou six fois par jour — une manie qu'elle a encore plus développée qu'Albert — sont pour le moment séparées par une fente légèrement tremblante par où passe une respiration un peu précipitée et rauque. On sent que sa glotte se trémousse, mais sans exprimer un mot, juste un halètement insensiblement accéléré. Au-dehors, au-dessus du col de sa blouse, des nerfs gigotent, une fausse pomme d'Adam qui lui vient quand elle est excitée, comme mon père vient de le remarquer dans son discours. Les yeux, eux, sont en arrêt, immobiles dans leurs grandes orbites effilées mais ils pétillent de grains : le sable d'une certaine gaieté. Toutes ces petites agitations ne s'atténuent pas, au contraire, quand mon père, s'étant arrêté de parler, attend comme une souche une réplique qui ne vient pas. Anne Marie laisse Albert cuire dans son jus, son humeur est décidément à la farce utile, celle qui consiste à lui donner une leçon... Mais elle a tout le temps.

La vie, la contingence, ce qu'il y a en Anne Marie de terre à terre, de quotidien, de lié à l'existence, en somme la clef de ses humeurs sont autour de sa bouche, qu'elle manie avec une dextérité extrême, qu'elle élargit, rétrécit, déploie, contracte, serre comme une serrure, ferme invinciblement, qu'elle modèle harmonieusement, l'ouvrant à tous les étages, les niveaux, la retenant en mille modalités et suspens plus ou moins esquissés, la durcissant vers le paroxysme, la foudre, avec les lèvres de la fureur, blanches, des lamelles d'acier. La bouche d'Anne Marie, c'est sa force et sa faiblesse, sa nature humaine, où aboutissent ses nerfs innombrables, insensibles d'une certaine façon et pourtant si facilement blessés d'orgueil, ayant besoin d'une vengeance si hautaine qu'Anne Marie nie ainsi pouvoir être atteinte par la souffrance, par l'obligation de subir. Du moins elle se veut ainsi, être au-delà de la portée d'Albert, des hommes, des foules. Mais sa bouche la trahit, car on y lit l'alphabet de ses sentiments, tout ce qu'elle a d'exaspéré, d'écorché, d'inexpiable, d'impitoyable, surtout de méprisant.

C'est là sa scène, c'est là son théâtre, c'est là qu'elle se dévoile par une gamme incroyable d'expressions, d'acrobaties labiales que je trouvais parfois contraires à sa dignité tellement affirmée. Il y en a une qui, déjà, dans mon jeune âge, m'agaçait :

sa méticulosité mandibulaire pour mastiquer la nourriture. Avec ses dents qui mâchaient interminablement, ses joues qui se gonflaient, son souci de bien saliver, elle me semblait une vieille peu ragoûtante qui, sur ses chicots, pianotait quelque fox-trot alimentaire. Pensée sacrilège qui m'effrayait...

Ce qu'il y a de curieux, c'est que l'importance de la bouche comme organe de la personnalité d'Anne Marie, de ses flux et reflux, Albert ne la voit pas. Il est vrai que lui, le centre de son être, le lieu commun, le point de rassemblement de ses états d'âme et émotions sont le nez et les moustaches, les yeux et les poils des yeux, et aussi toutes les formations de plis possibles autour. Chez mon père, les passions n'arrêtent pas de se manifester en une bouillie de tics, en une foire des sensibleries, en un étal des jactances, en un marché des chagrins, en un podium des susceptibilités, des exigences, des complaisances, des respects, des égards, des soumissions, des résignations. Sa face, c'est la feuille à l'envers, la feuille à l'endroit, tous les truquages et les sincérités, tous les airs : celui du bon commis, celui du martyr, celui du maître des cérémonies, celui du fonctionnaire important, celui du douloureux incompris, celui du rusé maquignon, celui du stratège averti, et celui du bon vivant, malgré toutes les traverses et les arcanes. Un peu de la Pietà, un peu de la fausse monnaie du stoïcisme. Le visage de mon père, c'est le visage déformant de son moi, la salle d'exposition de ses tripes, de ses pieds, de son cœur, de son foie, de sa cervelle et de son intellect, de sa bile et de ses billevesées, de son sang et de ses globules, de ses diarrhées, de ses fièvres, de ses amibes, etc. Dans tout cela, où est la vérité, où est le mensonge, où est la comédie, où est le calcul, où sont les affres ? Le sait-il lui-même ? Il a au moins trois douzaines de rôles, trois douzaines de compositions, trois douzaines de numéros, toujours les mêmes d'ailleurs, étudiés, interprétés pour qu'on dise de lui ce qu'il faut, c'est-à-dire : « Le fin matois ! », « le brave type ! », « le consul courageux ! », « l'intègre serviteur de l'Etat-! », « le sacré gaillard ! », et aussi « quel bon père ! », « quel époux maltraité ! », « quel hôte merveilleux ! » Son champ d'action est orienté vers tous les individus et les catégories sociales, soit qu'il donne des leçons particulières à un personnage visé, soit qu'il traite les gens en gros, par fournées entières. Seul le résultat compte. Il faut que les domestiques chinois se disent, vu son aspect teigneux où il roule de gros yeux, qu'il ne faut pas broncher. Que les Englishes déduisent de son enjouement qu'ils ne l'ont pas roulé et qu'ils en prennent de la graine. Et même que ma mère soit amenée, étant donné sa tristesse en bandoulière autour de son pif, à être touchée, à se montrer gentille envers lui.

En vérité, avec elle, ça marche rarement, c'est au contraire généralement catastrophique. Car toutes les démonstrations d'Albert, qu'Anne Marie connaît par cœur et dont chacune la fait intérieurement grincer, sont autant de signaux, d'indicatifs du personnage qu'il est en train de jouer. Elle peut donc le contrarier, le désarçonner à volonté, depuis le petit « Soyez donc simple, Albert... » jusqu'aux crispations de la bouche. Albert, lui, barbote sans aucune lumière dans les états d'âme de son épouse. Il lui échappe complètement que la tenue générale de sa femme, cette douceur esthétique qui lui sert d'enveloppe, est déjà un moyen de le fuir, de le nier, lui et toutes les petitesses de l'existence. Et même quand une crise la fait sortir de cette équanimité, quand elle est dans la houle de la fureur, du besoin de lui faire mal, il ne discerne pas les signes de la tempête, ces lèvres blanches qui se retirent sur les gencives rouges, ces joues durcies, toutes ces fibres, toute cette âme malade. Car le ressort profond d'Anne Marie, le seul, c'est une exacerbation de la fierté, une exigence pure, absolue, presque une monstruosité. Une pareille intégrité n'est évidemment pas du registre d'Albert, qui ne connaît que les vanités qui servent aux compromissions.

Mais ce jour-là, chez Anne Marie, ce n'est pas le haut-le-corps, le froissement de l'âme, le dégoût insurmontable, la rage froide où son être se contracte pour exploser. Elle est indulgente pour Albert, elle se promet seulement de jouer avec lui comme une chatte avec une souris. Du reste elle trouve plutôt divertissant de lui réserver le sort de la souris. Car, s'il n'est pas poltron face à un cobra, il est comme de la gélatine décomposée dès qu'il aperçoit une de ces petites bestioles. Dans ce cas il a même la frousse méchante. Quelle panique ! Des cris, des hurlements, Albert fuit ou saute sur une table pour y chercher refuge. Les boys accourent en régiment avec des balais et des bâtons pour pourchasser, pour tuer le minuscule animal pendant que lui, sur son perchoir, les encourage, les enguirlande, se trémoussant d'effroi. Et cela dure jusqu'à ce qu'on lui apporte le cadavre du coupable, les boyaux en l'air, suspendu par la queue entre deux doigts du serviteur justicier. A ce moment, il faut se précipiter sur Albert pour le soutenir, l'empêcher de tomber, car souvent il s'évanouit. Curieux Albert, curieux délicat qui expire presque à la vue d'un mulot dans sa chambre ou d'un cheveu dans sa soupe. Au moindre poil qu'il trouve dans le potage, c'est le branle-bas de combat. Une fois le tif retiré avec des pincettes, dûment brandi comme objet de honte et d'exécration, c'est la recherche de sa provenance, l'enquête pour dépister le coupable qui l'a laissé choir, la comparution du gros chef des cuisines, qui plaide que ce n'est pas lui, puisqu'il est chauve... Facéties de la médiocrité, qu'Anne Marie supporte avec résignation, car il n'y a rien d'autre à faire. Elle redresse juste la tête, pour s'élever plus haut, loin, vers un autre horizon... Mais, aujourd'hui, elle peut lui faire payer ces anicroches, où Albert n'a même pas conscience de ses ridicules, de son odieux. L'occasion est là : son dégonflage la nuit dernière devant Dumont. L'attitude d'Anne Marie n'est pas celle de l'hostilité ouverte, c'est celle de la jubilation intérieure. En elle pousse cette pensée : « Je l'aurais parié, il s'est laissé entortiller par Dumont... »

Un petit rire satisfait montre qu'elle a une idée précise mais elle ne l'exprime pas. Son mutisme va obliger Albert à reprendre son pauvre discours, à s'enferrer davantage dans sa requête : « Ne pourriez-vous pas être gentille avec Dumont ? »

Ce silence gêne Albert. Il aurait préféré n'importe quoi de la part d'Anne Marie, une hargne, une insolence, un défi, un refus, un quelconque dénigrement. Mais Anne Marie n'est pas grincheuse, pas rogneuse. Elle est juste mystérieuse. Ce qui, somme toute, est encore beaucoup plus inquiétant...

Trente secondes se sont écoulées depuis qu'Albert, après son premier paragraphe oral, s'est tu. Face à face, des bouches entrouvertes, celle si mince d'Anne Marie, d'où ne provient aucun son et celle plus épaisse, charnue de mon père, que les dames qualifient de sensuelle mais qui, pour le moment, reste en panne dans l'attente d'une réaction d'Anne Marie, d'une indication sur ses humeurs qui lui permettrait de repartir dans son speech en dirigeant ses prochains développements, en axant son argumentation sur la voie la plus habile. Mais rien ne vient. Alors, fonçant dans l'inconnu, il se remet à articuler. Et il essaie la flatterie :

« Ma chère, vous êtes la plus merveilleuse hôtesse de Chine. Et ce n'est pas seulement mon avis. Beaucoup de gens très bien, ici, à Shanghai, partout, affirment qu'il n'y a pas une autre femme de consul qui vous vaille, et de loin. C'est bien connu que, rien que par le charme de vos manières, vous subjuguez tous nos invités, les remplissant à la fois d'aise et de respect. Certains prétendent même que, sans vous, ma carrière n'aurait pas été aussi rapide, que vous contribuez beaucoup à mon avancement, en tout bien tout honneur. Remarquez que je ne prends pas en mauvaise part cette assertion car, je le reconnais, elle est en partie vraie. Je vous dois beaucoup... »

Le consul s'interrompt un instant pour surveiller le résultat de ses louanges. Il estime qu'en reconnaissant lui-même la participation d'Anne Marie à ses succès consulaires, il lui a consenti une grande concession — en général, il n'aime pas ce sujet, non seulement il l'évite mais il fronce hargneusement des sourcils dès que lui reviennent des bruits sur les mérites exagérés de son épouse, à moins qu'on ne précise bien que c'est lui qui l'a formée et qu'elle n'est que son élève. Oui, aujourd'hui, en admettant ses qualités, il lui fait une fleur. Mais il n'est pas récompensé, car, du côté de sa femme, rien n'arrive, rien ne se produit. En réalité, Anne Marie, de ses yeux doucement scintillants, contemple Albert en train de s'empêtrer dans ses finesses, comme une mouche dans du miel. Elle se dit aussi que son mari de consul doit s'être mis fameusement entre les mains de Dumont, encore bien plus et bien plus vite qu'elle ne l'avait prévu, pour intervenir ainsi auprès d'elle, faisant feu de tout bois en faveur de cet individu.

Donc, après avoir descendu sa voix à un filet, Albert, devant le mutisme continu d'Anne Marie, lui redonne l'allant nécessaire à son propos, un allant bien timbré sur fond d'hésitation : il se décide même à lui donner un petit diminutif d'affection :

« Mimi, je m'étonne que vous soyez aussi sévère à l'égard de Dumont. Je dirais même que vous n'êtes pas parfaitement correcte, que pour une fois vous ne remplissez pas parfaitement vos devoirs. Vous oubliez que vous êtes madame la Consulesse et que, par conséquent, vous devez traiter décemment ce monsieur qui, même s'il ne vous est pas sympathique, est un Français, un compatriote, un homme d'affaires très important, qui, de plus, est notre hôte, sous notre protection, à l'ombre du drapeau tricolore. Certes, je ne vous demande pas de l'aimer.

Mais de là à lui battre froid, comme vous le faites... Je dirais que c'est une faute et pourtant je vous en ai rarement vu commettre. »

Anne Marie, à ce moment, au lieu de ricaner, assume un sourire contrit, humble. Elle parle et sa voix est tout repentir, un murmure de confession. Albert devrait se méfier :

« Vous avez raison, mon cher, comme toujours. Remarquez que vous me réprimandez avec peut-être un peu de dureté. Car enfin, M. Dumont, je ne le maltraite pas. Je le tiens simplement un peu à distance. Mais je vais faire des efforts pour lui complaire davantage, puisqu'il est devenu votre ami. Vous auriez pu me prévenir de ce changement... »

Albert toussote plusieurs coups, gêné. Il a ses yeux rétrécis et sa voix précieuse, celle des explications un peu délicates

« Ce monsieur, mon ami, vous y allez un peu vite, Anne Marie. Non, il ne l'est pas. Je vais vous faire comprendre... »

Il n'est plus que chuchotis, il met ses mains autour de sa bouche pour en atténuer les sons, il parle tout bas comme à travers un pansement, un panier, comme si le Dumont ou ses agents étaient à l'entour, tendant leurs oreilles pour l'écouter. Au fur et à mesure qu'il dévide, dans un souffle, ses secrets, il entre en extase. Un sourire épanoui, heureux, satisfait illumine sa figure, tellement il est sûr d'être incomparable, tellement il est persuadé d'avoir épaté Anne Marie par sa diabolique subtilité :

« Pour tout vous dire, le Dumont, je veux sa peau. Je l'aurai, même s'il me faut attendre des mois, des années pour cela. Ce ne sera pas facile, mais un jour, je lui ferai savoir qui je suis, à ce Dumont, à ce bouffi, à cette vesse délétère et empuantissante. Vous savez bien que, quand on m'a offensé, je ne pardonne jamais, je suis comme la mule du pape. Et, la nuit dernière, Dumont m'a gravement manqué. Je le hais. C'est pourquoi il faut que je sois particulièrement prévenant avec lui pendant tout son séjour ici, et vous aussi, Anne Marie, afin que cet énergumène ne se doute pas de mes résolutions. Donc pour lui le grand traitement, la patte de velours, tous les « mon cher » du monde, avec derrière la tête la douce idée de la vengeance. Qu'il se vautre donc dans ce consulat, sans se douter de ce que je lui réserve plus tard. »

Et Albert aiguise sur son visage un mince sourire tranchant. Un de ces sourires qui se suffisent à eux-mêmes, où remonte le génie d'Albert, ostensoir de son autosatisfaction. Sourire pain-complet, viatique clandestin à ne distribuer que selon la maxime « A bon entendeur, salut ». Qu'Anne Marie soit édifiée et admire, mais que Dumont, qui n'y a pas droit, aveuglé par sa béatitude, continue à prendre Albert pour un imbécile — erreur monumentale. Albert le fera crever. Tout est bien.

Effectivement Anne Marie semble convaincue. Elle sourit aussi, lumineusement, sa tête un peu en arrière, ses bras se rejoignent derrière sa tête pour arranger ses cheveux, de façon à offrir à Albert en plein, complètement, sans ombre, sans réticence, le visage pur de la surprise extasiée. Après être restée atone, cette fois apparemment de jubilation, battant imperceptiblement des paupières, des cils, des cloisons nasales, des parois labiales, frémissements doux, elle reprend enfin souffle et voix, pressée d'obtenir d'Albert des raisons plus précises d'émerveillement. Sa bonne volonté est telle qu'elle veut tout savoir, qu'elle réclame les points sur les i.

« Mais, Albert, comment ce Dumont, qui ne vous arrive pas à la cheville, a-t-il pu arriver à vous contrarier ? C'est un si petit bonhomme ! Pourquoi ne pas lui avoir réglé son compte sur-le-champ, s'il a été insolent envers vous qui êtes le consul de France ? Vous vous souvenez que vous ne vouliez pas le recevoir au consulat. Eh bien, renvoyez-le maintenant, au lieu de me demander de lui faire des grâces. Je ne comprends pas très bien... Vous voulez lui faire son affaire, et vous le traitez en roi, vous vous aplatissez devant lui, et vous exigez que moi aussi je courbe l'échine... »

Albert, cette fois, pressent un peu le danger. Pour y faire face, il prend ce qu'elle a l'habitude d'appeler, devant lui ou pas, sa tête de veau. C'est-à-dire qu'il se fait accortement solennel. Il est entré dans le personnage du conférencier, du mentor, de l'expert, de l'homme de l'art, du Metternich de Tcheng Tu, sa moustache comme étendard et ses postillons, ceux du parler grave, un peu lent, où il arrache chaque mot à la salive, comme bénédiction. Il est l'homme supérieur condescendant à éclairer les ignorants. En fait, il réfléchit, il tourne sa langue dans sa bouche, et, tout en choisissant son argumentation, son vocabulaire et ses intonations, il éprouve déjà une peur qu'il ne s'avoue pas.

« Ma chère enfant, la diplomatie, comme je vous l'ai déjà souvent répété, est un métier exigeant les qualités les plus efficaces, les plus rares. Il faut faire la part du possible, savoir se sacrifier. Vous savez que je consacre ma vie, ma santé, toutes mes forces, toutes mes capacités, à ce projet du chemin de fer français de Tcheng Tu. Vous connaissez les obstacles terribles, qui paraissent presque insurmontables, auxquels je me heurte. Eh bien, Dumont, malgré ses exigences odieuses, malgré sa manière affreuse, sans aucun tact, sans aucune éducation, d'imposer ses desiderata, peut m'être d'une certaine utilité pour mon dessein. C'est du moins ce que j'ai découvert hier soir au cours de nos discussions, pourtant pénibles et même rebutantes, Dieu sait... Cet homme grossier a beaucoup d'entregent, une grande expérience de ces pays-ci et il connaît tout le monde, et pas par la petite porte, en Chine et en Indochine. Il m'a offert ses services et, quelque pénible que ce me fût, je n'ai pas cru devoir les décliner. On ne se refait pas. Moi, je suis l'esclave du devoir, que voulez-vous, j'obéis à ma conscience quoi qu'il puisse m'en coûter, même si ce que je peux être amené à faire est dangereux, risque d'être mal interprété ou de se retourner contre moi. Que m'importe, je pense d'abord à la France... Et puis, pour avoir mon chemin de fer, je suis prêt à m'allier au diable, à avaler toutes les couleuvres... »

Premier rire d'Anne Marie. Un rire comme un signal d'alarme, comme le sifflet du train qui n'existe pas. Un rire pas encore trop perçant certes, mais d'un éclat dangereux. Rire qui est déjà un constat ravi de la sottise tant espérée, tant attendue de mon père. Ce n'est pas encore le jugement, la condamnation, le mépris, il faut d'abord qu'elle en sache davantage, qu'elle apprenne tout, qu'elle ait le plaisir de faire avouer. Rire qui mélange la première raillerie et l'inquisition commençante. Et à peine ce petit rire s'est-il éteint qu'Anne Marie pointe sa tête en avant, une tête vrillée, aiguisée, intense d'excitation heureuse, une tête qui est comme une foreuse. Mon père sent qu'il va être percé à jour. Alors, cher Albert, face au museau de proie d'Anne Marie, la mutation est totale. Sueur d'angoisse pour ce qui va se passer, car l'idée lui est enfin venue qu'il s'est découvert par ses vantardises, qu'il s'est stupidement livré à Anne Marie. Et comme il le fait toujours quand il se sent attrapé, Albert se change en gros sac, en blockhaus mou bien garni des munitions de la négation. Il est capable de sécréter en quelques secondes, dans ses bastions intérieurs, des kilos de faux semblants, de résistance obstinément sourde. Phénomène physiologique lui assurant l'amortissage, le rembourrage, la protection. Dans cette fureur accablée et hostile, il est comme un gros furoncle qu'Anne Marie a envie d'écraser. Quel plaisir elle va prendre à en faire dégouliner le jus ! Mais il faut qu'elle opère avec adresse, qu'au lieu de ne dégager que le pus banal, elle arrive à filtrer ce qu'Albert veut avant tout dissimuler : l'accablante, la pauvre réalité.

Confrontation. Un Albert soudain avachi, engoncé

dans son avachissement, murmure avec une lassitude mortelle :

« Anne Marie, ce n'est pas bien. Vous ne m'écoutez même pas. Vous vous moquez de moi, alors que j'ai tant besoin de réconfort... »

Albert fait mine de s'en aller, époux incompris et malheureux. Mais évidemment il reste. Anne Marie, qui a compris qu'elle a été trop vite, s'est vêtu la figure de son sourire le plus doux, tout tiède de chaleur humaine. Elle suit une tactique éprouvée. D'abord piquer Albert, le faire sortir de son matelassage de prétentions. Mais, à le heurter trop vite et trop fort, il risque de se tapir dans la tanière du mauvais vouloir. Alors, il n'y a plus rien à en tirer. Et, pour le débusquer de là, quel travail ! C'est pourtant l'état où il paraît être tombé. Anne Marie, constatant son erreur d'appréciation, essaie de réparer les dégâts, pour arriver enfin à avoir un Albert malléable et punissable. Aussi, au lieu de se servir des recoins soulevés de sa bouche comme d'une catapulte, elle les affaisse pour faire couler des paroles de miel :

« Ne vous méprenez pas, Albert. Je suis une bonne épouse, très attachée à vous et à vos intérêts. Mais vous vous conduisez avec moi comme si j'étais toujours la petite provinciale d'Ancenis. Vous avez la rage de me raconter vos affaires et pourtant je ne suis même pas une vraie femme pour vous, juste un mannequin d'osier où vous accrochez vos rôles brillants qui n'ont que peu de rapport avec la réalité, avec ce qui s'est passé vraiment. Je vous sers à vous pavaner, à vous complimenter, et c'est tout. Vos calembredaines m'agacent, je le reconnais. Mon cher Albert, je pourrais être d'un meilleur usage. Je suis au monde la seule personne qui puisse vous dire la vérité. Vous en faites fi. Avec moi, vous finassez aussi, ne cherchant que les compliments. Vous finassez trop. Vous finassez avec l'univers entier, avec Dumont. Je me demande si vous ne vous trompez pas vous-même dans vos embrouillaminis. Aujourd'hui, avec moi, faites un effort de sincérité, et je vous aiderai de toutes mes forces. »

Grognement un peu maussade d'Albert :

« Je n'ai pas tellement besoin d'aide que d'affection. C'est elle qui m'aiderait. Mais vous ne manquez jamais une occasion de me juger sévèrement, comme si j'étais un jean-foutre. »

Sourire de ma mère, qui nous englobe tous, mon père dans sa robe de chambre couleur d'enfer, et moi toujours à croupetons. La sainte Famille. Anne Marie irradie comme une image pieuse, la voix modulée, le visage galbé sur lequel, depuis les pommettes, deux sillons servent de rives à un écoulement de tendresse, à un flot de féminité. Apparition presque extra-terrestre, presque mystique, car les rayons de soleil, plongeant dans la pièce, enserrent Anne Marie, semblant la porter en l'air...

Cette vision suffit à émouvoir le consul. Car lui, pourtant de nature jouisseuse, un sensuel un peu mufle avec les dames, très vert-galant, est toujours délicatement ému par la beauté de l'Angevine devenue sa femme, dès qu'elle désarme un peu ou fait semblant de désarmer. Pauvre homme pris invinciblement par les raffinements, les transes de l'amour qui l'a frappé au cœur, à la gare d'Ancenis, il y a quelques années. Le charme d'Anne Marie ne s'est pas usé pour lui depuis lors, malgré ses froideurs dédaigneuses, ses façons de le traiter en parvenu. Et dès qu'elle le tolère un peu, il est aussitôt happé par le pouvoir de poésie d'Anne Marie, pareil à celui de sa Loire natale.

Car, sans cesse, elle est fille de ce fleuve — Loire lente, Loire prenante, Loire à la paix dangereuse, Loire traversée de courants hautains aux lueurs lisses et froides, Loire pleine de remous impassibles, Loire d'un orgueil terrible, Loire insoumise et qui ne se plaint jamais, Loire molle, féroce et ardente. Cette Loire traîtresse est aussi celle de la douceur de vivre, de l'aristocratie somptueuse, de la lumière enchanteresse, de la civilisation parfaite.

Anne Marie est comme la Loire une femme irréductible qui, parfois, condescend à se laisser un peu apprivoiser, en apparence au moins. Quand cela lui arrive, mon père est transporté d'aise, manifestant aussitôt une bonhomie primaire — laquelle déplaît aussi rapidement à Anne Marie. Ce jour-là, elle se domine, et Albert s'engaillardit du coup, retrouvant sa joyeuseté du petit déjeuner.

Un Albert content, soulagé, exubérant, transporté. Tout en lui se dilate, pas comme un sac à mauvaises humeurs, mais comme un madrépore où les traits forcissent, reluisent, sont béatement béants, les yeux humides, les lèvres baveuses, la voix grasseyante. Tous les pores de sa peau s'épanouissent, comme des grains tiédasses, très bruns, un peu visqueux. « Tralala » se remet à chantonner mon père, qui poursuit ses vocalises par cet air coquin : « Raymonde, Raymonde n'est pas très pudibonde, quand son mari la gronde, Raymonde, Raymonde s'en fout... », l'effet immanquable de cette stance étant qu'Anne Marie est saisie par une petite pincée de nerfs, une sorte de secousse qu'elle réprime, faisant même repartir son sourire un instant arrêté. Non qu'elle soit elle-même prude, car selon ses principes, un homme bien peut tout faire, c'est même une preuve de valeur. Mais Albert ?

Albert qui dit, de sa voix devenue un peu pâteuse et bégayante : « Des instants comme ceux-ci, Anne Marie, ça me rattrape de tout, ça me donne de la force... » Et dans sa vigueur il se lève, les glands des cordons de son peignoir écarlate lui battant les hanches, la figure épanouie toute noire de poils et d'iris incandescents. Il marche lourdement vers Anne Marie, il écarte largement ses bras pour la saisir, il avance ses grosses lèvres, les catapultant en avant pour un baiser passionné sur la bouche. A cet instant, Anne Marie, qui a reculé d'un pas, lui jette un tout petit cri étranglé, rien d'une rebuffade, car elle se contrôle bien, mais comme une complice empêchée et presque au regret : « Attention, Albert, vous n'y pensez pas, le petit est là... »

Encore une fois, je jouais en toute innocence, pour Anne Marie, le rôle du fils providentiel. J'y étais habitué. Ma mère se servait souvent de moi. Et, sur Albert, l'effet était imparable. L'argument était infaillible. Il était coupé dans son élan dès qu'elle signalait ma présence. C'est qu'Albert se voulait très bon père, et qu'il était gêné, qu'il rougissait même, qu'il se tortillait les pieds quand il pouvait m'arriver, à moi le petit Lulu qui se glissait partout, de surprendre chez lui ce qui pouvait ressembler à un début d'ardeur. Anne Marie, du reste, usait et abusait systématiquement de cette précieuse retenue d'Albert.

Un jour, chez la pastoresse anglaise où nous allions prendre régulièrement le *five o'clock tea*, de la cour où je jouais, j'entendis ma mère dire avec un timbre sans sonorité, continu, rapide, les mots collés les uns aux autres, à la digne matrone à gueule de bouledogue : « Il est effrayant, Albert, il me dégoûte. Je n'aime pas cela du tout. Heureusement qu'il y a mon fils dans la chambre à côté, ce qui empêche Albert de se laisser aller, de mal se conduire. Cet homme, il est normal, trop normal, monstrueux à force de l'être. Une bête. A tel point, paraît-il, qu'avant notre mariage, quand il n'avait pas de fille sous la main, il lui arrivait de se servir d'un boy. Ignoble, n'est-ce pas ? » « *Shocking* », commentait placidement la bonne British, boule de suint en train de déguster ses toasts grillés et couverts de marmelade avec un appétit impossible à déranger, maniant imperturbablement de ses doigts boudinés tout un armement de fourchettes, de cuillères et de couteaux, et arrondissant sa bouche en o pour avaler chaque bouchée. « *Shocking* — reprenait-elle encore plus majestueusement, distillant sa vieille expérience et sa sagesse de dame qui connaît la vie — mais les hommes... ce sont les hommes. Tenez, mon clergyman de mari, même à son âge, avec son gros ventre et son col dur, il en fait encore de belles, vous savez. Votre Albert n'est pas un mauvais diable, soyez indulgente avec lui, même s'il n'a pas beaucoup de manières. Mais surtout ne mêlez pas votre fils à tout cela... » A la vérité, malgré les caresses que me faisait Li je ne comprenais pas ce qui se passait entre mes parents, mais j'éprouvais déjà une répulsion quand je voyais certaine expression sur le visage de mon père, quand il parlait à Anne Marie d'une voix essoufflée, creuse, précipitée. De leur chambre me parvenaient parfois des bruits... Non, je détestais que mon père approchât ma mère tant soit peu.

Ce jour-là, j'étais donc satisfait, mon père étant soudain transformé en statue de sel, toutes narines pétrifiées.

Dans son immobilité, Albert, de ses yeux qui sont deux points noirs, fixes et maussades, regarde Anne Marie parcourue de légers frissons. Ceux du soulagement. Mais, loin d'être triomphante, elle s'arrange pour maquiller ces palpitations, feignant une certaine dose de confusion, de dépit même. Cela suffit à Albert, bonne pâte, bonne dupe, pour prendre aussitôt ces simulacres pour les marques d'une déception partagée. Il change du tout au tout. Son désappointement, au lieu de rester durci dans la bile et la vexation, s'humanise, se mêlant à un chagrin honnête et presque heureux. Il n'était pourtant pas difficile de voir qu'Anne Marie roulait Albert. Elle menait tout un jeu, celui qu'elle avait failli compromettre quelques minutes auparavant par trop d'agressivité, par un rire prématuré et provocant.

Elle est donc maintenant toute douceur, même si elle n'octroie rien de concret à Albert. Cela suffit néanmoins au consul. Là-dessus, elle m'attire à elle comme son bouclier, entre ses longs bras blancs où les veines coulent en transparences bleues. Encore une fois le groupe de la mère et de l'enfant... Alors Albert ayant resserré sa robe de chambre un peu défaite, claquant avec emphase ses pieds l'un contre l'autre, se tenant drôlement dans un garde-à-vous rigide, plonge en avant, se cassant le dos en deux dans un grand salut à la japonaise. Tout solennel dans son déshabillé, en cette posture comique d'outrance, il prend sa voix mondaine, un susurrement artificiel et velouté, pour dire à sa propre femme : « Permettez-moi, chère madame, de vous baiser respectueusement la main. » Anne Marie, souriante, se prête à la plaisanterie gaillarde, triste au fond, d'Albert, lui tendant une main sur laquelle il dépose, avec des embarras, des chichis, des micmacs, toute une imitation de la galanterie officielle, ses lèvres de consul rendant hommage à la beauté inaccessible. Albert étant bien dompté, Anne Marie me renvoie à mon livre d'images, pas trop loin au cas où elle aurait encore besoin de moi, à ses pieds.

Après cet intermède courtois, il est manifeste que l'heure sérieuse, celle de la grande conversation politique, est arrivée. Anne Marie, toujours debout, très légère, très glissante, marche à travers la chambre à petits pas, les yeux cherchant les meilleurs endroits pour déposer ses vases, petites nacelles à énormes bouquets. Apparemment occupée à cette tâche, déambulant, les yeux en arrêt, les doigts faisant les ultimes arrangements aux fleurs avant de les laisser dans leur splendeur précieuse, Anne Marie parle cependant à Albert en phrases précises, pas trop insistantes, au timbre neutre, avec un tréfonds cordial, chaleureux, amical. Quelques mots plus vigoureux émaillés ici et là sur cette uniformité vocale. C'est ainsi, sans trop en avoir l'air, gracieusement absorbée, bonne épouse, bonne compagne, consulesse parfaite, grande dame aussi, qu'elle parvient au nœud gordien :

« Mon ami, votre conversation avec Dumont, la nuit passée, m'inquiète. Je vous ai repoussé à l'aube parce que je voulais vous parler à tête reposée. Dites-moi à quels arrangements vous êtes arrivé avec Dumont. Il vous a promis certaines choses — vous me l'avez déjà laissé entendre, et puis je le sens, j'en suis certaine. Autrement, vous ne m'auriez pas demandé de le ménager. Je vous connais, Albert, je vous connais... Vous le détestez d'accord, mais vous êtes ébranlé, vous êtes alléché, comme un poisson devant l'appât, comme un chien devant l'ordure. Evidemment, vous n'êtes pas trop fier, vous devinez bien qu'il y a un hameçon caché, un poison préparé, mais vous ne résistez pas à la tentation, vous êtes faible. Ne faites donc pas cette grimace. Vous le savez, je suis de bon conseil. Dites-moi de quoi il s'agit. »

Albert baisse la tête, comme un pécheur, comme un coupable. Il a cet air douloureux, profond, accablé que lui donne aussi la constipation.

Anne Marie s'est arrêtée de marcher. Elle est posée toute droite sur le sol, son sécateur en main, près de mon père, comme un corbeau bien noir, bien lustré, un de ces oiseaux indéfiniment perchés sur les cimes des arbres pour choir sur leur proie, une charogne à terre. Taches sombres de ces rapaces dédaigneux des agitations humaines à l'entour, leurs becs, leurs yeux, leur indifférence figée, leur attention sinistre, leurs envols soudains vers un butin en de longs et mortuaires battements d'ailes. Elle a un regard, semblable à celui des corbeaux quand ils guettent, formes inertes ramassées sur elles-mêmes, avec les iris brillants et fous de vigilance. Le regard de la surveillance. Elle reste ainsi un long moment. Elle ne bouge pas, et pourtant il semble que déjà elle plane autour de lui en de longs cercles menaçants. Mais Albert est placide, reposé, bien décidé à tout avouer, lâchement soulagé, bien plus inquiet du souvenir de Dumont que de la présence d'Anne Marie.

« Vous savez que ce chemin de fer du Sseu Tchouan, c'est plus que ma vie, ce qui compte le plus pour moi, en dehors de vous et de notre fils. Dumont a eu la finesse de me prendre par là, par cette passion, en me montrant combien il pourrait me servir. Il m'a entortillé, peut-être, je ne sais pas... En tout cas, le salaud a été fort.

Il a étalé son jeu, abattant une carte après l'autre, diaboliquement pour m'épater par son poids, sa fortune, ses relations, son pouvoir. Et je suis resté comme deux ronds de flan, car il fricote avec tout ce qui compte en Asie comme Seigneurs de la guerre, sociétés secrètes, taipans anglais, gros banquiers. Je suis resté quatre ou cinq heures à l'entendre se vanter. Vous l'imaginez : bien visqueux, allumé, doucereux, tonitruant, salement fourbe et mauvais. Je me suis débattu, vous pensez bien, Anne Marie. D'abord je n'ai pas été tellement impressionné. Car Dumont a commencé à raconter des babioles connues sur toute la place, qu'il était vendu aux taipans anglais, qu'il avait son couvert au Consulat général de France, qu'il régnait sur le Cercle sportif, et même qu'il était l'acolyte, l'informateur, le complice du fameux chef de la police de la Concession française. En débitant cela, le Dumont roulait des yeux et je me disais : « Tu causes, tu causes, saligaud. » Je me demandais où il voulait en venir. Mais il continuait de plus belle. Vous connaissez les bruits qui courent sur son appartenance à la Bande Bleue ? Eh bien, là où je me suis mis à tiquer sérieusement, c'est que Dumont, loin de nier le fait, me l'a narré en jubilant, avec tous les détails. Comment il avait subi la grande initiation, comment M. Tu était devenu son « frère aîné », comment depuis lors il disposait de la puissance de la secte. Et pendant que Dumont parlait, il me semblait qu'il me serrait le cou de son bras, qu'il m'asphyxiait... »

Sourire pâle de mon père, Anne Marie les yeux au loin, posés sur Albert, les yeux maron devenus trop clairs, se contente de lui parler avec une voix presque mathématique de précision et de régularité :

« Et cet individu, qui avoue de pareilles relations pour mieux vous faire chanter, vous ne l'avez pas fait jeter aussitôt hors de notre consulat ? Certainement pas, puisque vous venez de me recommander de bien le soigner... »

Là-dessus le silence, le silence complet, total, absolu, un poids, une congélation de la nature, malgré les vibrations de la lumière et la senteur des fleurs. Mais un sourire curieux, très détaché, immatériel, monte sur les joues d'Anne Marie. Le consul se reprend et recommence à articuler avec une lassitude courageuse :

« Ne me jugez pas trop vite, Anne Marie. Je sentais Dumont dangereux. Je ne savais pas ce qu'il avait en tête. Je l'ai laissé parler pour me renseigner davantage et pouvoir me décider en toute connaissance de cause. Dans mon métier, Anne Marie, il ne faut pas agir à la légère, sur une impulsion... »

Cette fois, Anne Marie redescend sur terre, avec un regard indifférent, où il n'y a même plus de place pour le mépris. Comme si elle avait trop bien prévu ce qu'était la nature d'Albert, au point de ne même plus avoir la force, l'envie, le plaisir de la condamner. Comme si elle était au-delà de la sévérité. Cependant, pour la forme, ses paroles sont acerbes :

« En somme, vous n'avez jamais osé arrêter Dumont dans ses verbiages. Et, dans son flot de paroles, il vous a fait si peur que vous n'aviez plus décemment que la ressource diplomatique de baisser culotte. »

Stupeur d'Albert. Ses yeux ronds ahuris, des rides horizontales se forment sur son front, ses mains ont un petit geste pour repousser une horreur :

« Anne Marie, qu'avez-vous ? Qu'est-ce qui vous prend ? Je n'en crois pas mes oreilles. Comment, vous, qui êtes reconnue par tous les gentlemen d'Asie comme la distinction même, vous tellement appréciée par votre délicatesse, pouvez-vous employer un langage aussi grossier. Je ne vous reconnais plus du tout, Anne Marie. »

Anne Marie a un rire minuscule, un peu douloureux, un peu blessé, qui n'est pas un défi, un rire fait pour se moquer d'elle :

« Vous avez raison, Albert. Je ne sais vraiment pas ce qui m'est arrivé. Je m'excuse, mon bon Albert... Poursuivez donc vos explications. Après que vous avez écouté Dumont une bonne partie de la nuit, je peux bien vous écouter une bonne partie de la journée. »

Encore un petit rire, sans qu'on devine si c'est elle ou Albert qu'elle raille. Du coup, Albert considère qu'un armistice a été signé. Et, après avoir, selon son habitude, toussoté à trois ou quatre reprises avec application, pour s'éclaircir la voix et la bien poser, après avoir aussi, par des silences, bien réchauffé sa cervelle au bain-marie des cogitations préparatoires, il commence à émettre des sons articulés, bien coulants, bien moulés, sa bouche ayant les mouvements de l'élocution, la gamme des ouvertures, des fermetures, des demi-ouvertures et demi-fermetures, servant à distribuer régulièrement les paroles.

En fait, Albert s'adresse à Anne Marie comme s'il lui faisait son rapport officiel, comme si elle était la Marianne du Quai d'Orsay. C'est-à-dire qu'il lui parle comme à une Excellence, à un supérieur des Affaires étrangères. Dans ce cas, il déploie un certain style lourd où, polissant la prudence obligée avec certaines fioritures scolaires modestes, il essaie d'échapper à Charybde et Scylla, les deux récifs qui le guettent, non plus sur le Yang Tse Kiang, mais dans les couloirs parisiens de la « Grande Maison », au Service d'Asie d'abord, et surtout au Service du personnel, celui de la notation et de l'avancement des agents, si capital dans sa vie, et où il envoie, avec la régularité de la mousson, des cadeaux à tous, jusqu'aux secrétaires, pour susciter les bons sentiments, comme le font les Chinois. C'est qu'il n'ignore pas la quantité de mauvais esprits, de confrères bien nés, cousus de politesse corrosive et de culture aigre, qui se remémorent sans cesse certains traits piquants touchant monsieur le consul de première classe Albert Bonnard. Aussi mon père veille-t-il toujours, par une rédaction bien équilibrée, à échapper aux périls contradictoires qui planent sur la réception de ses écrits. Soit que là-bas un olibrius installé dans la hiérarchie, son bureau et ses dégénérescences diverses, les jette dans sa corbeille à papiers pour cause d'ennui, avec ce commentaire à un collègue aussi pète-sec que lui : « Mais pourquoi Bonnard s'acharne-t-il à rédiger, puisqu'il ne le sait pas ? Je ne suis pas sûr qu'il ait passé son baccalauréat. » Soit au contraire que, Albert ayant trop visé aux effets pittoresco-héroïques, se mettant ridiculement en valeur tout en léchant éhontément ses chefs, à Paris, le même monsieur ou un autre dise : « Ce pauvre Bonnard ! Le voilà encore une fois à vouloir nous faire croire qu'il a sauvé la situation au risque de sa vie ! Qu'est-ce qu'il se croit ! Et il finit par lécher le cul du ministre par-dessus le marché. Son pinceau chinois, c'est une plume de paon trempé dans la merde... » Pour échapper à des appréciations de ce genre, Albert, quand il rend compte au Quai, se maintient dans une vérité moyenne, presque vraie, à peine un brin ampoulée. Il s'est si bien installé dans cette façon de décrire que, maintenant qu'il procède à un compte rendu oral à sa femme, il retrouve tout naturellement ce jargon bureaucratique qui, sans être dépouillé, est plat.

Anne Marie, faite à cet éternel rabâchage, réussit aujourd'hui à conserver la mine intéressée et même de la vivacité dans l'expression. Elle se penche en avant pour écouter. Elle plisse le front pour comprendre. Elle bat des cils aux meilleures phrases. Du coup Albert se rengorge un peu. Oubliant complètement l'humiliation d'avoir à se confesser, il s'écoute, s'émancipant de plus en plus dans un soupçon de goguenardise, dans un concert de mots d'esprit. Il s'anime, tout en veillant à ne pas prendre trop de liberté avec la vérité — il sait qu'Anne Marie ne le lui permettrait pas. Finalement, son humeur est excellente quand il en arrive au fléau des mauvais ressortissants français qui compliquent sa tâche, il pétille à propos de Dumont :

« Un loustic à gros lard. Mais moi, hier soir, je ne savais pas d'abord si c'était du lard ou du cochon, si c'était sérieux. Ça l'était bougrement. Je m'empêtrais. Vous connaissez le cochon au sucre, ce plat chinois qui est à la fois doux et amer ? Dumont était comme cela, un ragoût de tout. Il était là à me couvrir de tous les baumes. A l'entendre, sans lui, sans quelqu'un comme lui, je n'arriverais à rien à Shanghai, encore moins à Hanoi. Lui seul pouvait activer les gens, faire marcher le gouverneur général au cul de plomb et les banquiers qui ont toujours tout le temps, dégueulant sur la bonne marchandise, la dépréciant jusqu'à ce qu'ils puissent l'avaler pour quatre sous. Oui, s'il n'y mettait pas la main, lui, Dumont, mon chemin de fer du Sseu Tchouan pourrait toujours attendre ! Mais il se chargeait de remuer le monde, jusqu'aux administrateurs des services civils. Ceux-là, à l'en croire, il en aurait déjà acheté la moitié dans des affaires diverses... Toujours le mot pour rire, le Dumont, le mot devenant sinistre, dangereux dès qu'il pouffait : « C'est rigolo mais c'est vrai. » Et toujours, directe ou indirecte, veloutée ou empoisonnée, la menace. Mais plus la soirée passait, plus il était prêt à tout arranger pour moi. Et je ne savais que croire, le maudissant et me disant : « De la retenue, Albert. Et si c'était vrai ? »

Chez Anne Marie le manque d'expression c'est la haine, c'est-à-dire l'envie secrète de tuer. Tuer Albert ? Elle le regarde avec l'indulgence qu'on a pour les cas désespérés.

« Et vous avez vraiment cru que ce pourrait être vrai ? Vous l'avez cru ? »

Albert reste interloqué. Il se gratte l'oreille droite du bout de l'ongle. Pantois, il fait « Heu, heu, heu... ». Après cela, il peine, en pleine gésine, à la quête de ce qu'ont été ses sentiments face à Dumont. Travail délicat et pénible, étant donné que, depuis vingt-quatre heures, il a eu autant de sincérités contradictoires qu'un oignon a de pelures. Tout est embrouillé en lui.

« A la vérité, Anne Marie, je ne sais plus très bien. J'étais traqué, acculé comme une bête. Il me paralysait, cet homme. Et puis cette façon de mettre sa grosse patte sur tout : « Soyons alliés, la main dans la main. Votre chemin de fer du Sseu Tchouan, j'en fais mon affaire, avec moi, c'est comme si vous l'aviez. Evidemment il va falloir que vous attendiez un peu. Ne soyez pas impatient. Vous l'aurez, votre jouet. Et puis vous avez de quoi vous occuper sérieusement pour le moment. » Et le comble, il se moque des soucis que je me fais pour mes amis les Yunnanais de Tcheng Tu : « Alors, les copains de monsieur le consul à Tcheng Tu sont sur le point d'être massacrés ? Monsieur veut les sauver ! Monsieur veut que l'Indochine française leur fasse cadeau d'un bon paquet d'armes. Mais si Monsieur croit que l'Indochine, pour lui faire plaisir, va les lâcher comme ça... Tenez, moi je vous les obtiens. Mais il faut être gentil avec moi, il faut me mettre dans le coup. » La séance devenait pénible, très pénible, je l'avoue. »

Anne Marie contemple Albert de biais. De la même façon qu'elle jauge les produits avariés, un poisson décati ou un fruit pourri, devant M. Pou le maître queux qui, en dépit de ses bons et loyaux services, ne résiste pas à la tentation d'essayer, périodiquement, de la rouler sur la qualité des produits. M. Pou, tout en prévoyant l'échec de ses tentatives, ne peut s'empêcher de tenter sa chance, en se disant qu'une fois ou l'autre il réussira. Ma mère, quand elle prend le cuisinier en faute, adopte aussitôt ce torticolis, ne posant pas ses yeux sur le coupable Pou, mais sur ses marchandises peu honorables. Elle les scrute jusqu'à ce que Pou, ayant compris sa défaite, s'exclame de lui-même : « Oh ! ces aubergines ne sont pas dignes de Madame, les carpes non plus... » L'affaire est réglée le plus délicatement du monde, M. Pou ayant compris la leçon et n'ayant pas perdu la face.

Anne Marie considère donc mon père comme de la viande gâtée. Elle arrive à garder la tête penchée à la fois sur le côté et en avant, sa belle tête impavide où les yeux réduisent de seconde en seconde mon père à l'état de bidoche pas ragoûtante. Mais les choses ne se passent pas aussi facilement qu'avec M. Pou. Une fois Albert ramené à sa valeur véritable, de la crotte, par ce regard long, oblique et pénétrant, c'est une petite phrase d'Anne Marie, même pas agressive, toute simple qui vient. Un constat. Rien de mieux calculé pour mettre le feu aux poudres :

« Mais, mon ami, vous vous êtes paniqué pour rien. Tout ça, c'est du chantage de commis voyageur. Mon pauvre Albert, comme vous êtes impressionnable. »

Cette fois, Albert, tiré de sa soumission, se hérisse du poil et du menton. Sa moustache bat la chamade, ses dents brillent et il jette ses bras en l'air, dans un geste marquant à la fois l'exaspération et le découragement devant tant d'incompréhension :

« Nom de Dieu de nom de Dieu. »

Anne Marie, à nouveau souriante, amusée même, met un doigt devant la bouche :

« Albert, ne jurez donc pas devant cet enfant... »

Albert marche à grands pas. Tout le temps, il remue des mâchoires, marmottant des mots pas beaux, scandés par les fameux glands de sa robe de chambre. Mais pour répondre à l'apostrophe d'Anne Marie, il utilise les grandes orgues, le plain-chant, la voix profonde, grave, harmonieusement rauque, bien détachée de quelque Mounet-Sully, un grand acteur auquel il a été présenté jadis à Paris et qui lui avait demandé : « Jeune homme, ne connaîtriez-vous pas une tragédie chinoise où il y aurait un beau rôle d'empereur pour moi ? » Autrefois, mon père fréquentait les planches pendant ses congés...

En tout cas, Albert s'écrie majestueusement : « Anne Marie, je ne jure pas, mais pas du tout...

— Albert, ne vous mettez pas en colère.

— Je ne suis pas en colère, absolument pas. Vous êtes folle.

— Apaisez-vous, Albert, et continuez...

— Mais vous m'interrompez tout le temps. Comment voulez-vous que j'aie le cœur à m'expliquer ? Vous profitez de tout pour me rabaisser. »

Ma mère sourit. Elle possède la gamme complète des sourires. Ses sourires ont toutes les intensités musicales, du son frêle et solitaire jusqu'au chœur symphonique. Avant tout ils sont les repères de sa neurasthénie gaie, de sa condescendance attrayante qui se nuancent des teintes de la douceur tendre, de la douceur enjouée, de la douceur lointaine, de la douceur hautaine, de la douceur méprisante, du mépris résigné, du mépris dédaigneux, du mépris irrité, du mépris coléreux, de la colère figée, de la colère contenue, de la colère mouvante, montant à l'assaut, de la colère sèche, de la colère sifflante, de la colère flamboyante. Oui, les sourires d'Anne Marie, dans l'économie de l'effort, dans la pudeur de l'attitude, marquent son face à face solitaire — qui contient toujours un certain degré de violence — avec le monde. Car ce sourire perpétuel, esquissé, avec ses degrés et ses espèces, a quand même un fond doucement amer et implacable. Anne Marie est en réalité inexorable, bien plus qu'Albert. Sans qu'on s'en doute, elle a un art tenace pour manipuler les êtres à leur insu. Albert surtout est, entre ses mains, de la pâte molle, alors qu'il croit la dominer. Comme cela, Anne Marie est heureuse de vivre. Elle continue à jouer son personnage de dame gracieuse, de tous admirée et révérée, enchantée de l'être, mais aspirant toujours au grandiose, à des êtres supérieurs, à des sensations rares qu'elle ne rencontre pas en tant qu'épouse d'Albert — même si le *five o'clock tea* à l'anglaise et le supplice à la chinoise sont pour elle des compensations appréciées : son grand plaisir c'est de se prouver que rien, même l'horreur, n'est capable de la fléchir, de l'ébranler. Le reste du temps sa moue la plus fréquente, la plus lisible, c'est celle signifiant : « Oui, ça ne vaut pas la peine de s'indigner... », que ce soit à propos d'Albert ou de quelqu'un d'autre. Moi-même, quand Anne Marie recourait à cette physionomie un peu trompeuse du dédain, qui n'avait vraiment de sens que pour elle et pour moi, je me disais qu'elle était « *mischievous* », d'une taquinerie contrôlée qui présageait aussi bien tout que rien : aussi bien la claque que la caresse. Et si, en moi-même, je me servais à son égard de ce mot étranger, c'est qu'Anne Marie, quand elle voulait me signifier des notations précises et délicates, recourait toujours, comme plus appropriées, à des expressions anglaises. Ainsi, dès que je me montrais d'une turbulence un peu provocante, Anne Marie, de sa voix la plus suavement autoritaire, me calmait d'un « Ne sois pas *mischievous*, petit Lulu. »

A la vérité, cet air-là, c'est avec Albert qu'elle l'a le plus souvent, pour le narguer sans qu'il s'en aperçoive trop. Une indulgence au vinaigre, en somme, qui donne aux rares initiés l'envie de se demander : « Que lui réserve-t-elle ? »

Et c'est bien la question qu'il faut se poser ce jour-là, quand Anne Marie répond benoîtement à Albert qui fait le gros dos indigné, se voûtant les épaules comme sous la charge des prétendus mauvais traitements d'Anne Marie :

« Mais non, mais non, Albert, ne vous plaignez pas de moi comme cela. Je suis avec vous, à vos côtés, vous le savez bien. Racontez-moi ce que Dumont vous a fait... »

Albert n'est pas vraiment mécontent. Il a juste fait semblant, pour un moment, de se comporter en victime d'Anne Marie, en dosant l'air coléreux et l'air affalé. Il s'agit seulement de la toucher.

En fait, ce qu'Albert veut, c'est une Anne Marie qui remplisse le rôle qu'il a prévu pour elle : qu'elle l'admire tout en étant pleine de compassion pour la manière dont Dumont, malgré sa résistance farouche, l'a maltraité, lui Albert Bonnard :

« J'aurais voulu que vous fussiez à ma place, ma chère. On aurait vu si vous auriez fait la fière, avec ce Dumont. Tenez, j'en ai mal au cœur, rien que d'y penser. Excusez-moi, Anne Marie... »

Et mon père se met à avoir des renvois, des hoquets un peu dégoûtants. Mais Anne Marie est délicieuse :

« Je vais vous chercher du bismuth. A moins que vous ne préfériez de l'aspirine. Mon pauvre ami, vous êtes tout pâle, vous n'avez pas l'air bien. Voulez-vous que j'envoie un messager chercher un de nos docteurs de l'Institut ? »

Mais mon père, d'un coup de torse, rejette virilement, héroïquement même, la maladie et ses ombres. Prenant la voix un peu altérée du souffrant qui triomphe de ses souffrances. Les bajoues encore lourdes, il arrive à arracher à ses entrailles, non plus des bruits disgracieux, mais de nobles paroles :

« Non, non, Anne Marie, ne dérangez surtout pas le toubib. Je suis mieux, je vous l'affirme, je me porte très bien. Ce n'était qu'un malaise. Donnez-moi juste un peu d'eau avec des cachets... »

Ce n'est pas le chef boy, mais Anne Marie elle-même qui va à la caisse blanche de la pharmacie, toujours remplie de médecines innombrables, fioles et flacons aussi nombreux que les maux de mon père, imaginaires ou réels. Il lui arrivait parfois de les déboucher devant moi avec une mine attristée, mortuaire même :

« Mon pauvre enfant, tu vois comme, au service de la France, je me suis ruiné la santé. Je dois prendre toutes sortes de saletés, pour avoir les forces nécessaires. Si un jour je venais à disparaître, tu auras de la peine, mon petit Lulu, tu pleureras ton papa qui t'aimait tant ? Plus tard, tu penseras à lui de temps en temps ? »

Chaque fois, je faisais semblant d'avoir des larmes et Anne Marie grondait Albert.

Mais ce n'est pas le jeu ce jour-là. Anne Marie, telle une vraie infirmière soignant un vrai malade, revient en tenant précautionneusement un verre d'eau sur une soucoupe tout attentive, et prend dans un tube deux cachets qu'elle tend à Albert, tout en l'encourageant :

« Cela vous fera du bien, mon ami.

— Merci, Anne Marie. Si j'absorbe ces pilules, c'est bien pour vous faire plaisir. Mais, vraiment, je n'en ai plus besoin, je me sens tout à fait remis. »

Albert s'ébroue, se tortille, fait des mines, cette fois pour avaler les cachets :

« Oh ! que c'est amer, oh !... Redonnez-moi vite de l'eau, Anne Marie. Enfin, ouf... »

L'opération terminée, Anne Marie se penche sur Albert :

« Eh bien, que vous a-t-il dit, Dumont, qui vous tourmente tant ?

— N'exagérons pas. Je ne suis pas encore mort, Dieu merci. Ce n'est pas encore demain que vous serez veuve. Ne prenez pas cet air peiné, vous m'avez encore pour longtemps. Et le Dumont, il verra... »

C'est une des caractéristiques du consul de remâchonner, de ratatouiller, de ruminer, de triturer, de ressasser à haute voix ses préoccupations, dans une alternance constante de registres, passant en un instant du lamento au cocorico, à moins que ce ne soit l'inverse. Il lui faut une douzaine de variations au moins avant de trouver la note juste pour son prochain concerto. Anne Marie, dans son impatience, se décide à le brusquer un peu, avec doigté.

« Venez-en au fait, Albert.

— J'y viens, Anne Marie. Voilà ce qui s'est passé... Ce cochon de Dumont me réservait son coup de

Jarnac pour la fin, quand il m'a dit : « Eh bien, monsieur le consul si malin, admettons même que vous arrachiez tout seul, en grand garçon, des armes à l'Indochine. Je vous fiche mon billet, là, qu'elles n'arriveront jamais à Tcheng Tu sans votre serviteur. Car le père Tang Kiao les aura ratiboisées au passage. Vous me suivez, monsieur le consul... » Evidemment que je le suivais, Dumont, c'était clair comme de l'eau de roche, son sale raisonnement. Mais j'ai pris ma figure un peu amusée, celle que personne n'arrive à percer à jour, pas même vous, Anne Marie. J'ai raillé Dumont : « Alors vous, monsieur Dumont, vous avez le privilège unique, exceptionnel, de faire marcher Tang Kiao au doigt et à l'œil ! Vous pouvez lui dire de ne pas toucher à cet armement, et il n'y touchera pas ! Laissez-moi rire... » C'est Dumont qui a ri. L'avalanche grasse qui tombait sur moi. Tout melliflue, il m'a assené le secret qui fait sa force. Qu'à l'insu de tous les Yunnanais, Tang Kiao était de la Bande Bleue et que c'était lui, Dumont, qui l'avait initié. »

Anne Marie, tout en écoutant, semble devenir transparente, de cette transparence qui est le signe de la résolution, comme si son corps disparaissait devant l'intensité de la passion glacée :

« Et alors ? Mon cher Albert, pour une fois n'auriez-vous pas été brillant dans votre rôle de consul de France ? Vous qui aimez tellement faire les mises au point officielles, auriez-vous manqué de rappeler à Dumont que, lui et ses intrigues, vous alliez les signaler à qui de droit, comme vous dites si souvent ? Auriez-vous négligé de faire des représentations bien senties à Dumont ? Et votre capacité d'argumentation ? N'avez-vous pas fait remarquer à cet individu que la France, dont vous êtes le délégué, tient Tang Kiao bien plus que lui, en dépit de tous ses trafics et ses gangs. Car, enfin, Albert, me l'avez-vous assez répété que, sans l'Indochine française, Tang Kiao ne vaudrait pas deux sous, qu'elle l'entretient, qu'elle l'a pratiquement acheté. Et vous n'avez pas jeté ces considérations importantes, dont vous m'avez tellement rebattu les oreilles, à la figure de Dumont, cet avorton ? »

Mon père se prend alors la figure à deux mains, la tenant presque cachée. Puis, lentement, il retire tout cet échafaudage de support et de protection, découvrant une tête penchée en avant, douloureuse, solitaire, presque aveugle, avec des paupières jointes, comme pour échapper au poids du monde, à la vision de l'univers. Un soupir de forge, lentement exhalé, est le signe du réveil, de la reprise de la conscience. Enfin, Albert rouvre les yeux, lentement, comme s'ils étaient blessés par la lumière, avec des tressautements. Sa voix, quand il se met à parler, est un grelot plaintif :

« Anne Marie, vous devriez me rendre cette justice : je ne lâche pas facilement le morceau, je suis comme un dogue. Même mes ennemis reconnaissent que M. Bonnard, on ne l'intimide pas. Et pourtant Dumont m'a fait reculer. Je vous l'avoue... »

Mon père a des yeux endoloris de chien :

« Oui, mais plus je parlais en consul, plus Dumont se trémoussait de joie. Tout en s'étouffant de rire et de cigare, il me jetait par quintes : « Epargnez-moi vos discours... Vous, un vieux de la Chine, vous savez bien qu'il faut salement coincer un Chinois pour le faire marcher droit. Si vous croyez que vous tenez Tang Kiao !... Je n'ai pas besoin de vous le présenter le bon Tang Kiao qui, tout en protestant en forcené de son dévouement éternel et infini à la cause française, vous servira de ces farces et attrapes à la céleste, qui ne vous laisseraient que des yeux pour pleurer. Si vous avez de la chance d'être encore en vie ! Tenez, Tang Kiao peut vous faire le coup de l'embuscade par des brigands, des irréguliers, un truc aussi vieux que l'Empire du Milieu. Vos armes, vos belles armes, je veux bien qu'elles arrivent à Yunnanfou, qu'elles partent même sous bonne escorte vers

Tcheng Tu et votre compère le maréchal. Mais je vous parie qu'il n'en verra jamais la couleur. Qui, en cours de route, aura attaqué, pris le butin ? Vous ne le saurez jamais. Et vous serez berné jusqu'au cou. Et puis pensez à votre ami le maréchal de Tcheng Tu, qui ne verra rien arriver, qui se mettra en colère. Tenez, votre peau ne vaudrait pas tellement cher à Tcheng Tu... Et dire que vous vous épargneriez tous ces petits tracas en travaillant la main dans la main avec moi. » Voilà ce qu'il m'a annoncé, le Dumont, et je voyais bien que ce n'était pas du flan... »

Anne Marie, d'un coup sec et rapide, hausse les épaules, ses omoplates un peu creuses, en salières, faisant jaillir le blanc de la peau, la sécheresse des nerfs, le bleu des veines. Là où le cou se raccorde au tronc, elle a une zone toujours sensible, un peu efflanquée, qui s'agite dans la vraie contrariété. C'est le premier sursaut, un tremblement de la chair qui prélude aux éclats. Mais, pour le moment, Anne Marie n'en est pas encore à la voix blanche, juste à sa voix rauque et précipitée, avec plus de raillerie que d'éclairs :

« Maintenant, je comprends tout, mon cher Albert : votre soûlerie d'opium cette nuit... et surtout pourquoi vous m'avez réveillée à l'aube, pourquoi depuis ce matin vous vous tenez la queue basse tout en faisant le sémillant. Vous aviez honte et vous vouliez que je vous console, que je vous complimente, que je vous admire. Vous tourniez autour du pot, et vous cherchiez à bien me présenter les choses ! Mon pauvre Albert ! Et moi qui vous prenais, au moins dans votre profession, parce que pour le reste... pour un homme courageux, un héros presque. Je découvre que vous n'êtes qu'un lâche, là aussi... »

Devant l'accusation d'Anne Marie, Albert est fou, claquant des mâchoires, roulant des yeux blancs. Tout part en lambeaux chez lui. Pourtant, ramassant péniblement les pièces éparses de sa personne, il gesticule, il se met à geindre, un long gémissement lourd :

« Ce n'est pas vrai, Anne Marie. C'est faux, totalement faux. Ce n'est pas pour moi que j'avais peur, mais pour vous, vous l'entendez bien, pour vous et encore plus pour notre fils. »

Anne Marie ne sursaute pas. Un nerf, tendu comme un cordon, saille le long de son cou. Avec le chuchotement précipité d'une dame qui veut réduire un gaffeur au silence, elle arrête mon père dans son élan, exactement comme on coupe l'électricité :

« Taisez-vous. L'enfant est là, il vous entend. Vous êtes fou de raconter cela devant lui... »

Moi, dans mon coin, je pressentais qu'on allait me mettre à la porte, et je n'étais pas content. Je connaissais la chanson. Certes ma mère se servait de moi, pour parer à certaines assiduités de mon père. Mais, d'autres fois, à l'inverse, dans les festivités du consulat, au salon ou à table, elle faisait signe à mon père, à peine s'était-il mis à débiter une histoire un peu égrillarde ou une anecdote gaillardement sanglante, de faire attention à ma présence. M'ayant désigné d'un mouvement de menton à Albert, elle plaçait son index en travers de sa bouche en le regardant d'un air de conspirateur. Mon père en restait tout bête et muet. J'étais renvoyé, et il reprenait son propos sous le regard narquois de sa femme, mais le cœur n'y était plus et il ne tournait plus aussi rond dans ses phrases. Je n'ai jamais compris ces précautions que prenait Anne Marie. Car enfin, je courais tous les périls de la Chine, j'étais gavé de toutes ses atrocités et impudicités par Li et mon mafou, quand je traînais en ville avec eux. Et ma mère ne s'inquiétait pas pour moi. J'en déduisais donc qu'au consulat d'une façon ou d'une autre je lui servais à embêter mon père.

Evidemment, ce jour-là, il ne s'agit pas de cela. Cette fois, Anne Marie ne veut absolument pas que je surprenne certains mots dans la bouche d'Albert.

En effet, presque aussitôt, elle me renvoie, d'une manière inaccoutumée, d'une voix très douce, après m'avoir câliné contre elle : « Va-t'en, mon petit. Laisse-nous, ton père et moi. Nous avons à nous dire des choses qui ne t'intéressent pas... » Je déguerpis, non pas vers ma chambre de peur de donner des soupçons à mes parents, mais vers l'escalier aux marches de bois qui mène à la cour. Ayant fermé la porte derrière moi, je descends bruyamment puis je remonte silencieusement vers le palier où je m'installe. Les voix me parviennent, j'aperçois Albert et Anne Marie à travers une fente qui s'étire entre deux planches mal jointes de la cloison du yamen.

Ce que je vois c'est un ballet confus, quelque scène d'opéra chinois où, ayant revêtu leurs masques, les héros s'opposent avec des mots et des gestes convenus et tragiques. Mon père est l'empereur en proie aux malheurs et aux aveux, ma mère la princesse égarée de passions lucides et impitoyables. Agitations, déclamations, fureurs. Il faudra beaucoup de temps pour que, plus tard, cet affrontement revenant sans cesse dans mon imagination, je l'habille de chair et lui donne sa vérité.

Mes parents se font face. Albert se balance sur ses pieds, gauchement. Anne Marie est immobile. Ses lèvres ne bougent presque pas quand elle lui demande :

« Maintenant, dites la vérité. Est-ce que l'enfant est menacé ? »

Albert s'ébroue, gêné :

« Oui et non. C'est difficile à dire. Mais il est exact que Dumont, en des termes un peu obscurs, a fait allusion à la possibilité d'un enlèvement de notre fils. Lui n'y serait pour rien, ce serait Tang Kiao qui monterait l'affaire. Une hypothèse, une simple hypothèse, m'a précisé Dumont, en me rappelant que Tang Kiao est capable de tout pour arriver à ses fins : s'emparer de l'armement. Le gosse serait rendu contre la livraison de tout le matériel aux kidnappeurs. Evidemment, dans tout cela, Tang Kiao apparaîtrait insoupçonnable. Oui, le vrai coup tordu à la chinoise, avec des ravisseurs à la solde de Tang Kiao, qui jouerait le bon apôtre tout en donnant des ordres sinistres à ses exécutants. Oui, la vie de l'enfant pourrait être menacée... Dumont m'a décrit cela avec assez de précision, en ajoutant que ce n'était qu'une supposition de sa part et que, de toute façon, si j'avais partie liée avec lui, rien n'arriverait, il veillerait au grain, au moment voulu... »

Anne Marie, loin de s'irriter de ces aveux, ressemble à certaines statuettes chinoises en pur cristal. Bloc translucide, source. Comme si elle n'avait plus de corps, plus d'organes, plus de matérialité. Elle flamboie cependant dans cette limpidité merveilleuse, mais d'une flamme épurée, si pâle qu'elle n'est plus discernable que par un rayonnement d'un blanc aveuglant. En fait, contrairement aux apparences, il s'agit d'une combustion terrible, où elle trempe ses armes.

C'est d'une voix banale, avec son attitude quotidienne qu'elle demande à mon père, exactement comme si elle posait une question ordinaire :

« Et, à ce moment-là, Dumont, vous ne l'avez pas tué ? »

Mon père, si abasourdi qu'il n'arrive même pas à prendre l'air étonné, n'est capable que de répondre :

« Non, non, Anne Marie. Vous n'y pensez pas. Vraiment, un consul de France ne peut occire un de ses ressortissants...

— Et, à ce moment-là, Dumont, vous ne l'avez pas giflé ? »

Albert, tout à coup, hurle. Lui d'habitude si attentif à l'acoustique, à l'écho, à la résonance, devinant partout des auditoires secrets et modulant sa voix en fonction d'eux, sachant parler en catimini pour ne pas être surpris par les « indiscrets », sachant aussi tempêter et tonner à bon escient pour l'édification, pas seulement de ses interlocuteurs mais de tous les gens à portée, dans les environs, cette fois il glapit de la pointe de ses cordes vocales, sans songer aux conséquences, à toutes ces oreilles cachées qui écoutent peut-être, à commencer par les miennes. Il gueule si fort que le gras de ses paroles, cet épais délayage où il pétrit ses mots quand il parle haut et fort, devient un hoquet :

« Non, Anne Marie, j'ai pensé à l'enfant, je me suis retenu. »

Anne Marie s'exprime alors en détachant les syllabes, très posément, comme une maîtresse d'école tirant la morale d'une petite affaire quelconque qui vient de se passer :

« Vous avez eu bien raison, Albert. Il ne faut jamais se commettre. Vous avez agi très sagement en tant que consul, que gentleman et que père. Vous ne pouviez faire autrement, dans ces circonstances, que d'accepter la main tendue par Dumont. Pour toutes sortes de raisons que vous m'avez expliquées, et d'abord et avant tout pour ne faire courir aucun risque à notre fils. En somme, vous vous êtes sacrifié pour lui. Je comprends très bien, Albert... »

Anne Marie fait émerger un sourire en coin, amusé, sur un seul côté de sa bouche. Elle demande gaiement, innocemment :

« Ainsi, Albert, vous avez fait la paix avec Dumont, vous avez partie liée avec lui aux plus honorables conditions. Votre bonne fée, ce cher Dumont qui menace un peu de faire assassiner votre fils. Peu importe qu'il ramasse quelques miettes au passage... C'est bien cela ? »

Albert, heureux de s'en tirer à si bon compte, rajuste sa figure et sa robe de chambre et opine de la tête à coups répétés. Ayant retrouvé ses esprits, il rouvre la bouche. Mais avant qu'il puisse s'exprimer avec une gravité émue, il est devancé par Anne Marie qui minaude :

« Mais, dites, mon cher Albert, ce monsieur Dumont ne s'est certainement pas contenté de vous offrir ses services, même s'il s'enrichit en les rendant. Ce n'est pas suffisant pour lui. Il lui faut aussi un profit immédiat : bien à point. Donnant donnant, c'est sa loi. Il n'est pas venu à Tcheng Tu, dans ce trou perdu, pour des bagatelles. Un individu comme ça ne se dérange pas pour rien. Alors que veut-il ? Quel sale service a-t-il exigé de vous ? Albert, vous avez consenti à quelque démarche pour lui. Qu'est-ce que c'est ? »

Albert, penaud, triture sa moustache :

« Ce qui l'intéresse, Dumont, c'est l'opium. Toute la récolte du Sseu Tchouan. Il la veut pour M. Tu et la Bande Bleue. Et il sait très bien qu'il n'aura rien sans que j'intervienne amicalement auprès du maréchal de Tcheng Tu et de M. Lu.

— Alors, vous allez rendre une visite discrète à ces messieurs, pour les convaincre d'être gentils avec M. Dumont ?

— Oui. Ce n'est pas de gaieté de cœur. Mais je m'y suis engagé. Pas moyen de faire autrement. Ce sera un mauvais moment à passer... »

Anne Marie ne se montre pas choquée du tout, comme si elle avait été convaincue par son mari. Comment, elle, qui est si fine et perspicace, peut-elle avaler ce que lui a débité Albert ? Même si elle l'a forcé à lui dire la vérité, il est évident qu'il triche encore. Albert, même quand il fond, ne se rend jamais complètement. En fait, sait-il lui-même où est sa sincérité ? Son fils lui sert d'excuse, comme si c'était en tant que père qu'il avait capitulé devant Dumont ! Mais la vérité c'est qu'Albert n'avait pas su résister au mot d'« ambassadeur » avec lequel le gros compère l'avait affriolé. Appât immanquable. Souvent, pour se justifier auprès d'Anne

Marie, il lui dit : « Vous ne vous rendez pas compte. C'est un futur ambassadeur que vous avez épousé... » Mais Anne Marie croit-elle Albert ? Elle a un rire gai, prometteur, un peu aguicheur, d'épouse bien soumise, bien obéissante, qui est ravie par son mari, qui l'admire. Albert tique d'un pli de la joue, inquiet. Car ce rire c'est bien l'indice qu'Anne Marie n'a pas été roulée, elle abonde trop, beaucoup trop dans le sens d'Albert...

« Cette visite au maréchal que vous avez promise à Dumont, il faut la faire, Albert, il faut la faire vite et bien. Que grâce à vous Dumont ait son opium et qu'il soit bien content, reconnaissant envers vous. Ça me plairait de le voir heureux, ce bon Dumont, votre ami... »

Le consul est très satisfait, mais pas franchement, avec embarras, comme un homme qui se demande une fois de plus ce que sa femme a dans la tête. Il juge prudent d'emprunter aux Anglais la tactique du « wait and see ».

« Comme toujours, vous avez raison finalement, ma chère. Je vais faire ma démarche auprès du maréchal dès que possible — mais vous connaissez les Chinois, leurs sacrées politesses, leurs incurables soupçons. Si j'agis trop précipitamment, ils vont être étonnés, se méfier, se défiler ou réfléchir indéfiniment, en se demandant si je ne leur tends pas un piège. Cependant, Anne Marie, comptez sur moi pour régler cette désagréable affaire avec toute la diligence concevable. Car, vous le pensez bien, je n'ai qu'un désir, le même que le vôtre, être débarrassé de Dumont, lui voir prendre ses cliques et ses claques. »

Anne Marie avance avec câlinerie sa tête vers Albert, au point de presque frotter son nez délicat contre le pif marital :

« Dépêchez-vous, mon ami. Pourquoi faites-vous tant d'histoires à propos du maréchal ? L'opium de Dumont, il vous l'accordera dès que vous le lui demanderez. Pourquoi tarder ? Pourquoi vous gêner avec le maréchal ? Tenez, au cours de votre entrevue, faites-lui même une petite requête supplémentaire, très discrète. Vous pourriez, d'une petite phrase, en fin de conversation, comme conclusion, lui suggérer de vous libérer de Dumont une fois pour toutes. Puisque vous voulez être débarrassé de cet individu, autant l'être complètement... »

Ces paroles encore sibyllines, mon père ne les comprend pas, se refuse à les comprendre. Mais il les devine pleines d'un sens orageux. Cela suffit pour qu'il passe à l'état d'alerte. Ses bras, ses jambes, son corps, sa tête, il les rassemble en un faisceau bien serré, surmonté d'un œil clignotant, l'allumage de la défensive. Albert est alarmé : qu'est-ce qu'Anne Marie est en train de lui ménager ? Il est tout juste capable de lui demander d'une voix étranglée, qui n'est qu'un point d'interrogation :

« Mon amie, que voulez-vous dire ? »

Le rire d'Anne Marie est de plus en plus dominé par un motif grinçant. C'est encore joyeux, mais sinistrement :

« Alors, vous vous bouchez les oreilles, Albert ? C'est pourtant le bon sens même, ce que je vous propose. Pourquoi ne pas le payer dans la monnaie de sa pièce, ce Dumont — pourquoi ne pas le battre à son propre jeu, pourquoi ne pas le devancer, cet imbécile ? Il a fait le matamore en vous faisant savoir qu'il se réserve de nous liquider tous, la famille Bonnard en entier, par les soins diligents et habiles de son cher ami Tang Kiao ? Qu'est-ce qui vous empêcherait, pour sauver nos têtes, de demander la sienne à votre ami à vous, le maréchal de Tcheng Tu ? Je suis sûr qu'il vous rendrait ce léger service avec joie. Et fiez-vous à lui pour avoir la même astuce que, le cas échéant, Tang Kiao aurait déployée à notre égard. Ce serait l'affaire à la chinoise, inextricable, où vous, le consul de France, seriez insoupçonnable, absolument compromis en rien... »

Le consul est en proie à un haut-le-corps. Sous

la violence du coup, tous ses traits sont remontés de un ou deux centimètres vers le haut, dans un froncement éberlué. Mais c'est aussitôt le reflux de cette chair soulevée. Et sur les laisses du visage s'épanouit le sourire narquois, portant ce message : que la farce est bien bonne, qu'il ne peut s'agir que de propos oiseux, en l'air, de dame faisant sa crise, de dame en pleine scène. Et même Albert s'arrange pour rire en conséquence, en ponctuant son hilarité de grands coups de menton :

« Ah ! les femmes, les femmes... On ne sait jamais ce qui va sortir de vos cervelles. Ah ! les femmes, quelle espèce surprenante ! Ne vous fâchez pas, Anne Marie. Mais vous ne vous êtes pas rendu compte, j'en suis sûr, que ce que vous me proposez là, c'est bel et bien un assassinat. C'est trop drôle... »

Devant le silence d'Anne Marie, mon père prolonge son rire par des quintes de plus en plus forcées. Mais son épouse se refusant manifestement à se laisser désarmer, Albert en est réduit à s'enfoncer dans une rigolade de plus en plus contrainte comme s'il se trouvait encore devant une simple gaminerie bébête et dangereuse, qu'il était de son devoir de faire cesser par des paroles paternelles et conjugales, indulgentes et compréhensives :

« Anne Marie, vous vous montez la tête. Il ne faut pas prendre à la lettre les racontars de Dumont. Je n'aurais jamais dû vous parler de ces sornettes. Laissez-moi faire pour tout régler au mieux. Je ne suis pas né de la dernière pluie, que diable... »

Mais l'entrain d'Albert tourne court, tout comme sa tentative d'attribuer l'étrange proposition d'Anne Marie à l'inconséquence femelle, à des bagatelles, à des billevesées, à une imagination puérile. L'enjouement du consul, sa faconde pour minimiser, ses petits mots pour refuser, pour consoler, pour reprendre en main, butent sur le visage de la consulesse : de la pierre. L'immobilité totale, la respiration régulière, la peau lisse comme une écorce, les cheveux brillants comme un bosquet sombre.

Anne Marie n'a jamais été d'une beauté plus pure. Mais, sous l'épiderme, les nerfs invisibles sont des filaments chargés de fluides et d'ondes. Albert a la trouille pour lui-même. Comme s'il redoutait que, dans cet état d'intensité, la raison de sa femme ne se disloque, la laissant démente et échevelée. A cause de certaines taches dans les yeux, de certains trèmblements dans la voix, de certaines vibrations de la bouche, pas celles dont elle est coutumière, d'autres qu'elle ne commande plus. Quand cela lui arrive, cela ne dure que quelques secondes mais c'est affreux. Aujourd'hui il craint une crise encore plus grave, la vraie folie. Tout le monde cite Anne Marie comme un modèle de santé, même dans ses extrêmes de feu et de glace. Et pourtant...

Moi, de l'autre côté de la paroi, je me soulevais sur la pointe des pieds pour bien coller mon œil à l'interstice par lequel j'épiais, et qui était un peu trop haut pour ma taille. Je me maintenais sans défaillir dans cette position difficile, je réprimais ma respiration, pour ne pas me trahir.

Cela me faisait frissonner de voir ma mère dans cet état car, encore plus que mon père, je pressentais un abîme noir chez Anne Marie. Au théâtre chinois j'avais vu une dame sublime de noblesse et de beauté, un oiseau de jade, qui surmontait un destin terrible, jusqu'à ce que, comme à la suite d'une fêlure, elle se mette à parler étrangement, affreusement, ainsi que les êtres du Domaine des Ombres Délirantes.

Ce jour-là, pour la première fois de ma vie, moi qui ne redoutais rien, j'ai eu un choc, le sentiment de tomber dans l'horreur, la certitude que ma mère commençait à entrer dans le royaume des ténèbres démentielles.

Pour le moment, cependant, Anne Marie est sensée, même si elle a une idée terriblement fixe. Elle sait précisément ce qu'elle veut : elle doit amener Albert, ce mou d'Albert, ce phraseur d'Albert, ce brouillon d'Albert, ce vaniteux d'Albert, à être un homme qui sache prendre la décision nécessaire sans s'occuper de trivialités telles que la moralité ou l'immoralité banales, des contingences. Il lui faut traquer Albert qui se débat, se réfugiant justement dans les lieux communs des convenances bureaucratiques, petites-bourgeoises et misogynes. Anne Marie engage la guerre :

« Mon cher Albert, ne ricanez pas comme un jars. Car je ne suis plus une oie blanche. La jeune fille d'Ancenis qui vous a plu par sa simplicité, c'est vous qui l'avez détruite en l'emmenant, sans aucun scrupule d'ailleurs, dans ce bout de la Chine. Ne vous étonnez donc pas que j'aie changé. Ne vous en plaignez pas. Du reste, c'est beaucoup mieux comme cela. Ecoutez plutôt mes conseils, Albert, ils sont bons... »

Albert, remettant machinalement ses lorgnons, regarde Anne Marie avec une expression d'incrédulité. Il la fixe quelques secondes, comme s'il la cherchait. Il est en train de se convaincre que cette femme en face de lui, c'est bien la sienne, Anne Marie. Une fois persuadé, d'un geste las, il retire ses besicles, les tripotant de ses doigts bien manucurés pendant qu'il parle d'un ton à l'avance fatigué :

« Anne Marie, vous me désarçonnerez toujours. Ma naïveté, c'est de me croire à l'abri de vos surprises, pas toujours agréables. Quand tout va bien, j'ai l'impression de vous connaître à fond, je vous donne en moi-même de bonnes notes pour à peu près tout, je me dis tout juste que vous avez quelques défauts. Et puis patatrac... Tout à coup, vous devenez si étrange, à cent lieues de moi, une créature inconnue, imprévisible, ayant des réactions incroyables, presque monstrueuses. Alors vous m'effrayez... Dites-moi si c'est pour de bon, sérieusement, que vous voulez que je manigance la mort de ce Dumont, que nous recevons sous notre toit ? »

Anne Marie sourit comme une jeune épousée qui vient d'avoir une petite initiative heureuse, qui en jouit :

« Evidemment, Albert. Ne me croyez pas méchante, mais c'est indispensable...

— Mais enfin, Anne Marie, on ne peut pas agir avec Dumont comme cela...

— Pourquoi pas ? Rien de plus aisé. »

Anne Marie sourit encore, mais cette fois en personne qui sait, en visionnaire. Un pas de plus dans cette vengeance, et ce pourrait être pour elle le détraquement, le gouffre, la chute dans la démence. Pour l'instant, Anne Marie est encore le monument de la conviction, de la logique, de la raison. Un roc.

Mon père en est réduit à prendre son allure de philosophe, d'homme qui a vu et compris bien des choses et qui ne s'étonne de rien, même chez son épouse. Il fait une légère grimace mi-affectueuse mi-ironique, et dit, pour tâter le terrain :

« En somme, aux grands maux, les grands remèdes ?

— Oui.

— En somme, Anne Marie, vous voilà devenue la Lady Macbeth de Tcheng Tu ? »

Reniflement méprisant d'Anne Marie.

« Vous avez des lettres, Albert. Je sais même que vous avez passé votre baccalauréat.

— Avec mention, mais j'étais pauvre et j'ai dû arrêter mes études pour gagner ma vie. Je me suis fait tout seul, moi... »

Petit geste de la main d'Anne Marie pour balayer ces éternelles redites.

« Assez, dites-moi plutôt ce que vous avez résolu pour Dumont. »

Albert, la figure perdue dans le vague, tambourine longuement sur le dossier de son fauteuil, tout en aspirant et en éjectant bruyamment de l'air avec sa bouche : il réfléchit. Puis, pour pouvoir penser mieux, il se lève, fait des pas méditatifs, en rond dans la chambre, et se rassied avec hésitation, comme s'il était encore en proie à l'indécision. Il reste ainsi, soufflant un peu, un bon moment, les traits légèrement douloureux. En fait Albert mûrit un plan pour convaincre Anne Marie de renoncer à son dessein baroque, pas idiot, mais vraiment un peu trop cru à son goût, trop tranché. C'est bien le mot car le but d'Anne Marie, ce serait de retrancher Dumont du monde. Evidemment, jongler en esprit avec cette solution héroïque, c'est amusant : Dumont, il aurait le bec clos. Mais passer à l'exécution, c'est une autre affaire et Albert ne s'en ressent pas, mais pas du tout. Cependant il ne veut pas non plus affronter cette Anne Marie détraquée et son envie de cadavre : « Qu'est-ce qui la pousse à cela ? » se demande-t-il. Le goût du sang ? La vengeance ? L'envie de châtier la vulgarité ? Ou simplement un instinct, le sens aigu que si on ne tue pas Dumont, c'est lui qui tuera. Dans ce cas, ce serait donc de la légitime défense... En fait, aucune de ces explications ne colle vraiment avec Anne Marie. Comment se fait-il qu'elle soit prise par cette crise de rage ? Mystère. Toujours est-il qu'il n'a pas l'intention de se laisser faire. Il se répète avec force : « Ce n'est pas Anne Marie qui portera la culotte. »

Mais cette phrase-là, Albert a bien soin de ne la prononcer que dans son for intérieur. Que faire ?... Flouer Anne Marie ? Dans le passé lointain et même tout proche, à peu près tous ses essais de la filouter ont été des fiascos. Cela venait, se dit Albert, de ce qu'il avait trop confiance en lui, de ce que ses adresses étaient trop voyantes. Cette fois, pour cette affaire, il faut vraiment qu'il soit habile, et d'abord qu'il lâche du lest. Il va faire semblant de se rallier à la proposition de son épouse, quitte à découvrir plus tard avec elle, en étudiant ensemble un plan d'exécution, tous les obstacles techniques qui empêcheront l'envoi de Dumont aux enfers. Cela sera si bien fait qu'Anne Marie conclura d'elle-même qu'il faut laisser vivre Dumont...

Mais tout dans le comportement d'Albert est si faux qu'Anne Marie, cette fois comme les autres, sait qu'il n'est pas sincère. A vrai dire, elle ne s'attendait pas du tout à ce qu'il le soit. Aussi est-elle prête à venir encore à bout des tours et détours d'Albert.

Lui se remet à déambuler dans la chambre, mais la tête bien haute, l'air clair, les bras bien balancés, les pieds conquérants. Désormais il joue à l'homme sûr de lui, s'ébrouant, très jeune et même coquin :

« Tenez, Anne Marie, savez-vous qui j'aperçois par la fenêtre ? Votre cher Dumont justement, qui fait les cent pas dans la cour. Il doit être en train de nous attendre pour le déjeuner. Il est déjà deux heures et demie. Il va falloir y aller... »

Albert rit avec une muflerie exagérée, comme s'il en dégustait une bien bonne ; il pouffe.

« Ce Dumont, ma chère, il rirait jaune, le gaillard, s'il nous entendait. Vous voyez sa tête s'il savait que vous me la réclamez depuis une heure. C'est pas payable, cette situation-là... Et dire que, dans quelques minutes, vous allez arriver auprès de lui, toute heureuse d'avoir eu sa peau. Et lui qui se demandera pourquoi vous êtes si aimable. Ah ! vous, les femmes, vous êtes fortes... Moi, à votre place, je serais gêné. »

Anne Marie le tance d'un regard sec.

« Albert, je ne vous demande pas de plaisanter. Moi, cette affaire, je ne la trouve pas du tout amusante. Il faut la régler, c'est tout. »

Albert continue de ricaner comme un bon petit diable — le consul est redevenu gamin :

« Mais les Célestes et encore plus leurs épouses se divertissent comme de petits fous, vous le savez bien, chaque fois qu'ils font trépasser quelqu'un. Et vous qui vous vantiez tout à l'heure d'avoir été refaçonnée par ce pays un peu effroyable mais charmant, selon vous. A vous en croire, vous seriez plus enchinoisée que moi, vous vous prenez pour une nouvelle impératrice Tseu Hi, alors que je reste un faux Jaune à foie blanc. Puisque c'est ainsi, riez donc tout votre soûl, Anne Marie...

— Ne faites pas le plaisantin. Ce n'est pas le moment... »

Après cette observation, Albert passe de la gaieté luronne à la gaieté sérieuse. Il veut montrer à Anne Marie qu'il possède l'affaire par tous ses bouts et qu'elle peut lui faire confiance. Il semble se déboutonner entièrement... Avec ça, si elle n'est pas contente... Ce n'est pas de sa faute s'il faut y aller doucement !...

« Ma chère. Je ne sais comment vous le dire, je suis un peu embêté. Car enfin je suis le consul de France. Pourtant, je le reconnais, je suis de votre avis pour Dumont. S'il vit, il nous jouera des tours épouvantables... Je vais voir ce que le maréchal pourra faire. Je serais très insistant auprès de lui. Même si je ne lui parle pas blanc sur noir, il saisira et agira en conséquence. Oui, je risquerai les allusions les plus nettes : que ce Dumont est indésirable, quel bien ce serait s'il disparaissait. Je dirai ce genre de choses, vous voyez, ce qui correspond, selon les mœurs chinoises, à une proposition en règle. Et je verrai aussitôt ce qui en résultera. Si le maréchal garde le silence, c'est un refus. Mais s'il répond un peu, même distraitement, par exemple que ce Dumont est bien nuisible et qu'il pose un problème qu'il faudra résoudre un jour, c'est qu'il accepte. Et il s'occupera de tout, moi me lavant les mains. Qu'en pensez-vous, Anne Marie, de ma petite tactique ? »

Albert prend sa plus belle pose : celle du bienfaiteur. Il l'a quand il écrit une recommandation sur sa carte de visite pour Un tel au profit d'Un tel, quand il fait la promesse à Un tel de le couvrir de louanges dans son prochain rapport, ou bien quand il s'engage à appuyer Un tel qui est candidat à un certain poste. Si Albert est poussé par la générosité, ce qui arrive quand même, jusqu'à récompenser Un tel qui a bien mérité ses faveurs pour lui avoir fait du plat, pour l'avoir habilement chatouillé par ses flatteries, il a le mouvement large, la phrase embrassante, le rire donateur. Mais, le plus souvent, mon père a le cadeau si empoisonné que le bénéficiaire fait toutes les simagrées pour ne pas l'accepter, sachant bien que c'est à lui-même que le consul se rend service. Par exemple, si Albert propose d'introduire un certain monsieur, de position modeste, auprès d'un monsieur haut placé, c'est dans le but que le subalterne pistonné dira au personnage important, dont il aura fait connaissance par son intermédiaire, certaines choses favorables à Albert, mais si délicates qu'Albert ne peut les propager directement. Tel est Albert... Aussi, quand il distribue des faveurs douteuses, à double fond, il prend son allure de commis voyageur qui sonne aux portes. Et il ne cesse de pousser sa marchandise vers le récipiendaire récalcitrant qui murmure : « C'est trop, ne prenez pas la peine, je suis confus... » Mais Albert ne cesse de revenir à la charge jusqu'à ce qu'il ait accablé de ses dons le pauvre homme, lui donnant l'assaut des bras, des yeux, du sourire, tout velouté, tout bon, tout modeste, disant à intervalles réguliers : « Non, ce n'est rien, rien du tout, ne soyez pas reconnaissant, ne vous sentez pas gêné, vous me fâcheriez... » Et maintenant, c'est de cette façon qu'Albert s'y prend pour faire avaler des couleuvres à Anne Marie.

Anne Marie, pour le moment, tout en s'imprégnant de la mauvaise foi d'Albert, reste imperturbable, pour voir jusqu'où ira son hypocrite de mari :

« Ainsi, Albert, auprès du maréchal, vous vous contenterez d'insinuations voilées. Est-ce que cela suffira ?

— C'est la manière chinoise de négocier, vous le savez bien. Avec les Célestes, on n'appelle jamais les choses par leur nom. On se comprend à demi-mot. Et d'une certaine façon, entre partenaires distingués, c'est un procédé qui a sa valeur. Rien n'est dit carrément. Ainsi, en cas de refus, personne ne peut être offensé, puisqu'il n'y a pas eu d'offre à proprement dit. A mon avis, c'est d'une grande délicatesse, pour une question un peu scabreuse, de ne pas mettre les points sur les i — ces Chinois ont du bon, par certains côtés. Vous me voyez, moi, le consul de France, en train de demander au maréchal de faire zigouiller Dumont ! Tenez, ce serait à son égard une grossièreté, un suprême manque d'éducation, et il me mépriserait, je perdrais tout mon crédit. Mais ce qui sera jugé courtois, très fin, en somme digne de moi, c'est de lui faire comprendre que, s'il supprime Dumont d'une manière que je ne veux même pas savoir à l'avance, j'apprécierai secrètement son initiative et que, malgré mes protestations et réclamations officielles, et il y en aura une tapée, je m'arrangerai pour ne pas lui causer d'ennuis. Et ainsi, le tour est joué... »

Anne Marie mordille sa lèvre inférieure, en un tic d'agacement qu'elle n'a pu réprimer :

« Quel beau discours vous me faites là, Albert ! J'aurais dû me souvenir que vous êtes absolument incollable sur la Chine. La Chine a bon dos, elle vous sert à noyer le poisson... N'ayez pas ce sourire suffisant, Albert. »

Anne Marie avance encore vers Albert, elle est presque contre lui.

« Pourtant, il y a quelques mois, le maréchal et son éminence grise M. Lu vous avaient laissé pantois avec leur brutalité. Vous oubliez que vous m'avez raconté votre stupéfaction. Ce squelette de Lu, sans toute cette confiture de politesse que vous me décrivez maintenant si complaisamment, vous avait sommé, en toute franchise, de lui procurer des armes d'Indochine. Vous les lui avez presque promises. Vous avez donc partie liée. Vous n'avez pas à prendre des gants avec eux. Vous n'avez qu'à leur dire qu'un certain Dumont, qui veut tripatouiller une grosse affaire d'armes, est un traître qui fera tout rater. C'est leur vie qu'ils jouent, Lu et le maréchal. Si vous, vous leur dites carrément que vous vous lavez les mains du sort de ce Dumont qui a eu l'imprudence de venir à Tcheng Tu, ils ne le manqueront pas, je vous parie... »

Albert roule des yeux à la recherche d'une échappatoire. Des gouttelettes de sueur perlent sur sa peau.

« Vous exagérez, Anne Marie. Vous me demandez de livrer Dumont, un salaud peut-être, mais un compatriote, un ressortissant que mon devoir est de défendre à tout prix, sur de simples soupçons, des hypothèses. Et cela de la manière la plus odieuse. Si jamais ça se savait... Je risque tout, ma carrière, mon honneur, et même la prison. On peut me ramener sur un territoire français, me faire passer devant un tribunal, me condamner comme un criminel... »

Anne Marie lui crie :

« N'ayez pas cette frousse ignoble. Vous me dégoûtez... »

Albert fait pivoter sa tête en tous sens. Il pleurniche :

« Vous me voyez les menottes aux mains, entre deux gendarmes ? Et vous, que deviendriez-vous ? Quelle honte ! »

Anne Marie toise Albert, comme si elle venait de voir clair dans son jeu :

« Vous chargez vos effets, Albert. Allons, cessez de jouer cette lamentable comédie. Vous n'êtes pas bête à ce point. »

Albert, percé à jour, prend son visage le plus finaud. Il contracte ses mâchoires :

« Mais, ma chère, le danger est réel. Le maréchal peut supputer qu'il a avantage à me dénoncer à Tang Kiao, pour revenir en faveur. Par contre, s'il bousille M. Dumont, il y risque sa tête. Car Tang Kiao ne le lui pardonnera pas. Vous voyez que le maréchal a de quoi réfléchir. Je dois être prudent, très prudent même. »

C'est le grand débat entre Anne Marie et Albert, sans éclat, sans ironie, sans colère, presque monocorde. C'est la lutte impitoyable des volontés. Anne Marie s'y engage à fond :

« Pas d'arguties, Albert. Dumont, pour vous impressionner et obtenir son opium, vous a raconté les mauvais projets de Tang Kiao. Sous prétexte de les empêcher. Le bon Dumont, le saint homme ! Il veut vous rouler dans la farine et dans le sang, et vous croyez à ces billevesées. Mais le maréchal de Tcheng Tu n'est pas crédule comme vous. Avec sa bonne cervelle de Jaune il sait, soyez-en sûr, qu'avec Dumont vivant il ne verra pas la queue d'une mitrailleuse. Il sait que ses hommes y passeront tous, si Dumont n'est pas tué. Soyez tranquille, le maréchal vous écoutera si vous lui parlez carrément. Alors, allez-y et qu'on en finisse ! »

Albert proteste de toute sa véhémence, relevant sa voix de plusieurs tons et produisant un bêlement rugissant. Pour donner plus de force à sa démonstration il se tape la poitrine à grands coups de poing.

« Anne Marie, vous ne m'apprenez rien. C'est moi qui, le premier, vous ai mise en garde contre Dumont, vous ai dénoncé ses machinations. »

Anne Marie, sans même paraître entendre Albert, poursuit son débit nerveusement incolore avec une force intérieure incroyable. Il semble que rien ne puisse l'arrêter :

« Il faut faire exécuter Dumont. S'il est mort, bien mort, tout peut changer. Et sans histoires. Sans cette âme damnée, Tang Kiao sera entre nos mains... »

Albert prend son sourire de finesse, de vieux renard à qui ont fait naïvement la leçon mais qui ne marche pas. Il lance cette objection bien fourbie :

« Avez-vous pensé à tout ? Le moindre que Tang Kiao puisse faire après qu'il sera arrivé malheur à Dumont c'est d'avoir quelques soupçons. Il les répandra dans les milieux européens, le gouvernement général de l'Indochine sera alerté, et moi, je me trouverai dans un de ces pétrins !

— Rien à craindre si vous prenez les devants....

— Comment cela, ma petite Mimi ? Expliquez-moi.

— Evidemment, si on laisse du mou à Tang Kiao, il nous taillera des croupières. Mais il est facile de le ramener à la raison.

— Donnez-moi donc votre recette.

— A Yunnanfou même Tang Kiao s'est vraiment beaucoup enrichi, sans laisser de miettes autour de lui. Et là-bas aussi beaucoup de fidèles généraux seraient tout prêts à l'occire et à prendre sa place. Il suffirait d'encourager discrètement un de ces messieurs... »

Albert jubile :

« Vous êtes insatiable, Anne Marie. Dumont ne vous suffit plus comme cadavre. Il vous faut aussi Tang Kiao envoyé *ad patres*. Vous n'y allez pas de main morte, si l'on peut dire. »

Albert se délecte de sa plaisanterie et Anne Marie hausse les épaules :

« Pas besoin de toucher à Tang Kiao. Il suffit de lui faire peur. Vous faites un télégramme bien long et bien codé à votre protecteur des Affaires étrangères, lui demandant d'envoyer les instructions nécessaires à votre collègue le consul français de Yunnanfou et au gouverneur général de l'Indochine. On a à Yunnanfou tout ce qu'il faut comme moyens et comme hommes : espions annamites, aventuriers français, policiers métis, tous des professionnels très capables de s'aboucher avec l'un des séides de Tang Kiao. Quand celui-ci apprendra que les Français soutiennent un de ses dévoués féaux avec l'argent et le matériel en vue d'un coup d'Etat, il filera doux, le Tang Kiao, il ne pipera mot quand lui arrivera la désolante nouvelle de la mort de Dumont, je vous assure... »

Albert prend sa mine ahurie :

« Que raconterais-je à mon protecteur des Affaires étrangères pour le monter contre Tang Kiao ? Une fois Dumont occis, il se souviendra de mes démarches, il flairera le pot aux roses. Tout le monde aura des soupçons.

— Mais non, Albert, si vous vous y prenez bien. Racontez que vous suspectez Tang Kiao d'un sale coup, ce qui paraîtra vraisemblable à tout le monde, qu'il veut mettre la main sur les armes qu'on projette d'envoyer au maréchal de Tcheng Tu, ou n'importe quoi... Plus tard personne ne fera de rapprochement entre vos dépêches à Paris et le sort réservé à Dumont. Vous jouez sur le velours. »

Les yeux d'Albert sont des soucoupes.

« Alors, ma chère, vous voulez que je roule tout le monde, y compris la France dont je suis l'agent ? Je ne suis pas assez fort pour ça... Et puis je me méfie. La Chine, c'est le pays où les histoires embrouillées s'embrouillent au point qu'on ne sait jamais comment cela finit. »

Albert batifole :

« Et puis voyez-vous mon confrère de Yunnanfou recevant des ordres pour s'agiter contre Tang Kiao ? Il en mourrait de trouille, le malheureux. Vous savez, c'est ce savant Cosinus sorti de l'Ecole des langues orientales, un sinologue, et un philosophe de surcroît, qui a épousé au Quartier latin une petite étudiante, quelque Juive polonaise laide comme un pou, sans jambes, sans cou, sans cheveux, grasse comme une boule de gomme. La mémère croit aux bons Chinois et, dans son zèle prosélyte, elle se trémousse dans les locaux du Cercle français de Yunnanfou. Elle s'est mis en tête d'apprendre aux dames de la colonie française les danses folkloriques du peuple céleste. Pendant ce temps-là, au consulat, son époux, la barbe carrée, l'œil scintillant, se revêt d'une immense robe rouge de mandarin pour une étrange cérémonie. Il déclame des poésies érotiques célestes, bien cochonnes, avec un sérieux de pape, tout en fourrageant, pour se donner de l'inspiration, le postérieur d'une prostituée chinoise nue. Vous voyez ce grotesque aux prises avec Tang Kiao ?... »

Anne Marie ne se laisse pas démonter :

« Laissons cela. Ce n'est pas important. Cette manœuvre à l'égard de Tang Kiao n'est pas indispensable — je ne vous l'ai conseillée que pour vous rassurer, puisque vous ergotez tout le temps et cherchez des prétextes pour vous défiler. Simplifions donc. Ce sera mieux, finalement. Moi, je vous dis que, une fois Dumont liquidé, Tang Kiao ne pourra rien faire contre vous. Les Chinois, comme les vrais joueurs, savent perdre sans rien montrer. Tang Kiao pensera peut-être, que vous êtes très malin, et il se le tiendra pour dit. Vous ne risquez rien si, à Tcheng Tu, vous tenez bien votre rôle.

— Quel rôle ?

— Vous le savez bien. Celui d'un bon consul. Vous n'avez qu'à être vous-même, le merveilleux consul Albert Bonnard. Laissez-vous aller à votre naturel. Soyez consciencieux, acharné, plein de dignité, de la grandeur, des droits de la France, comme d'habitude.

— Je ne vois pas très bien...

— Cessez de faire l'innocent. Vous avez tout compris, évidemment. Eh bien, voilà... Un beau jour, au consulat, quelqu'un d'affolé vous réveillera au milieu de votre sieste pour vous annoncer que M. Dumont, parti en ville après le déjeuner pour quelque négociation secrète, a été enlevé par des hommes armés. Les versions seront confuses, contradictoires, il sera question de soldats sseutchouanais comme ravisseurs, et aussi de bien d'autres gens, d'irréguliers, de bandits. De toute façon, votre sang ne fera qu'un tour. Sans même vous annoncer, dans votre courroux, vous galopez à cheval jusqu'au yamen du maréchal, vous passerez à travers les sentinelles, vous forcerez sa porte et vous lui parlerez d'une manière digne de vous. Vous lui direz que vous le tenez responsable en tant que gouverneur de la cité de la vie de M. Dumont. Vous exigerez, avec des menaces bien senties, qu'il mette tout en œuvre pour le faire libérer immédiatement. Qu'il publie une proclamation pour exprimer sa colère, qu'il annonce des récompenses énormes pour les indicateurs et des châtiments terribles pour les criminels, à moins qu'ils ne se repentent et lâchent leur proie. Vous réclamerez le branle-bas général des soudards, des flics, des espions à Tcheng Tu et dans la province. Dans votre emportement, vous tiendrez un langage qui fera perdre la face au maréchal, au point que, dans son humiliation et sa rage d'être ainsi traité, il n'osera pas vous proposer la seule solution sage : attendre que se manifeste quelque part un émissaire pour amorcer les pourparlers de la rançon. Le maréchal déchaînera donc ses sbires qui répandront la terreur dans les ruelles, les impasses, les taudis sous prétexte de pourchasser les coupables et de sauver M. Dumont. Comme résultat on trouvera le cadavre de Dumont : les kidnappeurs ayant estimé que le maréchal n'a pas joué le jeu et a failli à la loi du business ont été contraints de tuer M. Dumont, au lieu de le marchander. Alors vous étalerez votre chagrin, vous aurez votre mine de papier mâché, le maréchal vous offrira cent ou deux cents soi-disant kidnappeurs en holocauste, plus quelques kilos d'or comme réparation envers la France et en faveur de la veuve puisqu'il existe une Mme Dumont à Shanghai. Je vois d'ici votre gravité, vos décences, vos discours, l'oraison funèbre prononcée par vous, avec la description de toutes les vertus de Dumont. La cité sera en deuil, le maréchal vêtu de blanc viendra saluer le corps, vous recevrez les condoléances des autres consuls et de tous les notables, vous supporterez les lamentations obligatoires, la chapelle ardente où les fleurs pourriront en même temps que la chair, les bénédictions et les messes des bons pères, les prières des orphelines qui défileront en faisant le signe de croix, vous discuterez pour vous procurer un cercueil solide. Enfin, vous présiderez au départ de ce qui fut Dumont, dans son catafalque porté par les coolies, vers Shanghai où il reposera dans le cimetière de la Concession française. Peut-être accompagnerez-vous, en dernier hommage, la dépouille pendant un jour ou deux. Et puis vous rentrerez à Tcheng Tu pour rédiger une relation exhaustive au Quai d'Orsay, pour rappeler votre acharnement, vos efforts, vos démarches pour tirer Dumont d'affaire. En vain, hélas !... Et puis, pour conclure, vous vous étendrez sur les dédommagements et les satisfactions gigantesques que vous avez obtenus des Chinois, montrant qu'ils craignent et respectent la France, dont l'influence est plus grande que jamais, grâce à vous. Je le vois déjà, votre rapport... Et puis Dumont sera oublié de tous. »

Albert qui a écouté en silence tout en tirant sur sa moustache, reprend son sourire fin :

« Mais qu'est-ce que ce roman ?

— Ce n'en est pas un. Il faut que cela se passe de cette façon. Alors personne ne s'avisera de quoi que ce soit. Peut-être célébrera-t-on votre grandeur d'âme. On dira : « Quel mal le pauvre Albert Bonnard s'est donné pour Dumont ! Le pauvre n'a pas été récompensé... » Vous jouerez bien votre personnage, j'en suis sûre. D'ailleurs je serai à vos côtés. Je savourerai ces jours-là. Nous serons les seuls Blancs à détenir le secret de ces simagrées. »

Albert contemple sa femme extasiée d'un long regard lourd et triste et dit :

« Vous m'effrayez. »

Anne Marie, dans sa frénésie, est devenue laide :

« Si Dumont n'avait pas menacé notre fils, je ne vous aurais jamais réclamé sa mort. Après son chantage, je n'éprouve aucun remords, je crèverais de dépit si on ne le châtiait pas. Il faut absolument le tuer. »

Albert allume pensivement une cigarette et, tout en prenant son temps, sort de sa bouche des flocons de fumée qui s'envolent en halos ronds :

« Votre plan n'est pas aussi bon que vous le croyez. On peut compter sur les Yunnanais du maréchal pour bien faire leur travail. Mais la pénible comédie que nous devrons jouer présente des points faibles. Des gens ne manqueront pas d'observer : « Pourquoi cette précipitation d'Albert Bonnard ? Pourquoi ces ultimatums frénétiques au maréchal ? S'il avait temporisé, s'il était entré en tractations avec les bandits, peut-être que Dumont serait encore vivant. » Ma conduite pourrait fort bien paraître louche et donner des idées.

— Vous savez bien que, lorsqu'un monsieur est kidnappé à Tcheng Tu, toutes les solutions possibles sont mauvaises. Si on parlemente, on vous envoie des morceaux du kidnappé pour extorquer plus d'argent et on ne le récupère jamais en vie. Non, dans le cas de Dumont, tout le monde pensera qu'avec cette mobilisation des Yunnanais, cette grande traque pour le retrouver, vous avez misé sur la seule chance de le sauver. Personne ne vous blâmera d'avoir joué le tout pour le tout, même si l'affaire a finalement mal tourné. »

Albert, impassible, continue à projeter des bouffées de fumée, de plus en plus parfaites.

« Vous ne connaissez pas la vie. Je vous parie que les British se douteront d'une sale histoire. Ils ne sont pas nés de la dernière pluie.

— Vous les connaissez, ces Anglais. Ils sont flegmatiques. S'ils n'ont pas de preuves formelles ils se tairont. Et il n'y en aura pas.

— Un de leurs agents de l'Intelligence Service fera une note à ce sujet. Et on risque fort de voir arriver à Tcheng Tu des gentlemen un peu plus intelligents que leur actuel consul, ce qui m'ennuierait fort.

— Vous rêvez, Albert. A l'extrême rigueur, quelques personnes suspecteront le maréchal et ses Yunnanais mais vous, jamais. Elles diront comme à l'accoutumée : « Encore une de ces histoires à la chinoise. Quel sacré pays... Dumont l'avait bien cherché, avec tous ses tripotages avec les Jaunes. » Ce sera son oraison funèbre.

— A propos de Chinois, avez-vous pensé à la Bande Bleue ? Elle saura tout, elle...

— Même si cela était, qu'importe ? Le maréchal n'a qu'à aviser l'honorable M. Tu de son intention de respecter l'accord sur l'opium qu'était venu conclure l'infortuné M. Dumont. M. Tu, alors, se consolera vite, d'autant plus qu'il n'aura plus de pourcentage à donner à Dumont... »

Albert porte une de ses mains à son front, comme s'il avait la migraine, une de ces migraines qui ont généralement pour effet d'arrêter toute vie autour de lui au consulat.

« Vous qui pensez à tout, avez-vous pensé au maréchal ? Si je lui faisais assassiner Dumont, je n'aurais plus aucune tranquillité. Ensuite, chaque fois qu'il me regarderait, je verrais dans ses yeux la petite lueur de l'ironie. Ce serait de sa part le chantage permanent.

— Il a plus besoin de vous que vous de lui. Vous n'avez donc rien à craindre de lui. Et puis qu'est-ce que c'est qu'un homme tué pour un Chinois ? Rien qu'une affaire. Vous êtes déjà en business avec le maréchal. Avec ou sans l'exécution de Dumont, vous êtes déjà complices. A moins que vous ne renonciez à tout, à l'idée même de votre chemin de fer... »

Gémissement de mon père venu du fond des intestins :

« Non, je le veux, ce chemin de fer. Mais ma conscience... Que diantre, je ne suis pas un sauvage. »

Anne Marie se colle encore plus à Albert :

« Depuis une heure, vous êtes là, veule et fuyant. Maintenant décidez-vous !... »

Mais Albert ne se presse pas. Il impose à Anne Marie le supplice du temps. Il est normal, trop normal, à l'aise, détendu, familier, un peu maniaque, comme s'il ne se passait rien de grave, comme si Anne Marie n'était pas autour de lui à le guetter. Il va chercher un étui en cuir posé sur la table de nuit et se livre aux rites du cigare. Un énorme cigare, sur lequel il procède à une série d'opérations. Il en tapote longuement une extrémité, il guillotine l'autre bout avec un instrument en argent, puis il tourne et retourne le havane entre ses doigts, le faisant chauffer et grésiller un peu à la flamme d'une allumette avant de l'allumer pour de bon et de se le planter dans la bouche. Une, deux minutes... Volutes heureuses, sortant de ses lèvres comme si elles étaient le foyer irradiant de la paix. Albert est absorbé, épanoui par ce débonnaire plaisir. Il dit à Anne Marie :

« Ecartez-vous un peu, sinon je risque de vous brûler. »

Ce cigare est celui de la révolte. Bien qu'Albert le mâchonne et le suce sans signes guerriers, il a atteint le stade de la résolution inébranlable. Cette fois, il n'a plus peur, il est d'airain.

Déjà plusieurs centimètres du cigare ont été consumés. Albert en détache la cendre à petits coups répétés. Puis, le tenant fumant dans la main, loin de lui, il se cale dans son siège, à la recherche de la position la plus confortable. Souriant d'un sourire un peu alangui, les yeux animés d'une moquerie un peu ambiguë envers Anne Marie, envers lui, envers tout ce qui existe, il se met enfin à parler. Il a le débit légèrement épais, grasseyant, celui de la lassitude finale : pas l'accablement, au contraire la libération qui survient quand on est allé au bout des concessions, qu'il ne reste plus qu'à dire la vérité :

« Anne Marie, vous m'avez épuisé. Votre scène dure depuis si longtemps... Remarquez que vous avez vu juste en moi. C'est vrai que j'ai rusé, que j'ai eu recours à des biais, des arguties, des habiletés, pour vous décourager. J'aurais voulu que vous renonciez à votre dessein, sans que j'aie à vous dire non. Car je connais votre sensibilité, je n'aurais pas voulu vous blesser par un refus brutal. Je le sais, vos motifs sont sans bassesse, et, même, je le reconnais, d'une certaine logique. Vous avez peut-être raison. Mais... mais moi je ne mange pas de ce pain-là. »

Anne Marie l'écoute, figée. Albert, lui, pèse de tout son poids d'homme raisonnable. Il se tait, il se redresse un peu pour tirer profondément sur son Corona, puis, s'étant installé dans la pose de l'homme vautré et repu de tout, il reprend :

« Faire tuer Dumont, ce serait peut-être la sagesse. Et, vous l'avez bien compris, il n'y aurait pas vraiment de risques pour moi. Un bon arrangement avec le maréchal, et ensuite ce vaudeville que vous avez si bien imaginé d'avance. Oui, ce serait du tout cuit. A cela près que je ne suis pas un assassin, que je ne le serai jamais... »

Le consul est bon. Pourtant un rictus commence à déformer sa face, comme si la méchanceté lui venait, était en train de se rassembler, de grossir à l'intérieur de sa bouche. En effet, c'est avec un air pince-sans-rire et sournois qu'il lâche, comme s'il ne pouvait plus se retenir :

« Mais vous, Anne Marie, vous n'avez pas froid aux yeux. Bougrement pas. Je ne me doutais vraiment pas que vous étiez une pareille gaillarde. Je vous l'avouerai, ça me flanque un peu les jetons pour mon avenir. Car, si un jour vous trouviez que j'étais de trop, maintenant que je connais vos manières expéditives, je me demande si vous ne me dépêcheriez pas comme vous voulez qu'on dépêche ce pauvre Dumont... Je plaisante seulement, Anne Marie, Anne Marie... »

Ces derniers mots, Albert les a bredouillés vainement. Il se tient tout penaud devant son épouse qui est en pleine crise. Elle n'a pas l'aspect noble de la foudre, de la créature de feu, de l'ange de l'extermination. Elle n'est pas non plus comme une personne qui délire, dont les nerfs trop tendus ont craqué. C'est pire. Il ne reste d'elle qu'un animal hurlant à la mort. Sa figure est un trou, par où sortent des cris inarticulés. Un cauchemar. Elle grimace comme ces fous bestiaux que l'on rencontre souvent dans les rues de Tcheng Tu, attachés par des chaînes. Dans cette transe, Anne Marie reste debout, les bras battant autour de son corps raide, simiesque, inconsciente, glapissant des cris qui déchirent la chair, percent l'âme, traversent les murs. Parfois elle se révulse, bondit et rit. Cela dure interminablement, plusieurs minutes sans doute.

Albert effaré, l'air d'un ruminant frappé par l'orage, ne sait que murmurer : « Nom de Dieu de nom de Dieu... qu'est-ce qui m'arrive ? Que faire ? Il ne me manquait que ça... » Puis, s'armant de courage, il essaie de prendre Anne Marie dans ses bras tout en l'admonestant : « Mais qu'avez-vous, ma chérie ? Mais qu'avez-vous ? Je n'ai pas voulu vous contrarier. Calmez-vous, je suis là, auprès de vous. Faites attention, calmez-vous, on pourrait vous entendre du dehors. » Anne Marie, revenant à elle au contact d'Albert, profère au milieu des hoquets : « Ne me touchez pas. Ne me touchez pas. » Albert, de plus en plus ennuyé, l'expression très contrariée, murmure doucement, comme on le fait avec les malades : « Mais non. Je ne vous toucherai pas. Anne Marie, reprenez vos esprits. Je suis votre bon époux, Albert... » Les cris d'Anne Marie ont cessé, elle sanglote, des larmes coulent sur ses joues. Elle est redevenue humaine : livide, la chair détrempée, les lèvres encore tressautantes, le menton jeté en avant, en galoche, sursautant en mesure, le cou palpitant, les épaules frissonnantes. La vie lui revient, la lumière réapparaît dans ses yeux, exactement comme un rayon de jour se fraie un chemin entre des amas de nuages noirs qui ont enseveli le monde. Au lieu de la danse de Saint-Guy qui tordait ses traits, une douceur lointaine, proche de l'évanouissement bienfaisant, couvre son visage. Sans même vaciller elle se dirige à pas de somnambule vers son lit et s'y allonge. La grande sérénité. Elle est très belle, de la beauté des survivants. Elle ferme les paupières comme pour dormir. Son souffle s'apaise entre ses lèvres enfin décontractées, ces lèvres terribles tout à l'heure quand elles servaient d'entonnoir à la démence. La respiration s'atténue encore, jusqu'à n'être que silence. Durée des secondes — mon père est penché vers la forme d'Anne Marie, un peu inquiet de cette catalepsie. Mais d'Anne Marie vient une voix claire qui dit : « Comme je m'en veux que vous, un homme comme vous, Albert, ayez été capable de me mettre dans cet état ! Cela ne recommencera plus jamais, je vous le garantis. »

Albert est décontenancé par cette phrase sibylline. Ce qu'Anne Marie veut dire c'est qu'Albert, en la touchant, lui a rendu la raison. C'est d'un sursaut de dégoût et non d'amour qu'il s'agit. C'est un sentiment de honte, celui de sa faiblesse, de son infériorité face à son époux, qui l'a sortie de son anéantissement...

Anne Marie s'est assise sur sa couche. Elle tamponne sa figure avec un mouchoir pour l'assécher. Elle réclame une brosse. Long brossage de ses cheveux qu'elle défait complètement, qui coulent autour d'elle et qu'enfin elle entreprend de renouer. Long échafaudage. Cela fait, elle se lève, se rajuste tout à fait et va se contempler dans un miroir. Enfin elle s'aperçoit de l'existence d'Albert qui tournicote autour d'elle, faisant le bon apôre, aux petits soins sans savoir que faire, sinon pleurnicher : « Anne Marie, que vous m'avez fait peur ! Quelle émotion ! Vous sentez-vous bien maintenant ? Moi, j'ai failli avoir un coup au cœur, je ne me sens pas bien. » Enfin, la main sur sa poitrine comme pour la soulager, le visage douloureux, soufflant comme un bœuf, il s'effondre sur sa chaise en faisant « ouf ».

Anne Marie a achevé de réparer les dégâts de sa mine et de sa toilette — seuls les yeux sont encore un peu rougis. Elle se retourne vers Albert et, au lieu de se moquer de lui et de ses souffrances, elle lui sourit. Elle lui dit avec un calme épais, celui des eaux profondes :

« Mon ami, je vous demande pardon. Je me suis trompée. Vous êtes encore plus Albert Bonnard que je ne croyais. »

Soupçon d'inquiétude chez Albert :

« Que voulez-vous dire ?

— Que vous êtes vraiment le consul. C'est à vous de mener votre barque dans toutes ces affaires chinoises. Elles ne me regardent pas. Désormais, je ne vous importunerai plus avec mes conseils de bonne femme à la faible cervelle.

— Vos avis me sont souvent précieux, vous le savez. J'ai besoin de vous.

— C'est à vous, Albert, de savoir vous conduire. C'est certain, je le crois profondément, vous commettez une grande erreur en ne faisant pas supprimer Dumont. Mais n'ayez crainte, je ne vais pas revenir là-dessus, je me lave les mains de tout cela...

— Anne Marie, je le sens bien, vous êtes fâchée...

— Pas du tout. Mais je veux vous dire une chose. Je suis persuadée qu'en laissant vivre cet individu, vous courez à la catastrophe. Eh bien, je vous y accompagnerai... Par fierté. Parce que je veux être au-dessus de tous les malheurs possibles. J'ai une étrange nature, je suis incapable de m'abaisser, de faire voir que je puisse être atteinte, que je puisse souffrir, avoir peur, suer d'angoisse...

— Alors, je peux compter sur vous ? Vous m'êtes fidèle ?

— Oui. Par fierté encore. Le destin m'a liée à vous. Je suis votre femme. Je suis madame la consulesse. Je connais mes devoirs, je les remplirai. Et même, quoi qu'il puisse arriver d'affreux, je ne vous ferai jamais un reproche. Jamais. Tout au plus, si un jour nous étions sur le point d'être exécutés — moi, l'enfant et vous — je vous ferai mes adieux sous cette forme : « Pauvre sire. »

— Ce n'est pas gentil ce que vous dites là, Anne

Marie. Alors vous n'avez pour moi aucune tendresse, vous me méprisez... »

Voix lasse d'Anne Marie :

« Mais si, je vous aime bien, Albert. Là, vous êtes content ? Alors, habillez-vous. Qu'on aille rejoindre le bon Dumont, qui doit se morfondre en nous attendant. Nous sommes en retard de près d'une heure pour le déjeuner... »

Albert, docilement, met son pantalon tout seul, sans même appeler son chef boy. Du coup, il se débat, tout empêtré. De ma cachette, j'aperçois ses jambes poilues. Il est pensif.

Anne Marie ricane un peu :

« Ce Dumont, il ne saura jamais ce qu'il vous doit. Même mon affabilité. Car, Albert, je vais vous obéir en tout point. Au début de cette conversation, vous m'aviez demandé d'être plus aimable avec ce monsieur. Eh bien, il va être étonné par ma transformation à son égard. Je vais lui réserver mes bonnes grâces. Je sais être charmante, vous savez... »

Albert sursaute :

« Mais n'exagérez pas. Ne passez pas d'une extrémité à l'autre. Il pourrait en déduire je ne sais quoi... »

Anne Marie rit franchement :

« Vous n'êtes jamais satisfait, Albert. Vous vous méfiez de moi ? Vous avez tort, je vous ai dit que je vous aiderai de mon mieux. Tenez, je vais même vous faire votre nœud de cravate, puisque vous êtes incapable d'y arriver tout seul... »

Scène rare, précieuse, unique, où pour la première fois à ma connaissance, Anne Marie pose ses mains sur Albert pour en prendre soin, s'occuper de lui, le dorloter, le gâter. Ses longues mains autour du cou épais d'Albert, blanches sur cette chair d'homme. Albert qui ronronne, qui est béat, qui pose ses lèvres sur une tempe d'Anne Marie. Anne Marie, au lieu de se détourner, au lieu d'avoir son expression de surprise un peu écœurée, lui a au contraire tendu sa face. Tous ces déchirements pour en arriver là... Mais, tout à coup, comme si le jeu suffisait, elle dit : « Assez, Albert. Mettez votre veste et dépêchons-nous d'aller faire la cour à Dumont... »

Cette intimité ne me plaît pas. Je n'aime pas que mon père se rapproche de ma mère — c'est comme une salissure pour moi. Le dégoût qu'Anne Marie a d'Albert, elle me l'a distillé depuis longtemps — non que je déteste mon père mais déjà je le méprise comme un homme vulgaire. Tout cela me donne la nausée, et j'ai hâte de ne plus voir, de ne plus savoir. Et puis il est largement temps que je décampe de mon perchoir, de mon poste de guet si je ne veux pas être surpris par mes parents. Je descends l'escalier, gosse solide, taciturne, dissimulé et au cœur lourd. Tête baissée, plein de mes pensées, je marche sur les dalles de la cour vers la salle à manger quand je me heurte à un magma chaud, mou, dur, visqueux — exactement comme la bête qui la nuit me dévore dans mes cauchemars. Je bondis mais une poigne m'attrape, une rigolade se déverse sur moi, je suis devant le gros visage hilare de Dumont tout rouge du rasoir, tout apoplectique de santé. Il m'a saisi entre ses mains, m'a levé à la hauteur de sa trogne où les yeux durs pétillent. Je suis son prisonnier. Ses doigts me serrent, s'enfonçant dans mes côtes, et je suis livré à sa bouche mollasse qui m'interroge avec une bonhomie menaçante :

« Alors, ça a chauffé ?... »

Je regarde Dumont avec innocence, comme si je ne comprenais pas.

« Allons, petit sacripant, avec moi ça ne prend pas. Ce n'est pas à un vieux singe qu'on apprend à faire la grimace. Tu as tout écouté... Tu as dû en apprendre de belles, qu'est-ce qu'ils se sont envoyé à la gueule, tes parents !

— Lâchez-moi, monsieur Dumont. Vous me faites mal...

— Garnement, va. Et si je disais à ton père et à ta mère que tu es un petit espion, que tu es toujours à les surveiller derrière les portes. Tu recevrais une de ces raclées ! Sans compter qu'ils t'enverraient peut-être dans un collège en France, pour te redresser la mentalité. Et alors finie la vie de prince.

— Monsieur Dumont, vous ne ferez pas ça...

— Non, mon garçon. Mais alors il faudra me raconter tout ce que tu as entendu. Si tu es gentil avec moi, je te donnerai ce que tu voudras. Tu sais, le père Dumont, c'est pas un mauvais cheval. Et il aime beaucoup les enfants intelligents...

— Je vous dirais volontiers ce que je sais, monsieur Dumont. Mais je ne sais rien. Je suis trop petit. »

Dumont me regarde avec un air irrité, ses bajoues gonflées et ses yeux virant au rouge. Mais il réussit à garder sa bonhomie :

« Fais un effort, petit. Ta mère a beaucoup crié. Pourquoi ?

— Je ne sais pas, monsieur Dumont.

— Tu te moques de moi. Dis-moi au moins si tes parents ont parlé de moi ?

— Je ne crois pas, monsieur Dumont. »

Dumont est furieux — des veinules enflamment son visage. Une douleur me saisit derrière la tête. C'est Dumont qui, de ses gros doigts, me tire brusquement le lobe d'une oreille :

« Petit sacripant ! Tu auras de mes nouvelles. Tu ne l'emporteras pas au paradis. Avec moi, tout se paie... »

Enfin Dumont me laisse glisser le long de son ventre jusqu'à terre. M'étant suffisamment écarté de lui, je lui dis, en le regardant droit dans les yeux :

« Monsieur Dumont; si vous dites à mes parents que je les ai écoutés, moi je leur dirai que vous m'avez battu pour que je vous raconte ce que j'ai entendu... »

Je ne me suis pas assez méfié. Car déjà la masse de Dumont est sur moi avec une sale grimace sur la figure. Déjà, me bousculant de son bedon, il lève la main comme pour me flanquer une gifle. Mais le mouvement s'achève par une caresse sur mon front. Car monsieur le consul et madame la consulesse viennent d'apparaître au sommet de l'escalier et descendent dans la cour.

Albert et Anne Marie se montrent comme un couple. Un vrai couple. Pas trace de leur querelle. Le bonheur sur leur figure. Albert est sur son trente et un, pas trop cérémonieux, étant donné l'heure et les lois de l'hospitalité qui commandent une simplicité bonhomme. Il se présente en monsieur fleurant bon l'eau de Cologne, la raie bien faite, le nœud de cravate à la perfection. Et surtout quel sourire de bienvenue, qui lui fend la figure, pas complètement mais à moitié, comme il convient. Anne Marie, elle, une grande plaque de jade sur la poitrine, est la dame. Plus celle qui, la tête perchée haut, fixait Dumont sans le voir, comme s'il était un néant, un vide. Maintenant son regard lui reconnaît chair et substance, lui reconnaît la vie. La tête un peu inclinée, très légèrement lointaine, elle aussi sourit à Dumont.

Dumont est décontenancé. En un instant, la brute qui me menaçait est redevenue le bon gros débordant d'urbanité pour mes parents et de tendresse pour moi. Cependant, il reste les yeux ronds, contemplant Anne Marie métamorphosée sans bien comprendre.

« Excusez notre retard, dit Albert de sa voix de circonstance. Nous nous sommes attardés parce que nous pensions que vous aviez besoin de repos après votre long voyage. »

Dumont a un roulement de gorge :

« Dumont est toujours d'attaque, vous le savez bien, monsieur le consul... »

Anne Marie, toujours avec son sourire secret, subjuguant, subjugué, souverain, tend lentement sa main à Dumont. Sa main comme une hostie qu'elle offre avec une bonté majestueuse. Pour la recevoir il se tirebouchonne le corps, il se ploie le ventre, il se brise la graisse. Enfin il arrive à lui baiser les doigts, à appuyer dessus, dévotement, ses lèvres épaisses. Anne Marie ne montre pas de répugnance, elle le laisse faire avec bienveillance, elle lui facilite même ses démonstrations. Et quand enfin Dumont s'est redressé, elle répand sur lui les effluves de sa douceur :

« Monsieur Dumont, je vous souhaite un bon séjour à Tcheng Tu. Et que les mille prospérités soient avec vous, comme disent les Chinois. »

Dumont se rengorge :

« Ah ! madame, avec votre protection, tout ira bien. Vous pouvez compter sur le consul et sur moi pour en faire, des choses. Son chemin de fer, je vous le garantis, il l'a dans la poche...

— Monsieur Dumont, je suis bien ignorante des affaires de mon mari. Je crois pourtant que cela lui fera plaisir... Je vous en remercie.

— C'est moi qui vous remercie, madame. »

Dumont jubile, solennel dans son épaisseur, le comble de la satisfaction, inquiet quand même, se demandant si c'est du lard ou du cochon. Cependant, il cherche un geste pour couronner cet admirable spectacle d'amitié et de réconciliation. Pour cela il recommence à me tripatouiller la figure de ses mains tout en disant à Anne Marie, du ton avec lequel on offre des fleurs :

« Vous avez un fils charmant, qui vous ressemble beaucoup. »

Mon père intervient :

« Il est un peu renfermé. Ça m'inquiète. »

Anne Marie me prend contre elle, comme si elle sentait qu'elle devait me consoler. Sent-elle que j'aurais voulu quand même qu'elle fasse tuer Dumont au lieu de se soumettre à lui ?

Toute la société passe à table. Moi, je m'en vais auprès de Li. Et puis je prends mon cheval, je retrouve mon mafou qui m'attend au-dehors et, avec lui, je m'enfonce dans Tcheng Tu comme dans l'oubli.

DANS une plaine nue, très plate, tout à fait désolée, à quelques kilomètres de Tcheng Tu, une tour de porcelaine monte, droite, vers le ciel. Etroite et élancée, c'est un monument d'équilibre. Pas d'autres ornements qu'une série de toits superposés, très courts, pareils à de petites nageoires. A l'intérieur, un escalier en colimaçon et une dizaine de plates-formes, où sont entassés des ballots blanchâtres. Des corps de nouveau-nés... Les familles pieuses, qui ne veulent pas abandonner dans la rue leur progéniture, viennent la déposer là, moyennant quelques sapèques à un gardien. Cette tour, c'est le mouroir des bébés inutiles. Le soleil tape et de gros oiseaux noirs, par centaines, viennent faire la toilette mortuaire. L'odeur est épouvantable. Il s'agit d'une institution charitable.

Cette tour existe réellement. Tout gosse je la connaissais et je savais à quoi elle était destinée. Elle hantait mes mauvais rêves. Dans mon sommeil je me débattais vainement, j'étouffais. Un grand rapace volait autour de moi, son bec prêt à s'enfoncer dans mes yeux. Je poussais un cri et je me réveillais de mon cauchemar.

Les derniers événements du consulat avaient pesé sur l'enfant que j'étais aussi lourd que la mousson qui était sur le point de crever. La tour de porcelaine surgissait dans chacune de mes nuits. Je me souviens qu'un soir, au milieu de mon épouvante, j'ai été réveillé par un éclair. Le ciel avait éclaté. Une nouvelle mousson commençait. Les nuages étaient au-dessus de la cité comme des ventres qui explosent et qui vomissent leurs eaux.

Depuis des semaines la chaleur avait été épouvantable. C'était la fin de la saison sèche, où la mousson s'épaississait sans se déchaîner. Le ciel était, là-haut, un immense plafond gris d'orages en suspension, avec des lueurs et des grondements annonciateurs, mais qui se contenaient. En bas, sur la terre, tout était vapeurs surchauffées, humidité en ébullition, mais sans eau. Un univers à la fois pisseux et tari, un étouffoir où les hommes et la végétation attendaient le déluge qui ne venait pas. Tout le monde était à bout.

Et puis, ce soir-là, ce furent des zébrures de feu, des cataractes, un séisme qui était presque la fin du monde. En même temps venait la libération, la fin de l'oppression. La catastrophe était un bienfait qui permettrait la vie, ferait pousser les récoltes et sauverait les hommes, même si des populations entières allaient périr dans les inondations et les épidémies qui accompagneraient la folie des eaux. Comme si, en Chine, ce qui était bénéfique servait d'escorte aux fléaux.

Par les fenêtres du consulat on voyait Tcheng Tu dans la nuit, ses milliers de toits enchevêtrés, ses grouillements de masures en proie aux éclairs et aux rafales de vent. Une cacophonie, un roulement de bruits étranges, terrifiants, les borborygmes de la nature. Des claquements immenses, accompagnés de stries éblouissantes, faisaient trembler le yamen où Albert Bonnard se levait et grognait : « Pas moyen de dormir avec ce carnaval. »

C'est à cette époque que j'ai atteint l'âge de raison. Je pense à la vie de petit seigneur que j'ai eue. Sans même m'en apercevoir, dans ce Sseu Tchouan, tout au cours de mon enfance, j'ai reçu mon éducation de la cruauté. J'ai été le voyeur de l'atroce mais jusque-là tout s'était passé heureusement, lentement, comme si le sadisme, l'indifférence, l'horreur, étaient naturels, les conditions mêmes de la bonne vie. Cela se déroulait au milieu de la gaieté chinoise, cette formidable capacité de jouir quand les autres crèvent. Mes vrais précepteurs furent ma chère Li et le mafou lépreux.

Durant les derniers jours que je viens de décrire j'avais découvert la tristesse. Il me semblait que le consulat avait été atteint de pourriture, tout me paraissait affreux : ces Seigneurs de la guerre, ce Dumont, cette Chine. Et surtout, pour la première fois de ma vie, j'avais jugé mes parents. J'avais discerné la vanité bête de mon père, l'orgueil détraqué de ma mère. Tous deux étaient comme des fétus face à un destin qui allait les écraser. Moi, j'étais déchiré car je me devinais semblable à eux : je n'étais pas un vrai Chinois mais un bâtard moral, un gosse hybride qui allait, avec eux, être entraîné dans ces cupidités dangereuses ; celles où il y avait le chemin de fer, les combines, et sans doute le désastre au bout.

ŒUVRES DE LUCIEN BODARD

Chez Grasset :

LE FILS DU CONSUL.
LA VALLÉE DES ROSES.

Chez Jean Vigneau :

LA MÉSAVENTURE ESPAGNOLE.

Chez Gallimard :

LA CHINE DE LA DOUCEUR.
LA CHINE DU CAUCHEMAR.
LA GUERRE D'INDOCHINE :
I. L'Enlisement.
II. L'Humiliation.
III. L'Aventure.
LA CHINE DE TSEU HI A MAO.
MAO.
LE MASSACRE DES INDIENS.
LES PLAISIRS DE L'HEXAGONE.

Aux Presses de la Cité :

LUCIEN BODARD PRÉSENTE LES DOSSIERS SECRETS DU PENTAGONE.
LA TÉLÉ DE LUCIEN BODARD.

IMPRIMÉ EN FRANCE PAR BRODARD ET TAUPIN
7, bd Romain-Rolland - Montrouge - Usine de La Flèche.
LE LIVRE DE POCHE
ISBN : 2 - 253 - 01311 - 0

Le Livre de Poche historique

Histoire ☆ Biographies
Documents ☆ Témoignages

lexandre (Philippe).
L'Elysée en péril, 3108/5**.
Le Duel de Gaulle - Pompidou, 3289/3**.

mouroux (Henri).
Vie des Français sous l'Occupation, t. 1, 3242/2** ; t. 2, 3243/0**.

net (Claude).
Mayerling, 2534/3*.

rmand (L.) et **Drancourt (M.).**
Le Pari européen, 2824/8**.

stier de la Vigerie (Emmanuel d').
Sur Staline, 4027/6****.

zeau (Henri).
Le Piège de Suez, 2245/6***.

ziz (Philippe).
Tu trahiras sans vergogne, 3457/6**.

ar-Zohar (Michel).
L'Espion juif d'Hitler, 3445/1*.

ellonci (Maria).
Lucrèce Borgia, 679/8***.

enoist-Méchin (Jacques).
Ibn-Séoud, 890/1***.
Fayçal, roi d'Arabie, 4832/9***.

ergot (Erwan).
ORPS D'ELITE :
Les Paras, 3979/9****.
La Légion, 3980/7****.
L'Afrika Korps, 4238/9****.

ernadac (Christian).
Les Mannequins nus, 4229/8****.
Le Camp des femmes, 4230/6****.
Kommandos de femmes, 4231/4***.

ond (Georges).
Le Survivant du Pacifique, 799/4***.
Le Débarquement, 1246/5***.
Convois vers l'U.R.S.S., 1669/8*.
Les Princes du ciel, 3595/3**.
La Marne, 4003/7***.
Verdun, 4022/7***.

nnecarrère (Paul).
Par le sang versé, 3178/8***.
Qui ose vaincra, 3527/6***.
La Guerre cruelle, 3884/1***.

Bruckberger (R.-L.).
L'Histoire de Jésus-Christ, 2884/2***.

Chaban-Delmas (Jacques).
L'Ardeur, 4843/6***.

Chastenet (Jacques).
Winston Churchill et l'Angleterre du XXe siècle, 2176/3***.
La France de M. Fallières, 2858/6***.

Clavel (Maurice).
Les Paroissiens de Palente, 4802/2****.

Clostermann (Pierre).
Le Grand Cirque, 4767/7****.

Coignet (Capitaine).
Cahiers, 3364/4**.

Courrière (Yves).
LA GUERRE D'ALGERIE :
1. _Les Fils de la Toussaint_, 3748/8****.
2. _Le Temps des Léopards_, 3749/6****.
3. _L'Heure des Colonels_, 3750/4****.
4. _Les Feux du désespoir_, 3751/2****.

Daniel (Jean).
Le Temps qui reste, 3881/7**.
L'Erreur, 4891/5*.

Dayan (Moshé).
Journal de la campagne du Sinaï-1956, 2320/7**.

Debré (Robert).
L'Honneur de vivre, 4890/7*****.

Delarue (Jacques).
Histoire de la Gestapo, 2392/6****.
Trafics et crimes sous l'Occupation, 3199/4***.

Derogy (Jacques).
La Loi du retour, 3495/6***.

Druon (Maurice).
Alexandre le Grand, 3752/0****.
LES ROIS MAUDITS :
1. *Le Roi de Fer*, 2886/7**.
2. *La Reine étranglée*, 2887/5**.
3. *Les Poisons de la Couronne*, 2888/3**.
4. *La Loi des Mâles*, 2889/1**.
5. *La Louve de France*, 2890/9**.
6. *Le Lis et le Lion*, 2891/7**.
Dulles (Allen).
Les Secrets d'une reddition, 2835/4**.
Eisenberg (Josy).
Une Histoire des Juifs, 4797/4****.
Erlanger (Philippe).
Henri III, 3257/0**.
Monsieur, Frère de Louis XIV, 4233/0***.
Escholier (Marc).
Lacordaire, 1808/2*.
Fabre (Robert).
Quelques baies de genièvre, 4950/9***.
Fauvet (Jacques).
La IVe République, 3213/3***.
Flament (Marc).
CORPS D'ELITE :
Les Commandos, 4239/7****.
Fourcade (Marie-Madeleine).
L'Arche de Noé, t. 1, 3139/0** ; t. 2, 3140/8**.
Frenay (Henri).
La Nuit finira, t. 1, 4051/6**** ; t. 2, 4052/4****.
Gallo (Max).
Maximilien Robespierre, histoire d'une solitude, 3967/4****.
Gaulle (Charles de).
MEMOIRES DE GUERRE :
1. *L'Appel (1940-1942)*, 389/4****.
3. *Le Salut (1944-1946)*, 612/9**.
MEMOIRES D'ESPOIR :
1. *Le Renouveau (1958-1962)*, 3478/2**.
2. *L'Effort (1962-...)*, 3479/0*.
DISCOURS ET MESSAGES :
t. 1, 3753/8**** ;
t. 2, 3754/6**** ;
t. 3, 3755/3**** ;
t. 4, 3756/1**** ;
t. 5, 3757/9****.
Pour l'Avenir : extraits, 3480/8**.
Le Fil de l'épée, 3545/8*.
La Discorde chez l'ennemi, 3546/6*.
La France et son armée, 3547/4**.
Trois études, 3548/2*.
Vers l'armée de métier, 3549/0*.
Giroud (Françoise).
Si je mens..., 3729/8**.
Gorkin (Julian).
L'Assassinat de Trotsky, 3575/5**.
Grousset (René).
Le Conquérant du Monde : Vie de Gengis-khan, 3354/5**.
Guillemin (Henri).
Napoléon tel quel, 3592/0*.
Guilleminault (G.) et **Bernert (P.).**
Les Princes des Années folles, 4244/7****.
Guitton (Jean).
Portrait de M. Pouget, 1810/8**.
Halévy (Daniel).
LA FIN DES NOTABLES :
1. *La Fin des Notables*, 3432/9**.
2. *La République des Ducs*, 3433/7**.
Halimi (Gisèle).
La Cause des femmes, 4871/7**.
Héron de Villefosse (René).
Histoire de Paris, 3227/3**.
Huc (Père).
SOUVENIRS D'UN VOYAGE :
t. 1 : *Tartarie*, 1812/4**.
t. 2 : *Tibet*, 1813/2**.
Jobert (Michel).
Mémoires d'avenir, 4713/1***.
Landemer (Henri).
CORPS D'ELITE :
Les Waffen S.S., 3981/5****.
Lanoux (Armand).
Bonjour, monsieur Zola, 3269/5***.
Lapierre (D.) et **Collins (L.).**
Paris brûle-t-il ?, 2358/7****.
... Ou tu porteras mon deuil, 3151/5***.
O Jérusalem, t. 1, 4235/5**** ; t. 2, 4236/3****.
Cette nuit la liberté, 4941/8*****.
La Varende (Jean de).
Guillaume, le bâtard conquérant 3938/5****.
Lenotre (G.).
Napoléon, Croquis de l'Epopée 1307/5*.
Mabire (Jean).
La Division Charlemagne, 4824/6****.

labire (Jean) et **Bréhèret (Jean).**
ORPS D'ELITE :
Les Samourai, 3983/1****.
labire (Jean) et **Demaret (Pierre).**
La Brigade Frankreich, 4778/4****.
ladariaga (Salvador de).
Christophe Colomb, 2451/0***.
lassu (Suzanne).
Quand j'étais Rochambelle, 3935/1**.
lendès France (Pierre).
Choisir, 4872/5****.
litterrand (François).
Ma part de vérité, 3335/4**.
lontanelli (Indro).
Histoire de Rome, 1161/6***.
lewcomb (R. F.).
800 hommes à la mer, 3356/0**.
loguères (Henri).
Munich ou la drôle de paix, 4879/0*****.
loli (Jean).
Les Loups de l'Amiral, 3333/9***.
Le Choix, 3900/5****.
lolin (Thierry).
ORPS D'ELITE :
La Haganah, 3982/3****.
llivier (Albert).
Saint-Just ou la Force des choses, 2021/1***.
rcival (François d').
ORPS D'ELITE :
Les Marines, 3978/1****.
errault (Gilles).
L'Orchestre Rouge, 3158/0****.
eyrefitte (Alain).
Quand la Chine s'éveillera... le monde tremblera, t. 1, 4247/0*** ; t. 2, 4248/8***.
oniatowski (Michel).
Cartes sur table, 4227/2***.
émy.
Réseaux d'ombres, 2597/0**.
Compagnons de l'honneur, 2785/1**.
evel (Jean-François).
La Tentation totalitaire, 4870/9****.
ISTOIRE DE LA PHILOSOPHIE CCIDENTALE :
t. 1 : *Penseurs grecs et latins*, 4254/6****.
t. 2 : *La Philosophie classique*, 4255/3****.

Rieupeyrout (J.-L.).
Histoire du Far-West, 4048/2****.
Roy (Jules).
LES CHEVAUX DU SOLEIL :
1. *Chronique d'Alger*, 4171/2****.
2. *Une Femme au nom d'étoile*, 4724/8****.
Ryan (Cornelius).
Le Jour le plus long, 1074/1****.
La Dernière bataille : La Chute de Berlin, 3609/2****.
Saint-Paulien.
LES MAUDITS :
1. *La Bataille de Berlin*, 3572/2**.
2. *Le Rameau vert*, 3573/0**.
Saint Pierre (Michel de).
Bernadette et Lourdes, 1821/5*.
LE DRAME DES ROMANOV :
La Menace, 3124/2**.
La Chute, 3125/9**.
Savant (Jean).
La Vie aventureuse de Vidocq, 3305/7**.
Schuré (Edouard).
Les Grands Initiés, 1613/6****.
Sergent (Pierre).
Je ne regrette rien, 3875/9****.
Servan-Schreiber (Jean-Jacques).
Le Manifeste radical, 2892/5**.
Shirer (William).
Le Troisième Reich, t. 1, 1592/2**** ; t. 2, 1608/6****.
Speer (Albert).
Au cœur du Troisième Reich, 3471/7****.
Steiner (Jean-François).
Treblinka, 2448/6***.
Toland (John).
Bastogne, 1450/3****.
Banzaï, 2807/3**.
Viansson-Ponté (Pierre).
Lettre ouverte aux hommes politiques, 4846/9*.
Vulliez (Albert).
Tonnerre sur le Pacifique, 3593/8***.
Zweig (Stefan).
Marie Stuart, 337/3**.
Fouché, 525/3**.

Encyclopédie Larousse de poche

C'est la présentation des grands sujets dont le XXe siècl a profondément modifié la connaissance ou l'évolution e sur lesquels l'actualité scientifique ou culturelle retien l'attention et la curiosité du public.

Bouissou (Dr R.).
Histoire de la Médecine, 2294/4.
Friedel (Henri).
Les Conquêtes de la vie, 2285/2.
Muller (J.-E.).
L'Art au XXe siècle, 2286/0.
Tocquet (Robert).
L'Aventure de la Vie, 2295/1.

Histoire universelle Larousse de poche

De la haute Antiquité à l'époque contemporaine, à tra vers les cinq continents, l'**Histoire universelle Larousse d poche** fait revivre toute l'aventure humaine. Cependan chaque volume abondamment illustré forme un tout e permet une vision globale d'une période déterminée.

Lafforgue (Gilbert).
La Haute Antiquité (des origines à 550 av. J.-C.), 2501/2.
Effenterre (Henri van).
L'Age grec (550-270 av. J.-C.), 2314/0.
Rouche (Michel).
Les Empires universels (IIe siècle-IVe siècle), 2312/4.
Lévêque (Pierre).
Empires et Barbaries (IIIe siècle av. J.-C.-Ier siècle apr.), 2317/3.
Riché (Pierre).
Grandes Invasions et Empires (Ve siècle-Xe siècle), 2313/2.
Guillemain (Bernard).
L'Eveil de l'Europe (An mille à 1250), 2550/9.
Favier (Jean).
De Marco Polo à Christoph Colomb (1250-1492), 2310/8.
Morineau (Michel).
Le XVIe siècle (1492-1610), 2311/(
Pillorget (Suzanne).
Apogée et Déclin des Société d'ordres (1610-1787), 2529/3.
Dreyfus (François).
Le Temps des Révolutions (178 1870), 2315/7.
Jourcin (Albert).
Prologue à notre siècle (187 1918), 2316/5.
Thibault (Pierre).
L'Age des dictatures (1918-1947 2578/0.
Le Temps de la contestatio (1947-1969), 2689/5.

Le Livre de Poche illustré

Série **ART**

dirigée par André Fermigier

es textes essentiels sur l'esthétique et l'histoire de l'art.

urckhardt (Jacob).
La Civilisation de la Renaissance en Italie, t. 1, 2001/3 ; t. 2, 2002/1 ; t. 3, 2003/9.

achin (Françoise).
Gauguin, 2362/9.

lark (Kenneth).
Léonard de Vinci, 2094/8.
Le Nu, t. 1, 2453/6 ; t. 2, 2454/4.

aure (Elie).
Histoire de l'Art :
1. L'Art antique, 1928/8.
2. L'Art médiéval, 1929/6.
3. L'Art renaissant, 1930/4.
4. L'Art moderne, t. 1, 1931/2.
5. L'Art moderne, t. 2, 1932/0.
L'Esprit des Formes, t. 1, 1933/8 ; t. 2, 1934/6.

iedländer (M. J.).
De l'art et du connaisseur, 2598/8.

omentin (Eugène).
Les Maîtres d'autrefois, 1927/0.

olding (John).
Le Cubisme, 2223/3.

Gombrich (E. H.).
L'Art et son histoire, t. 1, 1986/6 ; t. 2, 1987/4.

Guinard (Paul).
Les Peintres espagnols, 2096/3.

Levey (Michael).
La peinture à Venise au XVIIIe siècle, 2097/1.

Mâle (Emile).
L'Art religieux du XIIIe siècle, t. 1, 2407/2 ; t. 2, 2408/0.

Pevsner (Nikolaus).
Génie de l'Architecture européenne, t. 1, 2643/2 ; t. 2, 2644/0.

Rewald (John).
Histoire de l'impressionnisme, t. 1, 1924/7 ; t. 2, 1925/4.

Richards (J.M.).
L'Architecture moderne, 2466/8.

Sullivan (Michael).
Introduction à l'art chinois, 2343/9

Teyssèdre (Bernard).
L'Art au siècle de Louis XIV, 2098/9.

Wolfflin (H.).
Renaissance et Baroque, 2099/7.

Encyclopédie PLANÈTE

bessard (N.).
D'où vient l'humanité, 2619/2.

leau (René).
Les Sociétés secrètes, 2599/6.

ahé (André).
Les Médecines différentes, 2836/2.

Martin (Charles-Noël).
Le Cosmos et la Vie, 2822/2.

Nord (Pierre) et **Bergier (Jacques).**
L'Actuelle Guerre secrète, 2672/1.

Sprague de Camp (L. et C.).
Les Enigmes de l'Archéologie, 2660/6.

Le roman vrai...

Une **série historique** abondamment illustrée
dirigée par Gilbert Guilleminault

roman vrai du demi-siècle.
Du premier Jazz au dernier Tsar, 2351/2.
De Charlot à Hitler, 2352/0.
La Drôle de Paix, 2579/8.

Le roman vrai de la IVe République.
Les lendemains qui ne chantaient pas, 2722/4.
La France de Vincent Auriol, 2758/8.

Pluriel

Cette nouvelle collection, consacrée aux essais et au livres de « sciences humaines », offre une double originalité

- elle est constituée à partir des fonds de nombreu éditeurs ;
- les textes proposés font l'objet d'une édition entière ment remise à jour, ils sont accompagnés d'une préfac ou d'une postface, de notes et annexes facilitant l compréhension de la démarche de l'auteur et faisant l point des recherches dans le domaine étudié. Certain livres ou documents sont augmentés d'un véritabl « dossier critique ».

Amalrik (Andreï).
L'Union Soviétique survivra-t-elle en 1984 ?, 8300/3 B.
Aron (Raymond).
Essai sur les libertés, 8301/1 A.
Plaidoyer pour l'Europe décadente, 8320/1 E.
Azéma (J.-P.) et **Winock (M.).**
La IIIe République, 8330/0 E.
Benda (Julien).
La Trahison des clercs, 8309/4 C.
Bettelheim (Bruno).
Le Cœur conscient, 8305/2 C.
Chevalier (Louis).
Classes laborieuses et Classes dangereuses, 8334/2 G.
Cocteau (Jean).
Portraits-souvenir, 8308/6 C.
Comte (Auguste).
Du pouvoir spirituel, 8328/4 E.
Delumeau (Jean).
Le Christianisme va-t-il mourir ? 8331/8 D.
Elias (Norbert).
La Civilisation des mœurs, 8312/8 E.
Ellul (Jacques).
L'Illusion politique, 8314/4 D.
Fejtö (François).
L'Héritage de Lénine, 8318/5 E.
Fiori (Giuseppe).
La Vie de Antonio Gramsci, 8319/3 E.
Girard (René).
Mensonge romantique et vérité romanesque, 8321/9 C.
Gorki (Maxime).
Pensées intempestives, 8311/0
Goubert (Pierre).
Louis XIV et vingt millions d Français, 8306/0 C.
Grosser (Alfred).
L'Allemagne de notre temps, 8329/2 G.
Halévy (Daniel).
Nietzsche, 8307/8 E.
Visites aux paysans du Centr 8325/0 D.
Jouvenel (Bertrand de).
Du Pouvoir, 8302/9 E.
Jünger (Ernst).
Chasses subtiles, 8316/9 C.
Kœstler (Arthur).
La Corde raide, 8327/6 E.
Hiéroglyphes, t. 1, 8332/6 E ; t. 2, 8333/4 E.
Lepage (Henri).
Demain le capitalisme, 8322/7
Mann (Thomas).
Wagner et notre temps, 8315/1
Robert (Marthe).
D'Œdipe à Moïse, 8323/5 C.
Rousseau (Jean-Jacques).
Du contrat social, 8326/8 D.
Ruyer (Raymond).
La Gnose de Princeton, 8303/7
Sauvy (Alfred).
L'Economie du diable, 8310/2

Une série inédite du Livre de Poche

Encyclopédie du Monde Actuel

EDMA

Première encyclopédie consacrée au monde actuel, EDMA rassemble, classe, précise, définit ce qu'on ne trouve nulle part ailleurs, les idées, les personnalités, les événements, les œuvres qui font notre temps, les données permanentes de l'actualité.

Ouvrage de lecture, mais aussi de consultation et de référence, chaque volume comprend :

- une **présentation** illustrée ;
- un **dictionnaire** des principaux mots clés, comportant une centaine d'entrées conçues comme des unités d'information autonomes ;
- un **index** général précédé d'une **bibliographie**.

a Psychanalyse, 4450/0.
a Vie animale, 4451/8.
es Arabes, 4452/6.
a Stratégie, 4453/4.
e Marxisme, 4454/2.
es Américains, 4455/9.
'Univers, 4456/7.
es Sociétés multinationales, 4457/5.
es Chinois, 4458/3.
'Economie, 4459/1.
Les Israéliens, 4460/9.
Le Théâtre, 4461/7.
L'Occultisme, 4462/5.
Les Chrétiens, 4463/3.
Les Soviétiques, 4464/1.
L'Amérique latine, 4465/8.
L'Anthropologie, 4466/6.
La Philosophie, 4471/5.
La Biologie moléculaire, 4470/8.

30/4768/5